Kerstin Trimble

DÜRERS KNECHTLEIN

Ansbach 2023

© Wifa Verlag, Ansbach 2023
ISBN 9783932884665
Gesetzt von Dieter Stockert aus der Radiata und der Libertad
Umschlagbild von Kerstin Trimble mit Hilfe von Deep AI
Printed in Germany

Inhalt

Totenmesse
Seite 5

Bild 1
SCHWINDLER IN DER MALERWERKSTATT

Malertochter · Schlosserbub · Brautschau · Badestube · Siechhaus · Aufbruch · Handelszug · Seelenverwandt · Finstere Stunden · Entschluss · Ankunft · Meister · Werkstatt · Markt · Tiegelpresse · Sebalder Leben · Unfug mit Heiltum · Seelenkonto
Seite 8

Bild 2
ÄRGER MIT DEM DÜRERHANS

Schwabach · Geächteter Schnitzer · Krankheit · Eilbote · Kräuterweib · Bange Tage · Heimritt · Badhaus · Zwiesprach · Hexenzettel · Schusterbub · Krankenwache · Wunderheilung · Alter Bekannter · Landauer Altar · Besuch · Schaller · Nullrechnung · Spiegelbild · Karnöffel · Angebot · Versprochen · Klarheit · Widersacher
Seite 111

Bild 3
DIE NÜRNBERGER HÄNGEN KEINEN ...?

Zwist · Neuer Freund · Pirckheimerinnen · Schlosserarbeiten · Im Büchersaal · Ehrenstrafe · Scharfrichter · Beratungen · Allerlei Beginnen · Unter Türmern · Blaumacherei · Auf die blaue Agnes · Gespenst · Beschwörung · Offene Rechnung · Feines Tuch · Ablasshandel · Erhascht · Messerhandel · Im Loch · Weihnachtsfriede
Seite 210

Bild 4
MALERKNABEN AUF ABWEGEN

Brautschühlein · Urlaubsgesuch · Brautreise · Heimkehr · Burckhardt · Hochzeit · Plassenburg · Verschwörung · Nachtmaar · Kopfloser Ritt · Streitburg · Allerlei Spuk · Ganerbenburg · Erschwernis · Verräter · Flucht · Herrenhaus · Heimkehr · Grause Kunst
Seite 294

Bild 5
TRUBEL IM SCHATZKÄSTCHEN DES REICHES

Waschtag · Kaiser · Blauracke · Kleinodien · Tanzstunde · Fastnacht · Kleines Feuerle · Eintritt · Säurebad · Osternacht · Fälscherei · Verbrieft · Frau Schopper · Lanzenfest · Heiltumskammer · Diebstahl · Frühlingsfrische · Wahrheit · Aufbruch
Seite 372

1527
Seite 425

Totenmesse

EIGENTLICH IST SIE ja daunenmild, die Herbstluft, in der Jakob hier auf dem Kulmbacher Kirchhof steht. Würde die schöne Sänfte nur nicht ständig von messerscharfen Windstößen zerfurcht.
    Und die Leich hat so ein dünnes Kleid an. Die holt sich ja den Tod!
Da liegt Klara, neunzehn Jahre alt, himmelblaue getrocknete Feldblümchen zwischen den fromm gefalteten Händen. Ihr Totengewand strahlt so schneehell, dass das Leichentuch darunter ganz schmutzig wirkt. Kupferrotes Haar umleuchtet ihr Gesicht und flutet dann prächtig über die Schultern bis zur Taille. Milchweiß schimmert ihre Haut, bis auf die unangebracht vergnügten Sommersprossen und die grindigen Male auf den Armen.
    Schön ist sie, Jakobs blutjunge Stiefmutter.
        Zumindest darf ich sie jetzt unverhohlen anstarren.
Monoton leiert das Latein der Totenmesse vor sich hin.
        Versteht doch ohnehin keiner ein Wort.
Und schon galoppiert Jakobs unfolgsamer Verstand mit ihm davon. Pfarrer Heimberger könnte ja eigentlich allen möglichen Unsinn daherreden, kichert der Schelm in ihm. Keiner würde es merken! Jakob fallen allerlei Albernheiten ein, die er seiner andächtigen Gemeinde in getragenem Latein vortragen würde, wenn er Priester wäre. Er muss schmunzeln, verschluckt hastig seine Belustigung in einem Laut der ... was geziemt sich denn in dieser abwegigen Situation? Betroffenheit? Bestürzung. Das erstickte Geräusch gluckst in die Stille. Das veranlasst die anderen Trauergäste, nun auch Laute von sich zu geben. Klaras Mutter und ihr kleines Brüderchen Martin schniefen in aufrichtigem Kummer. Jakobs Stiefvater räuspert sich einige Male und schaut – ja, wie schaut er denn drein?
        Betrübt? Enttäuscht? ... Betrogen?
Jakob weiß nicht, was hinter den lichtlosen kleinen Augen seines Stiefvaters vorgeht und will es eigentlich auch gar nicht wissen. Jakobs feiste Brüderchen stehen unbeholfen und unbehaglich da und wissen nicht wohin mit ihren Händen und Blicken.
    Da schlägt die Leiche die Augen auf.
    Ein Kribbeln fährt Jakob in den Magen.
    Pfarrer Heimberger unterbricht seine Messe und neigt sich nach vorne zu Klara.

»Mach die Augen wieder zu, Kind«, fordert der Priester sie gütig auf. Doch bevor Klara die Augen wieder schließt, trifft ihr seegrüner Blick noch einmal Jakob. Der lächelt etwas töricht zurück. Der Rest der Trauergemeinde ist erleichtert, denn so ist die Totenmesse doch leichter zu verkraften als wenn die Hauptperson hellwach und bohrend um sich schaut.

Irgendwann ist die Messe zu Ende. Heimberger tritt an Klara heran und schlägt behutsam das schmuddelweiße Leichentuch um sie. Die Totengräber greifen die Bahre, wuchten sie hoch, finden tapsig ihr Gleichgewicht und schreiten los. Die Trauergemeinde schlurft hinterher und will hinter den qualvoll langsam holpernden Totengräbern keinen rechten Gleichschritt finden. Als sie beim Weißen Turm die Stadt verlassen, weichen die Torwarte sichtlich zurück. Sie wissen, was es bedeutet, wenn ein Leichenzug vor die Stadttore führt.

Als der Zug das Siechhaus erreicht, steht bereits ein Dutzend verhüllter Gestalten um ein Erdloch. Das sind die Bewohnerinnen, mutmaßt Jakob. Sein Blut stolpert ein wenig in den Adern, als ihm der grausige Anblick der Frauen bewusst macht, was Klara bevorsteht

> ... worauf sie sich da eingelassen hat, die arme, wahnwitzige Jungfer!

Die aus der Stadt kommende Trauergemeinde formt linkisch und verlegen einen Halbkreis um die Erdgrube, und zwar in größtmöglichem Abstand zu den Siechen. Manche haben Lumpen um ihre verstümmelten Hände gewickelt. Anderen steht die Krankheit ins Gesicht geschrieben. Nicht alle der Aussätzigen blicken demütig auf den Boden. Manche erwidern herausfordernd Jakobs Starren. Das wird ihm unangenehm, also blickt er lieber wieder auf die schöne Klara, die regungslos daliegt. Die andächtige Stille wird immer angespannter, bis Pfarrer Heimberger ihr mit einem auffordernden Kopfnicken zumurmelt: »Jetzund, Klara.«

Ach ja. Sie erinnert sich wieder, was sie nun zu tun hat.

> Nun, die eigene Beerdigung macht man ja in der Regel nur einmal mit.

Da kann keiner vom Begräbling einen tadellosen Ablauf verlangen, findet Jakob. Klara rappelt sich von ihrer Totenbahre auf, denn von ihr wird nun erwartet, dass sie eigenen Fußes in das Grab hinabsteigt. Das ist ein rutschiges, schlammiges Unterfangen, bei dem ihr schönes Totenkleid völlig verdreckt. Heimberger streut ihr etwas Erde auf den Kopf. Jakob muss sich wieder ein Lachen verbeißen. Zugleich dreht sich ihm der Magen um.

Denn es ist erst zwei Wochen her, dass er an einem solchen Erdloch stand und ein fest verschlossener Sarg ins Grab gelassen wurde.

Vor zwei Wochen war Jakob nicht nach Kichern zumute.

Vor zwei Wochen hatte er Mühe, sich überhaupt auf den Beinen zu halten.

Bild 1
SCHWINDLER IN DER MALERWERKSTATT

Malertochter

»JA, BEI MEINER Seel! Des Klarakind?!«

Klara, die gerade ein Gedächtnisbild mit Eiweiß überzieht, wirbelt herum. »Johann Wagner!«

»Allmächtiger!«, lacht der, »so hat mich ja scho ewig keiner mehr genannt.«

Sein Gesicht wirft vergnügte Lachfalten. Er muss inzwischen so um die dreißig Jahre alt sein, doch Klara hat ihn sofort wiedererkannt. Aus dem schlaksigen Lehrbub, den sie aus ihrer Kindheit kennt, ist ein wohlgekleideter Mann geworden, der sich fast wie ein Herr gebart.

»Die kleine Klara is ja ...«, fischt er nach einem schicklichen Ausdruck.

» ... herangewachsen?«, ergänzt Klara hilfreich. »Nun, des geschieht eben, wenn Zeit vergeht.«

Sie schmunzeln beide.

»Ich entsinn mich noch, wie des Klarakind immer nur in der Werkstatt umher geschwänzt is und Papier und Kohlen gemaust hat, statt von der Mutter des Haushalten zu lernen.«

»Des Klarakind hat sich seither auch kaum gebessert«, feixt Klara. »Wie nennt man dich denn nun, wenn ned Johann Wagner?«

»Hans von Kulmbach nennen mich die Nürnberger. Albrecht Dürer nennt mich Hans Süß, weil er mit so vielen Hänsen zu schaffen hat, dass er für jeden einen eigenen Spitznamen auserkoren hat.«

»Wer?!« Klara fällt fast der Firnisschaber aus der Hand.

»Hast scho recht gehört – ich hab mei Gesellenzeit bei Dürer gedient.« Johann lacht stolz: »Mir is recht wohl ergangen auf meinem bisherigen Weg. Wo is denn dei guter Vater, ich will ihm alles berichten!«

»Er ...«, stottert Klara, noch ganz überwältigt von der Neuigkeit, dass *Albrecht Dürer* einen ehemaligen Lehrbub ihres Vaters mit einem zärtlichen Spitznamen ruft. Doch dann schüttelt sie ihr Erstaunen ab und informiert den Süßhans betreten: »Er liegt oben. Du musst wissen, der Vater ist schwer krank und wünscht eigentlich keinen Besuch. Aber bei dir wird es wohl anders sein.«

»Oh, nein! Der Ärmste. Was hat er denn?«

»Die Fäule. A furchtbares Geschwür hat ihm bereits des rechte Auge genommen. Es wird tagtäglich grimmer. Er kann nur noch liegen.«

Johanns betroffener Blick fällt nun bewusster auf das Gemälde, das Klara da firnisst. Ihm dämmert: »Dann malt er wohl auch nimmer?«

Klara schüttelt den Kopf.

Johann mustert das Bild: »Und seine Knechte nutzen sei Abwesen wohl, um kühner zu malen, als er es je dulden würd.«

»Was für Knechte denn!«, macht Klara bitter. »Die haben ihn alle schändlich im Stich gelassen. Er war immer so gut zu ihnen. Doch als er krank ward, da mussten alle ganz jählings auf Wanderschaft.«

»Aber wenn dei Vater nimmer malt ... und die Knechte alle fort sind ...«, unterbricht Johann Klara und blickt erst sie eindringlich an, dann wieder das Gemälde, während ihm klar wird, wer hier in der Werkstatt diesen dreisten Pinsel schwingt.

Klara zuckt mit den Schultern: »Von etwas müssen wir ja leben. Komm, ich führ dich hoch zum Vater.«

Klara betritt die Kammer des Vaters mehrmals täglich, doch nicht in Begleitung eines Außenstehenden. In Gegenwart des nach Duftwasser riechenden, wohlgekleideten Johann schämt sie sich dafür, was sich ihm hier bietet. Die Kammer ist düster und schlecht gelüftet, weil Vater seit seiner Erkrankung immer so friert. Seine Geschwüre kann man riechen.

»Vater?«, fühlt sie erst vor. »Der Johann Wagner is hier. Soll ich ihn zu dir lassen?«

»Der Johann?« Vaters Stimme krächzt. Er nickt zustimmend. Johann tritt zaghaft und berührt näher. Umso besser, dass es so finster in der Kammer ist, denn selbst im Halbdunkel ist der Anblick des Malers grässlich. Der Krebs hat seine rechte Gesichtshälfte zur Fratze entstellt. Wo er nicht abscheulich geschwollen ist, ist er nur noch Haut und Knochen. Der Verfall schleicht nun schon Monate voran und Klara hat sich allmählich an das Elend gewöhnt. Doch nun sieht sie ihren Vater erbarmungslos klar durch Johanns entsetzte Augen. Der gibt sich alle Mühe, sich sein Grausen nicht anmerken zu lassen.

»Meister – es grämt mich gar sehr, Euch leidend zu sehen.«

»Tritt nur näher, Johann.« Er blinzelt den einstigen Schüler angestrengt aus dem Auge an, das noch nicht unter Geschwülsten eingedrückt ist. Johann überspielt seine Bestürzung, indem er wie ein Wasserfall von Wanderjahren und Gesellenleben erzählt.

»Albrecht Dürer ...«, wiederholt Paul Laurer die bemerkenswerteste Station in Johanns glückreichem Werdegang. Dann blickt er aus seinem müden Auge seine Tochter an.

»Weißt noch, Johann, wie Klara als kleines Mägdlein immer über Dürers Schnitten hing, als des Annus Fünfzehnhundert kurz bevorstand?«

Er streicht der an der Bettkante sitzenden Klara übers Haar, als wäre sie noch das Kind, an das er sich gerade zärtlich erinnert. Dürer brachte seine Holzschnitte der Apokalypse genau in der Weltuntergangsstimmung vor dem gefürchteten Jahreswechsel 1500 heraus. Die kleine Klara war von den Bildern nicht nur verschreckt, sondern auch zutiefst ergriffen ... und beflügelt. Die Vorstellung, dass Johann mit dem Meister dieser Schnitte befreundet ist, dass er jahrelang als Geselle unter seinem Dach gedient hat, macht Klara ganz zappelig.

»Gefällt dir mei Töchterlein, Johann?«, fragt Paul Laurer unvermittelt.

»Zu einer gar lieblichen, geraden Jungfer is sie herangewachsen«, schmeichelt Johann, wie es der Anstand gebietet.

»Willst sie haben? Und die Werkstatt obendrein?«

Klara atmet scharf ein. Es ist beileibe nicht das erste Mal, dass Paul Laurer seine Tochter einem tüchtigen Malergesellen anbietet. Doch so schroff geht er normalerweise bei der Heiratsvermittlung nicht vor. Klara begreift schmerzlich.

Er hat keine Zeit mehr.

Überrumpelt kämpft der arme Johann mit einer angemessenen Erwiderung: »Guter Meister, des kommt ... recht jählings. Ich mach doch hier nur kurz Halt auf dem Weg nach Krakau.«

Hat Vater dem Johann denn gar nicht zugehört? Er pflegt Umgang mit den allergrößten Künstlern! Er ist weit über Kulmbach und die bescheidene Laurerwerkstatt hinausgewachsen. Aus ihrem Vater spricht die Verzweiflung des Todgeweihten, der sein Kind in guten Händen wissen will.

Als Klara Johann später wieder hinausbegleitet, entschuldigt sie sich: »Verzeih meinem Vater, Johann. Er hat Bange, dass er mich nimmer unter die Haube kriegt, ehe ...«

»Da gibt's nichts zu verzeihen, liebe Klara.«

»Vater hat mich scho etlichen Gesellen anboten. Bislang vergebens«, sagt Klara schulterzuckend.

Johanns Blick gleitet nachdenklich über die Werkstatt und die darin stehenden Arbeiten.

»A wohlgestalte, resche Jungfer, a achtbare Werkstatt ... Man wollt meinen, des wär a verlockende Aussicht. Doch – mit dir wär a mäßig begabter Maler nie ganz sei eigener Herr. Er müsst sich immer am eigenen Weib messen.«

Und mit dieser ernüchternden Einsicht verabschiedet sich Johann Wagner und macht sich wieder auf seinen beneidenswerten Lebensweg.

»So kommen wir auf keinen grünen Zweig!«, hört Klara die Stimme der Mutter hinter sich, nachdem die Tür hinter dem Gast zugegangen ist.

Wenn es nach ihrer Mutter ginge, wäre Klara längst im ehelichen Stand. Adelheid verliert langsam die Geduld mit dieser ungewöhnlichen Art der Bräutigamschau. Sie geht hoch in die Krankenstube und tut ihrem dahinsiechenden Mann schonungslos ihren Standpunkt kund: »Paul, vermählen wir sie doch endlich mit dem Zirkelschmied. Der hat am Sonntag nach der Kirch scho wieder nach ihr gefragt.«

»Ich wünsch, dass des Haus a *Malerwerkstatt* bleibt. Und dass Klara hierbleibt«, beharrt Paul mit aller Willenskraft, die er mit seiner brüchigen Stimme noch aufbringen kann.

»Du siehst doch, dass sich kei verständiger Malergesell auf Klara einlässt. Und meines Achtens aus gutem Grund. A Mannsbild duldet doch kei Weib, des nur in seiner Werkstatt herumschwänzt, statt fleißiglich des Haus zu verwalten. Seit Jahren red ich mir des Maul wund. Aber du machst ja alle meine Mühen zunichte, dem Kind a Zucht beizubringen. Widerborstig und ungebärdig hast sie werden lassen mit deiner Nachsicht. Am End bleibt sie noch a alte Jungfer.«

Auch nicht die schlimmste Aussicht.

Wenn es nach Klara ginge, könnte der Rest ihres Lebens gerne weiter so ablaufen wie gewohnt. Morgens aus dem Bett springen, rasch ankleiden, eilig den Zopf flechten. Hastig die Hausarbeit verrichten, denn je schneller das Wasser geholt ist, der Morgenbrei auf dem Tisch steht, Stiegen geschrubbt und Hühner gefüttert sind und der Mittagstisch angerichtet ist, desto mehr Zeit kann Klara in der Werkstatt verbringen, bevor die Mutter sie wieder zurück in die Küche scheucht, wo dann schon wieder das Nachtmahl zubereitet werden muss.

Schon als kleines Mädchen wartete Klara jeden Tag still in der Malerstube, bis der Vater sie im regen Werkstatttreiben wahrnahm und zu sich winkte. Sie trat dann an sein Werkstück heran und saugte jedes Wort in sich auf: Wo im Gewimmel der Heiligen hatte der Vater ein Konterfei des Auftraggebers versteckt? Aus welchen Pigmenten machte er dieses Rot, jenes Grün? Wie zauberte er einen göttlichen Lichtstrahl vom Himmel auf die Erde? Wie schräg müssen die Wände eines Bauwerks auf der Leinwand verlaufen, damit sie dem Betrachter echt erscheinen? Bei Auftragsgesprächen saß Klara still in der Werkstattecke, kritzelte mit dem Kohlestift die Rückseiten verworfener Blätter voll und hörte jedes Wort mit.

Zum Glück. Denn nun, da Vater nicht mehr arbeiten kann und sich alle Knechte aus dem Staub gemacht haben, beherrscht Klara alles, was ein Maler wissen und können muss. Der Werkstattbetrieb geht weiter und jeden Tag steht Essen auf dem Tisch.

Doch nun stirbt der Vater. Und kein Bräutigam für Klara, kein Nachfolger für die Werkstatt in Sicht.

Schlosserbub

DER JUNGE KAUFMANN, der gerade bei Jakobs Meister ein Vorhängeschloss in Auftrag gegeben hat, zückt lässig aus seiner kostbaren Pelzschaube ein goldschimmerndes Döslein.

»Nun, ich muss weiter, guter Meister Brunner, denn es is ja scho bald ... ach, herrje.« Bestürzt blickt der Herr auf den wundersamen Gegenstand in seiner Hand.

»Herr ... is des etwa ... a Uhr!?«, fragt Jakob, fast schrill vor Begeisterung.

»Ganz recht. A Ührlein von Meister Henlein aus Nürnberg. Nur leider«, erklärt der Kaufmann seine Betrübnis, »is der Stundenzeiger gebrochen.«

»Mit Vergunst, Herr?«, bittet Jakob. Mit angehaltenem Atem nähert er sich dem Stück, besieht es eingehend von allen Seiten. »A Wunderwerk«, haucht er ehrfürchtig. »Was treibt denn dies winzige Räderwerk an?«

Das weiß der Kaufmann nicht. Er weiß nur, dass er seine Taschenuhr vierzig Stunden lang im Gewand tragen kann und sie immer die richtige Stunde anzeigt, was für Kaufleute wie ihn auf Reisen überaus praktisch ist.

»Pfeffersack müsst man sein«, sagt Jakob, schief zu dem Kaufmann grinsend. Der lacht ungekränkt.

»Und die habt Ihr in Nürnberg erstanden?«, fragt Jakob neugierig weiter.

»Freilich. Derlei Wunderwerk vollbringt ja allein a Nürnberger Schlosser.«

Jakobs Meister zuckt leicht gekränkt.

»Lasst sie mich Euch wieder richten, Herr«, bietet Jakob eifrig an.
Bitte, bitte, Pfeffersack, lass mir das Wunderwerk da!
Der Kaufmann blickt Jakob abwägend an, froh, dass der Schaden wohl zu

beheben ist, und geschmeichelt, dass sein Prunkstück einen jungen Fachmann so schwer beeindruckt. Jakobs Mischung aus Höflichkeit, kindlicher Begeisterung und wohldosierter Keckheit kommt bei dem Mann von Welt gut an. Dem Meister Brunner behagt indessen weder das Meisterwerk der Feinmechanik in seiner mittelmäßigen Werkstatt noch die Beflissenheit seines Lehrbuben, der sich ja sonst auch nicht durch allzu großen Eifer hervortut.

»Mach du dich an des Schloss und lass den Herrn Kleeberger in Frieden«, schreitet Brunner also ein. Der Kaufmann aber führt sein Gespräch mit dem Lehrbuben fort: »Ja, meinst denn, des kann dir wohl geraten? Es is immerhin a ganz seltenes, wertvolles Stück.«

»Gewiss, Herr, und so werd ich ja auch höchste Sorgfalt walten lassen! Doch im Grunde is es kei Hexenwerk – ich muss bloß den Zeiger nachbauen. Des bringt selbst a Lehrbub fertig«, grinst Jakob, und Herr Kleeberger lacht mit.

»Gut, Bursche – dann richt mir mei Dosenuhr. Wird sie denn fertig sein, wenn ich am Morgen des Schloss hol?«

»Gewiss, Herr Kleeberger!«, verspricht Jakob zuversichtlich.

Der Kaufmann verlässt zufrieden die Werkstatt.

»Wenn du nur halb so gut mit deinem *Handwerk* wärst wie mit deinem *Mundwerk*«, schimpft Brunner.

»Jetz habt ihr zwei Aufträg«, hält Jakob schlicht dagegen.

»Des Teufelsding *will* ich gar ned in meiner Werkstatt haben«, sagt abfällig Brunner, den es sichtlich wurmt, wie weit das Nürnberger Genie sein eigenes bescheidenes Können übertrifft. »Und was, wenn des sündhaft teure Ding zuschanden kommt? Nein, nein, du fasst mir die Uhr ned an. Wenn Kleeberger sei Schloss abholt, sagen wir ihm, er soll des Trumm da richten lassen, wo er es her hat.«

»Aber er hat es mir doch ausdrücklich auftragen.«

Brunners Blick ist so eiskalt, dass sich Jakob weitere Widerrede verkneift.

Als ein neuer Kunde die Werkstatt betritt und Brunner ablenkt, ergreift Jakob sowohl die Gelegenheit als auch die Uhr und verzieht sich damit in das hinterste Stüblein der Werkstatt. Dort legt er sie ehrfürchtig auf die Werkbank. Irgendwo in dem kunstvoll verzierten Gehäuse schlägt ein Takt wie ein Herz. Jakobs Finger findet die Verriegelung. Das Gehwerk gleitet aus dem vergoldeten Messinggehäuse und offenbart Jakob sein eisernes Inneres, rätselhaft und doch voll vertrauter Mechanismen: Zahnräder, Scheiben, Bolzen, doch alles unendlich feiner und kunstfertiger als das, was sie hier in Brunners Schlosserei fertigen. Da zuckt die Schnecke! Und da ist das Federhaus, mit einer winzigen weichen Feder aus gebläutem Stahl ... Jakob verliert sich darin.

Erst als es dämmert, merkt er, dass ihm das Ührlein leise und stetig den Nachmittag weggetickt hat. Noch weniger ahnt er, dass er gerade die letzten glücklichen Stunden seines Kulmbacher Daseins verlebt hat. Ein Geselle steckt den Kopf in die Tür der Werkstube.

»Es dustert, Jakob. Der Meister will zumachen.«

»Gut, gut.«

»Hast denn des Schloss für den Herrn Kleeberger fertig?«

          Verflucht!

»Ja, beinah«, lügt Jakob.

✣

Und das ist der Grund, warum Meister Brunner am nächsten Morgen, nachdem er kein Vorhängeschloss, wohl aber die Dosenuhr mit einem hübschen neuen Zeiger auf der Werkbank vorfindet, Jakob beim Schlafittchen in die hämmernde, zischende Schmiedewerkstatt von Jakobs Stiefvater zerrt und poltert: »Nun bin ich sie *vollends leid,* die Possen deines nichtsnutzigen Sprösslings, Burckhardt!«

Jakobs Stiefvater lässt langsam den Hammer sinken. Seine Mutter Martha kommt alarmiert aus der Küche in die Werkstatt gefegt. Der erzürnte Schlossermeister klagt den Eheleuten sein Leid mit Jakob: »Den Taugenichts bei mir in die Lehr zu nehmen war ja von Anfang an bloß a Freundschaftsdienst an dir. Nichts für ungut, Burckhardt, aber des weißt du wohl.«

Burckhardt steht wortlos und bloßgestellt da. Jakob kann förmlich den Zornessturm sehen, der sich hinter seinen kleinen Augen zusammenbraut.

Nachdem Meister Brunner so das Lehrverhältnis aufgekündigt hat, empört davongestampft ist und Jakob

        ... schon wieder ...

ohne Lehrstellung in der elterlichen Werkstatt steht, nimmt sein Stiefvater wortlos den Lederriemen von der Esse und faltet ihn mit geübtem Griff zu einer behelfsmäßigen Peitsche.

»Burckhardt.«

»Aus dem Weg, Martha, sonst kriegst selber auch was ab.«

»Burckhardt, er kann doch nichts dafür.«

»Nichts dafür!?«

»Er is einfach ned dafür geschaffen.«

»Des hast scho gesagt, als er die Schmiedelehre hat fahren lassen. *Des schwere Handwerk is nichts für meinen Buben*, hast gesagt«, zitiert Burckhardt spöttisch flötend sein Weib. »Und dann haben wir ihn beim Schlosser Brunner verdingt, damit der *arme* Bub sich ned so *plagen* muss. Nun schau, was daraus worden is. Des is alles dei Schuld! Du hast ihm nie a Zucht beibracht! Geh auf die Seiten, Weib. Ich sag's ned noch amol.«

Wie zart Jakobs Mutter wirkt neben dem speckigen, an Leib und Geist schwerfälligen Mann, den sie ihren Eheherrn nennt.

»Lass ihn gehen. Ich fleh dich an. *Lass den Buben gehen*. Ins Egidienkloster.«

»Willst gar ned von dem leidigen Kloster aufhören?«

»So wär's mir leichter ums Herz.«

Jakob nutzt die Gelegenheit, sich zum Haustor vorzutasten. Dann witscht er hinfort, schlägt Haken durch ein paar Straßen, bis er sich sicher ist, dass ihn weder Burckhardt noch ein ihm hinterher gehetzter Geselle verfolgt. Dann treibt er sich in den Gassen herum und sinniert über seine Lage.

Jetzt ist er also die Lehrstellung los, die zweite bereits, und das so kurz vor der Lossprechung. So langsam spricht sich in Kulmbach herum, mit was für einem Nichtsnutz von Stiefsohn der arme Meister Burckhardt Kützel doch gestraft ist. Wer wird Jakob nun noch nehmen? Was bleibt ihm noch? Sein erstes Handwerk wieder aufnehmen und in Burckhardts Werkstatt die Schmiedelehre zu Ende bringen?

Nie und nimmer!

Und zwar nicht nur wegen der rauchigen Hitze und des dröhnenden Lärms, sondern vor allem, weil Jakob nicht Burckhardts Kind ist. Seine Mutter hat dem Schmied noch vier eigene Söhne geboren, die alle ganz nach ihrem Vater schlagen. Runde, rastlose Knäblein, die sich in ihrem Tun nicht lange von Gedanken aufhalten lassen. Und je größer diese strammen Brüderchen werden, je mehr Stolz und Freude sie ihrem Vater bereiten, desto unhaltbarer wird Jakobs Stellung im Haus. Darum äußert seine Mutter schon seit über einem Jahr beharrlich das Anliegen, ihren Sohn aus erster Ehe nach Nürnberg ins Egidienkloster zu schicken.

Jakob war im dritten Schuljahr, als sein Vater starb. Die Wiederverheiratung seiner Mutter musste schnell gehen, ein Brotverdiener musste her. Es fand sich Burckhardt. Die Schlosserei wurde zur Plattnerei umgebaut.

Burckhardt hielt Einzug und mit ihm Trunkenheit und Gewalt. Jakobs Schulzeit endete jäh mit seiner Verdingung als Schmiedelehrling in der stiefväterlichen Werkstatt, denn warum sollte ein Handwerksbursche lernen, was nur Pfaffen und Pfeffersäcke brauchen? Bei Burckhardt wurde es Jakob schon nach einem halben Jahr unerträglich. Die Mutter hatte Mitleid und ließ Beziehungen aus ihrer ersten Ehe als Schlosserfrau spielen, um ihn bei Meister Brunner unterzubringen. Das Schlosserhandwerk gefiel Jakob schon deutlich besser als das Großschmieden: das Tüfteln, das wohlklingende Rattern von Rädchen und Spindeln, die Gesellschaft der Schlossergesellen, die in der Regel mit mehr Verstand gesegnet sind als die Plattnergesellen, und nicht zuletzt die Kundschaft. In die Harnischschmiede seines Stiefvaters kommen vornehmlich Strauchritter und Landsknechte. Zum Schlosser gehen Kaufleute und aufstrebende Handwerker, die ihren wachsenden Reichtum mit Schlössern und Riegeln sichern wollen. Dennoch waren sich Jakob und Meister Brunner die ganze Lehrzeit über spinnefeind.

Einerlei, auch das ist nun aus und vorbei.

Soll er Mutters Rat folgen und in ein Kloster gehen?

Und nie ein Weib nehmen?

Den ganzen Tag nur in düsteren Mauern herumschleichen, beten und in Prostration auf kalten Bodenfliesen herumliegen? Verdammt, gibt es denn keinen anderen Weg für Jakob? Er seufzt tief, kann sich so viel vorstellen und hat doch weder Mittel noch Wege.

Langsam tun ihm vom Herumlaufen die Füße weh, was ihn daran erinnert, dass er irgendwann auch wieder nach Hause muss. Zur Abendmahlzeit rafft er den Mut dazu zusammen. Doch als er zögernd ins Haus tritt, findet er den Stiefvater nicht in lodernder Wut, sondern hilflos und bang. Die kleinen Halbbrüder hängen am abgewetzten Hosenbein des Vaters statt am mütterlichen Rockzipfel.

»Wo is die Mutter?«

»Geh ned hoch!«

Burckhardt versperrt ihm mit seinem massigen Leib den Weg zu den Stiegen: »Der Medicus ist scho auf dem Weg.«

»Der Medicus? Was hat sie? Lass mich hoch zu ihr.«

»In Abkraft is gefallen, als sie zum Kehren hochgehen wollt. Blut hat's gspuckt. Der Bader hat gesagt, keiner soll sich ihr nähern, bis der Medicus kommt. Die Gesellen und die Magd hab ich scho fortgeschickt.«

Die sonst dröhnende Stimme des Stiefvaters wimmert fast. Das verstört die Kinder. Sie weinen.

»Habt ihr Hunger?«, fragt Jakob seine Halbbrüder, weil er begreift, dass die Buben seit der Morgensuppe nichts mehr gegessen haben und außerdem zerstreut werden müssen. Sie wieseln hinter ihm her in die Küche, wo Jakob ihnen Brot und Käse aufschneidet und Sauermilch einschenkt. Durch die Küchentür sieht er dann den Medicus vorbei eilen, mit Maske, Kittel und Handschuhen. Während der Arzt und seine ebenfalls vermummten Gehilfen zwischen Schlafkammer, Hausbrunnen und Feuerstelle herumhasten, murmeln sie etwas von ›Seuche‹.

Eine Nacht und einen Tag später trampeln Amtsarzt und Totengräber die Stiege hinauf.

Jakob will in die Kammer.

»Bub, da darfst ned nei.«

»Aber ich muss doch ...«

Jakob dreht unbeholfen einen Ring zwischen den Fingern: »Des is ihrer. Den hat mei Vater ihr einst ... Den will ich ihr noch anstecken.«

»Nichts da! Die Leich muss baldigst aus dem Haus und aus der Stadt«, bescheidet der Amtsarzt. Dann hält er inne und besinnt sich auf ein wenig Menschlichkeit: »Den kann sie doch ohnhin ned in Jenseits mitnehmen, Bub. Behalt den Ring deiner Mutter, halt ihn in Ehren und steck ihn dereinst der eigenen Braut an.«

Jakob nickt benommen.

Als die Leiche der Mutter fort und die Kammer ausgeräuchert ist, findet Jakob seinen Stiefvater auf der Haustürschwelle sitzend. Er setzt sich zu ihm.

»Ich brauch a neues Weib.«

Jakob wundert sich, dass diese Unworte nichts in ihm rühren, so leer und taub ist er. Er erwidert lediglich: »Kannst ned warten, bis der Mutter Leichnam kalt is, bevor du an a neues Weib denkst?«

»Das hätt sie doch *gewollt*, Jakob! Dass jemand für die armen Kinder da is! Und wer soll denn des Gesind speisen? Und die Stuben fegen? Und des Geld verwalten? Und die Kleider waschen und flicken ...«, zählt Burckhardt all die Dinge auf, die er seiner Frau zu Lebzeiten nie gedankt hat. Seine Stimmlage steigt zusammen mit seiner Panik, als ihm bewusst wird, wie hilflos er ohne Weib ist. Er endet mit einem spöttisch krächzenden: »Du etwa?«

»Was?«, fragt Jakob verwirrt.

»Wer soll des denn die ganze Arbeit verrichten, du etwa?«

»Ich?«

Es hat durchaus sein Gutes, dass Jakobs sonst so stürmisches Gemüt reglos erstarrt liegt. Denn so kann sein Verstand geisterhaft ruhig durch die Lage gleiten. Glasklar steht die Erkenntnis vor ihm:
Mutter ist fort. Ich muss fort.
»Stiefvater, ich würd gern der Mutter letztes Begehren erfüllen.«
»Letztes Begehren? ... Ach, der Unsinn mit dem Kloster?« Burckhardt schnaubt: »Dass du dich zum Mönchtum berufen fühlst.«
Fühl ich mich ja gar nicht. Ich will lediglich weg von hier.
»Es war der Mutter letzter Wunsch«, erwidert Jakob. »Und es is für uns alle des Beste. An mir wirst dein Lebtag keine Freud haben. Ich bin halt anders als du. Ich schlag nach meinem Vater.«

Der Kümmerling, der nicht zäh genug war, um schweres Eisen zu schmieden. Der eitle Geck, der weibische Tüftler, der gar seinen Taugenichts von einem Sohn auf die Schule schickte, als wäre er ein Edelmann!

»Ich fiel dir hier doch nur zur Last. Wer weiß, vielleicht stell ich mich als Mönch ja besser an. Du hast a Maul weniger zu füttern und ich bring's vielleicht doch noch zu etwas.«

Burckhardt schweigt einige Augenblicke lang. Dann entscheidet er: »Gut. Ich lass dich gehen. Sowie ich a Weib gefunden hab. Dieweil bleibst noch und kümmerst dich um deine Brüder.«

»Ich dank dir, Stiefvater«, lässt sich Jakob auf den Vorschlag ein.

»*So wär's mir leichter ums Herz*, hat's noch zu mir gesagt!«, jault Burckhardt plötzlich auf, die letzten Worte seiner Frau zitierend. »Als ob sie's geahnt hätt, die *arme, arme* Frau!«, schluchzt er und vergräbt sein Gesicht in den fleischigen Händen, die ihr so oft wehgetan haben.

Brautschau

KLARA GEHT ZIELLOS in der Werkstatt umher. Ordnung soll sie schaffen, sagt Mutter, damit sie ›eine gute Anmutung‹ hinterlässt, wenn der Freier kommt. Sie steckt ein paar Pinsel in ein Töpflein. Schiebt sinnlos Ölnäpfchen von links nach rechts. Richtet einen Stoß Papier.

Da fallen ihr die Augengläser des Vaters in die Hände und sie muss sich setzen.

Anfangs machte sich Klara noch über ihren Vater lustig, als er sich öfter in den Farben vergriff und immer näher an die Staffelei rückte: »Du wirst alt, Vater! Warum malst ned gleich mit der Nasenspitz!«

»Spott du nur, Kind.«

»Der Pfarrer Heimberger liest die Messe mit Augengläsern. Die brauchst du auch.«

»Ich bin doch ka Krösus.«

Einige Wochen später ließ sich Paul Laurer beim Brillenmacher doch Augengläser fertigen, durch die er dann angestrengt zwinkerte. Klara beobachtete ihn mit zunehmender Sorge. Es war nicht das Alter. Denn während sich Pfarrer Heimberger beim Lesen nach hinten lehnte wie andere Alterssichtige, musste ihr Vater ganz dicht herangehen. Immer öfter unterbrach er sein Werk, rieb sich die Schläfen, litt Schmerzen, von denen er nicht sprechen wollte. Eines Tages, als Klara neben ihm saß und ihn von der Seite ansah, bemerkte sie, dass sein linker Augapfel aus der Augenhöhle hervorquoll.

Und dann wurden
seine Worte langsamer,
seine Schritte bedächtiger,
die Werke schlechter,
das rechte Auge und das Wangenfleisch darunter grotesk und aufgedunsen,
die Gesellen unruhig und wanderlustig.

Und dann drückte das Geschwür eines Tages auf die falsche Stelle im Hirn und Paul Lauer war erlöst.

Die Türglocke bimmelt. Klara legt die Augengläser ihres Vaters bedachtsam wieder hin.

❖

»Des is er!«, ruft in heller Aufregung die Mutter von oben. »Geh rasch öffnen!«

Klara atmet tief durch und macht die Haustür auf.

»Gute Jungfrau«, tönt der Freier gestelzt. Er packt ihre Hand mit einer fleischigen Pranke, die sich zugleich rau und schwitzig anfühlt. »Mei Beileid zum Verlust Eures lieben Herrn Vaters.«

»Auch Euch gilt mei Beileid, Meister Kützel«, haucht Klara piepsig. Sie erkennt kaum die eigene Stimme.

Sie soll sich *bloß* züchtig und artig benehmen gegenüber dem Meister Kützel, hat die Mutter ihr zuvor eingeschärft. Sie soll an ihr Brüderlein denken, das ernährt werden muss. Hinter Meister Burckhardt steht eine Orgelpfeifenreihe kugeliger blonder Söhnchen, der Größte wohl noch keine sechs Jahre alt, der Jüngste kaum ein Jahr. Der Kleinste sitzt auf dem Arm eines schlanken, dunkel gelockten Jünglings, der wohl auch zu der Sippe gehört, aber nicht so recht dazu passen will.

»Mich tröstet, dass ich Euch in Eurem Leid wenigstens die weltlichen Sorgen lindern kann. Mit mir seid Ihr versorgt. Es is wieder a Mann im Haus. Und so der Herrgott will und Ihr mir fleißig Söhne schenkt, dann werden es der Hände immer mehr und der Mühen immer weniger«, tönt der Mann steif einstudiert.

Oh, Gott.

Benebelt sieht Klara zu, wie sich der Schmied nach der hölzernen Begrüßung besitzergreifend in der Malerwerkstatt umblickt. Ihr Verstand kommt den Ereignissen nicht hinterher. Eben war sie doch noch eine zufriedene Malertochter, die sich ohne Hast, einvernehmlich mit dem Vater, einen genehmen Malergesellen als Bräutigam aussuchen durfte! Nun ist sie Verhandlungsmasse wie alle anderen Jungfrauen auch und soll diesem Klotz von einem Mann übergeben werden, der *ihre* Werkstatt in eine schmierige, lärmende Schmiede umbauen will. Klara wird schwindlig.

Burckhardts Söhnchen überwinden rasch ihre anfängliche Scheu. Sie beginnen, in der Werkstatt herumzuspringen und auf die Möbel zu klettern. Klaras Bruder Martin sieht mit großen Augen zu. Die Werkstatt ist heilig! *Da wird nicht getobt* und vor allem *nichts angefasst,* hat er von klein auf gelernt.

Burckhardt lacht wohlwollend: »Seht her, sie fühlen sich ja scho wohl hier, die lieben Kleinen.«

Der dunkelhaarige Jüngling versucht indessen verzweifelt, die Bälger wieder von den Bänken herunterzuheben und ihnen Gegenstände aus den schwitzigen Fingerchen zu winden. Doch es steht vier gegen einen. Krachend fällt eine Staffelei zu Boden. Martin zuckt zusammen. Burckhardts Kinder juchzen. Der Zweitjüngste reißt einen Bogen Papier von einer Staffelei und rupft vergnügt an dem ihm ungewohnten Material herum.

»Lass ab!«, ruft Klara, hastet zu dem Knaben und will ihm die letzte eigenhändige Zeichnung ihres Vaters entreißen, die sie zum Andenken auf die Staffelei geklemmt hatte. Der Kleine lässt nicht locker. Das Papier fetzt. Nun beginnt das Kind lauthals zu weinen. Der Jüngling liest unbeholfen die Stücke vom Boden auf.

»Ned schlimm«, tröstet Burckhardt. »Der ganze Plunder muss ohnehin fort«, sagt er mit einer Geste zu Staffeleien, Tafeln, Farbmuscheln, Pinseln und Leimpfännchen.

»In die Küche, Klara! Lass uns den Gästen a Erquickung reichen«, erinnert die Mutter Klara an den geplanten Ablauf des Brautwerbungsbesuchs. Die Gäste werden in die gute Stube gebeten. Während Klara mit wutschäumenden Knochen Wein einschenkt und Wurst aufschneidet, hört sie aus der Stube eine Stimme, die sich bislang noch nicht zu Wort gemeldet hat, jugendlich und frisch, aber ziemlich knurrig: »Sag an, Stiefvater, stünd dir die Mutter ned besser zu Gesicht als die Tochter?«

»Die Mutter«, erwidert Burckhardt, »muss ja als Witwe a Wartezeit einhalten, ehe sie sich wieder vermählen darf. Und Zeit haben wir ja keine zu verlieren. Außerdem is die Alte scho weit über vierzig Jahr alt. Die gebärt mir doch keine Kinder mehr.«

»Was willst denn *noch mehr* Kinder? Da rennen doch scho ihrer vier durch die Stub. Und du gewinnst ja auch noch einen Stiefsohn ... äh, ich mein, a Schwägerlein hinzu«, murrt die junge Stimme weiter.

»Schweig, Bub. *Dich* hat des alles ohnehin nimmer zu kümmern.«

Als Klara in die Stube kommt und den Wein und Imbiss kredenzt, hält sie den Blick demütig gesenkt.
Wie ein folgsames Lamm.
Und sie hasst sich selbst dafür.

Badestube

BIS SPÄT SITZT Burckhardt in der Stube des verstorbenen Malers Laurer und verhandelt mit dessen Witwe die Mitgift, die Morgengabe, den Umbau der Werkstatt. Jakobs Halbbrüder schlafen einer nach dem anderen auf der Sitzbank ein. Laurers artiger kleiner Sohn ist längst im Bett, und auch die Braut, über die hier verfügt wird, hat gebeten, sich auf ihre Kammer zurückziehen zu dürfen.

Jakob hält es in der rauchigen, weindünstigen Stubenluft auch nicht mehr aus. Er setzt sich draußen in den Hof und lässt sich vom Mondschein und der frischen Nachtluft den Verstand klären. Und je klarer seine Gedanken, desto aufgebrachter, ja wütender wird er. Wut ist ein willkommen greifbares Gefühl in der dumpfen Trauer um seine Mutter.

Die schöne Jungfer! So züchtig. So folgsam und demütig.
Unerträglich!
Täte man ihm das an – wollte man ihn im Alter von neunzehn Jahren mit einem widerwärtigen alten Witwer und einem Haufen Rotzbengel verheiraten – man müsste ihn unter Gezeter und Gepolter bei den Händen und

Füßen zum Traualtar tragen! Und die süße Jungfer ahnt ja noch nicht einmal, was für ein *Unhold* Burckhardt ist. Er wird sie schlagen, wie er Jakobs Mutter geschlagen hat. Sie tagtäglich herabwürdigen wie zuvor seine Mutter. Sie jede Nacht grob hernehmen und unablässig schwängern. Jakobs Mutter war bei ihrer Hochzeit mit Burckhardt eine gestandene Witwe mit Lebenserfahrung und List. Sie wusste sich das Leben mit dem Scheusal einigermaßen erträglich einzurichten. Aber dieses arglose, zarte Jungferlein? Wird unter Burckhardts brutalem Joch doch kläglich zerbrechen!

Ein knarzendes Geräusch reißt Jakob aus seinen Gedanken. Er blickt hoch und sieht ein Butzenfenster im ersten Stock aufgehen. Ist das Klaras Kammer?

Ui!

Vielleicht erhascht er einen Blick auf sie, wenn sie an ihr Fenster tritt und schwermütig schön ins Mondlicht blickt. Jakob sitzt günstig in einer stockfinsteren Hofecke, wo er sie unbemerkt beobachten kann. Das Fenster öffnet sich weiter und es erscheint ... nicht etwa Klaras liebliches Antlitz, sondern ein Fuß!

Hä? ...

gefolgt von einer schlanken Wade und einem entzückenden Hintergestell in einem weißen Untergewand. Mit sicherem Tritt findet der Fuß Halt auf einem Balken unter dem Fenster. Klaras dicker Zopf wippt schwer auf ihrem Rücken herum und drösselt sich mit jeder Bewegung etwas weiter auf.

Was in drei Teufels Namen tut sie da?

Jetzt ist Klara aus dem Kammerfenster geklettert, lässt sich lautlos und mit beachtlicher Kraft in den dünnen Armen vom Fensterbalken herunter, bis ihre ausgestreckten Zehenspitzen auf den Brennholzverschlag unter ihrem Fenster treffen.

Jakobs ganzer Leib kribbelt.

Von wegen demütig! Von wegen folgsam!

Klara springt wie eine Katze vom Verschlag auf den Boden und verschwindet aus dem Hoftor. Hinterher! Jakob muss erfahren, wohin sie geht. Auf leisen Füßen folgt er ihr durch die nächtlichen Gassen bis zu einer Badestube. Tagsüber werden hier Bärte geschoren, Zähne gezogen und Wunden versorgt. Zu dieser unchristlichen Stunde allerdings dient die Badestube ganz anderen ... zwielichtigen Zwecken. Erstaunt sieht Jakob zu, wie Klara ohne Zaudern darin verschwindet. Jakob muss kurz mit sich ringen, ob er ihr folgen soll. Die Neugier siegt. Im Vorzimmer der Badestube begrüßen ihn ... kann man sie Bademägde nennen? Sie sind kaum bis gar nicht bekleidet, ihr offenes Haar ist durch die feuchte Luft gewellt und ungezähmt. Sie umgarnen ihn sofort. Jakob blickt sich hektisch um. Nirgendwo im dunstigen Dampf der Badestube kann er Klara ausmachen.

»Wo is die rothaarige Jungfer hin?«, fragt er mit abwimmelnden Gesten.

»Zum Bader in die Stub«, deutet eine Magd auf eine Tür. »Doch wie können wir Euch denn dienen, junger Herr?«

»Bin kei Herr. Ich will nur wissen, wohin sie gangen is.«

Die Mägde kichern, finden Jakob niedlich.

»Wie gesagt, sie hält Zwiesprach mit dem Bader. Willst dich ned erquicken? Wir vertreiben dir die Zeit, bis sie wieder rauskommt.«

Jakob blickt sich um. Die Tür, hinter der sich Klara angeblich mit dem Bader befindet, ist die einzige feste Holztür hier. Die Türrahmen der anderen Kammern sind nur mit Vorhängen verhängt. Er deutet auf eine Kammer, die unmittelbar an die Stube des Baders angrenzt.

»Is des a Wannenstub?«

»Freilich.«

»Darf ich da nei?«

Jakob kramt in seinem Beutel. Baden tagsüber kostet bei seiner üblichen Badestube am Main einen Pfennig. Also gibt er ihr fünf. Sie lacht glucksend und Jakob hat keine Ahnung, ob er zu viel oder zu wenig gezahlt hat. Aber immerhin holt sie einen Krug mit einer duftenden Lauge, einen dampfenden Wassereimer und ein Badetuch und geleitet ihn in die Kammer. Während sie das heiße Wasser aus dem Kübel in die laue Wanne gießt und duftige Öle zusetzt, geht Jakob forschend an der hölzernen Wand entlang. An einer Stelle schließen die Bretter nicht ganz dicht ab. Da legt er sein Ohr an. Die Bademagd hält inne und stemmt erstaunt die Hände in die Hüften.

»Wahrlich?«

»Psst.«

»Du willst wahrlich bloß lauschen?«

»Pst.«

»Hast sie wohl geschwängert?«

»Was?!«

»Na – wenn hier des Nachts so a zartes ehrbares Jungferl erscheint – und ihr auf den Fersen a schmucker Jüngling in heller Aufregung, dann is sie gewiss schwanger und hofft, der Bader kann Abhülf schaffen.«

»Ich kenn sie kaum.«

Die Hure lacht aufrichtig belustigt und verlässt die Kammer. Sie hat ihr Geld bekommen, also ist sie es zufrieden: »Ruf nur, wenn du mich brauchst.«

Jakob wendet seine Aufmerksamkeit und sein Ohr wieder der Wand zu. Tatsächlich, da hört er Klaras Stimme. Nur bruchstückhaft, denn im Badehaus lärmt es. Zwischen dem Zischen der Schwitzstube, dem Spritzen und Planschen der Wannen, dem Männerlachen und Frauenkichern fällt es ihm schwer, dem Gespräch im angrenzenden Raum zu folgen. Die tiefe Stimme des Baders kann er schon leichter ausmachen. Er sagt etwas wie: »Kind, du ahnst ja gar ned, worauf dich da einlässt.«

Was Klara antwortet, versteht Jakob nicht ganz, aber es endet mit einem erregt anschwellenden: » ... dann bring ich mich lieber um!«

Der Bader sagt etwas Beschwichtigendes, dann herrscht eine Zeit lang Stille. Dann ein scharfes Einatmen, wie unter Schmerzen. »Tut weh?«

»Geht scho.«

Was geht da vor?!

Der Bader und Klara sprechen weiter. Jakob hört nur einzelne Worte des Baders.

Nesseln?

Und etwas von ›Ätzen‹. Etwas von einer ›Entzündung‹. Nichts ergibt Sinn.

Hauptwehen. Taubheit.

Klaras genaue Worte kann er nicht verstehen, aber ihre Stimme, bei der Selbstmorddrohung noch schrill und panisch, ist nun ruhig, geradezu gelehrig. Als es sich nach Verabschiedung anhört, klingt sie sogar dankbar.

Jakob fährt herum, als er merkt, dass die Magd inzwischen wieder in die Wannenstube getreten ist. Mit verschränkten Armen steht sie da und amüsiert sich immer noch köstlich über ihn.

»Und, bist schlauer worden?«

»Schwanger is wohl ned. Weiß der Kuckuck, was da vor sich geht. Des war wohl die sonderbarste Zwiesprach, die ich je vernommen hab.«

»Die du je *belauscht* hast, meinst wohl«, grinst die Badehure. »Wär vielleicht jetzund a Bad genehm?«

Jakob blickt auf den noch dampfenden Zuber.

»Warum ned.«

»Und *mich* willst auch?«

»Bezahlt hab ich ja scho?«

»Gewiss. Fünf Pfennig«, lacht sie.

Jakob weiß immer noch nicht, ob das zu viel oder zu wenig war. Immerhin ist er erst siebzehn Jahre alt.

✣

Schon drei Tage nach seinem ersten Besuch will Burckhardt seiner Braut schon wieder seine Aufwartung machen, obwohl sich ihre Mutter eine Woche für die Vorkehrungen erbeten hat. Die Kinder bleiben diesmal bei der Hausmagd, doch Jakob geht bereitwillig mit, denn sein Interesse an der Brautwerbung seines Stiefvaters ist seit dem Badehausvorfall steil gestiegen. Nichts kann die trübe Trauer um seine Mutter durchbrechen, außer dieser Klara, die seinen Stiefvater ehelichen soll, die nachts aus Fenstern steigt und rätselhafte Gespräche in fragwürdiger Gesellschaft führt. Wann immer Klara in Jakobs Kopf herumschwirrt, ruht der Kummer eine Weile.

Burckhardt zieht beherzt an der Glockenschnur. Umso widerwilliger öffnet sich die Tür. Als die Malerwitwe Burckhardt erblickt, entgleiten ihr die Gesichtszüge: »Meister Kützel ... Euch hab ich ja gar ned erwartet.«

»Liebe Adelheid, ich weiß, Ihr sagtet, a Woche soll ich mich gedulden. Aber ich kann es einfach ned erwarten, der lieben Jungfer erneut mei Aufwartung zu machen.«

»Des ... ich fürcht, des geht ned. Die Klara is unpässig. Sie ...«, stammelt Adelheid in offensichtlicher Verzweiflung.

»Was is ihr? Sprecht offen, gute Frau.«

»Klara is krank. Sie is ... Sie hat ... Wir fürchten ...«, ringt sie um Worte, während ihr Tränen in die Augen steigen. »Ihr könnt keinesfalls zu ihr. Der Amtsarzt soll jeden Augenblick eintreffen.«

Kaum hat sie dies ausgesprochen, erscheint auch schon der Medicus hinter Burckhardt und Jakob. Es ist derselbe Arzt, der auch Jakobs Mutter behandelt hat. Er erkennt die beiden Männer, die er erst eine Woche zuvor als Witwer und Waise zurücklassen musste, und grüßt sie betroffen.

»Was führt *Euch* denn herwider, Meister Kützel?«, fragt der Medicus.

»Mei Braut«, erklärt Burckhardt mit einer Geste gen Haus.

»Wenn sich als wahr erweist, weshalb ich gerufen ward – so sucht Euch a andere Braut.«

Burckhardt steht wie vom Donner gerührt. Allzu frisch ist die Erinnerung an den letzten Einsatz des Medicus. Adelheid bittet Burckhardt und Jakob ins Haus und weist sie an den Esstisch, wo eingeschüchtert der kleine Martin sitzt. Der Medicus legt Maske und Handschuhe an und erklimmt die Treppe zu Klaras Kammer.

Burckhardt spricht kein Wort. Adelheid geht unruhig am Fuß der Treppe auf und ab und horcht.

Nach einer Viertelstunde kommt der Medicus wieder die Stiegen hinabgeknarzt. »Setzt Euch, gute Frau«, fordert er Adelheid auf. Die sinkt auf die Bank, ohne die großen bangen Augen vom Medicus zu nehmen.»Wie befürchtet – sie is unrein«, bestätigt er den Verdacht.

Martin zuckt lautlos. Adelheid stöhnt auf: »Wofür straft mich der Herrgott so? Nimmt mir erst den Mann und nun des Kind! Seid Ihr Euch denn ganz gewiss?«

»Die Anzeichen sind unverkennbar. Lauter eitrige Grinde auf der Haut. Des Fleisch ganz zerfressen.«

Ätzen. Nesseln.

»An den Wundmalen hat sie scho gar kei Gefühl mehr. Auch ihre Finger und Zehen sind taub. Sie klagt über Druck im Schädel.«

Taubheit. Hauptwehen.

»Täuscht Ihr Euch ned, Herr Doktor? Sie war doch eben noch kerngesund«, haucht Adelheid.

»Eure Tochter is ohne Zweifel aussätzig. Ihr hättet es längst selbst sehen müssen.«

»Ihr wisst doch, was mich in den letzten Monaten umtrieben hat. Des Leiden und Sterben meines Eheherrn«, erwehrt sich Adelheid des Vorwurfs, dass ihr die Erkrankung ihrer Tochter wohl völlig entgangen ist.

»Gewiss. Und gewiss hat es die Jungfer auch vor Euch zu verbergen gesucht.«

Adelheid schluchzt.

»Ich stell nun den Siechenschein aus«, sagt der Arzt und setzt sich an den Tisch.

Während Mutter, Brüderlein und Bräutigam der Aussätzigen die Schreckensnachricht verarbeiten, ist auch Jakob völlig geplättet, allerdings aus ganz anderem Grund.

Was für ein Teufelsweib!

Siechhaus

»SONDERBARER BRAUCH, ned wahr?«

Die Frau spricht selbstsicher und recht deutlich – dafür, dass sie keine Nase hat. Sie streckt Klara eine beherzte Hand entgegen, um ihr aus der Grube zu helfen. Klara zählt nur drei Finger daran und ihr graut davor, die Hand zu ergreifen. Aber ihr bleibt ja nichts anderes übrig. Die Frau zieht Klara mit unerwarteter Kraft aus dem Grab.

»Ich bin Gertrud, die Zuchtmeisterin hier.«

»Guten Tag, Frau Gertrud«, sagt Klara scheu. ›Zuchtmeisterin‹ klingt ziemlich streng. Doch die Frau bietet ihr mit gütiger Geste ein Taschentuch, denn trotz Klaras festem Entschluss, ihre ›Beerdigung‹ regungslos über sich ergehen zu lassen, sind ihr doch die Tränen gekommen, als sich Martin am Ende der Zeremonie weigerte, zu gehen. Mutter musste ihn regelrecht davonzerren. Selbst jetzt, hundert Schritte entfernt, verdreht sich ihr Brüderchen noch den Hals nach ihr. Sein kleines tränenüberströmtes Gesicht zerreißt Klara das Herz.

»Die Menschen brauchen den Abschied«, sagt Gertrud, ebenfalls den davongehenden Trauergästen nachblickend, während Klara mit spitzen Fingern das von der aussätzigen Hand gereichte Taschentuch entgegennimmt, damit aber nicht ihr Gesicht berühren will.

»War der Mann da ned der Meister Kützel?«, will Gertrud dann von Klara wissen.

»Derselbe.«

»Dei Vater?«, fragt sie mitfühlend.

»Nein, mei Bräutigam.«

Getrude stutzt: »Bräutigam? Aber er hat doch a Weib, die Martha. Die kenn ich von früher, da sie noch Schlosserfrau war.«

Die Zuchtmeisterin kannte Burckhardts verstorbene Frau! Klara wird sich erst jetzt bewusst, dass die schaurigen Gestalten hier vor ihrer Einweisung ins Siechhaus ein Dasein in Kulmbach führten, Lebensrollen hatten, Leute kannten.

»Ich weiß nur, dass sie gestorben is und dass ich Kützels neues Weib hätt werden sollen«, erklärt Klara.

Die Zuchtmeisterin bekreuzigt sich: »Ach je, Gott hab sie selig, die arme Martha. Ich entsinn mich noch, wie sie immer mit ihrem kleinen frechen Jakob an der Hand zu uns in die Backstub kam … Ach, wie die Zeit vergeht. Aber freilich, es kommt ja scho gen zehn Jahr, dass ich hier im Siechhaus bin.«

Aha, Jakob heißt also der hübsche Jüngling und ist, wie Klara schon vermutet hat, nicht Burckhardts leiblicher Sohn. Das erklärt einiges. Seltsam, da steht Klara nun und plaudert mit einer Frau ohne Nase, wenige Augenblicke nach ihrer eigenen Bestattung.

»Und du …«, hebt Gertrud an, greift sich Klaras Arm und begutachtet fachkundig die rötlichen grindigen Male. Klara zuckt. »Du schreckst vor meiner Berührung zurück«, sagt sie langsam und vielsagend. Sie sieht Klara prüfend an. »Und deine Wundmale kommen ned aus deinem Innern.«

Jetzt bohrt ihr Blick. Klara versucht, ihm standzuhalten.

»Die hast dir selber beibracht.«

Klara bleibt stumm.

»Womit? Mit Nesseln? Glühendem Eisen?«

»Aber nein, es ... es fühlt sich taub an. Meine Finger sind oft ganz ...«, versucht Klara auf ihrem Schwindel zu beharren.

»Ja, ja, scho gut, du hast dei Sprüchle freilich gelernt. Des kannst dem Medicus weismachen, aber ned einer wahren Aussätzigen. Du wolltest Kützel ned heiraten«, schlussfolgert die Zuchtmeisterin mit Blick gen Stadttor, in das Burckhardt eben verschwunden ist.

»Nun gut«, fährt Gertrud fort. »Keine Bange. Alle fürchten den Aussatz, aber die wenigsten stecken sich an. Ich hab etliche Menschen berührt, bevor ich für unrein geschaut ward. Meinen Gemahl, meine Kinder, meine Geschwister. Niemand ward je von mir aussätzig. Auch die anderen Heuchlerinnen hier im Siechhaus sind weiterhin bester Gesundheit.«

Die anderen Heuchlerinnen?

»Ja, meinst wohl, du bist die Erste, die auf den Gedanken kommt, auf die Weis einem herben Geschick zu entgehen? Wir sind hier der Aussätzigen acht und der Heuchlerinnen drei. Mit dir vier. Denn wie auch immer du herkommen bist, ist dei Platz nun hier.«

Sie sieht Klara eindringlich an. »Und zwar auf immer.«

Klara hält Gertruds Blick stand, aber nur mit größter Mühe. Die Knie sind ihr weich, sowohl von dem plötzlichen Aufstehen nach der langen Totenmesse als auch wegen der finsteren Verheißung der Zuchtmeisterin.

»Für die Stadt Kulmbach bist von Stund an gestorben – selbst wenn du alles bloß vorgaukelst.«

Höllenangst wallt in Klara auf, während die Zuchtmeisterin sie in das Siechhaus führt, ihr alles zeigt, den strengen Tagesablauf erklärt und ihr alle Genossinnen in verschiedenen Stufen von Leid und Verfall vorstellt, von gesunden, zupackenden Frauen bis hin zu lebenden Totengerippen, die entstellt und bettlägerig dahinsiechen.

»Die Herren Stifter sind großzügig. Viermal die Woch gibt's Fleisch, dreimal Milch«, krächzt erklärend eine Alte, die Klara gerade erst vorgestellt wurde und deren Namen sie schon wieder vergessen hat. Klara kann weder Sachverhalte noch Namen behalten, denn in ihrem Kopf siedet fürchterlich die Frage

... Was habe ich nur getan?

Wäre es ihr bei Burckhardt doch besser ergangen? Er ist ein einfältiger

Mann. Hätte sie sich aus den Ritzen ihres kläglichen Daseins als Schmiedeweib vielleicht doch genug lebenswerte Stunden schürfen können? Hätte sie seine ungezogenen Söhnchen irgendwann lieben gelernt? Wäre sie für die abscheulichen Nächte mit ihm nicht mit eigenen Kindlein entschädigt worden, die sie dann ganz bestimmt von ganzem Herzen geliebt hätte? Und was hat sie ihrer Mutter und ihrem Bruder angetan? Als der Entschluss in ihrem Kopf reifte, glaubte sie, ihr Schwindel wäre ein Vergehen ohne Opfer. Ihre Mutter würde sich einfach selbst wiederverheiraten, und zwar hoffentlich mit einem besseren Mann als Burckhardt. Und Klara wäre halt fort, so wie alle Jungfrauen früher oder später das Elternhaus verlassen. Doch der gebrochene Blick ihrer Mutter und Martins verzweifeltes Schluchzen während ihrer Totenmesse belehrten sie eines Besseren.

Für die Mutter und Martin ist Klara heute gestorben.

Klara bekommt plötzlich keine Luft mehr. Sie kämpft gegen eine eiserne Enge in ihrer Brust. Heraus kommt kurzatmiges Schluchzen. Die Zuchtmeisterin hält inne und dreht sich zu ihr um. Im Halblicht des Flurs, durch den sie Klara führt, wirkt ihr nasenloses Gesicht noch mehr wie ein Totenschädel. Klaras Schluchzen wird zum panischen Hecheln.

»Kind ... ach, Kind.«

Die Zuchtmeisterin legt tröstend eine verstümmelte Hand auf Klaras bebende Schulter. Allerdings schwingt in ihrem hohläugigen Blick auch ein lakonischer Vorwurf mit:

Das hast du dir selbst angetan.

Aufbruch

JAKOB BLEIBT STEHEN, aber der Gaul nicht. Jakob muss sich mit seinem ganzen Körpergewicht in die Zügel hängen, damit das Tier samt dem angeschirrten kleinen Karren anhält. Und weil sie am Rande einer saftigen Wiese stehen, beginnt das Rösslein gleich genüsslich durch seine Trense zu grasen, während Jakob zu dem Gebäude auf der anderen Seite der Weide hinüberspäht. Jedes Mal, wenn die Türe aufgeht, schreckt er auf ... und wird enttäuscht. Nichts als bucklige krumme Aussätzige, die ihren Verrichtungen nachgehen. Es erscheint ihm eine Ewigkeit, bis endlich die Gestalt herauskommt, nach der er so gebannt Ausschau hält: schlank, aufrecht, die Abendsonne auf dem leuchtend roten Haar tanzend. Klara lässt sich mit dem Rücken zu ihm auf einer Bank vor dem Haus nieder. Eifrig arbeitet sich Jakob durch das fast hüfthohe Gras auf sie zu und erschreckt Klara furchtbar, indem er ihr von hinten auf die Schulter tippt. Sie wirbelt herum.

»Der Kützelbub? Was zum Teufel machst du hier?«

»Kützelbub«, macht Jakob empört. »Jakob *Hölzel* heiß ich, meines Zeichens *Schlosserbub*. Ich bin hier, dich zu holen.«

In Klaras grünen Augen funkelt Misstrauen: »Mich holen?«

Er macht einen Schritt auf sie zu. Sie weicht zurück: »Komm mir ned zu nah. Ich bin aussätzig.«

»*Bist ned!* Ich *weiß*, dass du ned wirklich unrein bist.«

Klara tut einen Schritt zurück in Richtung Siechhaus.

»So warte doch! Ich bin ned für meinen Stiefvater hier, glaub mir. Den soll der Teufel holen.«

Klara hält inne.

»Als wir zur Brautschau kamen, saß ich des Nachts noch bei euch im Hof«, beginnt Jakob zu erklären.

Klaras Blick flackert.

»Und wie ich so dasaß und mich darüber erbitterte, was für fügsame, einfältige Lämmer ihr Frauenzimmer doch seid ... ging über mir a Fenster auf.«

Jakob grinst Klara auffordernd an, doch die ist noch nicht bereit, sich auf ihn einzulassen.

»Dann bin ich dir bis zum Bader gefolgt.«

Klaras Lippen bleiben verbissen.

»Der Bader hat dich unterwiesen, Anzeichen von Aussatz am eigenen Leib vorzugaukeln, hab ich recht? Und darum bin ich hier. Dich zu holen und mitzunehmen.«

Amüsiert und gespannt zugleich beobachtet Jakob Klaras Mienenspiel. Sie kennt ihn ja nicht. Sie hat keinen Grund, Burckhardts Stiefsohn zu trauen, der hier einfach ungefragt aufschlägt. Aber sie ist auch ein Teufelsbraten. Und zu verlieren hat sie rein gar nichts.

»Mitnehmen, wohin denn?«, will Klara wissen.

»Ich hab hier a Rösslein mit Karren, a paar Münzen im Beutel und einen Geleitbrief von Pfarrer Heimberger im Wams, um als Novize ins Egidienkloster zu Nürnberg einzutreten.«

»Und wie belangt mich des?«

»Ich geh gar ned ins Kloster, sondern ins Ungewisse. Und dorthin würd ich dich mitnehmen, so du den Schneid dafür hast. Du gehörst ned in meines Stiefvaters Schmiede. Und ins Siechhaus ebenso wenig.«

Klara blickt abwägend hinüber zu dem grasenden Gaul, während Jakob weiter erläutert: »Heut am Morgen is in Gefrees a Kaufmannszug loszogen. Den nächsten Halt macht er heut Nacht in Berneck. Die Kaufleut kommen aus Leipzig und reisen bis ins Welschland. Bis nach Venedig!«

»Mit a paar Münzen kommst aber ned bis nach Venedig«, gibt Klara zu bedenken.

»Aber allemal weit genug, um was Besseres zu finden als hier.«

»Hatt denn mei Truhe noch Platz auf deinem Karren?«

    Ja! Sie beißt an!

    »Gewiss!«

»Lass dich von meinen Siechschwestern ned sehen und komm wieder her, wenn es ganz finster is«, sagt Klara.

Mit wildem Herzschlag führt Jakob seinen Karren hinaus auf die Felder. Dort zieht er ein paar ungeernteten Möhren aus einem Acker, teilt sie brüderlich mit seinem Gaul und legt sich zufrieden ins Gras, sieht dem Himmel beim Dämmern zu und versucht, sein Glück zu fassen.

    Sie kommt mit!

Was für herrlichen Unfug wird er mit dieser Klara treiben können!

Handelszug

JAKOBS GAUL BLICKT arglos den beiden schnaufenden Menschen entgegen, die im Vollmondlicht auf ihn zu hudeln, jeder von ihnen je einen Griff einer Reisetruhe hievend. Erst als die schwere Truhe auf den Karren geladen ist und er loslaufen soll, wird er sich seiner verschlechterten Lage bewusst und bockt. Jakob bearbeitet ihn erfolglos mit einem Zweig, den er als behelfsmäßige Reitgerte von einem Baum abgebrochen hat.

»Wo hast des Vieh denn her?«, zweifelt Klara.

»Vom Nachbarn. Der is uralt. Den kenn ich scho, seit ich a Knäblein war. Wenzel heißt er.«

»Grüß dich, Wenzel.« Klara streichelt seine Nüstern. Nach einer Weile finden sie in den Takt von Wenzels mürrischem Trott hinein. Das fahle Mondlicht, das eben noch ihre Flucht aus dem Siechhaus nervenaufreibend gut ausgeleuchtet hat, kommt ihnen jetzt gelegen. Klara, vor Aufregung eben noch ganz erhitzt, beginnt jetzt zu frösteln und zieht sich ihre Husecke enger um die Schultern. Aus dem Augenwinkel betrachtet sie Jakob. Mit diesem Wildfremden ist sie einfach so mitgegangen, ohne Ziel.

> Eine achtbare Frau geht nur in Begleitung ihrer Anverwandten aus dem Haus.

Klara verscheucht die Stimme der Mutter aus ihrem Kopf.

> Was einer arglosen Jungfer da alles widerfahren kann!

Mit schlaksigem Gang geht Jakob neben ihr her, während er ungeschickt versucht, den störrischen Gaul geradeaus zu führen. Offenherzig lächelt er ihr zu und plaudert unentwegt, seine Stimme plätschert behaglich. Dieser Bursche will ihr gewiss nichts Böses.

> Was will er denn?

Er will das Gleiche wie Klara: weg von seinem Stiefvater.

> Und dazu muss er die Versprochene des Stiefvaters aus dem Siechhaus entführen?

Na gut, gesteht sich Klara ein. Sie gefällt ihm eben. Na und? Er missfällt ihr ja auch nicht gerade, mit seinem bald samtigen, bald schelmischen Blick und den weichen Locken, die sich im Nacken kindlich ringeln.

»Klara, wir müssen bereden, wie wir uns den Kaufherren vorstellen. Am besten geben wir uns als Geschwisterpaar aus. Wir sind beide Novizen auf dem Weg nach Nürnberg, wo ich ins Egidienkloster geh und du ins Klarakloster.«

»Klarakloster«, lacht Klara, »des wird mir wohl im Gedächtnis bleiben. Doch damit kommen wir ned weiter als Nürnberg.«

»Man soll sei List ohnhin ned lang mit denselben Leuten treiben. In Nürnberg fällt uns gewiss was Neues ein. Erzähl mir von dir, Klara, auf dass ich einen glaublichen Bruder abgeben kann.«

Klara berichtet erst hölzern ihre schlichte Lebensgeschichte, doch Jakobs Erzählungen sind so frisch und frei, dass er bald auch sie aus ihrem Schneckenhaus lockt. Der Weg nach Berneck am Weißen Main entlang ist lang, und bis sie in der Morgendämmerung dort anlangen, haben sie sich nicht nur recht gediegene Lügengeschichten für den Kaufmannszug zusammengereimt, sondern einander auch tief in die Seelen geblickt, über Jakobs Mutter und Klaras Vater gesprochen, gelacht und getrauert. Wie wohl es tut, über den Kummer zu reden. Und wie leicht das mit diesem Schlosserbuben geht! Trotz des anstrengenden Fußmarschs und Schlafmangels fühlt Klara sich irgendwie leicht, als es grau dämmert und die Luft nach Morgen zu riechen beginnt. Der Gasthof, in dem die Kaufleute eingekehrt sind, liegt unübersehbar an der Straße.

»Klara, schau, da sind sie!«

Jakobs Stimme gluckert vor Vorfreude und seine nussbraunen Augen funkeln. Vor dem Gasthof stehen mehrere große Gespannwägen. In einem Verschlag dösen schwere Kaltblüter. Dass die Fracht unter den Wagenplanen kostbar ist, bezeugen Söldner mit Hellebarden. Die nehmen die beiden Wanderer auch sofort scharf in den Blick, während Klara und Jakob auf das Wirtshaus zugehen und an die Tür klopfen. Eine Klappe in der Pforte öffnet sich argwöhnisch.

»Was is Euer Begehrn!«, bellt der Wirt mehr als er fragt.

»Nun, die Nacht is ja scho vorbei ... doch a Morgensüpple wär mehr als recht«, sagt Jakob heiter.

»Ich hab des Haus voller Gäst.«

»Ja ... eben mit Euren Gästen, den Herren Kaufleuten, hätten wir gern a Wort gesprochen.«

»Da müsst Ihr Euch an den Herrn Greiber wenden, der leitet den Zug an.«

»Nun, dann lasst uns ein.«

Die Guckklappe schlägt zu und die Türe öffnet sich. Der Wirt weist sie an einen Tisch in der Gaststube, wo edel gekleidete Männer mit klugen, weltoffenen Gesichtern beim Morgenmahl sitzen. In ihrer Mitte befindet sich ein Edelknabe von kaum mehr als dreizehn Jahren, der sich selbstsicher am Tischgespräch beteiligt. Um die Kaufmänner herum wuselt das Gesinde des Handelszugs, bereitet fleißig packend und schnürend den Aufbruch vor.

»Na, ihr frühen Vögelchen, tretet ruhig näher«, grüßt sie der Mann in der Mitte mit Leipziger Zungenschlag.

»Ihr seid Herr Greiber?«, fragt ihn Jakob.

»Der bin ich. Und ihr beide?«

Klara hält den Atem an, während Jakob zum ersten Mal die Geschichte vom frommen Geschwisterpaar auf dem Weg ins Noviziat vorträgt. Jakob lügt mit munterer Gelassenheit. Greiber hört wohlwollend zu.

»Nun, ich werd euch nich davon abhalten, neben uns herzureisen – sofern in den Gasthäusern noch Platz für euch ist und ihr eure eigene Zeche zohlt. Ich versteh schon, im Schatten eines Handelszugs reist es sich sicherer. Aber globt nich, dass meine Söldner in der Not och nur einen Tropfen Blut für euch vergießen. Die bezahl ich dafür, dass sie unsere Wore schützen.«

»Des is uns freilich gewahr, Herr.«

»Gut. Nach Nürnberg sind es ja nur noch vier Togesreisen.«

»Da schau her! Wen haben wir denn da?«

Jakob fährt herum. Nun bemerkt Klara an dem bislang so souverän lügenden Jakob einen Anflug von Unbehagen. In seinem erkennenden Blick liest sie, dass ihm der nun hinzugetretene Kaufmann kein Fremder ist.

»Herr Kleeberger!«

»Der freche Schlossergesell, der so vortrefflich Ührlein zu richten vermag, aber a einfaches Vorhängeschloss ned beizeiten fertigbringt«, identifiziert ihn der junge Kaufmann versöhnlich lachend. Er setzt sich zu seinen Standesgenossen. Die Magd eilt beflissen mit einen Napf Frühsuppe und einem Krug Sauermilch herbei.

»Eher der *beklagenswerte* Schlossergesell, der nun sei Glück im Kloster versucht, nachdem ihn der Zorn seines Meisters ereilt hat«, ergänzt Jakob mit einem schiefen Grinsen. Er hat sich schon wieder im Griff und spinnt seine Lügengeschichte aus dem Stegreif weiter.

»Was heißt des?«, schlurft Kleeberger.

»Der Meister hat mich fortgejagt. Mei Schwesterlein hier wollt scho immer ins Kloster. Nun hat sie auch mich überzeugt, dass es der rechte Weg is. Wir gehen beide als Novizen gen Nürnberg.«

»Aber doch wohl ned meines Vorhängeschlosses wegen?«, fragt Kleeberger perplex.

»Ned Euretwegen, Herr! Des Vorhängeschloss war nur der Tropfen, der des Fass zum Überlaufen bracht hat«, erwidert Jakob.

Die anderen Kaufleute finden das Gespräch unterhaltsam.

»Vom findigen Schlosser zum enthaltsamen Mönchlein, was für a Wandlung. Und des hast *du* deinem Bruder eingeredet, schönes Kind?«, wendet sich Kleeberger nun an Klara, die überhaupt nicht darauf vorbereitet ist, in diesem Schwank auch einen Einsatz zu haben. Sie stammelt verlegen und ärgert sich über ihre Unbeholfenheit. Doch ihr Gestotter erfüllt seinen Zweck wunderbar, denn genau das wird von ihr erwartet: eine scheue, keusche Braut Jesu, die vor so vornehmer männlicher Gesellschaft kaum ein Wort herausbekommt. Die Herren warten gar nicht ab, bis Klara eine vernünftige Antwort artikuliert, sondern wenden sich wieder Jakob zu.

»Nun, wenn ich die *Wahl* hätt, könnt ich mir durchaus auch a anderes Leben vorstellen«, sagt Jakob mit sehnsüchtigem Blick zu den Wägen, wo eifrig beladen, gezurrt und gezäumt wird. »Aber als Handwerkersohn steht mir der geistliche Stand noch eher offen als der Eure, werte Kaufherren.«

Die Kaufleute schmunzeln gutmütig. Zugführer Greiber ergreift wieder das Wort: »Ah, und da kommen ja endlich die Gebrüder Schaller aus ihrer

Schlafkammer gekrochen. Kommt her, Burschen, ich stell euch zwei neue Weggefährten und Altersgenossen vor. Ihr findet bestimmt Gefallen aneinander.«

Klara wendet ihren Blick zur Treppe, die unter nahenden Schritten knarzt. Zuerst erscheint mit wippendem Gang ein Paar weicher Lederstiefel, gefolgt von zwei wohlgestalten Beinen in eng anliegenden Beinkleidern, eines hellbraun und das andere dunkelbraun. Es folgt ein geradezu unanständig gut ausgeformter, bunt gestreifter Hosenlatz, darüber ein kurzes, fein besticktes grünes Wams über einem blütenweißen Seidenhemd.

Meine Güte, diese eitlen Herrlein ...

denkt Klara noch so bei sich und erwartet nun zu dem geckenhaften Putz ein entsprechend hochmütiges Patrizierantlitz. Doch, Überraschung: Auf all dieser wohlbekleideten Pracht sitzt ein vergnügtes, freimütiges Jünglingsgesicht, etwa in Jakobs Alter. Sorgfältig gekämmtes goldblondes Haar fällt ihm in Wellen fast bis zur Schulter. Sein Blick leuchtet nur so vor Zuversicht.

Hinter ihm kommt das genaue Gegenteil die Treppe herabgetrottet, ein Knabe von etwa vierzehn Jahren, pummelig und so schüchtern wie der andere selbstsicher. Auch sein Haar schimmert goldblond, aber im Gegensatz zu der luftigen Haartracht des Älteren ist sein Schopf streng zur Kolbe geschnitten.

Trotz aller Gegensätze ähneln sich die Gesichtszüge der beiden. Greiber hat sie ja auch gerade als Brüder angekündigt.

»Unser Lorenz ist heut wieder ein Bild für die Götter«, lacht Greiber. »Mein Lieber, wenn du in diesem Aufzug als Handwerker nich die Grenzen der Nürnberger Kleiderordnung sprengst.«

Der Geneckte lacht nur vergnügt.

Handwerker? Dieser Pfau von einem Mann soll ein Handwerker sein?

»Ganz gewiss sprengt er die!«, lacht Kleeberger, der als Nürnberger die dort geltenden ständischen Kleidervorschriften ja kennen muss. »Aber keine Sorge, neben seinem künftigen Herrn wird er kaum auffallen! Neben dem Seidenschwanz Dürer wird er geradezu schlicht wirken.«

Klara gefriert das Blut in den Adern.

Dürer.

Die Brüder setzen sich an einen Nebentisch. Dort sollen auch Klara und Jakob Platz nehmen. Die Magd bringt ihre Suppen mit weniger Eifer als eben noch beim Bedienen der hohen Herren.

Sie gehören nun also tatsächlich zum Handelszug nach Nürnberg!

Sie fangen ein Gespräch mit ihren Tischgenossen an. Klara lässt erst Jakob reden, doch nach den gegenseitigen Vorstellungen kann sie ihre Neugier nicht länger zügeln: »Ihr zwei sollt bei *Albrecht Dürer* dienen? Wie kommt ihr denn dazu?«

Der hübsche Jüngling erklärt auskunftsfreudig, dass sich ihr Vater und Dürer aus den Lehrjahren beim Nürnberger Maler Wolgemut kennen, dass es ihren Vater auf der Wanderschaft nach Leipzig verschlug, und dass Lorenz nun als Geselle, sein kleiner Bruder Adrian als Lehrling in Dürers Dienst treten sollen. Sein schönes Gesicht glüht beim Erzählen vor Vorfreude.

»Da müsst ihr beide ja vortrefflich geschickt sein, dass der große Dürer euch nimmt«, fährt Klara erregt fort.

»Nun, ganz ungeschickt bin ich nich«, erwidert Lorenz pfiffig. »Ich werd mich schon halbwegs nützlich mochen. Aber er hier ...«

Er klopft seinem unscheinbaren jüngeren Bruder auf die Schulter. Der Knabe würde lieber im Boden versinken als im Mittelpunkt der Aufmerksamkeit einer Jungfer zu stehen.

»Mein *Adrian* hier ist das Besondere. Dürer nimmt nämlich sonst nie Lehrlinge«, erzählt Lorenz. Bruderstolz flimmert warm in seinen Augen. »Aber Adrian ist so wunderbor begobt, dass mein Vater Dürer gebeten hat, ihn schon zeitig zu fördern. Mich hat er nur mitgeschickt, weil er Adrian in seinem zarten Alter nich allein in der Fremde wissen wollte.«

Klara staunt, wie heiter und ehrlich der so stutzerhaft daherkommende Jüngling ist. Erst als sie Jakobs eiskalten Blick bemerkt, merkt sie, dass sie die ungleichen Malerbrüder hingerissen anstarrt.

»Und so reisen wir nun mit dem guten Herrn Greiber an unseren neuen Dienstort«, schließt Lorenz.

»So reist es sich sicherer«, meldet sich erstmals der Knabe Adrian zu Wort. Seine Stimme krächzt heiser, wie eben Jünglinge klingen, die noch nicht ganz im Stimmbruch sind, sich aber schon Manns genug fühlen, um nicht mehr in ihrer lieblichen Kinderstimme flöten zu wollen. »Es wimmelt nämlich entlang der Via Imperii nur so vor Strauchrittern, die auf Reisende lauern«, fügt er ominös hinzu.

»Adrian, nun verschreck doch nicht unsere neuen Weggefährten«, ermahnt Lorenz den Bruder. Dazu lächelt er Klara vergnügt an. Klara spürt Jakob näher an sie heranrücken.

Vergiss nicht, dass wir ›Geschwister‹ sind, guter Jakob.

»Im Nürnberger Land ist es sonders gefährlich! Kennt ihr die Geschichte von Kunz Schott, der einem Nürnberger Rotsherrn einst die rechte Hand abschlug, damit er ihm keine Drohbriefe mehr schreiben kann? Und ihn dann mit der abgehockten Hand im Wams zurück gen Nürnberg sandte?«

Adrians rundes Knabengesicht ist ganz zerknautscht vor kindlich ernstem Eifer über seine eigene schaurige Erzählung.

»Adrian, so halt doch ein mit der Gruselmär«, ermahnt Lorenz erneut.

Doch vom Tisch gegenüber mischt sich Kleeberger ins Gespräch: »Des is kei Gruselmär, des is a wahre Begebenheit. Ich kann sie bezeugen, denn der Verstümmelte is unser Wilhelm Derrer, den ich gut kenn. Des is scho über zehn Jahr her.«

»Und dieser Derrer hat wirklich bloß eine Hand?«, hakt Jakob nach.

»So wahr ich hier steh. Die hat der Schott ihm abgeschlagen. Er trägt nun a hölzerne Hand.«

»Der Götz von Berlichingen, der trägt ne *eiserne* Hond«, ergänzt Adrian, der sich mit Strauchrittern offenbar bestens auskennt.

»Ja, und wo hat er die wohl her, sei kunstvolle eiserne Hand?«, fragt Kleeberger lakonisch.

»Gewiss von einem *Nürnberger* Handwerksmeister?«, errät Jakob, ein wiederkehrendes Muster reichsstädtischen Stolzes erkennend.

Kleeberger nickt eifrig: »Der Götz hat den Verlust seiner Hand selber verschuldet mit seinen unentwegten, irrsinnigen Raubfehden. Der Ratsherr Derrer hingegen war schuldlos, hat lediglich sei rätliche Pflicht verricht. Und nun hat der Ärmste kei Schreibhand mehr. Stell dir des nur vor, Malerbub, du verlörst die Hand, mit der du zeichnest und malst.« Dazu hält Kleeberger demonstrativ die Rechte hoch.

Adrian schüttelt sich vor Grauen. Klara würde viel lieber noch weiter mit dem schönen Malergesellen über seine glänzenden Zukunftsaussichten plaudern, doch die Kaufleute stehen nun auf. Das Gesinde hat den Zug abfahrtbereit gepackt. Jakob bezahlt, was er und Klara verzehrt haben. Draußen schnauben und scharren die edlen Rösser. Die vier Söldner, etwas durchnächtigt, weil sie in Schichten die Nacht über Wache gehalten haben, nehmen je zu zweit Stellung am Kopf und am Ende des Trosses.

Lorenz zieht sich lässig ein feuerrotes samtenes Barett mit Straußenfeder auf. Passend zu seiner ausgefallenen Gewandung reitet er einen viel zu feinen Rappen für einen Malergesellen. Adrians kleine Mähre hingegen ähnelt eher Wenzel. Wenzel, der die ganze Nacht hindurch gegangen ist, schnarcht selig inmitten der Rastlosigkeit des Aufbruchs. Jakob hat die größten Schwierigkeiten, ihn wieder an den Karren zu zäumen und zum Weitergehen zu bewegen.

Bald zuckelt der Tross durch den herbstmilden Sonnenschein. Die versäumte Nachtruhe gibt Klara ein mattes Gefühl der Unwirklichkeit, als sie so mit dem Kaufmannszug durch die malerische Landschaft ziehen. Mehrmals müssen sie Halt machen, um Wegegeld zu entrichten, jedes Mal werden Planen geöffnet, Waren begutachtet und Zölle bezahlt. Nach jeder Rast lässt sich Wenzel nur mit Mühe wieder von den Gräsern losreißen und weitertreiben. Den Kaufleuten bieten Jakob und sein widerspenstiger Gaul beste Unterhaltung. Adrian weist ständig mit schaudernder, kindlicher Faszination auf trutzige Vesten hin, die auf hohen Felsen über die Täler ragen. »Das sind die Raubnester! Da droben sitzen sie, die Placker!«

»Schlossergesell, dein Schwesterlein ist ja völlig durchnächtigt«, bemerkt Greiber, der unentwegt am Zug entlang auf und ab reitet und dem nichts entgeht. »Lass sie doch in einen Wagen steigen und schlafen. Und du hast's bestimmt auch nötig.«

»Habt Dank, Herr. Aber ich muss meinen alten Gaul am Laufen halten.«

»Den nehm ich«, bietet Lorenz freundlich an, während er geschickt wie ein Schildknappe an Wenzel heranreitet und die Hand nach Jakobs Zügeln ausstreckt. Der zögert.

»Gib ruhig her, ich nehm ihn gern.«

Jakob übergibt Lorenz die Zügel. Der lässt, ohne dass sein eigener Ritt aus dem Tritt gerät, die Zügel ein paar Mal lässig schnalzen und siehe da – Jakobs störrisches Tier geht gefügig hinter Lorenz her.

»Ruht euch doch aus, wenn's der Herr Greiber schon anbietet. Ich geb derweil auf deinen guten Alten Acht. Wie long wacht ihr denn schon?«

Allein die Erkenntnis, seit fast dreißig Stunden auf den Beinen zu sein, macht sie schlagartig steinmüde. Sie steigen auf einen Kaufmannswagen und legen sich zwischen großen Ballen Tuch hin. Binnen weniger Augenblicke sind beide eingeschlafen.

Seelenverwandt

»WIR SIND IN Bayreuth!«

Jakob blinzelt erschrocken. Er war so tief eingeschlafen, dass er sich erst wieder entsinnen muss, wo er ist und wem die krächzende Knabenstimme gehört.

»Ihr hobt den *ganzen* Tog verschlofen«, sagt Adrian.

Klara rappelt sich auch benommen vom Wagenboden auf. Die Handelsknechte sind bereits am Abladen, sichern die Waren für die Nacht, schleppen Reisetruhen ins Gasthaus, versorgen die Pferde. Lorenz hat seinen eigenen Rappen schon abgezäumt, gestriegelt und trockengerieben und wendet sich nun Wenzel zu, der gierig aus einem Eimer Wasser säuft.

»Ich bin scho da!«, ruft Jakob eilig. »Verzeih, dass ich dir den Gaul so lang aufgehalst hab.«

»Ach was, ich sorg mich doch gern um das alte Bürschlein«, sagt Lorenz während er an Wenzels Geschirr werkelt und ihn von seinem Karren befreit. »Pferde sind mir schon immer lieb.«

»Selbst der alte Gaul hier?«, fragt Jakob.

»Selbst dies alte Rösslein hier«, bestätigt Lorenz, gibt Wenzel einen Apfel und streichelt ihm die rotzigen Nüstern. »Er hat schon bessere Toge gesehen, doch wie er mir erscheint, hat er sein Leben lang treu und fleißig gedient. Nich wahr, mein Guter!«

Lorenz klopft Wenzels Hals. Jakob will den Malergesellen ja eigentlich verachten, weil er so ein Schönling ist und so unbefangen mit *seiner* Klara tändelt. Aber Lorenz macht es ihm schwer, ihn nicht zu mögen. Überdies, woher soll Lorenz auch wissen, dass sich Jakob ein Vorrecht auf Klara ausbedingt? Jakob ist ja Klaras ›Bruder‹. Lorenz hilft Jakob, Wenzel zu versorgen, bevor die beiden Burschen heißhungrig den Gasthof betreten, aus dem es schon wunderbar nach Gesottenem duftet. Das Nachtmahl ist köstlich, der Wein mundet. Als Jakob nach dem Essen an den Schanktisch geht, um Zehrung und Kammergeld zu zahlen, steht Kleeberger neben ihm und legt seine Hand auf Jakobs gezückten Beutel.

»Lass die Geldkatz stecken, Schlosserbub. Es geht mir nach, dass du meinetwegen dei Lehrstellung verloren hast. Esst und trinkt, so viel ihr lustig seid. Und …«

Jakob kann kaum fassen, was Kleeberger ihm da in die Hand drückt.

»Herr, des kann ich ned annehmen …« Er will Kleeberger das Nürnberger Ei wieder zurückgeben.

»Binnen dreier Tag bin ich wieder daheim in Nürnberg und kann beim Meister Henlein a neue Uhr in Auftrag geben. Du hingegen wirst als Mönchlein allem irdischem Tand entsagen müssen. Des Ührlein soll dich immer an deine Schlosserbubtage erinnern.«

Jakob stammelt Dank, kehrt an den Tisch zurück und zeigt Klara, was er da soeben Wertvolles verehrt bekommen hat. Der gute Wein fließt auch nach dem Mahl munter weiter. Was er kostet, muss Jakob ja nun nicht mehr kümmern. Die Handelsknechte karteln mit den bestens gelaunten Söldnern, die heute keine Nachtwache halten müssen, weil die Wägen in einem gesicherten Hof stehen. Die Kaufleute unterhalten sich über ihre Geschäfte und das halbwüchsige Patrizierherrlein redet wieder selbstsicher mit. Adrian hat Papier und Silberstift ausgepackt und zeichnet eine der Burgen, die sie auf dem Weg gesehen haben. Klara setzt sich zu ihm und begutachtet sein Werk.

»Schau dir des an«, flüstert Klara fast ehrfürchtig. Mit Begriffen, die Jakob nicht versteht, versucht sie ihm zu erklären: »Die Proportionen stimmen, die Perspektive auch. Der Knabe is *vierzehn* Jahr alt. Schau dir nur die Felsen und Bäum an – die hat er bloß so hingeworfen, weil es ihm vornehmlich um die Burg geht. Aber grad des scheinbar Achtlose ...«

Jakob begreift auch ohne Fachkunde, was Klara meint. Mit wenigen Strichen zeigt Adrian die eigentlich unschuldige Landschaft so schaurig und bedrohlich, wie *er* sie wahrnimmt, weil er überall lauernde Heckenreiter wittert.

»Sei Vater hat recht. Kein Geringerer als Dürer muss Adrian unterweisen«, schlussfolgert Klara.

»Nun hör doch auf mit den Raubnestern«, beschwert sich Lorenz über die Motivwahl seines Bruders. »Da – versuch dich lieber an einem Konterfei der süßen Jungfer.« Er deutet auf Klara. Jakobs ohnehin verspannte Nackenmuskeln werden noch steifer vor Eifersucht.

»Musst aber schön stillhalten, Klara«, ermahnt Adrian.

»Wir wollen uns gegenseitig reißen«, schlägt sie vor. »Hast denn auch noch einen Bogen für mich?«

Klara zückt einen kunstreich verzierten Silberstift, den sie wie selbstverständlich im Beutel trägt.

<small>Nein, Klara!</small>

Jakobs Anspannung steigt sprunghaft weiter an. Klara verheddert seine schöne Lügengeschichte! Jakob hat sie beide doch als Kinder eines *Schmieds* vorgestellt. Warum sollte Klara also einen wertvollen Silberstift mit sich herumtragen?

Freilich staunt Lorenz: »Eine Schmiedstochter zückt ganz unversehens einen Silberstift?«

Adrian und Klara beginnen zu zeichnen, fordern sich immer wieder gegenseitig auf, aufzublicken und stillzuhalten, lachen und feixen. Erdreistet von der anregenden Tätigkeit bittet Adrian nun Klara, ihren fast aufgelösten dicken Zopf nach vorne über Brust und Mieder zu drapieren, damit er ihn auf der Zeichnung festhalten kann.

Als sie fertig sind, schlägt Klara vor: »Auf drei tauschen wir unsere Bögen.«

»Eins ... zwei ... drei!«, kräht Adrian.

Jakob und Lorenz begutachten über Klaras Schulter hinweg das Porträt, das Adrian soeben von ihr gezeichnet hat. Jakob wird siedend heiß. Es sind nur lässige Striche auf Papier – und doch ... Klaras Mieder wirkt fest und streng, die Haut darüber umso weicher und zarter ... und wie sich ihr loser Zopf an die sanfte Wölbung ihres Busens schmiegt, beweist Jakob, dass da nicht nur eine beschauliche Künstlerhand am Werk war, sondern auch der begehrliche Blick eines Jünglings, in dem gerade die fleischliche Lust erwacht! Dass ein Vierzehnjähriger Klara so sieht und dann auch noch in der Lage ist, sie so auf Papier zu bannen ... und dass sich dann auch noch *andere* Betrachter daran weiden können, wie zum Beispiel dieser *Lorenz*, der unmittelbar neben Jakob steht ...

»Vortrefflich, Brüderlein«, lobt Lorenz ganz entspannt. »Du hast Klara erfasst. Das Bild darf ich doch behalten, oder? Dann kann ich immer an heut Obend zurückdenken und mich grämen, dass ein zauberhaftes Wesen wie Klara hinter grauen Klostermauern in eben derselben Stadt versauert.«

                Obacht, Schönling! Das geht nun zu weit!

»Sieh her, Lorenz, ich hab wohl eine Seelenverwandte gefunden«, sagt indessen Adrian. Er reicht ihm sein von Klara gezeichnetes Bildnis. Lorenz' Heiterkeit weicht ernster Aufmerksamkeit.

                Allmächtiger.

Dass Klara Malertochter ist, weiß Jakob ja, aber ... in weniger als einer Viertelstunde hat sie Adrian abgebildet, den *ganzen Adrian*. Nicht nur jeden Zug seines runden Knabengesichts, jede Strähne seines blonden Haars, sondern sein tiefstes Wesen: den gutmütigen, doch scharfen Blick, die innere Unsicherheit des Heranwachsenden, die Beseeltheit des jungen Künstlers beim Zeichnen. All das mit diesem kratzigen dünnen Griffel.

»Wie vermag eine Jungfer so mit dem Silberstift umgehen?«, fragt Lorenz geradezu erregt.

»Es wird spät, Schwesterlein«, schreitet Jakob ein, »lass uns auf die Kammer gehen.«

Klaras Porträt, das Lorenz ja eigentlich behalten wollte, klammert Jakob eisern in der Hand. Adrian gibt indessen Klara sein Bildnis zurück: »Da, behalt es als Andenken an unsere gemeinsame Reise.«

Sie gehen hoch zu ihrer Kammer. Dank Kleebergers Großzügigkeit müssen sie nicht irgendwo in einer Ecke auf Strohsäcken nächtigen, sondern sind in einer Kammer für wohlhabende Reisende untergebracht, mit zwei festen Unterbetten und bequemen Federdecken.

Jakob kann sich nicht verkneifen: »Findest wohl Gefallen an dem feisten Knaben?«

»Meine Güte, Jakob! Er is a Kind. Was mir gefällt, is sei vortreffliche Kunst und sei gelindes Gemüt.«

»Und was ist mit seinem Bruder, dem Seidenschwanz?«

»Du meinst, dem künftigen *Dürergesellen*? Auch der is ausnehmend freundlich, ned zuletzt auch zu dir. Sei ned boshaft«, lacht sie. Jakobs Eifersucht *erheitert* Klara.

Er fühlt sich plötzlich viel jünger als sie, obwohl sie nur zwei Jahre trennen und er doch ein Mann ist, ein so gut wie ausgelernter Geselle ... Jakob zieht sich missmutig die Schuhe ab und pfeffert sie in die Ecke, bläst die Kerze auf seinem Nachttisch aus und wirft sich mit dem Rücken zu Klara auf sein Nachtlager.

Klara lässt ihre Kerze noch ein Weilchen brennen, setzt sich gemächlich auf ihr Bett, kramt in ihrem Reisegepäck herum, verpackt sorgfältig die Zeichnungen. Erst dann löscht sie ihr Licht und Jakob lauscht gebannt dem Rascheln ihres Oberkleids, das sie sich im Finstern abzieht.

Finstere Stunden

DAS GANZE STADTVIERTEL zwängt sich in die kleine Kirche. Priester Heimberger blickt mit der ihm eigenen Güte auf das Brautpaar, den schmucken Bräutigam, die liebliche Braut. Klara dreht sich zu ihren Eltern um. Vater lächelt ihr aufmunternd zu. Endlich hat sie ihn gefunden, einen Malergesellen, der nicht nur ein anständiger Mensch und ein stattliches Mannsbild ist, sondern an dessen Seite sie sich auch selbst treu sein kann. Ein wahrer Künstler, der sich von ihrer Gabe nicht aus der Ruhe bringen lässt.

Heimberger sagt das Ehegelübde vor, Klara soll nachsprechen. Als sie den Mund dazu öffnet, fliegt krachend die Kirchenpforte auf. Im grellen Tageslicht steht der klobige Umriss von Burckhard Kützel. Fürchterlich steht er da, wie ein hässlicher, feister Racheengel, und hebt einen anklagenden Finger auf Klara.

»Vermähl dich bloß ned mit dieser Schwindlerin, guter Gesell!«
Ein Raunen geht durch die versammelte Gemeinde.
»Nichts hier is echt! Seht her, der Brautvater is längst tot!«
Klara wendet den Blick ihrem Vater zu. Er blickt sie traurig an, während sein rechtes Auge anschwillt und aus dem Schädel quillt. Just bevor der Augapfel zu platzen droht, wird Pauls Haut grau und brüchig. Das Fleisch bröckelt ihm von den Knochen. Als von ihm fast nur noch ein Gerippe übrig ist, wird seine Gestalt fahl und vergeht in bleichblauem Nebel. Frauenstimmen kreischen von den Kirchenbänken.
»Und des ist noch ned alles! Sie is unrein!«, donnert Burckhardt weiter.
Klara sieht an sich herab. Sie ist mit Pusteln übersät. Als sie ihre verstümmelten Hände entsetzt vor das Gesicht schlägt, fühlt sie, dass sie auch keine Nase mehr hat. Das Grauen in Lorenz' Blick geht ihr durch Mark und Bein.

✢

»Heda, Malerkind!«, weckt Jakob Klara aus ihrem Albtraum. »Wenn du vor der Abreise noch a Morgensüpple willst, müsstest nun aufstehen. Is alles gut? Du bist ja gar verschwitzt und verstört.«
»Mir hat bös träumt.«
Klara ist so benommen, dass sie gar nicht bedenkt, wie wenig es sich schickt, nur im Leibchen vor Jakob aus dem Bett aufzustehen. Sie geht zur Waschschüssel und erfrischt sich das erhitzte Gesicht. Sie begutachtet ihre Arme. Die falschen Geschwüre, die sie sich selbst beigebracht hat, sind verheilt und nur noch als leichte Rötungen auszumachen. Als sie sich ankleidet, ist Jakob höflich genug, ihr den Rücken zuzukehren. Sein Unmut vom Vorabend scheint verflogen. Als sie unten in der Gaststube ankommen, sitzen die Gebrüder Schaller schon bei Tisch.
»Guten Morgen, rätselhafte Muse«, grüßt Lorenz.
Heute ist Klara die Gesellschaft des schönen Malergesellen geradezu unangenehm. Sie fühlt sich beschämt, als müsse sie sich für die geplatzte Hochzeit in ihrem Traum entschuldigen. Lorenz, der von den Schrecken der Nacht freilich nichts ahnt, löffelt zufrieden seine dampfende Morgensuppe.
»Ich hab mir die halbe Nacht den Kopf über dich und deine wundersame Kunstfertigkeit zerbrochen«, tändelt Lorenz.

Klara schüttelt nur abwehrend den Kopf und setzt sich an ihren Suppennapf.

Adrian fragt: »Heut Abend wollen wir wieder zeichnen, nich wohr? Lass uns diesmal das Gleiche reißen. Wie wär's mit Herrn Kleeberger?«

Wohlgemut bricht der Handelszug auf in den sonnigen Oktobertag und schlängelt sich durch die Täler, vorbei an weißgrauen Felsen zwischen buntem Herbstlaub. Die Söldner sind besonders guter Dinge, weil alle vier die Nacht durchschlafen konnten. Lorenz bietet Klara immer wieder an, sich auf seinen schönen Rappen zu setzen, doch Klara will lieber zu Fuß gehen, um die Eifersucht des armen Jakob nicht weiter zu strapazieren.

Nach der Mittagsrast hält Greiber die träge gefutterten Reisenden an, doch munter weiterzuziehen, damit sie noch bei Tageslicht in Pottenstein ankommen.

»Baumstamm im Weg!«, ruft einer der Söldner der Vorhut auf einem engen Wegstück im Wald. Wägen und Pferde kommen unter den Rufen der Kutscher und Reiter knirschend und scharrend zum Stehen.

»Da vorn ist was im Busche«, wispert Adrian beklommen.

»Ach was, Adrian! Ein Baum ist auf den Weg gestürzt«, beruhigt ihn Lorenz – als der Söldner, der eben vor dem Hindernis gewarnt hat, mit einem Schrei aus dem Sattel stürzt. Die Pferde scheuen, reißen an ihrem Geschirr. Klara hört über das Stimmengewirr hinweg ihr Herz in ihren Ohren poltern. Ist es denn möglich?

Ist das ein Überfall?

Die drei noch im Sattel sitzenden Söldner zücken die Waffen. Jakob drückt Klara beschützend hinter eine Wagenplane. Greiber gibt seinem Pferd die Sporen und prescht ans Kopfende des Zuges. Auf sein Zeichen senken die Söldner widerwillig die Waffen.

»Der Ritter von Geislingen!«, ruft Greiber erkennend. »Und der von Rosenberg. Und der junge von Absberg. Was begehrt Ihr von uns?«

Klara wagt sich ein Stück weit aus dem Schatten des Wagens, um das Geschehen zu verfolgen. Aus einem Hinterhalt im Wald hat sich etwa ein Dutzend Heckenreiter auf dem Weg aufgebaut. Zu viele für drei Söldner, weshalb Greiber jeden Versuch einer Verteidigung auch sofort unterbunden hat.

Die Fremden entwaffnen nun geschwind und grinsend die nutzlos gewordenen Geleitmänner. Der unverletzt gebliebene Vorhutreiter ist aus dem Sattel gesprungen und kniet bei seinem verwundeten Gefährten.

Angeführt wird die Rotte der Angreifer von vier Rittern in glänzenden

Rüstungen, Federn am Helm und Banner an den Satteln. Ihr Gefolge wirkt dagegen eher verlottert. Ihre Rüstungsteile sind wahllos zusammengewürfelt, die Gewänder zerlumpt, und hinter den edlen Rössern der Ritter scharren garstige, ungepflegte Gäule.

»Mir Vergunst, guter Mann, Ihr seid kei Nürnberger«, antwortet der Ritter von Geislingen herablassend. »Mei Anliegen gilt den Nürnbergern. Wo is Pirckheimer? Der soll doch hier sein.«

Nun lässt Kleeberger sein Pferd nach vorne traben und ergreift sicher das Wort: »Pirckheimer haben andere Geschäfte daheim gehalten. Wenn Ihr mit einem Nürnberger verhandeln wollt, müsst Ihr mit mir vorliebnehmen.«

»Und Ihr seid?«

»Hans Kleeberger. Was is Euer Begehren, dass Ihr uns auf offener Straße anfallt?«

»Nun ...«, lacht der Ritter von Geislingen hässlich. Sein Gefolge fällt pflichteifrig mit ein. »Am liebsten hätt ich meinen Bruder zurück, aber den habt Ihr Nürnberger ja auf dem Gewissen. Also will ich wenigstens mei Recht.«

»Die Sach mit Eurem Bruder is längst beigelegt. Da gibt's nichts mehr zu bereden. Habt Ihr denn der Stadt die Fehde erklärt?«, wird Kleeberger gleich juristisch, was dem Ritter von Geislingen missfällt: »Die kommt noch früh genug!«

»Ohne Fehde habt Ihr kein Recht, uns aufzuhalten«, beharrt nun auch Greiber.

»Ich will Euch ja gar ned aufhalten. Kommt, wir geleiten Euch sicher an Euren nächsten Halt. Lasst uns zusammen einkehren. Morgen wollen wir dann sehen, wie die Reise weitergeht.«

Wieder das schmutzige Lachen. Klara blickt zu Adrian, dessen Schauervisionen sich bewahrheitet haben und der kreidebleich und schief im Sattel hängt. Die drei unversehrten Geleitmänner legen ihren verletzten Waffenbruder in einen der Wägen. In ihren Gesichtern steht nur mühsam gebändigte Wut über die Ohnmacht, die Zugführer Greiber ihnen auferlegt hat.

»Klara«, flüstert Jakob scharf in ihr Ohr. »Trollen wir uns.«

Jakob hat recht. Diesem Handelszug droht Übles. Wenn es ihnen gelingt, sich fortzustehlen, können Klara und Jakob den restlichen Weg nach Nürnberg auf eigene Faust zurücklegen. Während sich die Wägen ruckelnd wieder in Bewegung setzen und sich das Dutzend Placker um den Zug herum formiert, weichen Jakob und Klara lautlos und unauffällig in Richtung Wald.

»Wohin des Wegs, junge Gefährten!«, ruft eine grelle Stimme. Der jüngste Ritter hat sie erhascht. Er reitet dicht an Jakob und Klara heran und drängt sie zurück zum Handelszug wie ein Schäferhund zwei entwischte Lämmer. Ihr kläglicher Fluchtversuch schärft wohl die Aufmerksamkeit des jungen Ritters, denn nun reitet er den Zug auf und ab und besieht sich seine neue Reisegesellschaft eingehender.

»So viel junges Gemüse hier«, kommentiert er. »A schönes Jungferl, a schmächtiger Hasenfuß ... und, oha – a ganz fürnehmes kleines Herrlein!« Damit meint er den Patrizierknaben, der sich bemüht, mit fest nach vorne gerichtetem Blick weiterzureiten. »Wie heißt des junge Herrlein denn?«

»Jörg Volckamer«, antwortet der Knabe verbissen.

»Volckamer?«, vergewissert sich der Ritter von Geislingen. »Doch ned etwa a Spross des einstigen Losungers Volckamer?«

Jörg nickt tapfer. Stimmbrüchig fordert er: »Und Ihr tätet gut daran, uns ziehen zu lassen. Sonst ...«

»Sonst was? Mit der Rache eines toten Vaters zu drohen, is doch recht müßig, junges Herrlein! Doch Reichtum scheint er Euch ja genug hinterlassen zu haben«, spottet der junge Strauchritter, während er dem Knaben mit der Schwertspitze das samtene Barrett vom Kopf hebt und hämisch kreiseln lässt. »Wie allerliebst die Mutter Euch doch eingekleidet hat für Eure erste große Handelsreise.«

Nun nähert er sich den Gebrüdern Schaller: »Und wen haben wir wohl hier?«

Adrian lenkt seine Mähre ängstlich in den Windschatten seines großen Bruders. Lorenz blickt dem Placker trotzig ins Gesicht. Der junge Ritter und Lorenz reiten nebeneinanderher und starren sich feindselig an.

»Wir sind die Söhne des ...«

Klara beobachtet, wie Lorenz in Sekundenschnelle entscheiden muss, wie er mit dieser heiklen Lage umgehen soll. Dann hat er einen fürchterlichen Einfall: » ... des Herrn Tucher.«

»Des *Anton Tucher*?«, hakt der Ritter nach.

»Desselben«, bestätigt Lorenz ohne die leiseste Ahnung, von wem er überhaupt spricht.

Jörg Volckamer macht bei dieser dreisten Falschauskunft große Augen, sagt aber nichts.

»Des *jetzigen* Vordersten Losungers Sprösslinge seid Ihr?«

Der Blick des jungen Strauchritters flackert gierig auf. Klara begreift, dass Lorenz einen schweren Fehler begangen hat. Wie ein Pfau, der in Gefahr unwillkürlich sein Rad schlägt, wollte Lorenz sein Gegenüber einschüchtern, wollte sich und Adrian wichtiger machen als sie sind. Und angesichts seiner feinen Gewänder zweifelt der Placker auch nicht daran, dass Lorenz zur höchsten Nürnberger Ehrbarkeit gehört.

»Sebastian von Seckendorff«, stellt sich der junge Ritter nun vor und reicht Lorenz aus dem Ritt heraus die Hand. »Wir erleben gewiss noch so manche Kurzweil miteinander.«

In seinen Worten schwingt etwas Bedrohliches mit. Dann wendet er sich Klara und Jakob zu, die schüchtern zu Fuß hinterhergehen. Jakob führt seinen armseligen Gaul Wenzel am Zügel. Sie werden also bestimmt nicht für Patrizier gehalten.

»Und ihr zwei?«, fragt Seckendorff.

Diesmal wartet Klara nicht ab, dass Jakob das Wort übernimmt. »Wir sind niemand«, sagt sie so bestimmt, wie sie nur kann.

»Fürwahr? Womöglich seid Ihr ja auch unerkannt reisende Pfeffersackkinder?«, bohrt Seckendorff, erpicht darauf, noch mehr Lösegeldquellen aufzutun. Der Anführer der Rotte, der Ritter von Geislingen, bekommt das Gespräch mit und lässt sich zu ihnen zurückfallen.

»Sag an, wer bist du, Bursche? Ich vergess niemals a Antlitz – und deines vermein ich zu kennen«, sagt er zu Jakob. Klara hält den Atem an. Jakob antwortet ruhig: »Ich bin der Sohn des Plattners Burckhardt Kützel zu Kulmbach. Der hat Euch unlängst einen Harnisch und Helm geschmiedet.«

Von Geislingen mustert Jakob eingehend.

»Ja, ich entsinn mich. Lass den Knaben in Ruh, Sebastian, der is bloß a Schmiedegesell.«

Klara muss sich beherrschen, um nicht hörbar aufzuatmen.

»Aber die drei hier sind wohl allesamt Losungersöhne?«, fragt der Ritter von Geislingen mit Geste auf Volckamer und die Malerknechte.

»Der hier is Paul Volckamers Kind und die zwei sind Söhne des Anton Tucher. Die werden sich gut schatzen lassen für ihre Sprösslinge«, bestätigt Sebastian von Seckendorff stolz, als wäre es sein Verdienst.

Als sie beim Gasthof ankommen, steht der Wirt schon erwartungsfroh im Tor und freut sich auf einen einträglichen Abend mit dem erwarteten Handelszug. Als die Söldner den blutüberströmten Körper des Verletzten aus dem Wagen hieven, weicht sein Lächeln blankem Entsetzen. Er ruft lauthals nach Weib und Gesinde, weist eilig die Söldner mit ihrer Last ins Gasthaus. Die Wägen werden diesmal achtlos und ungesichert im Hof abgestellt, denn wovor soll man sie jetzt noch schützen? Sebastian von Seckendorff heißt seine Knechte, die vermeintlichen Losungersöhne sofort auf ihre Schlafkammern zu bringen. Jörg und Adrian sind beide bleich wie eine Wand. Lorenz hingegen sieht bedenklich trotzig aus.

Gib Ruh, Lorenz!
Denn mit diesem Placker ist nicht gut Kirschen essen. Er sollte ihn lieber nicht reizen.

Der arme Wirt muss nun auftischen, als wäre nichts. Allerdings hält ein Dutzend mehr Mäuler bei ihm Einkehr als erwartet, und die werden weitaus mehr prassen und saufen – und keinen Heller bezahlen. Mit versteinerter Miene gehen Wirt und Schenkmägde ihrer Arbeit nach. Während die Placker zufrieden zechen, löffeln die Kaufleute und ihr Gesinde schweigend. Als die Treppenstufen unter schweren Tritten knarzen, ahnt die Gesellschaft in der Gaststube, dass das nichts Gutes verheißt. In die angespannte Stille berichtet ein Geleitmann, dass der Verwundete verblutet ist.

»Dumm wie Bohnenstroh«, spuckt Greiber verächtlich. »Einen Nürnberger Kriegsknecht meucheln, ohne zuvor der Stadt die Fehde erklärt zu haben. Euch geht's an den Kragen, Geislingen.«

»Des wollen wir sehen«, erwidert der.

»Der Kaiser wird Euch alle in die Reichsacht nehmen«, fährt Greiber fort.

»Des wird sich zeigen«, entgegnet der Ritter von Geislingen gelassen.

Ritter und Gefolgschaft bechern unbekümmert weiter. Am schnellsten besäuft sich in seinem jugendlichen Übermut Sebastian von Seckendorff. Unter dem grölenden Beifall seiner Knechte gießt er das Bier so gierig hinunter, dass es ihm zu den Mundwinkeln heraus und den gezwirbelten Kinnbart hinabläuft.

»Tu langsam, Sebastian«, mahnt in augenfälliger Missbilligung der Ritter von Geislingen, der selbst viel bedächtiger trinkt.

»Wir haben doch Grund zu feiern!«, gluckert Seckendorff. »A halbes Dutzend voll beladener Wägen, a gute Faustvoll Pfeffersäck und obendrein noch drei geschlechtige Nürnberger Herrlein. Und alles ohne auch nur einen Tropfen Blutvergießens ... unsererseits!«

Die Placker lachen dröhnend. Kleeberger, der bislang schweigend dagesessen ist, regt sich nun.

»Wen meint Ihr mit *drei Nürnberger Herrlein*?«, fragt er stirnrunzelnd.

Klara drückt bange unter der Tischplatte Jakobs Hand, denn jetzt kommt Lorenz' ungeschickter Schwindel ans Licht.

»Na, die Söhnlein der Losunger Volckamer und Tucher, guter Herr Pfeffersack«, ruft triumphierend Seckendorff, der inzwischen auf den Tisch gestiegen ist und dem gerade ein frischer überschwappender Humpen gereicht wird.

»Hier is nur Jörg Volckamer. Es sind keine Tucher unter uns«, antwortet Kleeberger befremdet.

Seckendorffs Humpen, den er soeben ansetzen wollte, bleibt in der Luft schweben, während Kleeberger ihn weiter aufklärt: »Anton Tuchers Söhn heißen Anton und Linhard. Anton ist daheim bei seinem Weib, des ihm eben dieser Tag des dritte Kind geboren hat. Und der Linhard weilt grad im Welschland. Darum frag ich Euch abermals, wovon redet Ihr da?«

Seckendorff streicht sich das Bier aus dem Bart, verarbeitet bemerkenswert langsam.

»Nun, des kam mir ja sogleich wunderlich vor«, sagt unaufgeregt der Ritter von Geislingen. Er zuckt mit den Schultern. Für ihn ist die Angelegenheit erledigt.

Der Ritter von Seckendorff steigt torkelnd vom Tisch herab und verschüttet dabei sein Bier über die Köpfe seiner Kumpanen.

»So is recht, geh du nur und schlaf deinen Rausch aus«, rät ihm der Ritter von Geislingen trocken, während der jüngere Ritter bierwütig die Treppe hinaufstapft.

»Darf sich mein Gefolge auch entschuldigen?«, fragt Greiber dürr.

»Des Gesind kann auf die Kammern gehen, die Pfeffersäck bleiben hier. Mit Euch will ich noch schwatzen«, bestimmt Geislingen.

Klara und Jakob lassen sich das nicht zweimal sagen. Sie huschen die Treppe hinauf in ihre zugewiesene Kammer. Das Wissen, dass hinter einer der Türen auf diesem finsteren Flur ein toter Geleitmann liegt, lässt Klaras Gedärme flau flattern.

»Lass uns abwarten«, schlägt Jakob vor. »Sobald die Nacht tief genug is und die Trunkenbolde schlafen, stehlen wir uns davon.«

»Und Adrian und Lorenz nehmen wir mit«, ergänzt Klara.

Jakob schweigt einige Sekunden, während er abwägt.

»Wir wissen doch gar ned, in welcher Kammer sie sind«, sagt er, dem Vorschlag abgeneigt.

»Sie sind gleich neben uns. Ich hab ihre Stiefel vor der Kammertür stehen sehn. Wir können sie ned einfach im Stich lassen.«

Jakob lenkt ein. Sie legen sich angekleidet auf die Betten und warten regungslos. Unten tost, lacht und poltert das Dutzend Placker wüst weiter und gibt keinerlei Anzeichen, dass sie bald zur Ruhe kommen werden. Irgendwann sagt Jakob: »Die saufen sich erst so recht zu.«

»Vielleicht sollten wir doch ned darauf harren, dass sie zu Bett gehen, sondern uns schleichen, solang sie noch zechen.«

»Ganz mei Gedanke.«

Sie lugen in den finsteren Flur. Der liegt leer und verlassen. Sie huschen hinüber zur benachbarten Kammer. Unter ihnen lärmt es wüst. Bedächtig öffnet Jakob die Tür, hinter der sie die Schallerbrüder vermuten.

»Adrian? Lorenz? Wacht auf, wir trollen uns«, raunt Klara ins Halbdunkel. Der Mond scheint kräftig genug durch das Fenster, dass Klara zwei dunkle Schatten ausmachen kann, mitten in der Kammer, schlaff auf den Dielen ausgestreckt.

Leblos.

Um sie herum glitzert es nass. Klara atmet scharf ein, unterdrückt den Aufschrei, der ihr durch jede Faser ihres Körpers fährt. Jakob stürzt in die Kammer, sinkt neben den Schatten auf die Knie. Als er die Leiber anstupst, fallen sie schwer wieder zurück. Klara will sich abwenden und kann nicht. Ihr Malerauge nimmt alles unerbittlich auf: Das Blut, dunkel und klebrig auf den hellen Hemden und im silberglänzenden Haar.
Die zertrümmerte Hälfte von Lorenz' schönem Gesicht.
Adrians Augen, die leer an die Decke starren.
Die glänzende Blutlache, die sich sickernd unter ihnen ausbreitet.

Endlich gewinnt Klara die Herrschaft über ihren erbarmungslosen Blick und wendet ihn ab. Zu spät. Wie alles, was ihre Augen erfassen, ist das Bild der toten Brüder auf ihre Netzhaut eingebrannt. Da wird es für immer bleiben.

»Sebastian von Seckendorff«, sagt Jakob nur.

Schwere Tritte im Flur. Jakob schiebt die starre Klara hinter einen breiten Schrank. Dort kauern sie sich hin. Jakob quetscht Klaras Hand, während die Tür aufgeht und einen Augenblick lang Grabesstille herrscht. Dann: »Marter, Leid und Sakrament!«

Das ist die Stimme des Ritters von Geislingen. Klara hört ein paar steife Schritte, das Rascheln seiner schweren Gewänder, während er sich zu den Toten bückt. Das einzige andere Geräusch im Raum ist das trunken schnaufende Atmen des Sebastian von Seckendorff.

»Was in drei Teufels Namen hat sich hier begeben?«, will Geislingen wissen.

»Der Ältere hat sei freches Maul zu weit aufgespreizt.«

Entweder ist Seckendorff in seinem Zustand zu keiner besseren Erklärung fähig – oder aber er hält trotzige Widerrede für eine ausreichende Begründung für einen Totschlag.

»Hast dich wohl der beiden Knäblein ned zu wehren gewusst, hä?«, ärgert sich der Ritter von Geislingen hohntriefend. »Hat der kleine Fettwanst dich bedroht? Hast sie in Notwehr erschlagen?«

»Die vermaledeiten Lügner«, rechtfertigt sich Seckendorff. »Hätten's mich ned angelogen! Ich bin halt sauer worden.«

»Und was nun?«, fragt ruhig eine weitere Stimme, die Absberg oder Rosenberg gehören muss. Geislingen findet seine Fassung wieder und schreitet zur Lösung des Problems: »Schafft sie weg. Sorgt dafür, dass die Sauerei hier gereinigt wird. Die Pferde der Knaben macht los und jagt sie fort.«

»Der Rappe is schön, den hätt ich gern behalten«, widerspricht Seckendorff.

»Sag, Sebastian – wer hat dir denn des Hirn versengt? Bei meiner Seel! Du bringst noch große Schand über des Geschlecht derer von Seckendorff. Dass aus einem solch ehrenfesten Haus so a Wasserkopf hervorgehen kann! Ihr jagt die Pferde fort, damit wir den Kaufleuten weismachen können, die Gesellen seien weiterzogen und unterwegs verschollen.«

»Du tust ja so, als hätt ich einen Edelmann erschlagen. Des waren doch bloß Handwerksburschen ... wie sich ja schlechterdings erwiesen hat«, knurrt Seckendorff, immer noch gekränkt, dass er getäuscht wurde.

»Handwerkburschen, die in Nürnberg erwartet werden«, belehrt ihn Geislingen. »Des braucht bloß irgendein hoch angesehener Handwerksmeister sein, der beim Rat einen Stein im Brett hat ...«

Seckendorff lacht herzlich über die Worte »hoch angesehen« und »Handwerksmeister« im selben Satz. Aber der Ritter von Geislingen hat, ohne es zu ahnen, den Nagel auf den Kopf getroffen: Wenn dem geachteten *Albrecht Dürer* zwei Knechte abgehen, wird das in Nürnberg bestimmt an höchster Stelle bemerkt.

»Lach ned. Du kennst doch die Städter. Ganz sonderlich die Nürnberger. Am End behält Greiber noch recht und der Kaiser verhängt die Reichsacht über uns«, schwant dem Ritter von Geislingen.

»Über mir hängt die Reichsacht scho zwei Jahr und sie hat mir bislang kein Leids getan«, spottet Seckendorff leichthin.

»Über dir. Aber wir anderen, wir genießen die Gunst des Kaisers zur Stund noch!«

Von Geislingen stapft zornig davon. Der wohl einigermaßen nüchtern gebliebene dritte Ritter übernimmt das Heft des Handelns: »Gehen wir unsere Knechte holen.«

»Bringen wir es hinter uns. Ich wollt ja auch noch der rotbrünstigen Jungfer mei Aufwartung machen«, plant Seckendorff schon seine weitere nächtliche Unterhaltung. Klara drückt Jakobs Finger so fest, dass er die Lippen zusammenbeißen muss. Wann hat sie eigentlich zuletzt geatmet? Ihr ist übel und vor ihren Augen tanzen bläuliche Flecken.

»Bist wahrlich so töricht, wie Hans meint, oder bloß so besoffen?«, fragt der besonnenere Ritter.

Die Placker verlassen die Kammer. Erst als ihre Schritte durch den Flur fortgestiefelt sind, tut Klara röchelnd den längst überfälligen Atemzug. Langsam tränkt die Süße des vergossenen Bluts die stickige Kammerluft. Klaras Übelkeit bäumt sich zum Brechreiz auf.

»Wir müssen fort«, haucht Jakob.

»Wie denn?«, hechelt Klara zwischen zwei Atemzügen. »Hinaus auf den Gang können wir uns ned wagen.«

Jakob geht zaghaft zum Fenster und öffnet es vorsichtig. Frische Nachtluft strömt herein, klärt Klaras Kopf ein wenig. Sie tritt neben Jakob, der befangen nach unten blickt.

»Kommen wir da wohlbehalten hinab?«, fragt er mit Blick auf den steilen Abstieg in die Nachtschwärze.

»Uns bleibt nichts anders.«

Klara schwingt ein Bein aus dem Fenster, zieht umständlich die Röcke nach. Bei ihrer letzten Flucht aus einem Fenster war sie im Untergewand, was wesentlich einfacher war. Unter ihr zeichnet sich im Dunkel das spitze Dächlein des Vorbaus ab. Wie weit ist das, ein Klafter? Darauf könnte man sich herablassen, dann vorsichtig die Dachschräge hinabrutschen ... und von dort ist es nur noch ein beherzter schulterhoher Sprung zum Boden. Klara steigt aus dem Fenster und fasst das Sims.

Komm, Klara.

In schlotternder, speiübler Angst lässt sie sich herab. Ihre Fußspitzen tasten nach dem Dächlein und finden es nicht. Hilflos hängend blickt sie zu Jakob hoch, doch der zwinkert nur bange in die Finsternis. Ihre zittrigen Finger geben nach. Krachend kommt sie auf dem Vordach auf und findet keinen Halt, rutscht bäuchlings mit den Füßen voran hinab. Jetzt kommen ihr ihre bauschigen Röcke zur Hilfe, denn sie verhaken sich in den bemoosten Ziegeln und verlangsamen ihre Rutschfahrt so, dass sie an der Dachkante zum Halten kommt. Ihr Blick sucht Jakob, der nun auch aus dem Fenster klettert. Der Aufprall seiner Füße auf dem Vordach und sein unbeholfenes Rutschen erscheinen Klara entsetzlich laut. Sie springen herab auf den lehmigen Boden, rappeln sich auf und hasten hinter die Stallmauer.

Die Pferde der Schallerbrüder stehen noch da. Das bedeutet, dass jeden Moment jemand aus dem Gasthof kommen und die Pferde freilassen muss, wie der Ritter von Geislingen befohlen hat. Sie halten sich verborgen und warten ab. Und tatsächlich, bald geht die Gasthoftür auf und zwei Knechte wanken bierselig mit einer Laterne auf den Stall zu. Klara hört Leder reiben und Eisen klirren. Die Placker satteln und zäumen die Pferde der Schallers. Es soll wohl nach einem Unfall oder Abwurf aussehen, wenn die Tiere später irgendwo gefunden werden.

An der nun im Stall aufkommenden Unruhe hört Klara, dass die Männer die Pferde losbinden und vertreiben. Gerten knallen, Pferde wiehern, Hufe trappeln, während schwere Tierkörper sich in heller Aufregung im engen Stall gegeneinander wälzen. Endlich galoppieren die beiden Pferde der Schaller über den Weg fort. Die Knechte rennen ihnen schwerfällig noch ein Stück hinterher, schnalzen mit den Peitschen. Dann kehren sie zurück ins Gasthaus. Im Stall wird noch rastlos geschnaubt, gewiehert und gescharrt.

»Ein günstigeren Augenblick wird's ned geben, Klara«, sagt Jakob.

Sie kommen aus ihrem Versteck, finden Wenzel, machen ihn los und schirren ihn vor seinen Karren. Dass er wiehernd protestiert, fällt im allgemeinen Tumult im Stall nicht weiter auf. Jakob führt das Gespann hastig vom Gasthaus fort. Klara wagt nicht, zurückzublicken. Bald hat die Finsternis des Waldes Klara und Jakob umschlungen wie eine schützende Decke.

Entschluss

KLARA SCHLÄFT ERSCHÖPFT auf dem Karren und Jakob stapft stetig wie ein Mühlenrad voran. Das tut gut. Bloß nicht zurückblicken. Immer nach vorne, auch die Gedanken, nach Nürnberg, wo sie wohl gegen Mittag des nächsten Tages ankommen werden. Durchs Stadttor wird ihn sein Geleitbrief von Pfarrer Heimberger wohl bringen. Und sein frommes Schwesterlein lassen sie bestimmt auch rein.

Und dann?

Jakobs Gedanken führen ihn zurück in die Mordkammer und vor allem zu dem Brief, den er dort auf dem Tisch liegen sah. Jakob kann sich zusammenreimen: Der betrunkene, düpierte Sebastian von Seckendorff stellte die Brüder Schaller zur Rede und die gaben wahrscheinlich kleinlaut zu, doch keine Patriziersöhne und somit doch kein großer Fang zu sein. Nachdem ihn das Empfehlungsschreiben des Malers Schaller an den Maler Dürer zweifelsfrei von dieser enttäuschenden Wahrheit überzeugt hatte, ging Seckendorff in blinder, trunkener Wut auf die beiden Wehrlosen los. Der Bogen blieb nach der Bluttat mit gebrochenem Siegel auf dem Tisch liegen, wo es kurz später Jakob ins Auge fiel.

Ein Gedanke dämmert in Jakob, waghalsig und unvernünftig. Je öfter Jakob versucht, ihn wegzuwischen, desto hartnäckiger setzt er sich in seinem Kopf fest, wie so viele seiner waghalsigen und unvernünftigen Gedanken.

> Was, wenn …

Mit so einem Geleitschreiben könnte Jakob doch als Lorenz Schaller in der freien Reichsstadt Nürnberg Einzug halten. Der Ritter von Geislingen hat den Kaufleuten ja vorgetäuscht, die Schaller seien einfach weitergereist. Es wird also niemand Kunde vom Tod der Brüder nach Nürnberg tragen. Jakob könnte sich bei diesem Maler Dürer einnisten, den alle so wunderbar finden.

Jakob bringt den Rest des Weges damit zu, sich seine neue List zurecht zu legen. Am späten Nachmittag gelangt er an einem unscheinbaren Gasthof an, der ihm als gutes Quartier für die letzte Nacht ihrer Reise erscheint. Er weckt Klara. Nachdem sie ihre Truhen hereingebracht und appetitlos eine Mahlzeit verdrückt haben, gehen sie in ihre Kammer und sinken erschöpft auf die Strohsäcke. Jetzt, wo Kleeberger nicht mehr die Zeche zahlt, fällt ihr Nachtlager weit weniger behaglich aus.

»Klara, horch zu«, schildert Jakob ihr seine Pläne, »wenn wir in Nürnberg anlangen, will ich mich an Lorenz' Stelle beim Maler Dürer vorstellen.«

Klara weicht befremdet zurück: »Des is doch Aberwitz.«

»Ich hab den ganzen Tag darüber nachgesonnen. Ich weiß genau, wie ich's anstellen will. Ich bericht dem Maler vom Angriff der Strauchritter und wie ich meinen kleinen Bruder im Wirrwarr aus den Augen verloren hab.«

»Und dann? Du hast doch ned die blasseste Ahnung von der Malerei.«

»Ich geb vor, mir beim Überfall im Gemenge die Hand verletzt zu haben. Wenn Dürer kei Unmensch is, wird er mich wohl einige Wochen lang bei sich genesen lassen.«

»Und ich?«, fragt Klara schließlich.

»Irgendwo in der großen Stadt findet sich für a gerade Jungfer wie dich scho a Stellung. Womöglich kann ja gar der Dürerhaushalt a Magd brauchen? Es klingt ja so, als wär er recht wohlhabend.«

Etwas in Klaras Gesicht kippt. Ihr zweiflerischer Blick wird steinhart.

»Hast einen besseren Vorschlag?«, fragt Jakob eher rhetorisch.

»Hab ich in der Tat.«

Entschlossenheit funkelt in Klaras Blick und erinnert Jakob kribbelnd daran, wozu sie imstande ist. Dieses Weib hat sich bei lebendigem Leib bestatten lassen, um seinem Stiefvater zu entgehen. Was heckt sie nun hinter der bitterernsten Stirn aus?

»Ich komm mit dir. Aber weder als Schwesterlein noch als Magd. Dürer erwartet zwei Brüder. Also werden auch zwei Brüder bei ihm vorstellig.«

Jakob lacht verdattert: »Nun, des geht ja ned.«

»Eher noch geh ich als Jüngling durch denn du als Maler.«

Jakob lacht wieder. Klara fährt auf. Jäh und heftig bricht aus ihr heraus: »Mir ward mei *Vater* genommen, mei *Werkstatt*, mei *Zukunft* ... und nun soll mir die Gelegenheit entgehen, beim *Größten aller Maler* zu dienen?« Lodernd blickt sie in Jakobs staunendes Gesicht: »Nie und nimmer.«

> Sie verlässt ohne Erklärung die Kammer und lässt Jakob einfach zurück. Wo will sie denn nun hin?

Jakob widersteht dem Impuls, ihr zu folgen.

> Lass sie. Sie ist verstört.

Kein Wunder bei allem, was sie durchgestanden haben. Frauengemüter erhitzen sich nun einmal leicht, sie kühlen aber auch schnell wieder ab. Und wenn Klara wieder schön ruhig und besonnen ist, kann Jakob auch wieder vernünftig mit ihr reden.

»Wo warst denn?«, will Jakob wissen, als sie zurückkehrt.

»Bei von der Wirtin etwas borgen.«

Jetzt erkennt Jakob im trüben Kammerlicht, was da metallisch in ihren Händen blitzt. Eine Schere hat sie sich bei der Wirtin ausgeliehen. Jakob dämmert, dass Klaras Vorhaben, sich als Adrian auszugeben, ihr völliger Ernst ist.

»Klara ... sei ned albern.«

»Hast den Eindruck, mir is nach Albernheit zumut?«, beißt sie zurück.

Bevor Jakob noch einmal seine Bedenken und sein dringendes Abraten äußern kann, schabt die Schere bereits unerbittlich an Klaras dickem kupferroten Zopf.

»Du bist doch irr! Klara, halt ein! Kein Mensch glaubt dir je, dass du a Jüngling seist.«

»Des wollen wir sehen.«

Die Schere knirscht unbeirrt weiter und Jakob dreht sich schier der Magen um. So hat er sich das nicht vorgestellt, als er die holde Jungfer aus dem Siechhaus rettete!

Klara wirft den gekappten Zopf auf ihr Strohlager und fordert: »Führ keine Reden, hilf mir lieber.«

»Den Teufel werd ich tun, deinen Irrsinn auch noch zu fördern.«

Jakob verschränkt renitent die Arme, während Klara weiter wüst an ihrem Haar herumhackt.

»Na gut, gib her. Des kann ich ja ned mit ansehen«, seufzt er schließlich.

Jakob ist überfordert, sowohl mit der Aufgabe als auch mit Klaras unverrückbarem Willen. Unbeholfen macht er sich ans Werk. Wie hat das die Mutter immer gemacht, wenn sie ihren Söhnen das Haar stutzte? Er versucht sich an einem Kolbenschnitt, wie ihn der echte Adrian trug, doch die schnurgeraden Linien entlang Stirn und Wangen, die zu einer ordentlichen Kolbe gehören, bringt der inzwischen ganz fahrige Jakob nicht zuwege. Außerdem wirkt das alles an Klara immer noch viel zu zart! Jakob besinnt sich auf die männlichste Haartracht, die ihm einfällt, die derb gehobelten Schöpfe der Landsknechte, und raspelt kurzerhand die Überreste von Klaras eben noch prächtigem Haar zwei Fingerbreit von ihrem Schädel ab. Sein Gemütszustand dabei schwankt irgendwo zwischen Entsetzen und Abenteuerlust.

Teufelsweib.

Dass ihr ihre weibliche Zierde nur so um die Ohren fliegt, scheint Klara überhaupt nicht zu bekümmern. Sie hat nur ein Ziel: eine Anstellung im Hause des Mannes, den sie den »Größten aller Maler« nennt.

Jakob ist fertig und tut einen Schritt zurück, um das Ergebnis seiner Mühen zu begutachten. Sowohl zu seiner Erleichterung als auch zu seinem Verdruss stellt er fest, dass ihm Klara auch völlig zerrupft immer noch wie das süßeste Geschöpf auf Erden erscheint.

»Des wird nichts!«, klagt er. »Du bist zu lieblich. Man wird dich für a Nönnlein halten, des dem Kloster entsprungen is.«

»So wart doch ab«, sagt Klara unbeirrt. »Nun gib mir a Hemd und Beinkleider von dir.«

»Gewiss! A flatterndes Hemd und a schlotterndes Paar Hosen werden des Gaukelwerk glaublich machen«, spottet Jakob.

»Jakob.«

Klara nimmt sein zweifelndes Gesicht in ihre weichen Hände.

»Mein Entschluss wirst nimmer ändern. Die Frage is bloß noch, ob du mir beistehst oder ned.«

»Ich *will* dir ja beistehen«, sagt Jakob resigniert. Er sucht aus seiner Truhe einen Satz seiner Kleider für Klara heraus, während sie aus einem ihrer Röcke lange Stoffbahnen zurechtschneidet.

»Wend dich ab«, fordert sie ihn auf.

Er tut es halbherzig.

»Ich hab gesagt, wend dich ab!«

Aber freilich beobachtet Jakob sie beim Entkleiden so eingehend, wie es ihm aus den Augenwinkeln möglich ist, mustert ihren schönen nackten Leib, während sie mit energischen Bewegungen Stoffbahnen um sich wickelt und damit ihren kleinen, wohlgeformten Busen flach an den Brustkorb presst. Dann steigt sie tapsig in Jakobs Bruch hinein, kämpft mit den Beinlingen, weiß nicht, was sie mit dem Gesäßzwickel anfangen soll. Jakob würde gerne helfen, aber er soll ja abgewandt bleiben. Einige Augenblicke später hat sie es allein vollbracht.

»Darfst dich mir wieder zuwenden.«

Da steht sie in seinen zu weiten, zu langen Kleidern.

»Hm«, macht Jakob. »Deine Manneszier müsstest noch kräftig ausstopfen.«

»Guter Gedanke«, gibt Klara ihm recht. Sie rollt sich aus einer der Stoffbahnen eine schöne pralle Wurst und polstert sich damit den Hosenlatz.

Jakob muss lachen: »Des hilft alles nichts.«

Doch dann geschieht es: Klara tut ein paar Schritte durch den Raum, die Füße leicht nach außen gedreht, Arme schlaksig, als wüsste sie nicht, wohin damit. Sie greift den Holzstuhl in der Kammer und fläzt sich breitbeinig rittlings darauf, verschränkt die Arme auf der Rückenlehne und blickt Jakob herausfordernd an: »Und sowie wir in Nürnberg sind, bekomm ich neue Gewänder, denn seit mei Kleidertruhe im Aufruhr des Plackerangriffs verloren ging, muss ich leider immerzu Kleider von meinem großen Bruder borgen.«

Klara verstellt ihre Stimme nicht wirklich ... sie spricht spröde, etwas heiser, mit der kuriosen Mischung aus Unsicherheit und Flegelhaftigkeit, die halbwüchsigen Jünglingen eigen ist.

Jakob begreift, wie scharf Klaras Malerblick die Knaben um sie herum erfasst: die Gesellen ihres Vaters, Adrian und Lorenz – und gewiss nicht zuletzt auch ihn, Jakob. Und mit dieser Beobachtungsgabe kann sie das Wesen eines solchen Burschen nicht nur mit wenigen Strichen auf Papier bannen, sondern genauso treffend auch *verkörpern*, in Mienenspiel, Gebaren, Gang, Stimmfall.

»Und du, Bruderherz, hast dir die Hand ned etwa verletzt, sondern leidest an furchtbarer Gicht«, rät sie Jakob. »Dich hat der Vater nur nach Nürnberg mitgeschickt, auf dass du in der Fremde auf dei noch allzu junges Brüderlein Acht hast. Wie Lorenz im Gasthaus selbst sagte.«

Da schlägt Klaras Stimmung jäh um. Schuld und Grauen verdunkeln ihren Blick, während sie in ihrer wahren, sanften Stimme haucht: »Gott sei mir gnädig, ich stehl den Namen eines Toten.«

Ihre Augen fangen an zu schimmern. Jakob geht zu ihr hinüber und fasst sie tröstend bei den nun bebenden Schultern: »Klara. Einen Toten kann man ned bestehlen. Adrians Name und sei Platz im Dürerhaus sind wie der Silberstift deines Vaters. Du hältst ihn lediglich in Ehren.«

Klaras besänftigter Augenaufschlag durch ihren Tränenschleier entschädigt Jakob für all die Scherereien der letzten halben Stunde.

Ankunft

DAS ERSTE TAGESLICHT kitzelt Klaras Gesicht. Sie reibt sich die Augen, streckt sich, streicht sich verschlafen durchs Haar ... Das rüttelt sie vollends wach.

Ihr Haar!

Klara fährt auf und strubbelt sich noch einmal vergewissernd durch den gestutzten Schopf. Die Ereignisse des Vortags schwappen ihr wieder ins Bewusstsein, zuerst als prickelnde Vorfreude: Heute geht sie nach Nürnberg, um in den Dienst von Albrecht Dürer zu treten.

Es folgt eine zweite Woge, grässlich und hohl:

Adrian. Lorenz.

Sie rappelt sich auf, rutscht von ihrem Strohsack und fischt in ihrer Truhe nach den Zeichnungen, während Schwindel die Kammer tanzen lässt. Während sie die beiden Bilder betrachtet, legt sich der Taumel langsam. Wie lebendig Adrians Zeichnung ist! Wie müßig, fast beliebig er Klaras Züge mit flockigen Häkchen auf das Papier gezaubert hat. Und doch ist seine Technik alles andere als wahllos: die Haut, das Mieder, der Zopf – alles hat seine ganz eigene Beschaffenheit.

Nun – sowohl das Mieder als auch der Zopf sind nun ganz unten in Klaras Reisetruhe verbannt.

Und Adrian ist tot.

»Ein wahres Schauspiel der Gefühle gibst du ab«, krächzt da zum Glück eine Stimme von der anderen Seite der Kammer, spöttelnd und einfühlsam zugleich. Jakob liegt noch träge und flach unter dem rauen Deckbett, doch sein Blick ist hellwach.

»Und du empfindest wohl nichts bei unserem irrsinnigen Beginnen?«, will Klara wissen.

»Hm – gilt *speiübel* als Empfindung?«, grinst Jakob schief. »Auf, wollen wir es wagen, unser irrsinniges Beginnen.«

Er steht auf, hüpft in seine Hosen und setzt sich an den Kammertisch: »Du hast als Malerkind doch gewiss Papier und Feder in deiner Truhe?«

»Hab ich wohl.«

»So gib her, ich muss einen Geleitbrief schreiben.«

»Du bist des Lesens und Schreibens kundig, Sohn eines Plattners?«, wundert sich Klara.

»Sohn eines *Schlossers*, mit Vergunst. Und ja, ich war drei Jahr auf der Schul, ehe mich Burckhardt in sei elende Schmiede geholt hat.«

Jakob bricht das Siegel seines Geleitbriefs von Pfarrer Heimberger, den er als Vorlage nutzen will, streicht den Bogen sorgfältig auf dem Tisch glatt. Klara nimmt ihn und Jakob sieht erstaunt zu, wie ihre Augen verständig und flink über die Zeilen fegen.

»Und wo hast *du* Lesen gelernt, Handwerkertochter?«

»Vom Vater«, antwortet Klara selbstverständlich, ohne den Blick von dem Brief zu heben.

Nachdem Jakob aus Versatzstücken des Pfarrerbriefs und seinem bruchstückhaften Wissen über die Schallerbrüder ein Schreiben verfasst, über einer Kerze Heimbergers Siegel geschmolzen und mit dem Wachs den gefälschten Brief verschlossen hat, brechen er und Klara auf. Jakob zahlt das Kammergeld und die Zeche, während Klara unauffällig durch die Hintertür des Gasthofs zum Stall geht, denn sie wollen den Wirt nicht unnötig damit verwirren, dass gestern bei ihm ein Brüderlein und Schwesterlein eingekehrt sind … und nun zwei Brüder abreisen.

Sie kommen gut voran. Gerade als in einem der vielen Dörflein auf ihrem Weg die Mittagsglocken läuten, kommt am Horizont der Umriss Nürnbergs in Sicht.

»Da! Siehst in der Ferne die vielen Türme?«

Ehrfürchtig bleibt Klara stehen und nimmt den Anblick in sich auf. Das ist sie also, die freie Reichsstadt Nürnberg, in der sich alle Wege kreuzen. Deren Hand durch alle Land geht. Das Schatzkästchen des Reichs, wo die Reichskleinodien verwahrt sind und jeder Herrscher seinen ersten Reichstag abhält. Und hier wirkt Albrecht Dürer, vor dem sie bald stehen werden. Klaras Herz pocht bis zum Hals.

Am Laufer Tor herrscht reges Alltagsgewusel. Dass Jakob und Klara in der zielstrebigen Menge etwas verloren wirken, fällt einem der Torhüter sofort auf. Er mustert die beiden Knaben, dann Wenzel, dann den Karren.

»Und Ihr? Was is Euer Ansinnen?«

»Wir sollen in die Werkstatt des Malers Albrecht Dürer eintreten.« Jakob zieht den Geleitbrief hervor.

»Da müsst Ihr erst in die Ratskanzlei«, gibt der Torwart Auskunft und weist ihnen auch gleich den Weg. Mit offenem Mund schwebt Klara durch das Großstadttreiben an mächtigen Bauten vorbei. Im Rathaus kommen sie sich sehr klein und unbedeutend vor. Männer in breitschultrigen Schauben rauschen betriebsam herum und nehmen sie kaum wahr. Jakob trägt das Geleitschreiben vor sich her, als wäre es der Reichsapfel. Klara meint, das Papier in seiner Hand leicht zittern zu sehen.

»Verzeiht, die Ratskanzlei?«, spricht Jakob einen Vorbeieilenden an, der nicht allzu vornehm aussieht und hoffentlich ein Ratsdiener ist. »Am Tor hieß es, wir müssen in die Ratskanzlei. Wir sind neue Knechte beim Maler Dürer.«

Als Jakob den Namen »Dürer« nennt, wirbelt hinter ihnen eine der kostbaren Schauben herum: »Da sieh einer an! So schmucke Knaben hatte der Dürer ja noch nie!«

Schwer mit edlem Tuch und goldenen Ketten behangen lacht da ein beleibter Patrizier mit Hängebacken und klugen Augen voller Schalk. Er betrachtet Jakob und Klara so durchdringend, dass Klara die Ohrläppchen heiß werden. »Du bist mir ja a blutjunger Gesell«, spricht er Klara an.

»Ich bin kei Gesell, ich bin der neue Lehrbub«, sagt sie schüchtern.

»Ei der Daus! Der Albrecht nimmt einen *Lehrbub*! Bist denn auch ganz gewiss, dass ned von einem *Kehrbub* die Red war?« Wieder lacht der Mann, dass ihm der beachtenswerte Wanst wackelt.

»Willibald, lass doch die Burschen in Frieden«, mahnt sachte ein schmaler Herr mit strähnigem hellbraunem Haar.

»Lazarus, mit mir werden die Knaben zurechtkommen müssen. Ich bin nämlich eures neuen Brotherrn engster Freund auf dieser Welt. Wenn ihr hernach hochgeht zu ihm, bestellt ihm einen schönen Gruß vom Herrn Pirckheimer und dass ich ihn heut Abend zu besuchen gedenk.«

> Pirckheimer ...

Jakob ergreift stotternd das Wort: »Herr Pirckheimer ... Euer Name fiel ...der Ritter von Geislingen fragte nach Euch. Bei dem Überfall.«

Jakob verstummt, als er Pirckheimers Kinnlade herunterklappen sieht: »Welch Überfall?«

»Sind wir denn die Ersten, die Euch davon Kunde bringen?«, begreift Jakob unangenehm.

»Der Ritter von Geislingen? Was is geschehen? Gib Bericht, Bub!«, fordert Pirckheimer vehement.

»Wir sind von Leipzig aus mit einem Handelszug hergereist, der vorgestern überfallen ward. Der Ritter von Geislingen war der Anführer. A Geleitmann is zu Tode kommen. Und Herr Kleeberger, der junge Herr Volckamer und noch andere ... die warden wohl verschleppt.«

Während Jakob berichtet, entsteht ein aufgeregter Auflauf in der Rathaushalle.

»Folgt mir.« Pirckheimer bringt sie in die Losungerstube.

»Anton!« Pirckheimer erzählt dem Vordersten Losunger, was er soeben erfahren hat. Das ist also Anton Tucher, der erste Mann dieser mächtigen Stadt.

> Und der Name, der Lorenz und Adrian zum Verhängnis wurde.

Tucher heißt Klara und Jakob, sich zu setzen. Eingeschüchtert blicken sie in die Menge aufgebrachter Ratsherren, die sie nun regelrecht umzingeln.

»Wer war noch zugegen?«, fragt der schmale Mann, der Lazarus heißt.

»A gewisser Ritter von Seckendorff. Einer von Absberg. Einer von Rosenberg. Und a rotziger Haufen Gefolgsmänner, wohl a Dutzend«, stammelt Jakob.

Pirckheimers Zorn steigt mit jeder neuen Einzelheit. Seine mächtige Stimme wummert: »Der Leibhaftige soll sie holen, dies elende Geschmeiß! Die Ketzerteufel, die Verrecker! A Fehde haben's jedoch ned erklärt, oder is mir des entgangen?«

»Haben's ned«, bestätigt Tucher grimmig. »So muss der Kaiser sie nun endlich in die Acht nehmen.«

»Der gute Kaiser muss endlich seinen Arsch hochbringen und dem Plackerunwesen ein für alle Mal Einhalt gebieten!«, ruft Pirckheimer.

> Der Kaiser muss ... seinen Arsch hochbringen?

Die Nürnberger sind nicht nur umtriebiger, als Klara von Kulmbach gewohnt ist, sie haben auch ein sehr gediegenes Selbstbewusstsein.

Der schmale jüngere Mann führt Pirckheimers deftige Aussage bedächtiger aus: »So kann es ned weitergehen. Es kostet uns Unsummen, unsere Bürger vor dem Raubadel zu schützen – alljährlich a Viertel unseres Stadtsäckels. Unangesehen, dass wir dem Kaiser mehr Einkünfte bringen als ganz Böhmen. Er muss nun endlich ansagen, auf wessen Seite er steht.«

Von einem ledergepolsterten Stuhl in der Ecke meldet sich ein Mann in ähnlicher Amtsrobe wie Anton Tucher, der sich während der ganzen Aufregung weder erhoben noch überhaupt so recht von seiner Lektüre aufgeblickt hat. Näselnd widerspricht er: »Spengler, des is doch abwegig. Des nächste Mal, wenn der Kaiser Krieg führt, braucht er sie doch wieder, seine Ritter. Mit Saffran und Tuch kann er kei Schlacht schlagen. Er wird die Ritterschaft kaum vergrämen, bloß weil in Nürnberg a feister Ratsherr recht jammert«, fügt er mit Seitenblick auf Pirckheimer hinzu.

»Zuweilen nimmt mich Wunder, wem Ihr eigentlich eher gewogen seid, Tetzel, Eurer eigenen Stadt oder dem Raubadel«, speit Pirckheimer. Seine Stimme sprüht Verachtung. Unwillkürlich missfällt auch Klara der offensichtlich mächtige Mann namens Tetzel, der nun von seinem bequemen Lederstuhl aufsteht und die Amtsstube verlässt.

Die Ratsherren stellen Jakob und Klara noch allerlei Fragen, die sie mehr schlecht als recht beantworten können, weil sie ja die Kurve gekratzt haben und daher nicht wissen, was die Nürnberger am dringendsten interessiert: Was geschah den Kaufleuten? Was wurde aus der Ware? Wohin sind die Ritter mit ihren Geiseln gezogen?

Dann werden die beiden aus dem Verhör entlassen. Pirckheimer entsendet einen Boten hoch zum Tiergärtnertor, um Albrecht Dürer die Ankunft seiner neuen Knechte anzukündigen. Lazarus Spengler, der sich ihnen nun als Vorderster Ratsschreiber vorstellt, nimmt sie mit in die Kanzlei, wo er sie höchstselbst in ein schweres großes Buch einträgt.

Als sie wieder draußen auf dem Rathausplatz stehen, blickt Jakob Klara fest in die Augen: »Nun?«

»Auf zu Dürer.«

Meister

DER BURGBERG IST steil und sie sind außer Atem, als sie oben am Tiergärtnertor ankommen. Da steht unübersehbar das Haus, das Pirckheimer ihnen beschrieben hat: zwei Stockwerke aus massivem Sandstein, darauf zwei Geschosse Fachwerk, selbst das Dach hat zwei Böden. Jakob staunt. Das ist die Behausung eines Malers? In der offenen Pforte steht bereits ein Mann.

Das ist er also.

Jakob mustert Dürer. Je ehrfürchtiger alle anderen von ihm sprechen, desto gespannter ist Jakob darauf, sich sein eigenes Bild von ihm zu machen.

Dürers reger Blick forscht wohlmeinend. Seine Kleidung ist völlig ungehörig für einen Handwerker: Das Hemd aus fließender venezianischer Seide umspielt den sehnigen Oberkörper mehr, als es ihn verhüllt, und auch die Beinkleider kleben wie angegossen an den schlanken Beinen. Dürer fällt selbst hier im bunten, weltoffenen Nürnberg völlig aus dem Rahmen. Während fast alle seine Mitbürger glattrasiert gehen, trägt er einen sorgfältig gepflegten Bart. Glänzende Locken fallen ihm, auch völlig entgegen reichsstädtischer Gepflogenheit, bis über die Schultern und ringeln sich so ebenmäßig, dass da bestimmt nicht allein die Natur am Werk war. Seine Sprachmelodie ist belebt und frisch, ganz im Gegensatz zu dem sonst eher mürrischen fränkischen Zungenschlag: »Seid mir willkommen, ihr Knaben! Du musst der Lorenz sein.« Fester Händedruck. Alles erfassender Blick bis tief in die Seele. »Und der Kleine is gewiss der Adrian.«

Jakob hält den Atem an. Diesem durchdringenden Adlerblick muss Klara nun standhalten. Jakob erinnert sich bang an Klaras Verhalten, als sie ihrem Bräutigam Burckhardt vorgestellt wurde. Da war sie ein Nervenbündel aus Demut und Scheu.

Doch Jakob macht sich ganz umsonst Sorgen. Klaras Handschlag kommt kraftvoll und unverzagt aus dem Ellenbogen. Sie strahlt vor Glück. »Ich freu mich unbändig, Meister.«

»Meine Güte, wo habt ihr denn den Gaul her?«, fragt Dürer nun, erstaunt über Wenzel, der prustet und schnaubt und den steilen Burgberg fast nicht verkraftet hat. »Euer Vater fragte mich doch, ob ich einen stolzen Rappen und a gute Mähre bei mir unterbringen kann«, wundert sich Dürer.

Euer Vater.

Freilich. Adrian und Lorenz haben einen Vater, der ihnen diese Anstellung vermittelt hat. Und der mit Dürer in Briefkontakt steht.

»Lange Mär«, vertagt Jakob die Erklärung.

»Für a lange Mär haben wir ja noch alle Zeit der Welt«, wirft eine resolute Frauenstimme ein. »So tretet doch erst ein.«

»Mei Weib und eure Hauswirtin, die Frau Agnes«, stellt Dürer vor.

Die Dürerin wischt sich im Heraustreten die Hände am Fürtuch ab, ehe sie den Neuankömmlingen ihre beherzte Rechte entgegenstreckt. Sie ist ein gutes Stück kleiner als ihr Mann. Während alles an Dürers schlanker, schmaler Gestalt in die Höhe ragt, ist an der Hauswirtin alles rund und geerdet, Leib, Gesicht, sogar die Augen. Als sie ins Haus gehen, wiegen und rollen ihre Schritte in den Boden hinein, während Dürers Gang federnd emporstrebt. Jakob beobachtet die Anmut, die von seinem neuen Brotherrn ausgeht, und schöpft Hoffnung, dass diesem Mann das zierlich feine Wesen des Knaben Adrian vielleicht gar nicht so absonderlich vorkommt.

»Hans, sei so gut und bring des Pferd und den Karren zum Pirckheimer«, weist Dürer nun einen Jüngling an. Dann wendet er sich erklärend an Jakob und Klara: »Wir haben nämlich gar keinen Stall. Aber keine Sorge, beim Herrn Pirckheimer is euer Gaul gut versorgt.«

Pirckheimer …

Jakob will ihre Begegnung mit dem Ratsherrn zur Sprache bringen, doch er kommt nicht dazu.

»Wie a Mägdlein so zart, der neue Lehrbub.«

Das fast unheimliche Krächzen kommt von einem eingefallenen Häuflein Mensch, das sich an einer Pfanne mit glühenden Holzkohlen wärmt und Klara aus hohl sitzenden, hervorquellenden Augen anstarrt.

Während Jakob fast das Herz stehenbleibt, beschwichtigt Dürer die Alte mit lauter Stimme: »Du bist halt keinen so jungen Lehrling gewöhnt, Mutter.«

»A Kümmerling is des«, beharrt die Greisin.

»Er will ja Maler werden und ned Kriegsknecht«, erwidert Dürer grinsend.

Die Alte beharrt: »Gewiss stirbt der uns gleich im ersten Winter. Rafft ihn des Schnupfenfieber hie.«

»Denkt euch nichts dabei, die Frau Barbara red viel vom Tod«, erklärt Agnes unbekümmert.

»Ich erwart, dass ihr meiner Mutter stets die größte Achtung entgegenbringt. Lasst euch wiewohl von ihrem Gered ned ins Bockshorn jagen«, sagt Dürer in Zimmerlautstärke mit der Gewissheit eines Sohnes, der den Grad der mütterlichen Schwerhörigkeit genau einschätzen kann.

»Mich rafft so bald nichts hin, Meister«, wirft Klara ein, die auf die düstere Prophezeiung der alten Dürerin noch etwas erwidern will.

»Wie ich sagte, lass dir ihr Gered ned nah gehen. Du musst mei Mutter verstehen. Sie hat achtzehn Kinder auf die Welt bracht. Was meinst, wie viel davon noch am Leben sind?«

»Drei, Meister. Ihr, Euer Bruder Endres, der die Werkstatt Eures Vaters weiterführt, und Euer Bruder Hans – des is gewiss der, der grad unser Pferd zum Stall von Herrn Pirckheimer bringt«, rattert Klara gut aufgeklärt herunter.

»Ah«, macht Dürer lächelnd. »A gar aufgeweckter Kümmerling.«

Dann lenkt ihn etwas ab, was sich hinter den neuen Knechten auf seinem Werkstatttisch abspielt: »Herrschaftszeiten, Artemis, gehst du weg da! Fort mit dir!«, jagt er eine schöne graue Katze vom Tisch, die sich an einer Schale mit Eitempera labt. Er seufzt: »Wann begreift des Vieh, dass es ned an die Farben darf?«

»Katzen lassen sich ned gefügig machen«, sagt Agnes. »Drum wär mir a treuer Hund ja auch lieber als dies Mistvieh. So, wie wär's, wenn ich den Knaben nun ihr Schlafkammer weis?«

Schlafkammer ... Einzahl ...

buchstabiert Klaras Blick erschrocken.

Jakob muss grinsen. Hatte sie wohl gedacht, zwei Brüder bekämen jeder seine eigene Kammer? Jakob ist es nur recht, ein Gemach mit seinem ›Brüderlein‹ zu teilen.

Doch Dürer entlässt die beiden noch nicht: »Die Kammer kann warten. Ich will nun erst was von euch sehen. Zuerst vom Kleinen.«

Dürer drückt Klara einen Silberstift in die Hand und setzt sie vor einen frischen Bogen Papier an den großen Tisch. Dann verschwindet er aus der Werkstatt, um etwas zu holen. Klara sitzt da und fährt sich in wacher, aber keineswegs banger Erwartung mit der Zunge über die Lippen.

Au weh.

Bestimmt verlangt Dürer auch gleich von Jakob eine Kostprobe seines Könnens. Jakobs Blick sucht den Tisch ab. Da steht unter all den Utensilien eine Schale mit leuchtend rotem Pigment. Rasch tupft er die Fingerspitzen hinein und verreibt das Pulver auf den Fingerknöcheln beider Hände. Klara nickt ihm zu, denn sie begreift, was er da tut: Jakob wird gleich zum ersten Mal sein schweres Gichtleiden vortäuschen müssen, um nicht sofort als falscher Malergeselle aufzufliegen. Eine schöne Rötung an den Fingergelenken kann da überzeugen helfen.

»Gib aber Obacht damit«, hisst sie ihm zu. »Des is Zinnober, färbt fürchterlich ab.«

Dürer kehrt in die Werkstatt zurück. Geholt hat er … ein Kissen. Er drückt es Jakob in die Hände, der davon so überrumpelt ist, dass er nur mit Mühe vermeiden kann, das weiße Leinen mit seinen zinnobrigen Fingern zu bestäuben.

»Schmeiß es in die Ecken«, verlangt Dürer.

»In die Ecken? Wie? So?«, fragt Jakob und wirft das Kissen linkisch von sich.

»Du, Adrian, zeichnen. Halt dich im linken oberen Drittel deines Bogens.«

Klara setzt eifrig den Stift an, als wäre Dürers Aufforderung überhaupt nicht abwegig.

Während sie selbstvergessen arbeitet, erscheint sie Jakob so unsagbar reizend, dass er fürchtet, Dürer müsse nun ganz bestimmt bemerken, dass das kein Knabe sein kann. Doch Dürer achtet weder auf Klara noch ihr Werk, sondern auf das zerknautschte Kissen in der Ecke, studiert es genauso eingehend, wie Klara es tut. Nach einer Minute hebt er es auf und gibt es wieder Jakob.

»Abermals. Nun ins rechte obere Drittel.«

Jakob wirft.

Nach einer Minute bricht Dürer erneut ab, schleudert das Kissen wieder Jakob zu.

»Linkes mittleres Drittel.«

So geht es weiter, bis Klara das vermaledeite Kissen sechsmal hintereinander gezeichnet hat. Erst als der Bogen voll ist, streckt Dürer wortlos und mit unbewegter Miene seine Hand danach aus. Beim Betrachten heben sich seine Augenbrauen. Er schaut zu Klara auf, die ihn erwartungsvoll anblickt.

»Dei Vater hat a gewisse Neigung zur Schwulst – des weißt gewiss selber.«

Klara und Jakob nicken beide, obwohl sie das freilich nicht selber wissen – es sich aber gut vorstellen können, wenn sie an Lorenz' ausgefallenen Aufzug und Adrians überschäumende Reden denken.

»Als er dich mir anempfohlen hat, meint ich also, seine Schilderung deines Geschicks is gewiss auch recht vollmundig – da er ja weiß, dass ich keine Lehrbuben zu nehmen pfleg.« Er blickt wieder auf die sechs Kissen mit den verschiedenen Faltenwürfen: »Aber wie's scheint, hat er ned zu viel verheißen.«

Jakob sieht, wie Klara das Blut in die Wangen schießt. Wieder findet er sie viel zu lieblich, um als ein *Adrian* durchzugehen.

»Und du ...«, wendet sich Dürer nun Jakob zu.

»Ich ...«

Jetzt gilt es, alles richtig zu machen. Jakob beginnt, mit eigenartig gekrümmten Fingern die Hände zu ringen, nicht nur aus echter Nervosität, sondern auch, um Dürers Aufmerksamkeit weg von seinem Gesicht und auf den Mittelpunkt seiner nächsten Lüge zu richten.

»Ich muss Euch etwas gestehen.«

»Nur raus damit.«

»Ich bin ned ... ned ganz gesund. Scho seit Monat kämpf ich mit der Gicht. Der Vater wollt's Euch ned schreiben, weil er fürchtete, ihr ließet uns dann gar ned erst kommen ... und weil wir hofften, es bessert sich wieder. Nur leider ist mei Leiden auf der Reise nur noch ärger worden. Feine Stiele wie Pinsel oder Silberstift vermag ich ned zu führen.«

Dürers aufmerksame Augen haben sich während Jakobs Bericht in aufrechter Bestürzung geweitet. Das Gebrechen seines neuen Gesellen ist eines Künstlers schlimmster Albtraum. Mitfühlend nimmt er Jakobs Hände in seine.

Jakob windet sich rasch wieder aus Dürers Griff, damit der Zinnober nicht auf ihn abfärbt.

»Musst dich deines Leidens ned schämen«, missdeutet Dürer Jakobs vermeintliche Befangenheit. »Des muss sich a Medicus anschauen.«

»Ned nötig, unser Arzt in Leipzig hat mir bereits allerlei Salben und Tinkturen angerührt.«

Dürer sieht Jakob lange betroffen an. Jakob hat Mühe, diesem Blick standzuhalten. Das Lügen wird in diesem Haus weitaus schwieriger als andernorts, so viel steht fest. Eigentlich hat Jakob schon immer eine diebische Freude an Fuchsschwänzerei, solange die Opfer töricht sind und verdient haben, geprellt zu werden. Hier ist das anders. Dürers alles erfassender Blick ist hoch gefährlich, sein Verstand messerscharf und sein Bedauern um Jakobs geheucheltes Schicksal aufrichtig.

Jakob wird aus seiner Bedrängnis erlöst, und zwar von Hans Dürer, der nach erfolgter Abgabe Wenzels zusammen mit zwei anderen jungen Männern nach Hause kommt.

»Da seid ihr ja alle«, begrüßt sie Dürer. »Schaut her, die Gebrüder Schaller sind hier.«

Er stellt die Jünglinge einander vor. Seine drei Gesellen sind alle um die zwanzig. Wolf Traut und Hans Springinklee wirken munter und zupackend. Hans Dürer mustert die Neuen mit demselben scharfen Blick wie sein Bruder, doch wo in Albrechts Augen Wissbegier und Herzensruhe leuchten, flackern im Blick seines viel jüngeren Bruders Unruhe und Unfrieden. Wie sein Bruder trägt auch Hans das dunkelblonde Haar bis über die Schultern, doch hängt es ihm ungekämmt und wirr ins Gesicht. Während Albrechts Bart sorgfältig gestutzt und gezwirbelt ist, ist Hans schlichtweg unrasiert.

Ringsum werden Hände geschüttelt und Jakob merkt, dass Dürers Aufmerksamkeit wieder besorgt auf Jakobs Fingern ruht, als fürchtete er, der kraftvolle Händedruck der anderen Knechte könnte Lorenz wehtun. Jakob und Klara dürfen sich bis zum Abendmahl in ihrer Kammer einrichten. Pünktlich zum Garaus finden sich alle in der geräumigen Speisestube ein, wo es vor Zinn, Messing und Kupfer nur so glänzt. Die Magd trägt auf, Dürer segnet das Essen und alle greifen mit dem gesundem Appetit zu, der in einem arbeitsamen Haushalt eben herrscht. Jeder bekommt Fleisch, vom Hausherrn bis zur Magd, die sich selbstverständlich dazu setzt. Bei Kützels gönnte Burckhardt meist nur sich selbst Fleisch, während Weib, Kinder und Gesinde Hirsebrei löffelten.

»Lorenz, dei Messerstiel! Plag dich doch ned so«, sagt plötzlich Klara. Dazu drückt sie bestimmt und bedeutungsschwer ihre Hand auf Jakobs Finger.

»Susanna«, spricht sie die Magd an. »Hättest etwas Leinen und Garn? Nur ein Flicken würd langen.«

Jakob begreift erst jetzt, dass er ganz unbefangen sein Essbesteck vom Gürtel genestelt hat, wie immer. Aber er kann ja angeblich vor Schmerzen nicht mal einen Pinsel führen.

Uff.

Klara hat ihn gerade davor bewahrt, seine Mär von der Gicht gleich am ersten Abend zu verhunzen. Susanna bringt ein paar Lumpen Leintuch und eine Rolle Garn. Klara umwickelt Jakobs Löffel und Messer mit dem Tuch und zurrt es mit dem Faden fest. Wortlos, als wäre es eine selbstverständliche Gewohnheit zwischen den beiden, reicht sie ihm sein Essbesteck mit den gepolsterten Griffen.

»Hab Dank, Brüderla«, sagt Jakob lakonisch. »Ich wollt mich ned gleich am ersten Abend vor allen zum Gespött machen.«

Fragende Blicke. Dürer ergreift das Wort: »Lorenz vermag ned recht zu greifen. Ihn plagt die Gicht.«

Am Tisch herrscht betretenes Schweigen. Gehirne rattern: Ein Malergeselle, der nicht greifen kann?

Agnes spricht als Erste: »Wie lang währt des scho?«

»Es geht auf a halbes Jahr.«

»Ja ... und ... gibt sich des wieder?«

»Ich wünscht, ich wüsst es.«

»Was is?«, will Dürers Mutter wissen, die offenbar das Tischgespräch sonst immer an sich vorbeiziehen lässt, aber die allgemeine Bestürzung in der Runde spürt.

»Der neue Gesell hat die Gicht in den Fingern«, schreit Hans seiner Mutter geradezu ins Ohr.

»In dem Alter scho?«, hinterfragt Barbara. Jakob und Klara wissen nicht, was sie darauf erwidern sollen. Aber bedrückte Sprachlosigkeit passt ja ohnehin am besten. »Allmächt. Und was soll er denn dann arbeiten?«, hinterfragt die Alte sogleich Jakobs Nutzen im Dürerhaus.

»Er soll mir auf dem Markt zur Hand gehen, bis ihm wieder besser geht«, entscheidet Agnes. »Ich bedarf dringlich eines Gehilfen beim Verkauf, seit Barbara zu gebrechlich worden is.«

Dürer nickt einverstanden.

»Vermagst denn, Lasten zu tragen?«

»Gewiss!«, stürzt Jakob eifrig auf die Gelegenheit, sich außerhalb des künstlerischen Bereichs dienlich zu machen. »Meine Arme sind kräftig! Es sind bloß die feinen Gesten, die mir nimmer gelingen wollen.«

»Dann is es beschlossen. Du gehst vorerst der Agnes auf dem Markt zur Hand«, entscheidet Dürer und wendet sich wieder seinem Essen zu.

Die anderen Gesellen wechseln rasch das unbehagliche Thema, fragen die Neuen aus, scherzen und lachen wieder. Das Gespräch plätschert unverfänglich dahin – da müssen die beiden schon dem nächsten Fallstrick ausweichen: »Ihr redet ja fast wie wir«, schmatzt Hans Dürer. »Ich vermeinte, ihr würdet eher klingen wie ... na, wie Leut aus dem Herzogtum Sachsen eben.«

»Uns is der Schnabel nach dem Vater gewachsen«, antwortet Klara und schmatzt dabei genauso unmanierlich wie Hans, was schön unbekümmert wirkt und ihrer Kunstfigur des ungezogenen Halbwüchsigen dient.

Das bleibt nicht unkommentiert: »Mei lieber Adrian, in unserem Haus wird bei Tisch der Bissen erst geschluckt, ehe man spricht«, ermahnt Agnes.

»Es sei denn, man heißt Hans Dürer«, spottet Hans Springinklee. »Dann darf man schlürfen und schmatzen, wie man will.«

»Bei unserem neuen Knechtlein hab ich ja noch Hoffnung, dass es fruchtet«, seufzt Agnes, während ihr junger Schwager unbeirrt weiter schlingt.

»In der Tat – euer Zungenschlag klingt wie Nürnberger, die lang fern der Heimat waren«, bestätigt Dürer fasziniert. Dass das nicht etwa daran liegt, dass sie einem Leipziger Haushalt mit Nürnberger Hausherrn entstammen, sondern schlichtweg an der geografischen Lage ihrer wahren Heimatstadt Kulmbach, ist ja einerlei und fügt sich bestens.

Als das Mahl beendet ist und Susanna und Agnes den Tisch abräumen, klingelt die Türglocke. »Wer mag des so spät noch sein?«, wundert sich Susanna.

Pirckheimer!

»Meister! Wir haben gänzlich vergessen ... Wir sind heut im Rathaus dem Herrn Pirckheimer begegnet und sollten Euch bestellen, dass er am Abend kommt.«

Dürer, den die Glocke erst gar nicht kümmerte, schnellt eifrig auf und geht höchstselbst öffnen.

»Der hat mir noch gefehlt«, murrt Agnes und flieht in die Küche.

»Lasst uns in der Wohnstub karteln«, bescheidet Hans den anderen Knechten, ebenso wenig erpicht auf den Besuch wie seine Schwägerin. Die beiden anderen Gesellen folgen ihm willig. Jakob und Klara bleiben unbeholfen sitzen. Aus dem Treppenhaus im Hof hallt Pirckheimers volltönende, aufgebrachte Stimme bis in die Speisestube.

»Kleeberger, Schlüsselberger und gar Volckamers Kind haben's verschleppt, obendrein zwei Knechte und einen Geleitsmann. Dazu Waren im Wert von fast tausend Gulden, die Wägen, die Pferde ...«

Pirckheimers erzürnter Redefluss bricht ab, als er Klara und Jakob wahrnimmt: »Ach, da sind sie ja, die neuen Malerknechte! Ohne die beiden wüssten wir gar ned, was sich überhaupt zutragen hat, denn der Schnappahn hat sich ja ned amol bemüßigt, einen Absagbrief zu senden.«

Auf Dürers Gesicht steht ein großes Fragezeichen.

»Ach. Habt ihr denn noch gar keinen Bericht geben?«, fragt Pirckheimer.

»Herr, wir ... wir wussten ja ned, ob wir davon sprechen dürfen«, stottert Jakob.

»Ach, ihr linden Knäblein. Euer Brotherr sitzt im Großen Rat der Stadt, freilich darf der von rätlichen Belangen wissen«, erklärt Pirckheimer.

»Setzt euch erst alle und berichtet der Reihe nach«, fordert Dürer auf, während seine Magd Pirckheimer mit geübtem Griff seine schwere, pelzbesetzte Schaube und das Barrett abnimmt.

Pirckheimer berichtet davon, wie die beiden Jünglinge mit der Nachricht vom Überfall der Strauchritter ins Rathaus gestolpert sind.

Dürer ist entgeistert: »Ihr wart mittendrin in dem Überfall?« Sie nicken stumm. »Und euch haben die Placker weiterziehen lassen?«

Dürer fährt sich mit der Hand über die Stirn. Er schaudert, als er sich ausmalt: »Allmächtiger. Der Gedanke, meine neuen Knechte wären einer Rotte von Schnapphähnen zum Opfer gefallen, ehe sie überhaupt bei mir anlangen!«

Klara atmet schwer.

Denn genau das ist geschehen.

Jakob drückt ihr unter dem Tisch beschwörend die Hand: Bloß keine Regung zeigen! Doch auch ihm selbst wird ganz schwindlig.

»Und eure Pferde habt ihr wohl in dem Aufruhr verloren?«, reimt sich Dürer zusammen.

»So war's. Wir haben uns in der Not einen alten Gaul aus dem Stall genommen, um gen Nürnberg weiterzuziehen.«

Mein Gott, ist das Lügen aufreibend.

Jakobs flatterndes Herz kommt gar nicht mehr zur Ruhe. Jeder Satz ist wie ein Tellereisen, das jederzeit zuschnappen könnte.

»Herr, wir sind recht erschöpft ...«, versucht Jakob sich auszuklinken, denn ihm geht langsam die Geisteskraft aus.

»Freilich. Schlaft euch nur aus nach all der Drangsal«, entlässt sie Dürer.

Sie verlassen die Speisestube im ersten Stockwerk und erklimmen die überdachte Hoftreppe mit dem fein gedrechselten Holzgeländer, vorbei am zweiten Stock, wo die Familie Dürer wohnt, bis hoch ins dritte Geschoss, wo das Hausgesinde untergebracht ist. Erst in der Schlafkammer spürt Jakob die Anspannung aus ihm weichen. Lorenz zu sein ist ganz schön anstrengend. Hoffentlich fällt ihm das bald leichter. Auch Klaras Schultern erschlaffen erlöst.

»Wie bist denn auf den Gedanken mit dem Messerheft und Löffelstiel kommen?«, fragt Jakob.

»Mei gichtiger Großvater hat in den Jahren vor seinem Tod nur noch so essen können.«

»Gut. Wie ergeht's dir denn?«, will Jakob von Klara wissen.

»Ich bin ... «, setzt sie an und ihre zerknautschten Mundwinkel widersprechen ihren glänzenden Augen. Das Wort, das sie sagen will, ist »glücklich«, und das bringt sie nicht über die Lippen, weil es so unangemessen, ja schändlich ist, sich zu freuen, den rechtmäßigen Platz eines Ermordeten erschwindelt zu haben. Klara wendet sich ab und streift Wams, Hemd und Beinkleider ab, bis sie nur noch in Leibchen und Bruch dasteht. Umständlich löst sie die festen Wickel um ihre Brust.

»Ich schau scho ned hin.«

Jakob dreht sich weg. Klara befreit sich vom Wickel und schlüpft auf ihre Seite des Betts, das sie nun teilen müssen. Oder dürfen. Die Erschöpfung überkommt sie schnell. Jakob ist auch müde, doch er betrachtet Klara noch eine Weile. Ihm wird bewusst, dass Klaras Maskerade einen vorzüglichen Vorteil für ihn birgt. Heute Abend saß Klara zwischen drei heiratsfähigen Malergesellen. Zwei davon sind vergnügt und gutmütig. Der dritte ist zwar etwas mürrisch, doch ist seine Morgengabe an eine künftige Braut nichts Geringeres als der Name Dürer. Es wären also alle drei ausgezeichnete Partien für Klara, weitaus reizvoller als der schwindelnde Schlosserbub Jakob, der noch nicht einmal einen Gesellenbrief hat.

Doch ... sehen die anderen in Klara nichts weiter als einen putzigen Vierzehnjährigen, geistig und künstlerisch frühreif, in Bartwuchs und Stimmbruch etwas hintendrein. Keiner starrt in den Ausschnitt ihres Mieders oder reißt anzügliche Zoten.

Solange Klara ›Adrian‹ ist, macht sie mir niemand streitig.

Werkstatt

»AUF, AUF, es tagt!«

Diese heitere, weiche Stimme gehört aber nicht der Mutter.

Klara wundert sich wieder, wo sie ist. Erschrickt wieder über ihr kurz geschorenes Haar. Wie ihr doch die Macht der Gewohnheit jeden Morgen beim Wachdämmern vorgaukelt, alles wäre noch beim Alten!

Nichts ist mehr, wie es war.

Die Stimme, die da fröhlich das Haus weckt, gehört Dürers Magd Susanna. Und unmittelbar neben Klara liegt schwer und warm ein weiterer Leib, und zwar nicht ihr kleines Brüderchen. Aber ähnlich wie Martin hat sich Jakob im Lauf der Nacht ganz nah an sie herangekuschelt. Sie springt auf.

»Bleib du bloß auf deiner Seite!«

Jakob brummt etwas Unverständliches.

»Steh auf! Der Tag bricht an.«

Nach dem Morgenbrei wimmeln die Malerknechte hinaus ins Treppenhaus, trappeln hinab in den Hof und von dort aus in die Werkstatt, wo die rührige Susanna schon bei ihrer nächsten Aufgabe ist und die Bodendielen wischt.

»Da seht nur alle her und nehmt euch a Beispiel! Adrian is a wohl gezogenes Kind!«, ruft Susanna.

Jakob wirft Klara einen strafenden Blick zu.

Was hat sie denn falsch gemacht?

Klara dreht sich um und begreift: Die anderen Malerknechte sind geradewegs über die nassen, frisch gewischten Dielen geschlappt, während Klara einen Bogen darum gemacht hat. Solch verräterische Rücksicht auf Weibermühen muss sie sich noch abgewöhnen!

Agnes Dürer rollt geschäftig Drucke und steckt sie in lange schmale Lederhülsen. Jakob steht etwas hilflos daneben.

»Lang mit her, des muss alles auf den Karren!«, weist sie ihn knapp an. Die altgedienten Malergesellen gehen selbstständig an ihr Werk. Wolf Traut richtet eine große Lindenholztafel zu, Hans Springinklee macht sich an Farbmuscheln und Ölnäpfchen zu schaffen und Hans Dürer geht an die Gerätschaft, die Klara am meisten anzieht: die Tiegelpresse, die einen beträchtlichen Teil der Werkstattfläche einnimmt.

»Des Monstrum reizt dich wohl? Ei, wenn ich des deinem Vater schreib!«, feixt Dürer, der nun auch in die Werkstatt gekommen ist.

»Ich weiß ja«, schmunzelt er entspannt, »*niemals* würd dei Vater seinen heiligen Werkstattboden mit so einem Ungetüm entweihen. Wir haben scho manch leidenschaftlichen Brief darüber gewechselt. Aber nun bist ja *mein Knechtlein*, und da muss dei Vater dulden, dass sei Goldbub sich zuweilen auch an Druckertinte die Finger schmutzig macht.«

»Ich darf an die Presse?«, fragt Klara, fast quietschend vor Freude.

»Wer bei mir dient, kommt daran ned vorbei«, erwidert Dürer.

»Jahrelang lag ich dem Vater in den Ohren, er möge doch endlich a Druckerpresse anschaffen!«, erzählt Klara eifrig – und wahrheitsgemäß. Ähnlich wie der Maler Schaller in Leipzig hatte auch ihr Vater in Kulmbach für dieses neuartige Zeug nichts übrig. Er fand es unwürdig für einen Maler, sein mühsames Werk durch Vervielfältigung zu billigem Plunder zu machen.

Klara sieht das anders. Dürer auch.

»*Jahrelang* lagst ihm in den Ohren?«, hakt Dürer lächelnd nach.

Vorsicht, Klara! Du bist doch erst vierzehn …

Dürer blickt über Klaras Schulter hinweg zur leicht geöffneten Hoftür. »Da schau her! Ab und zu wirst deinem Namen ja doch gerecht und tust, was du sollst«, begrüßt er seine Katze Artemis, die zufrieden und stolz mit einer Maus in den Fängen in die Werkstatt getippelt kommt.

Dürer wendet sich an Klara. »Was hab ich damit gemeint?«, fragt er ab, als wäre er Pfarrer Heimberger in der Bibelstunde. Nur geht es nicht um Psalmen, sondern um etwas viel Spannenderes: »Dass Artemis als Göttin der Jagd lieber Ungeziefer fangen soll, als Eiklar aus Farbmuscheln zu schlecken?«, antwortet Klara beflissen.

»Gut. Sind deine Schuljahre also ned spurlos an dir vorübergangen«, sagt Dürer zufrieden.

Ach herrje – Schuljahre!

Schulbildung hat Klara freilich keine vorzuweisen! Lediglich Jahre der unbändigen Neugier in einer Malerwerkstatt, die sich den Schätzen des Altertums eher zögerlich öffnete. Wenn Klaras Vater eine Anfrage erhielt, die ihm zu heidnisch, zu unanständig oder zu närrisch vorkam, wies er sie schroff ab. Die Göttin Artemis war Klara nur deswegen geläufig, weil ein Kulmbacher Kaufmann in Italien ein Marmorbild gesehen hatte, luftig gewandet, barbusig, wild und schön, und von ihrem Vater ein ähnliches Bild auf Tuch bestellen wollte. Der lehnte ab und Klara fand das schade.

»An die Presse darfst heut nach dem Mittage. Nun will ich erst sehen, wie du mit Pinsel und Tuch umgehst. Machen wir die Katz sogleich zum Gegenstand einer Übung. Mal sie mir auf a Tüchlein.«

»Gern, Meister!«, freut sich Klara.

»Ich bin im Übrigen kei Meister«, klärt Dürer sie auf. »Die Malerei is bei uns in Nürnberg a freie Kunst. Es gibt weder Zunft noch Meisterwürde ... und somit zum Glück auch keine Zwänge.«

»Ja, Meister«, sagt Klara und Dürer grinst nur.

»Also, wie willst du es anstellen?«

»Erst will ich die Katz mit Kohle auf Papier reißen. Dazu müsst sie aber ruhig daliegen. Vielleicht schläft sie ja ein, wenn sie sich den Bauch mit der Maus vollgeschlagen hat.«

»Ich will sie aber wachend haben«, wendet Dürer ein.

»Aber wenn sie wach is, sitzt sie mir ja ned still.«

Dürer lächelt fein: »Folg mir.«

Er führt Klara in eine kleine Stube im hinteren Teil der Werkstatt. Hier ist es dunstig, geheimnisvoll und wundersam. Auf Regalen drängen sich allerlei wunderliche Gegenstände, Geweihe, fremdartige bunte Federn, ein menschlicher Totenschädel.

»Meinst, *der* saß mir still?«, fragt Dürer mit Deut auf ein kleines Gemälde, das wohl zur Anschauung hier hinten auf einer Staffelei steht.

»Wie habt Ihr des zuwege bracht, Meister?«, haucht Klara ehrfürchtig.

Sie untersucht das kauernde Häslein näher. Das Bild ist gerade eine Handspanne hoch. Sie kann seinen kleinen Leib regelrecht beben, das Näschen mit den feinen Schnurrhaaren bibbern sehen. Gleich werden seine steilen Ohren zucken und er wird mit einem Satz aus dem Bild springen!

»War der ... hierinnen in der Werkstatt?«, wundert sich Klara.

»Gewiss. Herr Langohr kam a Woche lang täglich her und saß stundenlang still. Doch als ich am End für sei Konterfei zwei Gulden verlangt hab, da sprang er davon und ward nimmer wieder gesehen.«

»Meister!«, lacht Klara. Dürer grinst knabenhaft.

»Aber in seinem Aug spiegelt sich doch die Werkstatt«, mustert Klara weiter fasziniert den Feldhasen.

»Und des muss heißen, dass er hier war?«, fragt Dürer.

Klara betrachtet gebannt das Werk, das überhaupt keinen Sinn ergibt. Als Vorstudie für ein Häschen am Rande eines Marienbildes ist er viel zu aufwändig ausgestaltet. Einen Hintergrund hat das Bild nicht, das Tier schwebt frei von Zeit und Raum. Wer würde so etwas in Auftrag geben? Wer würde so etwas kaufen? Nun, verkauft hat Dürer es ja nicht, obwohl es laut Jahreszahl schon acht Jahre alt ist. Niemals hätte Klaras Vater an so etwas scheinbar Nutzloses Zeit und Mühe verschwendet.

Es ist wunderbar – Dürer ist wunderbar.

»Nicht alles, was eines Bildes wert is, sitzt stundenlang artig vor dir und zahlt klingende Münze«, erklärt Dürer nun. »Halt die Welt ringsum stets scharf im Blick. Du kannst ruhig Entwürfe reißen, doch vor allen Dingen musst du des Gesehene in die *Schatzkammer deines Herzens* einlassen und dort gut verwahren. Dann kann es dir keiner jemals mehr nehmen.«

Klara glubscht Dürer mit großen, bewundernden Augen an.

»Also, mal mir a Tüchlein von meiner Artemis«, schließt er das Gespräch und geht davon, um sich seinem Tagwerk zu widmen.

Klara geht auf den Gesellen Wolf zu, um von ihm Papier und Kohle zu erbitten – und merkt, dass sie schon auf dem Holzweg ist:

> Ich soll die Katze doch in die Schatzkammer meines Herzens einlassen.

Klara pirscht also ohne jegliche Hilfsmittel los. Sie findet Artemis draußen im Hof, wo sie unter der Treppe genüsslich ihre Beute zerfleischt. Klara hockt sich daneben und sieht zu. Danach folgt sie Artemis die Stiegen hinauf in die Speisestube, wo die Katze auf die Sitzbank springt und sich satt ins wärmende Licht legt, das durch die breite Butzenscheibenfront hineinfällt. Jetzt erst holt sich Klara Papier und Kohlestift und zeichnet ein paar grobe Entwürfe der behaglich zusammengerollten Katze. Aber Dürer will sie ja ausdrücklich im Wachzustand haben! Klara kehrt zurück in die Werkstatt und mischt Bleiweiß und Flammruß, um sich dem Grauton des glänzenden Katzenfells anzunähern. Nachdem Artemis wieder erwacht ist, bringt Klara den Rest des Vormittags damit zu, hinter ihr her durch Haus und Hof zu streichen. Keiner der anderen Malerknechte findet es ungewöhnlich oder ungehörig, dass der neue Lehrbub scheinbar müßig herumschwänzt.

Markt

BEI IHRER ANKUNFT am Vortag waren sie Jakob vor lauter Aufregung gar nicht aufgefallen, die Verkaufsstände im Gewölbe vor dem Rathaus. Agnes ist zeitig dran. Die meisten Läden sind noch verrammelt, als sie den ihren öffnet. Ihre Standnachbarin, die wie Agnes um die Vierzig sein muss, aber noch viel mädchenhafter wirkt, ist auch schon früh da. Sie zerrt mit ihren zierlichen Armen einen schweren Handkarren.

»Lorenz, geh der Stößin zur Hand. Ihr War is weitaus schwerer als unsere.«

Sie begrüßt ihre Altersgenossin mit einem vertrauten Kuss auf die Wange.

»Schau, Christine, was ich nun endlich hab. Meinen eigenen Handelsknecht! Lorenz heißt er.«

Jakob nickt Christine Stoß freundlich zu, während er ihren schweren Karren mit einem Ruck den Randstein hinauf an ihre Schrage hievt.

»Was in drei Teufels Namen ist denn da drin?«, will er wissen.

»Hilf der Stößin beim Ausräumen und du wirst es sehen«, sagt Agnes.

Jakob schlägt die Filzdecken auseinander und findet wunderbare Dinge. Glänzend polierte Holzfiguren, kleine Andachtsstatuen, ein fast zwei Ellen hoher Christophorus samt Jesuskind, kunstvollst verzierte Nutzgegenstände. Agnes lacht darüber, wie ergriffen Jakob ist.

»Hast noch nie was von Veit Stoß gehört?«

Jakob schüttelt den Kopf. Sind denn alle hier in Nürnberg von der Muse geküsst? Die unglaublichen Ührlein von Peter Henlein, die schier unerklärliche Kunst im Dürerhaus und nun dieser Veit Stoß, der mühelos aus totem Holz leidvolle, lachende und beseelte Gesichter schnitzt, die Jakob mitten in die Seele treffen. Nachdem Jakob der Stößin geholfen hat, ihre Ware in der Schrage unterzubringen, geht er Agnes zur Hand, die flink Dürers Drucke auslegt und aufhängt. Bald regt sich das Geschäft im Verkaufsgewölbe. Die Dürerdrucke gehen weitaus besser als die nicht minder vortrefflichen Holzfiguren von Stoß. Das mag daran liegen, dass ein gedruckter Bogen viel erschwinglicher ist als eine mühsam handgeschnitzte Figur. Doch irgendwie beschleicht Jakob das Gefühl, dass eine Dunstglocke der Ächtung über dem Stand von Veit Stoß hängt. Die Menschen gehen ungezwungen auf die Dürerschrage zu, schwatzen munter mit Agnes. Mit der lieblichen Stößin aber, die gewiss nicht unnahbar wirkt, plaudert keiner.

>Was ist da los?

Jakob kommt nicht dazu, die Dürerin danach zu fragen, denn das Geschäft wird immer belebter.

»Junger Gesell, seid so gut und zählt Euch des Geld selber her«, bittet ein Greis, der ein Marienbild erstehen will. »Ich seh nimmer gescheit.«

»So lasst mich sehen, was in Eurer Geldkatz so umherfleucht, guter Mann«, sagt Jakob umgänglich. Agnes beobachtet ihren neuen Gehilfen genau, scheint zufrieden mit dem Malergesellen, der sich aus dem Stegreif so gut als Handelsgehilfe einsetzen lässt. Der Alte schüttet mit zittrigen Fingern den gesamten Inhalt seines Beutels auf den Ladentisch. Jakob sichtet die Münzen: »So ... des sind alles Heller, des langt ned. Des ... guter Mann, des is a Hosenknopf! Und des ...« Jakob fischt eine Münze heraus: »Des is a Batzen, damit könnt Ihr meines Achtens hier in Nürnberg ned zahlen.«

»Den müsst Ihr wechseln lassen«, bestätigt Agnes. »Da, beim Fischmarkt sind die Wechselstuben«, schickt sie den Käufer fort. Als der nach einer Viertelstunde wiederkehrt, drückt er Jakob zwei Kreuzer in die Hand.

»Des is alles? Mehr hat der Wechsler Euch ned geben?« Der Alte nickt hilflos. »Des sind ja bloß zwei Kreuzer! Für Euren Batzen hättet Ihr vier Kreuzer bekommen sollen. Der Wechsler hat Euch a Glocke gossen.«

Und ehe der Alte es sich versieht, bugsiert Jakob seinen Kunden zurück in Richtung Wechselstuben und lässt sich zeigen, welcher der Geldwechsler ihn geprellt hat.

»Heda!«, ruft er dem Wechsler schon aus zehn Schritten Entfernung zu, »wie es scheint, is Euch soeben a *Irrtum* unterlaufen!«

Der Wechsler erfasst mit einem Blick, dass der leicht zu bescheißende

Alte nun mit scharfsinniger Verstärkung zurück ist. Eilig fischt er aus seiner Kasse noch zwei Kreuzer, bevor ihn Jakob überhaupt mit dem genauen Sachverhalt konfrontiert.

»Nichts für ungut, Gesell«, sagt er mit nervösem Blick zu den nahebei postierten Stadtwachen.

Der Greis steckt seine Kreuzer ein und kehrt mit Jakob an den Stand zurück, wo er nun endlich sein Marienbild erstehen kann und selig von dannen trottet. Die Dürerin nickt anerkennend.

»Bauernfänger«, schimpft Jakob. »Die Hilflosen über's Ohr hauen.«

Schon stehen die nächsten Käufer an der Schrage, ein schaufreudiger Mann mit sprödem Eheweib. Daran, wie der Mann die nackte Eva anstarrt, die Agnes verkaufstüchtig ganz vorne aufgehängt hat, erkennt Jakob sofort, dass es ihm nicht um Andachtsübungen geht.

»Wir können uns heut kei Bild leisten«, verkündet die Frau, noch ehe ihr Mann eine Kaufabsicht äußern kann.

»Wieso ned?«, fragt der Mann überrascht.

»Weil wir beim Pfarrer noch Seelenmessen bestellen müssen.«

»Seelenmessen, für wen denn?«

»Für mei Mutter, für meinen Schwager, für den sei Ahnfrau ...«

»Für die Ahnfrau von deinem Schwager müssen wir doch kei Messe zahlen«, wagt der Mann einzuwenden und erntet dafür einen vernichtenden Blick seiner Ehegenossin.

Agnes hat sich bereits abgewendet, denn mit diesen Leuten kommt sie heute bestimmt nicht ins Geschäft.

»Gute Frau, dürft ich ...«, mischt sich Jakob ein. Er setzt sein gewinnendstes Lächeln auf: »Wenn Ihr Euch daheim a frommes Bildlein aufhängt – wie etwa hier, a Blatt aus der Apokalypse – und selbst im eigenen stillen Kämmerlein für des Seelenheil Eurer lieben Ahnherren betet ...«

Der Mann lässt sich sofort auf Jakobs Argument ein, er nickt zustimmend. Seine Frau schaut noch ein wenig skeptisch.

»Seht doch, wie lebensnah mei Werkstattherr hier die Schrecken des Jüngsten Gerichts zum Leben erweckt. Dies Bild wird Euch in a fromme Inbrunst versetzen, die selbst Euer Priester ned in Euch rühren könnt.«

Agnes Dürer verkneift sich mühsam ein Lachen über die Inbrunst eines Pfaffen beim Verlesen einer bezahlten Seelenmesse.

»Und Ihr, mein Herr, scheint mir recht kundig. Ihr besitzt gewiss hohen Kunstverstand?«, holt Jakob ihn elegant ab. Der Mann nickt überrumpelt: »Nun ... ich hab scho so manches Bild gesehen mein Lebtag.«

»Und wie sind die Bilder Dürers, verglichen mit den Werken anderer?«, fischt Jakob.

»Na – die Bilder vom Dürer sind die besten«, sagt der Mann, denn so viel weiß jeder Nürnberger, ob mit oder ohne Kunstverstand.

»Wenn Eure Gemahlin zur Andacht die Apokalypse wählt, wollt Ihr dann vermittels dieser Eva über den Sündenfall nachsinnen?«

»Ja, diese Eva regt in der Tat zum ... Nachsinnen an.«

Jetzt kann Agnes fast nicht mehr an sich halten, doch sie beherrscht sich gerade so und prustet erst los, als das Weib mit ihrer Apokalypse und ihr braver Ehegenosse mit seiner nackten Eva wieder abgezogen sind.

»Du gefällst mir, Lorenz«, lobt sie ihren neuen Knecht. »Und wie gefällt's denn dir hier in Nürnberg?«

Jakob sucht erst kurz lang nach Worten, was Agnes erneut zum Lachen bringt.

»So viel Kunst, so viel Verstand, wohin man nur blickt ...«, beginnt er schließlich zu schwärmen.

»Es gibt hier genug Wasserköpf fei auch«, sagt staubtrocken Christine Stoß von der Nebenschrage.

»Allein Euere beiden Ehegenossen ...«, beharrt Jakob. »Und ... kennt Ihr den Peter Henlein?«

»Der Schlosser mit den Dosenührlein?«, fragt Agnes.

»Derselbe!«, nickt Jakob beflissen.

»Ja, ja, der wohnt auf der Lorenzer Seiten, gleich neben dem Katharinenkloster. Aber der is a zwielichtiger Kauz«, sagt Agnes verschwörerisch.

»Sagt an«, will Jakob natürlich mehr erfahren.

»Vor fünf oder sechs Jahr ward mitten auf der Gass a junger Schlosser erschlagen. Wie hieß der noch, Christine?«

»Verzeih, Agnes, aber vor sechs Jahr ...«, sagt die Stößin mit vielsagender Geste nach unten zu ihren Füßen, »lag mei Mann im Loch. Da hatt ich wenig Acht darauf, wer auf den Gassen erschlagen wird.«

Oha!

Der begnadete Holzschnitzer saß im Lochgefängnis? Das erklärt, warum alle seinen Verkaufsstand meiden. Und das Gefängnis befindet sich unmittelbar unter ihren Füßen? Jakob findet Nürnberg und seine Bürger immer spannender.

»Clemens Glaser hieß er, der Erschlagene«, hilft eine hinzugetretene Käuferin.

»Genau, so hieß er. Henlein und noch zwei junge Schlosser haben's des

Totschlags bezichtigt. Henlein hat sich ins Barfüßerkloster geflüchtet, wo er sich über Monate hin verkrochen hat.«

»Ich entsinn mich. Der Henlein zahlt heut noch Schmerzensgeld an die Glaser«, tratscht die Kundin.

Jakob ist enttäuscht, dass sein großes Schlosservorbild ein Totschläger sein soll. Die mitteilsame Kundin weist auch noch darauf hin, dass es heute an den Fleischbänken ganz besonders feine Hammelkeulen gibt. Als Dürerin und Stößin beide bedauern, die Gelegenheit bestimmt zu versäumen, weil sie an ihre Verkaufsstände gebunden sind, wittert Jakob seine Chance: »Soll ich welche besorgen?«

»Des machst, Bub! Da, den Grünen Markt entlang und hinunter ans Pegnitzufer!«

Die Frauen drücken Jakob Münzen in die Hand und er eilt los – und zwar schnurstracks *vorbei* an den Fleischbänken, über die Pegnitzbrücke auf die Lorenzer Seite. Dort fragt er sich zum Katharinenkloster durch. In der anliegenden Häuserzeile wohnen mehrere Kleinschmiede. In allen Werkstätten herrscht rege Betriebsamkeit, nur in einer offenen Haustür lungert ein Mann so gelangweilt, dass ihm der streunende Jüngling auffällt.

»Suchst was?«, ruft er Jakob an.

Der Mann ist eine dunkelhaarige Ausführung von Jakobs Stiefvater: speckschwitzig, wuchtig, griesgrämig. Er steht untätig im Türrahmen und dreht bedrohlich ein großes Messer in den Händen.

»Den Meister Henlein such ich.«

»Der bin ich.«

Der?!

Wie soll denn *dieser* Mann mit *diesen* Pranken winzige Ührlein fertigen? Jakob blickt an seiner Schulter vorbei in die Werkstatt hinein und sieht, dass es gar keine Schlosserei ist, und schon gar keine Uhrmacherwerkstatt.

»Ihr seid aber ned der Schlosser Peter Henlein?«

»Ich bin der *Messerschmied* Hermann Henlein. Du suchst meinen Bruder. Der wohnt nebenan. Was begehrst denn von ihm?«

Haben alle Nürnberger Genies wohl auch einen weniger genialen Bruder? »Ich will ihn fragen, ob er einen Gesellen sucht.«

»Sucht er ned.«

»Fragen kann ich ja.«

»*Sucht er ned*, sag ich dir. Willst auf Messerschmied umsatteln? Mir is letzte Woch mei letzter Gesell fortgelaufen.«

> Kein Wunder.

»Naa«, winkt der Messerschmied gleich selbst wieder ab, »des war nur so dahergeredet. Ich könnt mir gar keinen Knecht leisten, so misslich gehen die Geschäft. Ich muss mei Werkstatt gar scho an fremde Stückarbeiter verpachten.«

»Aber die Geschäfte Eures Bruders, die gehen doch gewiss gut? Seine Ührlein sind ja weit über Nürnberg hinaus in aller Munde – und in allen Gewändern«, fragt Jakob.

»Gehilfen nimmt er dennoch keine.«

Nach dieser knorrigen Unterhaltung ist es Jakob nun unangenehm, unter dem borstigen Blick des Messerschmieds an der Werkstattür des Uhrmachers zu läuten. Es dauert quälend lang, bis eine junge Frau schüchtern öffnet. »Was is Euer Begehren?«, piepst sie.

»Ich wollt ... ich bin Schlossergesell auf Wanderschaft ...«

»Warum kommst dann ned über des Rugamt?«, fragt die Frau.

Berechtigte Frage. Warum geht ein braver Schlossergesell nicht den ordentlichen Weg über das Rugamt? Jakob hat noch nicht einmal eine Gesellenurkunde vorzuweisen. Das aussichtslose Unterfangen wird ihm langsam verdrießlich.

»Hat denn der Meister womöglich Bedarf ...?«, fragt er entmutigt.

Es taucht eine Männergestalt hinter der Frau auf, schmächtig und überraschend jung. Während Hermann Henlein ein Mann in seinen Dreißigern sein muss, wirkt Peter Henlein fast noch wie ein Jüngling, höchstens Mitte Zwanzig.

> Dann war er ja noch ein halbes Kind, als er seinen Zunftgenossen totschlug.

Jakob schaudert. Selbst wenn der bleiche Mann mit dem beklemmenden wasserblauen Blick ihm nun eine Anstellung anböte, würde Jakob sie nicht annehmen.

»Was gibt's?«, fragt Henlein wortkarg.

»Ich wollt nur ...«

»Ob du einen Gesellen verdingen willst, fragt er«, erläutert sein Weib.

»Nein. Habt recht schönen Dank«, antwortet Henlein mit sonderbar entrückter Stimme.

»Na, gut. Äh, habt Dank. Ich mein ... gehabt Euch wohl«, stammelt Jakob, der nur noch fort will.

»Gehabt Euch wohl«, grüßt Henlein tonlos und ist schon wieder auf dem Weg zu seiner Werkbank.

»Hab ich doch gesagt«, wirft Hermann Henlein Jakob hinterher, der ernüchtert von hinnen tropft.
> Wie ungerecht.

Klaras Idol Dürer ist ein heiterer Menschenfreund mit Sitz im Großen Rat. Und Jakobs großes Vorbild ist ein Gespenst mit grauenhaften Einträgen im Malefizverzeichnis. Jakob ist so missgestimmt, dass er um ein Haar die Hammelkeulen vergisst.

Tiegelpresse

WIE VERSPROCHEN führt Dürer nach dem Mittagsmahl den Lehrbuben an die mächtige Tiegelpresse.

»So, mein Knechtlein, da is also des Ungetüm. Weißt, Adrian, an einem Gemälde pinselst ewig. Und dann holt es der Auftraggeber ab, hängt es in sei Jagdschloss, und du siehst es nie wieder. Außerdem is am fleißigen Kläubeln auf Tafel und Tuch außer Ehren wenig verdient.«

Dürer zieht schwungvoll den Karren aus der Presse.

»Versteh mich ned falsch. Die Malerei is und bleibt mir heilig. Aber des ... is a ganz andere Sach. Hiermit bringst hohe Kunst in die Wohnstuben des gemeinen Völkleins. Einen Druck kann sich jedermann leisten. Von einem Holzstock kannst gut und gern tausend Blatt abziehen – wenn du sorgsam damit umgehst.«

Er greift sich einen der Druckstöcke und prüft streng, ob der letzte Knecht ihn auch ordentlich gereinigt hinterlassen hat. Allein mit der Betrachtung des spiegelverkehrten Holzblocks könnte Klara eine Stunde zubringen. Unglaublich fein sind die Heben und Senken, die Kurven so geschmeidig, wie es Klara nur von guten Kupferstichen kennt. Ein einziger Fehler beim Schneiden und der ganze Block ist verdorben, da gibt es kein Radieren oder Überpinseln. Und aus diesem Wirrwarr aus winzigen Rillen bersten vier apokalyptische Reiter mit wehenden Pferdemähnen durch stürmende Lüfte, zertrampeln elende Sünder in ihrem Weg.

»Was hab ich mich als Kind gefürchtet vor Euren Bildern«, grinst Klara schief. »Zum Glück is die Welt dann ja doch ned untergangen.«

Dürer blickt sie fragend an und Klara begreift, dass sie schon wieder einen Fehler gemacht hat.

> Menschenskind, Klara! Vorsicht!

Klara wird eiskalt im Bauch, denn vor der Jahreswende 1500, als alle Welt bangend den Atem anhielt, ob die düsteren Weissagungen eintreffen würden, und Klara wie verhext über Dürers Erstausgabe der Apokalypse hing, war Klara ein Mädchen von fast zehn Jahren. Adrian hingegen war erst vier.

»Hast dich scho als kleines Waggerla vor dem Weltuntergang gefürchtet?«, lächelt Dürer.

Dann übergibt er Klara seinem Bruder Hans. Der steht schon da, nein, er lümmelt. Seine Begeisterung darüber, dem neuen Knechtlein das Drucken beizubringen, hält sich in Grenzen. Hans greift sich einen Druckstock.

»Also, wir drucken a Blatt aus dem Marienleben. Holzblock. Ballen. Nussöltinte«, leiert er. Er greift einen mit Leder bezogenen Ballen, reibt ihn mit geübten, kreiselnden Bewegungen in die Tinte und nässt dann damit den Druckstock ein. Danach hängt er den Ballen an einen Knauf: »So, Ballen wieder zurück in seinen Knecht. Den Stock im Karren festkeilen.«

Klara versucht bestmöglich, alles aufzunehmen. »Blatt anfeuchten. In den Druckrahmen ziehen. Über die Platte kippen. Nun zieh am Pressbengel, aber fest.«

»Ich?«, fragt Kara.

»Ja, is denn sonst noch wer hier?«, fragt Hans.

Klara zieht am Bengel und merkt sofort, dass sie sich mehr Kraft aneignen muss. Die Spindel rührt sich erst gar nicht, dann hopst sie ruckartig.

»Langsam! Ebenmäßig!«, mahnt Hans.

»Du redest dich leicht, du machst des jeden Tag«, ärgert sich Klara.

»Diesen Bogen kannst vor die Hühner schmeißen.«

Hans schiebt den Bengel zurück, zieht übellaunig den Karren heraus, öffnet den Deckel, rupft das misslungene Blatt heraus und beginnt von vorne.

»Verzeih mir, Hans. Mach's mir doch erst vor, bevor ich meine unkundige Hand anleg«, bittet Klara.

Hans geht noch einmal alle Schritte durch. Klara sieht aufmerksam zu.

»Zwischen die Drucke leg stets a leeres Blatt, damit nichts verwischt. Und hernach is die Form *schnurstracks, behutsamst und peinlichst* zu säubern«, äfft Hans seinen Bruder nach. Er drückt den Druckstock Klara in die Hand. Sie ist wieder dran. Hans ist ein armseliger Lehrmeister. Er steht einfach neben Klara und atmet ihr unangenehm in den Nacken, während sie zaghaft versucht, seine Handgriffe nachzuvollziehen, ohne den wertvollen Druckstock zu beschädigen. Ihre Nachfragen beantwortet er unwirsch und knapp. Der erste Bogen ist jämmerlich verschmiert. Der zweite auch. Für Klaras Fehlversuche hat Hans keine weitere Anmerkung übrig als: »Des is auch für die Hühner.«

Zum Glück kommt beim dritten Anlauf der Geselle Hans Springinklee dazu.

»Ei, des Knechtlein druckt ja scho!«, sagt er freundlich.

»Und zwar ganz misslich«, klagt Klara entmutigt. Hans Springinklee schaut ihr über die Schulter und lacht: »Allemal besser als meine ersten Drucke! Ich hab Dutzende Blätter verhunzt, bis ich den ersten leidlichen Bogen in Händen hielt.«

> Danke! So redet man mit einem verzagten Anfänger, Dürerhans.

Der freundlichere der beiden Hänse bleibt beim dritten, vierten und fünften Versuch auch noch mit dabei und erklärt Klara genau, was sie beachten muss und was sie noch falsch macht. Tatsächlich werden die Drucke mit jedem Mal besser.

Es ertönt die Stimme ihres Lehrherrn hinter ihr: »Ah, wird ja scho! Aber hab ich ned meinem Bruder auftragen, dich zu unterweisen?«

Klara war so vertieft, dass sie gar nicht bemerkt hat, dass sich Hans Dürer inzwischen verdrückt hat. »Er hat mich unterwiesen«, beeilt sich Klara zu bestätigen, denn mit Hans Dürer will sie es sich nicht gleich am ersten Arbeitstag verscherzen. »Doch dann kam Hans hinzu. Also, *dieser* Hans.«

»Der Kleehans«, sagen Dürer und Springinklee fast unisono.

»Sag, Kind«, bemerkt Dürer Klaras behelfsmäßig hochgekrempelte Ärmel, »sind dir denn all deine Kleider zu groß? So kannst doch ned arbeiten.«

»Des sind Kleider von Lorenz. Mei Reisetruhe is beim Überfall abhandenkommen.«

»Na, so sag des mir doch. Ich schick dich gleich am Morgen zu meinem Schneider.«

> Bloß nicht!

Ein Schneider, der Klara mit einem Zollband auf die Pelle rückt und spätestens beim Maßnehmen von Brustumfang und Schritt einige Unregelmäßigkeiten entdecken wird!

»Ned nötig, Meister. Der Vater hat uns genug Geld mitgeben, dass ich des selber besorgen kann.«

»Unsinn, du wohnst doch jetzt unter meinem Dach«, beharrt Dürer.

»Des wär dem Vater ned recht, dass ich mich auf Eure Kosten einkleid.«

»Nun, ich werd deinem Sturkopf von einem Vater schreiben und erklären, dass ich als dei Lehrherr dich fortan speise und kleide«, sagt Dürer.

Das Tagwerk geht munter weiter, bis die Werkstatttür aufgeht und die

Dürerin mit Jakob den Handkarren über die Schwelle manövriert. Ist es wirklich schon so spät?

»Hans, ich hoff, du hast heut fleißiglich druckt!«, ruft Agnes vergnügt beim Hereinkommen. »Wir haben verkauft wie geschnitten Brot!«

Hans Dürer erscheint in der Hoftür und sagt griesgrämig: »Ich hatt kaum Zeit zum Drucken! Ich musst ja des neue Knechtlein unterweisen.«

»Am Lorenz is a wahrer Kaufmann verloren gangen«, schwärmt die Dürerin. Ihre Wangen glühen vom steilen Burgberg und vor kaufmännischem Eifer. »An ihm werd ich mei rechte Freud haben.«

»Und ich am Knechtlein«, erwidert Dürer ebenso zufrieden.

Klara schießt wieder einmal das Blut in die Ohren. Während Jakob sein Lob freudig entgegennimmt, versucht Klara, Dürers warmen Augen verschämt auszuweichen – und so trifft ihr Blick stattdessen Hans Dürer, dessen schon im Ruhezustand grantige Miene nun richtiggehend versteinert ist.

Oh weh.

»War denn der Postreiter scho da?«, fragt Dürer seine Magd.

»War er. Und was für einen Haufen er wieder angeschleppt hat«, bestätigt Susanna.

»Hast ihm denn meinen Brief an Matthias Schaller mitgeben?«

»Freilich, Herr«, nickt Susanna.

Scheiße!

Bestimmt hat Dürer in seinem Brief an Schaller Lorenz' Gichtleiden erwähnt. Und wer weiß was noch alles an verwunderlichen Dingen, die für den Vater der echten Schallerbrüder wenig Sinn ergeben dürften – und eine hoch erstaunte Antwort nach sich ziehen werden.

»Nun, dann bin ich wohl bis zum Abendmahl in der Schreibstub«, seufzt Agnes widerwillig. »Die Schreibarbeit nimmt wahrlich überhand. Bittsteller, Schmarotzer, ungeduldige Pfeffersäck ...«

»Frau Agnes!«, kommt Jakob ein Einfall. »Dabei kann ich Euch doch auch zur Hand gehen!«

»Ja, vermagst denn überhaupt zu schreiben, mit deinen wunden Fingern?«

»Wenn ich den Federkiel einwickel, so wie den Löffelstiel, dann geht des scho.«

»Also komm mit hoch«, beschließt Agnes und nimmt Jakob mit nach oben in die Schreibstube, um ihn in den Schriftverkehr einzuweisen. Bei der Hauswirtin hat Jakob also schon einen großen Stein im Brett, sieht

Klara. Gut! Denn wenn er ihr nützlich ist, lässt sich seine sonderbare Stellung als gichtiger Malergeselle rechtfertigen. Und wenn die Dürerin ihm nun das Sichten der Post anvertraut, kann er Briefe von Schaller abfangen. Zufrieden setzt sich Klara an den großen Werkstattisch und macht sich daran, mit Rötel, Ocker und Zinnober zu experimentieren. Wenn sie es klug anstellen, können sie womöglich eine ganze Weile hier im Dürerhaus ausharren. Jakob braucht wasserfeste, nicht abfärbende rote Farbe für seine ›entzündeten‹ Fingerknöchel. Klara muss in ihren Mußestunden möglichst viel lesen und studieren, denn Adrian hat ja offenbar mehrere Jahre die Schule besucht. Ihrem Bruder Lorenz muss sie beibringen, wie ein Maler über sein Handwerk spricht. Wenn schon nicht in Werk, so muss Jakob zumindest in Wort als ausgelernter Malergeselle durchgehen. Am Abend in der Kammer bepinselt Klara Jakobs Fingerknöchel mit ihrem Rötelgemisch, während er von seiner enttäuschenden Begegnung mit Peter Henlein erzählt. Klara berichtet von den Unarten des Hans Dürer und schwärmt von der Druckerpresse.

»Es is alles so wundersam hier, Jakob! Der Himmel auf Erden«, brennt Klara. Jakob lächelt warm.

»Ich wünscht nur, du müsstest dich ned verstellen«, sagt er sanft und streichelt ihr etwas wehmütig über das verwüstete Haar.

»Ich muss mich kaum verstellen! Allemal weniger, als wenn ich Burckhardts Weib wär«, gibt sie zurück. Dann wird sie nachdenklich: »Wenn mei Vater des wüsst ...«

»... er würd sich im Grabe umdrehen«, beendet Jakob den Satz.

Klara schüttelt den Kopf.

»Was? Du meinst, er wär gar stolz auf sei wahnwitziges Töchterlein?«, wundert sich Jakob.

Schön ist Jakob, wenn er so schalkhaft lacht.

Er ist nun Klaras einziger Vertrauter auf der Welt. Was er sich von ihr erhofft, weiß Klara schon seit der Nacht, als er mit dem Karren vor dem Siechhaus stand. So viel Lug und Trug bestimmt jetzt ihr Leben. Warum nicht diese eine Wahrheit leben? Sie lehnt sich Jakob gerade so weit entgegen, dass er es als Aufforderung verstehen darf. Jakob lässt sich nicht lange bitten. Während seine Lippen weich und sanft mit ihren spielen, kribbelt es heiß und schmerzhaft unter Klaras stramm gezurrten Brustwickeln. Klara knöpft ihr Wams auf, streift sich das Hemd über den Kopf und erlaubt Jakob, sie von den Wickeln zu befreien.

Sebalder Leben

»DES WAR ABER ned des erste Mal.«

»Hm?« Klara blinzelt Jakob verschlafen an.

Jakob ist ja nicht allzu bewandert in diesen Fragen ... aber er ist sich ziemlich sicher, dass das Ereignis der vergangenen Nacht keine Entjungferung war. Sonst hätte Klara sich ihm doch nicht so wonnevoll und freimütig hingegeben. Und vor allem nicht so genau gewusst, in welchem Augenblick sie ihn beherzt von sich schieben musste.

»Die gestrige Nacht – des war ned des erste Mal, dass du bei einem ... Mann gelegen bist«, präzisiert Jakob verlegen.

Klara richtet sich gemächlich auf: »Einer von Vaters Gesellen hat mich a Zeit lang glauben lassen, er nähm mich zum Weib.«

»Und hat dann sei Wort brochen«, errät Jakob.

»Offenkundig«, sagt Klara bitter grinsend.

»Hast ihn denn lieb gehabt, den Wortbrecher?«, bohrt Jakob.

»Er hätt mir gut taugt.«

Klara schwingt die Beine aus dem Bett und sagt: »Komm, gehen wir in die Speisestube, wo der Morgenbrei einfach auf dem Tisch erscheint, ohne dass ich auch nur einen Finger rühren muss.«

Sie zieht sich an. Ob Jakob dabei ihr zu- oder abgewandt ist, ist ihr nun einerlei. Und wie Männerkleidung anzulegen ist, hat sie inzwischen auch heraus. Allerdings ist heute Sonntag. Jakob und Klara haben keinen Sonntagsstaat und müssen mit Jakobs Werktagskleidung vorliebnehmen. Die Eheleute Dürer hingegen haben sehr wohl einen Sonntagsstaat, und was für einen: Dürer trägt eine bodenlange schwarze Schaube mit Pelzkragen und breiten Streifen aus rotem Barchent. Die Dürerin balanciert auf ihrem Kopf eine derart aufwändige Haube, dass Jakob den ganzen Weg hinab zur Sebalduskirche zu verstehen versucht, wie das Ungetüm konstruiert ist und was es davon abhält, in sich zusammenzuklappen. Die Magd Susanna schlendert neben Jakob und Klara her und führt sie mit spürbarem Vergnügen in die Sebalder Gesellschaft ein.

»In die Sebalduskirch geht all die Nürnberger Ehrbarkeit. Fast alle Ratsherrn«, erklärt sie.

Mit ihrem edlen Putz passen Agnes und Albrecht Dürer gut in die vornehme, angeregt schwatzende Menge vor der Kirche. Zielstrebig nähert sich ihnen ein Mann um die dreißig. Er ist fein, aber schlicht gekleidet, das sich lichtende Haar ist anspruchslos kurz geschoren. Wer das wohl sein muss, erahnt Jakob an seinem wachen, freundlichen Blick, dem schlanken Wuchs und spätestens daran, wie er nun liebevoll die welken Hände der Barbara Dürer küsst. Ein Lächeln erleuchtet das eingefallene Gesicht der Alten: Das ist der dritte Dürerbruder, der Goldschmied Endres.

> Achtzehn Kinder. Und fünfzehn Särge. Die meisten davon winzig klein.

Hier stehen nun also die Augäpfel der ausgezehrten Barbara Dürer. Zusammen bilden die drei Brüder ein merkwürdiges Dreieck: Endres führt genügsam fleißig das handwerkliche Vermächtnis des Vaters weiter. In seiner Schlichtheit ist er das Gegenstück zum aufsehenerregenden, umtriebigen Malerfürst. Und beide älteren Brüder sind mit ihrer selbstgewissen Ruhe der Gegenpol zum friedlosen jüngsten Bruder Hans, den die Mutter scharf überwacht, als wäre er ein unmündiger Knabe, der jeden Augenblick etwas Verheerendes anstellen könnte.

> Und weit und breit keine Dürerkinder.

In ihrem jeweiligen Alter sollten zumindest Albrecht und Endres der Mutter schon eine ganze Enkelschar beschert haben. Jakob sieht sich nach Endres' Begleitung um, doch außer ein paar Gehilfen hat er wohl keinen weiteren Anhang.

Vor der Sebalduskirche wird es langsam eng. Die Sonne wärmt den Herbsttag und alle wollen noch das neueste Stadtgemunkel austauschen, bevor sie sich still und andächtig in die Kirchenbänke drücken müssen. Es ist ein herrliches Schauspiel. Statt des sonntäglichen Schwarz, das in Kulmbach die Kirchenvorplätze beherrscht, wimmelt es hier in Nürnberg bunt und eitel. So viele verschiedene Arten kostbaren Tuchs! Abenteuerliche Haubengebilde, breite Schauben, keck aufgesetzte Barette, wippende Federn, schreiend bunt unterfütterte Schlitze ... und selbst zum Kirchgang tragen viele der Herren maßlos übersteigernde Schamkapseln.

Auch Klara staunt: »Schau dir nur diesen dreisten Hosenlatz an! Und dass die Frau da mit dem Sturz überhaupt zu gehen vermag! Und schau da, a echter Mohr!«

Ein Afrikaner überragt die Gemeinde um fast einen Kopf. Im Gegensatz zum Rest der Menge schwatzt er nicht, sondern blickt forschend um sich, als erwarte er etwas oder jemanden.

»So geht man doch ned in die Kirch!«, empört sich indessen Barbara Dürer über den Aufzug ihrer Mitbürgerinnen. Mit einem knochigen Finger wedelt sie tadelnd in Richtung derjenigen Frauen, die ihren Unmut besonders erregen.

Dürer beschwichtigt sie: »In Venedig gehen alle so, Mutter.«

Vom Herrenmarkt kommt die Familie Pirckheimer. Nein, sie kommt nicht – sie erscheint: die wuchtige Gestalt Willibald Pirckheimers in einer ausladenden Pelzschaube, die ihn nochmal um die Hälfte breiter macht, als er ohnehin ist, umgeben von einer Schar munterer, zauberhafter Töchterlein, eine prächtiger gewandet als die nächste. Die beiden kleinsten Mädchen führt er zärtlich an der Hand.

»Den Herrn Pirckheimer kennt ihr ja scho«, sagt Susanna. »Und des sind seine fünf Töchter.«

»Hat er denn keine Söhn? Und wo is sei Weib?«, will Jakob wissen.

»Sei erster und einziger Sohn hat die Geburt ned überlebt und die Mutter gleich mit ins Grab gerissen«, erklärt Susanna.

Jakob verstummt betreten. Die schillernde, lebenslustige, stets zu Scherzen und Ausschweifungen aufgelegte Gestalt des Herrn Pirckheimer nimmt jäh etwas Tragisches an. Im zutraulichen Lächeln des kleinsten Töchterleins fehlen zwei Schneidezähne, also ist sie wohl nicht älter als sechs oder sieben. Der Schicksalsschlag, bei dem Pirckheimer sein Weib und den einzigen Sohn verlor, ist also nicht allzu lange her.

Obwohl Pirckheimer als Mitglied des Inneren Rates Höflichkeiten mit allerlei Ehrbaren wechseln muss, ist sein Endziel auf dem Weg durch die Menschentrauben eindeutig Dürer, als gehörten das Patriziergeschlecht und das Handwerkshaus wie selbstverständlich zusammen.

Pirckheimer mustert Dürers neue Knechte von oben bis unten: »Habt ihr denn für eure Feuertaufe in der Nürnberger Gesellschaft nichts Gebärlicheres anzuziehen?«

»Unseren Sonntagsstaat haben die Strauchritter«, grinst Jakob krumm.

»Herrje. Die Verschleppung von Kleeberger und Volckamer is in aller Munde«, kommentiert Pirckheimer. Dann stellt er vor: »Burschen, des sind meine Töchter: Felicitas, Käthe, Crescentia, Barbara und Caritas. Kinder, diese beiden Knaben sind Dürers neue Malerknechte, Lorenz und Adrian Schaller.«

»So viele schöne Töchter«, schmeichelt Jakob unbeholfen.

»Ja, da wird der gute Ratsherr manniglich Hochzeiten ausrichten und gesalzene Mitgiften zahlen müssen«, spöttelt Hans Dürer.

Pirckheimer lacht: »Gottlob wollen ja einige meiner Töchter zu ihren Tanten ins Kloster. Aber um die eine oder andere Hochzeit werd ich wohl ned herumkommen.«

»*Ich* bin dem Hans Imhoff versprochen«, berichtet mitteilungsfreudig die Älteste. »Wenn und *sofern* die wackeren Weltensegler heil von ihrer Indienreise heimkehren. Einen vom Tiger zerfleischten Bräutigam kann ich freilich ned ehelichen.«

Aha, Felicitas Pirckheimer hat den bissigen Witz ihres Vaters. Jakob hört Hans Dürer zum ersten Mal herzlich lachen: »In *Indien* sind die Imhoffbrüder? Mich lässt mei Mutter ja ned amol bis nach Forchheim!« Gelächter über Barbara Dürers schwerhörigen Kopf hinweg. »An so weitgereisten edlen Freiern kann ich mich freilich ned messen«, fügt Hans hinzu.

»An den Imhoff *messen?* Mei lieber Dürerhans, du bist zwar a recht artiger Handwerkergesell – aber doch a *Handwerkergesell*«, verweist Felicitas ihn reizend lächelnd in seine ständischen Schranken.

Jakob beobachtet belustigt, wie Felicitas Pirckheimer, wohl kaum älter als dreizehn Jahre, mit dem ihr in die Wiege gelegten Selbstbewusstsein den zwanzigjährigen Hans Dürer mundtot macht. Ebenso vom Vater geerbt hat sie eine Veranlagung zur Leibesfülle, die sich in ihrem zarten Alter in rosigen Pausbäckchen und frühreifen sinnlichen Rundungen äußert. Kunstreich gezwirbelte Stirnlocken umschmeicheln ihr schönes Gesicht. Am Hinterkopf ist ihr Haar kunstvoll hochgesteckt und mit Seidenbändern durchflochten, wie es nur mit der Hilfe einer geschickten Kammermagd gelingen kann. Auch Kleidung und Geschmeide sind eindeutig venezianisch inspiriert. Und ihr Ausschnitt gewährt genau jene Einblicke, über die sich Barbara Dürer eben noch so entrüstet hat.

Daneben steht Klara, spindeldünn und bar jeder weiblichen Zier in Jakobs schlackernder Handwerkerkluft. Doch trotz der äußerlichen und ständischen Gegensätze ahnt Jakob, dass die beiden bestens miteinander auskommen werden. Klara blickt Felicitas wohlwollend hinterher, als die mit schwingenden Röcken hinfort fegt, um auf der anderen Seite des Kirchplatzes gleichaltrige Standesgenossinnen zu begrüßen.

»*Ich* bin mir für einen Handwerker ned zu schad. Ich werd einst die Braut eines Zimmermanns«, vermeldet die Zweitälteste, nicht minder lieblich und aufgeweckt wie Felicitas.

»*Als ob* Euer Vater Euch einem Zimmermann geben würd«, lacht Hans Dürer ungläubig. »Wer soll der Glückliche denn sein?«

»Der *Herr Jesus* wird mei Bräutigam. Ich folg meinen Vatersschwestern in den geistlichen Stand«, erklärt Käthe Pirckheimer und fügt keck hinzu: »Dann muss ich mich mein Lebtag nie mit Mannsbildern herumschlagen.«

»Mei liebe Käthe, womöglich will mei Schwester dich ja gar nimmer bei sich aufnehmen, wenn ihr zu Ohren kommt, dass du in der Lateinstunde ned aufmerkst«, mahnt Pirckheimer sein vorwitziges Kind.

Ein zwölfjähriges Mägdlein wird für Unaufmerksamkeit in der Lateinstunde gerügt?

Jakob sieht, wie sich Klaras Augen staunend weiten. »Wer ist denn Eure Schwester, Herr Pirckheimer?«, fragt Jakob neugierig.

»Du kennst mei Schwester ned? Die kennt doch im ganzen Land jedermann.«

»Spätestens, seit Conrad Celtis sie zur höchsten Zierde Deutschlands erklärt hat«, fügt Dürer hinzu.

»*Verklärt* hat«, berichtigt ihn Pirckheimer.

»Ihr vergesst, Herr, dass ich Malerknecht bin und kei Gelehrter«, erklärt Jakob seine Unwissenheit.

Dürer erläutert: »Caritas Pirckheimer ist die ältere Schwester des Herrn Pirckheimer und Äbtissin im Klarissenkloster. Sie ist mindestens so gescheit und gelehrt wie ihr Bruder – nur um Welten frommer und tugendhafter.«

Pirckheimer lacht, dass ihm der Bauch wackelt. Sein Töchterlein Käthe nickt eifrig zustimmend. Jakob missfällt das Leuchten in Klaras Augen. Für ihn ist die Vorstellung des Mönchtums ein Grauen voll Zwang und Entsagen. Für Klara jedoch ... eine Gottesbraut muss sich keine Zoten anhören oder übergriffiger Männerpfoten erwehren. Ebenso wenig wird eine Klosterfrau von einem besoffenen Ehemann geprügelt. Ein Nönnlein kann sich den ganzen Tag Schriften und Pflanzenkunde widmen. Und bestimmt können Nonnenklöster auch Malerinnen brauchen, um die Wände zu verzieren und die Bibeln zu illuminieren.

Während Jakob sich sorgt, die Pirckheimer könnten Klara das Klosterleben schmackhaft machen, kommt eine junge Frau zielstrebig durch das Gedränge auf Pirckheimer zu gewuselt. Im Schlepptau hat sie den hochgewachsenen Afrikaner, der nun so aussieht, als hätte er gefunden, was er eben noch gesucht hat.

»Johanna, was gibt's?«, fragt Pirckheimer vertraulich. Aha. Das ist wohl seine Magd.

»*Er hier* sucht a Anstellung, Herr!«, vermittelt Johanna eifrig. »Kito heißt er.«

Pirckheimer mustert den Bittsteller.

»Da is er bei mir falsch. Anders als die eitlen Pfeffersäck brauch ich keinen Mohren, um vor den anderen Geschlechtern zu prahlen, wie weit gereist ich doch bin – weder auf meinem Wappen, noch schwermütig und stumm an meiner Tafel stehend«, lehnt Pirckheimer spitzzüngig ab.

»Mit Vergunst, Herr Pirckheimer, ich bin weder schwermütig noch stumm – noch bin ich a Tafeldiener«, berichtigt der Bewerber Pirckheimer, unberührt von der Spöttelei. »Die Johanna sagt mir, Ihr sucht einen *Stallknecht*.«

»Und dei gegenwärtiger Herr kann für dich bürgen?«, fragt Pirckheimer.

»Hm«, zögert Kito, »mei Herr ahnt noch ned, dass ich ihm meine Dienste kündigen will.«

»Von wem reden wir denn?«, will Pirckheimer wissen.

»Anton Tetzel. Ich dien als Stallknecht in seinem Lustschlösslein in Mögeldorf.«

Tetzel.

Pirckheimers Interesse steigt sprunghaft an. Anton Tetzel, das ist doch der Zweite Losunger, mit dem Pirckheimer am Tag ihrer Ankunft im Rathaus so hart zusammengerückt ist. Ein Rivale Pirckheimers im ränkevollen Nürnberger Ratsleben.

»Und beim Tetzel gefällt's dir wohl nimmer?«, freut sich Pirckheimer.

»Ganz und gar nimmer«, antwortet Kito.

Pirckheimer lächelt: »Such mich nach der Messe wieder auf.«

Seine Magd Johanna lächelt zufrieden über die erfolgreiche Vermittlung. Kito nickt verbindlich und entfernt sich.

»So gehen wir doch endlich nei in die Kirch«, drängt Barbara Dürer. »Wir sind zum Gottesdienst hier und ned zur Tagedieberei.«

Der Gottesdienst läuft so ab, wie Jakob es von zu Hause gewohnt ist: Er versteht kein Wort der lateinischen Messe und bekommt auch von den Bekanntgaben auf Deutsch wenig mit, weil seine Gedanken mit ihm längst woanders hingeritten sind. Aber er kennt die Abläufe, er weiß, wann er knien, stehen oder singen muss. Ihm wird vor Weihrauch und Hunger etwas übel und die meiste Zeit vertreibt er sich mit der Beobachtung anderer Kirchgänger.

Klara indessen verrenkt sich den Hals nach den Kunstschätzen der Kirche. Dürer bemerkt wohlwollend ihre Schaugier. Er lehnt sich hinter dem krummen Rücken seiner Mutter zu seinem neuen Lehrbuben herüber und erläutert ihm wispernd die Gedenktafeln und Fenster.

»Pssssst«, zischt Barbara Dürer.

Nach der Messe strömen die Frommen befreit aus der Kirche, blubbernd vor Vorfreude auf den Feiertag und Heißhunger auf den Sonntagsbraten.

Hinter Sankt Sebald steht vor dem Rathaus ein Stadtknecht
> ... mit den Pferden von Lorenz und Adrian Schaller!

»Des sind unsere Pferde!«, ruft Jakob hell. Er bedeutet Klara mit einem knappen Blick:
> Mach alles genau wie ich.

Er setzt zu einem freudigen Spurt an – eben wie ein Jüngling, der sein heiß geliebtes, verloren geglaubtes Ross wiedersieht. Klara tut es ihm nach. Dürer eilt ihnen anteilnehmend hinterher, Pirckheimer kommt behäbiger hintendrein. Jakob und Klara streicheln die Nüstern und klopfen die Hälse der Pferde, welche die Liebesbekundungen der beiden Fremden verwirrt über sich ergehen lassen. Der Stadtknecht berichtet, dass ausgesandte Nürnberger Reiter um Pottenstein herum zwar keine Fährte der Strauchritter und der Verschleppten fanden, dafür aber zwei orientierungslose, vollständig gesattelte und gezäumte Pferde.

»Glück im Unglück«, freut sich Dürer für seine Knechte.

»Bringt sie gleich zu mir«, bietet Pirckheimer seinen Stall an. Er sieht sich suchend um. »Ich hab doch soeben vor der Messe einen neuen Stallknecht verdingt ...«

Kito lehnt schon mit lässig verschränkten Armen und abwartendem Grinsen an der Rathausmauer.

»Kito, komm her! Darfst sogleich deines neuen Amtes walten«, ruft ihn Pirckheimer herbei.

»A Prachtkerl«, mustert Kito mit Kennerblick das Ross, das Lorenz gehörte. »Wie heißt er denn?«

> Ääh ...

»Sigismund«, erfindet Jakob. »Und Adrians Mähre heißt Eleonore«, fügt er rasch hinzu, denn Klara blickt überfordert drein.

»Und was is mit dem alten Gaul, mit dem ihr herkommen seid? Wollt ihr den behalten oder schlachten lassen?«, will Pirckheimer wissen.

> Wenzel schlachten?!

Pirckheimer sieht Klaras entsetzten Gesichtsausdruck und sagt: »Na, gut. Soll der auch noch sei Gnadenbrot bekommen.«

Hoffentlich lassen sich Sigismund und Eleonore widerstandslos von Wildfremden führen! Zum Glück sind es nur ein paar Schritte zu Pirckheimers Anwesen am Herrenmarkt, genau gegenüber vom Schönen Brunnen.

Klara nähert sich Eleonore zaghaft. Kito nimmt ihr zupackend die Zügel ab.

»Wohl noch nie einen Mohren gesehen?«, grinst Kito herausfordernd, weil Klara gar nicht aus dem Staunen und Starren herauskommt.

»Noch nie!«, gesteht Klara ehrlich.

»Bist wohl a Bauernkind?«, fragt Kito.

»Nein! Aus Ku ... aus Leipzig«, stolpert Klara.

»Und da will dir noch nie a Mohr begegnet sein?«, wundert sich Kito. »In Leipzig tummeln sich doch auch Leut aus aller Herren Länder. Vor allem zur Messe.«

Aber in Kulmbach doch nicht!

»So, mei neuer Stallknecht, nun entdeck mir, warum es dir bei Tetzel nimmer gefällt«, fordert Pirckheimer genüsslich.

»Mir is öd da draußen in Mögeldorf. Ich will wieder in die Stadt. Überdies will ich mei Dasein ned im Dienste eines unredlichen Mannes fristen«, bedient Kito geschickt den Hader zwischen seinem alten und neuen Brotherrn.

»Und woher willst wissen, ob dei neuer Herr a redlicher Mann is?«, angelt Pirckheimer.

»Ihr seid offenkundig a Mann, dem *Verstand* mehr bedeutet als *Stand*«, schmeichelt Kito bereitwillig und meint wohl Pirckheimers trauten Umgang mit dem Handwerker Dürer.

»Ja, mit dem Verstand hat er's ned so, der Tetzel«, lästert Pirckheimer. »Letztens konnten wir Ratsgenossen ihn nur mit Müh und Not davon abhalten, einem Schlitzohr für hundert Gulden aus dem Stadtsäckel einen Kreuzesspan für die Marienkirch abzukaufen.«

»Allmächtiger«, wundert sich Dürer. »Aus den Kreuzesspänen, die ich allein zwischen hier und Venedig gesehen hab, lässt sich a Schiff bauen.«

»Und mit den Grabtüchern Jesu, die von hier bis Padua in Schreinen liegen, kannst es auch noch besegeln!«, ergänzt Pirckheimer. »Doch Tetzel, dem Narren, könntest alles andrehen, von der Vorhaut Jesu bis zu Muttermilch Mariens.«

Sie sind am Stadtpalais der Pirckheimer angelangt. Wenzel wundert sich nicht schlecht, als Kito die beiden Pferde der Schaller in den Pirckheimerschen Stall lotst. Jakob zieht zufrieden Bilanz seines Nürnberger Abenteuers bisher:

Klara ist sein.

Er hat Umgang mit den gelehrtesten, bissigsten Geistern, mit denen er je das Vergnügen hatte.

Ein festes Dach über dem Kopf und gutes Essen im Bauch.

Eine Aufgabe, die ihm Freude macht.
Und inzwischen drei Pferde!

Unfug mit Heiltum

»UND WAS SOLL ich damit?«, fragt Klara befremdet. Enttäuscht zieht Jakob das Fläschchen zurück, das er ihr unter die Nase gehalten hat.

»Na ... duften halt«, sagt er.

Klara nimmt das Rosenwasser, das Jakob ihr als Zeichen seiner Zuneigung schenken will, und dreht es zwischen spitzen Fingern hin und her.

»Duftwasser erfreut jedes Weiberherz, hat die Krämerin gesagt«, rechtfertigt Jakob seinen Kauf.

»Nach Rosen soll ich duften? Soll Dürer meinen, dass ich Buhlschaften mit Weibern pfleg?«

»Hm«, macht Jakob. Dass ein Malerbub wie Klara wenig Verwendung für Rosenwasser hat, hat er wohl gar nicht bedacht.

Klara besinnt sich, dass sie vielleicht etwas netter auf Jakobs verliebte Gabe antworten sollte. Sie gibt ihm ein Küsschen: »Sei bedankt, Jakob. Aber vergeud meinethalben doch dei Geld ned, denn ...«

Denn sie leben hier auf Messers Schneide.

» ... wenn uns wer auf die Schliche kommt, tut uns Geld Not: Wegegeld, Zehrungsgeld, Kammergeld und vor allem Fersengeld«, sieht Jakob ein. Er betrachtet das Duftfläschchen, für das seine in Knabengestalt wandelnde Klara keine Verwendung hat, und ihn trifft ein Geistesblitz: »Der Herr Pirckheimer hat mich mit seinem Pritschengesang von Heiltümern auf einen Gedanken bracht. Bei uns in Kulmbach sind doch zuweilen auch Scharlatane unterwegs, die Heiltümer feilhalten. Einer wollt einst dem Pfarrer Heimberger eine *Träne der Heiligen Elisabeth* aufschwatzen. Heimberger hat ihm gesagt, er soll sich einen anderen Narren suchen ...«

Klara versteht, worauf Jakob hinauswill: »Meinst, wir finden hier einen anderen Narren?«

Jakob gießt das Rosenwasser in die Waschschüssel aus und hält grinsend das leere Fläschchen hoch.

»Muttermilch Mariens für Herrn Tetzel?«, errät Klara.

»Blut der Heiligen Katharina.«

Und so läuft der Schabernack mit ihnen davon. Die Gelegenheit ist günstig, denn das Dürerhaus ist verwaist, nur Barbara Dürer sitzt allein und schwerhörig in ihrer Kammer. Jakob unternimmt einen Streifzug, während Klara sich in ihr grünes Kleid umzieht. Jakob kehrt mit einem runden Behältnis in die Kammer zurück. Als er Klara erblickt, die beflissen auf ihrem Kleid herumstreicht, um die Falten und Knitter der Truhenlagerung zu glätten, geht ein weites Lächeln in seinem Gesicht auf: »Ui. Da is ja mei Klara wieder.«

Er tritt dicht an sie heran und genießt den Blick hinab in den Ausschnitt ihres Kleides. Am Busenansatz zeichnen sich Striemen der strammen Brustwickel ab, die Klara gerade abgelegt hat.

»Die Ärmsten«, sagt er mitleidsvoll und tröstet ihre gerötete Haut mit Küssen. Dann blickt er Klara ins Gesicht: »Dir is doch gewiss wohler in deiner eigenen Haut?«

»Ich steck stets in meiner eigenen Haut«, antwortet Klara trocken.

»Ich mein, in deinen eigenen Gewändern.«

»Hm«, gibt Klara schulterzuckend zurück, »in Hosen geht es sich bequemer als in Röcken, wie mir nun gewahr is.«

Jakob öffnet das Behältnis und verkündet: »Wie dem auch sei, hier die Krönung! Hab ich soeben in der Kammer der Hausfrau gefunden.«

Eine Haube. Nein, mehr als eine Haube: ein Nürnberger Sturz, eines jener Ungetüme, das die Sebalder Kirchgängerinnen auf ihren Sonntagsköpfen balancieren.

»Aha!«, nickt Jakob verstehend, während er neugierig die Konstruktion näher erkundet. Ein Sturz besteht aus einer mächtigen Wulsthaube, darüber ein Drahtgestell und darauf dann das mit Stärke versteifte, kunstvoll gefältelte Steuchlein.

Klara ächzt widerwillig: »Um Gottes Willen. Des könntest ja als Schifflein auf der Pegnitz segeln lassen. Wer setzt sich so was Widersinniges freien Willens auf?«

»Du. Du setzt des jetz freien Willens auf«, bescheidet Jakob. Doch wie genau geht das? Jakob dreht und wendet die riesige Oberhaube ratlos in den Händen.

»Die Unterhaube *langt*«, bestimmt Klara. »Des Schifflein haben sie doch nur zum Kirchgang auf.«

Jakob setzt Klara die Unterhaube mit der ausladenden Wulst auf und zurrt das Kinnband fest.

»Herrgott. Ich krieg kaum den Mund auf«, zischelt Klara, der das Kinnband den Kiefer einschnürt.

»Des is gewiss so gewollt«, feixt Jakob.

»Ned zum Lachen«, nuschelt Klara. »Männer müssen ja auch ned mit festgezurrtem Kinn umhergehen.«
»Des wär ja albern! Stell dir vor, a Mannsbild mit einem Steuchlein auf dem Haupt.«
Klara lacht nicht mit.

❖

Am Eingang des großen steinernen Hauses wird Klara mulmig. Und wenn Tetzel sie doch erkennt, von der Begegnung im Rathaus? Doch da hat er ja kaum aufgeblickt. Klara schnauft durch, besinnt sich auf ihr Sprüchlein, zieht die Glockenschnur. Die Pforte öffnet sich und der Hausknecht sieht nicht gerade wohlwollend aus. »Was?«, klafft er.
»Ich wollt a Zwiesprach mit Herrn Tetzel erbitten ...«, stammelt Klara.
»Da müsst Ihr im Rathaus in der Kanzlei um a Audiens ersuchen«, schnappt der Knecht und die Tür ist schon wieder halb zu.
»Es geht ned um Stadtgeschäfte!«, hält ihn Klara gerade noch so auf. »Ich komm im Namen der Katharina Ebnerin. Es geht um a vertrauliche Sach. A kostbare Sach. Mehr kann ich nur dem Herrn Tetzel höchstselbst entdecken.«
Das klingt wichtig genug, dass der Hausknecht Klara die Treppe hoch in eine Vorhalle im ersten Stock führt und ihr eine Bank am Fenster weist, auf die sie sich setzen soll. »Wartet hier.«
Er klopft an eine Tür und steckt kurz den Kopf hinein. Obwohl sie sich nur einen Spalt breit öffnet, wehen hitzige Gesprächsfetzen zu Klara: »Und wessen Haushalt is denn so verlockend, dass du untreuer Tropf ...!« Der Hausknecht schließt die Tür wieder und sagt zu Klara: »Herr Tetzel widmet sich Eurer Sach alsbald.« Und er schlurft hinfort.
Klara wartet.
Die Tür fliegt auf. Heraus kommt Kito. Hinter ihm her flattert ein Schwall Unworte, die ihn aber nicht zu grämen scheinen. Im Gegenteil, er wirkt sehr zufrieden.

> Ah ... er hat wohl soeben Tetzel eröffnet, dass er zu Pirckheimer wechselt ...

denkt Klara noch so müßig bei sich. Und dann kommt ihr:

> Verflucht!

Sie steckt ja in Frauenkleidern! Kito würde nicht schlecht staunen, dass der Malerbub, der sich nach der Messe beim Führen seines eigenen Pferdes so dumm angestellt hat, nun hier in Kleid und Haube in Tetzels Vorhalle sitzt.

Klara schlägt den Blick nieder und wendet sich möglichst unauffällig ab. Zum Glück beschäftigen Kito ganz andere Gedanken. Er geht resch und zufrieden zur Treppe, hinunter in Richtung Haustor und Neuanfang. Klara blickt ihm nach und merkt gar nicht, dass Tetzel im Türrahmen seiner Stube steht.

»Herr Tetzel. Habt Dank, dass Ihr mich empfangt.«

»Hoffentlich ned, um noch mehr meiner teuren Zeit zu vergeuden«, sagt Tetzel, noch ganz angebeizt vom Verlust eines tüchtigen Knechts an den denkbar schlimmsten neuen Dienstherrn.

Tetzel winkt sie hinein. Oh je. Tafel aus Ebenholz. Goldglänzender Tischaufsatz. Tiefrote Wandteppiche. Klara wird sich bewusst, was für einen hohen Herrn sie da übers Ohr hauen soll. Nicht von der Pracht einschüchtern lassen! Sie wickelt sich betont langsam das Kinnband ab. Tetzel sieht ihr sehr aufmerksam dabei zu.

»Herr, ich komm mit schwerer Last zu Euch«, hebt Klara mit bebendem Stimmchen an.

»Was denn?«, fragt Tetzel ungeduldig.

»Ich war bis zu meiner Heirat letztes Jahr Kammermagd der Katharina Ebnerin.«

»Gott hab sie selig«, sagt Tetzel gleichgültig.

»Und die Herrin hat mir auf dem Sterbebett a Kostbarkeit anvertraut, auf dass kei Erbstreit darum ausbräch zwischen ihrem Sohn und den Kindeskindern. Ich musst ihr Stein und Bein schwören, dass ich es ned weniger als a Jahr lang heimlich verwahre und dann ... in Eure treuen Hände übergeb.«

»Meine?«

Tetzels Neugier ist geweckt.

»A Heiltum ... von unschätzbarem Wert ... wie mei Herrin immer sagte.«

»Was genau?«, unterbricht Tetzel ihr Gestammel schroff.

»Blut der Heiligen Katharina, sagte die Herrin.«

»Wo soll die Ebnerin des denn herhaben, gute Frau?«

»Es war scho seit etlichen Menschenaltern im Besitz der Ebner. Ein Ahn hat's aus dem Heiligen Land heimbracht.«

So, hoffentlich hat sich Klara den von Jakob aufgeschnappten Marktklatsch gut genug gemerkt, um die verworrenen Bande zwischen den Nürnberger Patriziergeblüten richtig wiederzugeben: »Und ihr Sohn, der Anton Haller, der is ja kinderlos. Die bereits verstorbene Tochter Magdalena war ja mit Doktor Schedel verheiratet, die Enkel sind also allesamt Schedel ...«

Klara blickt bedeutungsvoll zu Tetzel auf. Den hoch gelehrten, wenig abergläubischen Medicus Hartmann Schedel kennt er freilich. »Mei Herrin wollt a kostbares Heiltum ned in den Händen der Schedel wissen, die seinen Wert womöglich ... verkennen. Mei Herrin wollt des Heiltum in den Händen eines Unbefangenen wissen – in den Euren.«

»Und darum seid Ihr hier.«

Klara nickt ergeben. Sie hört förmlich das Lechzen in Tetzels Stimme. Diesen widerwärtigen Trottel an der Nase umherzuführen, steigt ihr wie Wein in den Kopf. Kein Wunder, dass Jakob so gern schwindelt.

»Eure Herrin hat gut daran getan, a treue Seel wie Euch damit zu betrauen. Gewiss habt Ihr der Ebnerin stets brav gedient.«

»Stets! Und sie hat es mir gut vergolten, Herr. Wie Ihr seht, bin nunmehr a achtbare Bürgersfrau. Die Herrin hat mir vor ihrem Ableben einen fleißigen Schlosser als Ehegenossen vermittelt.« Klara druckst befangen herum, schlägt große Kulleraugen zu dem Losunger auf und flüstert: »Und des ... is auch die einzige Misslichkeit an der ganzen Sach.«

Misslichkeit? Damit er sie besser hören kann, kommt ihr Tetzels gieriges Gesicht nun so nah, dass sich seine schwammige Nasenspitze fast an Klaras Wange wetzt. Sie widersteht dem Drang, zurückzuweichen, senkt die Stimme noch weiter: »Mei Ehewirt ... is a frommer Mann und will nur des Beste für des Geschlecht Ebner. Wiewohl ...«

Klara knetet mit den Fingern ihren Rock, als wäre es ihr peinlich, den Gedanken zu Ende zu führen.

»Sprecht nur frei, gute Frau.«

»A Kleinod wie dieses a Jahr über bei uns im Haus zu verwahren, wie's die Herrin mir geheißen hat, hat uns allerlei Hader und Unkosten beschert. Mei Mann grollt mir deshalb. Er sagt, ich sei zu gut für diese Welt und hätt mich ned darauf einlassen sollen. Seit wir den Schatz in unserem bescheidenen Handwerkerhaus verwahren, mein Herr, leben wir ohn Unterlass in Angst und Bange. Einen schweren Eichenschrank mussten wir anschaffen. Am Schrank und gar an der Pforte musste mei Mann neue Schlösser anbringen ... « Klara glubscht Tetzel treuherzig an.

»Sorgt Euch ned, gute Frau«, erwidert er. »Als frommes Weib seid Ihr freilich ganz auf des Seelenheil Eurer Herrin bedacht. Euer Eheherr hingegen is a verständiger junger Handwerksmeister, und als solcher muss er auch die weltliche – die kaufmännische – Seite der Dinge betrachten.«

Klara nickt eifrig.

»Bringt des Heiltum am morgigen Tag zu mir, Ihr und Euer Ehewirt gemeinsam. Dann bereden wir die Beschwernisse und Unkosten, die Euer treues Handeln beschert hat. Sagt Eurem Ehehern, ich will es ihm wohl vergelten.«

> Geschafft!

»Ihr seid zu gut, Herr Tetzel!«, sagt Klara.

»So lauft geschwind und gebt ihm Bericht von unserer Unterredung«, fordert Tetzel Klara auf. Sie dankt noch einmal artig und stiebt mit wehenden Röcken davon.

◆

Tags darauf, an einem Werktagabend, ist es schon schwieriger, in Frauenkleidern aus dem Dürerhaus zu kommen. Jakob huscht jeweils einen Treppenabsatz voran, bedeutet Klara leise winkend, dass die Luft rein ist, und so gelangt sie unbemerkt hinaus auf die schon dusternde Zisselgasse. Kurz darauf führt sie Tetzels Hausknecht sie wieder hinauf in die Stube, wo Tetzel mit dem Rücken zu ihnen auf einem breiten, gepolsterten Stuhl sitzt. Seine Aufmerksamkeit gilt dem, was auf dem Boden vor ihm vor sich geht.

»Herr Tetzel, ich bring Euch meinen Eheherrn und des Heiltum der Ebnerin«, spricht ihn Klara an.

Tetzel schreckt herum. Hinter seinem Stuhl tauchen zwei Köpfe auf. Er war nicht allein! Die beiden Männer erheben sich, ein Handwerker mit seinem jungen Lehrbuben. Beide sind mit abgewetzten ledernen Hosen und Schürzen angetan. Der Lehrbub hält in einer Hand einen Schuhlöffel und in der anderen einen feinen Schuh mit goldenen Borten, mit dessen Anprobe sie beschäftigt waren.

»Entschuldigt mich«, sagt Tetzel zum Schuster, erhebt sich und geht in Seidenstrümpfen auf das junge Ehepaar zu. Schuster und Lehrbub verfolgen das Geschehen mit regem Interesse, während Klara das Rosenwasserfläschchen zückt und an seiner Kordel vor Tetzels Nase baumeln lässt. Beflissen nimmt er es entgegen, tritt näher an eine Öllampe, hält es mit dem Kennerblick eines erfahrenen Reliquiensammlers gegen das Licht: Ja, das Blut darin ist uralt, braun und vertrocknet.

> Walnuss und Rötel, über der Kohlenpfanne in der Werkstatt gegoren.

In dem Pfropfen haben sich Staub und Schmutz von Jahrhunderten festgesetzt.

> Bienenwachs vom Markt, beim Schmelzen mit Asche besprenkelt.

Das uralte Glas ist trüb.
>	Mit einem Holzstäbchen etwas Seife im Glasröhrchen verteilt.

Tetzel nickt zufrieden. Klara muss sich bemühen, Demut und Ernst zu wahren.

»Es belangt mich ja ned, Herr Losunger, aber wie wollt Ihr denn wissen, dass des kei Schabernack is?«, mischt sich unseligerweise der Schuster ein, die fragwürdige Lage mit einem Blick erfassend.
>	Halt's Maul, Schuster!

Der Schuster tritt näher, besieht und beschnuppert das Heiltum und wittert buchstäblich den Betrug: »Von wem soll des stammen, der Ebnerin? Und wieso riecht des so nach Rosen?«

Klara ist schnell: »Herr, ich berichtete Euch ja von dem Schrank, den wir eigens zum Schutz des Heiltums haben zimmern lassen. Darin hab ich allerlei Duftfläschlein verwahrt, um den wahren Schatz inmitten von wertlosem Zierrat zu verbergen. So hat es wohl den Geruch angenommen.«

»Wir haben jede *erdenkliche* Fürsicht walten lassen«, meldet sich nun auch Jakob zu Wort und lässt leichte Verärgerung mitschwingen.

»Also – ich wär da auf der Hut. Es werden so viele Heiltümer gefälscht«, sagt der Schuster achselzuckend.

In Tetzels Blick flackert neu entfachter Argwohn auf.

»Aber Meister, des is doch ...!« Nun tritt auch der Lehrbub näher und staunt: »*Des* ... hat die Ebnerin doch um den Hals tragen, als wir ihr letztes Jahr die Festschuh brachten. Entsinnt Ihr Euch nimmer, Meister?«

»Ich hatte keine Acht darauf, was die Ebnerin um ihren verrunzelten Hals trägt«, antwortet der.

»Aber ich entsinn mich noch genau!«, ereifert sich der Schusterbub. »Weil mich nämlich Wunder nahm, warum a Frau sich a derart hässliches Trumm mit vertrocknetem Blut umhängt, als wär's Geschmeide. Ich vermeint ja, es steckt a schaurige Mär dahinter ... des Blut einer Missgeburt womöglich«, spekuliert der Schusterbub und reißt dazu theatralisch die Augen auf.

»Bist du da gewiss, Bub?«, fragt Tetzel streng. »Du hast dies Heiltum am Hals der Ebnerin gesehen?«

»So wahr ich Hans Sachs heiß, Herr!«, erklärt der Schusterbub treuherzig und legt sich zur Bekräftigung die Hand auf die Brust.
>	Warum zum Teufel tut er das?

Verdattert starrt Klara den fremden Knaben an, der sich kurzerhand in ihre

Gaunerei einklinkt und ihnen auch noch hilfreich Rückendeckung gibt. Sie wagt einen Seitenblick zu Jakob. Der ist so verblüfft wie sie.

»In der Tat«, improvisiert Klara. »Wenn die Herrin krank war, hat sie auf die Wunderwirkung des Heiltums vertraut und es dicht am Körper tragen. Aber dass sie so fahrlässig war und es sichtbar für fremde Augen tragen hat ...«

»Deutlich sichtbar«, bestätigt der Schusterbub todernst.

»Komm, Hans, is ned unsere Sach. Die Schuh waren ja genehm, Herr Tetzel?«

»Ja, ja«, sagt Tetzel unaufmerksam, weiterhin berückt die Ampulle im Lampenlicht drehend.

»Und des Entgelt für die Schuh ...«, erinnert der Schuster.

»Die Abrechnung geht an die Stadtkanzlei, wie immer«, wimmelt ihn Tetzel ab.

Der Schuster packt also den Schuhlöffel ein, der Lehrbub nimmt den Fußschemel, und die beiden empfehlen sich.

Nachdem sie fort sind, kommt Tetzel auf das Finanzielle zu sprechen: »Euer Weib sagte, die Verwahrung des Heiltums hat Euch Unkosten verursacht, guter Mann?«

»Unkosten und Unbill! Der Schrank, die neuen Schlösser. Die Duftfläschlein zum Verblümen des Heiltums. Und die ständige Angst und Bange! Die ist ja in Geld gar ned aufzuwiegen.«

»Wärt ihr mit fünf Gulden entschädigt?«, bietet Tetzel an.

»Des hat mich ja allein scho der Schrank kost«, sagt Jakob dreist.

»Dann zehn?«

Klara muss sich beherrschen, nicht scharf einzuatmen. Zehn Gulden! Jakob nickt.

Tetzel geht zu einer Lade und holt ein Säcklein hervor. Jakob hat die Unverfrorenheit, akribisch nachzuzählen.

»Ihr seid a rechtschaffener Mann, Herr Losunger«, dankt Klara.

Tetzel zögert nicht, klarzustellen, warum er so entgegenkommend ist: »Nun hoff ich, dass Ihr beide den Wunsch der Ebnerin achtet und *Stillschweigen* über die ganze Geschicht wahrt ... ned, dass doch noch Zank unter den ehrbaren Geschlechtern ausbricht.«

»Völliges Stillschweigen, Herr Tetzel. Eben des war ja des Herzensanliegen meiner lieben Herrin: Zwietracht zu verhüten«, stimmt Klara zu.

»Dann sind wir uns einig.«

Die beiden Parteien gehen bester Laune auseinander.

Erst als sie wieder vor dem Haus stehen, trauen sich Klara und Jakob, einander anzugrinsen. Doch noch bevor sie sich über ihren Erfolg austauschen können, erspähen sie den Schusterbub, der gemächlich vor dem Bratwurstglöcklein auf seinem Anprobeschemel hockt und auf sie wartet.

Jakob geht forsch auf den Knaben zu: »Was steckst du deine Nas in unsere Belange?«

»Hat der törichte Losunger euch des Trumm wirklich abkauft? Wie viel hat er denn zahlt?«, fragt der Bub unbekümmert.

»Hat dich ned zu kümmern«, sagt Jakob unwirsch.

»Warum bist du uns beigesprungen?«, will Klara wissen.

»Ich bin ja ned blöd. Ich hab die Münzen geradezu klingeln hören. Und da dacht ich bei mir, womöglich springt ja auch was für mich heraus, wenn ich euch zur Hülf komm.« Der Schusterbub grinst verbindlich

Jakob öffnet seine Geldkatze und gibt ihm einen glänzenden Gulden: »Für dei Hülf, dei Verschwiegenheit, und dafür, dass du nun endlich die Kurve kratzt.«

»Treibt ihr derlei Possen des Öfteren?«, fragt der Bub, zufrieden das kleine Vermögen in seinem Beutel verstauend.

»Nein«, antworten beide wie aus einem Mund.

»Dafür habt ihr euch aber recht geschickt angestellt. Seid ihr Eheleut?«

»Freilich!« – »Mitnichten!«

Jakob nickt, während Klara den Kopf schüttelt. Sie werfen sich gegenseitig vernichtende Blicke zu.

Der Schusterbub wird immer vergnügter: »Ihr seid euch uneins, ob ihr verheirat seid? Des is ja köstlich. Ihr gefallt mir.«

Da sich der ungebetene Komplize nicht so leicht abwimmeln lässt, holt Jakob ein paar Erkundungen über ihn ein: »Wer bist du? Wo wohnst du?«

»Hans Sachs, habe die Ehre. Ich wohn über der Schneiderei meines Vaters in der Kotgass drüben in Sankt Lorenz.«

»Bleib bei deinem Leisten, Schusterlein Sachs«, wirft Jakob ihm mit drohend wackelndem Zeigefinger zu und geht mit Klara in die Nacht davon.

»Und ihr wollt euch *mir* wohl ned vorstellen?«, ruft Hans Sachs ihnen nach.

»Nein!«, rufen sie, diesmal wie aus einem Mund.

»Gern wieder!«, kräht Hans Sachs ihnen unverdrossen nach. »Ihr wisst ja nun, wo ihr mich findet!«

Oben am Tiergärtnertor verbirgt sich Klara im Schatten der Stadtmauer, während Jakob läutet.

»Lorenz, was fällt dir ein? Es hat längst den Garaus geschlagen!«, grüßt ihn Agnes unmutig. »Was machst denn noch draußen?«

»Ich war bloß kurz da am Brunnen.«

»Erstens haben wir im Hof unseren *eigenen* Brunnen und zweitens schwindelst du! Was hast unten am Markt zu schaffen gehabt?«

»Ich war ned am Markt«, beharrt Jakob.

»Du schnaufst! Du bist soeben den Berg hoch gewetzt kommen.« Jakob wird von der Dürerin unwirsch ins Haus gezogen ... und kommt ewig nicht wieder! Das Blut, das Klara vor Aufregung und von dem raschen Marsch den Burgberg hoch nur so durch die Adern gerauscht ist, fließt wieder langsamer. Zehen und Finger werden kalt. Bis Jakob endlich wieder unbemerkt an die Haustür kommen und ihr öffnen kann, bibbert sie am ganzen Leib.

»Wo bleibst denn? Ich hol mir hier den Tod«, zischt Klara durch klappernde Zähne.

Seelenkonto

JAKOB PRÜFT SEINE Drucke. Sie gelingen immer besser. Nach dem Marktplatz ist ihm die Tiegelpresse der zweitliebste Ort hier in seinem neuen Nürnberger Leben. Mit seinem geübten Schlosserblick findet er etliches, was sich daran noch verbessern ließe. Am liebsten würde er die ganze Presse auseinandernehmen und ausgiebig erkunden, doch darf er als Malergeselle nicht allzu viel feinmechanischen Sachverstand an den Tag legen und muss vor allem als Gichtleidender immer schön langsam und bedächtig hantieren.

Weiter hinten an einem Fenster sitzt Klara. In der Linken hält sie eine Faustvoll Pinsel. Mit der Rechten pflückt sie sich einen Pinsel nach dem anderen heraus und arbeitet versunken an ihrem Tüchlein, das Dürer ihr als Übung aufgetragen hat. Während die echte Artemis faul zu ihren Füßen eingerollt liegt, blickt die auf der Staffelei entstehende Katze Jakob hellwach entgegen, berechnend und kaltblütig.

Hans Dürer, der es immer irgendwie schafft, sich mitten im regen Werkstatttreiben zu langweilen, steht aufdringlich dicht hinter Klara und beobachtet eingehend, und nicht gerade wohlwollend, die Leichtigkeit und Zuversicht ihrer flinken Finger.

Vorsicht, nimm dich zurück, Klara.

Jakob erkennt Missgunst, wenn er sie in einem Gesicht gären sieht. Dann

dreht sich Klara leider auch noch um und sagt: »Hans, gib nur Obacht, dass dir des Bleiweiß ned eintrocknet, während du hier herumschwänzt.«
> Klara! Du bist der jüngste Lehrbub und nicht die Werkstattherrin.

Albrecht Dürer kehrt in Begleitung Pirckheimers heim.

»Albrecht, sag deinem vorlauten Kümmerling doch bittschön, er hat mich ned zu befehligen«, klagt ihm Hans sogleich sein Leid mit dem neuen Lehrling.

»Obacht, dir trocknet herüben des Bleiweiß ein«, antwortet Dürer. Hans verdreht seufzend die Augen und trollt sich.

Dürer begutachtet Klaras Tüchlein: »Köstlich. Überköstlich! Genauso wollt ich's haben.«

Mit dem sachkundigen Pirckheimer erörtert er Klaras Farbwahl, Schatten und Pinselstrich und nimmt dabei allerlei Kunstbegriffe in den Mund, die Jakob nicht versteht, sich aber wohl schleunigst aneignen muss.

Es läutet an der Türe. Jakob blickt gar nicht auf, denn im Laufe eines Tages gehen etliche Besucher in der Werkstatt ein und aus.

»Herr Tetzel! Seid mir gegrüßt«, sagt Dürer in vollendeter Höflichkeit, während Pirckheimer seinen Gruß nur brummelt.

Jakob schießt brodelnd das Blut aus den Gliedmaßen in den Kopf. Da steht Anton Tetzel! Sein Knecht stellt ächzend neben ihm ein tuchverhülltes Rechteck auf dem Werkstattboden ab.

Klara arbeitet versunken weiter.
> Verdammt!

Wie erregt Jakob nun Klaras Aufmerksamkeit, ohne zugleich auch die von Tetzel zu wecken?

»Dürer, seht nur dies Ärgernis! Alles verspritzt und verschmiert«, beschwert sich Tetzel, während der Knecht das Tuch aufschlägt.

»Um Himmels Willen, Herr Tetzel! Ihr habt des Gemäl doch wohl ned neben's Weihwasserbecken gehängt?«, fragt Dürer entgeistert. Wieder brummt Pirckheimer, diesmal spöttisch.

»Ihr *wusstet wohl*, Dürer, dass des Gemäl für mei Hauskapelle bestimmt war«, erwidert Tetzel hoffärtig.

»Aber ... des war doch noch gar ned gefirnisst! Ich sagte Euch doch, der letzte Firnis wird erst nach Jahresfrist anbracht ...«
> Klara ...

Jakob steht hinter der Tiegelpresse verborgen und kann nicht zu Klara herüber, ohne direkt an Tetzel vorbeizugehen.

»Nun, könnt Ihr es wieder richten?«, verlangt Tetzel herrisch.

»Versprechungen mag ich Euch keine machen, Herr Tetzel«, sagt Dürer mit einer geduldigen Höflichkeit, in der nur ganz unterschwellig sein Verdruss mitklingt. Jakob muss bewundern, mit welcher Fassung Dürer den dümmlichen Hochmut seines Auftraggebers erträgt. Pirckheimer muss sich da keinen Zwang antun, er schnaubt unverhohlen höhnisch, dass ihm die fleischigen Backen schlottern.

»Burschen, tragt die Tafel hinter«, ruft Dürer nun in die Werkstatt. Wenn er eine solche allgemeine Handlangung verlangt, sind in der Regel die rangniedrigsten Knechte zuerst gemeint. Das wären Jakob und Klara.

Endlich bekommt Klara mit, wer in der Werkstatt steht. Pfeilschnell flitzt sie von der Staffelei in Richtung Hoftür. Jakob greift sich wahllos eine herumstehende Lindenholztafel und trägt sie sperrig als Sichtschutz vor sich her, auch in Richtung Hof.

»Wo willst denn mit der Tafel hin?«, fragt Wolf.

»Zurichten«, wispert Jakob eilig.

»Hä? ... im Hof?! Ihr sollt doch die verhunzte Tafel des Herrn Tetzel nach hinten tragen.«

Doch Jakob ist schon zur Tür hinaus. Im Hof ist keine Spur von Klara. Jakob hastet, zwei oder drei Stufen gleichzeitig nehmend, die Treppen hinauf und in ihre Kammer.

»Des war knapp«, hechelt er.

Klaras Wangen leuchten rot. Sie zittert und grinst. Jakob öffnet das Fenster zur Zisselgasse und späht hinab. Nach einigen Minuten sieht er Tetzel und Knecht wieder den Burgberg hinabgehen.

»Wie erklären wir unser närrisches Gebaren dem Meister?«, fragt Klara, doch es klopft schon an ihre Kammertür.

»Dürer will euch sogleich in seiner Stube sprechen!«, meldet der Kleehans.

Fiebrig sucht Jakobs Hirn nach einer Erklärung für ihr bizarres Verhalten in der Werkstatt eben. Mit Klara absprechen kann er nichts, denn Hans Springinklee geht dicht hinter ihnen die Stufen hinab. Kleinlaut tapsen Klara und Jakob in Dürers Wohnstube im ersten Stock, in die sie sonst nie dürfen. Pirckheimer sitzt gemütlich auf der Kachelofenbank. Dürer steht.

»Was zum Teufel war des eben?«, verlangt er zu wissen.

»Was wollte der Herr Tetzel denn?«, kauft sich Jakob Zeit.

»Hast doch gehört: sich beklagen, dass er sei *ungefirnisstes* Bild mit Weihwasser bespritzt hat.«

Pirckheimer lacht: »Ich hab dich ja gewarnt, Albrecht – mach nichts für den Stinkkübel.«

Jakob hat keine Zeit zu staunen, dass der Ratsherr den Maler in der Vertrautheit seiner Stube duzt, denn Dürer beharrt: »Warum seid ihr vor Herrn Tetzel gefleucht wie aufgescheuchte Hühner?«

»Wir kennen Herrn Tetzel doch gar ned«, haspelt Klara, leider inzwischen hochrot angelaufen.

»Also, danach urteilend, wie hurtig dei Knechtlein aus der Werkstatt geschossen is, und wie lachhaft sei großer Bruder ihm mit einem buchstäblichen Brett vor dem Kopf hinterhergestürzt is – würd ich folgern, dass die beiden Tetzel sehr wohl kennen und ihm auf Biegen und Brechen aus dem Weg gehen wollten«, analysiert Pirckheimer unerbittlich und köstlich unterhalten.

»Sagt mir die Wahrheit. Hat's womöglich auch damit zu tun, dass Lorenz nach dem gestrigen Garaus noch durch die Stadt geistert is?«

Jakob entscheidet sich für die Flucht nach vorn und gesteht: »Wir haben ihm was verkauft.«

»Was verkauft?«

»A Heiltum. Ihr, Herr Pirckheimer, habt uns auf den Schabernack bracht mit Eurem Pritschengesang auf falsche Heiltümer am Sonntag nach der Kirch«, erklärt Jakob.

»Was für a Heiltum denn?«

Jakob beschreibt den Gegenstand ihres Handels.

»Ihr seid ja gänzlich närrisch!«, lacht Pirckheimer. »Da hast dir ja zwei rührige Köpf ins Haus geholt, Albrecht.«

»Und«, schwant es Dürer, »des Unding habt ihr wohl auch noch in meiner Werkstatt verfertigt?«

Beschämte Blicke.

Pirckheimer lacht nur noch schallender.

Dürer findet das alles wenig belustigend. »Burschen, ihr landet im Loch, eh ihr bis drei zählen könnt«, weissagt er düster. »Unter meinem Dach herrschen Anstand und Redlichkeit. Ihr habt euch eurem Tagwerk und der Bildung Eures Verstandes zu widmen und sonst gar nichts. Dass ihr mit meinen Werkstoffen Schindluder treibt und des Nachts außer Haus herumschwänzt, will ich nie wieder erleben.«

»Ich gelob's, Meister«, verspricht Klara schamrot.

»Auch ich gelob es«, sagt Jakob.

»Geht auf eure Kammer. Ich will euch heut nimmer sehen.«

Zurück in der Kammer atmet Jakob erst einmal einen tiefen Seufzer der Erleichterung.

Klara sinkt erschöpft auf die Bettkante.

»Is doch alles mit Glimpf verlaufen«, fasst Jakob zusammen.

Doch in der Nacht wälzt sich Klara rastlos auf ihrem schmalen gemeinsamen Lager hin und her, so dass auch Jakob keinen Schlaf findet. Vom Sebalder Turm schlägt es eine Nachtstunde um die andere und sie kommen beide nicht zur Ruhe.

Jakob sieht Klaras hellwache Augen im Dunkel blitzen, also spricht er sie an: »Was hält dich denn wach?«

»Mei Gewissen.«

»Dei Gewissen? Wegen Tetzel?«

»Tetzel? Den soll der Teufel holen.«

Selbst im Dunkeln sieht Jakob ihr Gesicht hart und bitter werden: »Aber mich und dich holt er gewiss auch, der Leibhaftige.«

»Was hegst denn da für finstere Gedanken, Klara?«

»Den lieben langen Tag bring ich nur mit Tücke und Betrug zu. Den guten Meister betrüg ich aufs Schändlichste. Und mei Mutter! Die glaubt, ich schmachte todgeweiht im Siechhaus. Und der Maler Schaller. Der hockt in Leipzig und glaubt, seine Söhn wären wohlbehalten in Nürnberg ankommen und werden große Maler.«

Jakob schweigt. Sein eigenes Gewissen beschwichtigt er gern mit dem Argument, dass er und Klara mit ihrem Gastspiel im Dürerhaus das schreckliche Leid dieses Vaters ja nicht verschulden, sondern nur *vertagen*.

»Und Lorenz und Adrian liegen irgendwo verscharrt wie Köter in ungeweihter Erde, dieweil sie a christliches Begräbnis verdient hätten. Ned amol a Totenmesse für ihre armen Seelen ward verlesen.«

»Des können wir ändern«, wirft Jakob ein. »Geld haben wir ja nun. Sobald sich Gelegenheit ergibt, lassen wir a Messe für sie lesen.«

Klara fährt fort: »Und des Nachts ... treib ich Unzucht mit einem noch ärgeren Betrüger, als ich bin.«

Sie rollt aus Jakobs Umarmung weg und auf die Ellenbogen, blickt ihn düster an. »Wenn du da ned gestanden wärst, vor dem Siechhaus, dann wär des alles ned so kommen. Dann hätt ich nur die eine Notlüge auf dem Kerbholz.«

Das lässt Jakob nicht auf sich sitzen: »Ach ja? So sag mir eins, Klara: Wenn du die Zeit zurückdrehen könntest – wenn ich wieder vor dem Siechhaus stünd und du könntest in die Zukunft blicken, wüsstest alles, was geschehen wird – würdest mich wirklich verschmähen und im Siechhaus weiterdarben? Niemals Dürer kennenlernen? Nie wieder einen Pinsel führen?«

»Aber ich *könnt* ja ned in die Zukunft blicken. Selig unwissend wär ich.«

»Du bist aus freien Stücken mit mir kommen. Du allein hast entschlossen, dich als Adrian auszugeben – wovon ich dir dringend abgeraten hab, wenn du dich entsinnst. Und was unsere Frevel hier in der Bettkammer belangt …« Jakob muss nicht weiter erläutern, welche Rolle Klaras freier Wille *hierbei* spielt.

Klara schnauft entwaffnet. »Beißt dich denn *dein* Gewissen gar ned?«, fragt sie etwas sanfter.

»Ich hab halt a anderes Geblüt als du, du arme, schwermütige Künstlerseele.«

»Schön für dich«, sagt Klara mürbe.

Jakob steht auf und streckt ihr die Hand entgegen: »Komm. Ich will dir was zeigen.«

»Mitten in der Nacht?«

»Am allerbesten mitten in der Nacht.«

Jakob zündet die Lampe auf dem Nachttisch an und führt Klara aus der Kammer. Während sie sich auf Samtpfoten über die knirschenden Flurdielen tasten und sachte die Tür zur Treppengalerie öffnen, flimmert Klaras Gesicht im Kerzenschein schon wieder vor Wagemut.

Verdammtes Weibsbild.

Nichts beseelt Klara mehr als Abenteuer. Und dann kratzbürstig werden, wenn nachts das Gewissen beißt!

Artemis ist das einzige Wesen im Haus, das ihr leises Rumoren bemerkt. Sie streicht Jakob und Klara wenig hilfreich um die Beine, während sie sich die Stufen zum ersten Stockwerk herunter tasten. Jakob öffnet vorsichtig die Treppenhaustür und führt Klara in die Schreibstube.

»Und was is hier?«, wagt Klara zu flüstern, nachdem die Stubentür hinter ihnen geschlossen ist.

»Die Hausfrau lehrt mich ja, die Bücher zu führen wie die Kaufleut in Venedig. Alles wird zweifach aufgeschrieben. *Partita doppia* heißt des. Auf einer Seite schreibt sie nieder, was die Werkstatt an Aufwand hat, des nennt man *dare*. Auf der anderen Seite stehen die Erträge, des heißt *avere*.«

Jakob beleuchtet die Kontenbücher und zeigt Klara, wo Agnes die sechzig Gulden erfasst hat, die der Rat neulich für die Tafel von Adam und Eva gezahlt hat, die Kosten für Holztafeln, die Löhne der Knechte.

»Siehst? Die Einträge müssen ned zur gleichen Zeit stattfinden, aber sie gehören zusammen. Der Rat hat des Bild längst erhalten, bezahlt hat er erst jetzt. Für jedes *Soll* muss es irgendwann a *Haben* geben.«

»Und warum zeigst mir des mitten in der Nacht?«, fragt Klara verständnislos.

»Na, weil du keinen Schlaf findest. Und vielleicht besänftigt dei armes, gequältes Gemüt ja der Gedanke, dass es sich mit dem Seelenheil ganz genauso verhält wie mit der *partita doppia*.«

Klara blickt ihn verwirrt, aber aufmerksam an.

»Stell dir vor, du führst Buch über dei eigene Seele«, erklärt Jakob. »Da hast des Konto deiner Verfehlungen. Jede Sünde steht im *dare*. Aber rechter Hand steht dei *avere*. Und solang sich am End alles die Waage hält, wenn du vor Gott stehst ... Wenn wir für jeden Schwindel, jeden Fehltritt auf der Gegenseite unseres Seelenkontos a gottgefälliges Werk verzeichnen können ...«

Ist es nur der Lampenschein, der Klaras Gesicht wärmer leuchten lässt? Oder hat Jakob ihr wirklich ein wenig weitergeholfen? Er hofft es.

Es scheppert ohrenbetäubend. Ein grauer Schatten rast wie ein Blitz durchs Zimmer.

Artemis!

Das neugierige Tier hat sich die doppelte Buchführung auch angesehen und dabei die große Öllampe auf dem Tisch umgekippt. Im Stockwerk über ihnen regt sich etwas. Schritte knarzen über den Boden der Schlafkammer der Hausherren, dann geht die Tür zum Treppenhaus. Jakob löscht sein kleines Licht und weicht mit Klara in die Ecke hinter der Tür zurück. Sie halten den Atem an, als die Tür aufgeht und fahler Kerzenschein in die Schreibstube fällt. Artemis rast an ihrer Herrin vorbei in die Freiheit.

»Du, Katzenvieh? Hab ich dich wohl versehentlich hierinnen eingesperrt?«

Grummelnd liest Agnes die Lampe vom Boden auf, ärgert sich über das ausgelaufene Öl, wischt es behelfsmäßig auf und geht wieder schlafen. Im dürftigen Mondlicht, das durch die Butzenscheiben hereinfällt, scheint es Jakob, dass Klara schon wieder glüht vor spitzbübischem Vergnügen.

Bild 2

ÄRGER MIT DEM DÜRERHANS

Schwabach

KLARA LIEST UND liest. In den Jahren, die der echte Adrian die Schulbank drückte, erlernte Klara vor allem Künste wie blitzschnelles Zwiebelschälen und schludriges Unter-die-Stiege-Kehren, damit möglichst viel Zeit für die Kunst blieb. Sie muss also viel nachholen. Zu Lesen gibt es im Hause Dürer mehr als genug. Allein die Weltchronik, die gerade wie ein Festgelage vor ihr liegt, könnte sie endlos beschäftigen. Klara wendet ehrfürchtig mit beiden Händen eine der fast sechshundert enormen Seiten, einen Fuß breit und eineinhalb Fuß hoch. Insgesamt sind es fast zweitausend Bilder, hat der Meister gesagt. Überforderung schwappt über Klaras Hirn hinweg, beklemmend und berauschend zugleich, gieriger Wissensdurst gepaart mit der trostlosen Erkenntnis, selbst in einem gesegnet langen Menschenleben nicht einmal an der Oberfläche des Weltwissens kratzen zu können.

Der gelehrte Medicus Hartmann Schedel hat sich von dieser Aussichtslosigkeit nicht schrecken lassen, sondern das irrsinnige Unterfangen, die Weltgeschichte zwischen zwei Buchdeckel zu bringen, einfach in Angriff genommen. Und sogar halbwegs vollbracht. Als Schedel vor zwanzig Jahren den Maler Michael Wolgemut mit der Bebilderung seiner gewaltigen Chronik beauftragte, war Dürer dort Lehrling. In vielen Bildern erkennt Klara seine junge, aber unverkennbare Hand.

Dann stößt Klara auf einen Absatz, so aberwitzig, dass Klara das Blut bis in die Ohrenspitzen schießt. Es ist die Geschichte des Papstes Johannes ...

> »... aus Engelland, der mit bösen Künsten das Papsttum erlangt, wiewohl sie eine weibliche Person war. So wandert sie doch in Gestalt und Gebärde eines Mannsbilds ...«
> Was?!
> »Allda ward sie der Schrift also hochgelehrt, dass sie, gen Rom kommend, wenig ihr Gleiche in der Heilligen Schrift hatte. Nun erlanget sie mit Lesen und scharfem Disputieren im Schein eines Mannes unter der Verborgenheit ihrer Weiblichkeit zu

Rom solche Gutwilligkeit und Glaubwürdigkeit, dass sie nach Absterben Leonis an seiner Statt mit allermeiniglichem Willen zum Papst erkorn ward.«

Als Dürer seinem Knechtlein von hinten auf die Schulter tippt, schreckt Klara so heftig auf, dass sie fast vom Schemel fällt. Er hält Klara eine verschmutzte Palette unter die Nase.

»So löblich dei Wissensdurst auch is – auch dich hab ich bereits ermahnt, des Werkzeug sogleich nach der Arbeit zu reinigen.«

Klara schlägt umständlich das unhandliche Buch zu und nimmt Dürer dienstfertig die Palette ab, verteidigt sich aber gegen den Vorwurf: »Des war doch gar ned ich, Meister.«

»Wer dann?«

»Dreimal dürft Ihr raten, Meister.«

»Haaans!!!«, brüllt Dürer mit ungeahnter Stimmwucht in die Werkstatt.

»Welchen Hans ruft Ihr denn?«, entgegnet der Kleehans unbekümmert.

»Meinen nichtsnutzigen Bruder!«

Der Dürerhans kommt so langsam geschlurft, dass Klara in der Zeit die angetrocknete Farbe wegspachteln, die Palette mit Salz und Leinöl einreiben und sauber polieren kann.

»Jetzt hätt ich um ein Haar den Lehrbub beschuldigt, weil mir gar ned der Gedanke kam, dass a *ausgelernter Malergesell* sei Gerätschaft so hinterlassen würd.«

Hans lässt die Standpauke ungerührt über sich ergehen, wie jemand, der viel Übung im Gescholtenwerden hat.

»Und überdies«, fährt Dürer fort, »sollte des Ultramarin längst ausgewaschen sein! Der Teig is seit Tagen zur Scheidung bereit. So vollenden wir den unseligen Altar nie.«

»Potz Blitz! Ihr habt des *verwunschene* Wort ausgesprochen!«, ruft der Kleehans mit vergnügt gespieltem Entsetzen.

»Welches verwunschene Wort, meinst etwa – *Altar*?«, fragt Wolf unschuldig.

»Ned *Altar* sagen, Wolf, denn wenn du *Altar* sagst, wird er halb unsinnig.«

»Gut, dann sag ich halt nimmer *Altar*«, sagt Wolf, nur um schelmisch nachzuhaken: »Selbst dann ned, wenn ich grad an einem *Altar* zu schaffen hab?«

Dürer muss lachen. Erst gestern hat er seinem Gesinde scherzhaft verboten, in der Werkstatt das Wort ›Altar‹ in den Mund zu nehmen. Aus den

Gesprächen der Gesellen weiß Klara, dass sich Dürer in den letzten Jahren mit Altarvorhaben wohl etwas übernommen hat. Besonders verlustreich und nervenaufreibend war ein Auftrag für einen nörgeligen Herrn Heller in Frankfurt.

Derzeit steht in der Werkstatt ein wunderbares kleines Altarbild mit Allerheiligenmotiv, dessen Fertigstellung Dürer kaum erwarten kann, damit er endlich genug Zeit hat für seine vier Druckbände, seine Proportionslehre und sein Lehrbuch.

Indessen lümmelt in der Werkstatt das fleischgewordene Gegenstück zu Dürers Umtriebigkeit und beantwortet die Frage, warum er das Ultramarin noch nicht ausgewaschen hat, mit einem achselzuckenden: »Bin noch ned dazu kommen.«

»Noch ned *dazu kommen*? Was machst denn den lieben langen Tag, dass du zu nichts kommst?«, fragt zermürbt Dürer.

»Da is sie ja, und scho wieder blitzblank. Wie von Zauberhand«, sagt Hans frech, nimmt Klara die flink gereinigte Palette aus der Hand und hält sie seinem Bruder süffisant unter die Nase. Für diese Ungezogenheit kassiert er gleich noch weitere Schelte.

Danach geht Dürer missgestimmt nach hinten, um in der Stille der kleinen Stube weiter an seinem Marienleben zu arbeiten. Und Hans Dürer ... geht einfach aus dem Haus! Die Türe knallt.

Ja, und was ist mit dem Ultramarin?

Klara wuchtet die Weltchronik zurück ins Regal, denn irgendwer muss ja die Farbe von der Talgpaste scheiden, bevor der Meister völlig verzweifelt. Sie geht mit dem Ultramarinteig hoch in die Farbküche, stellt eine Reihe irdener Schüsseln bereit, erhitzt Wasser auf dem kleinen Herd und walkt die Paste in nussgroßen Stücken darin aus. Das herrliche Azurblau kräuselt sich in sanften Fäden durch das klare Wasser. Sie knetet, bis die Paste fast kein Blau mehr ausfärbt, wiederholt dann das Verfahren in der zweiten, dritten und vierten Schüssel, bis sie dem nun grau gewordenen Teig auch das letzte bisschen Farbe abgerungen hat. Das gedankenverlorene Ritual beruhigt die Seele. Das hat sie schon beim Vater in der Werkstatt immer genossen. Nur konnte sich Paul Laurer freilich nie so viel und nie so reinen Lapislazuli leisten wie Dürer. Während die blauen Wolken sachte auf die Schüsselböden sinken, schabt sich Klara die Ultramarinasche von den Fingern.

Als sie das Abwasser vorsichtig von dem wertvollen blauen Bodensatz abgießt, hört sie Dürer hinter sich schnappatmen. »Was machst du da?!«

»Der Hans is scho wieder entwichen, also hab halt ich des Ultramarin geschieden«, erklärt Klara seelenruhig.

Dürer starrt sie entgeistert an.

»Weißt du denn, was eine Unze davon kost?«

»So reiner Lapislazuli wie der hier …«, urteilt Klara mit gelassener Sachkunde, »wird mit Gold aufgewogen, Meister.«

»Und da hieltest du's für füglich, dass ein *Malerbub* in der *zweiten* Lehrwoch so viel Ultramarinteig einfach selber auswäscht, ohne Unterweisung?«, fragt Dürer, noch verblüffter als verärgert.

> Ach, Klara. Ein Malerbub in der zweiten Woche würde sich das *niemals* zutrauen.

»Verzeiht, Meister. Ich hab ned … Der Hans is einfach fortgangen.«

»Des Auskneten von Ultramarintalg braucht a geübte Hand«, erklärt Dürer. »Wenn sich des Blau zu rasch löst, is der ganze Niederschlag verdorben …« Er nimmt Klara die Schüssel weg und rührt argwöhnisch mit einem Holzstäbchen im Bodensatz herum. » … weil dann nämlich noch zu viel …«

» … weil dann noch zu viel Steinmehl darin verbleibt«, beendet Klara seinen Satz. Kleinlauter fügt sie hinzu: »Die Farb hat sich aber schön behutsam gelöst, Meister.«

Mit seinem durchdringenden Blick schaut Dürer von der Schüssel mit dem einwandfreien Niederschlag auf zu seinem Lehrbub. »Hast wohl immer recht gut aufgemerkt beim Vater in der Werkstatt?«

Klara nickt eifrig.

Derjenige, der Klara in diese unangenehme Lage gebracht hat, rettet sie nun wieder daraus: Hans Dürer ist im Dämmerlicht des späten Nachmittags heimgekehrt und will gerade unauffällig an der Farbküche vorbei in seine Kammer schleichen.

»Der Ultramarintalg, Hans!«, begrüßt ihn Dürer streng.

»Vergessen«, sagt Hans ohne Reue.

»Bleib da!«, bellt Dürer, als Hans weitergehen will. »Auch du, Knechtlein«, weist er Klara an, die sich eigentlich gern selbst aus dem Staub machen will.

»Kommt beide mit in die Schreibstube, wir haben was zu bereden. Auch wenn ich heut denkbar wenig geneigt bin, dich mit einer Pflicht zu betrauen, Hans, komm ich doch ned darum herum.«

In der Schreibstube lässt sich Hans betont lustlos auf einen Stuhl plumpsen. Klara setzt sich unbeholfen dazu.

»Es geht um die neue Kapelle in der Annakirch in Augsburg.«

»Ich entsinn mich«, sagt Hans. »Die steinreichen Fugger, die gar ned wissen, wohin mit ihrem Geld.«

»Ich hab ja die Entwürf dafür gemacht«, sagt Dürer, »für mich ist die Sach eigentlich vollendet. Nun wollen aber die Fugger alle damit befassten Künstler und Handwerker versammeln und des Gesamtwerk bereden. Und ich will da ned hin, denn so wie ich Jakob Fugger kenn, nimmt er gleich wieder die ganze Hand, wenn ich nur den kleinen Finger hinhalt. Ich hab kei Muße dafür. Also werd ich ned gen Augsburg fahren. Aber a *Dürer* sollt scho mit am Tisch sitzen, wenn die Fugger die besten Werkstätten aus dem ganzen Land einberufen.«

»Also ich«, schlussfolgert Hans einsilbig.

»Du erläuterst unseren Entwurf, zeigst dich dem Herrn Fugger gefällig und schwatzt artig mit den anderen Künstlern. Und lässt dir keinesfalls weitere Arbeiten an diesem Altar aufschwatzen«, erklärt Dürer seinem Bruder die Mission.

»Arbeit meiden is ja gewissermaßen mei Meisterstück«, witzelt Hans. Klara muss glucksen. Dürer lacht nicht.

»Vertritt die Werkstatt und unseren Namen mit *Würde*, Hans«, sagt Dürer eindringlich und wenig zuversichtlich. »Du musst auch ned allein reisen. Adrian soll dich begleiten.«

Darum also sitzt Klara mit am Tisch!

Klara rast schon wieder das Blut in die Wangen. Im Auftrag von Albrecht Dürer nach Augsburg reisen, womöglich den sagenhaft reichen Jakob Fugger zu Gesicht bekommen?

Auch Hans' Wangen färben sich, jedoch nicht vor freudiger Erregung.

»Ich brauch keinen Geleitsmann«, knurrt er.

»Der Mutter wär's recht, wenn du ned allein reist«, sagt Dürer kurz.

»Ach. Des hätt ich mir denken können, dass des von der Mutter kommt.«

»Und *mir* is auch lieber«, fügt Dürer hinzu.

»Der Kümmerling is mir doch bloß a Hindernis auf Reisen«, widerspricht Hans weiter.

»Des Knechtlein is eben erst von Leipzig gen Nürnberg gereist und dabei einer Rotte Strauchritter auf Raubfehde entronnen. Der wird dir kaum a Hindernis sein«, sagt Dürer.

»Und was is mit Wolf und dem Kleehans?«, fragt Hans, die Arme trotzig verschränkt.

»Die brauch ich hier. Des Knechtlein hat noch keine festen Aufgaben, den kann ich eher entbehren.«

»*Mich* kann man also auch entbehren«, sagt Hans bitter.

»Hans ...«, sagt Dürer verdrossen, »wenn du kommst und gehst, wie's dir beliebt ... wenn du dei Arbeit ned mit Fleiß verrichtest – so machst dich selbst entbehrlich.«

Hans starrt einige Sekunden auf die Tischplatte und schnauft dann tief: »Nur deinen Namen soll ich nach Augsburg tragen.«

»Und mir dabei möglichst kei Schand machen.«

❖

Als sie tags darauf in die Ställe von Pirckheimer kommen, fällt Klara ein großer Stein vom Herzen, dass Pirckheimers neuer Stallknecht Kito die Pferde bereits für den Abritt bereit gemacht hat. Allein der Gedanke, auf Adrians Mähre zu reiten, bereitet ihr schon Schweißausbrüche. Wenn sie das Pferd auch noch selbst hätte satteln und aufzäumen müssen ...

»A hochherziger Jüngling, dei Bruder«, sagt Kito zu Klara, während er Eleonores Sattel noch einmal festzieht. »Wenn ich so a prächtiges Ross hätt, würd ich's ned so leicht aus der Hand geben.«

Jakob hat nämlich dem Dürerhans angeboten, auf seinem Rappen Sigismund nach Augsburg zu reiten. Der Grund: Auf dem Weg des Handelszugs ist Adrians Mähre immer stur hinter Lorenz und seinem Rappen hergetrottet. Hoffentlich wird sie das auch auf dieser Reise tun, so dass sich Klara einfach nur im Sattel halten muss.

Hans ist immer noch eingeschnappt. Als sie gen Spittlertor losziehen, würdigt er seinen Bruder keines Abschiedsblicks. Jakob winkt den Reisenden eifrig nach, bis sie über die Fleischbrücke außer Sicht verschwinden. Ihm behagt weder die Aussicht auf zehn Tage ohne seine Liebste noch die Tatsache, dass Klara ja gar nicht selbstständig reiten kann. Und noch viel weniger gefällt ihm, dass sie in Begleitung dieses Hans Dürer unterwegs sein wird.

Zum Glück geht Eleonore wieder wie gewohnt stumpfsinnig hinter ihrem Gefährten Sigismund her. Den ganzen ersten Tagesritt über spricht Hans kein Wort mit Klara. Als sie in Schwabach im Goldenen Stern einkehren, kommt ein Stallknecht angewiesen und nimmt ihnen die Pferde ab.

Zum Glück.

Hans verlangt zwei Kammern.

Zum Glück!

Beim Essen löffelt er griesgrämig und trinkt gierig.

»Hans?«

»Hm?«

»Ich möcht nachher gern kurz in die Kirch da gehen«, sagt Klara.

»In die Martinskirch? Wozu denn?«

> Eine Totenmesse für Lorenz und Adrian kaufen.

»Für unsere sichere Weiterreise beten«, sagt Klara.

Hansens mürrisches Gesicht wird etwas milder: »Der Schreck vom Überfall der Heckenreiter sitzt dir wohl noch in den Knochen?«

Klara nickt.

»Uns widerfährt scho nichts«, beruhigt er sie.

»Gleichwohl würd ich gern hinüber gehen«, beharrt Klara.

»Mach, was dir beliebt. Ich bleib dieweil hier.«

Er leert seinen ersten Becher, bestellt schon den zweiten, und starrt finster aus dem Fenster. Schemenhaft liegt hinter den Butzenscheiben der Platz zwischen Gasthof und Stadtkirche. »An *diesem* Ort hier geh ich in der Dämmerung ned hinaus. Da kommt mir des Grausen.«

»Wieso? Spukt's hier wohl?«, scherzt Klara vorsichtig.

»Als ich zuletzt in Schwabach war, haben's genau hier auf dem Platz a Hex verbrannt.«

»Verbrannt!?«

»Ich war fünfzehn Jahr alt. Der Grünhans sagte, unser Nürnberger Scharfrichter wird in Schwabach a Hex richten, und dass wir uns des Schauspiel auf gar keinen Fall entgehen lassen dürfen. Also sind wir Malerknechte alle lustig und weinselig gen Schwabach geritten. Aber als wir's dann erlebt haben, is mir der Übermut vergangen. Ich hab unserem Meister Gilg ja scho öfter bei seiner grausigen Arbeit zugeschaut. Aber a Verbrennung ... des is was ganz anderes.«

»*Hier auf dem* Platz ward a Frau als Hex verbrannt?«, vergewissert sich Klara fassungslos.

»Ja. Barbara Schwab hat's geheißen. Weil's mit Schadenszauberei die Pest in die Stadt bracht hat und mit dem Teufel gebuhlt hat ...«, erzählt Hans düster. Sein zweiter Becher leert sich dabei noch schneller als der erste.

> Welch grauenhafter Unsinn!

Klara schmecken ihre Teigtaschen nicht mehr.

»Da, mitten am Platz stand sie, die Elende.« Hans weist mit dem Finger die Richtung. »Und hat alles flehentlich abgestritten, hat beteuert, sie hätt alles nur unter der Qual der Marter bekannt.«

> Ja, freilich!

»Ein erbärmliches Schauspiel war's. Genau da war der Scheiterhaufen. Und dann ... die Flammen, der Gestank, des Geschrei ...«

Hans' Blick ist ebenso schauderhaft wie die Geschichte, die er erzählt. Er ist entrückt, als erlebe er alles noch einmal. So schnoddrig sich Hans Dürer auch gibt, besitzt doch auch er die erbarmungslos scharfe Wahrnehmung, die gewaltige bildliche Vorstellungskraft, die seinen Bruder im ganzen Land berühmt gemacht hat und die Hans eher zu schaden als zu nützen scheint.

Klara wechselt das Thema, um ihn von dem Schreckensbild weg zu lenken: »Sag an, Hans, wie is es eigentlich, mit Albrecht Dürer verwandt zu sein?«

Hans' kleiner Mund, der im Ruhezustand mürrisch nach unten hängt, verzieht sich spöttisch.

»Im Ernst?«, lacht er humorlos. Dann schnaubt er und grinst bitter: »Die Hölle auf Erden is es.«

Klara staunt. Sie findet Hans Dürer beneidenswert und sein Verhalten unverschämt, undankbar und unerklärlich. Hans ruft nach dem nächsten Becher, bevor er mit weingelöster Zunge erläutert: »Ich bin in all meinen Beginnen von vornherein zum Scheitern verdammt. Was auch immer ich tu, muss ich enttäuschen.«

»Aber Hans, du bist doch ned ungeschickt«, wendet Klara ein.

»Ungeschickt ned. Aber ich bin kei ... *Dürer*.«

»Bist eben *doch*«, wendet Klara ein.

»Und genau des is mei Verhängnis.« Sein dritter Humpen Wein kommt, er zieht kräftig daran. »Ich dacht immer, ich bleib der einzige Lehrling, den mei Bruder je nimmt. Er hat immer gesagt, er will keine Lehrbuben, sondern nur gestandene Gesellen, die scho geschickt und anstellig sind und ihm ned im Weg herumstehen. Und nun, ganz unversehens, holt er *dich* ins Haus.« Er nimmt noch einen Schluck. »Dich Kümmerling. Und du bist alles, was sich mei Bruder immer von mir erhofft hat.«

Ah, da liegt der Hase im Pfeffer.

»Gescheiter wär's gewesen«, fährt Hans fort, »ich hätt gar nie des Malerhandwerk erlernt. Meinem mittleren Bruder Endres, dem ergeht's besser als mir. Weil Gold a gänzlich anderes Werkmittel is. Er kann sich im Ruhm von Albrecht sonnen, doch muss sich ned mit ihm messen.«

»Beherrscht er sei Handwerk denn ned gut, der Endres?«, will Klara wissen.

»Doch, doch, vortrefflich sogar. Und *vortrefflich* tut in seinem Fall vollauf Genüge.«

Hans sinniert weiter. Es kommt wohl nicht oft vor, dass er so freimütig reden kann. Klara hat ein Geschwür in seiner Seele aufgestochen und nun kommen eitrige Gedanken nur so herausgeflossen. Es schmerzt ihn und tut ihm zugleich gut.

»Aber der Endres mit seinem sonnigen Gemüt is einfach anders als ich. Ned amol des ewige Gekeif und Gejammer der Mutter kann ihn verdrießen.«

»Was hat sie denn an Endres zu tadeln?«, fragt Klara.

»Na, dass er mit sechsundzwanzig Jahr noch kei Weib hat. Vaters Werkstatt führt er scho seit Jahr und Tag. Des Einzige, was der Meisterwürde noch im Weg steht, is sei Junggesellentum.«

Ohne Weib kein Meistertitel, freilich. Das war in Nürnberg nicht anders als in Kulmbach.

»Und warum nimmt er dann kei Weib?«, forscht Klara weiter.

»Weil er keins will. Jedes Mal, wenn die Mutter ihm in den Ohren liegt, lacht er bloß und schüttelt sich wie a Betz. Ich wünscht, ich könnt so sein. Aber mir geht sie auf die Milz, die Mutter, mit ihren ewigen Ermahnungen, ihrer ständigen Bange, was mir wieder alles missraten könnt. Ihretwegen hat der Albrecht mich ned mit nach Venedig genommen. Ihretwegen hab ich bei meinem eigenen Bruder in die Lehr gehen müssen und ned bei einem fremden Meister, wie's eigentlich Brauch is – und wo ich meinen eigenen Weg hätt finden können.« Hans verdreht missmutig die Augen. »Und dann noch der Albrecht, der sich gebart, als wär er mei Vater.«

»Wie soll er sich denn sonst gebaren?«, verteidigt Klara ihren Meister. »Du hast ja schließlich keinen Vater mehr. Und dei Bruder is a ganzes Mannesalter älter als du. Zudem war er dei Lehrherr *und* is nach wie vor dei Brotherr.«

»Du redest dich leicht, du hast deinen Vater noch. Und *dei* älterer Bruder hat dir nichts zu sagen.«

»Ja, meinen Vater hab ich zum Glück noch«, sagt Klara, so leichthin sie kann, doch ihre Tränendrüsen wollen ihr widersprechen. Sie kämpft den Kummer nieder, trinkt einen kräftigen Schluck vom Wein, der ihr sofort in den Kopf steigt. »Ich geh dann in die Kirch hinüber«, kündigt sie an.

»Geh nur. Da kannst gleich deinen Kunstverstand bilden. Der neue Altar da drinnen is nämlich von Michael Wolgemut, Albrechts Lehrmeister.«

Als Klara durch den herbstlichen Nieselregen über den Platz geht, fröstelt sie. Ist es die nasse Kälte oder das Grausen über die Hexengeschichte? Wohl beides. Sie stellt sich den Scheiterhaufen der Barbara Schwab vor, ihre Todesangst, ihr Elend. Teufelsbuhlschaft? Wie können ansonsten vernünftige Menschen nur allen Ernstes glauben, mit dem Teufel könne man sich ins Bett legen? Klara kennt den Teufel. Er kommt nicht gehörnt und ziegenfüßig in Schlafkammern gehinkt und verführt dort törichte Weiber. Er ist viel heimtückischer. Er bedient sich menschlicher Handlanger. Wie Sebastian von Seckendorff.

Der Priester in der Martinskirche ist hilfreich. Klara behauptet, Lorenz und Adrian Schaller seien ihre im Säuglingsalter verstorbenen Brüder. Trotz der großen Nachfrage wegen des Allerheiligenfests lässt sich der Priester von blitzenden Münzen dazu überreden, die Messe für die armen Kinderseelchen in den nächsten Tagen unterzubringen.

»Und noch eine für Paul Laurer«, sagt Klara, weitere Münzen für ihren Vater hinterherschiebend.

»Und wer war des?«

»Mei Lehrmeister«, antwortet Klara. Und das ist ja auch ein Teil der Wahrheit.

Der Priester nimmt das Geld an und versichert ihr noch einmal, die Seelenmessen würden baldmöglichst gelesen. Bevor sie geht, kniet sich Klara in die vorderste Kirchenbank und gibt ihren wirbelnden Gedanken und Gefühlen etwas Zeit. Dass Lorenz und Adrian nun zumindest eine Messe bekommen, erleichtert ihr Herz ein wenig. Sie betrachtet den Altar von Michael Wolgemut. Er gefällt ihr ganz gut, doch kommt sie nicht umhin festzustellen, wie weit Dürer seinem einstigen Lehrherrn überlegen ist. Allein die Proportionen! Der Bettler an der Seite des Heiligen Martin reicht kaum zum Sattel seines Pferdes. So etwas würde Dürer nie unterlaufen. Und der gekreuzigte Jesus ist nicht viel mehr als ein gut ausgepolstertes Strichmännchen. Dürer hätte sich die Gelegenheit nicht entgehen lassen, den geschundenen Körper des Heilands bis hin zum winzigsten zuckenden Muskel, bis zur letzten qualvoll überdehnten Sehne wiederzugeben.

»Bursche.«

Der Pfarrer legt eine warme, fürsorgliche Hand auf Klaras kalte Schulter.

»Ich schließ nun des Kirchtor für die Nacht. Du sitzt ja scho geraume Zeit hier in tiefer Andacht. Und du zitterst, du gehörst schleunigst in a warme Stub. Du hast doch a warme Stub?«

Klara merkt, wie kalt es in der Kirche ist. Tatsächlich, sie bibbert am ganzen Leib.

»Ja, Hochwürden, ich hab a Kammer im Goldenen Stern.«

»Dann is ja gut. Geh mit Gott, Bub.«

Geächteter Schnitzer

DA IST ES nun, das Antwortschreiben des Malers Schaller im Posteingangshaufen. Jakob ist allein in der Schreibstube und kann es in Ruhe lesen.

> Mein lieber Abrecht,
> wie hat es mein Herz erleichtert, von der wohlbehaltenen Ankunft meine Söhne in Nürnberg zu lesen. Sei bedankt für die lobenden Worte über Adrian. Ich kenne ja sein Geschick, aber dein Urteil bedeutet mir mehr als das aller anderen. Er wird dir noch viel Freude bereiten. Die Kunde, dass mein Lorenz leidend ist, bestürzt mich sehr. Bei seiner Abreise war er noch kerngesund. Mag es fürwahr die Gicht sein? Ich bitte dich, ihn von einem verständigen Medicus ansehen zu lassen. Das Geld dafür will ich dir ehrbahrlich zurückzahlen. Wie gut, dass er während seiner Genesung deinem Weib auf dem Markt zu Nutze sein kann und sich dabei anstellig zeigt.

Jakob blickt auf und denkt nach. Bevor Dürer diesen Brief zu lesen bekommt, muss Jakob einiges daran ändern. Zum einen darf der Vater nicht so überrascht sein. Die Gichterkrankung seines älteren Sohnes muss ihm längst bekannt sein. Und wenn Dürer dann sein Antwortschreiben verfasst hat, muss Jakob auch dieses durch eine eigens für Schaller angepasste Fassung ersetzen. Jakob reibt sich beflügelt die Hände. Anfangs dachte er noch, der Schwindel im Dürerhaus könnte höchstens ein paar Tage lang gutgehen. Aber je besser er und Klara sich anstellen, desto länger werden sie hierbleiben können. Klara ist im siebten Himmel hier. Und auch Jakob kann sich Schlimmeres vorstellen als in einem wohlhabenden Haushalt voll kluger, herzensguter Menschen die Kaufmannskunst zu erlernen.

Das Ehepaar Dürer kommt streitend in die Schreibstube. Hastig lässt Jakob den Brief verschwinden.

»Ach ja, damit es den Passionen so ergeht wie dem Marienleben? Dass sie überall dreist gefälscht werden, gar mit meinem Handzeichen versehen?«, erregt sich Dürer.

»Dass der Raimondi die Schnitte aus dem Marienleben fälschen konnt, lag ja wohl ned an meinen Handelsknechten, sondern an deiner Unbedachtheit!«, wehrt sich Agnes.

»*Meiner* Unbedachtheit?«

»Wer hat denn die Drucke mit nach Venedig genommen und allda Hinz und Kunz überlassen!«

Dürer brummt: »Der is mir ned geheuer, der neue Handelsknecht, den du da loszuschicken gedenkst.«

»Mir erscheint er ehrlich und tüchtig. Der hat sich mir auf der Frankfurter Messe vorgestellt. Er handelt mit den Drucken allerlei namhafter Künstler, von Flandern bis ins Welschland.«

»Und wenn der auch wieder Bilder unterschlägt, wie der zuvor?«

»Ich bin doch kei Hellseherin! A gewisses Wagnis muss ich in Kauf nehmen. Die allermeisten unserer Handelsknechte rechnen redlich mit uns ab.« Agnes dreht den Spieß um und geht zum Angriff über: »Aber weißt, wem du der Fälscherei halber auf's Dach steigen solltest, statt allemal nur mich zu schelten – deinem hoch verehrten Herrn Pirckheimer! Der Rat müsst sich der Sach endlich annehmen. Und Pirckheimer hat ja gar des Kaisers Ohr, der könnt dir womöglich sogar ein kaiserliches Privileg erwirken. Aber nein, um Pirckheimer kannst ja nur herumschwänzeln und mit ihm Süßholz raspeln.«

Dürer verlässt wortlos die Schreibstube. Nur die Tür kracht etwas schwungvoller als sonst.

Meine Güte.

Jakobs Stiefvater Burckhardt hätte Jakobs Mutter *erschlagen*, wenn sie solche Töne bei ihm angeschlagen hätte. Agnes bleibt in der Schreibstube zurück und wird sich Jakobs Anwesenheit bewusst. »Auf, Lorenz, wir müssen auf'n Markt«, sagt sie, als wäre nichts geschehen.

Jakob sitzt mit offenem Mund da.

»Was glotzt denn so, Bub?«

»Wohin schickt Ihr diese Handelsknechte denn?«, fragt Jakob.

»Na, allerorten, vom Nordmeer bis zur Adria.«

So peinlich es Jakob auch ist, soeben Zeuge eines Ehezwists geworden zu sein, so sehr faszinieren ihn die Dimensionen von Agnes' Vertriebsarbeit, die er jetzt erst begreift.

»Und da fahrt Ihr ganz allein auf die Frankfurter Messe?«

»Ich nehm dich nächstes Jahr gern mit. Aber nur, wenn du nun aufhörst, Maulaffen feilzuhalten.«

❖

Später auf dem Markt lümmelt Felicitas Pirckheimer müßig am Dürerstand herum, blättert durch die Drucke und plaudert mit Jakob. Pirckheimers älteste Tochter ist immer schneller mit ihren Lektionen fertig, als ihr Vater ahnt, und treibt sich danach gerne auf dem Markt herum, um sich vom bunt wimmelnden Nürnberger Leben unterhalten zu lassen.

»Um Gottes Willen«, sagt Felicitas mit verächtlichem Blick in Richtung Obstmarkt, »da kommt der irrige, zanksüchtige Alte.«

»Wer?«

»Na, der Veit Stoß, der Verbrecher«, sagt Felicitas abfällig.

»Was hat er denn verbrochen?«, fragt Jakob neugierig. Nun erfährt er vielleicht Näheres zum Ausflug des Holzschneiders ins Lochgefängnis.

»Wart nur, bis er herankommt, dann siehst die Brandmale, wo der Scharfrichter ihm die Wangen durchstoßen hat. Nun, ich geh dann wohl lieber.«

Mit wehenden Röcken entfernt sich Felicitas. Jakob ist nun sehr gespannt, diesen rätselhaften Veit Stoß endlich einmal selbst in Augenschein zu nehmen. Es nähert sich ein grauhaariger, bärtiger Mann jenseits der Sechzig, also eine Generation älter als seine hübsche Ehefrau Christine, die im Alter der Dürerin ist. Im Tross hat Stoß vier Kinder, einen etwa zwölfjährigen Knaben, ein halb so altes Mädchen und zwei ganz kleine Büblein. Je näher Stoß kommt, desto mehr verstört Jakob dessen Anblick. Deutlich graben sich tiefe Narben in beide Wangen. Der Bart, der grau und unansehnlich um die kraterförmigen Schwielen sprießt, soll die Schmach wohl verdecken, macht die Brandmale aber nur noch auffälliger. Sein Blick hat etwas ... wie hat Felicitas gerade gesagt? Irriges. Das trifft es gut. Tiefe Enttäuschung und Bitterkeit durchfurchen sein Gesicht, selbst jetzt, wo er eigentlich bester Laune scheint und seine liebliche junge Frau anlächelt.

»Nanu, was macht denn mei Eheherr mit all den Kindlein am helllichten Tag auf dem Markt?«, fragt Christine Stoß warm und küsst den Alten in aufrichtiger Zuneigung vor allen Leuten auf den hutzeligen Mund. Jakob traut seinen Augen nicht. Während Christine ein Kind nach dem anderen herzt, erklärt Stoß: »Liebes Weib, ich bin hier, dir zu sagen, dass wir heut feiern!«

»Also hast ihn übergeben?«, fragt Christine freudig.

»Hab ich. Und er ward mit größtem Wohlwollen und Lob aufgenommen«, bestätigt Stoß stolz. Christine klatscht vor Freude in die Hände.

»Wohl der Heilige Andreas für Endres Tucher?«, fragt Agnes wissend. »Des freut mich gar sehr für Euch, Meister Stoß.«

»Schritt für Schritt geht's wieder bergauf, ganz wie ich's dir verheißen hab, Christine! Sollen sie den Gnadenbrief des Kaisers ruhig missachten, die hoffärtigen Herren vom Rat. Meiner Hände Werk lügt ned! A wohl geratener Auftrag für die Tucher, des is a großer Schritt zur Rettung meiner Handwerkerehre! Komm, Christine, mach die Schrage zu, heut wird nimmer gearbeitet«, fordert Stoß seine Frau auf. Beglückt verrammelt die Stößin die Läden ihres Stands. Veit Stoß und die Kinder helfen niedlich ungeschickt mit.

»Er kommt mir gar ned wie a Verbrecher vor, der Meister Stoß«, sagt Jakob zur Dürerin, nachdem sie gegangen sind.

»Is er auch ned«, sagt die Dürerin. »Wer nennt ihn denn einen Verbrecher?«

»Die älteste Pirckheimertochter konnt ihn kaum ertragen, die hat sich sogleich von dannen gemacht, als er kam«, berichtet Jakob.

»Die Felicitas plappert halt nach, was ihr Vater sagt. Die tun alle dem Stoß Unrecht. Des is a ganz unglückliche Geschicht. Veit Stoß war einst ned minder angesehen wie Albrecht heut. Er is nach Jahren mit großen Ehren aus Krakau heimkehrt und hat in zweiter Ehe die Christine geheiratet. Die ganze Stadt hat Großes von ihm erwartet. Seinen Geldsegen hat er bei einem Kaufmann namens Baner angelegt, doch der Schuldschein dazu is ihm auf rätselhafte Weis abhandenkommen. Also hat Stoß sich dazu hinreißen lassen, den Schuldschein nachzumachen, und da sind's ihm dahinterkommen. Urkundenfälschung. Sie haben ihn ins Loch geworfen und mit glühendem Eisen die Wangen durchstoßen.«

Jakob schaudert. Mit dem Nürnberger Rat ist offenkundig nicht zu spaßen.

»Doch meines Achtens hat Stoß gesühnt und der Kaiser hat ihn höchstselbst begnadigt. Nun müssten doch die Nürnberger ihm auch endlich verzeihen. Der Mann weiß seither einfach nimmer mit der Obrigkeit umzugehen. Er will immer mit seinem sturen Schädel durch die Wand.«

Agnes seufzt. »Die hat's fürwahr ned leicht, mei arme Christine. Da nimmt sie einen gefeierten, wohlhabenden Mann zum Ehegenossen, und dann so a tiefer Fall. Bei mir war's genau anders, mich haben die Eltern mit einem jungen Niemand verheirat und heut können wir uns gar nimmer retten vor lauter Arbeit und Ehren.«

Agnes wird nachdenklich. »Sonderbar, ned wahr? Zwei Frauen gleichen Standes, gleichen Alters, wahre Busenfreundinnen. Die Stößin is gar zärtlich zu ihrem entstellten, von aller Welt verschmähten Alten. Und die Dürerin ist spröd und lieblos zu ihrem schönen, jungen, von aller Welt bewunderten Albrecht. Woran mag des liegen?«

Jakob schaut sie stutzig an, er hielt dies für ein Selbstgespräch. Doch nein, die Dürerin will tatsächlich von ihm eine Antwort, denn sie hakt nach: »Is denn die eine lieb und die andere bös?«

»Keineswegs«, antwortet Jakob aufrichtig. »Die Stößin ahnte zwar ned, welche Schande über sie kommen würd, aber sie hat den alten Witwer frei gewählt. Und er hat sie ja offenkundig von Herzen lieb und hat ihr süße Kindlein geschenkt.«

Schmerz blitzt kurz durch Agnes' aufmerksamen Blick.

»Ihr hingegen habt Euch Euren Mann ned ausgesucht und er Euch ned. Aber Ihr seid a tüchtiges Gespann. Ohne Euch wär Dürer ned, was er heut is.«

Agnes sieht Jakob einen langen Augenblick an. »Hab Dank für diese Worte, Lorenz.«

Krankheit

AM ZWEITEN REISETAG mault Hans noch, als der Kümmerling sich mit dem Reiten schwertut und nach mehr Rasten verlangt, als Hans einlegen will. Er meckert auch, als Klara ihn in Weißenburg vor dem Gasthaus um Hilfe beim Absatteln und Abzäumen des Pferdes bittet, weil sie sich schwach fühlt

> ... und weil es hier keinen Stallknecht gibt, der ihr das abnehmen könnte.

Am dritten Tag bleibt Hans nichts anderes übrig, als das Pferd seines lästigen Weggefährten am Zügel neben sich herzuführen und ihm jeden Handgriff abzunehmen.

Am Morgen des vierten Tages in Donauwörth muss er sogar in Adrians Schlafkammer gehen, um ihn zu wecken. Sorgenvoll schwebt sein Gesicht über Klara. Die ist so benommen, dass sie fast vergisst, das Deckbett hochzuziehen, damit Hans sie nicht im losen Schlafhemd sieht, mit ungebundener Brust.

»Wie spät?«, will sie wissen.

»Bald die dritte Stund.«

»Allmächtiger. Warum hast mich ned früher geweckt?«

Klara will sich aufrichten, doch ihr wird sofort schwindlig. Ihr Kopf pocht und ihre Knochen fühlen sich gläsern an.

Hans fühlt ihre Stirn und sagt: »Stehst mir den letzten Tagesritt bis

Augsburg noch durch? Die Fugger haben in Augsburg gewiss die allerbesten Ärzte.«

»Ich brauch keinen Arzt. Des is bloß a Schäuerchen. A kräftiges Morgensüpplein und wir können aufbrechen«, beschwichtigt ihn Klara und stemmt sich hoch.

Wie sie den Ritt übersteht, weiß sie selbst nicht. Mehrmals rutscht sie fast aus dem Sattel. Nach jeder Rast fällt es ihr schwerer, wieder auf ihr Pferd zu kommen. Als sie endlich im Hof des Fuggerschen Gästehauses anlangen, springt Hans vom Pferd und ruft lauthals nach Hilfe. Fremde Hände heben Klara aus dem Sattel, stützen sie auf dem Weg hinauf in eine Kammer, legen sie auf ein Bett. Klara schläft sofort ein, fühlt nur noch vage, wie ihr jemand die Stiefel von den Füßen zieht.

»Gesteh!«
Das Gesicht des Richters ist eine zornige Fratze.
»Ich hab nichts zu gestehen«, sagt Klara schwach.
»Gesteh, Weib!«
»Ich bin kei Weib. Ich bin a Malerbub.«
»Lügnerin! Wann hat der Teufel dir beigewohnt? Wie oft? Gesteh!«
»Es war ned der Teufel.«
»Wer dann?«
»Verrat mich ned, Klara.«
Jakob steht hinter dem Richter und legt leise einen Finger auf die Lippen, bevor er sich umdreht und mit einem Pferdefuß davonhinkt.

»Seit wann ist dir schon so elend, mein Knabe?« Ein Medicus blickt ernst und aufmerksam auf sie herab. Klara antwortet, sie weiß nicht, was.
»Mund auf.«
Klara versucht es.
Gemurmel. Hans sagt etwas.

»Hab Dank, Klara.«
Adrians einst pausbäckiges Gesicht ist hager und zerfressen. Das grünliche Fleisch ist bis auf den Knochen verwest.
»Dank wofür?«, fragt Klara.
»Für die Seelenmesse.«
»Wo liegst du, Adrian?«

»Komm, Adrian, wir müssen weiter.«
Sebastian von Seckendorff fasst Adrian mit einem höhnischen Grinsen bei der knöchernen Schulter, die sich in seinem Griff in grünen Dunst auflöst.
»Sag mir, wo dei Leichnam liegt, Adrian, auf dass ich dich beerdigen kann!«, kreischt Klara.
»Tut mir leid, feuerrote Jungfer, wir müssen weiter«, ruft höhnisch Seckendorff und zerrt Adrian mit sich fort.

»Ganz ruhig, Kind. Ruhig. Hier, trink.«
Klara fühlt eine warme Flüssigkeit aus ihren Mundwinkeln rinnen. Ein wenig davon sickert auch in ihre Kehle. Sie hustet.

»Wir verlesen nunmehr die Urgicht, wie sie von der Hexe selbst im peinlichen Verhör gestanden ward.«
»Ich gestehe nichts! Ich widerrufe!«, schreit Klara.
»Ich, Klara Magdalena Laurer, bekenne, die achtbaren Bürger der freien Reichsstadt Nürnberg heimtückisch und aufs Schändlichste getäuscht und betrogen zu haben ...«
»Hab ich ned!«
»... bekenne, in Gestalt und Gebärde eines Knaben gewandelt zu sein und mir unter Verborgenheit meiner Weiblichkeit eine Stellung im Hause des ehrbaren Albrecht Dürer erschlichen zu haben...«
»Ich bin Maler! Ich gehör dahin!«
»... bekenne, den Teufel ins Haus des Malers eingelassen und die ganze Nacht mit dem Leibhaftigen Unzucht getrieben zu haben.«
»Des war ned der Teufel!«

Klara vermag zwei verschiedene Stimmen auszumachen. Ein leutselig schwäbelnder Bariton, der sich mit Hans duzt – ein Bader? Und eine näselnde, honorige Stimme, die sich mit Hans ihrzt. Das muss wieder der Medicus sein.
»So, nun setzt jeweils drei davon an Hände und Füße und zwei hinter jedes Ohr«, weist der Medicus an. Der mutmaßliche Bader macht sich mit beruhigendem Gemurmel an genau diesen Stellen zu schaffen. Es sticht und brennt.

> Klara brüllt aus voller Brust, doch der Wind reißt ihre Rufe fort. Hart schneiden die Stricke in ihre Handgelenke und Knöchel. Ihre nackten Füße frieren auf dem kalten Holz. Der Scharfrichter entzündet die Fackel, schreitet auf den Scheiterhaufen zu. Die Mienen der Umstehenden sind düster. Da steht Hans Dürer in der Menge. Sein Blick ist leer und flau. Der Henker beugt sich nieder. Klara sieht gar nicht, wie er das Holz entfacht, sie spürt es nur. Ein klirrender Schmerz durchfährt sie, als die Hitze ihre eiskalten Füße erreicht.

Die Stimme des Medicus sagt etwas von Fieberwahn.

»Die Blutegel haben keine Wirkung gezeigt. Es gilt, keine Zeit mehr zu verlieren. Schröpfen, und so nicht binnen weniger Stunden Besserung eintritt, Aderlass.«

Der Medicus geht fort und der Bader macht sich wie geheißen ans Werk. Klara spürt, wie ihr Oberkörper hochgezogen wird. Das Hemd wird ihr über den Kopf gestreift.

»Sag, Gesell Dürer ...«, sagt der Bader langsam. »In welchem Verhältnis, sagtest du, stehst du zu dem ... dem Kranken?«

»Na, der is Lehrbub bei meinem Bruder in der Werkstatt.«

»Des kann aber ned stimme. Guck doch her.«

Klaras Brustwickel wird mit hektischen Händen aufgedröselt, löst sich quälend von ihren schmerzenden Brüsten. Ein zweites paar Hände reißt ihr unsanft Beinkleider und Bruch herunter.

»Allmächtiger Gott.«

Klaras Bewusstsein schwimmt wieder davon.

> Hitze. Unerträgliche Hitze. Wo ist sie? Klara will die anderen Menschen ansprechen, doch sie sind nur schwarze Schemen in der roten Glut. Sie weichen vor ihr zurück.
> »Bin ich im Fegefeuer?«
> Eine Gestalt hinkt auf sie zu, prächtig und grauenvoll, mit wehendem schwarzen Mantel. Ist das der Leibhaftige?
> »Nun zeig es mir, Elende«, fordert er sie auf. Klara nestelt an ihrem Wams und holt einen zerknitterten, schmutzigen Zettel hervor.
> »Hast auch gut Buch geführt?«, fragt der Höllenfürst, während er den Zettel mit knorrigen Krallen auffaltet.
> »Gewissenhaft«, antwortet Klara.
> Klara sieht zu, wie der Teufel mit vorgerecktem Kinn siegesgewiss

ihr Sündenverzeichnis studiert. Bei den Freveln steht im ›dare‹ eine ellenlange Aufzählung von Vergehen.

Das ›avere‹ ist leer.

»Du gehörst mir«, schlussfolgert der Teufel zufrieden.

»Aber ich hatt doch kei Zeit! Ich wollt doch … ich wollt doch mein Sündenkonto noch ausgleichen!«

»Wärst ned so früh gestorben«, grinst der Satan mit den hämischen Gesichtszügen des Strauchritters von Seckendorff.

»Was die Weibsperson in eurer Werkstatt zu suche hat, kannst auch später noch aufkläre. Jetzt geht's fürerst drum, dass uns ned stirbt«, sagt der Bader.

Klara hört sich vor Schmerz schreien. Sie will sich aufbäumen und wird sanft, aber bestimmt zurück in die Kissen gedrückt. Ist die Hand des Baders so nass? Nein, es ist ihre eigene Stirn. Klara blickt an sich hinab und sieht nun auch die Ursache des jähen Schmerzes. Aus einem Schnitt in ihrem linken Unterarm sprudelt es weinrot in eine Schale. Klara sieht sich beim Bluten zu und ihr Bewusstsein entgleitet wieder. Diesmal ist ihr ein traumloser Dämmerzustand vergönnt. Immer wieder dringen Gesprächsfetzen in ihr Bewusstsein vor.

»Des hilft doch alles nichts. Holt endlich a Kräuterweib!«, fordert Hans Dürer.

»Wenn die Kräuterhexe auch nur einen Fuß in diese Krankenstube setzt, dürft Ihr mit meiner Gegenwart hier nicht mehr rechnen«, näselt der Medicus.

»Recht viel schlimmer als Ihr kann sich des Kräuterweib ja ned anstellen! Seht doch, es geht ihr zusehends schlechter!« Hans' Stimme klingt viel eindringlicher, viel entschlossener als sonst. Eine Tür knallt empört und es wird ruhig in der Kammer. Klara schläft wieder ein.

Eilbote

JAKOB SITZT ALLEIN in der Schreibstube und will eigentlich den Brief des Malers Schaller mit den nötigen Lügen neu verfassen, doch stört ihn dabei das Bild des grausig vernarbten, zerstochenen Gesichts von Veit Stoß, das immer wieder vor seinem inneren Auge aufblitzt.

Urkundenfälschung.

Ach was, versucht sich Jakob selbst zu beschwichtigen. Meister Stoß ist streitsüchtig und, gelinde gesagt, ein wenig töricht. Jakob hingegen ist umgänglich und schlau. Außerdem: Wo kein Kläger, da kein Richter. Jakob muss nur zusehen, dass keiner zu seinem Kläger wird.

Seine Finger zittern trotzdem. Schallers, geschweige denn Dürers einzigartige Schrift nachzuahmen, würde Jakob selbst mit ruhiger Hand kaum gelingen. Klara hingegen wäre es ein Leichtes. Er muss also auf ihre Heimkunft warten, damit sie Jakobs Entwurf in Schallers Hand überträgt.

Als der Postreiter läutet, hat Jakob ihm nichts mitzugeben. Allerdings hat der Reiter etwas für ihn: »Hier, des kam mit dem Eilboten aus Augsburg.«

Jakob nimmt das Schreiben an. Aus Augsburg? Schadenfroh fragt sich Jakob, was wohl bei dem Treffen mit Fugger derart schiefgelaufen ist, dass es der arme Hans Dürer per Eilbotschaft aus Augsburg beichten muss. Er bricht das Siegel.

Albrecht,
ich werd wohl nicht zur gesetzten Zeit heimkehren. Das Knechtlein ist so schwer erkrankt, dass der Leibarzt der Fugger am gestrigen Abend gar den Priester zur Krankensalbung gerufen hat. Doch Adrian hat die Nacht überstanden und ich traue nun auf die Kunst eines Kräuterweibs. Ich schreibe wieder, sobald ich neue Kunde habe. Die Entwürfe für die Annakirche habe ich ganz nach deinem Geheiß übergeben.
Dein Bruder Hans

Kräuterweib

Eine kundige, entschlossene Hand berührt erst Klaras Stirn, tastet dann an ihrem Hals, öffnet sachte, aber geschickt ihren Mund.

»Geht Ihr ruhig zu Eurer Zusammenkunft mit dem Herrn Fugger, Gesell Dürer«, sagt eine angenehme, tiefe Frauenstimme.

»Ich kann doch ned fort. Wenn sie stirbt ...«

»Sie stirbt ned. Geht Ihr nur und lasst mich in Ruh mei Werk verrichte.«

Ein angenehmer, intensiver Duft steigt Klara in die Nase. Tröpfchenweise wird ihr etwas Bitteres verabreicht, das sie erst wieder heraushustet. Doch geduldig, Tropfen um Tropfen, wird es ihr doch eingeflößt. Eine Hand hält sanft ihr Kinn.

Als Klara das nächste Mal die Augen öffnet, weiß sie zum ersten Mal seit Langem mit Gewissheit, dass sie sich in der Wirklichkeit befindet. Neben ihrem Bett schläft Hans zusammengesunken auf einem Stuhl, sein Haar noch zerzauster als sonst, das Wams aufgeknöpft. Er sieht erschöpft aus. Klara hat den Faulpelz noch nie zuvor *erschöpft* gesehen.

»Hans.«

Er schießt sofort hoch. Sein Schlaf war wohl leicht. Als er begreift, dass Klara zu sich gekommen und ansprechbar ist, fällt sichtlich Anspannung von ihm ab. Er rückt näher an ihr Bett. »Ich würd ja gern antworten, doch bedürft ich dazu eines Namens.«

Kein Hohn, kein Spott in seiner Stimme. Klara sieht in dem ernsten Jünglingsgesicht eine Ähnlichkeit mit seinem Bruder Albrecht, die ihr zuvor noch gar nicht aufgefallen ist.

»Klara«, gesteht sie.

Hans nickt nur.

»Verrat mich ned, Hans.«

Und während sie schon wieder einschläft, spürt sie noch eine zärtliche Hand auf ihrem klatschnass geschwitzten Haar.

Bange Tage

IST KLARA tot?

Erstaunt stellt Jakob fest, wie heftig dieser Gedanke schmerzt.

Lebt sie noch?

Wie grausam diese Ungewissheit ihn beutelt. Er kennt sie doch noch keinen Monat lang!

Er liebt sie.

Diese Erkenntnis macht es ihm nicht gerade einfacher. Und wenn Klara lebt, ist sie entdeckt worden? Sie ist schwer krank, bestimmt wurde sie von einem Bader behandelt ... und zu diesem Zweck wohl entkleidet und somit auch entdeckt. Allerdings bezeichnet Hans sie in seinem Eilbrief nach wie vor als ›Knechtlein‹ und ›Adrian‹. Jakob will nach Augsburg.

Dürer hält ihn davon ab: »Sei vernünftig, Lorenz. Du kannst doch nichts ausrichten. Wir warten auf weitere Kunde von Hans.«

Wenn Klara entdeckt ist ... dann muss Jakob Vorkehrungen für ihre Flucht treffen! Er stopft alles Überlebenswichtige in einen Ranzen, den er zu gegebener Zeit in Windeseile raffen kann. Er trägt seine gefüllte Geldkatze ständig mit sich umher und klammert sich an die Vorstellung, dass Klara lebt und irgendwie nach Nürnberg zurückkehrt, so dass sie gemeinsam fliehen können.

An einem dieser bangen Abende, nach dem Abendbrot, das Jakob nicht angerührt hat, stößt ihm der Kleehans in die Rippen. »Hol dei Schaube und geh mit mir aus.«

»Danach is mir wahrlich ned zumut«, wehrt Jakob ab.

»Komm, Dürer hat mich geheißen, dich aufzumuntern.«

»Aufmuntern?!«, sagt Jakob gekränkt.

»Dann eben zerstreuen. Willst lieber auf der Stube sitzen und vor Sorge unsinnig werden? Komm mit, Lorenz«, beharrt der gute Kleehans.

Jakob gibt nach. Der Kleehans führt ihn auf die Lorenzer Seite. Irgendwo in den verwinkelten Gassen steht ein unscheinbarer Bau, doch die von innen leuchtenden Vorhänge deuten auf reges Treiben hin.

»Oh nein, Hans«, stöhnt Jakob. »Bring mich doch ned in a Frauenhaus! Glaubst im Ernst, ich kann mich mit Hübschlerinnen vergnügen, während mei Bruder im Schwabenland um sei Leben ringt?«

»Des is doch kei Frauenhaus«, erwidert der Kleehans mit einem Hauch Entrüstung. »Des is des Spielhaus.«

»A verbotenes Spielhaus?«

»Doch ned *verboten*«, widerspricht der Kleehans. »A *rätlich genehmigtes* Spielhaus. Die Pächter sind keine Geringeren als die Tetzel.«

Die Tetzel?

Die haben Jakob gerade noch gefehlt. »Warum gehen wir ins Spielhaus der *Tetzel*? Die sind doch mit Dürer verfeindet.«

»Die sind mit *Pirckheimer* verfeindet«, berichtigt der Kleehans.

»Is des ned des Gleiche?«, fragt Jakob.

Der Kleehans zuckt mit den Achseln: »Spielhaus is Spielhaus. Der Dürerhans kommt oft her.«

Freilich tut er das.

Der Spielsaal ist düster. In der Luft hängt der Dunst von Bier und Schweiß. Über die Tische fliegen flink gespielte Spielkarten, in Lederbechern rattern Würfel, Humpen scheppern auf die Tischplatten. In den Ecken sind auffallend unauffällig wuchtige Schergen postiert, die scharf wie Wachhunde den Spielbetrieb verfolgen. Zu Jakobs Erleichterung lässt sich Anton Tetzel selbst nicht dazu herab, sich hier in seinem Spielhaus aufzuhalten. Dafür … erkennt ihn jemand anderes: »Heda, is des ned der fürwitzige Schlossergesell?«, sagt Hermann Henlein von einem der Tische.

»Oh je, des is Hermann Henlein«, flüstert Jakob dem Kleehans ins Ohr.

»Ich kenn nur Peter Henlein«, sagt der Kleehans.

»Des is sei Bruder. Hör zu – dem hab ich weisgemacht, ich sei a Schlossergesell«, versucht Jakob den Schaden zu begrenzen.

»Warum denn des?«, wundert sich der Kleehans.

»Erklär ich dir hernach. Für den Augenblick lass ihn in dem Glauben!«, bittet Jakob.

»Nun, gut«, entgegnet der Kleehans verständnislos.

»Kommt her, uns fehlen noch zwei Mann zum Karnöffeln«, fordert Henlein sie auf.

Das möchte Jakob freilich nicht, doch einer der kräftigen Aufseher weist sie mit einer Pranke, der man ungern widerspricht, an genau diesen Tisch.

»Barthel Betz«, stellt sich der zweite Mann vor. Er wirkt genauso schmierig und schmuddelig wie Henlein, doch während die Augen des Messerschmieds vor streitsüchtiger Intelligenz funkeln, scheint das Lichtlein in Barthels Kopf doch sehr trübe.

Eine üppige Schankmagd kommt gewieselt. Barthel Betz fasst mit vertrauter Geste an ihr Gesäß, während er sie anweist: »Gisela, mei Trutscherla, bringst uns einen Satz Karnöffelkarten – *weißt scho, welche* – und unseren Spielgefährten was für den Durst?«

Gisela windet sich lächelnd aus Barthels Griff und macht sich auf den Weg. Das Bier kommt, es wird gekartelt, und Barthel Betz und Hermann Henlein, die zusammen spielen, gewinnen Stich um Stich gegen Jakob und den Kleehans. Vor allem Barthel spielt mit einer Sicherheit, die Jakob sonderbar vorkommt.

Kann das mit rechten Dingen zugehen? Die Rückseiten der kunstvollen Spielkarten sind dicht mit filigranen Mustern verziert. Anhand irgendwelcher Flecken oder Spuren auf dem Kartenrücken kann Barthel also nicht schummeln.

Nachdem er und Henlein jeweils zehn Kreuzer gewonnen haben, hat Barthel offenbar genug: »Oh – hört ihr des, Freunde? Es schlägt scho die dritte Nachtstund! Mei Weib wird mir zürnen!«, verabschiedet er sich.

»Na, fein. Sehr gelungene Zerstreuung, Hans«, bedankt sich Jakob ironisch beim Kleehans.

»Komm, trinken wir noch einen Humpen zum Trost«, erwidert der.

Da sich die Schankmagd nicht gleich blicken lässt, geht Jakob selbst vor zum Ausschank. Während er darauf wartet, dass er an dem hoch beschäftigten Tresen zum Zuge kommt, steht auf einmal schwer und aufdringlich Herrmann Henlein neben ihm und knurrt: »Der bescheißt doch, der Betz.«

»Darüber müsst *Ihr* ja ned klagen. Ihr habt doch mit ihm gemeinsam Runde um Runde gewonnen«, sagt Jakob.

»Gewiss ... doch dass a Wasserkopf wie der stets weiß, wer welche Karten in der Hand hält – des kommt mir absonderlich vor«, beharrt Henlein.

»Mir auch.«

»Hast denn mittlerweile a Stellung gefunden?«, will Henlein wissen.

»Nein. Doch wüsst ich gern, ob Ihr des ernstlich meintet – dass Ihr Euer Werkstatt für Stückarbeit verpachtet? Ich hätt womöglich Bedarf«, meldet Jakob an.

»Jederzeit«, bietet Henlein an.

Da ist Gisela wieder. Sie zwängt ihren drallen Oberleib zwischen Jakob und Henlein an den Schanktisch, um ein paar klebrignasse leere Krüge hinzuscheppern und eine neue Bestellung zu brüllen.

»Herr, ich nehm einen Satz Würfel für den vierten Tisch!«, ruft sie mit der typischen Atemlosigkeit einer überforderten Schankmagd einem der beiden Edelherrlein hinter dem Schanktisch zu. Das müssen Anton Tetzels Söhne sein. Einer der beiden vermerkt die auszugebenden Würfel in einem Buch, während Gisela sich einen Becher und eine Handvoll Würfel aus einem Regal greift.

»Sind die beiden Herrlein da wohl die Tetzel?«, fragt Jakob.

Henlein bestätigt: »Anton Tetzel der Jüngere und Hans Tetzel. Halsabschneider, die ganze Sippe. Nun, ich geh auch nach Haus«, verkündet der Messerschmied und leert in einem Zug den Humpen, der ihm gerade erst zugeschoben wurde. Er verschwindet und Jakob ist erleichtert.

»Obacht«, ruft Gisela, drei übervolle Krüge vom Tresen greifend und gefährlich über Jakobs Kopf hinwegbebend. In Jakob dämmert indessen ein Verdacht. Die Tetzelsöhne verzeichnen die Vorgänge in ihrem Spielhaus zwar halbherzig in ihrem Büchlein – doch sind es die Schankmägde, die eigenhändig die Glücksspielutensilien aus dem Regal nehmen. »Du weißt schon welche ...«, sagte Barthel doch zu Gisela.

Jetzt ist Jakob neugierig. Er bleibt mit seinem Bier am Tresen stehen und wartet darauf, dass Gisela wiederkehrt. Der Kleehans, am Tisch alleingelassen, gesellt sich zu Jakob an den Schanktisch. Die Spielkarten hat er in der Hand, um sie wieder abzugeben.

»Nun erklär mir, warum dieser finstere Henleinbruder dich für einen Schlossergesellen hält«, will der Kleehans wissen.

»Des is rasch erzählt: Ich bin letzte Woch in einen Schankhausstreit geraten, wo Henlein auch zugegen war. Und ich meint, wenn ich a eiserne Zunft nenn, komm ich besser weg, als wenn ich mich als Malerlein zu erkennen geb.«

Das war doch eine gute, knappe Erklärung. Der Kleehans ist damit auch vollauf zufrieden: »Daran hast wohl getan. Der einzige Maler in Nürnberg, der sich mit Schmieden anlegt, is der Dürerhans.«

»Der prügelt sich wohl gern?«

»Sehr zum Verdruss seines Bruders.«

Sie trinken ihre Humpen zu Ende.

> »Lass mich die Karten noch amol sehen«, bittet Jakob und nimmt sie dem Kleehans aus der Hand. Mit flinken Fingern blättert er durch den Satz, bis ihm siedend heiß seine *Gicht* einfällt. Er verlangsamt seine Bewegungen. Hoffentlich hat der Kleehans ihm nicht allzu genau auf die Finger geschaut.
> Da!

Die aufwändigen Muster auf den Kartenrücken unterscheiden sich fast unmerklich. Bei den Karnöffeln sind die Sterne nicht ganz mittig. Bei den Kaisern fehlen rechts unten ein paar Schnörkel in der Verzierung.

»Da, schau her! Ahnt ich's doch! Die Karten sind gezinkt!«

Der Kleehans untersucht nun auch die Karten und kräht unverzüglich nach den Hausherren. Jakob ist es unangenehm, dass der Kleehans nun diesen Kleingauner Barthel Betz ans Tetzelsche Messer liefert. Die beiden Herrlein, ihres Zeichens Söhne und Erben, sind bestimmt weitaus schlimmere Verbrecher, als Betz es je sein könnte, das hat auch Henlein angedeutet. Und überhaupt – wie sind die gezinkten Karten denn ins Spielhaus gelangt? Durchaus möglich, dass Betz sie dem Spielhaus untergejubelt hat … vielleicht aber waren es auch die Tetzel selbst, die damit den Spielbetrieb zum eigenen Vorteil lenken. Jakob ist das alles gar nicht geheuer.

Leider ist der Kleehans schon eifrig dabei, den Falschspieler anzuschwärzen: »Herr Tetzel, der Spitzbub bei uns am Tisch, der sich so jählings getrollt hat, der spielt falsch!«

»Was sagst du da?«, fragt der Tetzelsohn ungläubig.

»Hier, seht doch, die Karnöffel und die Kaiser sind gezinkt.«

Der Tetzelsohn holt seinen Bruder hinzu und gemeinsam besehen sie sich entsetzt die Karten. Ob sie ihr Erstaunen nur vorgaukeln, kann Jakob nicht einschätzen.

> Bravo, Kleehans!

Ihm ist es vollauf gelungen, Jakob eine Weile von seiner Sorge um Klara abzulenken.

Heimritt

»BIN ICH FROH, dass du mir ned verreckt bist. Was hätt mei Bruder mich gescholten.« Hans ist schon wieder zu Spott aufgelegt.

»Nun, derlei Ungemach wollt ich dir freilich ned bereiten.« Auch Klara kann wieder scherzen.

»So reit halt dichter bei mir, damit ich mir ned den Hals nach dir verrenken muss«, verlangt Hans.

»Wie denn?«, fragt Klara hilflos.

Hans verlangsamt den Schritt seines Pferdes. »Sag, kannst du wohl ned reiten?«

»Woher denn? Hast je a Weibsbild allein reiten sehen?«, entgegnet Klara.

»Ich vermeint, du stellst dich so tölpisch an, weil du krank bist.«

»Gewiss. Und hinzukommt, dass ich vor dieser Reise noch nie allein auf einem Pferd gesessen bin.«

»Sakrament. A Weibsbild, des noch nie zuvor geritten ist, trabt mit böser Hitz halb ohnmächtig gen Augsburg«, fasst Hans kopfschüttelnd zusammen. Sein Gesichtsausdruck schwebt irgendwo zwischen belustigt und beeindruckt.

»Also gut. Schau her«, erbarmt er sich, »viel knapper musst sie halten, die Zügel. Und mit den *Beinen* treibst dei Pferd an. Spann sie nur fester an, deine zarten Weiberschenkel. Du musst es meinen, sonst spürt des Tier, dass du seiner ned Herr bist.«

»Ich glaub, Eleonore weiß längst, dass ich ihrer ned Herr bin.«

Klara reitet eine Weile schweigend neben Hans her und versucht, seine Anweisungen zu beherzigen. Tatsächlich hält Eleonore nun besser Schritt mit Sigismund. Das Wetter ist frostklar und herrlich. Lange Wolken schnüren sich dünn durch den strahlenden Herbsthimmel.

»Des müsst man malen«, sinniert Klara. »Unten nur a ganz dünner Streifen Landschaft und der Rest des Tuchs nichts als Himmel.«

»So hab doch Acht, wo du hin reitest! Sonst muss ich dir die Zügel wieder abnehmen. Meine Güte, vor vier Tagen haben wir den Priester geholt und nun schwatzt mir scho wieder die Ohren ab. Hast denn noch was anderes im Kopf als die Kunst?«

»Ned viel anderes«, gesteht Klara.

»Bei meiner Seel. Wenn *des hier* echt wär ...«, grinst Hans, reitet dicht an Eleonore heran und greift Klara unverschämt in ihr falsches Gemächt.

»He!«

Er lacht: »Wenn *des hier* echt wär, du würdest in Albrechts Werkstatt passen wie der Deckel auf den Topf.«

> Das weiß Klara. Was sie nicht weiß: Wird Hans sie verraten?

Klaras Geheimnis im Dürerhaus zu schützen, wäre viel verlangt. Hans müsste Bruder, Mutter und Schwägerin belügen. Doch sind es auch genau diese Menschen, denen er zutiefst grollt. »Wirst mich verraten, Hans?«, erkundet sie.

»Du erwartest, dass ich zu meinem Bruder heimkehr und dabei zuseh, wie du ihn weiter betrügst?«

Klara schweigt.

Hans fordert: »Bevor ich mich zu derlei Büberei versteig, müsstest dich mir noch besser erklären. Dass du einer Ehe mit einem grässlichen Unhold entflohen bist, hab ich ja begriffen – und kann's sogar verstehen. Jetzt erklärst mir noch, wie du dazu kommst, bei uns als Sohn Schallers aufzuschlagen.«

> Jetzt nichts falsch machen.

Ist Klara vielleicht eine ... Schwester von Adrian und Lorenz?

> Lieber nicht.

Denn Dürer weiß ja bestimmt, wie viele Kinder sein Freund Schaller hat.

»Ich bin sei Nichte. Mei Vetter Adrian is mit fahrenden Spielleuten davongelaufen und ...«

> Mit fahrenden Spielleuten davongelaufen? Was Geistreicheres fällt dir nicht ein?

Nun, nach Tagen des Fieberwahns ist sie ja nicht gerade in bester geistiger Verfassung.

»... und ... und ich wollt scho immer malen, also bin ich an Adrians Stelle nach Nürnberg gangen.«

»Und deine Eltern stammen wohl auch aus Nürnberg?«

Klara versteht die Frage nicht.

»Wie a Leipzigerin klingst ja ned. Du hast den gleichen Zungenschlag wie dei Vetter Lorenz.«

»Ich bin ... zusammen mit Adrian und Lorenz im Hause meines Oheim aufgewachsen.«

> Ach, verdammte Pest!

Klara verheddert sich fürchterlich in ihrem Gespinst und könnte sich dafür in den Hintern beißen. Jakob, dem geübten Schlitzohr, wäre bestimmt etwas Schlaueres eingefallen. Aber wie soll sie es denn auch besser machen? Ihr Hirn ist immer noch matt, ihre Schläfen pochen und sie gehört eigentlich schlafend ins Bett und nicht lügend auf die matschig kalte Via Imperii.

»Und wo wähnen dich die Deinen?«, forscht Hans weiter.

»Als Nonne im Kloster.«

>Schon besser. Diese Antwort geht immer.

»Und du bist gewiss auch älter, als du vorgibst?«

»Neunzehn.«

Hans blickt sie lange an, während Eleonore und Sigismund einträchtig in gemächlichem Schritt die Straße entlang schaukeln. Klara besinnt sich ganz auf das Reiten und lässt Hans in Ruhe überlegen.

»Nun«, setzt er nach einer Weile mit verändertem Tonfall wieder an, »mir wird vieles begreiflich. Etwa auch, warum du scho seit deiner Ankunft in Nürnberg so ...« Er sucht Worte. »... so sonderbare Regungen in mir weckst.«

>Ach, du liebe Zeit!

»Regungen, die ich mir ned erklären konnt, bis der gute Augsburger Bader mir entdeckt hat, was du wahrlich bist.« Er schnauft. »Und ich fürchtete scho, auf mir lastet derselbe Fluch wie auf ...«

>Wie auf wem, Hans?

Hans besinnt sich darauf, seinen Satz lieber nicht zu Ende zu führen.

Aber ... dass Hans begehrliche Gefühle für Klara hegt, ist ja günstig! Solange er hoffen darf ... verrät er sie vielleicht nicht! Diese Flamme gilt es also ganz sachte zu fächeln.

◆

Als sie zurück in Nürnberg in den Hof Pirckheimers einreiten, springt ihnen Kito entgegen. »Die Dürerknechte sind zurück!«, ruft der Stallknecht. Felicitas erscheint auf der Empore des ersten Stockwerks und fegt die steinerne Wendeltreppe hinunter in den Hof. Weil Felicitas mutterlos und ihr Vater viel beschäftigt ist, ist ihr die Rolle der emsig waltenden patrizischen Hausherrin trotz ihres zarten Alters bereits in Fleisch und Blut übergegangen: »Kito, kümmer dich um die Pferde! Johanna, lauf geschwind zum Gewölbe und dann zum Dürerhaus und bring allen die Kunde! Dann hol eilends den Doktor Schedel.«

»Ned nötig, mir geht's scho wieder besser!«, wehrt Klara ab. So gerne sie den Verfasser der Weltchronik einmal kennenlernen würde, kann sie wahrlich keine weitere ärztliche Untersuchung gebrauchen.

Hans will Klara vom Pferd heben wie ein höfisches Dämchen. »Finger weg!«, zischt sie.

Jakob kommt mit rasenden langen Beinen durch das Hoftor geprescht. Leidenschaftlich schließt er Klara in die Arme, fasst ihr Gesicht, wie es kein Bruder oder Vetter je tun würde, und ruft: »Ich hatt noch nie im Leben solche Bange!«

Obwohl es Klara schwerfällt, befreit sie sich aus seiner verräterischen Umarmung. »Obacht, steck dich bloß ned an bei mir.«

Gemesseneren Schrittes, aber auch aufgeregt, langt kurz darauf Dürer im Hof an. Auch er schert sich wenig um Ansteckung, fasst Klaras Kinn, mustert ihr noch mattes Gesicht und die dunklen Augenringe. Er küsst sie väterlich auf die Stirn. »Dem Herrgott sei Dank.«

»Ich fürcht, ich hab den Leibarzt der Fugger vergrämt«, meldet sich Hans zu Wort. »Ich hab darauf beharrt, dass a Kräuterweib geholt wird, weil's ih … weil's ihm immer schlechter ging. Und des hat den Herrn Medicus wohl in seiner Ehre gekränkt.«

Hans tut es – er wahrt ihr Geheimnis!

Albrecht fasst seinen Bruder bei den Schultern. »Die Sach hast *wohl* ausgerichtet«, lobt er ihn aufrichtig.

»Ach ja? Hab ich amol was recht gemacht?«, spöttelt Hans, doch in den üblichen Hohn in seiner Stimme mischt sich ein Durst nach Anerkennung, der Klara im Herzen rührt.

»Ja«, nickt Dürer mit Nachdruck, »hast du wohl. Wenn du ned so entschlossen gehandelt hättest … ned auszudenken …«

»Und die Entwürf für die Kapelle hab ich erklärt und an die anderen Künstler übergeben. Unser Werkstatt is von dem Vorhaben entbunden.«

»Vortrefflich«, lobt Dürer erneut und streicht Hans über das wirre Haar.

Klara wird gefragt, ob sie den Burgberg zu Fuß hochkommt. Sie bejaht und geht an Jakobs Arm nach Hause, wo Susanna schon mit heißer Suppe bereitsteht.

Barbara fühlt ihre Stirn und schickt sie sofort ins Bett, obwohl sie gar kein Fieber mehr hat.

Als sie endlich in ihrer Kammer liegt und alle fürsorglichen Seelen abgewimmelt sind, würde sie am liebsten gleich schlafen, doch Jakob muss ja erfahren, was sich zugetragen hat.

»Jakob, uns droht Ungemach«, warnt sie ihn. »Hans hat mich entdeckt.«

»Also doch! Des hatt ich befürchtet, doch als er eben so tat, als wär nichts – da hofft ich ... oh, weh. Wir müssen schleunigst fort!«, haspelt er.

»Müssen wir ned. Er wird's Maul halten.«

»Warum würd er des denn tun?«

»Er ... erhofft sich von mir ...«, stockt Klara.

»Was? Was erhofft er sich von dir?«

»Na ... Gewogenheit ... Gunst ...«

Klara fehlen die Worte, sich hierzu auszudrücken, aber Jakob versteht schon. Er schüttelt heftig ablehnend den Kopf. Er verfügt über den einschlägigen Wortschatz: »Du willst ihn um dich buhlen lassen, mit ihm flittern und liebäugeln, damit er dich ned verrät?«

Sie nickt müde.

»Klara, der Hans is irre.«

»Er is ned irre. Glaub mir. Wir können hierbleiben, Jakob.«

Jakob steht eine steile Falte auf der angestrengt nachdenkenden Stirn.

»Ich weiß scho damit umzugehen«, beschwichtigt Klara ihn.

»Aber beim geringsten Anzeichen, dass Hans uns verraten könnt, brechen wir schnurstracks auf. Der heitere Spruch, *die Nürnberger hängen keinen* ... der stimmt nämlich ganz und gar ned. Ich hab den Meister Stoß kennengelernt. Dem hat der Rat wegen Urkundenfälschung beide Wangen durchstoßen lassen. Bis heut wird er von der ganzen Stadt verachtet und gemieden.«

»A grimme Straf«, flüstert Klara, der das Wachbleiben zusehends schwerer fällt.

»A *milde* Straf«, berichtet sie Jakob eindringlich, »für einen von hier bis Krakau gefeierten Nürnberger Meister, der sich lediglich eines Unrechts erwehrt hat. Also kannst wohl ahnen, wie der Rat mit zwei namenlosen Strolchen verfährt, die aus reinem Übermut fälschen und betrügen.«

Klara braucht keine weitere Erläuterung. Ihre Fieberträume vor ein paar Tagen haben ihr eindrücklich bewiesen, welche Ängste tief in ihr spuken.

Badhaus

ALS JAKOB UND Agnes vom Markt nach Hause kommen, kichern und schäkern der Kleehans und Wolf Traut hinten an der Tür zur kleinen Werkstattstube. Jakob tritt hinzu, um den Grund ihrer Erheiterung zu sehen.

Hier in der Malerstube stehen öfter Aktmodelle herum, ohne dass es Aufsehen erregt. Warum also spähen der Kleehans und Wolf heute so kindisch vergnügt in die hintere Stube?

Es liegt daran, wer das heutige Vermessungsobjekt ist: Die Magd Susanna steht nur im Untergesäßlein da, während Dürer akribisch mit Richtscheid, Maßband und Zirkel an ihr herumhantiert. Die halbwegs genesene Klara, noch bleich um die Nase, aber schon wieder ganz das fleißige Knechtlein, hält an einem Pult in der Ecke die Messergebnisse in einem Büchlein fest, worin schon Dutzende, wenn nicht Hunderte Leiber mit all ihren Ebenmaßen und Unmaßen erfasst sind, denn Dürer ist auf der Suche nach allgemeingültigen Regeln für seine Proportionslehre.

»Herr, so sagt doch den Knechten, sie sollen sich davonscheren!«, fleht Susanna.

»Schert euch davon«, sagt Dürer, ohne auch nur zu den Gaffern aufzublicken. Gekicher. Widerstrebende Gesellenfüße schlurfen an ihre Staffeleien und die Druckerpresse zurück.

Während Susanna sich sehr daran gestört hat, dass die Gesellen sie beäugen, hat sie offenbar keinerlei Sorge, Dürer oder Adrian könnten ihr etwas abschauen. Und der einzige Kommentar der Dürerin dazu, dass ihr Eheherr an einer zwanzig Jahre jüngeren nackten Jungfrau herumtastet: »Albrecht, lass doch die Arme ned so lang nackert dastehen. Sonst wird sie uns auch noch krank.«

»Von der Hüftbeuge bis zum Knie: dreizehn und ein Viertel Zoll«, sagt Dürer. Klara kritzelt.

»Ihr Leibchen kann's doch wenigstens überziehen«, beharrt Agnes.

»Des ergäb ja a ungenaue Messung«, widerspricht Dürer, ohne seine Aufmerksamkeit von seiner Aufgabe zu wenden. Susanna rückt näher an die wärmende glühende Kohlepfanne in der Stube.

»Wir sind ja bald fertig«, hält Dürer sie hin.

»Gut«, sagt Agnes, »Lorenz und ich müssen nämlich hier in der kleinen Stub die Drucke für den morgigen Tag ordnen.«

Als Susanna sich wieder anzieht, kommt Hans Dürer hinzu. Ihr wird wieder unbehaglich und sie legt beim Ankleiden einen Zahn zu.

»Einen erquicklichen Abend«, grüßt Hans freundlich.

Einen erquicklichen Abend?

Üblicherweise grüßt Hans Dürer entweder gar nicht oder mit der knappen Frage, wann es denn die nächste Mahlzeit gibt. Er hält eine Ledermappe unter dem Arm.

»Albrecht, darf ich dir was zeigen?«, fragt er kindlich. Geschäftig zieht er einen Bogen aus der Mappe und beginnt zu erläutern, wie er die Vorhölle gliedern würde, die für Dürers Große Passion entstehen soll: »Der Heiland ganz hell vorne in der Mitte. Dann auf der rechten Hälfte die Vorhölle als finsteres Verlies. Dämonen, die Wache halten, der Satan hier ... dann unten rechts die leidenden Seelen, die ihre Hände flehentlich nach dem Christus recken ...«

Dürer nickt zustimmend und etwas perplex. Neben dem ungewohnten Eifer fällt Jakob auch auf, dass Hans gekämmter und gewissenhafter gekleidet wirkt als sonst. Nachdem Albrecht ihn mit Lob und der Aufforderung zur weiteren Ausarbeitung fortgeschickt hat, hebt Agnes eine argwöhnische Augenbraue: »Was is denn in deinen Bruder gefahren?«

»Des wüsst ich auch gern. Womöglich is er noch ganz beflügelt von seiner Reise nach Augsburg. Vielleicht sollt ich ihm mehr zutrauen«, sinniert Dürer.

»Wollen wir sehen, ob er sei Vorhölle wirklich zu Ende bringt, oder ob ihn wieder was anders zerstreut«, zweifelt die Dürerin. Jakob stimmt ihr voll und ganz zu.

»Hat er vielleicht a Gespielin?«, forscht Agnes weiter.

»Mag wohl sein«, antwortet Dürer.

Jakob muss sich bemühen, seine Blätter emotionslos weiter zu stapeln und sortieren.

Freilich!
Klara ist der Grund für den auffälligen Wandel in Hans.

»Pfui Teufel, es stinkt wie die Pestilenz hierinnen«, schimpft Agnes, als sie aus dem Stüblein in die Werkstatt zurückkehren. In der kalten Jahreszeit werden die Fenster geschlossen gehalten, obwohl die Arbeit auch im Winter durchaus schweißtreibend sein kann, vor allem an der Tiegelpresse.

»Ihr seid ja alle verschwitzt und zerzaust wie Wildmänner. Wir machen die Werkstatt zu und ihr geht allsammen zum Irrerbad.«

»Der beste Gedanke des Tages!«, freut sich Wolf.

Klara blickt unheilvoll von ihrer Arbeit auf zu Jakob.

»Vor allem dein wilder Schopf gehört gut gezwagt und geschoren«, mahnt Agnes freundschaftlich den Kleehans.

»Der Werkstattherr lässt sich des Haar doch auch ned scheren«, widerspricht dieser grinsend.

»Er is er – und ihr Knechte seid Knechte«, entgegnet Agnes unbeirrt.

»Schlimm genug, dass mei Ehewirt meint, er muss wie der leibhaftige Heiland wandeln. Aber solang ihr noch eure Käsfüß unter meinem Tisch habt, geht ihr jede Woch baden und lasst euch Bart und Zotten stutzen, hat des jeder verstanden?«

Die Knechte lachen vergnügt.

Ein scharfer heißer Atem haucht an Jakobs Ohr. »In den Hof«, zischt Klara. Dort wirkt Klara so bleich, dass ihre Sommersprossen im dämmrigen Novemberlicht nur so leuchten. »Des geht ned! Dann sieht mich doch a Bademagd ... oder schlimmer noch, a *Badeknecht*, bei nackigem Leib ...«

»Du sagst der Bademagd einfach, du wäschst dich lieber allein, und schickst sie aus der Wannenstub«, beschwichtigt sie Jakob.

Klaras Gesicht ist vor Zweifel so putzig zerknautscht, dass Jakob sich beherrschen muss, sie nicht hier mitten im Hof zu küssen.

»Ich geh ned mit ins Irrerbad. Ich sag der Hausfrau, ich fühl mich noch schwach«, beschließt sie. Sie kehren in die Werkstatt zurück. »Frau Agnes, mir is noch recht unwohl«, versucht sich Klara aus dem Gang zum Badhaus herauszureden.

»Ach was, auf dem Weg der Genesung gibt's nichts Besseres als a ordentliches Schwitzbad«, erwidert Agnes, strubbelt Klara jovial durchs Haar und feixt: »Oder hast wohl Bange, der Bader könnt dir deinen kolbig geschorenen Schopf in Ordnung bringen? So zerhäckselt wie du haben sich früher nur die Schwachsinnigen blicken lassen. Aber die Landsknechte mit ihren wüsten Sitten bringen euch Handwerksburschen auf die dümmsten Gedanken. Fehlt nur noch, dass du deine Kleider mit Schlitzen zerhaust und dir einen Zottelbart stehen lässt«, verspottet Agnes die eigentümliche Tracht der Landsknechte. Adrians wüst geschorenen Schopf missdeutet sie als *absichtliche* Nachahmung der wilden Kriegermode. Jakob muss sich das Lachen verkneifen.

»Mit einem Zottelbart kann ich leider noch ned dienen«, erwidert Klara.

»Zum Glück. Eitelkeit ist a Sünd, Kind, und Sauberkeit kommt gleich nach Gottesfurcht.«

Jakob muss wieder schmunzeln. Wenn es eine Sünde gibt, derer sich Klara noch nicht schuldig gemacht hat, ist es Eitelkeit. Und außerdem: Wenn Eitelkeit wirklich so verwerflich ist, wird die Dürerin dereinst im Himmel recht lange auf ihren Herrn Gemahl warten müssen.

»Wo sind denn alle?«, fragt der, als er in die Werkstatt kommt.

»Die holen Ihre Badsäck, denn du führst dei stinkige Rotte nun ins Irrerbad«, informiert ihn Agnes.

»Mit Vergnügen«, stimmt Dürer zu. Die anderen Knechte kommen bereits wieder aus ihren Schlafkammern zurück, wohin sie geeilt sind, um ihre Badekleidung anzulegen. Nun sind sie alle mit leichten kurzen Hemden und Hosen angetan und tragen einen Badsack in der Hand.

»So wollt ihr in die Kält hinaus?«, fragt Jakob ungläubig.

»Sind ja bloß a paar Schritte hinunter zum Irrerbad. Und je mehr man anfangs fröstelt, desto wohler tut nachher die Hitz«, erklärt vergnügt Wolf. Die Gruppe verlässt gut gelaunt die Werkstatt. Klara schlurft wie ein Schaf auf dem Weg zur Schlachtbank. Jakob macht sich keine allzu großen Sorgen. Klara muss die Bademagd einfach beherzt aus der Wannenstube werfen, wie er ihr geraten hat.

Das Irrerbad ist ein prächtiger, neuer Bau. Dürer zahlt in seinem üblichen Großmut für alle Knechte das Badegeld. Als sie das Gebäude betreten, sieht Jakob förmlich Klaras Herz in den ausgestopften Hosenlatz rutschen: Nackte Leiber, wohin man schaut! Männlein und Weiblein bunt gemischt! In riesigen Zubern sitzt ein Dutzend Badegäste traut beieinander im heißen Wasser. Die Bademägde und Badeknechte, selbst nur mit Vortüchlein bekleidet, kredenzen den Gästen Speisen und Wein auf Holzbrettern, die über den Wannen liegen.

»Des ... geht ... ned«, flüstert Klara Jakob zu.

Auch Jakob hat dergleichen daheim in Kulmbach noch nie gesehen. Den anderen scheint das alles geläufig zu sein. Sie gehen zielstrebig an den Badenden vorbei in eine Abziehstube, wo eine alte Badhüterin inmitten Haufen abgelegter Kleider döst. Die anderen streifen flink ihre Badehemden ab und stehen nun in winzig knappen Badehren da, die nur das Allernötigste verdecken, und auch nur vorneherum. Jakob zieht sich auch aus. Mangels eines Badeschurzes bindet er sich ein Tuch um die Hüften, das ihm die Badhüterin hilfsbereit aushändigt. Währenddessen rattert sein Hirn. Wie kommt Klara unter diesen völlig unerwarteten Gegebenheiten darum herum, sich hüllenlos zu zeigen? Klara steht mit hochrotem Kopf da, starr wie eine Salzsäule.

»Na, komm scho, leg ab, Knechtlein«, kräht vergnügt der bitterböse Dürerhans.

Warum tut er das?

Ein Mann, der in die Abziehstube getreten ist, packt Klara beherzt von hinten an den Schultern.

»Erstes Mal hier, Bub?« Das muss der Bader sein. Klara nickt benommen.

»Zieh die Kleider ab, zuerst geht's ins Schwitzbad.«

»Ich kann ned ins Schwitzbad«, sagt Klara schüchtern. »Ich war erst letzte Woch sterbenskrank. Mir ist noch recht schwindlig. Ich würd gewiss ohnmächtig.«

»Gut, dann folg mir doch gleich in die Scherstatt. Wer hat dich denn so zugericht?«, begutachtet der Bader gutmütig scherzend die Bescherung, die Jakob vor einigen Wochen auf Klaras Kopf angerichtet hat. Dann nimmt er ihre Wangen und Kinn in Augenschein. »Einen Bart gibt's bei dir ja noch keinen zu scheren. Wie alt bist denn, Bursch?«

»Vierzehn.«

Klara schlappt hinter dem Bader her aus der Abziehstube. Erste Klippe umschifft, denkt Jakob erleichtert.

»Was ziert sich des Knechtlein denn so?«, wundert sich der Kleehaus, dem es hier im Badehaus ausgesprochen gut gefällt.

»Gewiss schämt er sich, weil er unten herum wenig gesegnet is«, sagt der Dürerhans mit herausforderndem Blickkontakt zu Jakob.

Jakob bemerkt entsetzt und angewidert unter Hans' Badeschurz eine eindeutige Regung.

Der Kerl ist irrsinnig.

»Genug der zotigen Sprüche, Hans«, sagt hart Dürer. Im Gegensatz zu Jakob hat er keinerlei Anlass, auf den Lendenbereich seines Bruders zu achten, und meint, sein Bruder mache sich mal wieder einen Spaß daraus, das schwächste Glied der Knechtekette zu piesacken. Doch Gemeinheiten und Sticheleien unter seinem Gesinde duldet Dürer überhaupt nicht, wie Jakob schon öfter bemerkte.

Sie gehen in eine weitere Stube, wo eine Magd sie der Reihe nach großzügig mit Lauge einschäumt. Ein Knecht reibt sie kraftvoll ab, bis alle nur so glühen. So vorgewärmt werden sie ins Schwitzbad weitergeschickt, wo der Badeknecht einen Schwall Wasser über glühend heiße Kieselsteine gießt. Wolf und der Kleehans katzbalgen um den heißesten Platz auf der obersten Bank. Der Badeknecht reicht jedem ein Heubüschel, womit sich Wolf und der Kleehans gegenseitig auf die schwitzenden Rücken klopfen. Die Dürerbrüder fächeln sich Luft zu. Nach dem Schwitzbad werden alle in Badetücher gehüllt und zum Ruhen in eine stille Stube geführt. Wolf erklärt Jakob, dass er nun die Wahl hat, entweder zum Schröpfen auf die Lassbank oder in die Scherstube zu gehen, und dass sie zum Abschluss alle im großen Zuber baden, trinken und speisen werden.

Wie kann Jakob Klara vor diesem gemeinschaftlichen Badezuber retten? Er setzt sich neben Dürer, der sich tief entspannt mit geschlossenen Augen zurücklehnt.

»Ich muss Euch was sagen. Der Adrian schämt sich in der Tat, vor anderen Leuten die Kleider abzulegen. Er hat ... die Krätze.«

»Die Krätze?« Dürers Augen gehen erstaunt auf: »Doch im Gesicht und an den Händen wohl ned?«

»Nein, nur am ... Rumpf.«

Dürer hebt zweifelnd die Augenbrauen, doch winkt er einen Badeknecht her und bittet um eine der privaten Wannenstuben für seinen Lehrling. Als Jakob zur Kopfwäsche in die Scherstatt hinübergeht, ist der Bader gerade mit Klara fertig und es steht schon eine Magd mit einem dampfenden Eimerchen bereit, um sie in eine kleine Wannenstube zu führen. Jakob wirft ihr einen lobheischenden Blick zu.

Gern geschehen, Liebste!

»Ich bin lieber allein«, hört er Klara zur Bademagd sagen, die daraufhin die Utensilien abstellt und die Kammertür hinter Klara schließt. Jakob atmet auf. Nach dem Scheren soll Jakob zu den anderen Knechten in den heiß dampfenden großen Gemeinschaftszuber steigen, der mit wohlriechenden Ölen und Kräutern lockt. Er entschuldigt sich, er wolle lieber nach seinem Brüderchen sehen, damit ihm der geschwächte Bub nicht in der Wanne einschläft. Als Jakob Klaras Wannenstube betritt, schnappt sie so hastig nach dem Badetuch neben dem Zuber, dass es spritzend in der Wanne landet.

»Bist du des Wahnsinns, mich so zu erschrecken!«, erkennt Klara den Eindringling. Ächzend sinkt sie zurück ins warme Wasser.

»Eine gebührlichere Begrüßung wär: Hab Dank, *mein lieber guter Jakob*, dass du mir abermals die Haut gerettet hast.«

»Hab Dank, *mein lieber guter Jakob*«, feixt Klara.

»Kann ich dir denn behülflich sein – wo du doch die Bademagd fortgeschickt hast?« Jakob nimmt den Schwamm und wäscht ihr liebevoll den Rücken, der freilich nicht von grässlichem Ausschlag gezeichnet, sondern wunderbar zart und weich ist. Dann legt er sein Badetuch ab und schickt sich an, zu ihr in die Wanne zu steigen.

»Heda, Gesell, der Zuber is ned für zwei gedacht.«

»Dann mach dich kleiner«, verlangt Jakob. Klara zieht die Beine an, damit er zu ihr einsteigen kann.

Als Klara und Jakob wieder angekleidet in der großen Badestube erscheinen, lässt sich Dürer gerade von einem muskulösen Badeknecht die verspannten Malerschultern kneten. Der Kleehans hat sich eine Gespielin angelacht und plaudert dicht an sie geschmiegt im Gemeinschaftszuber.

Jakob findet es schade, dass er und Klara diesen sehr vergnüglichen Ort nicht wie vorgesehen nutzen können.

Auf dem Heimweg müssen die anderen Knechte in den dünnen Badehemden nach Hause gehen, in denen sie gekommen sind.

»Friert ihr denn gar ned?«, fragt Jakob.

»Des härtet ab«, versichert Dürer. »Auf, Burschen, wer als Erster oben an der Haustür anlangt, bekommt den zweiten Schlegel von dem Hühnchen, des Susanna zum Abendmahl brät!«

Wolf und beide Hänse spurten motiviert los. Dürer gewährt ihnen etwas Vorsprung und springt dann leichtfüßig hinterher. Klara ist noch zu schlapp für Wettrennen. Und Jakob bleibt natürlich an ihrer Seite.

Zwiesprach

KLARA RÜHRT SICH Bleiweiß an, weil sie bei näherer Betrachtung von Dürers Feldhasen erkannt hat, warum dessen Schnurrhaare dem Betrachter so lebensecht entgegenstechen: Jedes winzige schwarze Haar ist mit einer noch feineren weißen Linie untermalt. Diese plastische Wirkung will Klara nun auch an ihrem Katzenbildnis versuchen. Sie betrachtet ihr Werk, sortiert die Pinsel, wischt gedankenversunken eine Fliege beiseite, die auf dem Tüchlein sitzt. Mit welchem der Pinsel soll sie bitte sehr eine so haarfeine Linie zustande bringen? Die Fliege sitzt immer noch stur auf dem Bild. Klara verscheucht sie erneut, etwas unwirscher. Das Insekt rührt sich nicht.

Hinter sich hört sie ein heiteres Lachen, das in Husten übergeht. Sie wirbelt herum zu Dürer, der sich unbemerkt hinter ihr an den Werkstatttisch gesetzt hat und sein Knechtlein gespannt beobachtet. Begreifend ruft Klara: »Meister!«

Sie dreht sich wieder um zu der furchtlosen Fliege. Sie ist mitten auf ihr Tüchlein *gemalt.* »Wie in Gottes Namen ...?«

Klara muss fast mit der Nasenspitze an das Tuch herangehen, um das Wunderwerk in all seinen winzigen Details zu erfassen. Die durchscheinenden Flügel schimmern bläulich. Die Fliege reibt sich zwei klitzekleine Vorderbeine. Klara glaubt sogar, feine Härchen auf dem Leib auszumachen.

»Wie?«, wiederholt sie. »Womit ...?«

Dürer lächelt: »In Venedig kam einst Bellini zu mir, um mir die Wunderpinsel abzukaufen, womit ich Fell und Haar mal.«

»Ihr habt *Wunder*pinsel?«

Dürer drückt Klara eine Faustvoll gewöhnlicher Werkstattpinsel in die Hand.

Klara lacht: »Aber musset Ihr denn diese haarfeine Mucken auf mei armseliges Tüchlein setzen? Daneben wirkt mei Katz so plump.«

»A guter Malerbub muss unentwegt von anderen Malern abmachen, damit ihm die stete Übung und der tägliche Brauch a freie Hand verleiht. Wiewohl mich erstaunt, wie frei dei Hand bereits is, in deinem zarten Alter.«

So erstaunlich ist das nicht, weil Klara ein halbes Jahrzehnt mehr Übung hat, als Dürer ahnt. Er hält sie für einen außergewöhnlichen Wunderknaben – und dabei ist sie doch nur eine leidlich begabte, dafür umso verlogenere Malerstochter. Sie kann Dürer gar nicht ins Gesicht sehen.

»Geichwohl bist noch wie a wilder, unbeschnittener Baum«, fährt er fort.

»A Baum?«

»Gewaltiglich, doch unbesonnen. Du malst allein nach deinem Wohlgefallen.«

»Ich will lernen, besonnen zu malen, Meister!«, sagt Klara so inbrünstig, dass sie Dürer wieder zum Lachen bringt. Er muss erneut husten.

»Oh je, Meister, Ihr habt Euch angesteckt.«

»Ach, was. Des macht nun eben die Runde, wie jeden Winter. Setz dich her, Adrian.«

Klara legt den Pinsel weg und setzt sich zu Dürer. Jetzt wird ihr das Bleiweiß eintrocknen. Aber egal, denn Klara ahnt, dass dieses Gespräch viel wichtiger ist als ein verdorbener Klecks Farbe.

»Dei Bruder hat mir anvertraut, dass du an der Krätz leidest«, kommt Dürer gleich zur Sache. »Soll ich nach dem Doktor Schedel schicken, dass er sich's ansieht?«

»Des is ned nötig, Meister.«

»Damit is ned zu scherzen. In Venedig hat ich einen Ausschlag an den Händen und vermocht über Monate hinweg ned recht zu arbeiten.«

»Es is wirklich ned nötig, Meister.«

Dürer sieht sie eindringlich an. Sein Gesichtsausdruck verändert sich. »Oder ... is etwa die Mär von der Krätz gar ned wahr?«, fragt er langsam.

Klara spürt eine betäubende Kälte aus ihrer Mitte, als hätte sie einen Eisklumpen verschluckt.

Dürer studiert ihr Mienenspiel genau.

Ernst fährt er fort: »Ich seh dich doch, Kind. Wie du dich gebarst. Wie du sprichst. Wie du mit keiner Wimper zuckst, wenn wir die schönsten

Frauenleiber vermessen, jedoch schier im Boden versinken willst, wenn die anderen Gesellen nackend in der Badstub vor dir stehen.«

Klara fühlt Hitze in ihre Wangen steigen und weiß, dass ihr Gesicht feuerrot glüht. Doch Dürers eben noch bohrender Blick wird gütig und besorgt. Er fasst ihre Hand, die auf der Tischplatte zittert.

»Es grämt mich, dass allen voran mei Bruder des Wort führt mit Hohn und Bosheit. Lass dich ned ins Bockshorn jagen. Als ich in deinem Alter war, hab ich selbst als Lehrbub allerlei Drangsal erdulden müssen. Bald scho wird ihr Spott dich nimmer kümmern. Alles wird leichter. *Es wird besser.*«

Obwohl Klara nun begreift, dass sie doch nicht entlarvt ist, rast ihr Herz unbeirrt weiter. Auf den Gedanken, dass sein *weibischer* Lehrbub ein *Weib* sein könnte, kommt Dürer gar nicht. Viel naheliegender ist für ihn, sein jüngeres Selbst in dem gequälten Wunderkind zu erkennen. Er will helfen. Will dem andersartigen Knaben Förderer und Beschützer sein.

> Er ist gut zu mir wie ein Vater. Und ich bin eine elende Schwindlerin.

Klara starrt wortlos auf die Tischplatte. Jetzt fühlt sie auch noch Tränen in ihre Augen wallen.

»Du musst auch gar nichts sagen, Kind. Sollst nur wissen, dass du unter meiner Obsorg nichts zu fürchten hast. Weder von Hans noch sonst wem.«

»Sie reut mich, Meister, die Mär mit der Krätz«, bringt Klara letztlich heraus.

»Dei Bruder is a guter Bub. Der beschützt dich nur – wie sich's gehört unter Brüdern.«

❖

Nur wenige Stunden später setzt Fieber ein. Dürer will erst stur weiterarbeiten. Irgendwann lässt er sich widerwillig von Agnes und seiner Mutter in seine Schlafkammer schicken. Der Bader kommt, setzt zunächst auf kalte Wickel. Am nächsten Tag steigt das Fieber weiter.

Das Gefüge in der Werkstatt verschiebt sich. Die älteren Gesellen übernehmen die Aufgaben ihres Werkstattherrn, soweit sie können und dürfen. Agnes geht allein auf den Markt, damit Jakob die Druckerpresse bedienen kann. Klara rückt an die Stelle des Kleehans und muss stundenlang Farben reiben. Während sie eine Paste aus Ei und Leinöl auf dem Reibstein bearbeitet, hat sie Muße, den anderen bei der Arbeit zuzusehen.

»Wolf?«

Wolf Traut dreht sich langsam um. »Was willst, Knechtlein?«

»Auf den Mantel würd ich mit einem leichteren Rot gehen«, sagt Klara vorsichtig.

»Aha. Hab Dank, Knechtlein, für dei rege Teilhabe«, sagt Wolf gnädig und dreht sich wieder zum Gemälde. Klara reibt weiter. Aber ... sie sieht noch einmal auf zu Wolf und dem Allerheiligenbild. Nein! Er verhunzt die ganze Farbkomposition!

Klara nimmt sich noch einmal ein Herz: »Der wird dir sonst zu dunkel. Und dann rückt der Kardinal zu sehr in den Vordergrund. Du willst doch den Christus und sei blaues Tuch im Mittelpunkt haben.«

Sich als ältester Gehilfe Dürers von dem Kümmerling etwas sagen zu lassen, kann Wolf nicht mit seiner Gesellenehre vereinbaren. Mit zuversichtlichem Pinselstrich bearbeitet er weiter den Mantel des Kardinals – und wie von Klara befürchtet, verschiebt sich das von Dürer so klug angelegte delikate Gleichgewicht des Bildes. Das schöne sanfte Azurblau des Jesustuchs und des Marienmantels tritt zurück, das Gold des Papstes und des Kaisers leuchtet nicht mehr so hell und das Auge des Betrachters bleibt nur noch an dem elenden knallroten Mantel hängen. Wolf tritt einen Schritt zurück. Klara reibt schweigend weiter.

Die beiden Hänse treten hinzu.

»Oh weh«, entfährt es dem Kleehans. »Da musst noch amol kräftig über des Blau und des Gold drüber!«

»Mei Bruder wird sich freuen«, meint auch der Dürerhans.

Wolf lässt entmutigt den Pinsel sinken. Denn wie Dürer ja erst kürzlich Klara erinnert hat, ist Ultramarin Gold wert und Muschelgold ist eben ... Gold.

Wolf dreht sich zu Klara und grinst schief. »Des hab ich jetzt von meinem Hochmut, ned auf unseren Klügling hören zu wollen.«

Der Dürerhans geht auf Klara zu: »Genug gerieben. Ich brauch dich in der kleinen Stub.«

Widerstrebend steht Klara auf und folgt Hans.

Was soll sie anderes tun? Hans darf nicht vergrämt werden. Drüben von der Druckerpresse wirft Jakob den beiden einen pechfinsteren Blick zu.

Hans schließt die Stubentür und kommt gleich zum Punkt: »Wenn ich dir einen wohlmeinenden Rat geben darf: Gebar dich ned, als wärst *du* der Meister hier.«

»Ich hab halt gesehen, dass Wolf drauf und dran war, des ganze Bild zu verderben«, murmelt Klara.

»Ich sag ja bloß – wollt ich die Welt zum Narren halten und glauben machen, ich sei a vierzehn Jahre junger Grünling, würd ich ned so tun, als ob ich die Weisheit mit Löffeln gefressen hätt.«

»Sei bedankt für den Rat, Hans.«

Hans tritt so nahe an Klara heran, dass sie seinen Atem fühlt. »Ich geb ja nur auf dich Acht, verstehst?«

»Ja, Hans.«

Hans tritt vor den Schrank mit den vielen Mappen. »Hilf mir suchen. Irgendwo in Albrechts Vorstudien zum Helleraltar muss es a paar betender Hände geben. Die will ich als Vorlage nehmen. Hände sind so verflucht schwer zu zeichnen ...«

Klara und Hans beginnen, die Mappen durchzusehen, die nicht chronologisch, sondern nach einer sich nur Dürer erschließenden Logik geordnet sind. Dass Hans Klara von ihrer eigentlichen Aufgabe losgerissen hat, ist ihr nun egal. Was gibt es Schöneres, als in Dürers fabelhaften Werken zu stöbern? So imposant seine Gemälde, so filigran und vielfältig seine Druckgrafiken auch sind – seine *Zeichnungen* sind Klaras Fenster zu Dürers mystischer Seele. Etliche seiner scheinbar unwichtigen Vorstudien wären eines anderen Künstlers Meisterstück.

Da fällt Klara etwas *Unerhörtes* in die Hand. »Um Gottes Willen«, erschrickt sie.

Hans lehnt sich über ihre Schulter und lacht: »Ach, des. Auf so einen Gedanken kommt auch nur mei Bruder.«

Es ist ein Selbstbildnis von Albrecht Dürer, kein Zweifel. Der Kopf ist wie achtlos auf das Papier geworfen und doch vollendet gelungen. Sein Haar steckt im Haarnetz, sein Bick ist eindringlich, fast wie heimgesucht. Der Rest von ihm ist ... splitternackt, noch nackter als vorgestern im Bad, als er zumindest noch einen Badeschurz trug. Und im Gegensatz zum Kopf ist der leicht gebückte Körper genauestens ausgearbeitet, auch das Gemächt. Klara kann sich vorstellen, wie sich Dürer in verschiedenen Winkeln über einen Handspiegel beugen musste, um Stück für Stück ein Selbstbildnis seines ganzen Körpers zusammenzufügen.

»Hast dich endlich an ihm sattgesehen, du Luder?«, unterbricht Hans Klaras Betrachtung. Er nimmt ihr das Blatt ab, verstaut es wieder in der Mappe und erinnert: »Komm, wir suchen noch immer die betenden Hände.«

Nur Augenblicke später wird Klara schon wieder abgelenkt, denn in einer anderen Mappe findet sie zwei weitere interessante Blätter. Eines, eindeutig von der Hand des Meisters, zeigt ein schönes Knäblein mit sanften, schwermütigen Zügen. »Des bist du!«, ruft Klara überrascht aus.

»Des is a Vorstudie zum zwölfjährigen Christus im Tempel. Des hat Albrecht vor einigen Jahren in Venedig gezeichnet.« Er lacht. »Da hat er mich um einiges zarter und hübscher gemacht, als ich jemals war. Aber gut, es soll ja immerhin den kindlichen Heiland darstellen.«

»Und des hier is von deiner Hand?«, mutmaßt Klara, denn das zweite Blatt zeigt Hans, wie Klara ihn kennt: mürrisch, zerzaust, unrasiert, der tief verdrossene Blick nach oben gerichtet, als verdrehe er dem Betrachter gegenüber herausfordernd die Augen.

»Und – was is des Urteil der großen Klara?«, fragt Hans.

»Die Ausführung is gut. Trefflich sogar. Mich schreckt nur, wie du dich selber siehst.«

»Wie seh ich mich denn?«

Klara legt die beiden Blätter nebeneinander: »Schau doch, wie dei Bruder dich sah.«

»Wie gesagt, er brauchte halt a Kind als Vorlage und hat mei Gesicht zum Christus überhöht. So hold und lind war ich nie.«

»So derb und feist aber auch ned«, sagt Klara, auf das Selbstbildnis des älteren Hans tippend.

Dürer hat Hans in Italien gezeichnet, also aus der Erinnerung. So hatte er seinen jüngeren Bruder in seinem unfehlbaren Bildergedächtnis, ein schönes, grüblerisches Kind. Im krassen Gegensatz dazu liegt daneben Hans' Selbstbildnis: verlottert, missgelaunt, stoppelbärtig.

»Des Bild, des dei Bruder von dir gezeichnet hat, mag etwas verklärt sein – aber deines is voller Selbsthass«, weist ihn Klara ernst hin.

Hans sieht sich nachdenklich die beiden Bilder an. Dann blickt er Klara tief in die Augen. »Vielleicht solltest *du* mich zeichnen. Auf dass ich amol a ehrliches Bildnis von mir seh.«

»Des werd ich«, verspricht ihm Klara. Sie blickt noch einmal auf die Bögen.

»Dei Bruder schaut allen so tief in die Seele. Warum durchschaut er mich ned?«

»Weil selbst des schärfste Aug nur sieht, was es sehen will«, sagt Hans achselzuckend.

»Und was will er in mir sehen?«

»Na – sich selber«, sagt Hans selbstverständlich. »Komm, such weiter die vermaledeiten betenden Händ, sonst sitzen wir am Morgen noch da.«

Hexenzettel

ES LÄUTET an der Tür. Doktor Schedel ist hier. Das gibt Jakob endlich Gelegenheit, Hans aus der hinteren Werkstattstube zu holen, in die er sich mit *seiner* Klara verschanzt hat. Jakob hat seither fünf Druckbögen verhunzt, weil er vor lauter besorgtem Unmut den Stock nicht gerade in den Karren gelegt hat.

Der Dürerhans waltet seines Amtes als stellvertretender Hausherr, begrüßt den Arzt und führt ihn hoch in die Schlafkammer seines Bruders. Nun erfährt Jakob, was eine Woche zuvor mit Klara geschehen ist. In der kleinen Farbküche im zweiten Stock bereitet Schedel die verschiedenen Behandlungsstufen vor. Nach den wirkungslosen Wickeln kommen die Blutegel. Am nächsten Tag erhitzt er in der Farbküche Schröpfglocken. Tags drauf wetzt er dort das Messer für den Aderlass.

Dürers Zustand wird nicht besser.

Beim Abendmahl wird wenig gesprochen und noch weniger gegessen. Barbara Dürer kauert in der Ecke und arbeitet sich leise wimmernd an einem Rosenkranz ab.

»Hans«, durchbricht Klara die Stille, »hast du ned nach einem Kräuterweib verlangt, als ich krank war? Und hat des Kräuterweib mir ned geholfen?«

Klara hätte wohl nicht so laut sprechen sollen, dass es selbst die schwerhörige Barbara hört, denn ihre hohlen Augen weiten sich: »A Kräuterhex? Statt Hexen *ins Haus* zu holen, gilt es eher ausfindig zu machen, wer den Hexenfluch auf meinen Buben *gelegt* hat!«

»Es is November, Schwieger. In der nasskalten Jahreszeit werden Leut halt krank«, versucht Agnes, Barbaras Aberglauben zu bändigen.

Doch Barbara nestelt an ihrem Gürtel und fischt ein paar Münzen aus ihrem Beutel: »Hier, geht und kauft einen Hexenzettel!«

Sie fuchtelt mit dem Geld. Die neben ihr sitzende Klara streckt unwillkürlich die Hand danach aus.

»*Du* doch ned«, kläfft die Alte Klara an. »*Du* hast die Krankheit doch erst ins Haus bracht!«

»Mutter – des Knechtlein trifft doch kei Schuld. Wie Agnes sagt, im Winter geht die Kaltweh halt um. Ich war die ganze Reise nach Augsburg mit dem Knechtlein beisammen und bin ned krank worden.«

Barbara blickt Hans mit eiskalten Augen an und sagt langsam: »*Du* bist freilich *ned* krank worden.«

Jakob studiert den jüngeren Dürerbruder, von dem er selbst sehr wenig hält, und dem Klara ihrer beider Schicksal auf Gedeih und Verderb anvertraut. Auf der Augsburgreise, die Klara fast das Leben gekostet hat, muss sie eine Seite von Hans erlebt haben, die sich Jakob im Werkstattalltag ganz und gar nicht erschließt. Doch wie Hans nun so hilflos dasitzt und mit nur mühsam gebändigtem Zorn auf den Boden starrt, beginnt Jakob ein wenig zu verstehen: In Augsburg genoss Hans freie Entscheidungsgewalt und hat sie beherzt genutzt. In Gegenwart seiner Mutter wird er wieder zum gelähmten, gedemütigten Kind, in ihrer Gunst und Liebe weit abgeschlagen hinter Goldkind Albrecht und Nutztier Endres.

»Du«, deutet Barbara nun auf Jakob. Sie drückt ihm die Münzen in die Hand. »Geh zum Katharinenkloster. Läut die Glocke am Klausurfenster. Sag, wir brauchen dringlichst einen Hexenzettel und Weihwasser und drei oder vier Büßer. Sag, der Maler Dürer ist sterbenskrank. Geh im Namen Christi!«

»Sogleich!«, verspricht Jakob und springt auf. Beim Aufstehen fordert er die anderen mit einem Blick auf, ihm auf die Treppenempore zu folgen. Draußen sagt Hans schroff: »Wenn Mutter zuweilen auch auf die Gelehrten und Vernunft hören würd, statt immer nur zu beten und auf Wunderzauber zu hoffen, wären vielleicht mehr als nur drei der Dürerkinder am Leben.«

»Hans!«, weist ihn Agnes entrüstet zurecht.

»Du meinst doch gewiss auch, dass wir kundige Hülf holen sollten, wo selbst Doktor Schedel mit seinem Latein am End is. Beim Knechtlein war's genauso – allein des Kräuterweib hat die böse Hitz zu senken vermocht.«

»Gut. Aber so red man ned über die eigene Mutter.«

»Ach geh, *du* kannst sie ja gar ned leiden, dei Schwieger«, brummt Hans.

»So holen wir doch endlich a Kräuterweib«, mischt sich Klara ein.

»Am besten is, meiner Mutter wird gar ned Kund, dass a Kräuterhex im Haus is«, ergänzt Hans.

»Eine meiner leichtesten Übungen«, erwidert Jakob. »Aber was is denn a Hexenzettel überhaupt?«

»Des hatte mei Mutter auch, als es mit meinem Va... unserem Ahnherrn zu End ging«, verbessert sich Klara. »Darauf stehen Zeichen wider Schadenzauber: Kruzifixe, Segenssprüche, magische Male, Drudenfüße ... Der Zettel wird in einer Kapsel dicht am Leib tragen.«

»Und des soll helfen?«, fragt Jakob eher rhetorisch.

»Is unser *Ahnherr* noch am Leben?«, fragt Klara lakonisch.

Schusterbub

»UND NUN?«, fragt Hans, nachdem Jakob davongeeilt ist.

»Bleib du bei deiner Mutter«, weist Agnes an. »Ich halt bei Albrecht Krankenwache. Und du, Adrian, geh dem Wolf mit dem Allerheiligenbild zur Hand, sonst wird die Tafel ned beizeiten fertig.«

Unten in der Werkstatt steht Wolf vor dem aus dem Gleichgewicht gepinselten Altarbild. »Wie geht es ihm?«, fragt er.

»Noch grimmer seit dem Aderlass. Lorenz holt a Kräuterweib.«

»Gut. Wollen wir hoffen.«

»Sobald es dem Meister wieder besser geht, beißt er dir *hierfür* den Kopf ab«, sagt Klara mit einem Zeig auf die Tafel. »Kann ich dir zur Hand gehen? Soll ich noch Farben anrühren?«

Wolf reicht ihr seine Faustvoll Pinsel und die Palette mit dem prächtigen Azurblau: »*Ich* bereit noch mehr Pinselgold und *du* kümmerst dich um die blauen Mäntel.«

Klara zögert: »Den Meister hat ja scho fast der Herzkasper packt, als ich des Ultramarin auch nur gewaschen hab.«

»Knechtlein«, entgegnet Wolf, »ich mag mitunter etwas hochmütig sein, aber blind bin ich ned. Ich weiß scho, was du kannst.«

Klara macht sich also an die Tafel. Hinter ihr rührt Wolf. Der Kleehans übernimmt die Presse, während Jakob auf Hexenzettelmission ist. Klara versinkt, wie das bei ihr immer so ist, voll und ganz im blauen Gewand der Maria. Als sie jemanden neben sich wahrnimmt, meint sie erst, Wolf will das frisch angesetzte Muschelgold prüfend an das Bild halten. Doch statt in Wolfs ernstes Gesicht blickt sie in ein breites Grinsen voll Faszination und Schalk.

Verflucht, woher kennst du dieses schelmische Gesicht?

»Potz Blitz!«

Die frech krächzende Stimme ruft es ihr wieder ins Gedächtnis: Das ist Hans Sachs, der Schusterbub, der sich bei Tetzel einfach in ihren Schwindel eingemischt und einen Gulden abgestaubt hat. Und der Grund für seine Erheiterung – ist die Tatsache, dass Klara bei ihrer letzten Begegnung mit Kleid und Haube angetan war. »Halt's Maul und komm mit!«, zischt sie und fegt samt dem ungebetenen Gast aus der Werkstatt hinaus auf die Zisselgasse. »Was treibst *du* denn hier?«, herrscht sie ihn an.

»Die weitaus wunderlichere Frag is doch, was treibst *du* hier?«, schießt der Schusterbub vergnügt zurück.

»Wie du ja gesehen hast, malen«, sagt Klara knapp.

»Und ich wollt nur a Paar Stiefel für die Hausfrau abgeben. Und während die Magd des Geld holen ging, hab ich mich mit der mir eigenen Neugier in der Werkstatt umgeschaut und mich gefragt: *Hans, woher kennst du des Gesicht dieses emsigen Malerknäbleins?*« Hans Sachs lacht heiter, tippt Klara frech auf das flache Wams: »Ich könnt schwören, dass ich bei unserer letzten Begegnung hier zwei wunderschöne weiße Busenknospen aus einem hübschen Mieder quellen sah.«

»Lass ab von mir!«, schlägt Klara seine Finger weg.

»Sag, wie kommst du dazu … hier … so … in diesem Aufzug?«, interessiert Hans Sachs brennend. Er mustert Klara eingehend vom kurz geschorenen Schopf bis zum ausgestopften Hosenlatz. »Weiß denn dei Gespiele davon?«

Just in diesem Augenblick kommt Jakob den Burgberg hinaufgeeilt. Als er Klara und Hans Sachs sieht, fragt er erst ganz entspannt: »Schusterbub, was treibst du denn hier?«

Hans lacht: »Ich mach grad Bekanntschaft mit diesem reizenden Jüngling hier.«

Jakobs Augen weiten sich, als ihm etwas zu spät bewusst wird, dass der Schusterhans Klara ja gar nicht als *Adrian* kennt. Hans lacht nur noch schallender. »Hast wohl ganz vergessen, dass du mit einem Knäblein vermählt bist … oder auch ned vermählt, darauf konntet ihr euch letztens ja ned einigen!«

»Um Himmels Willen, halt die Waffel, Schusterbub, du bringst uns ins Loch!«, hisst Jakob.

»Ihr zwei gefallt mir«, sagt Hans etwas leiser. »Nun offenbart mir doch endlich, was ihr hier treibt.«

»Schwör erst, dass du uns ned verrätst.«

»Ich nehm's auf meinen Eid! Ich schwör hoch und heilig, eure unerhörten Heimlichkeiten zu wahren.«

Flüsternd erklären Klara und Jakob dem Schusterbuben ihre Lage.

»Ihr führt den großen Maler Dürer an der Nase herum!«, fasst Hans mit runden Augen zusammen.

Jakob sieht Hans prüfend an: »Willst dir noch mehr Geld verdienen?«

»Ich bin ganz Ohr.«

»Ich bräucht schleunigst drei oder vier Büßer, die hier im Haus a großes katholisches Gerumpel machen, flehentlich alle Heiligen anrufen und kräftig Weihrauch abbrennen.«

»Die treib ich auf«, ist Hans Sachs zuversichtlich.

»Jeder Büßer bekommt von mir einen Groschen«, stellt Jakob in Aussicht.

»Beschlossene Sach! Wozu braucht ihr die denn, wenn ich fragen darf?«

»Dürer is schwer krank und wir müssen sei Mutter zerstreuen, damit des Kräuterweib unvermerkt von der Alten zu Werke gehen kann. Je größer des Schauspiel, desto besser.«

»Schauspielern kann ich vortrefflich!«, freut sich Hans Sachs.

Während der Schusterbub voll Tatendrang den Burgberg hinabspringt, fragt Jakob: »Was zum Teufel is denn geschehen?«

»Ich war so versunken in die Arbeit. Er stand auf einmal neben mir«, jammert Klara.

»Herrje. Sieh zu, dass du fortan mit dem Rücken zur Werkstatttür arbeitest, damit man dich ned gleich sieht.« Klara nickt. »Geh nun und mach uns einen Hexenbrief. Des Weihwasser zieh ich aus dem Hausbrunnen.«

Krankenwache

ALS DAS KRÄUTERWEIB kommt, hat Barbara Dürer ihrem fiebrigen Sohn bereits fürsorglich den Talisman mit dem Hexenzettel um den Hals gelegt und Weihwasser aus dem hauseigenen Brunnen rund um sein Bett verspritzt. Nun sitzt sie in der Wohnstube am Kachelofen und betet inbrünstig mit den Büßern. Hans Sachs und die drei anderen Burschen, die er auf die Schnelle aufgegabelt hat, sind mit dunklen Kutten und Kapuzen angetan, veranstalten mit klagenden Litaneien einen Höllenlärm und fackeln so viel Weihrauch ab, dass Barbara nicht riechen kann, dass das Kräuterweib oben im Krankenzimmer ihre eigene Ölmischung aus Lavendel, Ingwer, Kamille und Eukalyptus abbrennt. In der Farbküche bereitet sie einen Sud aus Weidenrinde und Anisblüten zu.

»Ebenso roch des Zeug, was des Augsburger Kräuterweib für dich gebraut hat«, erinnert sich Hans.

»Dann können wir ja hoffen, dass es wirkt«, sagt Klara.

Nach einer Weile kommt das Kräuterweib aus dem Zimmer, geschäftig die Hände am Fürtuch abwischend. Während sie ihre Siebensachen zusammenräumt, weist sie an: »Es soll immer jemand bei ihm sitzen und darauf Acht haben, ob die Hitz steigt. Wenn sie steigt, ruft mich unverzüglich, egal zu welcher Tag- oder Nachtstund. Wann immer er wach is, soll er so viel Sud trinken, wie er herunterbekommt.«

Hans übernimmt die erste Krankenwache. Das Gesinde verzieht sich auf ihre Kammern.

»Jetzt lassen's mich ganz allein mit der Barbara hocken«, klagt Agnes.

»Wir leisten Euch Gesellschaft, wenn Ihr wollt«, bietet Jakob an. Agnes lächelt Jakob so warm an wie sonst keinen Menschen. Jakob grinst Klara selbstzufrieden an.

Ja, Klara, auch ich bin jemands Lieblingskind.

Sie gehen in die Stube, wo immer noch die Büßer jaulen. »Wir schicken sie jetzt fort, Barbara!«, sagt Agnes bestimmt. »Die haben genug gebetet. Und der Albrecht find doch keinen Schlaf bei dem Lärm.«

Widerwillig lässt Barbara es zu. Hans Sachs wirft seinen Auftraggebern noch einen lobheischenden Blick zu. Klara und Jakob nicken unauffällig. Mit einem dezenten Zeig auf die Geldkatze an seinem Gürtel verspricht Jakob dem Schusterhans, dass ihm seine guten Dienste baldigst vergolten werden.

»Freunde, gehen wir uns an Bratwürstle laben«, hören sie Hans Sachs den anderen Büßern im Davongehen vorschlagen.

Sie setzen sich in die Wohnstube. Agnes holt einen Krug Wein und gießt allen ein, sogar Barbara.

Nach einer Weile beginnt der Himmel zu poltern und rumpeln. Ein Blitz erhellt die Butzenscheibe. Barbara, die sich gerade einigermaßen beruhigt hat, verfällt wieder in Schreck und Bange. »Der Himmel grollt uns! Wir müssen den Priester rufen«, jammert sie.

»Müssen wir ned«, brummt Agnes.

»Er braucht doch die letzte Ölung und den Segen«, sagt Barbara weinerlich.

»Nein, Mutter, er wird doch wieder gesund«, beschwichtigt Hans.

»Mei Sohn darf doch ned ohne Sterbesakrament aus der Welt scheiden!«

»Er stirbt ned, Herrschaftszeiten!«, platzt Agnes der Kragen.

Klara hat beinahe Mitleid mit der Alten, die ihr sonst eigentlich widerlich ist. Das Grauen, einen nahestehenden Menschen zu verlieren, hat Barbara Dürer mit fünfzehn Kindern, einem Ehemann, den eigenen Eltern und Geschwistern durchleben müssen. Kein Wunder, dass ihr Umgang mit Krankheit und Gefahr mit Aberglaube und Furcht verwoben ist.

Agnes mit ihrem klaren Verstand setzt sich gegen die Schwiegermutter durch: »Des Beste is, du setzt dich an den Ofen her, betest und hältst mit uns Krankenwache.«

Es läutet. Die Glocke bimmelt wild und dringlich gegen das Gewittergrummeln an.

»Macht einer von euch auf?«, bittet Agnes ermattet.

Jakob geht hinab an die Tür. Im prasselnden Gewitter steht klatschnass und keuchend Willibald Pirckheimer.

»Herr Pirckheimer!«

»Bin ich zu spät?«, japst er, völlig außer sich.

»Zu spät wofür?«

»Lebt er noch? Der Albrecht? Er soll im Sterben liegen?«

»Ja, ja – er lebt. Wie kommt Ihr denn darauf, er läg im Sterben?«, fragt Jakob, den Ratsherrn aus dem Regen hinein in die Werkstatt winkend.

»Felicitas hat's von einem Handwerksburschen vernommen«, schnauft er.

> Von einem Handwerksburschen vernommen? Welcher Handwerksbursche weiß von Dürers Erkrankung, hat einen Hang zur Dramatik, kam heute Abend am Herrenmarkt vorbei und hat keine Scheu, eine hübsche patrizische Jungfrau anzureden?
>
> Hans Sachs.

»Er liegt ned im Sterben, Herr Pirckheimer. Des Kräuterweib war vor einer Stund da und hat ihm allerlei Mittel für die Hitz verabreicht. Er schläft nun. Sei Bruder sitzt bei ihm.«

Die Erleichterung auf Pirckheimers erhitztem Gesicht ist so groß, dass es Jakob rührt.

»War denn der Doktor Schedel da?«, will Pirckheimer wissen, während Jakob ihm die regendurchweichte Schaube abnimmt.

»Freilich, der hat sei Kunst scho darboten. Und Dürers Mutter hat von Weihwasser über Büßer bis Hexenzettel auch bereits alle Register zogen.«

Pirckheimer nimmt ein seidenes Taschentuch aus dem Wams und reibt sich das regen- und schweißnasse Gesicht ab: »Mich derart in Angst und Schrecken zu versetzen.«

Jakob führt Pirckheimer hoch in die Wohnstube. Zum Gruß herrscht der Agnes an: »Dürerin, Ihr habt mich unverzüglich zu unterrichten, wenn Albrecht darniederliegt.«

»Wenn mei Ehewirt darniederliegt, is mei einzige Sorg *er* und sei Genesung«, hält die Dürerin spitz entgegen.

»Du, Bub, bring a Kanne Wasser hoch in die Krankenkammer«, verlangt Pirckheimer von Jakob.

Er erklimmt die Stiegen zu den Schlafkammern, schwerfällig und kurzatmig, denn ein kopfloser Spurt den Burgberg hinauf gehört schon länger nicht mehr zu seinem Repertoire. Jakob folgt ihm mit der Wasserkanne.

In Dürers Schlafkammer angekommen, verscheucht Pirckheimer mit einer unwirschen Geste den am Krankenbett dösenden Hans Dürer. Die Regung in der Kammer weckt den Kranken. Dürers fieberschwere Augenlider flattern auf. Pirckheimer streicht ihm fürsorglich über das nass geschwitzte Haar, fühlt die heiße Stirn.

»Jetz bin ich Fettwanst im strömenden Regenguss wie a Unsinniger den Burgberg hoch gewetzt, weil i glaubte, dei letztes Stündlein hätt geschlagen«, schnauft er.

Dürer grinst schwach durch die Fiebertrübe: »Oh weh, dann trifft am End noch dich der Schlag.«

»Des wär's. So stünden wir immerhin nebeneinander im Fegefeuer«, feixt Pirckheimer erlöst. Ernsthafter fügt er hinzu: »Ohne den besten Teil meiner Seele wüsst ich ohnhin ned, was ich hier auf Erden noch soll.«

»So a Geschmarr«, sagt Dürer, während ihm die Augen schon wieder zufallen.

»Gut, ich lass ihn schlafen«, sagt Pirckheimer, der sich ja nun vergewissert hat, dass der beste Teil seiner Seele doch noch nicht an der Schwelle zum Tod steht.

Er lässt Hans Dürer wieder seinen Platz am Krankenbett einnehmen und kehrt mit Jakob zurück in die Wohnstube. Agnes rutscht wortlos zur Seite, um auf der Sitzbank für Pirckheimer Platz zu machen, und gießt ihm unaufgefordert einen Becher Wein ein. Gegenüber sitzt am Kachelofen Barbara, die über ihrem Rosenkranz eingeschlafen ist, daneben ganz verloren und klein Klara, zu der sich Jakob setzt. Nach zwei, drei Bechern Wein dämmern alle vor sich hin. Irgendwann scheinen die Dürerin und Pirckheimer ganz zu vergessen, dass sie nicht allein in der Stube sind.

»Da hocken wir zwei nun also«, sagt Agnes trocken.

»Albrechts gegensätzliche Trabanten, vereint in gemeinsamer Sorge«, nickt Pirckheimer noch trockener.

»Und umkreisen ihn wie die Planeten den Erdball«, sinniert Agnes und trinkt einen Schluck.

»Oder die Sonne«, berichtigt Pirckheimer. Agnes hebt eine Augenbraue.

»Ja – wenn man den Sternkundigen Glauben schenken will«, erklärt Pirckheimer und grient: »Und mit der Sonne im Mittelpunkt wär des Sinnbild ja für Albrecht auch viel treffender.«

»Die Planeten umkreisen die Sonn? Ihr red ja scho wie Johann Müller.

Wisst Ihr denn, dass der auch einst in eben diesem Haus gewirkt hat?« Sie deutet nach oben: »Da droben im Dachboden verstauben allerlei astronomische Gerätschaften.«

»Regiomontanus hat *hier* im Haus die Sterne erkundet?«, hakt Pirckheimer nach.

»Ja, ja, als es noch dem Bernhard Walther gehört hat. Der war ja sei Schüler.«

»Da schau an«, sagt Pirckheimer.

Jakob beobachtet gebannt die friedliche Ruhe, die heute Abend von den beiden ausgeht. Ihre Feindschaft pflegen sie schon so lange, dass ihrem Missverhältnis eine brummige Vertrautheit innewohnt. Beide haben keinen geringen Anteil an Albrecht Dürers großem Ruhm. Pirckheimer speist Wissen und Einfälle in den Künstlerkopf ein, Agnes macht das, was herauskommt, in ganz Europa zu klingender Münze.

Agnes hängt immer noch der Metapher der Trabanten nach: »Nur besteht Euer Leben aus weit mehr, als immer nur um Albrecht zu kreisen.« Sie seufzt, und der Wein verleitet sie zu der Aussage: »Ich hätt auch gern noch mehr vom Leben gehabt.«

»Wär die Dürerin wohl gern Ratsherrin?«, feixt Pirckheimer. »Des is längst ned so erstrebenswert, wie's scheint. Ich hätt nichts gegen a beschauliches Gelehrtenleben auf dem Lande.«

»Es is ned die hohe Stellung, die ich Euch neid«, sagt Agnes ruhig.

»Es is mei Schar Töchterlein«, weiß Pirckheimer.

Hans kommt in die Stube: »Albrecht schläft und sei Stirn kommt mir nimmer ganz so heiß vor. Wer setzt sich als Nächstes zu ihm?«

»Ich geh nun«, bestimmt Pirckheimer. »Und die letzten Stunden bis zum Morgengrauen übernimmt die Dürerin.«

»Dann könnt ihr zwei ja zu Bett gehen«, schlussfolgert Hans mit einer Kopfbewegung zu Jakob und Klara. »Des Knechtlein vermag sich ja kaum mehr aufrecht zu halten.«

Klara rappelt sich übermüdet und weinselig auf und weckt dabei Barbara. Im Halbschlaf greift die Alte nach Klaras Hand und murmelt: »Ach, bleib doch noch a Weil bei mir sitzen, Kathreinerla.«

»Die Katharina ist doch scho lang tot, Mutter«, erinnert sie Hans. »Des is der Adrian. Der Lehrbub!«

»Der Lehrbub«, wiederholt Frau Barbara leer und verwirrt. Sie zieht ihre Hand wieder zurück.

Auf der Treppe nach oben hält Hans Klara noch einmal auf: »Obacht mit meiner Mutter. Die hört und sieht zwar fast nichts mehr, doch spürt sie in ihrer Umnachtung, was den anderen vor lauter Regsamkeit ganz entgeht.«

Wunderheilung

DIE KUNST DER Kräuterhexe wirkt auch bei Dürer. Er gesundet und der Werkstattalltag beginnt wieder munter zu surren. Klara geht wieder beseelt und berauscht ihrem Lehrlingsalltag nach. Zu Jakobs Leid und Unbehagen wird ihr Umgang mit dem verliebten Dürerhans immer geschmeidiger. Und sein leeres Säckel treibt Jakob um, denn von den zehn Gulden, die sie Tetzel abgeschwindelt haben, ist schon einiges verzehrt, verspielt und vertan. Und um in der Not aus dem Stand ein Dutzend Meilen zwischen sich und das riesige Nürnberger Land zu legen, brauchen Sie eine schwimmend flüssige Reisekasse.

Hans Sachs behauptet, dass sich im Spital zum Heiligen Geist der eine oder andere Gulden erschwindeln lässt, und lässt sich auch bereitwillig zur Mitwirkung animieren. Für die geplante Posse muss Klara eine Jungfrau sein, was mehr Aufwand erfordert, als ihr einfach eine Ehefrauenhaube aufzusetzen. Klara wickelt sich ein breites blaues Kopfbündlein um, dahinter steckt sie ihren alten Zopf wie eine Krone. Den Hinterkopf verbirgt ein Zierhäubchen.

»Geht des denn so?«, fragt Klara, als sie fertig geputzt ist, skeptisch an ihrem blauen Kleid zupfend.

»So hätt ich dich gern jeden Tag«, entzückt sich Jakob. Er umschlingt ihre Taille, zierlich und anmutig im strammen Mieder.

»Ja, ja«, wimmelt sie ihn ab. »Auf, gehen wir.«

Jakob huscht auf der Treppe wieder Geschoss um Geschoss voran, um Klara vor Begegnungen zu schützen. Jakob trabt die Zisselgasse hinab, während Klara gemächlich, aber umsichtig in östliche Richtung geht. Der Grüne Markt ist ein gefährliches Pflaster: Da wohnt Pirckheimer mit seinen umtriebigen Töchtern, das Gewölbe mit Dürers Schrage ist nicht weit und überhaupt ist die Gefahr, bekannten Gesichtern zu begegnen, dort unten viel zu hoch. Klara meidet also den Markt, macht einen langen Umweg über die fünf Zeilen, gönnt sich Zuckerwerk und besieht sich die Auslagen der Krämerinnen, denn Jakob braucht Vorsprung, um sich mit einem jähen Gehörsturz und heftigen Hauptwehen ins Spital zum Heiligen Geist einweisen zu lassen.

Gegen Mittag verlangt Klara an der Spitalpforte, ihren kranken Bruder Heinrich Schweiger zu sehen. Die Schwester führt Klara in die Sutte, wo die Kranken in langen Reihen liegen. Im hinteren Teil des Saals sind einige Betten mit Wandschirmen vor den Blicken des gemeinen Völkleins geschützt. Dahinter liegen laut Hans Sachs Patrizier und andere wohlhabende Kranke.

»Heinrich! Du Ärmster!«, ruft Klara laut, als sie aus einem der Kissenhügel das spitze Näschen von Hans Sachs ragen sieht. Sie eilt mit trappelnden Schritten und wehenden Rockzipfeln an sein Bett, damit auch keinem der gelangweilten Kranken die willkommene Zerstreuung entgeht.

»Hast du's auch mitbracht, Schwesterlein?«, krächzt Hans.

»Ja, freilich! Ich hab sie alle drei: des von der Mutter, der Ahnfrau, der Urahnin ...«

»So gib geschwind eines her, die grässlichen Krämpf machen mich halb unsinnig!«, fordert Hans.

Umständlich nimmt sich Klara ihr Säcklein von der Schulter und nestelt zittrig daran herum, während sich Hans Sachs in einem schrecklichen Krampfanfall windet.

»So mach doch hurtig!«, fleht er.

Klara hat das Gesuchte gefunden, zieht Hans das Hemd hoch und legt ihm einen Talisman auf den zuckenden Bauch. Hans macht seine Sache wirklich gut. Er lässt seinen Krampfanfall sachte verebben, stöhnt vor Erleichterung. Die anderen Kranken sehen gebannt zu.

»Halt's dicht auf den Leib, bis die bösen Geister ganz aus dir gewichen sind«, rät Klara fachkundig.

Etwas weiter hinten im Krankensaal richtet sich der vertraute Umriss von Jakob auf. »Holde Jungfer! Was habt Ihr da soeben für a wunderliches Werk vollbracht?«, ruft er laut durch den ganzen Saal.

Klara tritt an Jakobs Bett und erklärt: »A Talisman von meiner Ahnfrau, der böse Zauber bannt.«

»Und der wirkt?«, fragt Jakob.

»Wie Ihr ja eben gesehen habt, junger Gesell«, antwortet Klara. »Uns hat er scho bei allerlei Leiden Linderung bracht.«

»Ich lieg hier, weil ich im rechten Ohr nimmer hör und mir der Schädel dröhnt, als wolle er zerplatzen«, klagt Jakob und forscht: »Ihr sagtet, Ihr habt noch mehr solche Amulette?«

Klara weicht in abwehrender Haltung zurück: »Guter Mann, ich hülfe ja gern, doch ...«

Hektisch pfriemelt Jakob an seiner Geldkatze. Er lässt Münzen blitzen. »Hier!«

»Anna! Du wirst doch ned einem Fremden unser Amulett überlassen!«, ruft entsetzt Hans Sachs, der nun vollständig genesen scheint und forschen Schrittes durch den Krankensaal auf Klara und Jakob zugeht.

»Aber wenn der arme Jüngling doch sei Gehör verliert!«, widerspricht Klara und macht Anstalten, das angebotene Geld von Jakob anzunehmen.

»Törichte Gans!«, schimpft Hans.

»Des sind Erbstücke meiner Ahnfrauen, die von *Frau zu Frau* vermacht werden. Also darf ich darüber verfügen, wie mir gut dünkt«, sagt Klara entschieden.

Sie schiebt Hans resolut zur Seite, nimmt ihr zweites Amulett aus dem Beutel und legt es Jakob aufs ertaubte Ohr. Der Krankensaal ist vor Spannung stockstill.

»Flüstert mir ins Ohr, holde Jungfer!«, bittet Jakob gebannt. Klara lehnt sich an Jakobs Wange.

»Ei der Daus! Ich hab's genau vernommen! Oh, ich bitt Euch, ich bitt Euch …« Jakob kramt erneut in seiner Geldkatze herum, bietet noch mehr Geld: »Ich kauf ihn Euch ab.«

»Einfältiges Weib!«, ruft Hans wieder dazwischen, doch vergebens, der Handel findet statt.

»Die Hauptwehen sind wie verflogen. Habt tausend Dank, gute Maid! Ich kann wieder resch ans Werk gehen!«, freut sich Jakob, erhebt sich munter von seinem Krankenlager und schickt sich an, seinen Beutel zu packen und sich selbst aus dem Spital zu entlassen.

Nun erheben sich im ganzen Saal kränkliche Stimmen.

»Holde Maid!« »Gute Jungfer!« »Liebes Kind!«

Klara beginnt, mit einem wachsenden Andrang interessierter Kranker Verhandlungen über ihr verbleibendes drittes Amulett zu führen. Der Schusterhans bremst und gängelt das Durcheinander, entsetzt, dass sein dummes Schwesterlein noch ein weiteres der wertvollen Erbstücke verscherbeln will.

Klara schielt zu den abgeschirmten Betten, denn bevorzugt will sie mit einem der Pfeffersäcke da hinten ins Geschäft kommen. Da! Aus dem Schutz des Wandschirms tritt ein gut genährter Mann, samtene Haarhaube, Hausrock aus Seide, im Blick die hochmütige Zuversicht, alle anderen Kranken leicht überbieten zu können. Ein Mann ganz wie Anton Tetzel. Während die anderen Kaufwilligen drängeln und emsig mit Groschen und Kreuzern wedeln, bleibt er seelenruhig abseits stehen und lässt siegesgewiss in seinen Fingern einen Goldgulden blitzen.

»Wenn du dich scho auf einen Handel einlassen musst, Schwesterlein, so verkauf doch dei Amulett dem guten Herrn Nützel«, schlägt Hans vor.

»Wem?«

»Dem Ratsherrn, der da so genügig und bescheiden hintansteht. Sei Genesung is doch für unser aller Wohl am dringlichsten. Solang er hier krank darniederliegt, fehlt uns sei wohlweise Fürsicht im Stadtrat.«

> An dem Schusterbuben ist ein wahrer Dichter verloren gegangen.

Klara knöpft Nützel *drei* Gulden ab. Das Amulett wechselt den Besitzer und das falsche Geschwisterpaar verlässt zügig unter den Klagen der leer Ausgegangenen das Spital. Sie eilen über die Spitalbrücke auf die Insel Schütt, wo Jakob schon wartet.

»Ned übel«, kommentiert er die Ausbeute, während sie das Geld unter sich aufteilen. »Und nun? Der Tag is noch jung.«

»Es gibt genug andere Spitäler und Stifte«, schlägt Hans Sachs vor. »Jakob, knöpf du dir des Alte Spital vor. Klara und ich kundschaften dieweil in den beiden Zwölfbrüderstiften. Die Stifter sind steinreiche Pfeffersäck und die Pfründer alte Handwerker, teils scho schwachsinnig und mit allerlei Zipperlein.«

Während Hans zum Mendelschen Stift aufbricht, macht sich Klara auf den Weg zum neu gegründeten Landauer Stift am Laufer Schlagturm. Niemand verwehrt ihr den Zugang, also tritt sie einfach ein. Manche Bewohner sitzen um einen Tisch und beschäftigen ihre greisen Sinne und Hände mit kleinen Gewerken. Andere sind fromm im Gebet versunken. Wieder andere sitzen einfach still da.

Klara kommt gerade zu der Überzeugung, dass dieser Ort voll Zutrauen und Frieden wohl kein Platz für eine fuchslistige Gaunerei ist, als einer der Greise ausruft: »Mei Agnes! Mei liebe Agnes!«

Klara sieht sich nach einer anderen weiblichen Gestalt um und begreift, dass sie gemeint ist.

Glückseligkeit strahlt aus den wässrigen Augen des Alten. »Hast mich *endlich* gefunden!«

Klara geht ein paar Schritte auf ihn zu, damit er sie besser sieht und sich die Verwechslung aufklärt. Doch leider bleibt der Mann auch bei näherer Betrachtung dabei: »Seht alle her, mei Enkelin hat mich endlich gefunden!«

Die anderen Bewohner regen sich neugierig.

»Komm an mei Herz, liebes Kind!«, fordert der Alte sie herzlich auf, erhebt sich mühsam aus seinem Lehnstuhl und liebkost Klara so beglückt, dass er ihr dabei die aufgesteckte Zopfkrone vom Kopf zu reißen droht. »Was *hast* du mir gefehlt«, sagt er mit Tränen in den Augen.

Klara kann nicht anders als zu erwidern: »Du mir auch, guter Ahn!«

»Ja, is des denn die Möglichkeit!«, freuen sich nun auch andere Stiftsbrüder über die glückliche Wiedervereinigung von Großvater und Enkelin. Klara setzt sich zu dem Alten und plaudert eine Weile mit ihm. Viel findet sie nicht heraus, außer dass sie es mit einem herzensguten, einsamen Mann mit altersschwachem Verstand zu tun hat.

»Und wen haben wir denn hier?«, fragt eine rüstige Stimme hinter ihr, bestimmt, aber nicht bedrohlich. Da steht ein hochgewachsener Mann mit gütigem Ausdruck, energischer Adlernase und langem, schlohweißem Haar und Bart.

»Mei Enkelin Agnes«, stellt der verwirrte Greis voller Stolz dem rüstigen Mann vor, der das sichtlich bezweifelt und dennoch freundlich sagt: »Wie schön, Linhard. Dürft ich wohl mit deiner Enkelin a kurzes Wort wechseln?«

Er führt Klara außer Hörweite der Bewohner in eine Schreibstube.

»Des is gar ned mei Ahnherr«, gesteht Klara unumwunden, denn der Mann wirkt klug und geschäftstüchtig und Klara hat keine Lust, dass er den Büttel holt. »Er hat mich wohl für a andere geschaut. Ich hab's ned übers Herz bracht, ihm herwiderzureden.«

»Des is mir wohl gewahr, liebe Jungfer, denn hier im Stift wohnen nur Mittellose, die ganz allein auf der Welt sind. Unser guter Linhard Kohler hat seine letzten Anverwandten in der jüngsten Pest verloren. Und nun hat den Ärmsten in den letzten Jahren auch noch sei Geistesmacht verlassen. Er hält Euch wohl für eine seiner geliebten Enkelinnen.«

»Ihr habt ihn in dem Glauben gelassen«, sagt Klara.

»Und Ihr auch. Habt Dank dafür. Es gibt ned Vieles, was einem armen schwachsinnigen Greis noch a Freud beschert«, lächelt er freundlich.

»Nun, dann ... geh ich wohl wieder meines Wegs«, sagt Klara und rafft ihren Rock.

»Was wolltet Ihr denn hier bei uns im Stift?«, hakt der Mann nach.

»Mich hat die Neugier hereintrieben«, improvisiert Klara. »So a treffliches Bauwerk.«

»Von Hans Beheim. Ihr seid wohl a Verehrerin großer Baukunst?«, fragt der Mann humorig.

Klara nickt.

»Fürwahr war es mir a große Freud und Ehre, a solch schönes Stift von einem Meister wie Beheim bauen zu lassen«, bestätigt der Mann.

»Ihr ... *Ihr* seid Matthäus Landauer?«, begreift Klara.

»Derselbe.«

Klara ist beeindruckt. Normalerweise legen steinreiche Stifter einfach das Geld hin, erkaufen sich damit ihren Sündenerlass und wollen danach möglichst wenig mit den armen Seelen zu tun haben, denen ihre barmherzige Stiftung galt. Matthäus Landauer ist ganz offensichtlich aus einem anderen Holz geschnitzt. Er hat nicht nur die Mittel für dieses prächtige Zwölfbrüderhaus gestiftet, sondern verwaltet es höchstselbst als dessen Pfleger.

»Gute Jungfer«, hält Landauer Klara noch einmal auf, bevor sie geht. »Wenn es Euch wieder ins Egidienviertel verschlägt, kommt doch ruhig wieder auf einen Sprung ins Zwölfbrüderhaus und beschert unserem Linhard a paar selige Augenblicke«, ermuntert er sie.

»Gern«, verspricht Klara und meint es sogar.

Als sie sich wieder mit Hans und Jakob trifft, berichtet sie entschieden: »In den Zwölfbrüderhäusern treiben wir keine Schwindeleien. Des sind anständige Leut.«

Hans Sachs und Jakob nicken zustimmend: »Zum selben Schluss bin ich soeben in der Mendelschen Stiftung auch gelangt.«

»Und ich im Elisabethspital.«

»Es gibt in dieser Stadt genug Ketzerteufel mit prall gefüllten Beuteln«, sagt Klara.

Alter Bekannter

DIE FARBEN DES Allerheiligenbildes, die Wolf Traut in seinem Übereifer während Dürers Krankheit verhunzt hat, sind dank Klara wieder im Gleichgewicht: Weich flattert das blaue Tuch um den Heiland, warm glüht das Gold der Mäntel der Kirchenfürsten, frisch leuchtet das Grün des Petrus und kräftig das Rot des David. Trotz aller Pracht versteht Klara inzwischen, warum Dürer Altarvorhaben so leid ist: Immer, wenn sie zufrieden davor stehen und meinen, das Werk sei nun endlich fertig, entpuppt sich die letzte noch fehlende Kleinigkeit als ganz neue Sisyphusaufgabe.

Diesmal heißt die Herausforderung Wilhelm Haller, ein hoffärtiger, eitler Mann, der sich im Gewimmel der Heiligen in goldener Rüstung und schreiend buntem Tuch darstellen lässt. Er war schon etliche Male Porträt gesessen, hat qualvoll großes Zutrauen in den eigenen Kunstverstand und findet immer etwas Neues zu beanstanden.

»Des erscheint mir doch recht gelbstichig?«, bemäkelt er den Goldschimmer seiner Rüstung.

»Au weh, Ihr habt recht, Herr«, bestätigt Dürer, ohne zu zögern.

> Was?

Haller hat überhaupt nicht recht. Das Muschelgold schimmert vollendet, von Gelbstich keine Spur. Jedes weitere Herumpinseln würde die mühsam wiederhergestellte Farbharmonie wieder verderben. Doch Dürer sichert Haller zu: »Des besser ich eigenhändig nach, Herr Haller. Wenn Ihr am Morgen wieder kommt, ist der Makel behoben.«

Kurz bevor Haller tags drauf für seine nächste Porträtsitzung erwartet wird, fällt Klara siedend heiß ein: »Meister! Ihr sagtet Haller doch zu, des Gold der Rüstung nachzuarbeiten!«

Die anderen Knechte lachen nur wissend. Als Haller kommt, begrüßt ihn Dürer: »Herr Haller, ehe wir die Sitzung beginnen, wollt Ihr noch die ausbesserte Rüstung begutachten?«

Zufrieden beäugt Haller im Morgenlicht das Bild, an dem kein weiterer Pinselstrich vollführt wurde.

»Viel besser, Dürer«, freut er sich. Dürer grinst über Hallers Schulter hinweg seine Knechte an. Zum Glück ist heute die letzte Sitzung mit diesem unerträglichen Auftraggeber.

»Ich schlag drei Kreuze, wenn des Trumm fertig is. Und dann, auf meinen Eid, lass ich mich so bald auf keinen Altar mehr ein!«, schnauft Dürer erleichtert, nachdem Haller gegangen ist. »Nun fehlt zum Glück bloß noch der Stifter selbst.«

> Was – Der Prachtkerl in der goldenen Rüstung ist nicht der Stifter?

»Doch heut kommt ja endlich der Landauer und sitzt mir erstmals für sei Konterfei. Eines schönen Tages werden wir des Vorhaben scho noch vollenden«, scherzt er, während Klara vor Schreck das Blut in den Adern blubbert:

> Der ... Landauer?

»Wer ... wer kommt, Meister?«, fragt Klara, in der Hoffnung, sich verhört zu haben.

»Der Stifter, der Matthäus Landauer«, gibt Dürer Auskunft.

»Aha«, nickt Klara benommen.

»Und wenn er da is, merkst mir gut auf, mein Knechtlein. Der Landauer is nämlich a treffliches Lehrstück für dich. Des wird a gänzlich anderes Konterfei als des seines eitlen Schwiegersohns. Bei Landauer werden wir die Seele einfangen«, freut sich Dürer.

Ohne Zweifel.

Dabei zusehen kann Klara aber leider auf keinen Fall.

»Meister, ich... ich hofft, heut in den Schnee hinaus und die Winterlandschaft malen zu können«, versucht sie, sich aus der Situation zu winden.

»Heut ned, Knechtlein. Ich möcht, dass du bei der Sitzung mit Landauer dabei bleibst«, verwehrt Dürer ihre Bitte.

Nun, das geht – ja – nicht.

Denn Matthäus Landauer kennt Klara ja – als die nette Jungfer, die der geistesschwache Sattler Linhard Kohler für seine Enkelin hält. Matthäus Landauer darf keinesfalls Adrian Schaller begegnen.

»Aber Meister, der schöne Schnee schmilzt doch bald wieder! Seht doch, wie die Sonn scho drauf scheint«, bettelt Klara kindlich.

»Es wird noch öfter schneien in diesem Winter«, beharrt Dürer. »Du bleibst mir schön hier. Ich erwart Landauer jeden Augenblick.«

Jeden Augenblick?!

Verdammt. Klara muss handeln. Während Dürer seinen Arbeitsplatz vorbereitet, schlüpft sie hinauf in ihre Kammer und greift sich die lederne Tasche, die Jakob ihr ›Weiberbeutelchen‹ nennt und worin sie stets ihr blaues Kleid, den Kopfputz aus Bündlein und Zopfkrone und ein paar zierliche Stiefel bereit hält – was sie eben so braucht, um in Frauengestalt durch Nürnberg zu spazieren. Wenn Landauer den Tag *im Dürerhaus* verbringt, muss Klara den Tag eben in Landauers Zwölfbrüderstift verbringen. Sie schlüpft unauffällig aus dem Haus und durch das Tiergärtnertor. In den Winkeln des Vorwerks gelingt es ihr, unbeobachtet Kleid und Kopfputz anzulegen, was ohne Jakobs Hilfe gar nicht so leicht ist. Die Knabenkleider verschwinden im Beutel, sie wirft sich ihre fast bodenlange Winterschaube um die Schultern und stapft durch den Schnee vor den Mauern auf das Laufer Tor zu, wo sie die Stadt im Gewimmel von Bauernkarren voll Wintergemüse wieder betritt.

Im Zwölfbrüderstift sitzt Linhard Kohler still und weltverloren in seinem Lehnstuhl in der Tagesstube.

»Gott grüß dich, lieber Ahn!«, spricht Klara ihn an.

»Mei gute Agnes!«, freut sich Linhard und alles an ihm erblüht. Er herzt

Klara innig. Dann animiert er sich: »Wie gut, dass du hier bist. Siehst des boshafte Weib da in der Ecken? Die will mich einfach ned aus dem Haus lassen, wiewohl ich doch heut dem Herrn Tucher seinen neuen Sattel bringen soll! Den hohen Herrn kann ich doch ned warten lassen!«

Klara blickt hinüber zu der Schaffnerin, die dafür sorgt, dass keiner der altersverwirrten Bewohner aus dem Stift entweicht. Sie nimmt Linhard die unschmeichelhaften Worte nicht übel, sondern grinst Klara nur an.

»Lieber Ahn, da musst ja heut auch gar ned hin! Es hat doch in der Nacht so arg geschneit. Grad bin ich einer Magd der Tucher begegnet, die mir sagte, es wär ihrem Herrn ganz recht, wenn du den Sattel erst bringst, wenn die Gassen wieder frei sind.«

»Ach? Also muss ich heut gar ned hinaus in des Sauwetter?«, fragt Linhard.

»Erst am morgigen Tag«, beruhigt ihn Klara.

»Oh. Des wär mir auch lieber«, sagt Linhard. Die Unruhe weicht aus dem hageren alten Körper. Die Schaffnerin nickt Klara anerkennend zu.

»Willst nun deine Gebete für die Seele des Stifters aufsagen?«, schlägt Klara vor.

Linhard nickt eifrig. Klara führt ihn aus dem Tagesraum. Bald sitzen Großvater und falsche Enkelin in der bezaubernden kleinen Kapelle, in der sich Klara zuvor schon über den fehlenden Altar gewundert hat, und an dem sie, wie sie nun weiß, selbst schon seit geraumer Zeit arbeitet.

Linhard versinkt, ob in tiefe Andacht oder Umnachtung, kann Klara nicht sagen. Doch kann sie sich jetzt selbst Zeit für ihre Gedanken nehmen.

Bis sie unsanft daraus gerissen wird: »Die Klara Laurer! Ja, gibt's denn so was auch!« Klara wirbelt herum.

Der Süßhans!

Vor ihr steht Johann Wagner, einst Lehrbub ihres Vaters in Kulmbach, dann Geselle Dürers, bei ihrer letzten Begegnung auf dem Weg nach Krakau. Sie schießt von der Bank auf und schnellt ihm geradezu entgegen. Der Süßhans, wie ihn Dürer nennt, wundert sich über Klaras sprunghafte Reaktion: »Klara, du schaust ja aus, als hättest a Gespenst gesehen! Dabei bin ich doch derjenige, der bass erstaunt sein muss, dich hier in Nürnberg anzutreffen!«

»Verzeih, Johann. Du musst wissen, der verwirrte Greis da auf der Bank hält mich für sei Enkelin. Sei Verstand hat ihn verlassen und ich sitz bei ihm, um ihm a Freud zu bereiten«, erklärt Klara ihren Schrecken. Nun hat sie sich so weit gesammelt, dass sie den Süßhans angemessen begrüßen kann: »Schön, dich zu sehen, Johann.«

Der Süßhans freut sich auch, Klara zu sehen. Doch dann wird sein Blick ernst. »Dass du nimmer daheim in Kulmbach weilst, lässt mich fürchten, dass dei guter Vater ...«

»... der Fäule erlegen is«, bestätigt Klara Johanns traurige Vermutung. Der Süßhans blickt betroffen drein. Klaras Kopf schwirrt. Aus einem gewöhnlichen Morgen in der Werkstatt wurde erst außerplanmäßig ein beschaulicher Tag mit Stiftsbruder Linhard – und nun steht sie auf einmal mitten in ihrem alten Kulmbacher Leben und muss ansehen, wie der Krebstod ihres Vaters seinen ehemaligen Lehrling bestürzt.

»Und was hat dich nach Nürnberg verschlagen?«, will Johann wissen.

»Ich bin hier als Magd verdingt«, fabuliert Klara und wünscht sich Jakob und seine Geistesblitze her.

»Als Magd? Aber Klara, hier in Nürnberg gibt es doch manniglich heiratsfähige, tüchtige Malergesellen! Ich kann dich einigen vorstellen.«

    Bloß nicht.

Klara kennt sie gewiss schon alle.

»Und du ... warst du ned auf dem Weg gen Krakau?«, fragt Klara.

»Dort war ich auch, aber nun will ich in Nürnberg des Bürgerrecht erwerben. Ich wohn gleich hier bei den fünf Zeilen. So bald als möglich will ich a eigenes Haus kaufen und a Werkstatt einrichten.«

    Bitte nicht.

»Fürwahr? Und was treibt dich her in den Zwölfbrüderstift?«

»A Altar von Dürer, der genau ... hierhin kommen soll«, zeigt der Süßhans auf den leeren Sockel vor den Sitzbänken. Er spaziert durch den Raum, studiert die Kapellenfenster und erklärt: »Die Fenster sind auch Dürers Werk. Die warten nun scho bald a Jahr sehnsüchtig auf ihren Altar.«

Jetzt fällt es Klara wie Schuppen von den Augen. Ja, natürlich! Obwohl Klara die Fenster und den Altar noch nie beisammen gesehen hat, sieht sie nun genau, wie beides zusammenwirken wird.

»Dürer hat mich geheißen, mir den Altar anzusehen, weil er fortan keine Altäre mehr machen will. Er hat mehrere Ersuchen, die er alle an mich mitteln will«, verkündet der Süßhans voll Stolz und Vorfreude auf einträgliche Aufträge. Klara muss innerlich schmunzeln, dass Dürer die leidigen Anfragen auf den noch nicht altargeschädigten Süßhans abwälzt. »Des freut mich für dich, Johann«, sagt sie.

Der Gesichtsausdruck des Süßhans verändert sich plötzlich, wird verschmitzt und eifrig: »Wart hier, Klara. Ich will dir a Freud machen.«

Und schon eilt er durch die Seitentür, die von der Kapelle in den

Stiftstrakt führt. Klara hat keine Zeit sich zu wundern, womit der Süßhans sie wohl überraschen will, denn kaum ist er weg, krächzt die zweite, zur Gasse führende Kappellenpforte auf. Herein kommt ein älterer Meister in Begleitung zweier Gesellen. Sie kämpfen mit einem mannshohen, sperrigen, in Tuch verhüllten Etwas, versuchen, es mit einer Handkarre über die Schwelle zu befördern.

»Obacht!«, mahnt der Meister.

Klara begreift, wer das sein muss: Veit Stoß liefert den Holzrahmen für den Allerheiligenaltar. Die Vermutung bestätigt sich, als sie einen genaueren Blick auf das scharfrichterlich entstellte Gesicht des Alten werfen kann. Er sieht so schauerlich aus, wie Jakob ihn beschrieben hat. In unwillkürlicher Hilfsbereitschaft hält Klara die Pforte auf, die auf den Rahmen zufallen will. Unter lautem Geschiebe und Gewuchte verfrachten die Knechte den Altar in die Kapelle zu dem bereitstehenden Sockel.

»Etz mit Bedacht absenken«, instruiert Veit Stoß, was gar nicht so leicht ist. »Mit Bedacht, hab ich gesagt!«

Nun spricht Stoß Klara an: »Gute Jungfer, dürft ich Euch erneut behelligen? Steht des Trumm denn auch mittig?«

Klara geht ans hintere Ende der Kapelle, verschafft sich einen Überblick und weist die Knechte an: »Weiter nach links!« »Zu weit! A Stück zurück nach rechts!« »So steht er gut!«

Die Knechte lüften das Tuch.

Herrlich. Ergriffen betrachtet Klara das meisterliche Werk des Holzschneiders und stellt sich vor, wie wunderbar Dürers Allerheiligenbild darin wirken wird. Sie ist so vertieft, dass sie kaum verarbeitet, was Stoß nun in seinen Bart brummelt, nämlich: »Ja, wie schaut's aus? Reißt sich der Dürer jetzt amol von seinem Herrn Landauer los und schaut mit her, ob der Rahmen so recht steht? Konrad, geh hinter zur Schaffnerstub und frag Dürer, ob er ned geschwind herkommen könnt.«

Dürer ist hier?! In Landauers Schaffnerstube?

Klaras ganzer Leib beginnt zu bitzeln. Dürer konterfeit Landauer nun wohl doch nicht in seiner Werkstatt, sondern hier, in Landauers Stift? Was wiederum heißen muss: Die *Überraschung* für Klara, die der Süßhans so freudig angekündigt hat, ist niemand anderes als …

Albrecht Dürer!

»Auf, guter Ahn, wir gehen in dei Kammer!«, informiert Klara abrupt Linhard, schnappt sich Tasche, Mantel und Greis von der Sitzbank und zerrt Linhard unsanft aus der Kapelle in den Flur des Stiftsgebäudes. Doch herrje, im Gang hallen schon Schritte. Klara wagt nicht, zurückzublicken. Sie hakt sich bei Linhard ein und schiebt ihn voran, mit dem Rücken zu den nahenden Gestalten.

»Klara, so wart doch!«, hört sie den Süßhans hinter sich rufen. »Ich will dich Albrecht Dürer vorstellen!«

Klara geht weiter, als hätte sie ihn nicht gehört. Linhard allerdings verlangsamt seinen Schritt und dreht sich verwirrt zu dem Rufenden um. Klara zerrt verzweifelt an seinem Ärmel.

»Meister Stoß – is wohl mei Lehrbub bei Euch?«, fragt Dürer, nun an der offenen Kapellentür angelangt. »Mir war grad, als hätt ich sei Stimm vernommen.«

»Hier drinnen sind bloß *meine* Knecht«, erwidert Veit Stoß. »Die waren's wohl, die Ihr gehört habt. Kommt rein, Dürer, und seht Euch an, ob der Rahmen so recht steht.«

»Na – ich kenn doch die Stimm von meinem Adrian. Ich hätt schwören können ... Der is mir heut früh nämlich entwichen, der Bengel«, beharrt Dürer, während er in die Kapelle tritt.

Klara ist indessen endlich an Linhards rettender Kammertür angelangt – versperrt!

»Dei Schlüssel, guter Ahn!«, verlangt sie hastig.

»Mei Schlüssel ...«, macht quälend langsam Linhard, ohne die leiseste Ahnung, wo der Schlüssel zu seiner Kammertür ist, oder dass er überhaupt einen besitzt. Klara fegt zur nächstbesten Tür auf dem Flur und findet diese unversperrt. Sie huscht in den fensterlosen Raum. Den Alten lässt sie einfach im Gang stehen. Im Dunkeln ertastet sie ihre Umgebung. Wohl eine Abstellkammer.

»Guter Mann? Wo ist denn die Jungfrau abblieben, die eben noch bei Euch war? Eure ... Enkelin?«, dringt dumpf die fragende Stimme des Süßhans zu ihr.

»Die Agnes? Die is da drin in der Besenkammer«, gibt Linhard bereitwillig Auskunft.

Ist es denn zu fassen?

Statt verwirrt durch die Gänge zu irren, wie er es sonst immer tut, ist Linhard genau dort stehen geblieben, wo Klara ihn zurückgelassen hat. Und zu allem Unglück hat er auch nicht vergessen, dass sie da drin ist. Der Süßhans klopft also an die Besenkammertür:

»Klara, was is denn in dich gefahren? So begreif doch, du hast Gelegenheit, *Dürer* zu begegnen.«

> Gerade dem will ich ja *auf keinen Fall* begegnen.

»Wo is er nun, der Dürer?«, will Klara wissen.

»In der Kapelle«, sagt der Süßhans geduldig.

Klara wagt, die Tür einen Spalt breit zu öffnen.

»Ehrlich gesagt, ich hab kalte Füß bekommen.«

»Och, Kind!«, macht der Süßhans. Er tätschelt Klara die Wange, findet es niedlich, dass die Jungfer vor lauter Aufregung über das große Idol die Nerven verloren hat. »Der Dürer ist a gar leutseliger, freundlicher Mensch. Der beißt ned.«

Ein Geräusch reißt Klara herum. Aus der Kapellentür ist jemand auf den Flur getreten und blickt ihr geradewegs ins Gesicht.

> Hans Dürer.

Klaras Herz schlägt einen erleichterten Purzelbaum. Hans hingegen steht wie vom Donner gerührt.

> Ach, ja!

Freilich, er sieht ja Klara zum ersten Mal in ihrem weiblichen Putz. Klara fleht ihn inständig mit dem Blick an. Ist er geistesgegenwärtig genug, ihre heikle Lage zu erfassen? Begreift er, dass er Klara, wie sie hier in Frauenkleidern vor ihm und dem Süßhans steht, nicht erkennen darf?

»Was zum Teufel treibst du denn hier?«

> Oh, Herrgott nochmal.

Seine Frage gilt freilich Klara, doch zum Glück fühlt sich der Süßhans angesprochen: »Hans! Sei gegrüßt. Was ich hier treib? Dei Bruder hat mich herbeten. Klara, des is Dürers Bruder Hans.«

»Is mir a Freud«, nickt Klara höflich mit beschwörendem Blick.

»Und mir erst«, lächelt Hans gedehnt.

»Klara is die Tochter meines einstigen Lehrherrn in Kulmbach. Sie verehrt deinen Bruder scho von Kindesbeinen an. Es wär ihr solch a große Ehre und Freude, ihn kennenzulernen«, erklärt der Süßhans eifrig.

Hans' Blick forscht, halb skeptisch, halb belustigt. Aha, nun ist die Gaunerin also plötzlich die Tochter vom Lehrherrn des Süßhans. Klara fleht ihn mit dem Blick an, ihn vor der großen *Ehre und Freude* einer Begegnung mit seinem Bruder zu bewahren.

> Komm, rette mich, Hans.

»Nun ... ich zweifle, dass mei Bruder die Muße hat, sich von einem schwärmerischen Weibsbild huldigen zu lassen«, sagt Hans schroff und mundfertig.

> Gut gemacht, Hans!

»Ach, nun sei doch ned so«, sagt unverdrossen der Süßhans, der den Dürerhans und seine Unart offenbar hinlänglich aus ihrer gemeinsamen Werkstattzeit kennt.

»Kind, ich möcht gern einen Augenblick rasten.« Ach ja, Linhard ist ja auch noch da! Und der wird langsam zittrig auf seinen gebrechlichen Beinen.

»Gewiss, lieber Ahn! Find du nur deinen Schlüssel, dann kannst dich in deiner Kammer niederlegen«, ermuntert ihn Klara und dreht ihn bei seinen mageren Schultern in Richtung Tagesstube. »Geh vor und lass dir von der Schaffnerin beim Suchen helfen.«

Am Ende des Flurs tritt Matthäus Landauer aus seinem Kontor: »Was gibt's denn, Linhard? Ah, gute Jungfer! Seid mir gegrüßt!«

»Linhard hat seinen Kammerschlüssel verlegt, Herr!«, ruft Klara dem Stiftsherrn zu und setzt den Alten mit einem beherzten Schub in Richtung Landauer in Bewegung.

»Na!«, tönt dumpf die Stimme Dürers aus der Kapelle, bekräftigt in seiner Vermutung: »Is der Adrian also *doch* hier! Wusst ich doch, dass ich soeben sei Stimme vernommen hab!«

Ups, Klara war wohl zu laut.

»So – genug Maulaffen feilgehalten!«, sagt Hans Dürer, packt den Süßhans am Arm und zieht ihn mit sich in Richtung Kapelle. Der Dürerhans ist zwar lange nicht so gewieft wie Jakob, aber zumindest hilft er Klara beherzt aus der Patsche und entfernt den störenden Süßhans. Kaum haben die beiden Gesellen ihr den Rücken zugewandt, stürzt Klara wieder in die schützende Besenkammer. Als sich ihre Augen an die Finsternis gewöhnt haben, erspäht sie einen Besen. Den klemmt sie als Sperre unter die Türklinke.

Doch diesmal ist Dürer ganz sicher, Adrian gehört zu haben, und lässt sich nicht mehr zum Narren halten. Seine bestimmten Schritte nähern sich auf dem Flur. Er hämmert an die Abstellkammer: »Adrian! Ich hab doch die Tür hier grad zuschlagen sehen. Schluss mit der Narretei.«

»Verzeiht, Meister«, macht Klara kleinlaut durch die Tür.

»Komm da raus. Was rennst mir denn einfach davon?«

Die direkte Aufforderung ihres Lehrherrn verweigern kann sie schlecht. Es bleibt ihr nur eines: ein halsbrecherischer Kleiderwechsel. Sie hält Dürer hin: »Meister, die Tür ... klemmt ...« Zur Bekräftigung ihrer Behauptung rüttelt Klara an der Klinke. Dürer versucht es von außen, auch vergeblich – denn innen klemmt ja ein Besenstiel. Klara rupft sich den Kopfputz herunter, nestelt ungeschickt vor Hektik an den Bändern ihres Mieders, streift sich mit sperrigen Armen das Oberkleid ab. Endlich steckt sie in ihren Knabenkleidern, löst den Besen und öffnet ruckartig die Tür. Dazu setzt sie ein reuiges Gesichtlein auf: »Meister, verzeiht.«

»Du bist ja feuerrot, Kind. Was is dir nur?« Dürers Verärgerung schlägt in Sorge um, als er Klaras Zustand wahrnimmt. Die äugt beklommen in den Flur. Wenn jetzt der Süßhans oder Landauer wieder auftauchen …

»Mir is leichnamübel, Meister. Ich hofft, in der Besenkammer einen Kübel zum Speien zu finden, und dann hat sich die Tür verkeilt, und dann …«, haspelt Klara.

»He, hee«, macht Dürer beschwichtigend. »Ganz ruhig. Was tust denn überhaupt hier?«

»Ich bin ja in der Früh entgegen Eurer Weisung in den Schnee raus. Und dann hat mich mei Ungehorsam gereut«, sagt Klara kindlich schuldbewusst. Ihr Blick zittert immer noch angespannt den Flur auf und ab. »Und dann hieß es, Ihr seiet hier, also bin ich herkommen«, schließt sie ihre Ausflüchte.

»Geh heim, Kind«, entgegnet Dürer. »Dir is ja offenkundig ned wohl. Soeben warst noch feuerrot, nun bist kreidebleich. Werd mir bloß ned wieder krank. Was musstest denn auch hinaus in den nasskalten Schnee?«

»Es reut mich ja, Meister.«

»Du bist doch kei kleines Knäblein mehr. Du bist a Lehrling in Lohn und Brot.«

Dürer kehrt kopfschüttelnd in die Kapelle zurück. Klara hört ihn über sein ›kränkliches‹ Knechtlein klagen.

Jetzt aber nichts wie fort von hier!

Klara wirft sich ihren bodenlangen Mantel um, zieht sich die Kapuze tief in die Stirn und klemmt die Tasche unter den Arm. So kommt sie hoffentlich glimpflich aus dem Gebäude.

Im Flur erscheint wieder Hans Dürer. »So, so, nun bist also ganz unversehens Malertochter aus Kulmbach«, sagt er süffisant.

»Wo is der Süßhans?«, fragt Klara fiebrig.

»Fort. Ich war so unleidlich zu ihm, dass er sich getrollt hat«, berichtet Hans stolz.

»Nun, grelle Worte is er ja gewiss gewöhnt von dir«, seufzt Klara erleichtert.

»Obacht, Weib! Ohne mich wärst heut entlarvt worden.«

»Des is wohl wahr. Hab Dank, Hans.«

Klara geht den Flur entlang in die Tagesstube. Dort sitzt Linhard und hat alles wieder vergessen. Um ihn herum suchen zwei Mägde nach seinem verlorenen Schlüssel. Sie grüßen Klara vertraut. Klara verabschiedet sich und verlässt das Stift durch die hintere Pforte.

Kaum ist sie unter dem Laufer Schlagturm durchgegangen, als schon wieder die Stimme des Süßhans hinter ihr ertönt: »Klara! Bist mir abermals entwischt.«

Klara zieht sich rasch die Kapuze tiefer in die Stirn. »Nichts für ungut, Johann«, sagt sie zerknirscht.

»Scho gut – ich find nur dei Gebaren sonderbar. Ich vermeint, du wärst ganz erpicht, dem größten Maler zwischen Amsterdam und Venedig die Hand zu reichen.«

»Den *Hans Dürer* hab ich ja kennenlernen dürfen«, sagt Klara achselzuckend.

»Des is leider ned der rechte Dürer«, grinst Hans Süß schief. »Darf ich dich nach Haus geleiten?«

»Ned nötig«, wimmelt ihn Klara ab. »Meinetwegen musst keinen Umweg machen. Ich wohn *ganz da drüben* in Sankt Lorenz«, sagt sie mit einer ausladenden Geste, die den Süßhans von seinem höflichen Angebot abbringen soll.

»Ich geh mit dir«, bietet sich der Süßhans nun erst recht an und schlingt Klaras linken Arm entschlossen unter seinen. »Des geht doch ned, a Jungferl so ganz allein auf der Gass.«

Gerade setzt Schneegestöber ein, was dankenswerter Weise die Sicht verschlechtert und Klara einen Vorwand gibt, sich Mantel und Kapuze eng um Körper und Gesicht zu ziehen.

Wohin nun mit diesem ungebetenen Begleiter?
Klara fällt etwas ein. Sie führt den Süßhans über die Insel Schütt auf die Lorenzer Seite. Schon ein paar Schritte vor der Schusterwerkstatt ruft sie laut nach Hans Sachs, der auch prompt im Türrahmen erscheint. Er sieht Klara und ihrem flehenden Blick sofort an, dass sie sich in einer Zwickmühle befindet. »Sei mir gegrüßt, ...«, setzt er an, doch fragt sein Blick:

Als wer bist du denn hier?
Denn so in ihre lange Winterschaube eingemummelt, wie sie vor ihm steht, ist Hans Sachs nicht ersichtlich, ob sie als Adrian oder Klara unterwegs ist.

»Hans, des is Johann Wagner, den ich aus meinen Kindertagen in Kulmbach kenn. Der war Lehrbub bei meinem Vater, da ich noch a kleines Mägdlein war ...«

Mit seinem sprechenden Blick dankt der Schusterhans für die Klarstellung, dass er also *Klara* vor sich hat. Jetzt bleibt noch die Frage, welche Rolle er in diesem Schwank spielen soll. Er sagt also einfach mal: »Angenehm, Gesell Johann.«

»Der gute Johann hat anerboten, mich nach Haus zu geleiten. Und da dacht ich, der kürzeste Weg wär doch zur Werkstatt meines *Verlobten,* der doch bestimmt gleich Mittag macht.«

Dein Verlobter bin ich. Verstanden, signalisiert der Schusterhans mit schalkhaftem Blick. Der Süßhans indessen erschrickt. Jäh lässt er Klaras Arm los.

»Hab Dank, guter Gesell, dass du mir mei Braut gut herbracht hast in dem grauslichen Wetter. Wo treibst dich denn auch wieder herum, Klara?«, spielt Hans Sachs mühelos mit.

Der Süßhans steht im Schneeregen und glubscht.

»Nun denn, gehab dich wohl!«, schickt der Schusterhans ihn freundlich, aber bestimmt fort, während er einen besitzergreifenden Arm um Klara legt.

Hans Sachs ist halt einfach Gold wert.

»Gehab dich wohl, Klara«, verabschiedet sich der Süßhans, dem das alles zutiefst peinlich ist. »Wir ... wir sehen uns bestimmt wieder ... in der Stadt. Ich mein, wir begegnen uns gewiss amol ... auf der Gass«, stammelt er, beschämt, eine *verlobte* Jungfrau so ungeniert *an seinem Arm* durch die Stadt bugsiert zu haben. Dann trottet er durch die wirbelnden Schneeflocken zurück in Richtung Sankt Sebald.

Als er außer Sicht ist, nimmt Hans Sachs seinen Arm wieder von Klara und stemmt die Fäuste auffordernd in die Hüften. In seinem schelmischen Gesicht steht ein großes Fragezeichen. »Du glaubst ja ned, was ich für einen Tag hinter mir hab, Schusterhansel!«, ächzt Klara.

Landauer Altar

WÄHREND ALBRECHT Dürer, Veit Stoß und ihre Knechte die letzten Vorbereitungen für die feierliche Vorstellung des Allerheiligenaltars im Zwölfbrüderstift treffen, füllen sich die vorderen Bänke mit den zwölf greisen Stiftsbrüdern. Vorfreude raschelt und tuschelt durch die Kapelle: auf den neuen Altar, auf den Besuch der beiden berühmten Meister und auf die willkommene Unterhaltung im sonst eintönigen Stiftleben.

Nur einer kann dem Rummel nicht viel abgewinnen: »Kommt mei Agnes wohl heut ned?«

Aha, das muss Klaras ›Ahnherr‹ Linhard Kohler sein, schlussfolgert Jakob.

»Die Agnes is doch scho lang tot, Linhard«, krächzt sein Banknachbar. Matthäus Landauer geht hinüber zu dem schonungslos ehrlichen Pfründer und flüstert: »Jörg, so lass den Linhard doch in Frieden. Du weißt doch, dass des Jungferl sich als sei Enkelin zu ihm setzt, um ihm a Freud zu machen.«

»Aber gestorben is die Agnes. Und zwar scho Anno 1496«, beharrt Stiftsbruder Jörg, der zwar noch nicht so umnachtet ist wie der gute Meister Linhard, aber offenbar auch nicht mehr der Geschmeidigste. Landauer erklärt geduldig: »In Linhards Geist gibt's kei vergangene Zeit mehr. Ihm bleibt nur der Augenblick. Erspar ihm doch unnötige Seelenmarter.«

Jörg grummelt noch etwas Rechthaberisches in seinen grauen Bart, doch fügt er sich der Bitte des Stiftsvaters. Jakob versteht, warum es Klara hier so gefällt, bei diesem ungewöhnlich gütigen Pfeffersack Landauer, der mit seinem Reichtum und einer Schar liebevoller Mägde ein Dutzend gebrechlicher Handwerker nach einem Leben voll Fleiß und Mühsal verpflegt und umsorgt.

Es treffen die ersten Ehrengäste ein. Für Dürer ist der heutige Auftritt Routine, für Veit Stoß hingegen ein Meilenstein auf seinem holprigen Weg zurück ins Herz der Nürnberger Gesellschaft. Kaufleute, Geschlechtige und Geistliche drängen sich in die Kapelle. Als die Stiftsbrüder den hohen Besuch bemerken und beflissen Platz machen wollen, besteht Landauer darauf, dass seine verarmten Schützlinge in der ersten Reihe sitzen bleiben und sich die illustren Ehrengäste dahinter setzen. Jakobs Achtung für Landauer steigt minütlich. Nun kommen die beiden Meisterfrauen Agnes Dürer und Christine Stoß in der Kapelle an, Arm in Arm und bester Laune. Hinter der Stößin tippeln ihre braven Kindlein her, dem Anlass gebührend geputzt und bis hinter die Ohren geschrubbt. Hinter Agnes Dürer geht ihre Schwiegermutter. Als Barbara Dürer Veit Stoß begrüßt, läuft Jakob ein Schauer über den Rücken: Trotz Leibesstrafe und zwei Ausflügen ins Lochgefängnis, trotz eines Lebens schwerer Holzschneiderarbeit wirkt der dreiundsechzigjährige Stoß neben Barbara Dürer wie ein Mann in voller Blüte. Die verschrumpelte, gebeugte, fast zahnlose Barbara ist ein halbes Jahrzehnt jünger als er. Stoß führt den Stiftsbrüdern stolzglühend seine hübsche junge Frau und putzigen Kindlein vor, während Dürer kaum von der Anwesenheit seiner Ehefrau Notiz nimmt. Er fragt sie nur irgendwann im Vorbeigehen: »Hast den Adrian ned mitbracht?«

»Der liegt noch immer mit Hauptwehen in der Kammer.«

    … denn Adrian darf weder Landauer noch Linhard oder Hans Süß begegnen.

»Mein Gott, der Bub«, schüttelt Dürer den Kopf, doch wird gleich wieder abgelenkt, denn er soll nun die Feier eröffnen.

»So – gute Stiftsbrüder, verehrte Herren!«, verschafft er sich mühelos die Aufmerksamkeit der zwölf Handwerksmeister und Ehrengäste. »Die Arbeit an diesem Altar währte ja geraume Zeit … was allein am Holzschnitzer lag«, leitet er spitzbübisch ein. Das Publikum lacht, der so frech beschuldigte Veit Stoß am lautesten. Jeder im Saal weiß, dass Stoß seit seiner Ächtung unterbeschäftigt und Dürer chronisch überlastet ist.

»Die Säumnis könnt freilich auch beim Maler gelegen haben!«, spottet eine Stimme aus den Bankreihen. »Der ewig Umtriebige, der glaubt, drei Bücher zugleich herausgeben und nebenher noch a gänzlich neue Lehre der Proportionen begründen zu müssen!«

Jakob hat gar nicht gemerkt, dass unter den Patriziern auch Pirckheimer ist, der einzige Nürnberger, der den verehrten Künstler öffentlich verspotten und dabei leutselig und liebenswürdig wirken kann. Das Publikum wird immer vergnügter.

»Wie dem auch sei, was lange währt, wird endlich gut«, grinst Dürer. »Wollt Ihr den Altar denn sehen, gute Leut?«

Dürers Dramaturgie gelingt, das Publikum zappelt vor Neugier. Dürer und Stoß enthüllen den Altar und das freudige Gemurmel weicht einige Augenblicke lang stiller Bewunderung. Jakob hat das Allerheiligenbild ja schon unzählige Male in der Werkstatt gesehen, aber noch nie hier, an seinem vorbestimmten Standort: in seinem prächtigen Holzrahmen, wunderbar in die Bauart der Kapelle eingefügt, zwischen den eigens dafür gestalteten Fenstern, die genau das rechte Licht darauf werfen. Unten rechts hat Dürer ein winziges, witziges Selbstporträt platziert. Im Gewimmel der Figuren finden sich auch die Bildnisse des Stifters und seines Schwiegersohns: Links kniet Landauer mit seinem hageren, adlernasigen Profil und langem, weißem Haar und Bart, in denselben schwarzen Mantel gehüllt, den er auch heute zu dieser Feier trägt, in ergriffener Andacht seine Pelzkappe in den Händen klammernd. In geradezu komischem Gegensatz dazu kniet auf der anderen Seite hochmütig Wilhelm Haller in schillernd goldener Rüstung und bunt besticktem Waffenrock. Dürer hat beide Männer so wiedergegeben, wie sie eben sind.

»Herrje, Herr Landauer! Der Maler zeigt Euch ja im Gemäl genauso ungestalt, wie Ihr in Wirklichkeit erscheint!«, bricht Stiftsbruder Jörg das ehrfürchtige Schweigen. Gelächter. Nun schwirrt wieder heiteres Gebrabbel durch die Kapelle. Wer rüstig genug ist, steht auf und nähert sich dem Altar. Mit mehr oder weniger Sachkunde wird begutachtet, gedeutet, gelobt, gescherzt.

Landauer steht zwischen den Schöpfern seines Altars, hält je eine der begnadeten Meisterhände und freut sich: »Lieber Dürer, lieber Meister Stoß, nun erst hab ich des Gefühl, des Stift is wahrlich vollendet.«

Landauers Mägde gehen mit Würzwein und Lebkuchen herum. Jakob beobachtet, wie galant Dürer im Ruhm seines Werkes badet. Er schüttelt herzlich Hände, erklärt anschaulich, bedankt sich artig für überschwängliches Lob. Dem gebrandmarkten Veit Stoß die Hand zu reichen, ist vielen Gästen nicht ganz geheuer. Wieder beeindruckt Jakob die Menschlichkeit Dürers und Landauers, die den geächteten Holzschnitzer geschickt in die allgemeine Lobhudelei einbeziehen. Dürer nötigt sogar Pirckheimer zu einem Glückwunsch an das ewige Ratsärgernis Stoß.

Wer Dürers Hand nicht gleich zu fassen bekommt, schüttelt zur Not auch gern die eines Dürerknechts, und so bekommt auch Jakob viel unverdienten Beifall ab. Das ist ihm unangenehm, also flieht er an den Rand der Kapelle, um Klaras ›Großvater‹ näher kennen zu lernen, der ganz verloren dasitzt. »Und Ihr, Meister? Gefällt Euch die Einweihung?«

»A wohl geratene Feier«, nickt Linhard, während er zittrig seinen Trunk zu den welken Lippen führt. Doch Jakob ist klar, dass seine Worte nur ein Reflex lebenslanger Höflichkeit sind – Meister Kohler weiß ganz offenkundig nicht, ob er auf einer Einweihungsfeier, der Heiltumsweisung oder der Johanniskirchweih ist. Nur eines weiß er: »Allein is a Jammer, dass mei Agnes ned zugegen is.«

»Ja, des is in der Tat a Jammer«, sagt jemand hinter Jakob treuherzig.

Jakob fährt herum. Ein bärtiger Mann um die Dreißig lächelt den Alten wissend an. Ist das etwa der Süßhans? Ja, der muss es sein, wenn er von Kohlers falscher Enkelin weiß. Jakob wird immer noch ganz übel bei dem bloßen Gedanken, wie knapp Klara vor zwei Tagen hier im Zwölfbrüderstift der Entdeckung entronnen ist. Allerdings muss Jakob den beiden von Herzen beipflichten: Es ist jammerschade, dass Klara hier nicht dabei sein kann, denn sie hatte ja tatsächlich Anteil an der Pracht dieses Altars. Sie hätte es verdient, sich heute hier im Glanz der Dürerwerkstatt zu sonnen. Als später alle beschwipst und überzuckert nach Hause gehen, kann Jakob kaum erwarten, Klara jedes Kompliment, jeden ergriffenen Händedruck weiterzugeben. Sogar einen Lebkuchen für sie hat er in seinen Beutel gleiten lassen.

Besuch

HANS DÜRER KOMMT in Jakobs und Klaras Kammer gekracht: »Dei Vater ist da!«
»Mei wer?«
»Dei *Vater*, Lorenz!«, haspelt Hans aufgeregt.
 Der Maler Schaller? Ach du liebe Zeit.
»Sag ihm, wir sind ned da«, sagt Jakob, dem das eben noch gemächlich schlagende Herz im Brustkorb zu toben beginnt.
»Geh doch du und lüg deinen Vater selber über den Verbleib deines Brüderleins an! Bin doch ned dei Handlanger«, sagt Hans.
 Einen Augenblick lang fällt Jakob nichts ein.
 Hans hebt begreifend eine Augenbraue: »Du heiliger Strohsack – *du* bist wohl auch kei wahrer Sohn Schallers? Allmächtiger, was seid ihr zwei für elende Spottvögel!«
 Klara flattert flehentlich mit den Lidern und Jakob beobachtet unbehaglich, wie einfach das bei Hans wirkt. Er schnauft: »So lasst mich eure verlogenen Ärsche halt retten.«
 Er geht in den ersten Stock hinab. Jakob und Klara schleichen hinterher und halten sich draußen auf der Galerie verborgen, während Hans die Tür zur Speisestube einen Spalt öffnet. Klaras banger Atem haucht Wölkchen in den Wintertag, während sie gebannt den Stimmen drinnen lauschen: »Hab Dank, Albrecht.« Es schlürft. »Aaah. A Wohltat nach dem frostigen Ritt.«
»Hast doch gewiss auch Hunger?«, fragt Agnes.
»Macht euch keine Umständ wegen mir.«
 Agnes schwatzt dem Gast eine Schüssel Dinkelbrei auf. Die nette Stimme dankt überschwänglich.
»Sind sie denn auch brav und tüchtig?«, erkundigt sich Schaller über seine toten Söhne.
»Überaus. Du weißt ja, ich wollt nie einen Lehrling nehmen. Ich vermeint immer, mir mangelt es an der Geduld, so einen halbstarken Bengel zu ziehen. Aber dei Adrian … Diese Freud, in einer jungen Seele a kleines Feuerle zu entzünden …«, schwärmt Dürer.

»Der Adrian, der hatte kaum seine ersten Schritte gemacht, da war er scho an den Kohlestäble«, erzählt Schaller stolz zwischen zwei Löffeln Brei. »Des hättest sehen müssen, Albrecht! Des Waggerla mit der Zeichenkohle in seinem winzigen Fäustle! Aber scho damals vermocht er auf Papier zu bannen, was auch immer in seinem kleinen Köpflein vorging.«

Klaras Atemwölkchen werden immer flacher vor Beklemmung.

»Ich kann's mir rege ausmalen«, erwidert Dürer warm.

»Uns waren ja keine Kinder vergönnt«, wirft Agnes ein.

»Da ehrt es mich umso mehr, meine Spröss a Zeitlang mit euch zu teilen«, sagt Schaller so lieb und freudig, dass Klaras kummerschimmernder Blick auf der Treppenempore für Jakob fast zu viel wird.

»Der Herr mag euch ja noch segnen! Wie alt bist denn nun, Agnes?«, fragt Schaller unbefangen.

»Fünfunddreißig.«

»Na – da is doch noch Hoffnung! Da is noch Zeit, meine Liebe! Es gibt manniglich Frauen, die bis weit nach vierzig noch gebären.«

Schweigen.

Die Dürerin wechselt das Thema: »Nun, wir sind beide gar froh, deine Söhn bei uns zu haben. Wie du ja hörst, is Albrecht ganz vernarrt in den Adrian. Und mir is der Lorenz ans Herz gewachsen. So betrüblich sei Leiden auch is, gibt er doch einen vortrefflichen Kaufmann ...«

Jetzt wäre ein guter Moment, das Gespräch zu unterbrechen!

Denn sonst fragt Schaller, der sich ja schon in seiner Korrespondenz hoch erstaunt über das Gichtleiden seines Ältesten geäußert hat, was denn bitte sehr mit seinem Sohn los ist. Jakob schickt Hans Dürer mit einem auffordernden Schubs in die Stube.

»Ah! Wenn des ned der Hans is!«, freut sich Schaller. »Meiner Seel, bei unserer letzten Begegnung warst noch a Wickelkind, junger Mann!«

»Hans, des is Matthias Schaller«, stellt Dürer vor.

»Ah, der Vater von Lorenz und Adrian«, stellt Hans sich dumm.

»Eben der«, bestätigt Schaller so voll Vaterstolz, dass Klara nun ganze Tränen über die kalten Wangen kullern.

»Ruf die zwei doch herbei, Hans«, fordert Dürer nun erwartungsgemäß seinen Bruder auf.

»Potz Mist – die sind beide ausgangen«, sagt Hans bedauernd.

»Ausgangen?«, wundert sich Dürer. »Wohin denn?«

»Scho im Morgengrauen aufbrochen gen Forchheim.«

»Forchheim?«

»Ja, da is heut Rossmarkt«, improvisiert Hans gar nicht schlecht.

»Herrje, Matthias, ich wusst gar ned, dass die Knaben fort sind«, entschuldigt sich Dürer.

»Ach, sollen sie doch ihrem Vergnügen frönen an ihrem Ruhetag! Und dass es meinen Pferdenarr Lorenz auf den Rossmarkt zieht, nimmt mich ned Wunder. Ich komm halt tags drauf wieder.«

»Was heißt da – *du kommst wieder*? Susanna soll dir a Kammer herrichten«, widerspricht Dürer.

Nein ...

»Sei schön bedankt, mei Guter, doch ich hab meine Siebensachen bereits im Goldenen Posthorn abgestellt. Mach dir meinethalber keine Umständ.«

»Alter Sturkopf«, gibt Dürer nach. Jakob und Klara atmen erleichtert auf, dass sich Schaller mit seinem Vorhaben durchsetzt, unten im Goldenen Posthorn zu nächtigen statt hier im Dürerhaus. Dürer schlägt ihm vor, ihren alten Lehrherrn Wolgemut zum Mittagsmahl auszuführen. Zeit, die Treppenempore zu räumen! Jakob und Klara verziehen sich flink nach oben.

»Wir sind also heut in Forchheim«, fasst Jakob in der Kammer ihre Lage zusammen. »Dürer darf uns erst heut Abend wieder erblicken. Und überdies müssen wir uns unseres lieben Herrn Vaters entledigen.«

»Der wird sich ned abweisen lassen«, schluchzt Klara. »Der hat doch seine Söhn *so sehr lieb*!«

Doch Jakob hat schon einen Einfall.

Schaller

»WEN SUCHT Ihr?«

»Den Matthias Schaller, der bei Euch über Nacht liegt«, bibbert Klara.

»Zu dieser Stund?«, sagt der Wirt, der sehr mürrisch durch das Guckloch seiner Pforte äugt und zunächst nicht bereit ist, der vor Aufregung und Frost heißwangigen Jungfer die Tür zu öffnen.

»Es geht um Leben und Tod! Bitte weckt ihn!«, beharrt Klara.

»Leben und Tod? Belange von Leben und Tod will ich ja gleich gar ned in meinem Gasthaus haben«, sagt der Wirt und macht Anstalten, sein Guckloch wieder zuzuschieben.

»Bitte, guter Mann – Euch und Euer Gasthaus berührt es ja ned. Aber wenn Ihr mich ned einlasst, dann klopft alsbald der Büttel an Eure Pforte. Die Unbill kann ich Euch ersparen.«

»Hab ich etwa einen Galgenvogel unter meinem Dach?«, dämmert es dem Wirt unangenehm. Klara schaut nur vielsagend. Er macht die Tür auf.

Kaum hat der Wirt beschrieben, wo Schallers Kammer liegt, eilt Klara schon die Stiegen hinauf und hämmert Matthias Schaller aus dem ersten Schlaf. Der öffnet benommen. Nun sieht Klara zum ersten Mal die Gestalt zu dem liebenswürdigen Wesen, das sie heute Morgen belauscht hat. Glänzende hohe Stirnglatze, an deren Schläfen sich das gleiche blonde Haar wellt, das Lorenz hatte, der echte Lorenz. Die gleichen heiterblauen Augen, der gleiche helle, selbst zu dieser unchristlichen Stunde aufgeschlossene Blick. Klara fühlt ihre Knie weich werden.

Ich kann das nicht.

Abwegiger Weise macht Klaras flaue Übelkeit ihr Schauspiel nur überzeugender. »Matthias Schaller? Wie gut, dass ich zu Euch vordringen konnt«, setzt sie zittrig an.

»Was gibt's denn zu so später Stunde, gute Jungfer?«

»Ihr müsst die Stadt verlassen, gleich beim ersten Licht! Sonst droht Euch Fürchterliches«, japst Klara. Die passende Schnappatmung dazu muss sie gar nicht vortäuschen. Noch nie fiel es ihr so schwer, jemanden zu belügen.

»Um Himmels Willen, wovon redet Ihr denn? Tretet doch erst ein«, bietet Schaller an. Klara huscht in die Kammer, schließt ängstlich die Tür.

»Verzeiht, ich bericht Euch alles der Reihe nach. Ich bin a Magd des Anton Tucher.«

»Des Vordersten Losungers?«

»Desselben. Ich hab a Zwiesprach meines Herrn mit dem Ratsschreiber Spengler mitgehört. Der Rat hat beschieden, Euch beim ersten Licht fassen zu lassen und ins Loch zu legen!«, malt Klara das Schreckensszenario, das Schaller aus Nürnberg vertreiben soll.

»Warum denn, in drei Teufels Namen?«, stammelt der unbedarfte Mann.

»Weil der Maler Dürer dem Rat scho seit Jahren in den Ohren liegt, doch endlich der schamlosen Fälscherei seiner Werke Einhalt zu gebieten. Nun will der Rat ein Exempel setzen, und zwar an Euch! Denn es gehen Fälschungen von Dürers Apokalypse um ... mit dem Handzeichen M. S.«

»Aber ich verseh doch mei Werk gar ned mit Handzeichen. Wer außer Albrecht Dürer tut des scho?«

»Der Rat zeiht Euch dieser Fälschungen. Ich bin hier, Euch zu warnen.«

»Was habt Ihr denn überhaupt damit zu schaffen, gute Jungfer? Und was schert Euch, ob a Fremder in Nürnberg verhaftet wird?«

»Ich ... bin des Liebchen Eures Lorenz«, gesteht Klara, den Blick scheu auf die Bodendielen geheftet.

»*Meines* Lorenz?« Schaller greift Klara bei den Schultern und dreht sie ins fahle Licht seiner Nachttischlampe.

»Darum bin ich so gut unterrichtet«, erklärt Klara weiter »Einiges hab ich von Lorenz erfahren, des Übrige von meinem Herrn, dem Losunger. Ich möcht ned, dass Euch etwas zustößt. Ich hab den Lorenz doch so lieb«, sagt Klara und die Tränen kommen ihr nur zu leicht. »Der Rat weiß, dass Ihr in der Stadt weilt, und auch, dass Ihr heut bei Dürer wart. Der Rat argwöhnt, dass Ihr hier seid, um noch mehr Werke betrüglich von ihm nachzumachen.«

»Aber ... des is doch widersinnig! Albrecht is doch mei Jugendfreund!«

»Ihr müsst fliehen, noch heut Nacht«, beharrt Klara.

»Ja, aber ...«, stockt Schaller. Ihm schwirrt sichtlich der Kopf. Ratlos geht er die Kammer auf und ab.

»Ich muss zu Albrecht. Er muss die Sach richtigstellen.«

»Der Rat hat bereits Stadtknechte in die Zisselgass gestellt. Ihr würdet erhascht, ehe Ihr zu seiner Tür gelangt«, macht Klara auch diese Hoffnung zunichte.

»Des is ja ...« Schaller blickt ratlos ins Leere. »Und ich wollt doch so gern meine Kinder sehen.«

Inzwischen strömen Klara die Tränen heiß über die Wangen.

»Ach, süßes Kind!«, ruft Schaller aus, ganz gerührt, dass seine Not das Mädchen so bewegt. »Was für a herzliebes Bräutlein mei Lorenz da gefunden hat!«

Klara muss zu Boden blicken, um ihr letztes bisschen Fassung zu wahren. Ihr ganzes Malerglück fußt auf dem schrecklichen Unglück dieses herzensguten, arglosen Menschen – der davon noch gar nichts ahnt. Und sie steht hier und lügt und betrügt ihn nach Strich und Faden.

»Nun, so sehr es mich betrübt, meine Söhn ned zu sehen«, findet Schaller sich mit seiner Lage ab, »tröstet mich, zu wissen, dass es beiden wohl ergeht, und dass mei Ältester hier sei Glück gefunden hat! Wie heißt du denn, liebes Kind?«

»Klara«, sagt sie krümelig, unfähig, noch weiter zu lügen. »Ich muss nun gehen.«

»Gewiss. Dass du derlei Wagnis für mich auf dich genommen hast!«

Klara lässt sich von Schaller noch einmal versprechen, dass er die Stadt verlässt, sobald auch nur das erste Stadttor aufknarzt. Dann hastet sie aus dem Gasthaus und rast den Burgberg hinan. Mit zittrigen Knöcheln klopft sie an das Werkstattfenster, hinter dem Jakob wartet, um ihr zu öffnen. Sie eilen die Stiegen hinauf in die Sicherheit ihrer Kammer.

»Klara? Was is? Is wohl missglückt?«, deutet er ihren Zustand.

»Schaller verlässt die Stadt, sobald sich die Tore auftun.«

»Was is dir denn dann?«

»Jakob!« schluchzt Klara. »Des war grauenhaft! Der arme, arme Mann ...«

»Psst«, beschwichtigt sie Jakob. »Es is doch gelungen. Er is bald wieder fort.«

»Es is so unrecht, Jakob«, schluchzt Klara.

»Klara.«

Jakob fasst ihr tränennasses Gesicht und blickt ihr fest in die Augen: »Vergiss nie, *wer* des Unglück über die Schaller bracht hat.«

»Der Ritter von Seckendorff«, weint Klara in Jakobs Hemd, während er ihr zärtlich die Haarnadeln vom Kopf zupft und sie von dem Flechtwerk aus Bändern und Zopfkrone befreit.

»Und hast auch vernommen, was die Dürerleut heut über *uns* gesagt haben?«, fragt sie dumpf.

»Freilich hab ich des.«

»Es is ned recht, dass sie so gut zu uns sind! Es is ned recht, dass Dürer den armen, gemeuchelten Adrian so lieb hat, ohne zu ahnen ...«

»Dürer hat keinen Adrian lieb, denn er hat nie einen Adrian gekannt. *Du bist es, die Dürer so lieb gewonnen hat. Und die Hauswirtin mich.«

»Es is ned recht«, weint Klara.

Nullrechnung

»DIE GRÄMT MICH sehr, die seltsame Geschicht mit eurem Vater«, bedauert Dürer. »Er wollt ganz bestimmt heut wiederkommen. Der Wirt zum Goldenen Posthorn sagt, er sei Hals über Kopf aufbrochen. Geflohen geradezu. Es lag nur des Kammergeld auf dem Tisch.«

Freilich hat Schaller trotz aller Aufregung und Angst noch rechtschaffen seine Zeche bezahlt. Und freilich verschweigt Dürer aus Zartgefühl gegenüber den Brüdern ein pikantes Detail, das der Wirt bestimmt erwähnt hat, nämlich, den spätnächtlichen Besuch einer völlig überreizten Jungfer.

Klara sitzt bleich und taub da. Dürer blickt sie besorgt an, missdeutet ihren zerrütteten Gemütszustand als Enttäuschung und Kummer darüber, dass der Vater einfach so verschwunden ist. Und dann noch Adrians absonderliches Verhalten in Landauers Stift ...

»Ich schreib ihm sogleich«, versichert Dürer. »Er wird uns gewiss erklären, was sich zutragen hat.«

Diesen Brief wird Jakob freilich abfangen müssen.

Dürer hält geistige Beschäftigung für das beste Mittel, die betrübten Söhne von der seltsamen Begebenheit abzulenken und sein emotional entglittenes Knechtlein wieder auf eine gedeihliche Spur zu lenken. Deswegen hat er beide Schallerbrüder zur Unterweisung in die kleine Stube beordert.

Klara will die Utensilien für die Lehrstunde holen: »Silberstift, Meister? Oder Kohle?«

»Federkiel, Knechtlein. Heut befassen wir uns mit der Mathematik.«

»Was hat denn die Mathematik mit der Kunst zu tun?«, fragt Jakob mit sofort entfachter Neugier.

»Alles. Alles hat mit allem zu tun«, sagt Dürer. »Ich stell euch nun einfache Rechenaufgaben und ihr sagt mir ganz rasch, was sie ergeben.«

Nichts leichter als das! Dürer wirft ihnen eine Reihe Subtraktionen und Additionen zu.

Weil Jakob ja einige Jahre lang eine Kulmbacher Schulbank gedrückt hat, ist er schneller als Klara. Jakob, der vor Dürer sonst nie glänzen kann, genießt die Überlegenheit über sein Brüderlein.

Bis Dürer fragt: »Fünf minus sieben.«

»Geht ned!«, ist Jakob überzeugt.

»Wieso ned?«, fordert Dürer ihn heraus.

»Wenn ich fünf Nüss feilhalt und jemand verlangt sieben, dann hab ich halt ned genug. Der Käufer kann nur fünf haben.«

»Zwei Geisternüss«, flüstert Klara, deren Zahlenverständnis nicht von Schulmeistern vorbelastet ist.

Dürer grinst breit.

»Es gibt keine Geisternüss«, widerspricht Jakob.

»Es heißt auch ned Geisternüss, sondern *minus zwei*«, sagt Dürer.

»Aber des geht doch ned!«, beharrt Jakob.

»Und minus zwei plus zwei ergibt wieder null«, fährt Dürer fort.

Jakob schüttelt den Kopf. Klara kann sich eher auf Dürers ungewöhnliche Denkgebäude einlassen: »Ich hab also zwei Geisternüss. Und wenn mir die wieder genommen werden, hab ich gar keine mehr. Also null.«

»Denk weniger dinghaft, Lorenz«, fordert Dürer ihn auf. »Denk an Geld: Du hast fünf Heller und willst a Ding kaufen, des sieben Heller kost. Der Händler kennt dich gut und gibt dir darum die Ware, die sieben Heller wert ist.«

»Dann schuld ich ihm halt zwei Heller.«

»Und des, Lorenz, is ›minus zwei‹. Du hast nun zwei *negative* Heller.«

Jakobs Gesicht erhellt sich, es hat geschnackelt: »Und wenn ich ihm später die zwei Heller bring – minus zwei plus zwei – dann schuld ich ihm nichts mehr. Null.«

»Meister«, will Klara wissen, »wenn einer a Sünde begeht und dann a gute Tat, oder wenn einer einen Betrüger betrügt, is des dann auch wie a Rechnung mit negativen Zahlen?«

»Die *justitia* ist leider ned so unbestechlich wie die *mathematica*«, antwortet Dürer.

Darüber grübelt Jakob auch später im Bett noch nach. Normalerweise schlummert er innerhalb weniger Augenblicke, nachdem sein Kopf ins Kissen sinkt. Und weil er länger wach liegt als üblich, bemerkt er etwas, was er sonst verschläft: Im fahlen Schein eines fast niedergebrannten Kerzenstumpfs sitzt Klara am Tisch und kritzelt angestrengt.

»Was machst denn da noch?« Jakob rappelt sich auf und geht zu ihr hinüber. Im Lichtkegel sieht er Klara auf einem Bogen Papier eine Art Konto führen, wie er ihr vor einiger Zeit in der Schreibstube gezeigt hat.

»Um Gottes Willen, Klara, was is denn des?«

»Mei Seelenkonto.«

»Dei ... was? Mach doch so was ned!«

»Wieso? Du hast mir's doch beibracht«, erwidert Klara.

»Ich ahnt ja ned, dass du mich beim Wort nimmst!«

»Des Minus in meinem *dare* ist so gewaltig groß ... wie soll ich des jemals auf null bringen?«, wendet sie mutlos Dürers Konzept der negativen Zahlen auf die eigene Seelenmathematik an.

Jakob nimmt ihr den Bogen ab und studiert ihn näher.

Dare	*Avere*
– Mit dem Gesellen Stefan in Kulmbach Unzucht getrieben.	– Dem Pfründer Linhard Kohler einige selige Augenblicke beschert.
– Meister Burckhardt Kützel betrogen.	

- Mutter und Martin und Pfarrer Heimberger betrogen.
- Aus dem Siechhaus geschlichen.
- Die Zuchtmeisterin betrogen.
- Albrecht Dürer belogen.
- Alle im Hause Dürer belogen.
- Mit dem Schwindler Jakob Hölzel Unzucht getrieben.
- Ein Heiltum gefälscht und teuer an Anton Tetzel verkauft.
- Barbara Dürer mit falschem Hexenzettel, falschem Weihwasser und falschen Büßern betrogen.
- Zauberamulette gefälscht und teuer an den Ratsherrn Nützel verkauft.
- Matthias Landauer belogen.
- Den Maler Schaller belogen und unter falschem Vorwand aus der Stadt getrieben.

»Klara ...« Jakob fehlen einen Moment lang die Worte. Erstens behagt ihm überhaupt nicht, dass Klara ihre Missetaten verschriftlicht. Und schlimmer noch ... so düster sieht es in Klaras Seele aus?

Jakob nimmt ihr die Feder aus der Hand. Wenn sie über ihr Seelenheil Buch führt wie eine Kauffrau, wird er nun eben ihre Aufzeichnungen prüfen wie ein Säckelmeister: »Klara, dei Konto stimmt hinten und vorn ned. Die Unzucht mit dem Gesellen Stefan kannst gleich wieder tilgen. Die is dir scho verziehen, weil du ja in gutem Glauben warst, dass er dich ehelicht.«

»Woher willst *du* denn wissen, was der Herrgott verzeiht und was ned?«, fragt Klara.

Doch Jakob lässt sich nicht beirren: »Und des mit Burckhardt kannst auch streichen, weil Burckhardt a Scheusal is, mit dem du dein Lebtag nimmer froh worden wärst – des war Notwehr. Die Flucht aus dem Siechhaus kannst streichen, weil du ja ned siechend warst. Den Schwindel mit dem Heiltum kannst tilgen, weil Tetzel a Narr is und nichts Besseres verdient hat. Des Gleiche gilt für den milzsüchtigen Kaspar Nützel und sei Zauberamulett. Des mit der Barbara Dürer und dem Hexenzettel is bereits ausglichen«, fährt Jakob fort, »weil wir damit Albrecht Dürer wohl des Leben gerettet haben.«

Die Feder kratzt streichend über das Papier. Jakob fasst zusammen: »Somit verbleiben im *dare* nur noch die Posten: Albrecht Dürer belogen. Matthias Schaller belogen. Und ... mit dem Schwindler Jakob Hölzel Unzucht getrieben.«

Vielleicht lässt sich ja letztere Sünde auch bald ausbuchen...? Denn Brautleut sind ja so gut wie Eheleut ...?

Es ist zu spät am Abend und Klara zu bedrückt, um so eine gewichtige Frage heute noch anzuschneiden. Zumindest hat Jakob aber Klaras Gewissen offenbar so weit erleichtert, dass sie nun sanft einschläft.

Dafür liegt Jakob hellwach.

Ihm fällt ein, was der Stadtarzt in Kulmbach zu ihm gesagt hat, als Jakob seiner toten Mutter ihren Brautring anstecken wollte und der Arzt es ihm wegen der Seuchengefahr verwehrte: »Behalt doch den Ring deiner Mutter, Bub. Halt ihn in Ehren und steck ihn dereinst der eigenen Braut an.«

Jakob hat den Ring gar nicht mitgenommen! Der liegt noch in Kulmbach. Bei Burckhardt.

Spiegelbild

KLARA STEHT MITTEN im dreistöckigen Pirckheimerschen Innenhof und versucht, seine Pracht mit all den Bögen, Säulen, Schnörkeln und Nischen auf ihre Netzhaut zu bannen. Am Sonntagnachmittag, wenn der Werkstattbetrieb ruht, kann Dürer in Ruhe ›seinen Malerknaben speisen‹, wie er es nennt, sich also dem Lehrbuben und seiner Ausbildung widmen. Um Maler und Lehrling herum wuseln neugierig die kleineren Pirckheimertöchter. Die Magd Johanna steht bei den Ställen, hat den Wasserkübel neben sich abgestellt und plaudert pflichtvergessen mit Kito, der ihr diese angenehme Anstellung ja zu verdanken hat.

»Was macht Adrian denn da?«, will die kleine Barbara wissen.

»Er lernt, die Perspektive zu erfassen«, erklärt Dürer, während er behutsam eine große, mit einem Raster versehene Glasplatte auf der Staffelei justiert. Die Scheibe ist fast eine Elle lang und breit und vermutlich ein kleines Vermögen wert, was Klara die Arbeit nicht gerade erleichtert, denn sie soll mit einer Paste auf diesem unbezahlbaren Glas den Hof abzeichnen.

»Was is *Perspektive*?«, fragt das Kind.

»Aus meiner *Perspektive* von hier oben«, mischt sich eine selbstsichere Stimme über ihren Köpfen ein, »scheint es, die Johanna hält mit dem Stallknecht Maulaffen feil, anstatt ihr Tagwerk zu verrichten!« Felicitas Pirckheimer grinst von der steinernen Balustrade im zweiten Stock in den Hof hinab. Hinter ihr kommen ihre Schwestern Käthe und Crescentia sowie ihre Vettern Hans, Georg und Sebald Geuder aus dem Studierzimmer, gefolgt von Pirckheimer, der es sich nicht nehmen lässt, seine Töchter und Neffen höchstselbst in Latein und Griechisch zu unterrichten. Die Kinder lachen über Felicitas' spitzzüngige Ermahnung und Johanna geht mit ihrem Kübel weiter in Richtung Hinterhaus, aber nicht, ohne Kito noch ein langes, reizendes Lächeln zuzuwerfen.

»Adrian soll erklären, was Perspektive is«, fordert Dürer Klara auf. »Dann hör ich gleich, ob er sich mei Belehrung gemerkt hat.«

»Des Licht kommt in geraden Strahlen auf uns zu«, erklärt Klara gelehrig, »also in einer Ebene zwischen unserem Aug und dem, was wir sehen. Wenn ich des nun in a Gemälde bringen will, brauch ich a Ebenfeld, des all diese Strahlenlinien durchschneidet. Und darum zeichne ich mit der Paste auf jenes Ebenfeld – nämlich des Glas.«

Dürer nickt zufrieden. Natürlich hat sich das Knechtlein seine Belehrung genau gemerkt.

»Aha«, sagt Barbara und hüpft frohgemut davon.

Später am Nachmittag schlägt Klara drei Kreuze, als die Glasplatte wieder heil in der Werkstatt steht.

Doch Dürer hat noch eine weitere Herausforderung für sie parat. »So, mei Knechtlein.« Dürer holt aus der kleinen Stube einen Gegenstand, der nicht minder wertvoll sein muss wie die Glasplatte, denn er ist sorgfältig in weiches Tuch gehüllt und Dürer balanciert ihn mit Bedacht zum Tisch. Er schlägt das Tuch auf.

Hhhh.

Mit einem scharfen Atemzug weicht Klara zurück, als wäre sie an eine heiße Flamme geraten. Dürer beobachtet eingehend Klaras Mienenspiel.

»Was ist des für Teufelswerk, Meister?«

Vorsichtig nähert sich Klara wieder dem Spiegel, aus dem sie sich so klar und unmittelbar entgegenblickt, als stünde sie sich selbst gegenüber.

»Aus Venedig«, sagt Dürer.

Freilich – alles Unerhörte, was Dürer tut oder besitzt, kommt aus Venedig.

Früher, als sie noch Klara Laurer in Kulmbach war, betrachtete sie ihr eigenes Spiegelbild eigentlich gerne und neugierig, bei jeder Gelegenheit, in Wasserschüsseln, Pfützen, stillen Weihern – aber immer heimlich, denn Eitelkeit ist ja Sünde. Einmal ertappte die Mutter Klara mit ihrem trüben Handspiegel. Adelheid schalt sie und nötigte sie, die Sünde bei Pfarrer Heimberger zu beichten. Der trug ihr unaufgeregt ein paar Rosenkränze auf. Eitle Jungfern zur Demut zu ermahnen, war Routine. Seit sie jedoch Adrian ist, fährt Klara morgens immer ganz eilig mit der Hand in die Waschschüssel, damit sich die Wasseroberfläche kräuselt und sie sich nicht sehen muss.

Denn wenn sich im Wasser ein Jungfrauenantlitz spiegelt ...

... dann verunsichert sie das nur. Dann fragt sie sich den ganzen Tag lang, ob die anderen nicht auch sehen, was sie morgens gesehen hat. Und das erschwert ihr nur das Schauspiel.

Blickt ihr aber ein Jüngling entgegen ...

... ist es auch nicht besser! Das wirft sie erst recht aus der Bahn.

Besser also, das eigene Spiegelbild zu meiden.

Und nun stellt ihr Dürer mit seiner sanft brutalen Art einen neuartigen kristallklaren Spiegel vor die Nase, in dem sie sich selbst so unverzerrt und schonungslos sehen kann wie jeden anderen Menschen.

Klara bringt es nicht fertig, hineinzusehen. Lieber blinzelt sie Dürer fragend an.

»Du ahnst, was ich dir auftrage?«, fragt der sachte.

»Ich soll mei eigene Gestalt konterfeien«, hat Klara freilich begriffen.

»Ganz recht. A Selbstbildnis.« Er klopft ihr auf die Schulter. »Warum so gequält, Knechtlein?«

»Meister ... Stolz und Eitelkeit ...«, hebt Klara stotternd an.

»*Stolz und Eitelkeit*«, lacht Dürer schroff. »*Neugier und Kunstfertigkeit* sollst damit üben.«

»Neugier ist ebenso sündhaft«, wendet Klara ein.

Dürer hält wieder dagegen: »Warum hätt uns der Herrgott denn mit Wissbegier und Verstand gesegnet, wenn er ned wollte, dass wir fragen und forschen?«

Klara weiß gar nicht mehr, wo sie hinschauen soll. Zum Glück hat sich Artemis neben sie gesetzt. Sie streichelt also eingehend die Katze.

»Hat Gott dir denn deine Gaben geschenkt, damit du sie brach liegen lässt?«, fordert Dürer sie weiter heraus.

Was *Gott* von ihr will, ist Klara leider völlig schleierhaft. Aber dass die *Welt* von ihr erwartet, dass sie als Weib ihre künstlerischen Gaben gefälligst ungenutzt lässt, so viel ist sicher. Sie nimmt die Augen nicht von Artemis.

»A neues Zeitalter bricht an, des spürst scho, Adrian?«
 Aber doch nicht für mich.
»Es kommt a Wiedererwachsung der alten Künste. Es braut sich Aufbegehren wider die römische Büberei zusammen. Und du bist jung. Du gehst mitten hinein in diese neue Zeit. Willst ned der Vorhut angehören?«
»Nichts will ich mehr, Meister«, flüstert Klara.
»Gut. Dann fang damit an, dass du tust, was ich dir geheißen hab.«
Er legt ihr mit bestimmter Geste Papier und Silberstift hin.
»Mit Silberstift? Kann ich ned mit Kohle …?«, jammert Klara, denn Silberstift lässt sich weder radieren noch verwischen oder sonst irgendwie erweichen. Jeder Strich, einmal gesetzt, ist hart und unverrückbar.
»Nein. Ich will deinen ersten Strich sehen und ned a Dutzend zittriger Verbesserungen. Einem Künstler wie dir gelingt des auf den ersten Streich«, ermuntert Dürer sie.
»Ach, Meister …«, schüttelt Klara beschämt und demütig den Kopf, »mir misslingt doch so vieles.«
Langsam frustriert Dürer die Zagheit seines Knechtleins: »Herrschaftszeiten, warum musst dei Licht denn immer unter den Scheffel stellen?«
 Weil es sich so geziemt?
»Immer so furchtsam«, ärgert sich Dürer. »Du musst dich finden, Kind.« Er erhebt sich. »Vielleicht lernst dich bei dieser Übung ja gar etwas kennen.«
»Ich kenn mich bereits«, haucht Klara.
»Du kennst dich *ganz und gar ned*. Du bist dir selber fremd«, sagt Dürer.
Er geht fort.
Klara sitzt da.
Die Frage, wer er ist, hat Dürer längst beantwortet. Das zeigt sich in allem, was er tut. In dem stolzen Werkstattzeichen, das unverkennbar auf allen Werken prangt. In der Unerschrockenheit, mit der er Dinge schafft, an die sich zuvor niemand je wagte. In seiner aufsehenerregenden Erscheinung, bei der nichts dem Zufall überlassen ist. Wenn die Nürnberger ihn als Seidenschwanz und Stutzer verspotten, lacht er vergnügt mit und legt noch ein paar Witze drauf. Nichts kann an Dürer rütteln.
Dass das nicht immer so war, erkennt Klara an seinem verdrossen bemühten Umgang mit dem Lehrbub Adrian. Sobald ein anderer Geselle einen Scherz auf Klaras Kosten wagt, den ›Kümmerling‹ auch nur ein bisschen piesackt, schreitet Dürer streng ein. Hielt sein eigener Lehrherr die Zügel damals lockerer? Sah Wolgemut weg, wenn sein empfindsamer, hochbegabter Lehrbub Zielscheibe von Spott und Quälereien war? Dass

nun in seiner Werkstatt ein zarter Knabe leiden muss, weil er feinsinniger und anders ist, lässt Dürer nicht zu. Zugleich drängt er Adrian aber, nun endlich in sich selbst hineinzuwachsen. Und er ärgert sich, weil er den verflixten Knaben einfach nicht zu fassen bekommt. Weil Adrian durch seine Ermahnungen und Ermunterungen schlüpft wie ein Aal.

Klara rückt umständlich ihren Stuhl zurecht. Jetzt, wo sie alleine ist, fällt es ihr ein wenig leichter, sich ihrem Spiegelbild zu stellen. Als Erstes fällt ihr auf, wie unsicher und verzagt ihre grünen Augen ihr entgegenblinzeln. Das also ist es, was Dürer immer sieht, trotz all ihrer Bemühungen, einen unbekümmerten Halbwüchsigen zu mimen: ein verschrecktes Kind. Ihre Haut ist jetzt in der finsteren Jahreszeit schneebleich. Nur die Sommersprossen, die selbst der Winter nicht ganz verjagen kann, verleihen ihrer Miene einen Hauch von Munterkeit. Ihre Lippen schimmern rosig und sinnlich. Das ist wohl das Erste, was Jakob sieht, wenn er sie anblickt. Und dann ihr struppeliges kupferrotes Haar, das sich früher in ordentliche Bahnen striegeln ließ und jetzt eigensinnig in alle Richtungen steht. Sachte kippt Klara den Spiegel, ganz vorsichtig – dass er mindestens so teuer war wie die Glasscheibe, musste Dürer nicht eigens erwähnen. Während sie ihren platt geschnürten Oberkörper betrachtet, jault in Klaras Busen der Schmerz auf, den sie sonst meist ignorieren kann. Sie kippt den Spiegel weiter und begreift noch besser, wie das unanständige Selbstbildnis Dürers im Adamskostüm zustande gekommen ist. Ihr wird heiß.

Neugierig soll ich sein. Stolz auf meine Gaben soll ich sein.
Nun denn! Soll der Meister ein Konterfei von Adrians Gesicht bekommen, wie er verlangt hat. Doch Klara nimmt sich noch viel mehr vor. Dazu wird sie den kostbaren Spiegel in ihre Kammer schmuggeln müssen. Sie setzt den Silberstift an und vergisst sich in ihrer Aufgabe.

Karnöffel

PIRCKHEIMERS JÜNGSTE, die nach ihrer berühmten Tante Caritas heißt, wird von Kito mit allerlei Schleckwerk gefüttert, damit sie stillsitzt. Kitos Aufgabengebiet hat sich rasch von den Ställen auf nahezu alle Lebensbereiche der Pirckheimer ausgeweitet. Die fünf Mädchen haben ihn mit Leib und Seele in Beschlag genommen. Gerade sitzt die kleine Caritas in Dürers Stube und schmiegt sich in Kitos Schoß, als wäre er ihre Amme.

»Du musst lang genug mit dem Naschen innehalten, dass ich deine

Backen zeichnen kann«, mahnt Dürer das Kind, das sich noch eine verzuckerte Dattel in den Mund schiebt. »Sonst bekommst von mir Hamsterbacken«, warnt er.

Pirckheimer blickt Dürer über die Schulter und lacht auf. Caritas hüpft von Kitos Schoß und wieselt zu ihrem Vater hinüber, um ihr Bildnis selbst in Augenschein zu nehmen. Mit zwei, drei lässigen Strichen hat Dürer dem Kinderbild eine dicke schmatzende Backe verpasst.

»Ned so! Ich will auch brav stillhalten.«

Caritas kraxelt wieder auf Kitos Schoß, entbietet Dürer ein zahnlückiges Lächeln und hält angestrengt still.

Während er weiterarbeitet, beobachtet Jakob Herrn Pirckheimer, dessen Blick bezaubert zwischen seinem Töchterchen und seinem Malerfreund hin- und herwandert. Jakob findet die vollkommene Eintracht der zwei ungleichen Männer bemerkenswert. Der sanftmütige Künstler mit den schillernden Locken, dem feinen Gesicht und dem sehnigen Körper, daneben der streitbare – um nicht zu sagen, streit*süchtige* – Ratsherr mit dem stets verschwitzt wirkenden strähnigen Haar, dem aus mehreren fleischigen Lagen bestehenden Kinn und dem massigen Leib in noch wuchtigeren Gewändern.

Doch wer Pirckheimer begegnet, hält sich nicht lange mit der Betrachtung seines genusssüchtigen Leibes auf. Man bleibt an seinem Blick hängen: scharf vor Verstand, warm von Menschlichkeit, gesalzen mit Witz.

Vorwurfsvoll scheppert ein Zinnkrug auf den Tisch, dass fast der Wein herausschwappt.

»Ihr sauft noch weiter?«, fragt kratzig Agnes.

»Wir trinken noch a Becherle«, erwidert Dürer gelassen.

»Nun – des arbeitende Völklein muss morgen früh raus«, sagt Agnes sandig. »Ich leg mich nieder.«

»Nimm mei Mutter gleich mit hoch«, antwortet Dürer, ohne aufzublicken.

»Komm, Barbara, gehen wir zu Bett. Die Mannsbilder müssen noch an ihrem Wein zutzeln«, ruft Agnes ihrer Schwiegermutter ins schwerhörige Ohr und greift ihren knöchrigen Arm, um sie auf die Beine zu ziehen.

Nachdem sie die Alte hinaus auf den Treppenaufgang manövriert hat, kommentiert Pirckheimer mit ruhiger Eiseskälte: »Die alte Krähe bringt dich noch ins Grab.«

»So«, macht Dürer, als hätte Pirckheimer nichts gesagt, »vollendet sind beide Konterfeie.«

»*Beide* Konterfeie«, animiert sich Kito, »*Mich* habt Ihr wohl auch gezeichnet?«

»Wenn du mir im Blick sitzt – vor meiner Zeichenkohle is nichts und niemand sicher«, scherzt Dürer.

Caritas sieht sich ihr Bildnis kurz an, ist zufrieden und vergisst es dann ebenso augenblicklich wieder, wie es nur ein Kind kann.

Kito hingegen braucht etwas länger, um zu verarbeiten, was der Malerfürst da mit ihm gemacht hat. Er betrachtet sich mit dem stillen Entzücken, das Dürers Bilder in allen Menschen wecken, die sich darin wiederfinden. »Meiner Seel«, sagt er nur.

»Besser gelungen als der Mohr auf dem Tucherwappen allemal«, spöttelt Hans Dürer, der in die Stube gekommen ist und die Zeichnung begutachtet.

Dürer lacht: »Des will ich hoffen.«

Kito, der Hans Dürer nicht gewöhnt ist, weiß nicht, was von dem Kommentar zu halten ist. War das ein Kompliment an den Bruder? Ein Seitenhieb auf die Tucher oder minderbegabtere Maler? Ein abfälliger Witz über Afrikaner? Er blickt Hans abschätzend an.

»So, des Kind muss ins Bett«, beschließt Pirckheimer und sendet Caritas mit Kito nach Hause. Jakob und Klara schicken sich ebenfalls an, auf ihre Kammer zu gehen.

»Bleibt da, Buben, wir brauchen noch einen vierten Mann zum Karnöffeln«, verlangt Pirckheimer, während Dürer schon einen Satz Spielkarten holt.

»Wer von euch beiden spielt?«, fragt Pirckheimer, während Dürer flink die Karten mischt.

»Ich weiß ned, wie«, gesteht Klara.

»Was? Na, dann lernst es heut Abend. Du bist nun a junger Mann im Handwerksstand, da musst kartlen können«, sagt Pirckheimer wichtig.

»Ich helf ihm«, bietet Jakob an, erfreut über den Vorwand, dicht bei Klara sitzen zu können.

»Des is ja *dei Versäumnis* als älterer Bruder, dass der Kleine noch ned zu karnöffeln weiß«, witzelt Pirckheimer, während er jedem Spieler die Karten zuwirft.

»Des Knechtlein hat noch allerlei zu lernen, was des Mannsein angeht«, fügt Hans scheinheilig hinzu. Jakob will ihm am liebsten unter dem Tisch ins Schienbein stoßen.

Jakob nimmt seine Karten auf … und erstarrt. Die Karten gleichen *haargenau* denen im Tetzelschen Spielhaus. Das kann doch kein Zufall sein!

Die gezinkten Karten im Spielhaus sind von *Dürers Hand*? Jakob wird ganz übel.

»So, ich spiel mit Abrecht, du mit Hans«, bestimmt Pirckheimer. »Denn es spielen immer zwei zusammen.«

Das Spiel beginnt und die Karten beginnen freudig zu fliegen. Als Klara an der Reihe ist und nicht weiß, was sie legen soll, rät Jakob ihr flüsternd, die zweithöchste Karte zu spielen, ihren Teufel.

»Adrian spielt mit dem Teufel«, bemerkt Hans dümmlich, anstelle sich auf das Spiel zu konzentrieren. Als er an der Reihe ist, klatscht er siegesgewiss einen Karnöffel auf die Tischplatte. Dürer und Pirckheimer grunzen zufrieden über seinen Fehler.

»Mensch, was machst denn!«, fährt Jakob Hans an. Alle am Tisch außer Hans wissen, dass er seinen Karnöffel unnötig vergeudet hat, denn alle außer Hans haben die bereits gespielten Karten im Kopf mitverfolgt und wissen, dass Pirckheimer Klaras Teufel nicht überbieten kann.

»Ich wollt doch nur des Knechtlein schützen. Wer weiß, was Pirckheimer noch auf der Hand hat!«, murrt Hans unmutig.

»*Wer weiß? Jeder, der aufgemerkt hat, weiß* – nämlich, dass er gewiss *keinen Karnöffel* mehr hat! Gib halt besser Obacht«, schimpft Jakob, der sich über Hans' unaufmerksames, ungezügeltes Spiel ärgert, und viel mehr noch über sein unnützes, gefährliches Geplapper. Im Gegensatz zu ihren Gegenspielern kommen Dürer und Pirckheimer fast ohne Worte aus, werfen sich nur bedeutungsvolle Blicke zu. Der Maler und der Ratsherr gewinnen Stich um Stich, trotz Jakobs bester Bemühungen und Klaras schneller Auffassungsgabe.

»Des is mir zu dumm«, sagt Hans nach ein paar Runden und wirft verdrossen die Karten auf den Tisch. »Wär ich lieber mit den anderen Gesellen trinken gangen. Vielleicht find ich sie ja noch.« Und er geht einfach.

Dürer blickt ihm besorgt nach: »Was is ihm nun wieder? Er hat sich doch letzthin so gebessert ...«

»Albrecht«, seufzt Pirckheimer in einem Ton, als hätte er es schon oft gesagt: »Hans is a ausgewachsener Mann. Du bist nimmer in der Pflicht.«

Jakob kann ihm da nur beipflichten.

»Nun, Knechtlein, traust dir denn scho zu, allein zu spielen?«, fragt Pirckheimer. Klara nickt. Sie spielen noch ein paar Runden ohne Hans weiter. Jakob nimmt unauffällig einige Karten vom Stapel und besieht sie sich unter der Tischplatte. Sie sind sauber. Die kunstvoll verzierten Rückseiten sind vollkommen identisch.

Wie kamen die Karten aus der Dürerwerkstatt ins Tetzelsche Spielhaus?
Und wie kamen die gezinkten Muster auf die Karten?

Angebot

»IMMER NOCH am Schaffen?«, unterbricht der Dürerhans Klara, die mit dem letzten Licht noch an ihrem Selbstporträt arbeitet.

»Hast dich denn von unserer Schmach beim Karnöffeln erholt?«, fragt Klara.

»Is ja ohnhin a törichtes Spiel.«

»Is überhaupt kei törichtes Spiel. Du merkst halt ned auf.«

»Ich *vermag* ned, aufzumerken«, antwortet Hans, dem sofort etwas Schärfe in die Stimme steigt.

»Wenn du dich nur bemühen würdest ...«, beharrt Klara.

»Ganz einerlei, wie ich mich bemüh!«, bellt Hans so heftig, dass Klara zusammenzuckt. Sie hat wohl wieder einen wunden Punkt erwischt.

Hans fasst sich: »Einerlei, wie ich mich *bemüh*, meine Gedanken wandern immer mit mir fort, was ich auch tu. Ich bin ned besonnen wie Albrecht und du, die ihr euren stetigen Geist einfach in a Sach versenken könnt.«

Klara schweigt betroffen. Wann immer sie einen Blick hinter die patzige Fassade des Dürerhans erhascht, findet sie einen leidenden, verletzlichen Knaben.

Mitgefühl wallt sanft in ihr.

»Und wenn *du* mir dann auch noch beim Kartenspiel gegenüber hockst, hilft des auch ned grad, meine Gedanken im Zaum zu halten«, fügt er ernst hinzu.

Er nimmt Klaras Bogen in die Hand und mustert das, was Klara dem Meister als Selbstbildnis des Malerknaben Adrian vorzulegen gedenkt.

»Des is aber a forsch dreinblickender kleiner Wicht«, spöttelt Hans.

»Hab ich dich um a Urteil gebeten?«, sagt Klara gereizt.

»Fang noch amol von vorn an. Mei Bruder is doch kei Narr. Er hat dich geheißen, a Selbstbildnis zu fertigen, weil er dir in die Seele schauen will. Des hier – bist ned du.« Er blickt zwischen Klara und ihrem Abbild hin und her. »Gewiss bist dir doch gewahr, dass du ned ewig im Schein eines Knaben wandeln kannst? Jeden Tag stehst mit einem Bein im Loch – und verstößt wider die gottgewollte Ordnung«, warnt Hans.

»Warum hat Gott mir dann die Gabe geschenkt und ned gleich den passenden Schwanz dazu?«, schnappt Klara, noch ganz bröckelig von ihrem Gespräch mit dem anderen Dürerbruder.

Hans muss lachen.

»Lach ned, Hans. Frauen dürfen Kräuterweiber sein, Hebammen, Schaffnerinnen im Spital. Dei Schwägerin darf Kauffrau sein. Pirckheimers Schwester darf gar einem ganzen Kloster vorstehen! Doch *Malerin*, des geht ned? Warum? Mag es denn sein, dass sich die Mannsbilder ihre *gottgewollte* Ordnung so einrichten, wie's ihnen beliebt?«

»Ich wüsst einen Ausweg aus deiner Zwickmühle«, sagt Hans plötzlich und ohne Spott.

Klara hält inne. »Und zwar?«

Hans rückt ihr näher. »Klara *Dürerin* – wie klingt des in deinen Ohren?«, raunt er ihr heiß ins Ohr.

Da.

Da ist er. Der wahnwitzige Vorschlag, auf den Klara fast gewartet hat, und der sie nun doch mitten in die Magengrube trifft. »Glaubst im Ernst, dei Bruder duldet mich und dich noch unter seinen Augen, wenn er erfährt, wie ich ihn betrogen hab – und dass du mit mir unter einer Decke steckst?«, antwortet sie.

»Albrecht braucht es nie erfahren«, wirft Hans eifrig ein. »Ich hab mir Gedanken gemacht, horch zu. Ich bin zwanzig Jahr alt. Ich sollt scho längst auf eigene Füß stehen. Ich muss endlich wandern.«

Da hat er allerdings recht.

»Du, Klara, kehrst indessen ganz reumütig heim nach Leipzig zu deinem Oheim Schaller. Du sagst ihm, du seist aus dem Kloster fortgelaufen.«

»Und dann?«

»Dann komm ich ganz willkürlich auf meiner Wanderschaft bei Schaller vorbei und will ihm Grüße von meinem lieben Bruder überbringen. Und da sitzt du in seiner Stube. Schaller wird froh sein, dass a ehrbarer Malergesell wie ich an seiner entehrten Nichte Gefallen findet. Und dann lassen wir uns irgendwo nieder. Wo du willst! In Sachsen oder im Welschland, Flandern, Böhmen ...«

Er mustert Klaras Gesicht, will ihre Reaktion darin lesen. Doch Klaras Miene bleibt undurchdringlich.

»So eine wie du. Des wär was für mich. Furchtlos. Und a bissl aberwitzig«, lächelt Hans.

Furchtlos.

Klara schnaubt. Sein Bruder hat ihr vorgeworfen, sie sei *furchtsam*.

Hans' Hand fährt dahin, wo nur Jakobs Hand hingehört. Klara rückt von ihm weg, doch Hans ist so beflügelt von seinen Zukunftsvisionen, dass er es kaum bemerkt. »Klara, als mei Weib kannst wieder *du selbst* sein.«

Warum sind alle Dürer so erpicht darauf, Klara zu sagen, wer sie selbst sei?

»Kannst so viel malen, wie du lustig bist. Dein Lebtag lang.«

»Und dann«, zweifelt Klara, »setzt du dei Handzeichen auf mei Werk und die Leut kaufen es wie geschnitten Brot, weil ›Dürer‹ draufsteht?«

Hans nickt so emsig, dass es fast niedlich ist: »Weil Dürer draufsteht und weil es vortrefflich is.«

»Und was machst du dieweil? Im Schankhaus zechen?«

»Nein, Klara. Ich will mich ja bessern. Ich hab's mir ganz fest vorgesetzt. Es wär alles gänzlich anders als hier. Wir würden *gemeinsam* wirken.«

Klara fühlt, wie das Blut blubbernd ihre Gliedmaßen verlässt.

   Nein, doch nicht Hans. Nicht Hans.
        Doch an seiner Seite wäre ich Klara Dürer.
   Hans ist stüdfaul.
        Malen, wie ich lustig bin. Mein Lebtag lang.
   Hans ist unberechenbar.
        Aber er ist kein Burckhardt. Ich würde schon mit ihm fertig.
   … wenn ich nur *tatsächlich* die Nichte von Matthias Schaller wäre.
   … und wenn Jakob nicht wäre.

Hans betrachtet ungeduldig ihr Mienenspiel. Sein Mund zuckt irgendwo zwischen erwartungsfroh und bange. »Denk doch«, hebt er noch einmal an. »Du wärst frei. Ned zuletzt auch von deinem leidigen Vetter Lorenz, der dich den ganzen Tag zu gängeln sucht.«

Nun hat sich Hans lange genug beherrscht. Er lehnt sich zu Klara, fasst ihren Hinterkopf und zieht sie an sich. Seine Lippen landen begierig und feucht auf ihrem Mund.

Noch bevor Klara sich überlegen kann, wie sie sich aus diesem Kuss windet, ohne Hans allzu sehr zu kränken, hört sie die Tür zum Hof aufgehen. Über Hans' Schulter hinweg sieht sie Albrecht Dürer stehen, in Ausgehkleidung und mit undurchdringlicher Miene. »Ned – in meiner – Werkstatt«, sagt er stoisch und bleischwer. Hans lässt so hastig von Klara ab, dass sie fast rücklings von der Werkbank kippt. Er wirbelt herum zu der nur allzu vertrauten Stimme. Dürer blickt den beiden noch ein paar ewig währende Sekunden lang ernst und nachdenklich in die entgeisterten Gesichter. »Schleicht euch. A jeder auf sei Kammer.« Und ohne ein weiteres Wort verlässt er das Haus.

Hans ist totenbleich. »Allmächtiger Gott. Du Teufelsweib«, hisst er leise.

»Ich? Ich hab doch nichts gemacht! *Du* hast mich angefallen«, wehrt sich Klara.

»Jetz meint mei Bruder ... jetz dünkt ihm, ich sei ...«, hechelt Hans geradezu.

»Und meinst, des erschüttert ihn allzu sehr?«, fragt Klara trocken und ergreift die Gelegenheit, wie vom Meister geheißen aus der Werkstatt in ihre Kammer zu fliehen.

Versprochen

JAKOB LANGWEILT SICH alleine auf der Kammer. Es dämmert schon, als Klara endlich kommt. Nein, sie kommt nicht, sie stürmt herein, mit glutroten Wangen.

»Was ist dir denn widerfahren?«

»Ach ... nichts«, erwidert sie, mit einer langen Pause vor dem ›nichts‹. »Der Meister quält mich halt.«

»*Quält* dich?«

»Mei eigene Gestalt soll ich zeichnen. Und dazu hat er einen Spiegel aus Venedig – darin seh ich mich so klar, wie ich dich jetzt vor mir seh«, erklärt Klara.

»Na, und?«

»Und ... des is schwer! Er hält mir vor, ich wüsst ned, wer ich bin.«

»Da hat er recht. Ich hab auch zuweilen Sorge, dass du vergisst, wer du bist«, sagt Jakob.

Klara seufzt zermürbt, doch Jakob wittert die Gelegenheit, sich dem Anliegen zu nähern, das ihm im Herzen simmert. Denn Jakob interessiert viel mehr, wer Klara *künftig* sein wird: »Du lebst hier vor dich hin, als wärst du wahrlich Adrian. Du bist ned Adrian. Du bist kei Malerbub. Du wirst niemals als Werkstattherr a Malerstub führen. Du stehst nur noch ned am Grünen Markt am Pranger, weil alle dich für a vierzehnjähriges Büblein halten. Du musst auch an die Zukunft sinnen, Klara.«

Jakob erschrickt, wie sehr diese schroffe Wahrheit Klara am ganzen Körper beben lässt. Etwas stimmt heute wirklich nicht mit ihr.

»Sinnst *du* denn an die Zukunft?«, fragt sie zurück. »Und ned nur daran, wie wir den nächsten Tag unentdeckt überstehen?«

»Unentwegt«, sagt Jakob. »Ich will so lang hier ausharren, bis ich genug Geld für a Häuslein und a Tiegelpresse beisammen hab. Dann will ich in a andere Stadt weiterziehen und dort a Druckerei einrichten. Ich will Bilder und Bücher und Traktate drucken, mit den klügsten Geistern der Stadt Umgang pflegen und a fetter Pfeffersack werden wie der Anton Koberger.«

So, fehlt nur noch ein Element in seinem Lebenstraum. Er wagt, es zu nennen: »Mit dir als mei Weib.«

Klaras Aufruhr siedet nur noch heftiger: »A fetter Pfeffersack willst sein? Mit mir als Weib? Und ich zupf mir des Stirnhaar und schmier mir Bleiweiß ins Gesicht, bis ich ganz blöd davon werd? Gebär dir zwischenher a Dutzend toter Kinder, bis ich im Hirn leer und am Leib ganz zerhudelt bin wie des Meisters Mutter?«

»Klara, was is dir denn nur?!«, fragt Jakob erschrocken. Er nimmt sie in den Arm. Sie zittert.

»Klara. Ich will doch ned nur mei Glück, sondern auch deins. Du als Weibsperson kannst kei Malerwerkstatt führen, des ging wider alle ... wider jede ...«

»... wider die *gottgewollte* Ordnung?«, fragt Klara beizig.

»Äh ... und vor allem wider jede Stadtordnung. Aber ich kann a Druckerei führen – und du bestückst den Karren mit deinen Bildern!«

Klaras Gesicht wird ganz wolkig und abgekehrt, während sie überlegt. Nach ein paar Augenblicken hebt sie entschlossen den Kopf: »Gut. So lass uns heiraten.«

»Was?!«, purzelt Jakob fast von der Bettkante. »Is des dei Ernst?«

Sie meint es ernst.

Jakob spickt ihr Gesicht mit Küssen, während er sich fragt, wo dieser Entschluss nun so unvermittelt herkommt.

Des Nachts wähnt sich Jakob Klaras Liebe ja immer sicher. Doch wenn der Morgen dämmert, wirft sie sich in ihre Knabengestalt und läuft so zufrieden darin umher, als bräuchte sie Jakob lediglich als Komparsen in ihrer Posse. Auf seinen eben geäußerten Heiratswunsch hat sie erst mit einem Wortschwall voll Widerwart und Abneigung geantwortet – und nun sagt sie wenige Atemzüge später, sie will sich ewig an Jakob binden, vor Gott und einem Pfaffen.

»Klara – woher kommt denn dieser jähe Sinneswandel?«, fragt Jakob argwöhnisch.

Endlich rückt sie heraus: »Ich muss mich entschließen – ich hab mich entschlossen.«
»Entschlossen? Was stand denn zur Wahl?«, fragt Jakob verwirrt.
»Du und Hans Dürer.«
»Was?!«, bleibt Jakob abermals die Luft weg. »Wie ... hat der Hans wohl um dei Hand begehrt?«
Klara nickt: »Und mich dazu gleich geifernd auf den Mund geküsst.«
»Uh!«, ruft Jakob angewidert. Er zieht Klara besitzergreifend an sich.
»Doch hat uns der Meister ertappt«, berichtet sie weiter.
Jakobs Hirn kommt kaum hinterher – doch über die Vorstellung, dass Dürer seinen Bruder dabei erwischt, wie er den Lehrbuben abschlabbert, muss er lachen. Beinahe kann er einem leidtun, der Dürerhans. Aber nur beinahe. Jakob herzt Klara noch einmal ganz fest. Noch vor wenigen Augenblicken hat er sich hier alleine gelangweilt und jetzt ... hat er eine Braut!
Und einen Widersacher.

Klarheit

KLARA ERWACHT und sieht alles deutlich wie nie zuvor. Nach all den unangenehmen Selbsterkundungsübungen, mit denen Dürer sie in jüngster Zeit gequält hat und vor allem nach den Ereignissen des Vortags sieht sie sich auf einmal so kristallklar, wie sie ihr Gesicht in Dürers Spiegel sieht:
> Ich bin Klara Magdalena Laurer. Malerin. Schülerin des großen Albrecht Dürer.

Bald wird sie Klara Hölzelin sein und mit ihrem Eheliebsten eine eigene Druckerei betreiben. Und weil die dämliche, *menschgewollte* Ordnung vorschreibt, dass es zur Eignung als Maler gehört, ein Geschleuder zwischen den Beinen hängen zu haben, gibt sie sich eben einstweilen als Adrian Schaller aus, ein gestandenes kleines Mannsbild mit gesundem Stolz und Selbstvertrauen.

Bestärkt durch diese Erkenntnis wagt sich Klara an diesem Morgen erstmals an die prall gefüllte Tasche, die Hans Sachs schon vor einigen Tagen brachte und die sie vor lauter Befangenheit noch gar nicht geöffnet hat. Es sind Adrians neue Kleider, geschneidert von Hans' Stiefbruder Nikolaus, der freilich nur die Maße vorliegen hatte, ohne die Auftraggeberin selbst zu Gesicht zu bekommen. Doch Nikolaus ist so tüchtig wie sein Halbbruder, alles passt Klara wie angegossen. Die ausladenden Wamse verbreiten ihre Taille, die bauschigen Ärmelansätze der Hemden ihre Schultern. Am besten gefallen Klara die aschfarbenen Beinkleider mit der herrlich unanständigen, schwefelgelb abgesetzten Manneszier zwischen den Beinen. Klara lässt sich nicht lumpen und stopft ihr falsches Glockenwerk großzügig mit Tuch aus.

Als Klara in die Speisestube kommt und Agnes sie in ihrer neuen Gewandung sieht, brummt die missbilligend: »Oh weh, da ward ja a ganzer Monatslohn beim Schneider verprasst. Handwerker, die daherkommen wie Pfaue.«

»Lass des Knechtlein in Frieden, Weib«, sagt Dürer. »Falls du dich entsinnst: Sei Kleidertruhe ward von Plackern geraubt und er musst wochenlang Kleider von Lorenz borgen. Nun hat er endlich Ersatz beschafft. Zeit is worden.«

»Die Mannsbilder sind heutzutag eitler als die Weiber«, kann Agnes noch nicht locker lassen.

»Hör ned auf sie, Adrian. A Künstler sucht Schönheit in allen Dingen«, sagt Dürer, der es freilich gutheißt, dass sich Adrian so bunt und selbstsicher zeigt. Das gefällt ihm weitaus besser als das verzagte Kind, das grundlos in Besenkammern kotzt und kaum in den Spiegel blicken kann. Über den gestrigen *Vorfall* verliert er kein Wort.

Nun fällt Klara auch auf, dass Hans Dürer sich nicht blicken lässt – er geht seinem Bruder heute wohl lieber aus dem Weg. Klara kann das nur recht sein.

Agnes geht mit Jakob auf den Markt und die Malerknechte widmen sich ihrem Tagwerk.

Erst am Abend, nachdem Jakob und Agnes längst heimgekehrt sind und Dürer nach dem Abendmahl wieder in Richtung Herrentrinkstube losgezogen ist, kommt Hans Dürer leise in die Werkstatt geschlichen, wo Klara noch an ihrem Selbstbildnis zeichnet.

»Is mei Bruder aus dem Haus?«

»Ja. Willst mich wohl wieder anspringen?«, fragt Klara strohig.

Hans setzt sich neben sie. »Des hat sich ned geziemt«, gibt er zu. »Ich hab mich vergessen. Verzeih mir.«

Jetzt, in diesem nüchternen Augenblick, kann Klara endlich auf seinen Antrag antworten: »Hans ... du hast mich ja gar nichts erwidern lassen. Denn sonst hätt ich dir noch vor diesem unseligen Kuss sagen können ...«

> Meine Güte, warum kann dieser Kerl so überhaupt nicht zwischen den Zeilen lesen?

Hans schaut sie treuherzig und zuversichtlich an wie ein Hündchen. »... dass ich bereits einem anderen versprochen bin.«

Hans' Lächeln zerfällt wie Staub. Augenblicklich geht er zum Angriff über: »Einem andern versprochen, wem denn? Du willst mir weismachen, dass du dich einem Verlobten als treue Braut gibst und *zugleich* hinter seinem Rücken tagtäglich hier den Lehrbuben spielst? Des halt ich für unmöglich.«

»Ich tu's ned hinter seinem Rücken.«

»Hör doch auf! Welches Mannsbild würde denn weislich dulden, dass sei Liebchen ...«

Doch auch bei Hans fällt ab und an mal ein Groschen. Jetzt zum Beispiel. Er wird bleich vor Enttäuschung und Zorn, während ihm dämmert: »Von wegen dei ›Vetter‹!«

Klara schweigt.

»Lorenz und du! Die ganze Zeit! Unter unserem Dach!«

Widersacher

WAS MACHT DENN Klara so lange noch?

Bestimmt werkelt sie wieder bis zum letzten Tropfen Kerzenwachs in der Werkstatt. Jakob möchte aber viel lieber, dass sie ihre süße Aufmerksamkeit oben in der Kammer ihrem Bräutigam widmet. Er geht also hinunter, um seine Versprochene zu ermuntern, doch endlich Feierabend zu machen. Leider ist die nicht allein in der Werkstatt.

»Da is er ja«, speit ihm Hans Dürer entgegen. »Der zweite Betrüger im Bunde.«

      Oje.

Da hat Hans wohl etwas Ungünstiges erfahren. Klara blickt hilflos drein. Jakob hat Hans schon in einigen Gemütszuständen erlebt, von mürrisch bis albern, von träge bis emsig ... doch noch nie in lodernder Wut. Diese Körpersprache ist Jakob von seinem Stiefvater hinlänglich bekannt. Hans steht vor ihm, aufgeplustert, schwer atmend, jeder Muskel versteinert. Jakob weiß: Im Ernstfall kann er schmächtiges Bürschlein sich mit dem Dürerhans nicht messen, denn der ist nicht nur im Schankhauskampf erprobt, sondern überragt Jakob auch um einen halben Kopf und wiegt fast einen Viertelzentner schwerer als er.

Doch Hans Dürer ist eben nicht Burckhardt.

»So schnell schaut ihr gar ned, liegt ihr beide im Lochgefängnis.«

Hans wendet sich mit wutsteifem Körper von ihnen ab ... und tut, was er immer tut, wenn ihn etwas überfordert: Er geht. Die Haustür kracht. Jakob keucht so atemlos, als hätte die befürchtete Schlägerei stattgefunden.

»Wenn er zu seinem Bruder in die Herrentrinkstub geht, oder schlimmer noch, geradewegs zum Büttel ...«, wispert Jakob.

»Wir müssen hinterher«, schlussfolgert Klara.

»Ich geh ihm hinterher. Du bleibst zu Haus.«

»Ich komm mit«, widerspricht Klara.

»Bin ich ned dei künftiger Eheherr? So gehorch mir.«

Klara blickt ihn erschrocken an.

»Du bleibst hier und packst unsere Felleisen mit dem Allernötigsten. Dann verbirg dich in der Werkstatt und lass mich ein, wenn ich ans Fenster klopf. Sind wir verraten, so machen wir uns aus dem Staub, verbergen uns in einem Winkel und verlassen die Stadt, sobald sie in der Früh die Tore auftun«, rattert Jakob seinen Plan hinunter, der ihm seit Tagen ständig durch den Kopf geht.

In Klaras Blick ringt das Widerstreben mit der Vernunft. Sie will sich nicht von Jakob befehligen lassen und noch weniger will sie das Dürerhaus verlassen. Doch freilich kommt ihr Verstand zum selben Schluss wie er. Sie hat genug gedemütigte, gar verstümmelte Verurteilte am Grünen Markt leiden sehen, um zu wissen, was ihnen blüht, wenn sie jetzt nicht klug handeln.

Jakob huscht aus der Haustür und späht die Zisselgasse hinunter. Hans stapft bockbeinig vor Zorn den Berg hinab. Im Schatten der Hauseingänge stellt er ihm flink und lautlos nach. Hans biegt nun links auf den Weinmarkt ab. Er darf ihn nicht aus den Augen verlieren! Als Jakob um die Ecke prescht, sieht er Hans gerade noch vor der Sebalduskirche nach rechts gehen. »Verdammte Pest!«

Er steuert auf die Waage zu, wo Dürer in der Herrentrinkstube sitzt. Jakob hastet den Weinmarkt entlang bis zum Kirchenvorplatz ... und sieht Hans an der Waage vorbei und weiter in Richtung Pegnitz gehen.

Er geht nicht zu seinem Bruder.

Jakob folgt ihm weiter zu den Fleischbänken und über die Brücke.

Was will er denn in Sankt Lorenz?

Auf der Lorenzer Seite verliert Jakob Hans beinahe aus den Augen, weil sich sein Weg durch kleine Gässchen windet. Doch dann ist Hans am Ziel. Jakob erkennt das Gebäude.

Er geht ins Tetzelsche Spielhaus.

Jakob bleibt nichts übrig, als vor dem Spielhaus stehen zu bleiben und Hans weiter zu überwachen. Es fängt eisig zu regnen an. Seine Zehen und Finger werden kalt. Der Dreck auf der Straße wird zu Schlamm, in dem er rastlos herumtapst, damit seine Füße nicht ganz taub werden. Seine Gedanken rattern: Ihr plötzliches Verlöbnis. Die drohende Flucht aus Nürnberg. Die Spielkarten, mit denen in eben diesem Spielhaus betrogen wird, und die eindeutig aus der Dürerwerkstatt stammen. Hans bleibt so lange im Spielhaus, dass Jakobs Müdigkeit fast über seine Besorgnis siegt.

Da rüttelt ein plötzlicher Ausbruch an Geschäftigkeit ihn wieder wach. Eine Frauengestalt kommt aus dem Spielhaus gerannt, als wären ihr drei Teufel auf den Fersen.

Gisela?

Jakob blickt der Schankmagd nach, die von Angst gepeitscht davonstolpert. Ein Mann kommt mit einer Laterne aus der Tür gestürzt. Jakob erwartet, dass er der fliehenden Gisela nachstellt, doch stattdessen verschwindet er in einen großen Torbogen. Bald darauf klappern Hufe und der Mann fährt einen einspännigen Kastenwagen vor die Spielhauspforte. Zwei weitere Männer kommen aus dem Haus. Sie ziehen zwei Gestalten hinter sich her, die sich unbändig, aber ungelenk wehren – als wären sie gefesselt? Den erstickten Lauten nach sind sie auch geknebelt. Als sie grob in den Kastenwagen gestoßen werden, erleuchtet die Laterne des Kutschers kurz ihre Gesichter. Einer der beiden ist Barthel Betz.

Und der andere ist Hans Dürer.

Zügel schnalzen. Die Dunkelheit verschlingt das hinfort hoppelnde Fuhrwerk. Durch Jakobs Adern wallt Erleichterung.

Heut kommt Hans wohl nicht mehr nach Haus.

Jakob kann nun heimgehen und seine gefrorenen Zehen aufwärmen. Auf dem Weg fügt sich in seinem Kopf das Bild zusammen: Die kunstvollen Vorderseiten der Karten im Tetzelschen Spielhaus hat kein Geringerer als Albrecht Dürer gestaltet, so viel war ihm ja schon klar. Und mit der Verzierung der Rückseiten hat er wohl seinen Bruder Hans betraut, der sich dazu hinreißen ließ, sie zu zinken. Barthel Betz ist sein trotteliger Komplize, der mit Hans im Spielhaus schummelt. Und weil der Kleehans die Spielhausverwaltung letzthin auf Barthel Betz und seine Falschspielerei aufmerksam gemacht hat, haben sich die beiden Tetzelbrüder heute Abend das Falschspielerpaar gekrallt und von ihren Schergen aus dem Spielhaus schleifen lassen. Und das ist bestimmt auch der Grund, warum die Dritte und wohl

Schlauste im Gaunerbunde, die Schankmagd Gisela, kurz zuvor so panisch die Beine in die Hand nahm.

Zurück in der Kammer gibt Jakob Klara Bericht: »Der Hans is erst in a Schankhaus und dann zum Frauenhaus. Sturzbesoffen. Der kommt so bald ned heim. Heut Nacht sind wir sicher, Klara.«

    Warum lügst du deine Braut an, Jakob?

Bild 3
DIE NÜRNBERGER HÄNGEN KEINEN …?

Zwist

ES HÄMMERT HART und kurz, dann kracht die Tür auf. Stadtknechte poltern herein und füllen die kleine Kammer. Hans Dürer stolpert hintendrein.
»Des sind's wohl?«, fragt der Büttel sachlich.
»Ja, die zwei da.«
Während der Büttel und seine Gehilfen Jakob und Klara unsanft aus ihrem Bett zerren, kommt auch Albrecht Dürer in die Kammer – mit Adrian, der immer noch tot ist, immer noch zerfallen und blaugrün im ausdruckslosen Knabengesicht.
»Des hier is wohl mei wahres Knechtlein?«, fragt Dürer seinen Bruder Hans, der verbissen nickt. »Und des is die Schwindlerin, die sich an seiner statt bei mir eingenistet hat?«
Hans nickt noch herber.
Dürer legt schützend seinen Arm um Adrian, der matt ins Leere starrt.
»A Dürerin hättest sein können«, sagt Hans nun hartselig zu Klara.
»Und nimmst statt meiner mit der Verdammnis vorlieb.«
Klara und Jakob werden grob aus der Kammer geschleift.

Klara merkt, dass sie träumt, wirft sich auf die andere Seite, um den Alpdruck abzuschütteln. Jakob atmet ruhig und entspannt neben ihr.

Sie liegt hart und eisnass auf dem Steinboden eines gruftigen Gelasses.
Das Loch.
Ein Mann wetzt schweigend ein Beil.
»Leg die rechte Hand her auf den Stock«, fordert er sie auf.
»Ned mei Hand!«, fleht und weint Klara, sich heftig und vergebens in den kalten Eisen windend. Ihr Blick fällt auf Jakob, der neben ihr kniet. Sein Kopf liegt erschöpft auf einem Stock. Die Hände hat er

beide noch. Woher kommt also das Blut, das vom Stock auf den schmutzigen Boden rinnt?

»Jakob!«, ruft Klara ihn an.

Er dreht sich mühsam zu ihr. Als er den Mund zur Antwort öffnet, sickert Blut in Schwallen über seine Lippen. Nun erst sieht Klara die Zunge, die leblos wie ein dicker Wurm auf dem Block liegt.

»Wer frevle Taten begangen, den grause Spiele empfangen«, sagt der Scharfrichter kalt. Sein Gehilfe reicht ihm das frisch geschliffene, blitzende Beil. Er schwingt es zum Hieb.

»Neben dir findet ja kein Mensch Schlaf«, beklagt sich Jakob sanft. Seine warme, unversehrte Zunge spielt weich mit Klaras Ohrläppchen.

»Nachtmaar?«, fragt er mild.

»Nimmt's dich Wunder?«, murmelt Klara.

Es dämmert grau. Noch regt sich nichts im Haus. Mit blubbernden Knochen rappelt sich Klara auf. Wenn Hans heimgekommen ist! Wenn er von seinem Rausch erwacht!

»Wir müssen aufbrechen, sogleich«, wispert sie und gleitet lautlos aus dem Bett. Sie fischt nach der Fluchttasche mit dem Nötigsten, die griffbereit unter ihrem Bett liegt.

»Klara«, flüstert Jakob. »Lass uns nichts überstürzen. Hans kommt gewiss ned so bald heim.«

Klara hüpft in ihre Kleider, hievt sich die Tasche auf die Schulter.

»So halt doch ein«, wiederholt Jakob.

»Jakob, dei Zuversicht in Ehren, doch die Gefahr is zu groß.«

Jakob windet sich, dann rückt er heraus: »Hans war gar ned im Frauenhaus.« Er beichtet ihr, was Hans wirklich anheimgefallen ist.

»Was hast dir dabei dacht, *mich zu belügen*«, fragt sie dürr.

»Ich hab dich ned belogen. Ich hab lediglich ... Klara, der Hans ist höchst gefährlich«, beharrt Jakob. »Für uns is es doch a Segen, dass er verschwunden is. Ich wollt erst amol abwarten.«

»Was gibt's denn da abzuwarten? Sei Leben schwebt womöglich in Gefahr!« Klara ist fassungslos: »Du schaust zu, wie Hans des Nachts von finsteren Hünen verschleppt wird und denkst dir, ›*Ich wart erst amol ab*‹ und ›*Des braucht Klara ned wissen*‹?«

»Von mir aus kann der Hans bleiben, wo der Pfeffer wächst! Es kränkt mich, dass du überhaupt zwischen mir und ihm zaudern musstest«, erwidert Jakob.

»Ich wollt mei Leben lang einen Malergesell heiraten. Es war ned grad mei Wunschtraum als junges Mägdlein, mich einem Kleinschmied zu versprechen.«

Klara hätte Jakob genauso gut eine Ohrfeige verpassen können.

»Aufstehen!«, tönt Susannas Frohsinn vom Flur durch die Kammertür. »Auch ihr, Schallerbuben, was denn so saumselig heut?«

»Wir kommen ja!«, antwortet Jakob. Klara hisst er zu: »Und was auch immer Hans anzettelt hat, um überhaupt in a derart missliche Lage zu geraten, is ja allein *sei Schuld*.« Er tut einen Schritt in Richtung Kammertür, dreht sich noch einmal um: »Und obendrein – is er a *dürftiger* Maler!«

Klara muss erst noch einen Augenblick auf der Bettkante sitzen bleiben, ehe sie Jakob nach unten zum Morgenmahl folgen und so tun kann, als wäre nichts.

»Wo bleibt Hans denn scho wieder?«, fragt Dürer zwischen zwei Löffeln Morgensuppe. Die anderen Gehilfen zucken mit den Schultern.

»Ich weck den Faulpelz«, sagt Agnes. Sie kommt wenig später zurück: »Albrecht. Hans is ned in seiner Kammer.«

»Na, köstlich! Was zum Kuckuck treibt er nun scho wieder? Er weiß doch, dass ich seiner Hülf heut dringlich bedarf. Is er denn am gestrigen Abend noch ausgangen?«

»So um den Garaus war a rechtes Gerumpel unten und dann is die Haustür zornig zugeflogen«, entsinnt sich Wolf Traut. Und leider erinnert er sich dann auch noch: »Adrian und Lorenz müssten doch wissen, was da war. Ihr wart doch auch noch drunten.«

Dürers Blick duldet keine Sperenzchen.

»Ich hatt a kleines Wortscharmützel mit dem Hans«, gesteht Jakob also. »Ich ... ich hab ihm gesagt, er soll sich von meinem Bruder fernhalten.«

Das war vorgestern in der Werkstatt Zeuge, wie sein Bruder den Lehrbuben ungeladen auf den Mund geküsst hat. Dass sich Lorenz als älterer Bruder und Beschützer einmischt, leuchtet ihm ein.

»Und wo is Hans dann hin?«, forscht Dürer weiter.

Allgemeines Schulterzucken.

»Der wird nach vollbrachter Sünd neben einer Hübschlerin im Frauenhaus eingeschlafen sein«, mutmaßt Agnes mit bemerkenswerter Lässigkeit für eine ehrbare Bürgersfrau. »Der kommt scho heim, wenn er seiner Narreteien müd wird.«

Klara ist erleichtert, als Agnes und Jakob zum Markt aufbrechen. Sie erwidert nicht einmal Jakobs Abschiedsgruß. Jetzt sind sie gerade einen

Tag verlobt, und schon belügt Jakob die eigene Braut, als wäre sie irgendein Bauerntropf.

Neuer Freund

DER MARKTTAG LÄUFT schleppend. Jakob ist froh, als er vorüber ist, denn mit Klara so verstimmt auseinanderzugehen, behagt ihm gar nicht. Außerdem kommen ihm im Laufe des Tages zwei Erkenntnisse. Erstens darf er Klara nichts verheimlichen. Und zweitens ist Hans Dürer seiner Braut lange nicht so gleichgültig wie ihm. Er will sich gleich nach seiner Heimkunft vom Markt mit ihr aussprechen.

»Wo ist mei Bruder?«, fragt er, als kein kupferroter Strubbelschopf in der Werkstatt zu sehen ist.

»Ausgangen und noch ned heimkommen«, sagt der Kleehans, der sich die Hände mit Asche reinigt.

»Noch *ned heimkommen*? Aber es schlägt doch gleich den Garaus«, wundert sich Agnes.

»Herrschaftszeiten, es langt!«, schimpft Dürer. »Künftig meld sich jeder, der ausgehen will, bei mir ab.« Mit jeder Stunde, die Hans fehlt, steigt größere Sorge in seinen Unmut.

Verdammt, Klara, was soll das? Wo bist du?

Jakob bittet um Erlaubnis, seinen Bruder zu suchen. Er rast die Zisselgasse hinab. Auf dem Grünen Markt trifft er Klara natürlich nicht an. Hat sie sich zum Spielhaus durchgefragt? Jakob hastet weiter, quer über den verwaisten Markt über die Fleischbrücke. Vor dem Spielhaus ist sie auch nicht.

Herrgott, sie wird doch nicht *im* Spielhaus sein?

Jakob zögert kurz an der Klinke. Allzu erpicht ist er ja nicht, sich wieder in diese Löwengrube zu wagen. Aber was bleibt ihm übrig? Seine Braut ist verschwunden und das Spielhaus ist seine beste Vermutung. Er tritt ein und schreitet durch die Wand aus Bierdampf, Kohlendunst und dem Mief angeregt glücksspielender Männerleiber. Da stehen wieder die beiden Aufpasser und schüchtern die Gäste durch ihre bloße breitschultrige Gegenwart ein. Im Eck sitzt seelenruhig Klara mit zwei Fremden. Der eine wirkt wie ein Patrizier, der andere, der Gewandung nach, wohl sein Knecht.

»Bruderherz!«, ruft Jakob sie so leichthin an, wie es ihm mit seinen brodelnden Gefühlen gelingt. »So ungern ich dich behellige, wir haben heut keinen Ausgang. Hat der ... *Meister* gesagt.«

»Oh, hat er des?«, fragt Klara. Sie blickt entschuldigend zu ihren Tischgenossen.

»Geh nur heim, Bub, eh Dürer dir auf's Dach steigt!«, lächelt der junge Patrizier wohlwollend.

Oje.

Woher weiß der denn bereits, dass Klara bei Dürer dient? Was erzählt sie diesen Fremden da alles?

Jakob bugsiert Klara eilig aus dem Spielhaus. Auf der Straße packt er sie bei den Schultern. »Bist noch bei Trost?«

»Die Gelegenheit war günstig«, erwidert Klara stachelig.

»Günstig wofür?«

»Nachzuforschen, wo Hans abblieben is!«

»Ohne mir was zu sagen!«

»Ach, verzeih«, schnappt Klara, »ich wusst ja ned, dass wir beide uns *alles sagen!* Ich war auf einer verheißungsvollen Fährte. Der Geschlechtige da, des is Christoph Kress von Kressenstein ...«

»Mir klingeln die Ohren!«, lacht hinter ihr eben jener Christoph Kress von Kressenstein, der gerade mit seinem Knecht das Spielhaus verlässt. »Was schwänzt ihr denn noch hier umher?«

»Wir sind scho auf dem Heimweg«, sagt Jakob kurz.

»Soll ich dem Hans Dürer bestellen, dass ihr ihn sucht, so ich ihm begegne?«, bietet der junge Patrizier an. Jetzt ist Jakobs Kopf klar genug, um den Edelmann genauer in Augenschein zu nehmen. Mitte zwanzig, hochgewachsen und sehnig, Verstand und Güte im Blick. Der Knecht an seiner Seite ist klug gewählt, nicht nur kräftig und imposant, sondern auch hellwach und achtsam.

»Herr Kress, ich war ned ganz wahrhaft mit Euch«, gesteht Klara nun. »Der Hans is ned einfach verschwunden. Er ward *verschleppt.* Aus eben diesem Spielhaus.«

Kress' Augen weiten sich: »Wohin denn?«

»Des hofft ich, hier zu erfahren«, sagt Klara.

»Hm«, überlegt Kress. »Wo euer Genosse Dürer is, weiß ich freilich ned, doch hab ich a starke Ahnung, was wohl zu dem Vorfall geführt hat.«

»Was denn?«, klinkt sich Jakob in das Gespräch ein. Mal sehen, ob Kress seinen Verdacht erhärtet.

»Hans Dürer hat Schulden bei den Tetzel, und wohl ned gering. Angefangen hat sei Ungemach letztes Jahr, als er beim Gesellenstechen auf Hans Thumer gesetzt hat.«

»Und des war wohl die falsche Wette?«, mutmaßt Jakob.

»Nun – ich an seiner Stell hätt eher auf den Reiter gesetzt, der bereits in zwei Kriegen gedient hat«, erwidert Kress und grinst: »Also meine Wenigkeit.«

»*Ihr* habt des Gesellenstechen gewonnen? So rechte Scharfrennen mit Harnisch und Lanze reitet Ihr?«, fragt Jakob mit wachsendem Wohlwollen für den Junker.

»Und seither spielt sich euer Genosse Dürer hier fast nächtlich um Kopf und Kragen. In jüngster Zeit kam er jedoch nimmer her. Ich dacht ja, er wollt die Tetzel meiden, wegen des gewaltigen Schuldenbergs, den er bei ihnen aufgetürmt hat.«

> Und ich denke ja, er hat seinen Lebenswandel bereinigt, um meiner Klara zu gefallen.

»Und als er sich dann unkluger Weis wieder im Spielhaus hat blicken lassen«, schlussfolgert Kress, »haben die Tetzel die Gelegenheit, oder besser gesagt, gleich den ganzen Hans beim Schopf ergriffen. Nun – wir knöpfen uns die beiden Tetzelsöhn amol vor«, sagt Kress, mehr zu seinem Knecht, der dienstfertig nickt. »Wir finden euren Dürerhans scho.«

»Habt Dank, Herr«, sagt Klara hoffnungsvoll.

Klara und Jakob machen sich auf den Heimweg. Jakob rafft den Mut zusammen, ihr die ganze Wahrheit zu erzählen: »Dahinter steckt noch mehr, Klara. Der Hans spielt falsch.«

»Wie kommst du darauf, dass Hans der Falschspielerei fähig sei? Er vermag ja kaum auf die *rechte* Weis zu spielen«, wendet Klara ein.

Jakob erzählt Klara von den gezinkten Karten im Spielhaus, von Barthel Betz und den identischen Karten bei Dürer.

»Was sagst du da, Jakob?«, fragt Klara bangäugig.

»Meines Achtens ahnt Dürer nichts. Denn erstens sind seine Karten daheim sauber. Zweitens is er viel zu redlich und gibt zu viel auf seinen guten Leumund, als dass er derlei Torheit je dulden würd. Wiewohl ... lebt unter seinem Dach ja einer, der durchaus töricht genug für solchen Unfug wär ...«

»Hans«, wispert Klara.

Jakob fährt fort: »Hans hat dem Spielhaus die gezinkten Karten untergeschoben, um dann zusammen mit Barthel Betz falsch zu spielen. Und nun ... büßt er irgendwo dafür.«

»Warum hast mir des alles ned sogleich gesagt?«, fragt sie mit papierner Stimme.

»Weil ich wusst, dass dich Hansens Bubenstücke grämen würden. Und ich wollt ned sehen müssen, wie viel dir an diesem Haderlump liegt.«

»Jakob, wir sind nun einander versprochen. Dass mir zuweilen auch des Geschick anderer Leut nahe geht, wirst dulden müssen. Traust mir denn ned, dass ich dir treu sein werd?«, fragt Klara.

»Doch. Ich trau dir.«

»Dann erspar uns doch die elende Scheelsucht.«

»Ach, Klara – es verdrießt mich gar sehr, mit dir misshellig zu sein«, krächzt Jakob erlöst.

»Mich auch.«

»Ich will nimmermehr was vor dir verblümen, Klara«, beteuert Jakob herzig.

»Und ich will nimmer misslich davon reden, die Braut eines Schlossers zu sein«, verspricht sie.

Sie liegen sich versöhnt auf offener Gasse in den Armen.

❖

Am nächsten Tag gehen alle wieder ihrer gewohnten Arbeit nach. Doch selbst Agnes, die sich ja nicht durch übermäßige Zuneigung zu ihrem jungen Schwager hervortut, ist den ganzen Tag über im Gewölbe recht still. So lange war der Herumtreiber noch nie unangekündigt weg.

»Machst die Schrage zu, Lorenz?«, bittet sie Jakob gegen Feierabend. Agnes geht voran in Richtung Sebalduskirche.

Jakob räumt noch die Drucke zusammen. Als er gerade die Läden verriegelt, spürt er jemanden hinter sich schwer atmen.

Es ist Hans, schmutzig, übelriechend, und, seiner Körperhaltung nach zu schließen, verletzt.

»Da schau an!«, begrüßt ihn Jakob. Offenbar ist die Gunst dieses Kress von Kressenstein ein recht wirkmächtiges Mittel.

»Ich brauch einen Bader. Und a paar Groschen«, hisst Hans. »Gib mir a Geld aus der Kasse.«

»Äh ... Gemach, mei Guter. Als wir uns zuletzt gegenüberstanden, wolltest mich fast totschlagen und jetzt verlangst, dass ich für dich aus der Kasse deiner Schwägerin stehl?«

»Willst mir's etwa verwehren?«, knirscht Hans.

»Oder sonst – was? Gehst zu deinem Bruder und verrätst mich und Klara? In diesem Zustand?«, fragt Jakob mit einer beredten Geste an Hans' aufgelöster Gestalt entlang. »Hm ... nur wüsstest dann freilich ned, wie du deinem Bruder dei Verschwinden erklären sollst. Wie gut, dass du einen findigen Freund wie mich hast«, lächelt Jakob.

»Du bist ned mei Freund«, sagt Hans kurz.

»Oh, doch. Fortan bin ich dei allerbester Freund auf dieser Welt«, sagt Jakob mit Genugtuung. »Und beste Freunde helfen einander. Also, wenn ich jetzt etwa wüsst, dass du von finstern Gestalten aus dem Spielhaus der Tetzel gezerrt und verschleppt wardest ...«

Hans wird bleich.

»Wenn ich überdies noch wüsst, dass du bis über beide Ohren in Spielschulden steckst ...«, zieht Jakob die Daumenschraube weiter an.

Hans wird noch kalchiger.

»Wenn mir *dann noch* kund worden wär, dass du mit gezinkten Karten aus der Werkstatt deines Bruders *falschgespielt* hast ...«, wispert Jakob so eindringlich, wie er es sich hier in der Öffentlichkeit des Marktplatzes leisten kann.

Er packt den zerfahrenen Hans bei der Schulter: »Und wenn ich in dieser Lage dann dei *Freund* wär – dann würd ich dir a paar Groschen aus meiner *eigenen* Geldkatz geben, damit du zum Bader gehen kannst, ohne dei gute Schwägerin bestehlen zu müssen. Ich würd sogar geschwind nach Haus laufen und dir saubere Kleidung zum Bader bringen. Und dann würd ich dir helfen, a schöne, glaubliche Geschicht für deinen Bruder zu erdichten. Als dei bester *Freund und Vertrauter* würd ich des für dich tun.«

Hans überlegt. Dann sagt er: »Aber ned zum Irrerbad, wo mich jeder kennt. Im Fuchsbad nimmt's der Bader ned so genau«, sagt er mit einer Geste zu seinem schmerzenden Arm. Ein Nürnberger Bader ist nämlich eigentlich verpflichtet, verdächtige Verletzungen dem Rat zu melden, damit das Vergehen geahndet werden kann, das zu der Wunde geführt hat.

»Gut!«, freut sich Jakob. »Du nimmst also die von mir anerbotene Freundschaft an?«

Hans nickt geschlagen. Jakob drückt ihm ein paar Münzen aus eigener Tasche in die Hand und eilt nach Hause, wo er nicht nur einen frischen Satz Kleider aus Hans' Kammer holt, sondern auch Klara verständigt, vor der er ja künftig nichts mehr verheimlichen will.

Bald darauf sitzen beide mit einem sauberen, verarzteten und hungrig schlingenden Hans an einem Gasthaustisch auf der Lorenzer Seite im Barfüßerviertel, fernab ihrer Sebalder Stammschankhäuser.

»Lass sehen«, fragt Klara sanft.
Viel zu sanft!

Hans krempelt seinen Ärmel hoch und zeigt Klara die Naht, womit der Bader eine Platzwunde am Unterarm verschlossen hat.

»Wie is des denn geschehen?«, will Klara wissen.

»Am besten bericht der Reihe nach«, verlangt scharf Jakob, dem die Fürsorglichkeit in Klaras Stimme missfällt. Hans streift sich den Ärmel herunter und widmet sich wieder seinem Mahl.

»Wolltest ned *du* a Mär ersinnen, die ich meinem Bruder auftischen kann?«, schmatzt er, wenig erpicht auf ein langes Bekenntnis.

»Die beste Glocke gießt sich aus echtem Kupfer«, beharrt Jakob auf einer vollständigen Beichte.

»*Du* hast an all dem Schuld«, sagt Hans, mit dem Löffel in Richtung Klara wedelnd. »Du hast mich verschmäht. Dann bin ich aus Verdruss spielen und saufen gangen – wiewohl ich mir Stein und Bein geschworen hab, diesen Lastern nimmermehr zu frönen. Und auf einmal standen Tetzels Schergen vor mir.« Hans kaut: »Und Albrecht, der hat auch Schuld, weil er mich so streng hält mit dem Geld.«

»Ach, welch herbes Geschick«, höhnt Jakob.

»Was hast denn an Schulden bei den Tetzel?«, will Klara wissen.

Hans murmelt den Betrag so leise, dass Jakob ihn zunächst gar nicht versteht: »Wie war des?«

»Zweihundert.«

»*Goldgulden?!?*«

»Pssst«, macht Hans und setzt zu einer wirren Erklärung an, redet vom letztjährigen Scharfrennen und verschiedenen Patriziersöhnchen, wer wen aus dem Sattel hob und weitere Einzelheiten, denen Jakob weder akustisch noch logisch folgen kann. Doch das Ausschlaggebende ist, wie Klara und Jakob ja bereits von Christoph Kress wissen: »Und ich hab auf Hans Thumer gewettet«, schlürft Hans.

»Wetten auf Scharfrennen sind von Rats wegen verboten«, erinnert ihn Jakob.

Hans nickt und trinkt.

»Aber von *einem* verwetteten Gesellenstechen gerät man keine *zweihundert* Gulden in Schuld«, forscht Jakob weiter.

»Des war erst der Anfang«, gesteht Hans. »Albrecht wollt mir kei Geld borgen, weil er mir ned traut.«

»Mit Fug und Recht!«, sagt Klara empört.

»Also hab ich mei Glück im Spielhaus versucht … und mich wohl im Lauf der Wochen und Monat etwas verstiegen.«

»Verstiegen«, wiederholt Jakob lakonisch.

Klara fährt so zornesheftig vom Tisch auf, dass Teller und Becher scheppern und die anderen Gäste aufmerksam werden.

Sie setzt sich wieder und zischt wütend: »Du hast Spielkarten aus der Werkstatt deines Bruders gezinkt und dem Spielhaus untergejubelt! Bist denn noch bei Trost? Was hast dir dabei dacht? Du hättest deinen Bruder zugrunde richten können!«

»Ich bin immer enger in die Zwickmühl geraten, ich wusst mir nimmer anders zu helfen!«, verteidigt sich Hans und trinkt noch einen verzweifelten Schluck. »Zudem is des ned alles allein auf meinem Mist gewachsen. Ich hatt noch zwei Genossen. Einen ausgemachten Spitzbuben, der mir den Floh überhaupt erst ins Ohr gesetzt hat ...«

»Ach, geh, der Barthel Betz is a Schwachkopf! Mach mir doch ned weis, *der* hätt des alles anzettelt«, schnappt Jakob.

Hans schwirrt sichtlich der Kopf, wie genau Jakob und Klara schon über seine Missetaten unterrichtet sind.

Jakob ist ihm sogar noch einen Gedanken voraus: »Und der zweite Genosse is wohl eher a *Genossin*. Warum sonst wär die Schankmagd Gisela in heller Aufregung aus dem Spielhaus gerannt, eh du und Barthel in den Wagen geworfen wardet?«

»Ich hab Gisela noch zugerufen, sie soll im Klarissenkloster Zuflucht suchen. Den Barthel und mich haben sie in einem finstern Gelass festgehalten. Tags drauf haben's den Barthel geholt und verkündet, sie übergeben ihn nun dem Büttel, auf dass ich säh, was mir droht, wenn ich ned auf die Sprüng komm und zahl. Einen Tag später haben's auch mich wieder in den Wagen verfrachtet und vor dem Neutor in den Dreck gestoßen.«

»Dann liegt Barthel nun wohl im Loch. Und dich haben's fürerst geschont, weil du erstens a Dürer bist und sie zweitens noch auf ihre zweihundert Gulden hoffen«, folgert Jakob.

Hans nickt: »Bis zur Weihnacht.«

»Bis zur Weihnacht was?«

»Heiligabend is die Galgenfrist, zu der ich die zweihundert Gulden zahlen muss«, nuschelt Hans.

»Oh weh. Nun, gut. Als deine *besten* Freunde obliegt es uns nun wohl, deine Gefährten aufzuspüren und deine Schuldenlast zu lindern«, bietet Jakob an, denn so kann er einen Bund besiegeln, der die Gefahr eines Verrats durch Hans Dürer wohl endgültig bannen dürfte.

Hans nickt kleinlaut und trinkt.

»Und dafür sind wir für dich auf alle Zeiten die braven Malerbrüder Adrian und Lorenz Schaller, denen du in tiefer Freundschaft verbunden bist und niemals Übles wünschtest«, benennt Jakob seine Bedingungen.

Hans nickt und trinkt.

»Jetz hör halt auf zu saufen«, greift Klara ein und zieht Hans den Krug weg.

Hans schiebt Jakob über die Tischplatte hinweg eine lahme Hand hin. Jakob ergreift sie und schüttelt sie fest.

»Besiegelt. Auf unsere Freundschaft«, sagt Jakob und hebt dazu den eigenen Krug. Das Wort *Freundschaft* sagt er so hart, dass es bedrohlich klingt.

Wer hat jetzt den Karnöffel in der Hand, Dürerlein?

»Und wie finden wir die Verschwundenen?«, geht Klara gleich zu den praktischen Aspekten des neu geschlossenen Pakts über.

Hans zieht sein Bier wieder zu sich und schlägt vor: »Ich wüsst a Edeljungfer mit engster Verbindung sowohl zum Klarissenkloster als auch zum Rat. Ihr wär es a Leichtes, zu erforschen, was Gisela und Barthel anheimgefallen is. Nur leider steh *ich* mit dem Fräulein ned gerade auf bestem Fuß.«

»Felicitas Pirckheimer«, nickt Jakob. »Die is auch mir gleich in den Sinn kommen.«

»So bleibt nur noch die geringere Erschwernis, wie wir bis Heiligabend *zweihundert* Gulden beschaffen ...«, sagt Klara ironisch.

Hans hat auch hierfür einen Vorschlag: »Albrechts Werkstattzeichen is Gold wert – und Klaras Hand gut genug, dass a unverständiger Pfeffersack glückselig mit einem vermeintlichen Dürer davongehen würd.«

»Nie und nimmer!«, ruft Klara empört. »Wir fälschen keine Werke des Meisters. Uns fällt was Besseres ein.«

Pirckheimerinnen

»ICH GEB DER ehrwürdigen Mutter Bescheid.« Das junge Stimmchen klingt frisch. Vergnügte Schritte hüpfen auf der Suche nach der Priorin vom Klausurgitter des Klarissenklosters davon. Es dauert nicht lange, bis eine reifere Stimme auf Lateinisch ein Grußsprüchlein brummelt.

Das ist sie nun also. Caritas Pirckheimer. Die Zierde Deutschlands, *virgo docta*, hoch gelehrte, tugendreiche Jungfrau, in deren Lob sich die männlichen Gelehrten des Reiches geradezu überschlagen. Diesem Ruf entsprechend erwartet Klara eine selbstgerechte, verschrumpelte alte Jungfer, abgeklärt und weltfremd, krumm und kurzsichtig von all dem Beten und Bibellesen.

Eine resolute Hand kommt durch das Gitter geschossen und packt beherzt die Hand von Felicitas.

»Felicitas, Kind – sag mir bloß ned, du bist der Hure wegen hier«, sagt Caritas Pirckheimer. Klara muss sich ein lautes Auflachen verbeißen.

»Es is a *Schankmagd,* ehrwürdige Mutter, kei Hure«, erwidert Felicitas zufrieden.

»Fein, sie hat also ihren Weg zu dir gefunden!«

Hans Dürer hat Gisela geraten, sich ins Klarissenkloster zu flüchten, weil da nämlich gleich zwei Schwestern von Willibald Pirckheimer sitzen, die selbst für ein sündhaftes Weib wie Gisela Partei ergreifen werden, solange die Gegenpartei *Tetzel* heißt.

»Und wer is der Milchbub da an deiner Seiten?«, will die Äbtissin wissen. Ihre Augen bohren so eindringlich durch das Sprechgitter, dass Klara fürchtet, augenblicklich entlarvt zu werden.

»A Malerbub vom Dürer«, erklärt Felicitas, was die Tante augenblicklich etwas milder stimmt.

»Und die Schankmagd is wohlauf?«, will Felicitas wissen.

»Wohlauf und scho wieder fort.«

»Scho wieder fort?«, wundert sich Felicitas. »Hat sie denn ned bei Euch um Asylum ersucht?«

»Was hast du denn mit der Sach zu schaffen, Kind?«, fragt Caritas streng.

»Ehrwürdige Mutter«, mischt sich Klara ein, »Felicitas hat eigentlich gar nichts damit zu tun. Gisela is a ... Bekanntschaft des Hans Dürer. Des Fräulein Pirckheimer hilft uns nur fahnden, wo die gute Frau abgeblieben is.«

»*Die gute Frau*«, lacht die Äbtissin schroff. »Du bist ja a herziges Knäblein. Ach, ich hätt ahnen können, dass der Dürerhans seine Finger im Spiel hat. Dem Büttel hat sie sich gestellt, nachdem ich ihr erklärt hab, dass die Zuflucht der Kirch allein den *falsch* Beschuldigten gilt, und sie erst mit der weltlichen Justiz ins Reine kommen muss, wenn sie mit ihrem Herrgott Frieden machen will.«

Ungünstig.

»Der arme Albrecht«, seufzt Caritas Pirckheimer, »dass der derart gestraft is mit diesem so gänzlich aus der Art geschlagenen Bruder. Du hältst dich fortan fern von ihm, Kind. Wieso willst dem Taugenichts denn zu Gefallen sein?«

»Will ich ja gar ned!«, wehrt Felicitas ab.

»Oder ... willst eher dem niedlichen Milchgesicht da zu Gefallen sein?«, fragt die Äbtissin argwöhnisch und ihr forschender Blick heftet sich wieder auf Klara. »Du hast ja gewiss ned vergessen, wem du versprochen bist, Kind?«, fragt sie ihre Nichte.

»Dem Hans Imhoff bin ich versprochen«, rezitiert Felicitas gehorsam und ganz offensichtlich nicht zum ersten Mal. »Dass ich mich einer Sach kundig machen will, bedeut doch ned, dass ich einem Mannsbild verfallen bin«, verteidigt sich Felicitas selbstbewusst und stichhaltig.

»Aha. *Neugier* is dei Antrieb«, erkennt Caritas.

> Und? Wo bleibt die strenge Warnung vor der Sünde der Neugier?

Der Verweis, dass der Fürwitz der Eva der Menschheit die Vertreibung aus dem Paradies eingebrockt hat ...? Nichts davon. Stattdessen wendet sich Caritas Pirckheimer mahnend an Klara: »Des gilt im Übrigen auch für dich, Malerbub. Lass dich von den Gaunereien des Hans Dürer ned verleiten. Bleib stets besonnen auf dei Arbeit in der Dürerwerkstatt, wo du die große Ehre hast, dienen zu dürfen.«

»Gewiss, hochehrwürdige Mutter«, murmelt Klara.

Im Klostergang hinter der Äbtissin quietscht, kreischt und lacht es plötzlich.

»Was is denn des für a Getös?«, verlangt Caritas Pirckheimer zu wissen.

Klara erspäht einen Haufen munter wieselnder grauer Schleier und Gewänder. Novizinnen. Auch Felicitas äugt neugierig durch die Gitterstreben des Klausurfensters, denn hier im Klarissenkloster wimmelt es nur so von Töchtern edler Nürnberger Häuser. Als ihre Alters- und Standesgenossinnen Felicitas am Gitter erkennen, winken etliche der Mädchen ihr fröhlich zu.

»Seid ihr ned auf dem Weg zu eurer Unterweisung, Kinder?«, fragt Caritas Pirckheimer.

»Des sind wir, ehrwürdige Mutter, doch des Hündlein!«, quiekt eines der Mädchen.

»Des größte der Hündlein is entwischt und macht die Hühner ganz närrisch!«, ruft eine andere.

Nun hört es Klara: junges, lebhaftes Hundegekläff und gackernde, flügelflatternde Aufregung.

»Ihr wollt den Köter doch ned etwa mit in die Lateinstund nehmen?«, schwant der Äbtissin.

»Doch, ehrwürdige Mutter, des *müssen* wir, weil sonst nämlich ...«

»Wehe, ihr wisst hernach eure Lektion ned, weil ihr nur auf des Tier Acht habt!«, warnt Caritas.

»Ich hab's ihnen stattgeben«, ertönt die gütige Stimme einer erwachsenen Nonne, die gemessenen Schrittes hinter der wimmelnden Novizinnenschar dreingeht.

»Mei liebes Bruderkind!«, freut sie sich, als sie Felicitas erblickt. Mit ruhiger Autorität in der Stimme weist die Kindsmeisterin ihre Novizinnen an, in den Studiersaal voranzugehen, während sie sich dem Klausurgitter nähert und unbefangen die Finger hindurchstreckt, um Felicitas' Hand zu drücken.

»Warst du uns scho lang nimmer besuchen«, freut sie sich.

Aha, das ist also die zweite, jüngere Pirckheimerschwester.

»Die Sach mit der Hübschlerin hat sie hertrieben«, berichtet Caritas ihrer Schwester so nüchtern, dass Klara sich wieder ein Lachen verkneifen muss.

»*Schankmagd!*«, berichtigt Felicitas erneut.

»Ach, die! Die is scho wieder fort«, gibt Schwester Klara unbekümmert Auskunft.

»Hab ich bereits vernommen«, sagt Felicitas. »Was habt ihr denn da für süße Hündlein?«

Felicitas, die für ihr junges Alter schon so schwere patrizische Würde tragen muss, wirkt ausgesprochen kindlich, als sie sich den Hals nach dem Welpen verrenkt, der von den Mädchen eingefangen wurde und nun im Klostergang davongetragen wird.

»Die Walburga hat geworfen, gleich acht Stück.«

»Ach, und ich vermeint, Klarissen pflegen keinen Umgang mit Rüden!«, scherzt Felicitas.

»Unser Keuschheitsgelübde schert die Walburga leider wenig, wenn die Straßenköter über die Klostermauern zu ihr gesprungen kommen«, lacht Caritas.

Klara ist fasziniert von diesen heiteren, gediegenen Klosterschwestern. Aber eigentlich hätte sie ja ahnen können, dass waschechte Pirckheimerinnen auch die entsprechenden Qualitäten ihres Geschlechts besitzen, Tatkraft mit praktischem Gerechtigkeitssinn, gut gewürzt mit Nürnberger Witz.

Die Kindsmeisterin führt das entglittene Gespräch wieder zurück in die Spur: »Wie dem auch sei, sind die Viecher scho zwölf Wochen alt und werden uns langsam wirklich zur Plag. Willst einen haben? Wir können die ned alle behalten.«

»Au ja!«, klatscht Felicitas freudig in die Hände.

Schlosserarbeiten

»MEIN KNECHTLEIN, warum arbeitest denn scho wieder entgegen dem Licht?«

Weil Klara vorsichtshalber mit dem Rücken zur Werkstatttür arbeitet.

Denn sie müssen vorsichtig sein. Mit einem Frösteln erinnert sich Jakob an den Tag, an dem plötzlich Anton Tetzel in der Werkstatt stand.

»Mir is so lieber, Meister«, lügt Klara.

»Gschmarr. Du brauchst doch a Licht.«

Dürer schiebt den Schemel samt Knechtlein darauf an die andere Seite des Werkstatttischs. Die Magd Susanna streut feuchte Sägespäne aus, um beim Kehren des Werkstattbodens keinen Staub aufzuwirbeln, der sich dann in Farbmuscheln oder gar auf feuchten Bildern festsetzen könnte. Hans wird gerügt, weil er neue Farben aus verkrusteten Palettenresten vom Vortag ansetzen will. Sprich: Es ist wieder Normalität eingekehrt im Dürerhaus. Hans lässt die Schelte kleinmütig über sich ergehen. Jakob hat ihm geraten, sein Verschwinden so zu erklären, wie es seine Schwägerin Agnes ohnehin vermutete: eine unerfreuliche Weibergeschichte. Dass er deswegen zwei Tage wie vom Erdboden verschluckt war, hat Dürer zwar nicht besonders überrascht. Doch irgendwann überspannt selbst der dehnbarste brüderliche Geduldsfaden.

Jakob setzt sich neben Hans und raunt: »Wir haben Kunde von deiner Spießgesellin Gisela.«

»Ja?«, macht Hans so besorgt, dass Jakob sich fragt, ob er nicht doch ein wenig Anstand im Leib hat.

»Felicitas Pirckheimer hat Erkundungen eingeholt. Gisela hat Zuflucht im Klarissenkloster gesucht, sich dann aber auf Mahnung der Äbtissin dem Büttel gestellt. Sie liegt wohl im Eisen, wie Barthel.«

Bestürzung macht sich auf Hans' Gesicht breit. Ein guter Moment, um eine Forderung zu stellen. Jakob flüstert: »Gib mir amol deinen Schlüssel. Du hast doch einen Schlüssel zum Haus.« Hans zögert. »Gib scho her. Wenn ich dir aus deiner Bedrängnis helfen soll, muss ich zu jeder Tages-

und Nachtstund frei ein- und ausgehen können. Du kriegst ihn ja auch sogleich wieder, ich will mir nur a Peterle davon abmachen.«

»Kei Schlosser macht dir einen Nachschlüssel ohne Erlaubnis des Hausherrn«, gibt Hans zu bedenken.

»Des lass mei Sorge sein«, erwidert Jakob.

Hans nestelt widerwillig seinen Hausschlüssel vom Gürtel und übergibt ihn Jakob.

Agnes und Jakob brechen auf zum Markt. Als zum Mittagsläuten die Männlein auf der Marienkirche loslaufen, kann er sich von der Verkaufsschrage loseisen und mit dem Hausschlüssel in Richtung Sankt Lorenz aufmachen.

Messerschmied Hermann Henlein schlägt wieder einmal vor seiner Haustür die Zeit tot. Er hat mitten am Tag nichts zu tun, während alle anderen fleißigen Nürnberger Handwerksmeister jammern, der lichte Tag sei ihnen viel zu kurz. Das stimmt Jakob hoffnungsvoll, dass Henlein ihm seine Werkstatt gegen entsprechendes Entgelt für ein Stündchen überlässt: »Verpachtet Ihr Euer Werkstatt noch für Stückwerk?«

»Wofür?«

»Ich müsst einen Schlüssel fertigen.«

»Wie trefflich, dass gleich nebenan a *Schlosser* sitzt«, sagt Hermann spöttisch, mit dem Daumen zur Nachbartür seines wesentlich erfolgreicheren Bruders Peter Henlein zeigend.

»Ich will ihn selber machen«, erwidert Jakob möglichst gelassen.

Henlein sieht Jakob prüfend an. Nachschlüssel darf nur der Hausherr selbst in Auftrag geben. Die Frage ist, ob Jakob Henleins Bereitschaft zu unlauteren Machenschaften richtig einschätzt. Am besten kommt er gleich zur Hauptsache, dem finanziellen Anreiz: »Was wär denn des Entgelt, Eure Werkstatt a Stund lang zu nießbrauchen?«

»Drei Kreuzer – für ehrsame, treuliche Handwerker«, testet Henlein und wird nicht enttäuscht, denn Jakob versteht die unausgesprochene Aufforderung: »Wie wär's mit einem Gulden?«

»Ahnt ich doch, dass ich mit dem Schlosserbuben ins Geschäft komm«, sagt Henlein.

Minuten später ist Jakob in die einfache, gesindelose Messerschmiede eingewiesen und Henlein zieht sich ins Obergeschoss zurück, um nachher leugnen zu können, etwas von dem Geschehen in seiner Werkstatt mitbekommen zu haben. Die Esse hat Glut. Jakob drückt den Blasebalg, und als sie lustig auflodert, spürt er gleich, dass ihm Amboss und Eisen doch mehr fehlen, als ihm bewusst war. Er greift sich mit einer feinen Zange einen Rohling, bringt ihn zur Glut, bearbeitet ihn auf dem kleinen Amboss mit geschickten Schlägen. Die Hände vergessen nichts. Zur Feinarbeit geht er hinüber in den Werkraum, wo das Tageslicht großzügig durchs Fenster auf einen Tisch fällt. Da ja das Schlüsselloch leider bereits im Dürerhaus verbaut ist, muss er den Schlüssel allein nach Augenmaß hinbekommen. Jakob genießt die Fertigkeit seiner kerngesunden Hände, die er im Dürerhaus stets krumm und krampfig halten muss wie ein Gichtiger. Er fährt sich selbstvergessen mit der Zungenspitze über die Lippen, feilt, prüft, hält Schlüssel und Peterle nebeneinander ins Licht, schmirgelt, schleift wieder.

So geht es Klara in der Malerstube.

Dieses glückselige Gefühl, mit sicherem, fingerflinkem Geschick durch ein Werk zu gleiten, so tief darin zu versinken, dass man Zeit und Raum vergisst – das ist Klara jeden Tag vergönnt. Als Jakob dem Meister Henlein den vereinbarten Gulden Pacht entrichtet und sich wieder auf den Weg auf die Sebalder Seite macht, hat er Freude im Herzen und im Beutel zwei Nachschlüssel zum Dürerhaus. Und einen Dietrich für alle Fälle. Man weiß ja nie.

Zurück im Dürerhaus, als er den Schlüssel dem Dürerhans wieder zusteckt, grinst dieser hämisch: »Kommt amol beide mit in die kleine Stube. Ich muss euch was zeigen, was mir soeben Wunderlichs in die Händ fiel.«

In der Stube zieht er schadenfroh einen Bogen Papier aus dem Wams und rückt eng neben Jakob.

»Mein lieber Gesell Lorenz, der du ja immerzu a Heidenangst hast, der *bitterböse Dürerhans* könnt euch verraten«, sagt Hans voll Genugtuung. »Wenn eure Leicherei je ans Licht kommt, such die Schuld ned bei mir! Denn euch verrät gewiss nichts anderes als Klaras Aberwitz.«

Hans winkt vielsagend mit dem Blatt. Jakob nimmt es an sich. Während er mit siedendem Entsetzen erkennt, worum es sich handelt, steigt auch Klara das Blut ins Gesicht. Jakob blickt auf eine Silberstiftzeichnung einer völlig unbekleideten Klara. Dabei hat sie zwar nur ihren nackten Leib wiedergegeben und ihren Kopf wohlweislich weggelassen – doch Jakob kennt seine Braut ja auch vom Hals abwärts hinreichend gut, um sofort zu begreifen, was er da vor sich hat.

»Vortrefflich, meinst ned?«, kostet der Dürerhans Jakobs Fassungslosigkeit aus. »*Überköstlich*, wie mei Bruder sagen würde. Und sollte *ihm* dies Blatt in die Hände fallen …«

Hans nimmt Jakob die Zeichnung wieder aus der Hand, studiert sie genüsslich: » … dann wird Albrecht sogleich des Wasserzeichen seiner Papierbögen erkennen, ebenso wie überhaupt seinen eigenen tolldreisten Einfall, sich selbst in völliger Blöße abzubilden. Und dann wird er freilich die begabte Hand seines Knechtleins erkennen. Er wird die Gestalt näher studieren, den Wuchs, die Arme und Hände ... und dann nützt es auch recht wenig, dass Klara ihr süßes Köpflein weggelassen hat, um unerkannt zu bleiben.«

Jakob versucht, Hans den Bogen wieder abzunehmen, doch der zieht ihn besitzergreifend an sich: »Nein, nein, *des* Blatt gehört nun mir. Du hast des Weib in Fleisch und Blut, lass mir wenigstens ihr Bild. Keine Sorge, in meiner Obhut is es allemal sicherer aufgehoben als bei Klara selbst.«

Und damit verlässt Hans die Stube.

»Klara. Warum begehst denn so a Torheit?«, fragt Jakob perplex.

»Der Meister hat's mich geheißen.«

»Dürer hat dich geheißen, dich *nackend* zu zeichnen?«, bezweifelt Jakob.

»Die eigene *Gestalt* zu zeichnen. Mich zu finden.«

Jakob seufzt. »Na, jetzt hat *der Hans dich gefunden.*«

Im Büchersaal

»DU!«, WEDELT FELICITAS einen vorwurfsvollen Finger ins Gesicht des Schusterbuben. »*Du* bist doch der Gaukelmann, der mir neulich weisgemacht hat, Dürer läg im Sterben!«

»Ihr entsinnt Euch also meiner, gnädiges Fräulein«, strahlt Hans Sachs.

»Du darfst doch mir, und vor allem meinem Herrn Vater, keinen so fürchterlichen Schrecken einjagen!«

»Wie soll ich denn ahnen, dass es einem Ratsherrn einen fürchterlichen Schrecken einjagt, wenn irgendwo a Handwerker stirbt?«, sagt Hans Sachs, naiv schulterzuckend.

»Irgendwo a Handwerker ... !!!«, bleibt Felicitas die Spucke weg. Sie kennt den Humor des Schusterbuben noch nicht und bezweifelt daher gleich seine Anwesenheit bei ihrer geplanten Lagebesprechung: »Sagt, wo habt ihr diesen Tropf denn aufgelesen?«

»Der is uns höchst nützlich«, sagt Jakob bestimmt. »Sei Witz, sei Erfindungsgabe und sei Ortskunde.«

Hans Sachs lächelt geschmeichelt.

»Hierbei springt aber kei Silber heraus, sag ich dir gleich«, warnt Klara.

»Um Geld geht's mir ja gar ned«, sagt Hans Sachs entspannt.

»Wonach trachtest denn dann, wenn ned nach klingender Münze?«, fragt Felicitas misstrauisch.

»Nach den Schwänken, die des Leben so schreibt«, antwortet Hans wie selbstverständlich.

Felicitas schüttelt verständnislos den Kopf. Sie bedeutet den Handwerksburschen, sich um den Eichentisch in der väterlichen Bibliothek zu setzen. Hans Sachs verrenkt sich hungrig den Hals nach den überladenen Bücherreihen ringsum, bestaunt das Chaos auf dem Tisch: Entwürfe Dürers inmitten dicht bekritzelter Bögen voll Pirckheimerscher Gedanken, Übersetzungen aus dem Griechischen, juristische Traktate.

»Bist wohl a gelehrtes Schusterlein?«, kommentiert Felicitas sein reges Interesse.

»Schüler des Meistersangs, gnädiges Fräulein«, erklärt Hans Sachs seine Wertschätzung für die geistigen Schätze des Hauses Pirckheimer.

»Ich wusst ja gar ned, dass du des Schreibens kundig bist«, wundert sich Klara.

Hans Sachs ist leicht gekränkt: »Nach acht Jahren auf der Lateinschulbank wär's ja auch beschämend, wenn ich ned lesen könnt.«

»*Acht Jahr* Lateinschul für einen Schusterbuben?«, staunt Klara. Eines Tages wird sie sich schon noch an diese absonderliche Stadt gewöhnen.

»Was in drei Teufels Namen is denn des?«, lacht der Schusterbub, als sein Blick auf Zeichnungen Dürers fällt, worauf sich leger bekleidete Männer in Kampfhandlungen verrenken.

»Des is für a Fechtbuch«, erklärt Felicitas ungeduldig. »Und nun nimm dei fürwitzige Nas aus meines Vaters Schriften.«

»*Euer Vater* verfasst a ... Fechtbuch?«, fragt Hans Sachs. Spott und Schalk tanzen förmlich in seinen Augenwinkeln und es kostet ihn sichtliche Beherrschung, sein Mundwerk zu bändigen.

»Fragt sich nur, wie lang dies vermessene Schusterlein sei freche Zunge in seinem meistersingenden Maul behalten wird?«, beißt Felicitas.

»Hast denn Kunde von Barthel und Gisela?«, lenkt Jakob sie auf den Anlass der Zusammenkunft.

Der Schusterhans macht große Augen: »Ihr seid Duzbrüder mit dem Fräulein Pirckheimer? Ach, Malerknecht müsst man sein.«

»*Dürer*knecht«, präzisiert Felicitas fein lächelnd.

Felicitas weiß dank ihrer guten Verbindungen zu den Gehilfen der rätlichen Schreibstube, dass noch kein Verhör für die Schankmagd Gisela angesetzt ist, dass sich Barthel Betz jedoch inzwischen unter peinlicher Befragung im Lochgefängnis der Falschspielerei bekannt hat. Weil es sein erstes Vergehen war, wird er mit einer Ehrenstrafe davonkommen.

»Der Name Dürer«, weiß Felicitas weiter, »is im Verhör wohl ned gefallen. Doch ob Gisela des ebenso halten wird, wenn sie an der Reihe is? Und auch Barthel könnt die Dürerwerkstatt noch in Verruf bringen. Denn wenn Tetzel von seinen Reisen heimkehrt, wird er den Barthel gewiss höchstselbst verhören wollen, da der Betrug ja seinem Spielhaus begangen ward.«

»Wir dürfen also den Barthel nach seiner Entlassung aus dem Stock nimmer aus den Augen lassen«, schlussfolgert Jakob.

»Und am besten schafft ihr ihn baldmöglichst aus der Stadt«, fügt Hans Sachs hinzu.

Ehrenstrafe

AM TAG DER Ehrenstrafen mischen sie sich ins Gewimmel der Schaulustigen. Auf dem Holzpodest stehen schon seit dem Morgen mehrere arme Teufel. Das Spektakel dient sowohl zur Unterhaltung als auch als Ansporn an alle Nürnberger, tunlichst zu unterlassen, was sie in die gleiche Lage bringen könnte. Neben den Männern im Stock hängen zwei Frauen in einer Halsgeige. Die Feindseligkeiten, die ihnen die Strafe eingebrockt haben, haben sie inzwischen eingestellt. Noch nicht einmal böse anstarren wollen sie sich mehr. Beide halten den gedemütigten Blick gesenkt. Die Nürnberger Justiz hat ihren Zweck erfüllt, die vorlauten Weiber sind zum Schweigen gebracht.

»Schaut nur, die Krampfhennen«, belustigt der Anblick Hans Sachs.

»Wären sie Männer, und hätten sie statt mit Worten zu balgen vom Leder zogen, wären sie wackere Kerle«, sagt Klara, ein wenig zu bitter für einen Jüngling.

»Wie wahr, Knechtlein«, pflichtet Felicitas ihr bei. »Ich säh so manches Mannsbild gern amol in der Halsgeige.«

»Der nimmt sich gar übel aus, der Barthel«, flüstert Jakob. »Er is ja schier ohnmächtig vor Pein.«

Er hat recht: Barthels rechter Fuß eitert grässlich aus mehreren Wunden.

»Der Züchtiger hat ihn wohl in die Beinschrauben geklemmt, und danach wird er im Gelass recht in den Fußeisen gezappelt haben«, deutet Felicitas nüchtern Barthels Verletzungen.

Am späten Nachmittag erklimmen die Stadtknechte das Podest, um die armen Sünder aus dem Stock zu lassen. Felicitas trennt sich von der Gruppe und macht einen kurzen Abstecher nach Hause, um Zehrung für Barthel zu holen. Die Schlösser an Pranger und Halsgeige werden aufgeschraubt. Stöhnend berappeln sich die Gestraften und machen sich eilig unter dem Spott der Schaulustigen aus dem Staub. Barthel jedoch sinkt kraftlos auf den Boden. Jakob wagt sich näher an ihn heran.

»Barthel Betz?«

Mit müdem, glasigem Blick blickt der Gepeinigte zu ihm auf ... und erkennt Jakob als eines der Opfer seiner Falschspielerei. Er zuckt zusammen, strauchelt herum, als wolle er auf allen Vieren davonkriechen.

»He, halt ein. Ich will dir nichts Bös«, beschwichtigt Jakob.

Hans Sachs und Jakob packen Barthel unter den Schultern und ziehen ihn hoch. Er ist so schwach, dass er selbst mit seinem unversehrten Fuß nur schleppend entlanghoppeln kann. So werden die paar Hundert Schritte zu ihrem Ziel recht mühselig. Beim Siechenspital angekommen lassen Hans und Jakob Barthel ächzend gegen die Hausmauer sinken. Jakob zückt seinen bei Henlein gefertigten Universalschlüssel und macht sich am Schloss der Eingangstür zu schaffen. Hans und Klara stellen sich breit vor ihm auf, damit sie auf flüchtige Betrachter wie müßig herumstehende abendliche Plauderer wirken. Die meisten Stadtbewohner machen ohnehin einen großen Bogen um das Siechenspital, das in jeder Karwoche von Hundertschaften Aussätziger geflutet wird. Bei der jährlichen Sondersiechenschau werden die Unreinen in die Stadt gelassen, gesegnet und gespeist, verarztet und untersucht – im besten Fall sogar für fehlbefunden oder geheilt erklärt. Die Nürnberger bekommen dafür eine fette Gutschrift auf ihre Seelenkonten. Den Rest des Jahres steht der riesige Bau zumeist leer, so auch jetzt. Jakob stochert mit dem Dietrich im Schlüsselloch herum. Ein Meisterwerk der Kleinschmiedekunst ist das Schloss nicht gerade, und muss es auch nicht sein, weil ja keinem vernünftigen Nürnberger im Traum einfallen würde, in dieses widerwärtige Gebäude einbrechen zu wollen. Nach einer Viertelstunde ist die Pforte offen.

»So. Verzeiht, dass so lang dauert hat.«

»Ich hab kei Eile, diesen Pfuhl zu betreten«, schaudert Hans Sachs, Widerwillen und Ekel im sonst so vergnügten Gesicht.

»Weil *zu Ostern* Aussätzige hierinnen waren? Es kommt gen *Weihnacht!* Davon wirst gewiss nimmer siechend«, ist sich Klara sicher. Hans Sachs schaut skeptisch. »Glaub mir. Ich hab zwei Wochen lang mit Aussätzigen unter einem Dach gelebt und bin rein blieben«, untermauert Klara ihre Behauptung.

»Du hast *was!?*«, japst Hans Sachs.

»Lange Geschicht.«

Sie zerren den fast bewusstlosen Barthel vom Boden hoch und in das Gebäude hinein, schließen die schwere Pforte hinter sich. In der Halle stehen enge Bettenreihen, wo im Frühjahr die Aussätzigen nächtigen. Sie verfrachten Barthel in ein Bett. Er stöhnt auf, erst vor Schmerz und dann vor Erleichterung, seine geschundenen Glieder nach einem Tag im Stock ausstrecken zu können.

Es klopft an der Pforte, gefolgt von einem beschwichtigenden: »Wir sind's bloß.«

Jakob öffnet. Felicitas fegt geschäftig herein, gefolgt von ihrem Stallknecht Kito, der einen schweren Korb mit Mundvorräten schleppt. Er sieht sich analytisch im Saal des Siechenspitals um, hievt den Korb auf ein Kästlein neben Barthels Bett und beginnt, auszupacken. Barthel glubscht: »Wer *seid* Ihr denn alle?«

»Hans Dürer schickt uns«, sagt Klara.

Barthels Gesicht regt sich treuselig und dankbar: »Ich wusst ja, er lässt mich ned im Stich.«

> Barthel ist auch nicht der spitzeste Kiel im Federkästchen.

»Der Dürerhans hat dir die ganze Unbill doch erst einbrockt«, sagt Jakob hart.

Kito stellt zwei Krüge auf das Kästlein und fragt Barthel: »Wein oder Gänsewein, Gesell?«

»Wein, guter Mohr!«, jammert Barthel. »Für die grässliche Pein!«

»Wie grässlich is die Pein denn?«, fragt Kito, tritt an das Bett heran und inspiziert Barthels stinkenden, eiternden Fuß. Bitterernst wendet er sich zu den anderen: »Der Mann braucht eiligst verständige Hülf, sonst rafft ihn der Wundbrand hin.«

»Aber wer kann da helfen?«, fragt Jakob ratlos. »A Bader ... a Medicus?«

»Wenn ihr den Barthel im Verborgenen halten wollt, dann is euch mit Badern und Ärzten gar schlecht gedient. Die sind dem Rat nämlich Auskunft pflichtig«, gibt Kito zu bedenken.

Felicitas stemmt die Hände in die Hüften: »Des is beim peinlichen Verhör geschehen. Der Scharfrichter hat's verhudelt – der muss es auch wieder ausbaden.«

> Der *Scharfrichter* soll es ausbaden?

Felicitas erklärt: »Des kommt zuweilen vor, dass a Züchtiger einen Gepeinigten übler schindet als gewollt. Aber solang dem Inquisiten des Leben ned abgesagt ward, darf er von Rechts wegen auch ned an seiner Straf sterben. Also liegt's am Scharfrichter, seinen Fehlgriff zu beheben.«

Felicitas hört ganz offenkundig aufmerksam zu, wenn ihr rechtsgelehrter Vater von den Vorgängen im und unter dem Rathaus spricht. Die anderen sehen sich indessen bedeutungsschwer an. Jemand muss also nun zum Scharfrichter gehen, aber wer von ihnen? Keiner ist erpicht auf ein näheres Zusammentreffen mit diesem unehrenhaften, schaurigen Mann.

Aus Barthels Kehle röhrt es elend.

»Also – ich geh, denn wenn wir noch länger zaudern, haben wir bald keinen Barthel mehr«, bescheidet Felicitas.

»Aber doch ned *Ihr*!«, widerspricht Hans Sachs, »A geschlechtige Jungfrau kann doch ned einfach allein im Finstern zum Henkerhaus spazieren.«

»Ach, der Schusterbub sorgt sich um edle Jungfern«, spöttelt Felicitas. »Wie's sich geziemt für einen künftigen Minnesänger.«

»*Meister*-singer!«, berichtigt Hans sie pikiert.

»Sie geht ja ned allein«, fasst sich Klara ein Herz. »Ich geh mit. Ihr habt derweil auf Barthel Acht.«

Scharfrichter

ALS SICH KLARA und Felicitas auf den Weg machen, dämmert es schon. Die Straßen sind leer. Von der Steinernen Brücke aus sehen sie im Düstern über dem Fluss die Wohnungen des Henkers und seines Gehilfen. Seit Vollendung des letzten Mauerrings nutzen die pragmatisch gesinnten Nürnberger die Reste ihrer alten Stadtmauer, widmen ehemalige Stadttürme um, setzen riesige Bauten wie das Siechenspital oder das Zwölfbrüderstift in den ehemaligen Mauergraben. Ihren Henker und seinen Knecht, die als Unehrenhafte nicht auf städtischem Boden wohnen dürfen, haben sie einfach über das Wasser gesetzt, in den einstigen Wehrgang über den Flussarmen der Säumarktinsel. Auf die Insel führt ein hölzerner Steg, der unter Klaras zaghaften Füßen bedenklich knarzt. Die sonst so nette Pegnitz rauscht unwirtlich darunter hinweg. Im Düstern ragt vor ihnen der Henkerturm auf.

Warum musstest du dich nur hierfür anbieten, Klara?

Weil Felicitas keinen Hauch von Furcht oder Aberglauben zeigt. Das stichelt Klaras weiblichen Stolz. Die Pirckheimerin ist kaum vierzehn Jahre alt. Klara wird bald zwanzig! Allerdings hat Felicitas im Gegensatz zu Klara auch keinerlei Grund, das Loch oder den Züchtiger zu fürchten. Den Züchtiger, der laut Hans Dürer vor wenigen Jahren in Schwabach eine Frau als Teufelsbuhlerin verbrannt hat. Der Veit Stoß wegen Betrugs die Wangen durchstoßen hat. Klara sträubt sich jedes Härchen am Leib, während Felicitas an der Tür läutet.

Es dauert quälend lange, bis sich etwas regt. Mit jeder Sekunde gräbt sich das Grauen kälter in Klaras Magengrube. Es holpert hölzern unter den Schritten des Henkers, der die Turmtreppe hinunter kommt. Die schwere Türe öffnet sich. Statt des warmen Lichts, das sonst aus abendlichen Wohnstuben leuchtet, ist die Gestalt im Türrahmen in Finsternis gehüllt. Klara schaudert. Das ist er.

Der Henker.

»Potz Mist! Etz is mir mei Licht ausgangen. Wartet kurz ...«

Die Tür klappt wieder zu und Schritte tapsen unbeholfen, weil unbeleuchtet, die Stufen nochmal hinauf. Als der Scharfrichter zurückkehrt und abermals öffnet, zeichnet sich diesmal ein Mensch im frisch entfachten Lampenschein ab.

Ein gewöhnlicher Mann.

Nur mit einem weichen Wollhemd und häuslich bequemen Beinlingen angetan. Er staunt, an seiner gemiedenen Haustür in die Gesichter einer vornehmen Jungfrau und eines blutjungen Handwerksburschen zu blicken. Seine verblüfft in Falten gelegte Stirn hat etwas ... Drolliges.

»Gott grüß Euch, Meister Gilg. Der Mann, den Ihr heut in den Stock geschlagen habt ...«, beginnt Felicitas ohne Umschweife. Fast putzig wirkt ihr aufgesetzter Hochmut, mit dem sie die kindliche Unsicherheit überspielt, die sie nun doch überkommt. »... der Barthel Betz. Den habt ihr ja zuvor peinlich befragt.«

»Des hab ich wohl«, sagt Meister Gilg bedachtsam.

»Sei Fuß hat sich entzündet und fault bereits. Wenn ihm ned geholfen wird, stirbt er. Und an einer Ehrenstraf sollt a Delinquent ja ned sterben, meint Ihr ned auch?«

»*Delinquent*«, äfft der Henker unwillkürlich den juristischen Fachbegriff nach, der ihm aus dem Mund eines Mägdleins doch seltsam anmutet. »Wer seid Ihr überhaupt?«

»Felicitas Pirckheimer«, gibt sie Auskunft, wohl wissend um die mächtige Hebelkraft ihres Namens. Was ihr Vater davon halten mag, wie sie diesen Namen gerade einsetzt? Klara verfolgt eingehend das Mienenspiel des Henkers und beobachtet genau das, was sie von jedem anderen Nürnberger Handwerksmeister auch erwarten würde: Der Mann ist seiner Kunst sicher und stolz – und entsprechend beschämt, wenn sie den hohen Ansprüchen einmal nicht genügt. Einen möglichen Fehler will er unverzüglich und ohne großes Aufsehen beheben.

»Wo is er jetzund, der *Delinquent*?«, will Gilg also wissen.

Kurz darauf sind sie samt Henker wieder im Siechenspital. Meister Gilg mit seiner Ledertasche wirkt eher wie ein Medicus auf Hausbesuch als ein schrecklicher Todesengel. Noch kurioser findet Klara seinen augenfälligen Ekel vor dem Siechenhaus. Mit derselben furchtvollen Abscheu, mit der die meisten Menschen *ihm* begegnen, streift sein Blick nun die Bettenreihen entlang. Und freilich wundert ihn, was sein unter strengen rätlichen Auflagen entlassener Inquisit im verwaisten Siechenspital zu suchen hat.

Felicitas liest seinen Gesichtsausdruck: »Wenn *Ihr* Euch in der Sach verschwiegen zeigt, seh ich meinerseits auch keinen Grund, meinem Vater zu entdecken, dass sich unser Scharfrichter in seinem Handwerk ... *nachlässig* zeigt hat.«

Gilg erwidert wortlos, allein mit seiner sprechenden buschigen Braue, dass er das auch so sieht.

Die anderen waren inzwischen nicht untätig. In einem Kamin in der großen Halle tanzt bereits ein Feuerchen und neben Barthels Bett stehen Wein, Wasser und ein Brett mit Brot und Käse. Jakob und der Schusterhans weichen scheu vor dem Scharfrichter zurück, der sich nun Barthel nähert. Er fühlt seine Stirn, seinen Puls. Zur Begutachtung des Fußes setzt er sich dann auch noch umständlich Augengläser auf die Nasenspitze. Die schaurige Henkeraura ist endgültig gebrochen.

Doch wie sich nun zeigt, liegt das Grauen ohnehin gar nicht in der Person des Scharfrichters – sondern darin, was er nun *tun* muss. Denn als er die Augengläser wieder abnimmt und in die Runde schaut, ist sein Blick ernst und schwer: »Ihr habt gut daran tan, mich zu holen, Fräulein Pirckheimer. Des nimmt sich wahrlich übel aus.«

Er blickt noch einmal kopfschüttelnd zu Barthels Fuß, als müsse er sich noch einmal vergewissern, dass ihm ein solch schwerer Kunstfehler *wirklich* unterlaufen konnte.

»Es gilt, kei Zeit zu verlieren. Gut, dass Ihr scho Wein da habt. Er soll sogleich einen großen Humpen trinken, und zwar rasch, auf dass er ihm recht zu Kopfe steig«, geht Meister Gilg in den Handlungsmodus über. Er sieht sich suchend um. »Dann findet mir noch einen Trog oder a Wännle, um des Blut und den Fuß darin zu fangen.«

»Um was darin zu fangen?«, krächzt Hans Sachs. Er sieht so aus, wie Klara sich fühlt. »Der mutzt dem Barthel wohl jetzt den Fuß ab?«

»Was?«, wimmert Barthel von seinem Bett.

»Hier hast dei Geschicht, die du wolltest, meistersingender Schusterbub«, sagt Felicitas, die bereits den verlangten Humpen Wein eingeschenkt hat.

»Ich hatt eher Schwänke im Sinn«, nuschelt Hans schwach.

Kito hat in einem Winkel einen Bottich gefunden. Gilg reicht Felicitas ein Stück Holz.

»Da, wohledles Fräulein, da soll er fest draufbeißen.«

Doch daraus wird vorerst nichts, denn Barthel ist weit genug aus seiner Benommenheit erwacht, um zu begreifen, was ihm bevorsteht. Mit ungeahnten Kraftreserven will er aus seinem Bett hochfahren, fleht, bettelt, brüllt. So ist es schier unmöglich, ihm den Wein einzuflößen. Das meiste davon geht daneben und besudelt sein Hemd unheilvoll rot, noch bevor das eigentliche Blut zu fließen beginnt. Barthel verschluckt sich, röchelt und keucht. Die Verabreichung des Weins, der ja eigentlich zur Linderung seiner Qualen gedacht war, wird zur zusätzlichen Folter.

»Entweder so, oder du *stirbst*«, sagt Kito, so hart es sein muss, um es Barthel begreiflich zu machen.

»Sei wacker«, sagt Felicitas sanft. »Trink den Wein, sag a Vaterunser und es is vorüber, eh du's dich versiehst. Du willst doch ned sterben. Komm, Barthel, trink.«

Mit großen Augen blickt Barthel zu Felicitas auf. Wie ihr sanftrundes Mädchengesicht so im Kaminfeuerschein über ihm schwebt, ihre geringelten Stirnlocken glutschimmernd über ihm baumeln und ihm ihr teures Duftwasser in die Nase steigt, muss die schöne Patrizierjungfer dem vor Schmerz und Erschöpfung benebelten Tagelöhner geradezu unwirklich vorkommen. Barthel fügt sich und beginnt hilflos zwischen den Schluchzern den Wein zu schlucken und schlürfen.

»So is gut«, lobt Felicitas ihn. »Der Tod kriegt dich heut noch ned, Barthel Betz. Nun sag dei Gebet.«

»Ihr haltet ihn mit aller Kraft nieder, Burschen«, weist der Scharfrichter an, während Barthel ein Vaterunser vor sich hin murmelt. »Und die edle Jungfer soll ihm des Hölzle zwischen die Zähn stecken und ihm weiter Mut zureden.«

Während sie damit beschäftigt waren, Barthel mit Wein zu betäuben, hat Meister Gilg auf dem Bettkästlein seine Gerätschaften ausgebreitet. Der Anblick der blitzenden Messer und Sägen dreht Klara erneut schier den Magen um. Jakob hält Barthels rechten Arm, Hans Sachs den linken und Kito, als Kräftigster unter ihnen, Barthels Beine. Als die Prozedur beginnt, bäumt sich Barthel so heftig auf, dass sich Kito wie ein Aufhocker auf den Elenden knien muss, um ihn niederzuhalten. Klara kann nicht hinsehen. Stattdessen blickt sie in Felicitas' Gesicht – die wiederum ihre ernsten, wissbegierigen Augen keine Sekunde von den Händen des Scharfrichters wendet.

Wie kann Felicitas sich das nur so genau ansehen?

Klara kann kaum die Geräusche ertragen. Das entschlossene Ratschen des Lederriemens, den der Henker um Barthels Unterschenkel zurrt. Das kalte Klirren, als er die Knochensäge greift. Klara ist dankbar, dass Barthels ersticktes Gebrüll das weitere Geschehen übertönt. Er beißt so hart zu, dass das Holzstück fast zwischen seinen Zähnen birst. Doch dann verliert er das Bewusstsein. Sein Körper erschlafft und die anderen können von ihm ablassen. Kito richtet sich ächzend auf. Hans und Jakob sinken erschöpft auf den kalten Boden. Der ganze widerhallende Saal gehört nun allein dem Ratzen und Scheuern der Knochensäge. Hans Sachs rappelt sich hastig auf, stolpert mit polternden Schritten in eine Ecke und übergibt sich.

Dann fällt etwas dumpf und schwer in den hölzernen Trog.

»Habt Dank«, schnauft der Scharfrichter. »Mit Eurer Hülf ging es rasch.«

Felicitas streichelt das struppige, schmutzige Haar des Ohnmächtigen und beobachtet, wie der Henker nun die Wunde verschließt.

»Wollt Ihr die Wund ned brennen?«, fragt sie.

»Aufs Brennen halt ich ned viel. Und auch des Würzburger Arztbuch rät davon ab. Ich bin mit dem Schnüren der Adern bislang immer gut gefahren«, erklärt Gilg sachlich.

»Ach, und darum habt Ihr wohl den Lappen Haut da stehen lassen?«, fragt Felicitas nüchtern. Klara kämpft den Brechreiz nieder.

»Ja, damit schließ ich nun die Wund. So kriegt er einen sauberen Stumpf, der sich später gut in den Holzfuß fügt.«

Klara vergewissert sich mit einem Blick in die Runde, dass die anderen dieses wundärztliche Fachgespräch genauso widerlich und abwegig finden wie sie.

»Ihr seid geschickt, Meister Gilg«, lobt Felicitas.

»Wen soll ich nun im Versorgen der Wunde unterweisen?«, erwidert der.

»Meinen Knecht und mich«, sagt Felicitas, nicht ohne einen leicht abschätzigen Blick zu ihren Gefährten, der sagt: Die anderen scheinen dazu ja kaum in der Lage. Immer noch in der Ecke auf dem Boden hockend schüttelt Hans Sachs ungläubig den Kopf, wedelt einen bewundernden Zeigefinger in Richtung Felicitas und schmachtet sie dermaßen an, dass es Klara bei allem Elend etwas belustigt.

»Also, so was is mir auch noch ned widerfahren«, brummt indessen Gilg in seinen Bart. »Des hätt mir ned unterlaufen dürfen.«

Nachdem Gilg die Nachsorge erklärt hat und gegangen ist, erwacht Barthel aus seiner Ohnmacht.

> Hat er begriffen, was geschehen ist? Müssen wir es ihm sagen?

Nein, müssen sie nicht. Barthel weint leise. Er weiß es. Sie rücken das Kästlein mit Speis und Trank und einen Topf für seine Notdurft an sein Bett, legen noch ein paar Scheite ins Feuer und versprechen ihm, am nächsten Tag wieder zu kommen.

Sobald sie auf die Straße treten, schnappen alle gierig nach der frischkalten Winterluft.

Die Zunge des Hans Sachs, die ganz entgegen seinem Wesen eine Weile gelähmt war, löst sich schon wieder: »Und ich vermeint, wohledle Töchter zupfen den lieben langen Tag nur die Laute und zerbrechen sich die hübschen Köpf, in welcher ihrer Stuben sie die neuen Silberleuchter aufstellen sollen.«

»Wohledle Töchter vielleicht – *Pirckheimerinnen* sind aus einem anderen Holz geschnitzt«, sagt Kito.

Beratungen

ALS JAKOB PÜNKTLICH mit dem Männleinlaufen im Pirckheimerschen Anwesen eintrifft, erscheint der Hausherr gerade in Reisegewandung auf dem Hof, grüßt den Dürerknecht Lorenz wohlwollend und macht sich auf seinen Weg. Kito hat den linken Steigbügel zwei Handbreit tiefer gesetzt, damit der ungelenk werdende Ratsherr gut hineinkommt und sich in den Sattel schwingen kann, ohne schmachvoll einen Schemel nutzen zu müssen. Sowie Pirckheimer im Sattel sitzt, schnallt Kito den Steigbügel flink wieder in die richtige Höhe für den Ritt. Der Stallknecht weiß nicht nur mit Pferden umzugehen, sondern auch mit seinen Brotherren.

»So geht mit Gott, Herr!«, verabschiedet Kito Pirckheimer und gibt dem Ross einen aufmunternden Klaps auf die Kruppe.

»Wie geht es Barthel?«, will Jakob wissen, nachdem Kito das Hoftor hinter Pirckheimer geschlossen hat.

Noch bevor Kito antworten kann, kommt die Magd Johanna quer über den Hof gewetzt und berichtet mitteilsam: »Wir waren heut in der Früh scho bei ihm. Er hat kei Hitz und die Wund is sauber. Ich bring ihm später sei Nachtmahl.«

Meine Güte.

Dass Kito der putzigen Johanna die Anstellung hier zu verdanken hat, ist ja schön und gut, aber muss er deswegen das Plappermaul gleich in eine so heikle Angelegenheit einweihen?

Hans Sachs läutet am Tor der Pirckheimer.

»Wo bleiben denn des Knechtlein und der Dürerhans?«, will Kito wissen.

»Die wollten auch mit dem Mittagsläuten aufbrechen, doch is ihr Weg vom Tiergärtnertor eben weiter als meiner vom Gewölbe«, erklärt Jakob.

»Nun denn«, nutzt Kito die Gelegenheit zu einem unangenehmen Verhör. »So sag mir amol an, Lorenz, was zum Teufel seid ihr dem Dürerhans denn schuldig?«

»Freundschaft«, sagt Jakob, möglichst leichthin mit den Schultern zuckend.

»Unfug«, lässt sich Kito nicht narren. »Ihr haltet eure Hälse für den Haderlump hin, wieso?«

»Des erfährst früh genug«, wehrt Jakob ab.

Kito schnaubt, dann bohrt er weiter: »Und da wir grad so freimütig reden, Lorenz, noch etwas nimmt mich Wunder. Was fehlt eigentlich deinem Brüderlein?«

»Was soll ihm fehlen?«, sagt Jakob stockig.

»Is er a Hämling?«, forscht Kito.

»A ... was?«, macht Jakob unschuldig.

Hans Sachs springt Jakob bei, indem er laut auflacht: »Du fragst allen Ernstes, ob Adrian a Verschnittener is? Kastraten gibt's doch nur bei euch Fremdlingen im Morgenland.«

»Bin kei Fremdling aus dem Morgenland, du Schlüffel«, widerspricht Kito dem Schusterbuben, ohne sich von seinem Punkt abbringen zu lassen: »Aber sprießt ned selbst auf dem zartesten Milchgesicht irgendwann a Bärtlein? Und bricht ned auch des holdeste Knabenstimmlein eines Tages?«

»Des kommt scho noch!«, wehrt Jakob kratzig ab. »Er is doch noch a Kind.«

»A gar wunderliches Kind«, beharrt Kito.

Felicitas kommt aus dem steinernen Treppenhaus in den Hof. Ihr neues Hündchen Apollo springt ihnen wild kläffend um die Beine. Dem Schusterhans werden beim Erscheinen der jungen Hausherrin die Ohren rot.

Während alle hinter Felicitas her die Wendeltreppe hinauf kreisen, bemüht, nicht über den mitwuselnden Hund zu stolpern, fragt Hans Sachs neugierig: »Wo kommst denn dann her, Kito, wenn ned aus dem Morgenland?«

»Königreich Kongo«, erwidert Kito reserviert.

»Ach – da, wo der Ritter von Behaim des ganze Hab und Gut seines Geschlechts versegelt hat?«, verortet Hans Sachs seine eng mit Nürnberger Stadtgeschwätz verwobenen Kenntnisse eben jenes Erdapfels, den Martin Behaim vor fast zwanzig Jahren in städtischem Auftrag gefertigt hat.

»Ebenda und eben jener«, erwidert Kito. »Der Seefahrer Behaim hat mich auf sei Schiff genommen und nach Nürnberg bracht, eh er wieder zum Weltensegeln aufbrach und mich hier zurückließ.«

»Wie lebt sich's denn so im Königreich Kongo?«, fragt Hans Sachs weiter.

»Der meisten Dinge entsinn ich mich nimmer«, wehrt Kito den munteren Frager ab.

»Welcher Dinge entsinnst dich *denn*?«, will nun auch Jakob wissen.

»Gesichter. Gerüche. Klänge. Die Luft. Und meiner Mutter Stimme.«

Oben am Treppenansatz angekommen, schwingen Felicitas' weite Röcke zu Kito herum: »Wie des wohl is – ned zu wissen, wer man is und woher man kommt?«, sagt sie nachdenklich.

»Ich bin, wie Ihr, a Sandhäslein aus der freien Reichsstadt Nürnberg – des muss mir wohl genügen«, sagt Kito nüchtern.

In der Bibliothek angelangt, geht Felicitas der Gedanke noch immer nach: »Ned zu wissen, ob dei Vater a Bauernknecht war oder a Edelmann«, beharrt Felicitas, die ihr eigenes Selbst ganz und gar nach ihrer patrizischen Abstammung definiert. »Womöglich bist gar eines Ratsherrn Spross!«

Das bricht Kitos brummige Laune, er lacht auf: »Kleine Herrin, so wenig ich mich auch meiner Heimat entsinn, Ratsherren so wie hier gab's dort gewiss ned.«

»Aber Fürsten und Herren muss doch überall auf der Welt geben. Was is an dem Gedanken so lachhaft?«, fragt Felicitas.

»Ich hab nur vor meinem inneren Auge die Fürsten des Kongo in Schauben und Pluderhosen herumstolzieren sehen«, grinst Kito.

»Is doch ohn Belang, wer seine Ahnherren waren, solang er weiß, wer *er* is«, mischt sich Hans Sachs ein, der genau weiß, woher er kommt und wohin er gehört – sich davon aber nicht einengen lässt.

»Kito is zu gescheit für seinen Stand – genau wie auch du zu gescheit für deinen Schusterleisten zu sein scheinst«, sagt Felicitas. Hans' Ohren, die schon die ganze Zeit in der Gegenwart der edlen Jungfer rosig glühen, werden feuerrot.

Johanna klopft. Sie führt Klara und den Dürerhans in den Büchersaal.

»Und da kommt ja der Grund des ganzen Ärgernisses – und grad a Viertelstund nach der gesetzten Zeit«, begrüßt Felicitas hämetriefend den Dürerhans. Der blickt sich um, in sichtlichem Unbehagen, wie groß der Mitwisserkreis seines demütigenden Dilemmas inzwischen geworden ist. Was seinem Spießgesellen Barthel widerfahren ist, hat er bereits erfahren und ist entsprechend bestürzt und kleinmütig.

Felicitas fordert die Versammelten auf, Platz zu nehmen, doch Hans Dürer ist zu zerfahren, um zu sitzen. Er stelzt lieber rastlos um den Tisch herum, auf dem, in schmerzhaftem Kontrast zur eigenen Schmach, die mühelosen Geniestreiche seines Bruders ausgebreitet liegen.

»Um sogleich klar zu nennen, warum wir hier beisammen sind«, beginnt Felicitas Pirckheimer: »Um Albrechts Leumund zu retten. Und somit, im weiteren Sinne, auch des Ansehen meines werten Geschlechts.« Sie blickt Hans Dürer hartselig an: »Allein darum, und ned etwa aus Barmherzigkeit für einen Haufen törichter Narren.«

»Wie du ja weißt«, hebt Jakob an, »is Barthel im Siechenspital, unter unserer achtsamen Obsorg.«

»Und Gisela liegt im Weibereisen«, fügt Felicitas hinzu.

»Im Weibereisen? Kommt sie denn ned mit einer Ehrenstraf davon wie der Barthel?«, fragt der Dürerhans bange.

»Beim Barthel war's ja des erste Vergehen«, erklärt Kito. »Bei Gisela ... die kenn ich noch aus meiner Zeit in Tetzels Mögeldorfer Schlössle. Die war scho dort als heilloser Weiberkopf verrufen. Darum hat Tetzel sie aus Mögeldorf fort und in die Stadt ins Spielhaus gesetzt. Doch hat sie dort auch keinen besseren Wandel geführt, wie ich so hör. Sie hat wohl öfters Geld in ihr Fürtuch wandern lassen statt in die Spielhauskasse. Mit so viel Glimpf wie Barthel wird sie kaum davonkommen.«

Jetzt braucht Hans Dürer doch einen Stuhl. Er sinkt darauf und vergräbt das Gesicht in den Händen, das wirre Haar fällt wie ein Vorhang davor. So groß wie die Unvernunft und Leichtfertigkeit, mit der Hans seine Missetaten anzettelt, ist nachher seine Reue.

»He«, fordert Jakob ihn heraus. »Trübsal hilft Gisela auch ned weiter. Schau uns an.«

Langsam hebt Hans Dürer den schuldbewussten Blick zu den anderen. Er kaut auf seiner Unterlippe herum und überlegt, so scharf es ihm sein zerfledderter Gemütszustand erlaubt: »Wir müssen Gisela aus dem Turm holen und aus der Stadt schaffen, ehe Tetzel sie verhört ... Wir müssen den Wart des Weibereisens mit klingender Münze überzeugen«, schlussfolgert er.

»Des wird ned gelingen«, widerspricht Hans Sachs. »Die Türmer sind ned käuflich.«

»Jedermann is käuflich«, sagt Hans Dürer staubig.

»Du treibst dich zu viel mit Lumpen und Strolchen herum. Die Türmer sind a ganz eigener Schlag. Höchst ehrsam. Und furchtbar abergläubisch«, beharrt Hans Sachs.

»Aberglaube is immer dienlich«, sagt Jakob interessiert. »Was glauben die Türmern denn so?«

»Die glauben alle fest daran, dass bei ihnen in den Turmstuben die blaue Agnes spukt«, erläutert Hans Sachs. »Der Legende nach war sie a Findelkind, verwaist nach der Vertreibung der Juden vom Grünen Markt. Der Sinwellttürmer hat's bei sich aufgenommen und so hat Agnes fortan bei ihm als gute Seele geschaltet und gewaltet. Sie hat mit ihm immer blaues Tuch gewoben und feilboten, darum war auch sie stets blau gewandet. Eines Tages hat's brannt in Nürnberg und alle Türmer bliesen des Feuerhorn, nur der Sinwellturm blieb still. Dann fanden's den Türmer tot in der Stube sitzend und die blaue Agnes war fort, auf immer verschwunden. Doch ihr guter Geist geht heut noch um, weckt die Türmer, wenn sie bei der Wacht einschlafen, schlenkert des Feuerhorn an der Wand, wenn es brennt, wischt und kehrt, hält Ordnung in den Turmstuben ...«

»Ui, ein gar gefälliger, günstiger Geist! Und die spukt wohl auch im Weibereisen?«, freut sich Jakob.

»Des Weibereisen war dazumal noch a Stadtturm!«, begreift Klara, »Wie auch der Henkerturm ...«

»... und die Schlagtürm und des Männereisen. Auch die Warte der alten Türm hängen noch dem Glauben an ihren Schutzgeist an«, bestätigt Hans Sachs.

»Und is die blaue Agnes stets nur gut und gewogen?«, forscht Jakob weiter.

»Bislang ...«, grinst Hans Sachs.

Schlosserbub und Schusterbub verstehen sich ohne Worte:
Was, wenn sich das ändert?

Allerlei Beginnen

KLARA REINIGT DIE wertvolle große Scheibe Flachglas, auf der noch immer ihr perspektivischer Umriss des Pirckheimerschen Innenhofs aufgemalt ist. Sie stellt die Scheibe auf eine weiche Decke auf den Werkstattboden und reibt sie vorsichtig mit Lauge ab. Artemis sitzt neugierig daneben.

»Allmächtiger!« Der Kleehans hüpft vor Schreck.

»Erschreck mich doch ned so, während ich mit dem wertvollen Glas zugange bin!«, schimpft Klara.

»Verzeih – es war nur ...«, entschuldigt sich der Kleehans, tritt näher und besieht sich die Glasplatte und die dahinter sitzende Artemis. »Mir war eben, als schwebte a geisterhafte Katzengestalt neben dir in der Luft.«

Er geht wieder an seinen Ausgangspunkt. »Da! Da is sie wieder! Ha! Es ist der Widerschein der Katz im Glas.«

Eine solche optische Täuschung ist freilich ein gefundenes Fressen für einen Haufen junger bildschaffender Künstler und lenkt auch gleich Wolf Traut und Hans Dürer von ihrer Arbeit ab. Fasziniert experimentieren sie alle mit dem Effekt und versuchen, die Katze in verschiedenen Stellungen hinzuzusetzen. Artemis hat die ungebetene Aufmerksamkeit schnell satt und bringt sich unter dem Werkstatttisch in Sicherheit. Die Knechte stellen nun Krüge, Schuhe, dann den Totenschädel aus Dürers Kuriositätensammlung neben die Scheibe, erproben verschiedene Neigungswinkel und freuen sich diebisch über jede neue gespenstische Spiegelung.

»Seid ihr denn ned ganz gescheit?«, entsetzt sich Dürer, als er dazustößt. »Was geht ihr so achtlos mit der Scheibe um?!«

»Seht doch, Meister! Seht des wunderbare Blendwerk!«, ruft Klara. Die Knechte zeigen ihm ihre Entdeckung und Dürer wäre nicht Dürer, wenn er nicht auch sofort in den Bann des Phänomens gezogen würde.

»Mehr Licht«, fordert er, der anders als seine verspielten Knechte die Erscheinung nach den Gesetzen der Optik ergründen will. Klara eilt mit einer Öllampe herbei. Sie beschäftigen sich mit dem Flachglas, bis es an der Haustür läutet und Susanna Herrn Pirckheimer samt ältester Tochter und Hund einlässt. Apollo schlittert begeistert zu den auf dem Boden hockenden Malerknechten und schnuppert an ihnen herum.

»Was hocken denn alle auf den kalten Dielen?«, fragt Pirckheimer, während er Felicitas aus ihrer Husecke hilft, sich dann ungelenk die eigene Schaube abstreift und beides Susanna reicht.

»Wir studieren Lichtreflexion«, erwidert Dürer, konzentriert die Helligkeit der Öllampe justierend.

»Ach, gute Knechte! So lasst doch ned zu, dass sich euer Werkstattherr scho wieder in a neue Wissenschaft verschießt«, warnt Pirckheimer.

Wenn Dürers Aufmerksamkeit von etwas gefesselt ist, kann nur eines ihn davon loseisen, und das ist die Gegenwart Pirckheimers. Dürer befiehlt also den Knechten: »Verräumt mir die Scheibe wieder sicher. Wir widmen uns der Sach ein andermal. Was gibt es Kunde, lieber Herr?«

»Kunde von den Plackern gibt's«, schnaubt Pirckheimer. »Der Ritter von Geislingen hat sich endlich herabgelassen, uns einen förmlichen Absagbrief zu schreiben. Nun wird sich zeigen, ob uns der Kaiser erhört und die Reichsacht gegen die elenden Staudenhechte verhängt.«

Klara fühlt die Erinnerung eisig nach ihrem Herz greifen. Die Reichsacht soll der Kaiser verhängen. Gegen die Strauchritter. Die bislang ungestraft auf der Via Imperii unschuldige Malerknaben meucheln. Wie eine unheimliche Lichtspiegelung schwebt mitten in Klaras Werkstattalltag das Bild der echten Schallerbrüder, an deren Stelle sie und Jakob hier wohnen und leben, als wäre der Mord nie geschehen.

»Knechtlein, is dir scho wieder unwohl?«, fragt Dürer, der das absurde Verhalten seines Lehrlings in der Besenstube des Landauerstifts noch frisch im Gedächtnis hat.

»Mir geht's gut, Meister. Es is nur der Gedanke an die Placker ... da wird mir ganz anders.«

»Nun, eigentlich bin ja ich mit *froher* Kunde hier«, wechselt Pirckheimer das Thema: »Der Kaiser kommt im Februar. Und fragt, wie weit denn die neue Heiltumskammer gediehen is – er will sich bei seinem Besuch einen Eindruck verschaffen. Und er kommt mit allerlei neuen Anschlägen im Reisetross.«

Dürer stöhnt lautlos. Klara kennt diese Miene Dürers mittlerweile, irgendwo zwischen Freude über die ihm zuteilwerdende Ehre und schierer Überforderung. Nun muss er bei den Kaiserbildern für die Heiltumskammer einen ordentlichen Zahn zulegen, und dazu drohen noch weitere kaiserliche Vorhaben, die er keinesfalls ablehnen kann – die ihn jedoch wieder von seinen druckgrafischen Herzensangelegenheiten ablenken werden.

Pirckheimer setzt sich selbstverständlich an den Werkstatttisch und winkt Dürer mit beherzt ungeduldiger Geste zu sich. Gerne würde Klara zusehen, wie sich der Einfallsreichtum der beiden großen Geister nun auf Papier ergießt. Doch Felicitas nickt ihr und Jakob energisch zu: Sie hat ihren Vater nicht herbegleitet, um dumm in der Malerstube herumzustehen. Jetzt ist Gelegenheit, ein ganz *anderes* Anliegen ungestört zu erörtern.

Als sich Jakob, Klara und Felicitas in die kleine Werkstattstube verdrücken wollen, kläfft und faucht es grell. Apollo hat in seinem welpenhaften Ungestüm Artemis angesprungen. Die rettet sich mit einem jähen, senkrechten Sprung auf den Werktisch und stößt beim Davonstieben Farbmuscheln und Ölpfännlein um. Apollo hüpft auch auf den Tisch und beschnüffelt den Schaden.

»Herab da, dummer Köter!«, schimpft Klara, Apollo einen Hieb auf die feuchte Schnauze versetzend. Der hopst winselnd vom Tisch und verzieht sich in die schützenden Rockfalten seines Frauchens.

»Was bringst denn auch den Hund mit in die Malerstub«, tadelt Pirckheimer seine Tochter. Er seufzt: »Was sich meine lieben Schwestern dabei dacht haben, uns des Viech aufzuhalsen?« Mit besorgtem Blick auf die Schneise der Verwüstung auf Dürers Werkstatttisch fragt er: »Es is hoffentlich nichts zuschanden kommen?«

»Wir waren ohnhin am Aufräumen«, beruhigt ihn Dürer, mit flinken Fingern Ordnung schaffend.

»Meinen armen Apollo auf sei zartes Schnäuzle dreschen«, grummelt Felicitas. »Die Katz hat doch alles umgestoßen!«

»Die Katz hat sich vor deinem wilden Biest retten müssen«, verteidigt Klara Artemis.

Der zerknirschte Apollo wird im Hof angebunden, während Artemis reuelos davonspringt.

Jakob, Klara und Felicitas ziehen sich in die kleine Werkstube zurück. Dort stöbern sie in den Tiefen von Dürers Schränken nach allem, womit man einer Schar abergläubischer Türmer das Vertrauen in den eigenen Verstand rauben könnte. Bald stapeln sich Einfälle und Gegenstände auf dem Tisch. Sie finden Dürers seltenen Magnetstein, eine Rolle feinsten Seidengarns, altmodische Pergamente, womit niemand im papierbegeisterten

Dürerhaus etwas anfangen kann. Auch der kostbare Handspiegel landet auf den Requisitentisch.

»A venezianischer Spiegel«, erkennt Felicitas, nicht sonderlich beeindruckt. »So einen hab ich auch.«

Freilich hat Felicitas auch einen. Klara beobachtet mit gemischten Gefühlen, wie selbstverständlich das Mädchen den Spiegel in die Hand nimmt, mit welcher Zuversicht sie sich darin betrachtet, kurz prüfend die rosigrunden Wangen tätschelt, sich die dichten, nussbraun glänzenden Locken um ihr Gesicht zurechtzupft. Sie entwerfen und verwerfen weiter Ideen, erstellen Besorgungslisten. Der Nachmittag vergeht. Bald düster es so, dass sie Talgkerzen anzünden müssen.

Die Tür geht auf und Pirckheimer und Dürer stehen im Rahmen.

»Was erklügelt ihr denn da so traut beisammen?«

»Wir weisen dem Fräulein Eure wundersamen Schätze, Meister«, sagt Klara im Plauderton.

»Sieh nur, Albrecht, wie dreist dei Wicht von einem Malerbub meiner Tochter auf den Leib rückt«, missbilligt Pirckheimer die Szene.

Klara rückt erschrocken von Felicitas weg. Vor lauter Tüfteleifer hat sie gar nicht bedacht, wie wenig es sich für einen Handwerkerbuben schickt, so dicht Schulter an Schulter mit einer Edeljungfrau zu sitzen. Dürer grinst. Ihm gefällt der vergnügte, kecke Adrian.

»Komm her, Kind!«, pfeift Pirckheimer seine Tochter zu sich. »Und du, Bub, verstieg dich ned wieder zu solcher Unart.«

»Verzeiht, Herr«, sagt Klara gefügig.

Unter Türmern

IN DER NÄCHSTEN Nacht liegen Jakob, Klara und Hans Sachs an der Neutormauer in Lauerstellung. Der Türmer vom Neutor geht nämlich um diese Zeit aufs hohe Pflaster, genauer gesagt in die Bratwurstküche zum Gulden Stern, wo die Nürnberger Türmer gerne kartenl, derweil ihre Gesellen oben in den Wachstuben der Türme die Stellung halten. Die darunter gelegenen Wohnstuben der Türmer sind also an diesen Kartelabenden ein paar Stunden lang verwaist. All das hat Jakob an einem einzigen bierseligen Abend im Gulden Stern in Erfahrung gebracht.

»Da!«

Die schwere Turmtür geht auf und der Neutortürmer geht beschwingt seinem geselligen Abend entgegen. Nachdem seine Schritte im Schnee verknirscht sind, machen sie sich an die Arbeit. Klara steht Wache, während Hans und Jakob behutsam eine lange Holzrinne balancieren und in drei Klaftern Höhe an das unterste Turmfenster anlegen.

»Jetz die Mäus, Klara!«

Als Klara die lebend gefangenen Mäuse bei den Schwänzen aus einem ihrer beiden Weidenkörbe fischt, rappelt Artemis im anderen Korb vor Aufregung. »Ja, ja, Artemis, gleich sind sie dein.«

Sie setzen die Mäuse in die Rinne und scheuchen sie los. Klara hebt Artemis mit festem Griff aus dem anderen Korb und lässt sie zusehen, wohin die Mäuse wetzen. Leider rennen die aber nicht schnurstracks die Rinne hinauf in das Turmstubenfenster, wie erhofft, sondern wollen mehrmals kehrt machen. Artemis maunzt, versucht unbändig, sich aus Klaras Griff zu winden, fährt die Krallen aus. Die Burschen rütteln an der Rinne, zischen und scheuchen, bis den Mäusen nichts anderes übrigbleibt, als ihr Glück rinnenaufwärts zu versuchen. Endlich kann Klara die Katze loslassen. Wie ein Blitz jagt sie den Balken hoch und schlüpft hinter den Mäusen her durch das Turmstubenfenster. Gebannt starren die drei menschlichen Komplizen hinauf und horchen in die stille Winternacht. Wenn sich Artemis so verhält, wie sie es von ihr gewohnt sind, richtet sie nun in der Turmstube heillose Verwüstung an.

Da – ein leises Klirren in den dicken Turmmauern. Artemis leistet ganze Arbeit.

»Habt ihr denn bedacht, wie ihr des Viech wieder vom Turm bekommt?«, fragt Hans nüchtern.

»Äh ...«

Die Frage erübrigt sich, denn mit einem eleganten Satz ist Artemis wieder am Turmfenster, eine Maus in den Fängen.

»Hast scho genug, Artemis? Dann komm nur wieder hernieder zu uns!«, wispert Klara lockend.

Nur leider ist Artemis, auf dem Weg aufwärts noch von Jagdlust getrieben, der Schneid vergangen. Abwägend äugt sie nach unten, setzt vorsichtig ein graues Pfötchen auf den Balken, zieht es wieder zurück, rutscht auf dem steilen Sims herum, verliert um ein Haar ihre Beute und verzagt völlig.

»Komm, stell dich ned so an!«, sagt Jakob, auffordernd den Balken schüttelnd.

»Ned rütteln, du machst ihr doch nur noch mehr Bange!«

»Komm runter, Katzenvieh!«

Artemis bleibt argwöhnisch. Als sie abermals scheu die Vorderpfoten auf den Balken setzt, reißt der Schusterhans die Rinne unvermittelt vom Fenster weg. Mit einem schrillen Katzenschrei und kühnem Satz rettet sich Artemis, indem sie die Krallen in das Holz haut, Halt gewinnt und wie ein Pfeil in Klaras Arme schnellt.

»Du Unhold! Sie hätt sich des Genick brechen können!«, klagt Klara. Tröstend krault sie das Köpfchen der Katze, die ihre Maus verloren hat und insgesamt sehr unzufrieden mit dem ganzen Hergang ist.

»Des aberwitzige Ansinnen is ja ned auf meinem Mist gewachsen«, sagt der Schusterhans achselzuckend. »Schaffen wir den Balken weg, eh der Nachtwächter fragt, was wir damit treiben.«

◆

Am nächsten Abend prüft Jakob die Wirkung ihrer Tat im Gulden Stern.

»Da is ja wieder der brave Gesell Anton!«, grüßt Otto, der Frauentortürmer. Er findet Jakob deswegen so brav, weil er der Türmerschar zwei Abende zuvor mehrere Runden Bier ausgegeben hat. Jakob gibt sich als Türmergesell Anton aus Nördlingen aus, der eine Weile hier in Nürnberg eine sterbende Ahnfrau umsorgt, von der er sich ein schönes Erbe erhofft. Das verschafft ihm nicht nur unmittelbare Beliebtheit am Stammtisch, sondern lockert auch die Zungen seiner Trinkbrüder.

»Heut bist du *unser* Gast, Anton!«, bietet Otto an. Es wird Bier bestellt, die Magd trägt auf, und der Schwung, mit dem nun angestoßen wird, dass der Bierschaum nur so schwappt, lässt Jakob hoffen, dass auch der heutige Abend wieder auskunftsreich wird.

»Was ist dir denn, guter Georg?«, spricht Jakob nach ein paar Schlucken den Neutortürmer an. »Du wirkst gar verstört heut Abend?«

Georg wirkt überhaupt nicht verstört. Doch wie gewünscht, löst Jakob mit der Behauptung eine Reaktion aus: »Fürwahr? ... Nun, womöglich sitzt mir der Schrecken der gestrigen Nacht noch in den Knochen.«

»Was für a Schrecken, Georg?«

»Als ich tags zuvor heimkehrt, stand in meiner Stub alles auf dem Kopf. Zwei Krüg lagen zerborsten auf dem Boden. Des Mehl war umgestoßen und überall in der Stuben verteilt.«

Sehr schön, Artemis.

»Hast wohl die blaue Agnes vergrämt!«, scherzt der Tiergärtnertortürmer Anselm.

Sehr schön, Anselm. Nur weiter so.

»Des hast gewiss im Suff selber umgestoßen und entsinnst dich bloß nimmer!«, wirft Jakob ein.

Georg lässt das nicht auf sich sitzen: »Ich war doch ned besoffen! Ich hab die Stub derart zerhudelt vorgefunden, auf meinen Eid!«

»Des is wahrlich sonderbar«, sagt einer der ruhigeren Türmer im Bunde, Theodor vom Vestnertor.

»Mag es denn a Windstoß gewesen sein?«

»Was für a Wind denn?«, fragt Georg. »Is doch keiner gangen.«

»Ich sag euch doch, die blaue Agnes war's!«, beharrt Anselm vom Tiergärtnertor.

»Gute Gesellen«, sagt Jakob ernst, »Ihr macht mir Sorge mit eurem Geisterglauben.«

Er packt eine Ledermappe aus. Er zieht Abzüge eines Holzschnitts hervor, eine selig verklärte Maria. »Hier, hab ich für euch am Markt erstanden. Um euch den abergläubischen Wahn auszutreiben. Heftet des Bild so an eure Stubenwand, dass ihr immer die Muttergottes vor Augen habt, wenn euch bübische Gedanken anwandeln.«

Die Türmer sind von ihrem Geschenk genug abgelenkt, dass Jakob bereits die Schlüssel von Anselm und Georg im eigenen Beutel hat.

»So, und nun entschuldigt mich kurz, ich muss brunnen«, sagt Jakob. Während er sich umständlich an seinen Tischgenossen vorbeidrängelt, bietet sich ihm noch ein dritter Schlüsselbund an, der achtlos hinter Peter vom Spittlertor auf der Sitzbank liegt.

Vor dem Gulden Stern zittert Hans Sachs in der Kälte: »Potz Mist, ich vermeint scho, du kämst gar nimmer heraus.«

»Hurtig, des Wachs!«, fordert Jakob.

Flink drückt Jakob die drei Schlüssel in die Wachsblöcke ab, die der Schusterhans mitgebracht hat. Dann kehrt er zurück in die Schankstube und lässt Peters Schlüsselbund wieder an die Stelle gleiten, wo er ihn gefunden hat. Die Schlüssel von Georg und Anselm sind etwas schwieriger zurückzugeben, denn Jakob kann sie ja schlecht wieder an ihre Gürtel pfriemeln. Er lässt sie also samt der eigenen Geldkatze zu Boden fallen. Leider wird keiner seiner angetrunkenen Genossen auf das leichte Klirren aufmerksam.

Dushörige Rotte!

Jakob beginnt, mit Hermann zu füßeln, dem Turmwart des Weibereisens, in dem Gisela liegt.

»He, wer tritt mich denn da? So lasst doch eure Käsfüß bei euch!«, для dert Hermann, doch Jakob muss ihn noch einige Male ans Schienbein stoßen, bis er endlich einen Blick unter den Tisch wirft:

»Allmächt, da liegen ja lauter Schlüssel!«

Jetzt verrenken sich alle, um unter den Tisch zu spähen. Jakob muss sich bemühen, nicht laut über die trunkene Ungelenkigkeit der Türmer zu lachen.

»Mei Schlüssel!« »Allmächt!« »Und meiner!«

»So habt doch besser Acht auf euer War!«, mahnt Hermann, der als Gefängniswärter derartigen Schlendrian freilich nicht gutheißt.

»Also so was! Den hab ich doch am Gürtel festgemacht gehabt.«

»Blaue Agnes!«, grölt Anselm hilfreich.

»So hört doch auf mit eurer dummen blauen Agnes«, sagt Jakob unlustig. »Um a Haar wär ich meiner Geldkatz verlustig gangen.«

Blaumacherei

»HM«, BRUMMT KLARA, noch unzufrieden mit ihrem Ergebnis. Sie setzt mit Waidblättern einen weiteren Bottich Färberbrühe an, die mit ihrem fahlgelben Ton durchaus als schlechtes Bier durchgehen könnte.

»Soll ich wieder drauf pieseln?«, bietet Hans an, etwas zu beflissen.

»Nein, diesmal versuch ich es mit Branntwein«, sagt Klara. »Ich mein nämlich, es is gar ned so sehr der Harn der Färber, sondern der *Weingeist* darin, der des Indigo blau werden lässt.«

»So gelingt des ned«, krächzt unversehens Barthel Betz von seinem Krankenlager. Klara ahnte gar nicht, dass er überhaupt etwas von ihrem Tun mitbekommt. Damit der Ärmste während seiner Genesung in der Einsamkeit des Spitalsaals nicht völlig irre wird, und weil sich der verlassene Ort zudem wunderbar für Experimente und als Umschlagplatz für anstehende Unternehmungen eignet, verbringen Klara, Jakob und Hans den heutigen Samstagnachmittag im Siechenstadel.

»Was sagst da, Barthel?«

»Habt ihr denn den Färbern scho amol zugeschaut, wenn sie Teufelsfarb machen?«

»Hab ich wohl. Die schwänzen den ganzen lieben Montag lang neben ihren Bottichen herum, saufen sich zu und brunnen alle Nase lang in die Brüh hinein«, bestätigt Hans, der den Färbergesellen diese seltsame Aufgabe zu neiden scheint.

»Und wann?«, hakt Barthel nach.
»Na, am Montag halt! Am Montag wird blau gemacht.«
»Nein, ich mein, zu welcher Jahreszeit?«
»Im Sommer!«, begreift Klara. »Darum! Im Sommer is heiß! Hängen wir des Gefärb beim Feuer auf.«

Klara macht sich daran, beim Kamin eine Schnur zu spannen und hängt die Stoffe nah an die Hitze.

»Nun heißt es warten«, sagt Klara zufrieden. Wenn Barthels Hinweis hilft, werden die Stoffe in ein, zwei Tagen blau sein.

»Gut, dann mach dich auf den Weg, Klara. Du hast noch einiges vor!«, ermuntert sie Jakob.

❖

Klara beginnt ihren Spuk beim Spittlertorturm. Sie lässt sich mit dem Schlüssel ein, den Jakob mit Hilfe der Wachsabdrücke in Henleins Messerschmiede gefertigt hat. Peters Wohnstube findet sie sauber und ordentlich vor. Das Marienbild, das Jakob ihm geschenkt hat, ist schnell gefunden. Es liegt mitten auf dem schlichten Stubentisch – Peter beherzigt wohl tatsächlich Jakobs Rat, damit sein tägliches Gebet zu verrichten und Trost und Kraft aus dem Bild der lieblichen Muttergottes zu schöpfen. Klara tauscht den Holzschnitt mit einer zweiten Version aus. Hans Dürer hat den schönen Holzschnitt seines Bruders gekonnt nachgeahmt und ein paar wichtige Details geändert: Den hübsch gefältelten Schleier der Maria hat er mit wilden Weinranken und knorrigen Hörnern ersetzt. Das engelsgleiche Mariengesicht hat nun die Züge einer finster dreinblickenden Klara. Jedem noch so flüchtigem Betrachter muss auffallen, dass ihn keine gütige Maria mehr anblickt, sondern ein grimmiger Waldgeist anstarrt.

Hm ... was kann Klara hier noch anstellen? Sie sieht sich um. In der Ecke steht ein Eimer voll Lauge. Dem kann Klara nicht widerstehen. Sie kippt Putzwasser auf die Bodenfliesen und tappt durch die Pfütze, Fußabdrücke auf dem Stubenboden hinterlassend.

So, genug jetzt.

Eilends zieht Klara weiter zum Neutorturm. Dort vertauscht sie ebenfalls das Marienbild und kippt etwas Hausrat um. Türmer Georg hat auf seinem Tisch ein Stück Butter liegen lassen, was Klara auf den Einfall bringt, beim Verlassen des Turms die Stiegen damit einzureiben. Fehlt nur noch der dritte und letzte Turm, zu dem sie Zutritt hat, das Tiergärtnertor unmittelbar neben dem Dürerhaus. Da ist freilich besondere Vorsicht geboten.

Auf die blaue Agnes

IM GULDEN STERN herrscht wieder dröhnend gute Stimmung.

»Des war a wohlweiser Rat mit der Marienandacht, Gesell Anton«, lobt Georg. »Am gestrigen Tag is mir nichts Absonderliches widerfahren.«

»Ich sag euch doch, des sind alles Teufelsgespinste! Sobald ihr euch auf sinnreiche, fromme Dinge besinnt, vergeht euch der Aberglaube ganz von selbst.«

In der erleichterten Stimmung fällt es Jakob nicht schwer, die Türmer zum Zechen zu animieren. Er scherzt, spendiert in glaubwürdiger Vorfreude auf sein anstehendes Erbe wieder ein paar Runden. Jakob selbst trinkt mit Bedacht. Als sein Krug leer ist, geht er damit in Richtung Tresen, als wolle er sich nachschenken lassen, verbirgt sich jedoch stattdessen um der Ecke, füllt falbe Färberküpe aus einem Schlauch in seinen Bierkrug und kehrt zum Stammtisch zurück.

»Auf euren bübischen Hausgeist, die blaue Agnes! Zum Teufel mit dem Gespensterweib!«, brüllt Jakob übermütig und streckt auffordernd seinen Krug zum Anstoßen aus.

Die eine Hälfte der Türmer stößt grölend und schwungvoll mit Jakob an. Die anderen heben nur zaudernd ihren Krug – ihnen ist nicht ganz wohl dabei, dass Jakob ihren Zunftgeist derart derb beleidigt. Jakob lässt seinen Humpen so ungestüm auf die anderen Krüge prallen, dass sich die Färberbrühe auf die gesamte Türmerschar ergießt. Flüche und Gelächter. Die hellen Stoffe ihrer Hemden sind nun schön gelbfleckig.

»Menschenskind, Anton, nun sind wir alle besudelt!«, beschwert sich Georg.

»Stellt euch ned so an, des hängt ihr daheim beim Kaminfeuer auf, dann is im Nu wieder trocken«, instruiert er die Türmer zum Färben ihrer eigenen Kleider.

Gespenst

ZWEI TAGE SPÄTER sitzt eine blau gewandete Klara mit dem Schusterhans in einem Nebenstübchen ganz hinten im Obergeschoss des Gulden Stern. Die Tür zu dem Stübchen haben sie von innen verriegelt, damit sich niemand zu ihnen verirrt. Immer wieder späht Klara durch ein kleines Galeriefenster hinunter ins Erdgeschoss. An das Fenster haben sie vorsichtig

Dürers kostbare große Glasscheibe gelehnt, in genau dem zuvor gewissenhaft in der Werkstatt ermittelten Winkel.

Die Türmer kommen im Gulden Stern an und im Gänsemarsch die Treppe hinauf.

»Warum hier oben? Warum sitzen wir ned an unserem angestammten Tisch?«, will einer wissen.

»Wie Hermann ja so klug sagte: Es sollt ned ganz Nürnberg erfahren, was in den Stadttürmen vor sich geht«, sagt Jakob verschwörerisch. Klara weiß ganz genau, dass Hermann gar nichts ›so klug sagte‹, sondern es vielmehr von Jakob geschickt in den Mund gelegt bekommen hat.

»Was willst *du* überhaupt hier, Anton?«, wird Jakob unwirsch angegangen. »Du bist keiner von uns.«

»Ich bin Türmer wie ihr – und gegenwärtig die Stimme der Vernunft, will ich meinen. Einer muss doch hier einen kühlen Kopf bewahren! Und mir hat sich euer unholder blauer Geist ja noch nie offenbart. Also – sprich Hermann, was wolltest uns denn so dringlich entdecken?«

»Da schaut! Seht nur her!«, antwortet der bebend. »Habt ihr so was je gesehen?«

»Ich muss gestehen, des is sonderbar«, gibt Jakob zu.

»Bei mir auch! Ich hab auch lauter blaue Flecken auf dem Hemd!«

Ein Stimmenwirrwarr setzt ein. Klara hört heraus, dass wohl fast alle Türmer Probleme mit unerklärlich blau verfärbten Textilien haben.

»Und geschehen is des genau in jener Nacht, da *du* unsere Agnes geschmäht hast mit deinem liederlichen Trinkspruch!«, erhebt sich ein Vorwurf gegen Jakob.

»Ach – nun hab wohl ich Schuld, dass ihr euch allesamt in die Hosen scheißt ob eures albernen blauen Turmgeists?«, wehrt der sich.

»So hör doch zu! Bei uns geht alles drunter und drüber! Meine Stiegen waren vorgestern schlüpfrig wie Eis. Mich hat's so hart auf's Steißbein geschmissen, dass ich heut noch kaum sitzen kann!«

»Du bist halt a Tölpel!«, hält Jakob dagegen.

»Und ich hab gestern Früh in meinen Käs bissen, und – es war a Stück alte Seifen.«

»Und *du* bist halt blöd! Oder blind«, gibt Jakob zurück.

Auch ohne Jakob zu sehen, weiß Klara, dass er sich nur mit Mühe das Lachen verkneift. Klara ist stolz auf sich und ihren gelungenen Schabernack in den Türmerstuben. Bei ihrer Poltergeisterei durch den Tiergärtnertorturm erspähte sie neben Anselms Waschschüssel ein krümeliges Stück

Seife, das dem unappetitlichen alten Keil Käse in der Küche so ähnelte, dass sie die beiden trockenen Brocken einfach vertauschen musste.

»In meiner Stub waren überall Fußspuren auf dem Boden. *Zierliche Frauenfüß*«, vermeldet ein weiterer Türmer, der Peter vom Spittlertor sein muss, denn dort ist Klara im verschütteten Putzwasser herumgestapft.

»Da wird dei Gesell die Gunst der Stunde genutzt und sich in deiner Abwesenheit a Buhlerin in den Turm geholt haben!«, hat Jakob auch hierfür eine Erklärung.

»Keineswegs! Mei Gesell ist a artiger Bub und hat mir überdies Stein und Bein geschworen, dass er alle Weil allein im Turm war!«

»Und ... gute Genossen...«, fügt Georg beklommen hinzu, »habt ihr an euren Marienbildern was Sonderbares bemerkt?«

Die Stille, die nun folgt, könnte Klara mit einem Messer schneiden.

»Meint ihr die Marienbilder, die ich euch als Mittel wider all den Irrglauben geschenkt hab? Was soll nun damit sein?«, lädt Jakob nähere Erläuterungen ein.

Anselm traut sich als Erster: »Es is ... verwandelt.«

Leise gemurmelte Beipflichtungen von Georg und Peter.

»Wie ... verwandelt?«

»Es is nimmer die Muttergottes drauf.«

»Häh?«

»Es ist a anderes Antlitz – bübisch, tückisch, voll Niedertracht ...«

He!

Hans Sachs kichert lautlos in seine Faust. Klara ist wenig geschmeichelt über diese Beschreibung ihres Gesichts.

»Also, jetz hat euch wahrlich der Verstand verlassen«, sagt Jakob verblüfft. »Liebe Leut, ich hab euch einen *Druck* geschenkt. Des is nichts weiter als *Tinte auf Papier*. A Druck verwandelt sich ned einfach. So nehmt doch Vernunft an.«

»Scher dich doch fort, wenn du uns ned glauben willst, Anton«, sagt eine Stimme hart.

»Wenn ihr euch so weiter verschießt in euren Widersinn, verfallt ihr am End noch diesem Geisterbeschwörer, der gegenwärtig in der Stadt sei Unwesen treibt und meiner armen alten Erbmuhme scho ganz die Sinne verdreht hat«, gelangt Jakob zum Schlüsselelement der heutigen Gaukelei.

»Was für a Geisterbeschwörer?«, fragt zaghaft, aber wissbegierig eine der leiseren Stimmen.

»Ach, a Scharlatan«, winkt Jakob ab, »der den Leuten verheißt, er kann mit Stimmen aus dem Jenseits reden. Mei Muhme hofft, auf die Weis mit ihrem verstorbenen Eheherrn ...«

»Brüder! Des wär doch der Weg aus unser Not!«, beißt Anselm an. »Womöglich kann a Beschwörung klären, weswegen uns die blaue Agnes so grollt!«

»Also, mir langt's«, ruft Jakob missgelaunt. »Macht euch ruhig närrisch mit eurer Geistermär. Ich setz mich unten zu den vernünftigen Leut.«

Und Jakob lässt die Türmer allein – denn die müssen ganz von selbst auf die Idee kommen und ohne Jakobs Zutun beschließen, den Geisterbeschwörer für ihren bösartig gewordenen Turmgeist anzuheuern.

Während Jakob die Treppe hinabstapft, beginnen die Türmer eifrig zu erörtern. Als Schankmägde mit Speis und Trank heraufkommen, verstummt das Gespräch kurz.

    Sie schämen sich für ihren Geisterglauben.

Klara in ihrem blauen Kleid bringt sich nun neben der Glasscheibe in Stellung. Hans Sachs entzündet die mitgebrachte Öllampe. Wenn alles so klappt, wie in der Werkstatt beobachtet und danach intensiv erprobt, erscheint nun vom Tisch der Türmer aus gesehen eine geisterhafte, schemenhafte Spiegelung Klaras in dem Fensterchen auf der gegenüberliegenden Empore. Es dauert nicht lange, bis sich mitten im Gespräch der Türmer ein leises Wimmern regt. Die anderen verstummen.

»Was is dir, Georg?«, fragt einer.

»Da drüben ... Seht ihr des Fensterlein gegenüber? Die blaue Agnes. Da is sie!«, winselt der Mann, der Georg heißt und somit der Neutortürmer sein muss.

Es wird totenstill in der Stube.

Klara bricht kalter Schweiß aus den Poren, weil sie weiß, dass die entsetzten Augen aller Türmer auf ihre Spiegelung geheftet sind. Sie bedeutet dem Schusterhans, das Licht wieder zu löschen, ehe die Türmer auf die Idee kommen, der Erscheinung auf den Grund zu gehen. Doch Hans Sachs verneint grinsend, er will das Blendwerk noch ein wenig wirken lassen. Klara zittert, während hektisch Stühle zu rücken beginnen und schwere Männerschritte trappeln.

    Schusterhans, bitte! Licht aus!

Doch keiner kommt und rüttelt an der verschlossenen Tür der Nebenstube. Stattdessen ... fliehen die Türmer alle panisch die Treppe hinunter.

»Geschwind, Klara«, flüstert Hans Sachs, denn wenn die Türmer jetzt davonwieseln, kommt Klara ja gar nicht mehr zum zweiten Teil ihrer Posse! Hans reicht ihr die zuvor in der Werkstatt gebastelte papierne Rolle und hält ihr einen Blecheimer unter die Nase. Wie eingeübt, spricht Klara durch die Röhre in den Eimer.

»Vor *mir* wollt ihr fliehen, Elende?«

Oh, ja – ihre Stimme hallt im blechernen Eimer wunderbar hohl und grausig. Die Türmer verlieren völlig die Fassung. Füße scharren, Leiber drängeln auf den Stufen, Männerstimmen krächzen jämmerlich.

»Mir entkommt ihr ned! Georg! Anselm! Peter! Hermann! Otto!«

Verdammt, wie hießen sie noch mal alle?

Noch bevor Klara alle Namen genannt hat, schlittern die Türmer schon draußen auf der Zirkelschmiedsgasse durch den Schnee.

»Fein«, sagt Hans Sachs zufrieden. »Nun, da die Türmer des Weite gesucht haben, können wir uns ja in aller Ruh an Bratwürstle laben. Die sind hier im Gulden Stern nämlich sonders gut.«

Beschwörung

HANS SACHS SIEHT köstlich aus in seinen schreiend bunten Gewändern und schrulligen Filzkappe.

»Bitte – tretet ein, gute Gesellen.«

Im Gänsemarsch trappeln die Türmer durch den Hintereingang in das Siechenstadel.

»Der is ja fast noch a Knäblein, der Geisterbeschwörer«, erlaubt sich Georg anzumerken.

»Des Alter hat doch nichts mit der Gabe zu tun«, erwidert Hans Sachs, leicht blasiert und ganz ohne seinen Nürnberger Zungenschlag.

»Ich will's nur noch amol gesagt haben: Ich heg größte Zweifel, dass dieser ... Beschwörer euch helfen kann«, gibt Jakob noch einmal zu Protokoll. »Des is doch reine Geldschneiderei.«

Der verunglimpfte Geisterbeschwörer Hans Sachs wirft Jakob einen herablassenden Blick zu. Er führt seine Kunden schnurstracks eine Treppe hinauf, damit sich keiner der Türmer in den großen Saal verirrt, wo ja immer noch Barthel liegt. Das Siechenspital hat auf die Türmer die übliche Wirkung: Befangen und angewidert bemühen sie sich, beim Erklimmen der Stufen bloß nicht das Geländer zu berühren, falls da noch Lepraerreger vom vorigen Osterfest daran haften.

Hans führt sie in eine Kammer im oberen Stockwerk. Die Fenster sind verhangen. Auf einem Tisch liegt ein Pergament voll ominöser Zahlen und Buchstaben.

Hans fordert die Türmer auf, auf den Stühlen ringsum den Tisch einzunehmen. Ein Platz ist allerdings schon besetzt, denn Jakob hat den Sattler Linhard Kohler aus dem Landauerstift entführt. Das war nicht weiter schwierig. Jakob musste dem geistesschwachen Alten einfach weismachen, bei irgendeinem Patriziergeschlecht sei ein wichtiger Auftrag aufzunehmen, und schon wackelte Linhard willig hinter Jakob her zum Siechenstadel. Den Grund seines Ausflugs hat er mittlerweile schon wieder vergessen. Er dämmert auf seinem Stuhl vor sich hin und streichelt Felicitas' Hündchen, das bei der Geisterposse auch mitspielen darf.

»Und wer is des?«, will Türmer Hermann wissen.

»Das ist der gute Meister Linhard, der in seinem langen Leben so manche liebe Seele verloren hat. Heut hofft er, mit seinem verschiedenen Weib in Verbindung zu treten«, näselt Hans Sachs. Er geht geschäftig durch den Raum und trifft mit wichtigen Gesten Vorbereitungen. Er sperrt die Tür von innen ab, was den Türmern gar nicht geheuer ist.

»Sonst entfleucht die Kraft aus dem Raum«, beschwichtigt er sie. »Eine ganz gewöhnliche Vorkehrung bei einer jeden Beschwörung.«

Er entzündet rund um den Tisch und in den Ecken lange Kerzen und erklärt das weitere Vorgehen: »Will sich eine Seele aus dem Jenseits mit Euch vereinigen, so wird sie es mir kundtun.«

»Wir wollen mit der ...«, hebt Georg an.

»Sagt ihm nichts!«, fährt Jakob ihm scharf ins Wort. »Wenn er kei Scharlatan is, bedarf er von dir keiner Ansag. Soll er uns doch beweisen, ob er wahrlich mit den Toten reden kann.«

»Ganz recht«, sagt Hans Sachs unbeirrt. »Ich spüre ...«, fängt er an und schließt angestrengt die Augen. »Ich spüre allerlei Gegenwart hier. Jemand hat einen geliebten Menschen verloren mit ... H ... ein Hans oder Hannes?"

»Mei Ahnherr!«

»Mei als Kind verstorbener Bruder!«

»Mei toter Schwager!«

»Mei verunglückter Gesell!«

Jakob fällt es schwer, ernst zu bleiben. *Kennt hier jemand einen verblichenen Hans? Der Schusterbub macht es sich fast zu einfach.*

»Ich spür schon, es weilt viel Kraft im Raum. Jedoch ...«, sagt Hans Sachs und weitet dramatisch die Augen, als träfe ihn eine Erkenntnis. »Nicht ›H‹!

Der Name beginnt mit ›A‹!«, berichtigt er sich, sehr zum kollektiven Erschaudern der Türmer. »Und es geht gar nicht um einen Mann.«

Die Türmer nicken eifrig.

»Und es geht auch nicht um eine ... *unlängst* Verstorbene.«

Die Türmer nicken noch heftiger. Hans verzieht das Gesicht, als würde ihm die Sache unangenehm.

»Ihr guten Leut, da zaudere ich. Eine holde Ehewirtin, ein gewogener Ahnherr, ein geliebtes Kind – derlei wohlgesinnte Seelen beschwöre ich ja gern, jederzeit. Jedoch ... einen uralten Geist bannen zu wollen ... Noch dazu einen ... in *Zorn* ergrimmten Geist ...«, lässt Hans Sachs seine Worte zittrig verebben. Jakob kann die Türmer am ganzen Leib beben sehen. »Den Groll eines solchen Geistes auf sich zu ziehen – das kann eine Handvoll Groschen kaum vergelten.«

»Aber wir wollen ihren Zorn doch *lindern*!«, ruft Hermann verzweifelt. »Wir wollen sie doch besänftigen! Wir wissen ja ned, *warum* sie uns zürnt!«

»Wir zahlen auch gern mehr!«, bietet Otto.

»Mit Geld lässt sich das nicht vergüten«, sagt Hans, nun in großer Aufruhr. »Überdies ist es schon zu spät! Ich spüre schon eine fürchterliche Gegenwart ... Guter Meister Linhard, streift eilends dies Wams ab! Das ist *ihre* Farbe!«

Hans hastet hinüber zu Linhard und zieht ihm unsanft das blaue Wams ab, das ihm Jakob zuvor verpasst hat. Er schleudert es in eine Ecke, als wäre es glutheiß. Linhard ist ja vom Stift her gewöhnt, ständig von ihm fremden Personen an- und ausgezogen und hier- und dorthin verfrachtet zu werden, ohne den Anlass zu begreifen. Also lässt er es auch jetzt geduldig mit sich geschehen. Auf die Türmer, die glauben, einen rüstigen, regen Witwer vor sich zu haben, wirkt seine Teilnahmslosigkeit grauenhaft.

»Der gute Mann is ja scho ganz stumpfsinnig!«, flüstert Anselm.

»Wir müssen erkunden, was sie will!«, ruft Hans gequält. Da sich die Lesefertigkeit der Türmer auf die Buchstabenbezeichnungen ihrer Stadttürme beschränkt, ist der auf dem Tisch liegende Seelenschreiber für sie nur ein beängstigender Buchstabensalat. Die überall im Raum flackernden Lichter verbreiten mittlerweile dichten Rauch, denn Jakob hat absichtlich die schlechtesten Kerzen gekauft, die er finden konnte, um die Kammer möglichst stark einzunebeln. Hans Sachs erläutert den Türmern den Seelenschreiber: »Hier steht das Wort ›ja‹. Hier steht ›nein‹.«

Die Türmer nicken beklommen. Soweit können sie noch folgen. Hans legt eine Eisenmünze in die Mitte des Pergaments.

»Guter Geist, willst du mit uns Zwiesprach halten?«, fragt er nun die blaue Agnes.

Jetzt ist Jakob an der Reihe. Unter dem Tisch hält er einen Stab verborgen, an dem der Magnetit aus Dürers Sammlung sonderbarer Schätze befestigt ist. Jakob lässt damit die Münze wie von Geisterhand in Richtung des Wortes ›ja‹ zittern, während die Türmer vor Entsetzen leise stöhnen.

»Gut, wir haben verstanden«, sagt Hans Sachs behutsam. »Hab Dank, guter Geist, denn diese armen Männer hier wollen wirklich von Herzen gern erfahren, warum du ihnen derart zürnst.«

In der dramatischen Pause, die Hans Sachs nun macht, lässt Jakob die Münze nur unentschlossen zucken. Keiner der Türmer wagt mehr zu atmen.

»Sag an, guter Geist, was ist dein Begehr?«, fordert Hans Sachs.

Neben dem Stab mit dem Magneten hält Jakob unter dem Tisch auch einen Strang aus vier hauchdünnen Seidenfäden verborgen. Sie verlaufen von seinem Stuhlbein hoch über den Deckenbalken und wieder herab zum Tisch, wo sie mit den vier Ecken des Pergaments verknüpft sind. Jakob zieht sachte an dem Strang. Das Pergament hebt von der Tischplatte ab und schwebt in die rauchtrübe Luft. Die Türmer jaulen unterdrückt.

»Gut, gut!«, keucht Hans, wie jemand, der sich längst in die Hosen scheißt und nur noch mühsam vermitteln kann, er sei noch Herr der Lage. »Ich habe verstanden. Wie du verlangst, guter Geist, dann eben ohne Seelenschreiber!«

Hans Sachs schnappt das Pergament aus der Luft und reißt es an sich. Jakob holt die abgerupften Seidenfäden ein. Nun ist die Frage, ob der nebenan im Flur zum Wasserturm verborgene Dürerhans seinen Einsatz findet ...

Er findet ihn. Zunächst sanft erhebt sich ein windiges Säuseln, denn Hans Dürer reibt im Flur kreisend mit einer Kleiderbürste über eine Stoffbahn. Dann setzt dumpfes Grollen ein, wie ein fernes Unwetter. Das ist ein dünnes Blech, das der Dürerhans auf und ab wogen lässt. Das Dröhnen wird lauter. Jakob wird nun selbst zittrig, nicht aus Furcht vor dem Übernatürlichen, sondern weil ihre Posse nun ihren waghalsigen Höhepunkt erreicht: Klara erscheint im Raum.

Jakob kann nur hoffen, dass das anschwellende Donnergrummeln, der dichte Kerzenrauch und der gut durchgerüttelte Geisteszustand der Türmer ausreichen, dass die quicklebendige Klara ihnen wie eine gespenstische Erscheinung vorkommt.

Doch auf Klara ist Verlass: Genauso mühelos, wie sie der Welt vorgaukelt, ein lümmeliger halbwüchsiger Bengel zu sein, gibt sie sich nun wie ein ätherisches Wesen aus der Anderswelt, schwebt mehr herein, als sie geht. Kleid und Kopfbündchen sind freilich blau. Ihre Miene ist fürchterlich, voll stumpfer, kalter Bosheit. Zuvor hat Klara in der Werkstatt graublau schimmernde Pasten in verschiedenen Schattierungen angerührt. Damit erschuf sie vor Dürers venezianischem Spiegel auf dem eigenen Gesicht als Leinwand eine grässliche Geisterfratze mit eingefallenen Wangen und leeren, toten Augenhöhlen.

    Sie sieht grauenhaft aus.

Apollo springt winselnd von Linhards Schoß und verzieht sich in die hinterste Ecke des Zimmers.

    Bravo, Apollo.

Freilich ist der Hund nicht gut auf Klara zu sprechen, denn sie ist ja die dumme Gans, die für die fiese Dürerkatze Partei ergriffen und ihm, dem armen, unschuldigen Apollo Pirckheimer, einen schmerzhaften Schnauzenstüber versetzt hat. Die Türmer nehmen entgeistert zur Kenntnis, dass selbst ein unverständiges Tier vor der grausigen Geistergestalt Reißaus nimmt.

»Agnes!«, ruft Linhard Kohler milde überrascht.

    Bravo, Linhard.

Die Türmer stöhnen vor Grauen, doch der Alte erkennt ja lediglich seine ›Enkelin‹ und sorgt sich: »Du nimmst dich aber übel aus, Kind – is dir ned wohl?«

»Ich bin doch scho lang tot, mei Guter«, erwidert Klara mit gläserner Stimme.

»Ja, ja. Des wollen's mir immer alle weismachen, dass du tot wärst«, erwidert Linhard in aller Seelenruhe. »Doch dem Gewäsch schenk ich längst keinen Glauben mehr.«

Den Türmern wollen fast die Augäpfel aus den Schädeln quellen.

»Mit wem sprecht Ihr da, guter Mann?«, fragt Hans Sachs verängstigt, als könne er Klara nicht sehen. »Habt Ihr wohl ... eine Vision?«

»Na, da! Da steht sie doch!«, krächzt Anselm mit zittrigem Fingerzeig in Richtung Klara.

Die anderen Türmer bestätigen wehklagend, dass auch sie die Erscheinung deutlich sehen können.

»Wo denn?«, fragt Jakob. »Da is doch niemand.«

»Siehst du denn die Frauengestalt ned?!«, japst Hermann.

»Da is doch keiner! Wollt ihr mich denn alle für dumm verkaufen?«, wehrt sich Jakob weiterhin standhaft gegen den Aberglauben. »Eure verfluchte blaue Agnes is nichts weiter als a Hirngespinst!«

Das lässt die blaue Agnes nicht auf sich sitzen. Klara gleitet gefahrvoll auf Jakob zu, packt ihn beim Nacken und lässt seinen Kopf hart auf die Tischplatte prallen. Die Türmer brüllen auf. Klara gleitet rücklings davon in den Flur, wo der Dürerhans immer noch dramatischen Gewitterlärm macht.

Jakob bleibt einige Sekunden reglos liegen. Als er sich ächzend wieder aufrichtet, prangen an seinem Hals tiefrote, selbst im verrußten Stubenlicht unübersehbare Striemen, denn Klaras Finger waren mit Rötel präpariert.

»Um Gottes Willen, guter Gesell, Euer Hals!«, wimmert Hans Sachs. »Als hätt Euch eine knöcherne Hand gewürgt!«

Die Türmer haben nun endgültig genug. Sie drängen sich an die Kammertür, die Hans Sachs zu Beginn der Sitzung verriegelt hat: »Mach auf! Mach hurtig auf!«

»Noch nicht! Wir müssen doch in Erfahrung bringen, was sie von Euch will, sonst werdet Ihr Eures Lebens nicht mehr froh! Was willst du, Geist!«, brüllt Hans in Höllenangst.

Dann bleibt er wie vom Donner gerührt stehen. Er verdreht die Augen in den Schädel, bis nur noch das Weiße zu sehen ist, und sinkt zu Boden.

Der Dürerhans hinter den Kulissen lässt Wind und Donnergrummeln jäh verstummen.

»Sie ist fort«, sagt Hans Sachs schwach, als er wieder zu sich kommt. »Doch hat sie mir ihren Willen entdeckt.«

»Was? Was will sie denn?«, bedrängen ihn diejenigen Türmer, die noch der Sprache mächtig sind.

»Eine ... Gisela?«

»Was is mit einer Gisela?«, fragt Peter verzagt.

»Ledig lassen sollt ihr sie«, ächzt Hans Sachs, »was auch immer das bedeuten mag. Vor dem Siechenspital sollt ihr sie aussetzen, noch heute vor Sonnenuntergang.«

»Wer zum Teufel is Gisela?«, fragt entmutigt Georg.

»Ich ... ich hab a Gisela bei mir im Eisen liegen«, sagt leise Hermann, Türmer des Weibereisens.

»Wir wollen tun, was sie verlangt!«, versichert Anselm. »Nun lasst uns in Gottes Namen raus!«

Hans Sachs sperrt auf und die Türmer fliehen Hals über Kopf.

Der Dürerhans und Klara kommen aus ihrem Versteck in die Kammer, wo Jakob bereits die Fenster öffnet, um den stickig dichten Kerzenrauch zu lüften. Verblüfft über ihren eigenen grandiosen Erfolg grinsen sich die Verschwörer an.

»Freunde, gehen wir uns an Bratwürstle laben«, folgert Hans Sachs.

Offene Rechnung

»WENZEL HEISST ER«, erklärt Klara.

Sie klopft wehmütig zum Abschied den Hals des alten Rössleins, das ihnen so gute Dienste geleistet hat und das sich wundert, warum Kito es an einem gemächlichen Wintertag aus seinem schönen Ruhestand in Pirckheimers Stall in die Kälte hinausgezerrt hat.

»Wenzel«, bestätigt Barthel, will vom Sattel aus den Pferdehals tätscheln und gerät dabei aus dem Gleichgewicht, weil ihm seine neue einfüßige Körperbalance noch fremd ist. Kito verstaut seine Krücken auf dem Karren, wo Gisela wie ein Schluck Wasser inmitten halbleerer Körbe mit Schwarzwurzel und Steckrüben hockt.

Binnen weniger Stunden nach ihrer Flucht aus dem Siechenstadel erfüllten die Türmer die Forderung ihrer blauen Agnes. Ein Fuhrwerk ratterte heran und eine schmutzige, stinkende und zerhudelte Gisela wurde unsanft vor dem Siechenstadel in den Dreck gestoßen. Nun wird das Gaunergespann die Stadt verlassen und soll auf dem Weg durch die Tore den Stadtknechten wie ein Bauernpaar erscheinen, das nach einem durchwachsenen Markttag zurück ins Knoblauchsland zuckelt. Hans Dürer drückt Barthel einen Beutel in die Hand. Als er an der Kordel nestelt, sagt Hans: »Schau gar ned nei. Es langt für a Weile.«

Zwanzig Gulden. Mehr, als ein armer Schlucker wie Barthel jemals in Händen hielt. Der Betrag enthält neben dem Nötigsten für einen Neuanfang auch ein großzügiges Schmerzensgeld für Barthel und Gewissensbalsam für Hans Dürer. Und leider sind es auch dessen gesamte Ersparnisse, nur wenige Wochen, ehe Hans den Tetzel *zweihundert* Gulden berappen muss.

Barthel drückt seine Schenkel in Wenzels Flanken. Der missversteht und trottet nach rechts los, weil sein neuer Reiter mit dem verstümmelten linken Bein nicht fest pressen kann. Barthel korrigiert ungeschickt mit den Zügeln. Klara, Jakob, der Dürerhans und Kito blicken dem Karren nach, während Barthel und Gisela unbehelligt das Neutor passieren.

»*Die* Fährnis wär gebannt«, sagt Kito im Fortgehen und fügt lakonisch hinzu: »Bleiben ja nur noch zweihundert Gulden aufzutreiben.«

Hans Dürers Ton kratzt bange: »Und wenn ich ned zahlen kann? Legen sie auch mich ins Loch?«

»Eher ersäufst eines Nachts auf unerklärliche Weis in der Pegnitz«, sagt Kito steinhart.

Hans bleibt vor Schreck über diese finstere Voraussage starr stehen.

Kito zuckt mit den Achseln: »Ich kenn die Tetzel besser als ihr alle. Die denken anders als wir gemeines Volk. Für die sind alle Belange des Lebens a Handel, bei dem nur einer gewinnen kann. Du hast ihr Säckel geschmälert und, schlimmer noch, ihren Stolz verletzt. An die Justitia können sie dich ned ausliefern, denn wenn du vor Lochschöffen von verbotenen Wetten sängest, gerieten die Tetzel selbst in Bedrängnis. Doch die offene Rechnung wird auf die eine oder die andere Weis abgegolten, sei es in Münze oder Blut.«

Hans schweigt.

Erst als sich Kito am Herrenmarkt von ihnen verabschiedet hat und die Dürerknechte zu dritt die Zisselgasse hinaufgehen, sagt er mit flatternder Stimme: »Soll ich ned doch lieber den Gang nach Canossa tun und des Geld von meinem Bruder erbitten?«

»Du willst zu deinem Bruder kriechen wie a Bettler?«, pustet Jakob verächtlich.

Dann legt er Hans eine feste Hand auf die Schulter und versichert: »Wir holen des Kind scho aus dem Brunnen. Wir beschaffen des Geld, niemand sonst.«

Klara ist leichnamübel. Am liebsten würde sie Hans ermuntern, zu seinem Bruder zu gehen. Doch freilich kann sie Jakobs eiskaltem Gedankengang folgen: Ihr ganzer Handel mit dem Dürerhans ruht auf seinem letzten Fetzen Ehrgefühl, das ihn davon abhält, die ganze Schmach Albrecht zu beichten. Solange Hans den Schwindlern zutraut, ihn ohne Albrechts Wissen aus seinem Schlamassel zu holen, wird er dafür sorgen, dass sein Bruder nichts Abträgliches über die Schallerbrüder erfährt.

Als sie daheim anlangen, geleitet Albrecht Dürer gerade einen Fremden zur Tür.

»An gesegneten Tag noch, Bruder Konrad«, schickt er dem schwarz gewandeten, untersetzten Mönchlein hinterher. Klara hört ihrem Meister an: Das war eher ein eleganter Rauswurf als eine herzliche Verabschiedung.

»Was wollt der Pfaff denn, Meister?«, fragt Klara.

»Ach«, seufzt Dürer, »mir einen Ablass andrehen.«

»Hast ihn hoffentlich ned zur Mutter vordringen lassen«, vergewissert sich Hans, dankbar für Zerstreuung und Alltagsgeplauder.

»Um Gottes Willen, freilich ned! Ich hab ihm geraten, sei Glück am Herrenmarkt zu versuchen«, grinst Dürer schelmisch.

»Des is wahre Freundschaft«, spottet Jakob darüber, dass Dürer den Ablasskrämer geradewegs zu Pirckheimer gesandt hat.

»Der soll sich ruhig seinen Denkzettel vom Ratsherrn abholen, der Ablassschinder«, freut sich Dürer auf die von ihm angestiftete Konfrontation, bei der der Pfaffe Pirckheimers Wut auf die ›römische Büberei‹ mit aller Wucht zu spüren bekommen wird. »Der Herrgott weiß, wie viel Gulden der Schmerbauch dem fleißigen Nürnberger Völklein scho abgeschwatzt hat.«

Jakobs immer wacher Verstand flimmert auf, Klara sieht es in seinen Augen.

Ein Schmerbauch mit vielen unredlich verdienten Gulden.

Feines Tuch

»VOR EUCH HAT man auch kei Ruh«, grüßt Felicitas, als Schusterhans und Dürerknechte schon wieder bei ihr vorstellig werden.

In der Diskretion des Pirckheimerschen Büchersaals kündigen Klara und Jakob den drohenden Besuch von Bruder Konrad an und schildern den Einfall, worauf der Ablassschinder sie gebracht hat: »Man müsst sich als reiches Herrlein ausgeben, damit der gute Bruder Konrad meint, einen großen Fisch an der Angel zu haben. Wir bräuchten einen wohltönenden Namen, der nach Nürnberg und Geld klingt. Nenn doch a paar ehrenfeste Geschlechter, Felicitas.«

»Harsdorf, Hirschvogel, Schürstab, Paumgartner, Waldstromer, Holzschuher, Imhoff, Kressenstein, Löffelholz, Tucher, Volckamer ...«, rattert sie los und könnte wohl alle zweiundvierzig ratsfähigen Geschlechter in einem Atemzug aufzählen.

»Langt scho, danke. Wie wär's mit Pirckvogel?«, scherzt Jakob.

»Verbitt ich mir«, lacht Felicitas.

»Tuchstab? Holzgartner? Löffelstein? Paumstromer? Hirschholz?«, kombiniert Jakob die Namen genauso flink, wie Felicitas sie aufgesagt hat.

»Löffelstein klingt doch schön wohlhabend«, wählt Felicitas.

»Mei Bruder Nikolaus kann dir des Gewand dazu schneidern«, bietet

Hans Sachs an. »Allein – woher nehmen wir gebührliches Tuch für einen steinreichen Patrizier …?«

»Des stift ich«, sagt Felicitas und geht zu einer unscheinbaren Truhe in der Ecke. Als sie den Deckel aufschlägt, quellen Brokat, Seide und Barchent nur so heraus. Müßig kramt sie darin herum. Manchmal vergisst Klara, wie vermögend Pirckheimer ist.

»Des Grün gefällt mir ohnhin ned – den Brokat könnt ihr gern nehmen. Ebenso wie die goldgelbe Futterseide«, bietet sie an und drückt die kostbaren Stoffe Hans Sachs umstandslos in den Arm.

»Nur eines erklärt mir«, will Felicitas noch verstehen: »Geht a Ablasshandel ned üblicher Weis so vonstatten, dass *der Sünder den Pfaffen* bezahlt und ned andersherum?«

»Es sei denn, der Pfaff vermeint, er macht einen guten Tauschhandel. Wir bieten ihm etwas Kostbares, was weitaus wertvoller ist als der Ablass. Dann schuldet er uns die Differenz in baren Gulden«, erläutert Jakob seinen Plan.

»*Differenz* – du redest ja scho wie a Pfeffersack«, lacht Felicitas. »Nun gut, so hört her. Wenn der gute Bruder Konrad herwider kommt, verweis ich ihn weiter an des Geschlecht von ›Löffelstein‹. Ich gebar mich wie a rechte Ratschen und erzähl ihm von einem unschätzbar kostbaren Kleinod im Erbschatz derer von Löffelstein. Am besten … a Smaragd. Ihr ersteht derweil bei einer Krämerin einen grünen Glasstein.«

Alle Achtung, Felicitas.

»Wie viel mag so a Smaragd wert sein?«, will Jakob wissen.

»Lassen wir ihn kastaniengroß sein … fünfhundert Goldgulden«, schlägt Felicitas ehrgeizig vor.

»Vortrefflich«, freut sich Jakob. »Dann bedarf es nur noch eines ungestörten, vornehmen Ortes, wo wir den Ablasskrämer gebührend empfangen können.«

Auch dazu hat Felicitas eine Lösung: »Des Burgfriedschlössle draußen in Sindersbühl gehört den Imhoff, dem Geschlecht meines Künftigen. Da feiern sie im Sommer ihre Feste. Im Winter sitzt da bloß a alter Hausknecht.«

Hans Sachs verzieht fast unmerklich das Gesicht, als Felicitas ihr hochkarätiges Verlöbnis erwähnt.

Als sie mit ihrem fertig ausgeheckten Plan das Anwesen der Pirckheimer verlassen, deutet Jakob auf den großen Ballen feiner Stoffe, den Hans Sachs unter dem Arm geklemmt hat: »Nun denn – sag deinem Bruder, er soll a edles Gewand für den Herrn Löffelstein schneidern und …«

» ... und a prächtiges Kleid für die *Frau* Löffelstein. Bin ja ned blöd«, ergänzt Hans Sachs und grinst Klara wissend an.

Auf dem Weg aus dem Hof werfen Klara und Jakob einen kurzen Blick in Pirckheimers Ställe, um nach Sigismund und Eleonore zu sehen. Weltvergessen an die Stallwand gelehnt stehen Kito und Johanna und ... schnäbeln innig.

»Ei der Daus! Ob *des* Gespann dem Herrn Pirckheimer so recht is?«, kommentiert Jakob laut genug, um die Turteltauben auseinander schrecken zu lassen.

Johanna erwidert gelassen: »Wir wären ned des einzige Gespann aus dem Hause Pirckheimer, worüber sich die Stadt des Maul aufspreizt.«

»Und wie trefflich«, ergänzt Kito, »dass weder unser noch euer Herr allzu genau unterrichtet sind, was des Gesinde so alles treibt.«

Jakob zuckt zufrieden mit den Schultern.

Es herrscht wieder ein Gleichgewicht der Geheimnisse.

Ablasshandel

AM NÄCHSTEN MORGEN friert Klara mit Jakob und Hans Sachs vor dem Tor des Burgfriedschlösschens, während der dort waltende alte Hausknecht qualvoll langsam zur Tür schlurft. Endlich öffnet er.

»Gott zum Gruß! Wir sind die Dürerknechte, die den großen Saal vermessen sollen, wegen der Deckenmalerei«, stellt Jakob die Gruppe vor.

»Des Fräulein Pirckheimer hat Euer Kommen bereits verkündet«, ist der Alte im Bilde. »Ei der Daus, habt Ihr aber einen Haufen Gerätschaften dabei, gute Gesellen«, merkt er mit Blick auf ihre schweren Taschen an.

»Gewiss, wir müssen ja *messen*«, erklärt Jakob wichtigtuend und drängelt sich geschäftig an dem Alten vorbei in das Schlösschen. »Es kommt alsbald auch noch a sachkundiger Geistlicher hinzu«, kündigt er dem Hausknecht den Ablasshändler an.

Die drei schleppen ihre Ausrüstung die Treppe hinauf in den dunkel getäfelten, mit roten Wandteppichen ausgekleideten Saal. Von der Decke hängt schwer ein prächtiger Lindenholzleuchter. Auf der glänzend polierten Eichentafel glänzt ein goldener Tischbrunnen.

Fein.

All diese Pracht dürfte genau den rechten Eindruck auf den raffgierigen Pfaffen machen.

Für Jakob hat der Bruder des Schusterhans eine herrlich geckenhafte Pluderhose aus rotem Leder geschneidert, zerhauen mit so vielen von Rats wegen verbotenen Schlitzen, dass die goldgelbe Futterseide überall hervorquillt. Auch die kugelige, mit Schleifen verzierte Schamkapsel würde einer rätlichen Musterung kaum standhalten. Das Wams und die hautengen Strümpfe sind farblich abgestimmt, ebenso wie die Straußenfeder an der samtenen Schlappe.

»Da sind fast fünf Klafter Seide hineingefältelt«, erläutert Hans Sachs stolz. »Mei Bruder hat den Stoff am Stück gelassen, damit wir ihn hernach dem Fräulein Pirckheimer heil zurückgeben können.«

Für Klara hat Nikolas aus dem grünen Brokat ein herrlich ausladendes Kleid gezaubert, dazu eine goldene Haube, darüber ein feuerrotes, federgeschmücktes Damenbarett – und das Kernstück ihres Schwindels: In einem Geschmeide strahlt ein fein geschliffener, kastaniengroßer grüner Glasstein: der Smaragd derer von Löffelstein.

»Au weh, is die schwer!«, stöhnt Jakob, nachdem er sich in die lächerliche Puffhose eingenestelt hat. Breitbeinig tappt er darin umher, während sich Klara das Gesicht auf hochmütige Edelfrau tüncht. Sie hat in der Werkstatt die nötigen Tiegelchen vorbereitet: Bleiweiß für das vornehm bleiche Antlitz, Cochenille für das grelle Lippenrot, gespitzte Zeichenkohle für die Augenbrauen.

»Und, wie gefall ich dir als hoffärtige Patrizierin?«, näselt sie.

»Des Kleid gefällt mir vortrefflich«, sagt Jakob und meint natürlich den tiefen, mit Goldborte gesäumten Ausschnitt. »Des kalkbleiche Antlitz und die blutroten Wangen und Lippen hingegen ... na ja, sind doch recht albern.«

Klara kichert.

»Vor allem darfst ned lachen! Vergnügtheit is unter deiner Würde«, mahnt Jakob.

Klara zieht die Mundwinkel nach unten und schreitet gestelzt durch den Saal.

»Besser. Und schön geschwülstig daherreden.«

Hans Sachs steckt den Kopf herein und verkündet: »Seid ihr bereit? Er kommt scho angeritten, der Ketzerteufel!«

Hans eilt die Treppe hinunter, den Besucher zu empfangen. Klara tritt ans Butzenfenster, öffnet es einen Spalt und beobachtet Bruder Konrad. Schwerfällig rutscht der Pfaffe vom Pferd und übergibt die Zügel dem Hausknecht. Der flüchtige erste Eindruck aus der Dürerwerkstatt erhärtet sich. Und geistig ist der Mann wahrscheinlich ähnlich unbeweglich wie körperlich. Mit verkniffenem Gesicht mustert er das Schlösschen, wittert den Reichtum der Imhoff, wie ein Pfeffersack die Güte von Muskatnüssen erschnüffelt.

»Hochwürden!«, grüßt Jakob den Pfaffen, der hinter Hans Sachs die Stufen hinaufschnauft.

»Herr Löffelstein.«

»Mei Weib Hildegard.«

»Es ist mir eine Ehre, wohledle Frau.«

Er begrüßt Klara mit großem Kramanz und lässt sich gar zu einem feuchten Handkuss hinreißen. Klara verzieht dabei leicht das Gesicht, wie es einer Dame von Geburt ja durchaus gebührt.

»Verzeiht, dass wir Euch im Sommerschloss empfangen und ned in der Stadt. Wir möchten so frank und frei wie möglich sprechen. Und des Hausgesind hat ja Ohren wie Jagdhunde«, erklärt Jakob leutselig.

»Gewiss, gewiss«, freut sich der Ablasshändler jetzt schon.

»Wir wollten uns amol kundig machen. Wir sind ja noch jung, doch ...«

»Doch für die Ewigkeit kann man nie früh genug vorsorgen, mein Herr.«

»Unser Pfarrer gibt sich in der Sach so nebelig. Wir hörten, dass Ihr Belange des Seelenheils eher *kaufmännisch* angeht, was uns Handelsleuten ja auch im Blut liegt«, leitet Jakob ein.

Der Pfaffe nickt eifrig, während er an einer mitgebrachten Mappe herumwerkt.

»Is es denn wahr, Hochwürden, dass der Mensch für *jede* Sünd a ganzes Jahr im Fegefeuer darben muss?«, fragt Klara glubschäugig.

»Für jede ungesühnte Sünde, denn nur gereinigt kann der Mensch vor Gott treten«, bestätigt Bruder Konrad.

»Da kommt scho einiges zusammen«, sagt Jakob ernsthaft.

»Wie wahr«, bestätigt der Pfaffe, geschäftstüchtig Tintenfass, Federkiel und Rechenbogen auf dem Eichentisch ausbreitend. Jakob schiebt den goldenen Tischbrunnen aus dem Weg, als wäre es ein irdener Krug. Klara steht dabei schier die Gänsehaut auf, doch es wirkt gut: Bruder Konrad beobachtet den leichtfertigen Umgang seines Gastgebers mit dem kostbaren Stück genau.

»Wie viel Sünden begehen wir denn so am Tag, mei Herz?«, fragt Jakob.

Klara überlegt angestrengt.

»Was sind noch die ärgsten Sünden, Hochwürden?«, bittet sie um Auffrischung.

»Na, die sieben Todsünden freilich.«

»Zählt uns die doch noch amol auf«, bittet Klara.

»Hochmut«, fängt der Pfaffe an.

»Nun ... wir sind eher genügige Menschen«, sagt Jakob, in fünf Klaftern palermischer Seide sitzend.

»Zweitens, Habgier.«

»Hm – was genau is Habgier? In meinem harten Kaufmannsdasein muss ich ja sehen, wo ich bleib ...«, wendet Jakob ein.

»Gewiss, Herr. Sodenn ... Wollust.«

»Hm«, macht Jakob mit ernst zusammengepressten Lippen.

»Zorn. Völlerei. Neid. Und Trägheit«, schließt Bruder Konrad.

»Also, *Trägheit* kann uns gewiss keiner vorwerfen!«, freut sich Jakob.

»Wenn ich sonntags rostige Nägel in den Opferstock wärfe – welche Art Sünde wär des denn, Hochwürden?«, fragt Klara.

Ihr Gatte stutzt: »Des tust du, Hilde? Jeden Sonntag?«

Klara nickt schuldbewusst.

Jakob gesteht: »Und ich halt beim Abwiegen der Seide oftmals den Daumen auf die Waage. Und als ich beim Gewürzhändler in Lion als Handelsgehilfe gelernt hab, hab ich den Saffran stets mit Färberdistel gestreckt.«

»Das wäre alles *Habgier*«, verortet der Ablasskrämer die Frevel. Vor so freimütiger Beichte schlackern ihm schier die Ohren und seine Augen glänzen rund wie Goldgulden.

»Und wie steht es mit unsittlichen Gedanken?«, erkundigt sich Klara weiter.

»*Unsittliche Gedanken* ... welcher Art?«, fragt Bruder Konrad ahnungsschwer.

»Verzeiht, Hochwürden, ich will Eure Empfindlichkeiten ned verletzen, aber wir müssen scho mit spitzem Federkiel rechnen. Ned, dass wir dann im Fegefeuer stehen und weitaus mehr Zeit abzubüßen haben als veranschlagt. Außerdem frag ich der unsittlichen Gedanken halber eher für meinen *Eheherrn*«, rattert Klara, die vor Spaß an dem Schwindel so richtig in Fahrt gerät.

»Auch unsittliche Gedanken sind Sünde«, gibt der Ablasshändler Auskunft.

»Zählt da jeder Anflug eines unsittlichen Gedankens? Oder nur ein bis ganz zum ... Schluss gedachter Gang unsittlicher Gedanken? Oder wie bemesst Ihr des ...?«, will Jakob näher wissen.

»Mei Schatz, du lässt Hochwürden ja erröten. Setzen wir doch drei unsittliche Gedanken am Tag an«, schlägt Klara vor.

»Mei Herz, wenn wir jede Kleinigkeit aufzählen, sitzen wir am Morgen noch hier. Lass uns schätzen.«

»Gut. Also ... für mich sechzehn bis achtzehn Sünden am Tag?«

»Runden wir lieber auf zwanzig, mei Herz. Des sind dann ... borgt Ihr mir geschwind Eure Feder ...«

Jakob nimmt dem überforderten Pfaffen die Feder aus der Hand und rechnet: »Zwanzig Sünden an dreißig Tagen im Monat, mal zwölf Monate, über wie viele Jahre hinweg ...?«

Er sieht Klara prüfend an. »Na, siebzig Jahr wirst scho werden bei deiner guten Leibesbeschaffenheit ... des macht ... über fünfhunderttausend Jahr Fegefeuer – allein für dich.«

»Au weh, is des laaang«, haucht Klara und fächert sich Luft zu. »So lang möcht ich ned auf meinen rechtmäßigen Platz im Himmel warten.«

»Das ist *unvorstellbar* lang, edle Frau«, ereifert sich der Ablasshändler, »darum ist es ja so dringlich ratsam, Sünden schon zu Lebzeiten zu sühnen.«

»Was genau widerfährt uns da im Fegefeuer?«, fragt Klara bange.

»Wird man *ausgepeitscht*?«, fragt Jakob in einem anzüglichen Ton, der suggeriert, er käme mit gewissen Qualen durchaus zurecht.

Die Schilderung von Höllenqualen ist ein Bereich, in dem der Pfaffe hoch bewandert ist und sich entsprechend wohl fühlt. Emsig schildert er: »Die Stolzen werden gebeugt, indem ihnen schwere Steine auf den Rükken gebunden werden. Neidern werden die Augen zugenäht. Die Zornigen müssen in saurem Rauch umhergehen. Die Trägen müssen ohn Unterlass rennen.«

»Trägheit belangt uns ja ned«, erinnert Jakob.

»So viel ist offenkundig«, murmelt der Pfaffe in seinen Bart. Er fährt fort: »Habsüchtige liegen reglos mit dem Gesicht auf dem Boden. Maßlose müssen ständige Enthaltsamkeit von Speis und Trank üben. Die Wollüstigen werden in einer Flammenwand brennend gereinigt.«

»Aber was, wenn man sich *mehrerer* Todsünden schuldig macht?«, hinterfragt Klara. »Wie kann ich denn *zugleich* mit dem Gesicht auf dem Boden liegen *und* in saurem Rauch umhergehen? Dazu noch mit zugenähten Augen?«

Bruder Konrad überlegt verwirrt und sagt dann: »Äh ... die Strafen folgen eine auf die andere.«

»Ach so«, macht Jakob.

»Nein, mei Herz!« ruft Klara jammervoll, »des will ich *alles* ned!«

»Ich ebenso wenig, mei Herz. Nun, was kommt da an Ausgaben auf uns zu?«, fordert Jakob nun seinen Kostenanschlag ein.

»Ein üblicher Ablassbrief für einen Sünder Eures Standes kostet zehn Goldgulden«, teilt ihm der Ablasshändler mit.

»Ich möcht gern auch mei verstorbene Ahnfrau von ihren Sünden auslösen. Die hat nämlich auch recht ungezwungen gelebt. Des geht doch, oder?«, erkundigt sich Klara.

»Freilich geht das«, versichert der Ablasshändler.

»Ich meinen Ahnherrn auch. Und meinen Oheim«, fügt Jakob hinzu.

»Dann wären wir bereits bei fünfzig Goldgulden«, rechnet Klara aufgeweckt mit.

»Ja – aber deckt denn a üblicher Ablassbrief des auch alles ab? Wie wir Euch ja ganz freimütig dargetan haben, übersteigt unser Erfordernis an Ablass doch gewiss des gewöhnliche Maß. Sollten wir ned lieber Vorsicht walten lassen und den üblichen Ablass verzwefachen?«

Der Ablasshändler nickt, ganz benommen davon, dass sich das Patrizierpaar soeben selbst in einen Ablass von hundert Gulden geredet hat.

»Nur eine Erschwernis ahn ich: Mei Vater wird uns so viel Geld ned gewähren«, gibt Klara zu bedenken. Während sie grübelt, fasst sie sich nachdenklich an den falschen Smaragd, der in ihrem tiefen Ausschnitt prangt.

»Nein, mei Herz! Du erwägst doch wohl ned ...«, hisst Jakob. Er flüstert eindringlich auf sie ein.

»Mei Schatz, es geht um unser *Seelenheil*!«, zischt Klara hörbar für den Pfaffen, der das Geschehen mit regem Interesse verfolgt. »Dagegen is doch irdischer Tand bedeutungslos.« Klara spielt erneut mit ihrer Kette.

»Edler Herr«, schaltet sich Bruder Konrad ein, »wir Männer mögen in irdischen Belangen verständiger sein als Weiber – doch in Belangen des Seelenheils haben Frauen ein Gespür – eine angeborene Weisheit – die Ihr nicht in den Wind schlagen solltet. Eure Gemahlin hat völlig recht. Nichts auf Erden ist mehr wert als das Seelenheil.«

»Dei Smaragd is aber mehr wert als hundert Gulden, Hildegard«, bleibt Jakob noch einzuwenden.

»Nun, dann können wir mit dem erkauften Ablass auch unbeschwerter leben. Man weiß doch nie! Des Fleisch is schwach«, sagt Klara.

»Mei Herz, des Kleinod is gut und gern dreihundert Gulden wert. So viel versündigen wir doch nie im Leben!«

Der Ablasshändler schluckt hörbar vor Freude über diese Fehleinschätzung, denn ein Smaragd dieser Größe, insbesondere der *Smaragd derer von*

Löffelstein, ist mindestens *fünfhundert* Gulden wert, wie er von Felicitas Pirckheimer weiß.

»Wenn Ihr den Smaragd in Zahlung geben wolltet, könnte ich Euch ja … zweihundert Gulden zurückgeben«, schlägt er bereitwillig vor.

Heiliger Strohsack.

Dieser Sauhund von einem Ablassschinder sitzt doch tatsächlich auf nicht weniger als zweihundert Gulden an flüssigen Mitteln.

»Des wär doch a gütliche Lösung«, freut sich Jakob. »Es tut mir leid, Euch Umständ zu bereiten.«

»Seid unbesorgt«, versichert der Pfaffe. »Ich kann Euch des Wechselgeld und die Ablassbriefe am Heiligen Abend übergeben. Wieder hier in diesem entzückenden Schlösslein?«

»Lieber auf der kleinen Insel Schütt«, sagt Jakob, der ja über das Schlösslein der Imhoff nicht einfach spontan verfügen kann. »Da sind wir ungestört und Ihr müsst ned mit so viel Geld im Beutel die Stadttore passieren.«

»Geht's ned eher?«, fragt Klara, denn der Heilige Abend ist genau der Stichtag, zu dem Hans Dürers Schulden fällig sind. »Eure Schilderung der Höllenqualen macht mich sehr erpicht, mei Ablassblatt baldmöglichst in Händen zu halten. Was, wenn ich zwischen heut und Weihnacht sterb?«

»Keine Sorge, edle Frau! Dann gilt der Ablass im Nachhinein. Für Eure Ahnleut erwerbt Ihr den Ablass ja auch *post mortem*«, beruhigt sie der Pfaffe.

»Am Heiligen Abend«, schließt Jakob den Handel lieber, ehe es sich Bruder Konrad anders überlegt.

Der Ablasshändler schaukelt zufrieden die Treppe hinunter und wird von Hans Sachs formvollendet verabschiedet. Atemlos kommt Hans zurück in den Saal.

»Ich hab alles mitgehört!«, japst er. »Ihr seid *zu köstlich!*«

»Is des ned Gottesfrevel, sich so über die Qualen des Fegefeuers lustig zu machen?«, fragt Klara mit dem üblichen Missbehagen, das sie immer heimsucht, wenn der Rausch und Übermut der vollbrachten Gaunerei wieder aus ihr weichen.

»Ach was«, beruhigt sie Hans Sachs. »Der Teufelsgespinste des Ablassschinders darfst ruhig spotten. Kei Menschenseele weiß doch, was uns im Fegefeuer droht.«

»Der Hanswurst erst recht ned«, bestätigt Jakob.

Hans Sachs klatscht sich zufrieden in die Hände: »Freunde, gehen wir uns an Bratwürstle laben!«

»Guter Schusterbub, es gibt kei Fleisch, es is Adventsfasten«, erinnert ihn Jakob.

Hans Sachs zieht eine enttäuschte Schnute: »Potz Mist! Des hätt mir jetz geschmeckt.«

Erhascht

»WAS HAST DENN da?«, fragt Jakob neugierig. Hastig zieht Felicitas den Bogen an ihre Brust.

Oha. Geheim.

»Ein Minnesang des Schusterbuben auf die edle Jungfer«, witzelt Klara.

»Minnesang – der galt doch den blassen Burgfräulein von anno dazumal«, foppt Jakob.

»Die Kunst, in der ich mich übe, heißt ja auch *Meistersang*«, berichtigt Hans Sachs leicht pikiert.

»Ach was – hat Adrian wohl recht geraten? Du *dichtest* für die edle Jungfer?«, lacht Jakob, während er noch einmal den Sitz seiner unförmigen Pluderhose prüft.

»Ich prüf ja nur, ob des taugt, was des Schusterlein da von sich gibt«, stellt Felicitas bemüht richtig, doch ihre Pausbäckchen und die Ohrläppchen des Schusterbuben glühen verdächtig im gleichen rosigen Farbton.

»Vergiss bloß ned des falsche Kleinod!«, ruft kratzig ein wortkarger Hans Dürer aus einer Ecke, sich die Unterlippe blutig beißend.

Er hat Angst.

Jakob geht mit seinen Mitschwindlern noch einmal den Plan durch: Jakob wird auf der kleinen Insel Schütt dem Ablasshändler das Kleinod übergeben und die zweihundert Gulden Wechselgeld entgegennehmen. Weil sich Jakob aber nicht vor den Tetzelbrüdern blicken lassen darf, die ihn ja als Opfer und Denunzianten der Falschspielerei kennen, wird er das Geld sofort Hans Sachs übergeben. Der bringt es dem Dürerhans zum Übergabeort auf die Hallerwiese vor die Tore, wo Klara im Gestrüpp des Pegnitzufers verborgen das Geschehen beobachtet, als Meldegängerin für den Notfall.

Jakob und Hans Sachs gehen durch den Schneeregen los, schlängeln sich durch die Gassen und über die Spitalbrücke bis an den hintersten Zipfel der Insel Schütt, wo sich im nasskalten Wetter kein Mensch aufhält, wie erhofft. Hans Sachs verbirgt sich hinter einem Busch. Jakob setzt das Federbarett auf und öffnet die Knöpfe seiner Husecke, damit seine teure Gewandung schön zur Geltung kommt, denn er ist ja nun wieder der unerhört reiche junge Herr Löffelstein.

Jeden Augenblick muss Bruder Konrad erscheinen.

Es regt sich etwas auf dem Steg. In der trüben Schneeluft macht Jakob *zwei* Männer aus: die runde untersetzte Gestalt des Bruders Konrad ... und einen Hünen, der lässig einen Schemel in einer Hand trägt. Jakob packt es eisig, als er erkennt: Der Hüne ist Hermann Henlein.

Dass der untersetzte Pfaffe nicht ohne Leibschutz mit zweihundert Gulden durch die Stadt laufen möchte, ist verständlich. Und dass der Messerschmied angesichts schleppender Geschäfte nicht nur seine Werkstatt, sondern mitunter auch seine mächtigen Fäuste verpachtet, ist auch nicht verwunderlich. Henleins argwöhnische Augen flackern auf, als er nahe genug ist, um Jakob zu erkennen. Jakob kann nichts weiter tun als hoffen, dass Henlein neugierig und durchtrieben genug ist, das Geschehen erst einmal vonstattengehen zu lassen, und Jakob erst *danach* um Schweigegeld für den Betrug erpresst, dessen er nun Zeuge wird.

»Herr Löffelstein, seid mir gegrüßt!«, tönt Bruder Jakob. Henleins Augen zwinkern spöttisch, als der Ablasshändler den Schlosserbuben so anspricht, doch er schweigt vorerst.

Er *ist* durchtrieben genug.

»Den Schemel«, ordnet Bruder Konrad an. Henlein stellt ihn vor den Ablasshändler hin.

»Wenn Ihr das Stück bitte hierher legt, auf dass ich es gutachten kann«, bittet der Pfaffe nun Jakob.

Jakob zieht das samtene Beutelchen aus seinem Gewand und holt mit spröden Fingern die Kette mit dem schweren Kleinod hervor. Dass der Ablasshändler Sorgfalt walten lassen und den Smaragd prüfen will, hat Jakob nicht eingeplant! Er kommt sich sehr töricht vor.

»Bitterkalt heute, nicht wahr«, sagt Bruder Konrad mit Blick auf Jakobs zittrige Hände.

»A Sauwetter«, erwidert Jakob mit einem krummen Grinsen.

»Nun, dann wollen wir sehen«, sagt Bruder Konrad und nähert sich dem Stück. Auf einen Wink des Pfaffen tritt Henlein hinzu und zückt ...

... einen Hammer!

Bevor Jakob auch nur einen Gedanken fassen kann, zerschmettert Henlein den Glasstein in tausend Splitter.

»Ein recht brüchiger Smaragd, meint Ihr nicht, Herr Löffelstein?«, sagt Bruder Konrad spitz.

Flinke, langbeinige Schritte ballern über den Fischersteg, der von der Insel in die Stadt führt. Das ist Hans Sachs, der die Beine in die Hand nimmt, um den anderen das klägliche Scheitern der Transaktion zu melden.

Wie immer, wenn die Bedrängnis am größten ist, gewittern Gedanken wie Blitze durch Jakobs Hirn:
> Es gibt keine zweihundert Gulden.

Hans Dürer steht also den Tetzelbrüdern auf der Hallerwiese ohne einen Heller gegenüber. Und Klara wird in unmittelbarer Nähe des Geschehens sein, wenn die Tetzel erfahren, dass sie heute leer ausgehen.

»Kressenstein!«, brüllt Jakob dem Schusterhans nach. Christoph Kress von Kressenstein ist Dürer wohlgesinnt, hat Einblick in die ganze unselige Angelegenheit und ist ein Mann von Mitteln, Macht und Muskeln. Kress ist ihre einzige Hoffnung. Hoffentlich hat Hans Sachs Jakobs verzweifelten Ruf gehört und verstanden.

Auch Jakob versucht, die Beine in die Hand zu nehmen, was gar nicht leicht ist in den schweren Pluderhosen mit der dicht gefältelten Futterseide. Er bekommt kaum ein Bein vor das andere, rennt unbeholfen mit dem alptraumhaften Gefühl, nicht vom Fleck zu kommen. Noch bevor er den Fischersteg erreicht hat, bekommt Henlein ihn zu fassen und wirft ihn der Länge nach in den matschnassen Schnee.

»Im Spielhaus gibst den empörten Biedermann, dann machst bei mir in der Werkstatt mehr Schlüssel ab, als a stellungsloser Schlossergesell jemals an *Türen* besitzen könnt, und nun stehst hier aufputzt wie a Seidenschwanz und handelst mit falschem Geschmeide. Du bist mir ja einer«, hisst Henlein Jakob heißfeucht ins Ohr, während er ihm hart das Knie in den Rücken drückt.

»Fünf Gulden für Euch, guter Meister, wenn Ihr diesen Betrüger der Nürnberger Justitia übergebt«, bietet Bruder Konrad, der gelassen hintendrein schreitet.

»Mit Vergnügen, Hochwürden«, erwidert Henlein.

»Ich für meinen Teil habe genug von dieser tugendlosen Stadt«, näselt der von den Nürnbergern recht enttäuschte Ablasshändler.

Messerhandel

AUF DER HALLERWIESE steht Klara im Ufergestrüpp verborgen. Hans Dürer geht rastlos im frostigen Gras umher. Er nähert sich vorsichtig dem Gesträuch und sagt heiser, Klara den Rücken zugewandt: »Der Schusterhansel kommt ned.«

»Er kommt gewiss«, beharrt Klara. »Geh wieder an deinen Treffort.«

»Des hätt ich ahnen müssen. Euch wär's ja nur recht, wenn die Tetzel mir die Gurgel ...«

»Er *wird kommen.* Geh nun!«

Die Schlaguhr erklingt vom Sebalder Kirchturm.

Und wenn Hans Sachs nun wirklich nicht kommt?

Klara blickt bange auf das Hallertürlein. Hindurch kommt – nicht Hans Sachs mit den zweihundert Gulden, sondern vier Männer, zwei hoch zu Ross und zwei zu Fuß. Die beiden berittenen Edelmänner müssen die Losungersöhne Anton und Hans Tetzel sein. Neben jedem der Brüder geht ein kräftiger Leibknecht her, jeweils mit einem großen, blutdürstig an seiner Kette zerrenden Hetzhund.

Hans Dürer wirkt verloren und winzig auf der weiten, schneeweißen Hallerwiese, während sich die Gruppe bedrohlich auf ihn zu bewegt.

»Gesell Dürer!«, ruft ein Tetzelsohn. »Schöner Tag für a gütliche Klärung unseres geringen Haders.«

Klara beobachtet bange. Wo bleibt der Schusterhans? Soll sie heim zu Dürer laufen und dem Meister einfach beichten, in welcher Gefahr sich sein Bruder befindet?

Ja, das sollte sie.

Klara befreit sich aus dem knorrigen Gestrüpp, um sich durch das Hallertürlein in die Stadt zurückzustehlen.

Die Hunde schlagen gleichzeitig an, als sie das Gebüsch rascheln hören. Die Blicke aller fünf Männer sind nun auf Klara gerichtet.

»Renn, Knechtlein!«, brüllt Hans Dürer und macht damit alle Hoffnung zunichte, dass die Tetzelbrüder Klara für einen Unbeteiligten halten könnten. Die Leibknechte lassen mit einem knappen Befehl ihre Hunde los. Sie jagen auf Klara zu, schneiden ihr kläffend und fletschend den Weg zum Hallertürlein ab.

»Bringt des Knäblein her«, weist der eine Tetzelsohn an.

»Wen haben wir denn da? Des is wohl dei kleiner Eilbote?«, fragt er höhnisch den Dürerhans.

»Und welche Kunde soll der denn so hurtig in die Stadt tragen?«, fragt der zweite Bruder.

Die Leibknechte sind bei Klara angekommen und packen sie grob. Der eine verdreht ihr schmerzhaft den Arm hinter dem Rücken, ganz unnötiger Weise, denn Klaras schmächtiger Leib ist halb so breit wie seiner. Er schubst sie vor sich her zu seinen Herren. Die Hunde bellen hitzig neben ihnen her.

»Nur raus damit, Dürer, wieso hat es dei kleiner Spießgesell denn so eilig?«

Hans beißt sich auf die kalkweißen Lippen. Der eine Tetzelbruder gibt ein Zeichen. Klara spürt kaltes Eisen an ihrer Kehle.

»Seid Ihr des Wahnsinns! Lasst des Knechtlein ledig!«, schreit Hans.

»Dann sprich!«

»Ich hab des Geld ned!«, gesteht er.

»Was sagst du da?«, fragt der zweite Tetzelsohn und lehnt sich in seinem Sattel nach vorne, als hätte er schlecht gehört.

»Noch ned«, ergänzt Hans atemlos.

Noch ned?«

»Es kommt sogleich! Der Überbringer ist auf dem Weg herwider«, hält der Dürerhans die Tetzel hin, doch seine splitterige Stimme verrät, dass er selbst daran zweifelt.

Beide Tetzelsöhne lachen verblüfft. »Dass du a Taugenichts bist, a Faulpelz und a Zauderer, des is ja stadtbekannt. Aber dass du ned amol a gesetzte Zeit halten kannst, wenn's dir an Kopf und Kragen zu gehen droht – des is wahrlich denkwürdig«, sagt der zweite Bruder. Das Wort ›Kragen‹ unterstreicht sein Leibknecht, indem er seine Klinge noch dichter an Klaras Kehle drückt. Neben dem Schmerz in ihrem verdrehten Arm spürt Klara nun auch ein beißendes Ritzen an ihrem Hals. Es sickert warm in ihren Hemdkragen.

Beim Anblick von Blut auf Klaras zarter Kehle kippt Hans' verzagte Furcht in rasenden Zorn, und zwar so jäh, dass sogar die in Raufhandel geübten Tetzelschergen überrumpelt sind, als Hans in blinder Wut auf sie zu stürmt. Er rammt Klaras Häscher so hart, dass der seinen Würgegriff lockert und sie zu Boden fallen lässt. Bis Klara sich berappelt und aufblickt, ist der Kampf zwischen Hans und den beiden Leibknechten schon in vollem Schwange. Die Tetzelbrüder lassen die Zügel schnalzen und ihre Rösser rückwärts tippeln, um ihren Knechten Raum für das Gerangel zu verschaffen. Sie selbst machen keine Anstalten, sich am Geschehen zu beteiligen.

Zum Glück, denn Hans ist mit seinen zwei Gegnern voll ausgelastet. Im Gewirr sieht Klara Messerklingen blitzen. Die Hunde kläffen so höllisch, dass Klara gar keinen klaren Gedanken mehr zu fassen bekommt.

Ein gellender Schrei.

Der Dürerhans krümmt sich und fällt auf die Knie. Klara will zu ihm hasten, doch schon nach ein paar Schritten stürzt sie bäuchlings. Was hat sie zu Fall gebracht? Ihre linke Wade beginnt zu brennen. Als sie vom Bauch auf den Rücken rollt, blickt sie in rotverschmierte Fänge. Einer der beiden Hunde bellt in wildem Blutrausch über ihr.

Der Köter hat mich gebissen!

Klara hält sich schützend den Arm vors Gesicht. Und was ist dieses Beben im Boden? Galoppieren da Hufe? Klara kann es nicht in Erfahrung bringen, denn der Hund beißt wieder zu, direkt in ihren erhobenen Arm. Sie zieht ihn in rasendem Schmerz zurück – und sieht die blutigen, gefletschten Zähne geradewegs auf ihr Gesicht zuschießen.

»Hasso! Hasso! Bei Fuß!«, ruft jemand in großer Bedrängnis.

Der Hund lässt unvermittelt von Klara ab und fegt in Richtung des Rufenden. Klara stützt sich auf und sieht, wie Hasso einem der Tetzelknechte beispringt, auf den ein Fremder heftig einknüppelt.

»Klara«, flüstert besorgt eine vertraute Stimme. Sie wird unter den Achseln gepackt und hochgezogen.

Es ist Hans Sachs, keuchend, verschwitzt, feuerrot im Gesicht. Klara blickt benommen um sich.

Hans Dürer kniet schmerzgekrümmt im eisnassen Gras, unweit von seinem Gegner. Der kauert in derselben Körperhaltung. Der fremde Angreifer drischt weiter auf Hassos Herrchen ein, bis der zusammensackt, dann widmet er seinen Knüppel den Hunden. Den ersten trifft er so zielsicher auf den Schädel, dass das Biest laut- und leblos zu Boden sinkt. Hasso hat mehr Glück, ihn erwischt der Fremde nur am Rücken. Winselnd kauert er sich mit eingezogenem Schwanz neben sein niedergeprügeltes Herrchen.

Ein prächtiges Ross mit einem sehr aufrechten, sehr überlegen wirkenden Reiter schreitet gelassen auf die zurückweichenden Pferde der Tetzelbrüder zu. Als der Reiter spricht, erkennt Klara seine Stimme und weiß auch wieder, warum ihr der Fremde mit dem Knüppel so bekannt vorkommt.

»Nun, so wollen wir doch amol entwirren, was hier vor sich geht«, sagt Christoph Kress von Kressenstein. Der kriegserfahrene überragende Turnierreiter hat gemeinsam mit seinem Leibknecht Martin das Scharmützel mühelos aufgelöst. Die eben noch selbstgefälligen Tetzelbrüder wirken nun wie dumme Knaben, die bei einem noch dümmeren Streich ertappt wurden. Der zu Boden gedroschene Tetzelknecht rappelt sich stöhnend auf. Kressensteins Knecht Martin hat wohl auch einen Klingenhieb abbekommen, denn von seinem linken Arm trieft es rot.

»Kommen denn alle Verletzten eigenen Fußes zurück in die Stadt?«, fragt Kress nüchtern. Sein Knecht Martin, Klara und der wieder berappelte Tetzelscherge bejahen.

Hans Dürer und der andere Tetzelknecht hingegen … rühren sich gar nicht.

»Hans!«, schreit Klara, als sie begreift, dass er schwer verwundet ist. Sie stürzt hinkend zu ihm hinüber, der Schusterhans hintendrein. Hans Dürer hält sich beide Hände auf den Bauch. Blut sickert zwischen seinen verkrampften Fingern hindurch.

»Hans.«

Klara fällt neben ihm auf die Knie. Ihre zerbissene Wade jault vor Schmerz auf.

»Er braucht einen Wundarzt, geschwind!«, fordert sie brüllend.

»Allmächtiger, Klara«, sagt Hans Dürer schwach. »Du bist verletzt.«

»Schhh! Nenn sie ned so«, flüstert der Schusterhans, geistesgegenwärtig selbst inmitten des Chaos. Zu Klara gewandt fügt er hinzu: »Der glotzt dich deswegen so entsetzt an, weil du erscheinst wie der aufgewärmte Tod.« Er reicht Klara ein Taschentuch aus seinem Wams. »Dei Stirn!«

Klara tupft sich mit dem Tuch ab. Tatsächlich, ihr Gesicht ist blutig. Sie muss sich beim Sturz aufgeschlagen haben und spürt es vor lauter Aufregung, Hundebissen und Messerritzen noch gar nicht.

Kress hat inzwischen sein Pferd zu Hans Dürer gelenkt und blickt prüfend auf ihn hinab.

»Martin, den Dürer nehmen wir auf dei Pferd. Und Ihr versorgt Euren eigenen Mann«, weist er die Tetzelbrüder an.

»Du, Bursche!«, ruft Kress dann Hans Sachs zu sich. »Hast wohl daran tan, mich zu holen. Nun eil in die Stadt zu Doktor Schedel, er soll schleunigst zu mir nach Haus kommen. Und dann geh und bestell den Maler Dürer und den Losunger Tetzel zu mir.«

»Meiner Seel, heut komm ich aus dem Wetzen gar nimmer raus«, hechelt Hans Sachs und setzt wieder zum Spurt an. Kress und sein Knecht Martin hieven Hans Dürer auf das Pferd. Die Tetzelbrüder lassen sich widerwillig aus ihren Sätteln herabgleiten und verfrachten ihren Schwerverwundeten auf eines ihrer Pferde.

»Geh her, Dürerknechtlein, stütz dich bei mir auf«, bietet Martin seinen unverletzten Arm fürsorglich dem blutüberströmten Kümmerling. Während Klara durch das Hallertürchen in die Stadt humpelt, blickt sie noch einmal zurück. Rote Flecken und eine Hundeleiche verschandeln die friedliche weiße Reifdecke auf der Hallerwiese.

Im Loch

JAKOBS HERZSCHLAG wütet nur so in seinem Brustkorb.
                Ist das die Wirklichkeit?
Wird Jakob wirklich gerade vom Lochknecht Stufe um glitschige Stufe hinabgestoßen, immer tiefer in den berüchtigten Kerker unter dem Rathaus? Es ist finster. Jakob sieht nur moderfeuchte Wände im schwelenden Ölfunzelschein schimmern. Endlich sind sie ganz unten angelangt. Nun geht es flach weiter durch einen dunklen Gang, gesäumt mit hölzernen Türen. In einigen der Gelasse regt sich etwas, als die Gefangenen das Gerumpel im Gang hören. Es ertönen Rufe, von erbärmlich bis frech, je nach Zustand und Aufenthaltsdauer der Insassen. Aus mancher Zelle kommt kein Pieps.
    Jakob schaudert. Brechreiz wallt in ihm.
    Der Lochwirt bringt ihn in eine Stube mit Tisch und zwei Stühlen und erklärt, dass er nun eine erste Befragung führen wird, ehe Jakob in einer Zelle auf sein amtliches Verhör durch rätliche Schöffen warten muss. In der Stube sitzt ein gebeugtes Männlein mit Feder und Tinte. Der Lochschreiber.
    »Name?«
    »Ambrosius Schweiger«, krächzt Jakob und begreift mit kaltem Grauen, dass er keine Zeit hat, sich einen stimmigen Schwindel zusammenzureimen.
    »Hattest wohl noch nie zuvor die Ehre mit dem Wirt zum grünen Frosch?«, fragt der Lochhüter. So grob seine Körpersprache, so gemächlich klingt sein Ton.
    »Was für a Frosch?«, haucht Jakob schwach.
    »So nennt der Volksmund unsere schöne Herberge hier«, sagt der Lochschreiber. Jakobs Unkenntnis leitet ihn auch gleich zur nächsten Frage über: »Bist wohl ned aus Nürnberg?«
    Jakob muss schnell denken: Der Betrug hat in Sündersbühl stattgefunden, außerhalb der Stadtmauern. In seiner Unwissenheit und Aufregung

entscheidet Jakob einfach, möglichst wenig Verbindung mit Nürnberg preiszugeben. Er verneint.

»Ned aus Nürnberg? A *Landfahrer* also?«, hält der Lochschreiber fest. Die Feder kratzt auf dem Verhörbogen. Dem abfälligen Ton, in dem der Schreiber das Wort ›Landfahrer‹ ausgespien hat, entnimmt Jakob, dass es wohl doch kein guter Einfall war, sich als Stadtfremder auszugeben. Nach dem knappen Verhör wird Jakob weiter den Gang entlang bugsiert.

»Da sind wir!«, stoppt ihn der Lochknecht vor einer der Türen, öffnet und stößt Jakob hinein. Jakob stolpert und fällt rücklings in seinem gepolsterten Pluderhosenhintern auf den schmierigen Zellenboden.

Tut mir leid, Schusterhans.

Die fünf Klafter Futterseide kann Hans Sachs dem Fräulein Pirckheimer nun nicht mehr wie geplant in makellosem Zustand zurückgeben.

Die Tür wird geräuschvoll verriegelt. Jakob starrt ins Dunkel, während sich seine Augen an die Finsternis gewöhnen. In der gruftigen Zelle steht eine Pritsche. In der Ecke ein Kübel mit Deckel, wohl für die Notdurft. Er setzt sich unbeholfen auf das Lager, allein mit Selbstvorwürfen, Angst und Erschöpfung.

Die Frist ist verstrichen und Hans Dürer hatte das Geld nicht.

Was ihm wohl widerfahren ist? Ist Klara in Sicherheit? Und was wird nun aus Jakob? Es ist sein erstes Vergehen. Wie schwer wiegt es? Und was wird man ihm überhaupt zur Last legen, lediglich den gescheiterten Versuch, einen auswärtigen Ablassschinder zu prellen – oder hat Hermann Henlein ihm dazu noch Schlüsselfälschung angelastet, was in den Augen der Nürnberger Obrigkeit viel gravierender sein dürfte?

Jakob dämmert dahin. Wüste Traumfetzen ziehen an ihm vorbei. Er sieht sich selbst am Pranger auf dem Herrenmarkt. Neugierige, mitleidige, schadenfrohe Blicke auf ihm, darunter Dürer, die Dürerin, Peter Henlein mit seinem leeren Blick, Pirckheimer mit allen Töchtern ...

Die Tür geht auf, wesentlich behutsamer und umständlicher, als von einer Kerkertür zu erwarten wäre. Ein Mann tritt ein und wirft seinen Lampenschein Jakob ins Gesicht.

Jakob und der Scharfrichter erkennen sich gleichzeitig.

»Seid gegrüßt, Meister Gilg«, sagt Jakob jämmerlich.

»Potz Blitz. Du bist doch einer der Knaben, die im Siechenspital ...«

»Bin ich.«

»Der mit ... dem Haus Pirckheimer bekannt is«, ergänzt Gilg bedachtsam.

Jakob wittert seine Chance: »Bin ich. Gut – *sehr gut* bekannt mit dem Geschlecht Pirckheimer.«

»Bist du a Knecht von Pirckheimer?«, sondiert der Scharfrichter die Beziehung seines Inquisiten mit der Nürnberger Ehrbarkeit. Gilg leuchtet Jakob noch gründlicher mit der Lampe aus und sein Blick fällt natürlich auf die geckenhaften Patrizierkleider, die in ihrem desolaten Zustand nur noch lächerlicher wirken. Gilgs dichte Augenbrauen wackeln beredt, und säße Jakob nicht im Lochgefängnis, müsste er lachen.

»Ich bin a *Freund* der Pirckheimer. Hört her, Meister Gilg, ich hab doch bloß a Gaukelei mit einem Ablassschinder trieben«, versucht sich Jakob zu erklären.

»Red dir des Maul ned schlotterig, ich bin weder dei Kläger noch dei Richter. Ich tu nur mei Arbeit als Züchtiger. Und du hast Glück. Du musst ned lang hier harren, die Herren Lochschöffen wollen dich sogleich anhören.«

»Glück?«, fragt Jakob.

»Ja, freilich! Die meisten Inquisiten hocken Tage oder Wochen lang im eigenen Dreck, bis sie verhört werden. Aber weil ja morgen Weihnacht is, soll die Sach noch rasch vor dem hohen Fest abgehandelt werden. Ich bring dich nun in die Kapelle. Da is oben a Schacht, durch den werden die Lochschöffen von der Verhörstub zu dir sprechen. Manche der älteren Ratsherren sind dushörig, darum antwort ihnen nur recht *laut und deutlich*.«

»Lasst bei mir nur mehr Sorgfalt walten als beim Barthel Betz!«, erinnert Jakob flehentlich Meister Gilg an seinen folgenschweren Kunstfehler von neulich. Gilg runzelt undeutbar die Stirn und bringt Jakob in das Verlies, das er eben als ›Kapelle‹ bezeichnet hat. Der Raum ist schmal, hoch ... und fürchterlich. Im aschgrauen Licht macht Jakob eine dicke Holzwelle aus, um die ein Seil gewickelt ist. Jakob kann sich nur grob ausmalen, wozu sie dienen könnte. Dass die eisernen Gerätschaften an der Wand im Halblicht nicht genau zu erkennen sind, ist eine Gnade.

»So, da stellst dich her«, weist Gilg Jakob an. Er fischt nach dem am Balken befestigten Tau und bindet Jakobs Hände damit auf dem Rücken zusammen. Jakob liest an der Wand:

Male patratis sunt atra theatra parata.

Er versteht kein Latein, doch er weiß aus Erzählungen, was da steht: Wer frevle Taten begangen, den grause Spiele empfangen. Jakob nimmt all seine Geisteskraft zusammen. Nur wenn er einen kühlen Kopf bewahrt, kann er ihn vielleicht aus der Schlinge reden.

Theatra.
Das ist das alles hier: ein Schauspiel. Nicht auf die Foltergeräte an der Wand achten, nicht von der nasskalten Finsternis der Folterkammer einschüchtern lassen. Da oben sitzen Ratsherren in einer warmen holzgetäfelten Stube und wollen die Angelegenheit angesichts des nahenden Weihnachtsfestes schnell abwickeln.

Verhör im düsteren Kerker – das klingt schrecklich und hoffnungslos. *Unterredung mit Nürnberger Ratsherren* – das klingt machbar.

Jakob muss sich einfach vorstellen, er säße bequem im Warmen da oben mit den Herren am Tisch, im harmlosen Gespräch, das sich durch Wohlreden zu seinen Gunsten lenken lässt.

Gilg betätigt mit geübtem Griff die Haspel. Das Seil wird straff und Jakobs Arme heben sich Zoll um Zoll. Das schmerzt jetzt schon höllisch, und dabei stehen seine beiden Füße noch fest auf dem Boden. Gilg kann das Seil noch viel weiter straffen, bis es Jakob auf die Zehenspitzen hebt, ja, bis er in der Luft baumelt! Neben ihm liegt eine steinerne Halbkugel mit einer Schlinge. Dieses Gewicht kann Gilg ihm auch noch an die Beine binden. Und all das, bevor irgendeines der unheimlichen Geräte an der Wand zum Einsatz kommt. Jakobs Knie beginnen heftig zu schlottern. Doch je mehr seine Beine nachgeben, desto stärker wird der Zug auf seine verdrehten Schultern.

»Ihr Herren, ich hätt den Inquisten nun soweit hergericht!«, ruft Gilg sachlich hoch zu der kleinen Luke, durch die ein schmaler Schaft freundliches Tageslicht fällt wie aus einer anderen Welt.

Eine junge Stimme rezitiert pflichteifrig einen Eröffnungsspruch voller lateinischer Begriffe, von denen Jakob nur ›Justitia‹ versteht. Die deutschen Worte ›Gott‹ und ›Rat‹ und ›Nürnberg‹ fallen natürlich auch.

»Wilhelm, fängst du mit dem ersten Teil an?«, fragt die junge Stimme.

»Gern, Oskar«, übernimmt eine ruhigere, reifere Stimme. »Name?«

Scheiße.

»Ambrosius Schweiger«, muss Jakob nun leider bei seiner vorherigen Angabe gegenüber dem Lochschreiber bleiben.

»Und ned aus Nürnberg ...«, liest der Lochschöffe namens Wilhelm offenbar aus der Niederschrift des Lochschreibers ab, »... sondern? Woher?«

»Altdorf«, fabuliert Jakob, während die ausdrucksvollen Augenbrauen des Scharfrichters verwundert arbeiten. Doch Gilg sagt nichts zu dieser ihm offensichtlichen Falschaussage. Wie er vorhin sagte, hält er es mit der Arbeitsteilung ganz streng: Die Lochschöffen oben machen das mit der

Wahrheitsfindung und er hier unten führt lediglich die Handgriffe der Justiz aus. Außerdem ist er wahrscheinlich selbst gespannt darauf, wie sich dieser Tropf um Kopf und Kragen redet.

»Stand?«, fragt der Lochschöffe.

»... Wandergesell.«

»Und des Weibsbild, des ebenfalls teilhatte an dem Schwindel?«, wirft die jüngere Stimme ein.

Diese Frage durchbricht Jakobs Einsilbigkeit, denn nun gilt es, Klara zu schützen: »Die ... Die kenn ich kaum! Und die is ohnhin längst weiterzogen. Hört, werte Herren, die Sach is Eurer kostbaren Zeit gar ned wert. Ich bin a einfältiger fahrender Gesell. Des Wandern ward mir öd, also hab ich mir in Sindersbühl einen albernen Scherz mit einem Ablasskrämer erlaubt ...«

»Lorenz?!«, fragt eine volltönende, bass erstaunte Stimme durch den Schacht. »Bist *du* des da drunten!?«

Während Jakob den ersten längeren Satz gehaspelt hat, hat der dritte Verhörführer Jakobs Stimme erkannt. Meister Gilg verdreht überfordert die Augen, denn nicht nur Jakob, sondern auch er weiß ganz genau, wem dieser markante Bariton gehört.

»Herr Pirckheimer?!«, ruft Jakob.

»Sag bloß, du kennst den vorgeblichen Wandergesellen, Willibald?«, fragt Lochschöffe Wilhelm.

»Des Verhör is hiermit vertagt!«, bescheidet Pirckheimer herrisch.

»Vertagt?«, fragt verwundert der Mann mit der piepsigen Stimme.

»Oskar, ich muss mich erst vergewissern, womit wir's hier zu tun haben. Wir setzen die Sach nach der Weihnacht fort.«

Die beiden anderen Ratsherren scheinen Pirckheimer in Rang und Entscheidungsgewalt nicht ebenbürtig zu sein, denn es erhebt sich keine Widerrede, nur erstauntes Gebrumme. Papiere rascheln, Stühle rücken. Erleichterung und Hoffnung schwemmen Jakobs Hirn.

»Ja ... soll ich den Inquisiten wieder in sei Gelass bringen?«, fragt verdattert der Scharfrichter.

»Ich bitte darum, Meister Gilg«, tönt Pirckheimers Stimme knapp herab.

Der Henker schüttelt den Kopf und sieht Jakob vielsagend an. Jakob kann nicht anders, als Gilg erleichtert anzulächeln.

Die zweite Sitzung in der widerlich feuchtfinsteren Zelle verbringt Jakob klüger. Als Dürers Knechte vor einiger Zeit dem Losunger Tetzel eine gefälschte Reliquie andrehten, war Pirckheimer davon belustigt, ganz im Gegensatz zu Dürer. Das stimmt Jakob hoffnungsvoll. In Gedanken erklärt er

Pirckheimer, was sich zugetragen hat, immer und immer wieder, jedes Mal ein wenig schlüssiger. Als der Schlüssel im Schloss der Zellentür rumort, fühlt sich Jakob ganz gut gewappnet. Tatsächlich tritt die breitschultrige Gestalt Pirckheimers in den Lampenschein, den der Lochhüter in die Zelle wirft. »Lasst uns allein«, scheucht Pirckheimer ihn weg.

»Was zum Kuckuck is denn geschehen, Lorenz?«, fragt er unumwunden.

»Herr, ich hab mir einen törichten Scherz erlaubt mit dem Ablassschinder, den Dürer zu Euch geschickt hat. Es reut mich fürchterlich, aber es is nichts und niemand zu Schaden kommen – außer dem Stolz des Ablassschinders.«

»Und offenbar auch mei Ballen Seide aus Palermo«, sagt Pirckheimer mit einem Deut auf Jakobs verdreckte Pluderhose. »Als allererstes entdeckst mir, wie *mei Kind* in all den Schabernack verwickelt is«, fordert er streng.

»*Euer Kind*, Herr?«, schindet Jakob Zeit.

»Verkauf mich ned für dumm, Bub! Wie sonst wärst denn auf des Schlössle der Imhoff als Schauplatz deiner Gaunerei kommen? Und wie wärst an mei Seide kommen? Felicitas steckt da doch faustdick mit drin!«

Es fügt sich gut, dass der scharfsinnige Pirckheimer das sofort begriffen hat, denn nun hat der Ratsherr ein starkes persönliches Interesse daran, die ganze Geschichte tunlichst von der rätlichen Tagesordnung verschwinden zu lassen.

»Felicitas hat den Bruder Konrad zu dem Schlössle geschickt und ihm weisgemacht, ich sei a Patrizier«, gesteht Jakob also.

»Und dei Spießgesellin – die junge Frau, von der die Red war?«, bohrt Pirckheimer weiter.

Ach, darum geht es!

Pirckheimer befürchtet, seine Tochter habe sich auch noch dazu herabgelassen, in Sündersbühl die Frau Löffelstein zu mimen.

»Nein, Herr, des war *ned* die Felicitas!«, kann Jakob Pirckheimer beruhigen.

»Wer war es dann?«

»A dahergelaufene Hübschlerin, der ich a paar Kreuzer zahlt hab.«

Das beruhigt Pirckheimer schon einmal.

Er überlegt kurz, dann fordert er eindringlich: »Du sagst niemand je a Sterbenswort davon. Des Übrige besorg ich, um diese unleidige Sach aus der Welt zu schaffen.«

Jakob nickt eifrig zustimmend. Pirckheimer hämmert an die Tür. Der

Lochhüter kommt. »Ich nehm den Knaben gleich mit«, verkündet er mit einer Selbstsicherheit, die keine Zweifel duldet.

Statt der steinernen Stiege, auf der Jakob gekommen ist, erklimmen sie eine dunkle enge Holztreppe. Oben gehen sie durch eine schmale Tür ... und finden sich in einer warmen, behaglichen Schreibstube des Rathauses wieder. Jakob dreht sich erstaunt um – sie sind aus einer Schranktür getreten! Von dieser Stube mit dem geheimen Kerkerzugang führt Pirckheimer Jakob hinaus auf einen belebten Rathausflur.

Ein Mann fegt auf Pirckheimer zu.

»Des is er wohl? Der Inquisit?«, fragt er, aber fast schon beiläufig. Jakob erkennt die Stimme: Das ist Wilhelm, vor einer knappen Stunde noch einer seiner Lochschöffen.

»Wir haben den falschen Mann«, winkt Pirckheimer ab. Jakob merkt, dass das den Ratsherren Wilhelm kaum kümmert, denn ihn beschäftigt inzwischen schon ein neues, wohl viel wichtigeres Anliegen. Er winkt aufgeregt einen hageren jungen Mann mit dünnem schulterlangem Haar herbei, der mit einem Schreiben in der Hand den Rathausflur entlang geweht kommt. Jakob erkennt ihn als Lazarus Spengler, den hochbegabten Stadtschreiber.

»Sieh nur, Willibald, was soeben in der Kanzlei eintraf! Der Kaiser hat uns endlich erhört! Er hat die Ritter von Geislingen und Rosenberg in die Acht genommen ...«

Emsig rollt Spengler das Schreiben auf und liest daraus vor: »... weil sie Nürnberg mutwillige Fehde zugeschrieben und schon vor Überschickung des Feindsbriefes Hansen Kleeberger, Georg Volckamer und andere gefangen genommen und weggeführt.«

»Des is dei Verdienst, Lazarus – des hast du erwirkt!«, lobt Pirckheimer Spenglers diplomatisches Geschick. Der glüht vor Stolz. Ratsherr Wilhelm ist auch sichtlich bewegt über die lang ersehnte Reichsacht. Die Hand, die er Spengler nun anerkennend auf die Schulter legt, ist aus Holz.

Das ist Wilhelm ... Derrer.

Der Mann, dem der Strauchritter Kunz Schott einst die Schreibhand abgehackt, sie ihm ins Wams gesteckt und ihn gedemütigt und verstümmelt wieder nach Nürnberg geschickt hat! Der Mann, über den Adrian Schaller und Hans Kleeberger sprachen, kurz bevor Adrian getötet und Kleeberger verschleppt wurde. Was die Nürnberger schon gelitten haben unter dem Unwesen dieser wüsten, schändlichen Placker, nicht nur in Münze und Tand, sondern auch an Leib und Seele! Und nun hat sich der Kaiser hinter

Nürnberg gestellt. Jakob, soeben dem Loch entronnen, in verdreckten Pluderhosen, würde Spengler am liebsten um den Hals fallen, denn der milchgesichtige Stadtschreiber hat es vollbracht, den Kaiser zu überzeugen und gegen die mächtige Ritterschaft auf Nürnbergs Seite zu bringen.

»Herr Pirckheimer!«, kommt ein junger Ratsdiener angewieselt. »Herr Pirckheimer, ich trüb ja Eure Freud nur ungern, aber es is die Hölle los. Auf der Hallerwiese hat's einen Messerhandel geben. Hans Dürer und andere sind verletzt und werden zur Stund bei Kress versorgt.«

Pirckheimer wirft Jakob einen bedeutsamen Blick zu: »So einen Heiligen Abend hab ich noch ned verlebt. Na dann, Lorenz, weiter zu Kress!«

Weihnachtsfriede

KLARA SITZT in der Vorhalle des Hauses Kress und presst sich ein Tuch an die Platzwunde am dröhnenden Schädel. Die weniger arg Lädierten hat Doktor Schedel hier auf eine Bank gesetzt, während er sich zuerst in einer Stube den Schwerverletzten widmet, nämlich Hans Dürer und dem Tetzelknecht, beide mit Stichwunden im Bauch.

»Was is denn irr gangen?«, fragt Klara flüsternd den Schusterhans.

»Der Bruder Konrad is dahinterkommen, dass der Smaragd falsch war«, wispert Hans Sachs.

»Und wo is Jakob?«, flüstert Klara.

Hans Sachs schweigt ausnahmsweise einmal.

»Hans, *wo is Jakob?*«

»Er is flink«, antwortet Hans Sachs ausweichend. »Vielleicht is er entkommen.«

»Und wenn ned?«

»Dann ... liegt er wohl im Loch«, mutmaßt Hans Sachs und sieht mitfühlend zu, wie Angst und Entsetzen in Klaras Blick steigen. »Er is flink«, wiederholt er. Dann druckst er: »Nun, da alle in guten Händen sind ... troll ich mich wohl besser?« Er blickt Klara besorgt und treuherzig an.

»Schleich dich nur«, sagt sie. »Du bist ohnhin scho viel zu arg verzettelt in unsere Gaunereien.«

Noch ehe Klara sich in den finstersten Farben ausmalen kann, was Jakob zugestoßen sein mag, kommt atemlos Albrecht Dürer bei Kress an. Er muss Hals über Kopf aus dem Haus gestürzt sein, denn er ist trotz des Winterwetters hemdsärmelig und hat noch die Malerhaube auf dem Kopf.

»Allmächtiger.«

Es ist ein abwegiges Bild, das sich Dürer hier bietet: Sein Knechtlein hockt kläglich zwischen zwei Männern, die doppelt so breit sind wie Adrian und ihn selbst im Sitzen um fast einen Kopf überragen. Links von Klara hält sich der geknüppelte Tetzelknecht einen Eisbeutel an den Schädel. Rechts von ihr presst Martin, der Leibknecht von Kress, eine Binde auf seine Armwunde. Das Blut aus Klaras Platzwunde ist von der Stirn über ihr ganzes Gesicht geronnen, dazu kommt die Messerschramme am Hals sowie ein von Hundebissen blutgetränkter linker Ärmel und rechter Beinling. Klara weiß, dass sie wesentlich übler aussieht, als es um sie steht.

»Is ned schlimm, Meister!«, beeilt sich Klara deshalb, Dürer zu versichern. »Euer Bruder hingegen, der is viel ärger zugerichtet als ich. Dem ward a Messer in den Bauch gerammt.«

Dürer blickt sich hektisch um. Aus der Behandlungsstube kommt Doktor Schedel mit blutigen Händen, was Dürer am ganzen Leib erbeben lässt. »Die Innereien sind unversehrt«, kommt der Arzt sofort zur Sache. »Nur vom Blutverlust muss er sich erholen.« Dürer hechtet in die Stube zu seinem Bruder.

»So, wem widme ich mich denn nun?«, fragt sich Doktor Schedel. Die beiden gegnerischen Knechte brummeln und deuten beide auf Klara. »Des«, begutachtet Schedel durch seine Augengläser, mit vorgerecktem Kinn: »Des is a Platzwund, die gehört lediglich sauber ausgewaschen. Die Schramme am Hals is auch ned weiter schlimm – ich frag mich bloß, wie die zustand kam«, sagt er, streng zu den beiden Hünen aufblickend.

»Der da hat mir a Messer an die Kehle drückt«, berichtet Klara anklagend. Im Nachhinein ist das dem Tetzelschergen hoch peinlich.

»Du Unhold. Des Knäblein derart zurichten! Hat er dich wohl bedroht? Hast dir in die Hosen geschissen vor dem Büblein?«, höhnt der altehrwürdige Arzt, dem Klara solche Kraftausdrücke gar nicht zugetraut hätte. Kopfschüttelnd untersucht er Klara weiter. Sie zeigt den Hundebiss am Arm. »Des darf sich ned entzünden«, warnt Schedel. »Sonst noch Wunden?« Klara krempelt umständlich ihr Hosenbein hoch, verzieht dabei vor Schmerz das Gesicht.

»Was machst denn da, Bub? Lass doch die Hosen einfach runter.«

»Geht scho!«, beharrt Klara, beißt die Zähne zusammen und rollt das enge Hosenbein über den Biss.

Schedel untersucht, reinigt und salbt die Wunden mit kundigem Geschick.

Dürer kehrt zurück in die Vorhalle. Sein Hemd ist vom Blut seines Bruders verschmiert. »Adrian, bericht du mir, was geschehen is. Aus meinem Bruder und den ebenso törichten Tetzelsöhnen bekomm ich kei vernünftiges Wort heraus.«

»Albrecht!«

Pirckheimer betritt das Haus von Kress, auf seinen Fersen Jakob, der mit bangem Blick den Raum absucht.

Klara! Jakob! ...

wollen sie beide vor Erleichterung am liebsten aufschreien, doch die Lüge ist ihnen in Fleisch und Blut übergegangen. Also gelingt es ihnen selbst jetzt, sich beim falschen Namen anzurufen: »Adrian!« »Lorenz!«

Entgeistert nimmt Dürers Malerauge jedes absurde Detail an Jakob auf: Sein verstörter, verängstigter Geselle steckt in sündhaft teuren, geckenhaft prächtigen Kleidern, die allerdings tropfnass und verdreckt sind und bestimmt nicht ihm gehören.

Jakob stürzt an Klaras Seite.

»Mir geht's gut!«, beschwichtigt sie ihn eilig. Klara interessiert viel mehr, woher Jakob kommt und was ihm widerfahren ist.

»Sagt, wo habt Ihr denn *den* aufgelesen?«, ihrzt Dürer Pirckheimer.

»*Den* hab ich soeben aus dem Loch gefischt, mein Lieber. Nichts zu danken«, berichtet Pirckheimer trocken.

Aus dem Loch!

Klara streicht über Jakobs zerzauste Locken und widersteht dem Drang, ihn mit Küssen der Erleichterung zu übersäen.

»Haben denn *alle* den Verstand verloren?«, stockt Dürer, der gar nicht weiß, wo er überhaupt anfangen soll mit der Entwirrung dieses Durcheinanders.

»Ich wollt den Bruder Konrad über's Ohr hauen«, gesteht Jakob kleinlaut.

»Wen?«, erinnert sich Dürer freilich nicht mehr, wer das ist.

»Den Ablassschinder. Ich wollt ihm des Geld für den Hans abschwindeln«, sagt Jakob, der offenbar glaubt, diese Katze sei längst aus dem Sack.

»Für *den Hans*? Was für a Geld denn?«, verlangt Dürer zu wissen.

Christoph Kress schaltet sich ein: »Euer Bruder schuldet den Tetzel zweihundert Gulden aus allerlei Spielen und Wetten.«

»*Wie viel?! – Wofür?!*«

Christoph Kress erläutert dem immer mürber aussehenden Dürer den Sachverhalt.

»Und justament mit Tetzel muss Hans sich in solchen Dreck reiten!«, schnaubt Pirckheimer.

»Herr Tetzel müsst jeden Augenblick selbst hier eintreffen«, kündigt Kress an.

»Du liebe Zeit. Nun, gut«, schlussfolgert Pirckheimer. »Der Hans hat ungeheuerliche Spielschulden. Wen nimmt's Wunder.«

»*Mich* nimmt des Wunder! Zwei-hun-dert Gul-den!«, verarbeitet Dürer. Er streicht sich hilflos über den Bart.

»Dieweil ... hätt Tetzel jedoch niemals Wetten auf Stechen machen dürfen«, erfasst Pirckheimers Juristengeist sofort. »Ich würd sagen, des Unrecht auf beiden Seiten hält sich die Waag. Breiten wir einen dicken Mantel des Schweigens darüber, so is allen geholfen.«

Dürer nickt schwach.

»Ich fürcht, damit is noch ned getan ...«, wendet Jakob zerknirscht ein. »Als Hans so viel Schulden auftürmt hatte, dass er sich nimmer zu helfen wusst, hat er in Eurer Werkstatt Spielkarten gezinkt, selbige dann im Tetzelschen Spielhaus heimlich in Umlauf bracht und damit falsch gespielt.«

»Der elende Tropf«, knurrt Pirckheimer, während es Dürer kurzzeitig vollends die Sprache verschlägt.

»Warum sagt ihr mir nichts von alledem?«, fragt Dürer schließlich matt.

Ganz einfach, weil Hans uns sonst verrät.

»Wir wollten Euch die Sorge ned aufbürden. Wir glaubten, wir könnten es ungeschehen machen, ehe es hohe Wellen schlägt«, murmelt Jakob.

Dürer schnauft: »Tu mir einen Gefallen, Lorenz: Geh mir aus den Augen. Geh heim, wasch dich und leg diese Kleider ab. Ich kann dich ja kaum anschauen in dieser Lächerlichkeit. Die Sach is so scho demütigend genug.«

Jakob tropft ab, aber nicht ohne Klara noch einen langen, fürsorglichen Blick zuzuwerfen.

Minuten später erscheint in der Vorhalle Anton Tetzel. Abschätzig mustert er die Leichtverletzten auf dem Bänkchen. Klara ist ganz froh über ihren ramponierten Zustand, denn so blutverschmiert, struppig und schmutzig erkennt Tetzel sie bestimmt nicht als das ehrbare Weiblein wieder, das ihm die Reliquie der Heiligen Katharina angedreht hat. Zur Sicherheit schlägt sie noch die Augen nieder.

»Ach, Pirckheimer steckt da freilich auch mittendrin«, begrüßt ihn Tetzel unverhohlen feindselig.

»Mitnichten, anders als Ihr bin ich der Sach ned teilhaft. Ich erteil nur meinen Rat«, erwidert Pirckheimer kühl.

»Zuweilen is guter Rat teuer«, sagt Tetzel spitz. »Wo sind meine Söhn?«

Anton der Jüngere und Hans Tetzel werden aus der Behandlungsstube geholt, wo sie über ihren schwerverletzten Knecht wachen. Tetzel streckt seine sauköpfigen Söhne mit einem einzigen vernichtenden Blick nieder.

»Was is die Ursach all dieses Ärgernisses?«, will er wissen.

»Der Dürerhans schuldet uns zweihundert Gulden«, ist Hans Tetzel bestrebt, sich vor seinem Vater zu rechtfertigen. »Zudem haben wir ihn beim Falschspielen ertappt! Wir wollten lediglich unser Recht einfordern. Und dann is er wie a Wildmann auf uns losgangen, hat vom Leder zogen und um a Haar unseren Knecht erstochen ...«

»Der Hans is nur auf Euren Knecht losgangen, weil der *mir* beinah die Gurgel durchtrennt hätt!«, ruft Klara impulsiv dazwischen.

»Und wer is des?«, will Tetzel wissen, ohne jedoch Klara eines echten Blickes zu würdigen.

»Des is mei Lehrbub«, sagt Dürer karg. In seinem Blick toben Entsetzen und Wut darüber, was er da soeben vernommen hat. Diese Unholde waren drauf und dran, sein Knechtlein umzubringen?

»Und dann kam aus dem Nichts der Kress anprescht ...«, quakt Anton Tetzel der Jüngere wehleidig.

» ... und hat dem Irrsinn Einhalt boten, eh noch jemand zu Tode kam«, beendet Kress seinen Satz mit erlesener Gemütsruhe. Kress und die Tetzelbrüder sind etwa gleichaltrig, doch in Würde und Lebensweisheit trennen sie Welten.

»Sei Knecht hat meinen Hund erschlagen!«, fügt Hans Tetzel vorwurfsvoll hinzu.

»*Zum Glück* hat er des!«, kontert Kress, »Sonst hätt der Köter Dürers Knechtlein noch totbissen.«

Dürers entgeisterter Blick trifft Klara so eindringlich, dass sie die Augen senken muss.

»Herr Tetzel, Dürer, ich hätt einen Vorschlag zur gütlichen Einigung«, kommt Kress zur Sache.

»Sprecht«, fordert ihn Tetzel skeptisch auf.

»Der Maler Dürer is gänzlich unschuldig an den Umtrieben seines Bruders. In der Tat hat er grad erst davon erfahren. Ihm is daran gelegen, dass des makellose Ansehen seiner Werkstatt keinen Schaden nimmt. Euch hinwieder, Herr Tetzel, muss daran gelegen sein, dass der *Ursprung* von Hansens Schulden ned weiter bekannt wird.«

»Was is der Ursprung seiner Schulden?«, fragt Tetzel.

»Mei Sieg beim letztjährigen Gesellenstechen«, sagt Kress andeutungsvoll.
    Aha ...
machen Tetzels kleine Augen, verstehend, dass es um seine rechtswidrigen Wettgeschäfte geht.
    »Ich leg Euch Folgendes ans Herz«, fährt Kress fort. »Ihr alle legt die Angelegenheit bei, bringt sie nimmer zur Sprach und wahrt so den Leumund aller. Dass es auf der Hallerwies einen Messerhandel geben hat, wird sich ned verbergen lassen – des weiß gewiss scho die halbe Stadt. Was sich heut also zutragen hat, sei dies: Mei Knecht Martin und Hans Dürer sind auf der Hallerwies aneinander geraten und es kam zu einem Raufhandel zwischen den beiden. Mehr war ned.«
    Leibknecht Martin ist gerade im rechten Moment mit frisch verarztetem Arm zurück in die Vorhalle gekommen, um den Vorschlag zu hören. Er seufzt, erhebt jedoch keine Widerrede. Offenbar ist er gewöhnt und willens, Kopf und Ehre für die Anliegen seines Herrn hinzuhalten. »Martin?«, holt Kress die Zustimmung seines Knechts ein.
    »Gewiss, Herr, so machen wir's. Aber nur, wenn es in der Geschicht dann heißt, der Dürerhans sei mir unterlegen«, grinst Martin.
    »Alles andere wär ja auch unglaubhaft«, lächelt Kress.
    Doktor Schedel wischt sich, im Türrahmen stehend, mit einem Tuch die Hände sauber und blickt in die Runde mit der Abgeklärtheit eines Arztes, den nach etlichen Jahrzehnten Praxis nichts mehr überraschen kann.
    »Doktor Schedel?«, fragt Kress.
    »Ja, ja«, bestätigt Schedel gelassen. »Ich hatt nur den Dürer und Euren Knecht hier unter meiner Obsorg. Die anderen zwei Narren kenn ich ned. Nie gesehen.«
    »Und Ihr, Kress«, fordert Tetzel, »reicht a förmliche Klage wider den Maler Dürer ein, damit des Stadtgeschwätz was zum Klappern hat. Ich selbst führ den Vorsitz über die Schlichtung zwischen Euch beiden.«
    Dürer erklärt sich ohne Zögern einverstanden, während Pirckheimer vor unterdrücktem Zorn zuckt.
    »Und meine zweihundert Gulden?«, fragt Tetzel.
    »Die zahl ich freilich«, macht Dürer bereitwillig auch dieses Zugeständnis. »Ich hätt sie ja längst zahlt, hätt ich nur gewusst, dass sie geschuldet sind.«
    »Und Euer ungebärdiger Bruder ...«
    »... geht nun endlich auf die längst überfällige Wanderschaft«, sichert Dürer mit harter Stimme zu.

Pirckheimer will am liebsten aus der Haut fahren, dass Dürer seinem Erzrivalen einen so leichten Sieg schenkt. Doch Dürer ist tiefst beschämt und will die Angelegenheit einfach nur begraben. Und als gemeiner Handwerker kann er sich bei allem Ruhm nicht leisten, Feindschaften mit mächtigen Häusern zu pflegen, wie Pirckheimer das so wonnevoll und streitlustig tut.

Überdies hat Dürer mit seinem Bruder nun endgültig abgeschlossen, das sieht Klara ihm an. Dürer hat Hans an seines Vaters Stelle großgezogen, ihn ausgebildet, ihm vorgelebt, wie sich ein Ehrenmann zu gebaren hat. Jeden Fehltritt hat er geduldig wieder auf die richtige Bahn zu lenken versucht. Jede Suppe für Hans ausgelöffelt, jeden Frevel ausgebadet.

Und nun hat er genug.

Klara kennt sogar den genauen Augenblick, an dem das letzte Fädchen des brüderlichen Bandes zerriss: Der Moment, als Dürer erfuhr, wie die Schandtaten seines Bruders sein Knechtlein Adrian in Lebensgefahr gebracht hatten.

»Des klingt doch alles recht vernünftig«, sagt Tetzel zufrieden und schüttelt erst Kress, dann Dürer die Hand.

Nachdem er mit seinen Söhnen abgezogen ist, knirscht Pirckheimer durch verbissene Zähne: »Den Tetzel bring ich in den Turm. Und wenn es des Letzte is, was ich tu.«

Er wendet sich zum Gehen: »Wir sehen uns in der Christmette.«

❖

Am nächsten Morgen geht der Dürerhaushalt in die Weihnachtsmesse, außer Hans und Klara, denen Doktor Schedel Ruhe verordnet hat, und Barbara, die ihren verletzten Sohn nicht allein lassen will. Sie sitzt am Kachelofen in der Stube und stickt irgendetwas, obwohl sie ihr Nadelwerk kaum mehr sehen kann und ihre Finger eigentlich zu knorrig für Feinarbeit sind. Hans lümmelt mit seiner dicken Bauchbinde neben ihr und rupft verdrossen Goldnüsse und Zuckerwerk von dem Tannenreisig, womit der Stubentisch weihnachtlich geschmückt ist. Auf der Sitzbank gegenüber lagert Klara, wie ärztlich angewiesen, ihre zerbissene Wade auf ein Kissen.

»Der Gedanke is dir gewiss schwer zu ertragen, Mutter«, sagt Hans leise.

Die Alte nickt im Rhythmus mit ihren Nadelstichen.

»Dass du fünfzehn Kindlein zu Grabe tragen musstest – und *just ich* bin einer der drei, die noch leben. Hast dir bestimmt oft gewünscht, irgendwo auf dem Sebalder Kirchhof wär a Kistlein mit den Gebeinen vom Hänslein verscharrt.«

Entsetzt hört Klara in die Abgründe von Hans' Seele hinein.

»Und du hättest an deiner Seiten a tugendhafte Katharina oder a fleißiges Karlchen anstelle des Tunichtgut, mit dem du gestraft bist. Ned wahr, Mutter?«

»Die Butter? Die langt scho noch bis Heilig Drei König, meinst ned, Hans?«, erwidert Barbara.

»Freilich, Mutter! Die langt leicht!«, plärrt Hans ihr ins Ohr und Klara begreift, dass seine leisen, bitteren Worte nie für Barbaras schwerhörige Ohren bestimmt waren.

»Bist erleichtert, Hans?«, flüstert Klara sanft.

»Erleichtert worüber?«

»Dass der Schrecken mit Tetzel nun a End hat? Dass du nun endlich wandern kannst?«

»Wandern *musst*«, berichtigt sie Hans.

»Du wolltest doch immer fort.«

»Ja, freilich. Ich muss ja. Fort von diesem Bruder, den ich ned erreichen kann. Von dieser Mutter, die ich ned zufrieden stellen kann.« Er schaut Klara tief in die Augen: »Und von diesem Weibsbild, des ich ned haben kann.«

»Dir wird viel Gutes begegnen auf der Wanderschaft. Gewiss auch liebliche Weibsbilder.«

Ächzend erhebt sich Hans, die Hand auf den Bauchverband gepresst, watschelt auf die andere Seite des Kachelofens und setzt sich so neben Klara, dass seine Mutter sie nicht sehen kann.

»Aber doch keine wie du«, kann er nun im Schutz der Ofenmauer erwidern.

»Unfug. Ich bin lediglich des erste Frauenzimmer, des du je kannt hast.«

»Ich hab scho so manches Frauenzimmer kannt«, murmelt Hans.

»Ich mein doch ned auf *die* Weis«, grient Klara. »Ich mein, die du *wahrlich* kannt hast.«

»Krieg ich zum Abschied noch einen Kuss?«

»Oh – wie artig von dir, dass du diesmal zuvor fragst«, sagt Klara trocken.

»Hier. Für die Reise.«

Hinter dem Schutz des Kachelofens küsst sie Hans sanft auf die Lippen.

Bild 4
MALERKNABEN AUF ABWEGEN

Brautschühlein

»A PAAR BRAUTSCHÜHLEIN bräucht ich von dir«, bestellt Jakob bei Hans Sachs.
»Brautschühlein?!«, fragt der verdutzt.
»Wir gehen nach Kulmbach, unseren unsäglichen Stand der Winkelehe beenden. Hier in Nürnberg stehen wir ja als Adrian und Lorenz Schaller in den Stadtbüchern. Unser Pfarrer daheim soll uns vermählen.«
»Die Klara – die scho so lang als Knabe durch die Welt spaziert, willst du zur Ehegenossin?«, fragt Hans Sachs. »Die wird dir ja nie untertänig.«
Jakobs Antwort stockt ein wenig, denn auf den Einwand des Schusterhans hat er nichts zu erwidern. Klara wird ihm ganz gewiss nicht untertänig sein. Hans lacht und klopft ihm jovial auf die Schulter: »Nun. Du bist ja Manns genug für sie«, grinst er. »Kalbsleder?«
»Hä?«
»Die Brautschühlein, aus Kalbsleder?«

Urlaubsgesuch

»IHR ENTSINNT EUCH ja gewiss noch, wie unser Vater Hals über Kopf aus Nürnberg aufbrach, weil sei Mutter schwer krank darniederlag?«, fragt Jakob.
Ja, Dürer erinnert sich sehr wohl an Matthias Schallers seltsam fluchtartiges Verschwinden aus Nürnberg. Er erinnert sich auch an das Schreiben, das zwei Wochen danach die Angelegenheit aufklärte. Klara hatte den unerwartet aufgetauchten Schaller davon überzeugt, er würde jeden Augenblick wegen einer Falschanschuldigung ins Loch gelegt. Im Nachgang fälschte Jakob die passende Korrespondenz dazu.
»Sie is ja damals gottlob wieder genesen, unsere gute Ahnfrau, aber nun schreibt Vater, diesmal geht es wohl wahrlich mit ihr zu End … Darum wollten wir euch bitten, uns heimreisen zu lassen.«

»Die Reise nach Leipzig dauert wenigstens drei Wochen. Anderthalb Monat soll ich euch entbehren und allein überland ziehen lassen?«, fragt sich Dürer.

»Auf dass wir die liebe Ahnfrau noch a letztes Mal lebend sehen!«, bettelt Klara treuherzig. Das wirkt. Dürers Blick huscht zu seiner Mutter, die auf ihrem Bänkchen kauert. Dass sie Krebs hat, ist sich Klara inzwischen fast sicher. Sie kennt den hohlen Blick, die papierne Haut. Klara hat ihren eigenen Vater auf genau die gleiche, grausam schleichende Art vergehen sehen. Es ist ein Verfall, der sich in der Betriebsamkeit eines Handwerkhauses fast unmerklich vollzieht – bis man einmal leichtsinnig genug ist, genauer hinzusehen und der Anblick des todkranken Menschen einen mitten in die Magengrube trifft.

Dürer überlegt. Das Bedürfnis, die sterbende Großmutter noch einmal zu sehen, kann er nachvollziehen. Verdient haben die Brüder eine Beurlaubung zweifellos. Seit Hans Dürer auf Wanderschaft ist, sind Adrian und Lorenz Schaller die *gefälligsten* Malerknaben, die man sich als Werkstattherr nur wünschen kann. Die Stubenhaft, die Dürer nach dem Messerhandel an Heiligabend über sie verhängt hat, hält sich wie von selbst ein: Adrian und Lorenz wollen nach Feierabend gar nichts anderes tun als streng arbeiten und still in ihrer Kammer lesen und studieren. Auf dem Markt läuft alles wie geschmiert. Selbst Veit Stoß kommt kaum hinterher mit dem Schnitzen, weil Lorenz mit seinem kaufmännischen Geschick nicht nur den Absatz der Dürerschrage, sondern auch der Stößin nebenan ankurbelt. Und als der Rat Dürer und dem Rotschmied Peter Vischer die Restaurierung des Schönen Brunnens aufs Auge drückte, haben Adrian und die Vischersöhne die Brunnenfiguren, das Gitter und die Rohre so selbstständig und gewissenhaft wiederhergestellt, dass sich die Meister damit kaum befassen mussten. Dürer konnte sich voll auf seine Druckvorhaben konzentrieren und Vischer sich seinem Sebaldusgrab widmen. Und was für eine heikle Angelegenheit das für Klara war, tagelang oben auf dem Brunnengerüst am Herrenmarkt zu stehen wie auf einer Servierplatte! Ständig argwöhnisch um sich blickend, in der Sorge, ein Bekannter von *Klara* könnte vorbeikommen und sie als Malerbub am Schönen Brunnen pinseln sehen.

Brautreise

EINE WOCHE NACH Michaelis zieht das Brautpaar los. Die Sonne lässt das Laub bunt leuchten und das Knoblauchsland vor den Mauern der stinkenden Stadt riecht herrlich sauber, nach nichts als Luft, Erde und Herbstgemüse. Kurz vor ihrem Mittagshalt in Heroldsberg kommt eine Einöde mit Mühle in Sicht. Klara verlangt, dort kurz Halt zu machen, und ehe Jakob widersprechen kann, hüpft sie behände von Eleonore und holt sich ihr grünes Kleid und den wollenen Goller aus der Reisetruhe auf dem Karren. Sie grinst Jakob an: »Die Brautreise macht ned der Adrian.«

Sie verschwindet in einem Schuppen bei der Mühle und kommt alsbald im Kleid wieder heraus. Sie trägt ein schlichtes Leinenköpflein. Hinten im Häubchen hat sie mit Wachs und Zwirn ihren Zopf befestigt, so dass die kupferroten Flechten über den Rücken ihres Herbstgollers fallen, wie damals, als Jakob sie kennenlernte. Als sie wieder auf Eleonore steigen will, begegnet ihr schon die erste Schwierigkeit: Im Kleid kann man sich nicht einfach breitbeinig in den Sattel schwingen. Während sie leise fluchend ihre Röcke lupft und um die Oberschenkel herumstopft, merkt Jakob an: »Du wirst seitwärts sitzen müssen.«

Klara blickt ihn grätig an: »Ich werd rittlings sitzen.«

Sie reiten los, Klara vorneweg, Jakob mit dem Karren gemächlich hinterher. In Heroldsberg kehren sie in einen Gasthof ein, löffeln reisehungrig dampfende Kohlsuppe.

»Ihr habt ja prachtvolle Bauten in Eurem kleinen Ort«, schmeichelt Jakob dem Wirt, denn in Heroldsberg stehen neben einer großen Kirche nicht weniger als drei Schlösslein: eines mit weißen, eines mit grünen und eines mit roten Fensterläden.

»Die verdanken wir der wohlweisen Fürsicht unserer Lehnsherren«, erklärt der Wirt.

»Wer sind denn Eure Lehnsherren?«, fragt Klara.

»Des Geschlecht der Geuder, scho seit über hundert Jahr«, gibt der Wirt bereitwillig Auskunft. »Unser Herr is in Nürnberg Ratsherr und Reichsschultheiß ...«

... und der Schwager von Willibald Pirckheimer!

»Darum kam mir des Örtlein so bekannt vor!«, zischt Klara, als der Wirt davongeht. »In der Mappe des Meisters liegt a Zeichnung davon. Hätt ich mich doch erst a paar Meilen weiter umgekleidet!«

Doch Klara macht sich umsonst Sorgen. Satt und träge verlassen sie

Heroldsberg, ohne bekannten Nürnberger Gesichtern begegnet zu sein. Vier Tage und Nächte reiten sie. Die Sonne lacht, die Landschaft wird mit jedem Tag felsiger und bunter. Am letzten Abend ihrer Brautreise in Berneck holt Jakob nach dem Abendmahl im Gasthaus ein Kästlein hervor.

»Mei Morgengabe an dich«, sagt er samtig.

»A Brauttrühlein für mich?«, flüstert Klara, fast ein bisschen beschämt, denn: »Ich bring doch keinen Heller Mitgift in diese Ehe.«

»Der Brautschatz, den du in diese Ehe bringst, lässt sich in Gulden gar ned beziffern, Klara«, sagt Jakob und es spricht nicht nur der verliebte Bräutigam. Welcher angehende Drucker hat schon ein Weib, das seine Stöcke so bebildern kann, als kämen die Schnitte aus der Dürerwerkstatt?

Klara öffnet mit spitzen Fingern ihr Trühlein. Selbst im Lampenschein kann Jakob sehen, dass ihr das Blut in die Wangen gerauscht ist. Während sie nacheinander ihre Brautgeschenke zutage fördert, erklärt Jakob beflissen den Inhalt: ein seidenes Brauttuch, kalbslederne Brautschühlein vom Schusterhans, eine Brautkerze für die Kirche.

»Allein des Herzstück fehlt noch, doch des liegt noch daheim in Kulmbach.«

»Daheim? Du meinst, bei *Burckhardt*?«

»A Ring, der einst zur Morgengabe meiner Mutter gehört hat. Den muss ich noch holen.«

»Holen? Von Burckhardt? Viel Glück dabei«, lacht Klara.

Heimkehr

Klara betritt zögerlich die Kirche. Erst jetzt fällt ihr wieder ein, als vage Erinnerung aus ferner Vergangenheit, dass der Altar darin von der Hand ihres eigenen Vaters stammt. Früher ist sie jeden Sonntag entzückt in diesen Bildern versunken. Nun stellt sie befremdet fest, wie altertümlich, wie leblos steif und makelhaft das Werk ihres Vaters nun auf sie wirkt. Mit einem zweiten Schrecken stellt sie fest, wie weit sie selbst ihren Vater inzwischen übertroffen hat.

»Was machst du hier, Kind?!«, fragt eine verblüffte Stimme vom Beichtstuhl.

Ach ja – deswegen ist sie ja da.

Klara setzt sich an den Beichtstuhl, wo Heimberger auf reuige Sünder wartet. Diese Sünderin hat er allerdings nicht erwartet. Klara kommen augenblicklich die Tränen. Die Stimme des Pfarrers, der Klara und ihren Bruder aus der Taufe gehoben, ihren Vater beerdigt und dann über ihr selbst die seltsame Totenmesse für Siechende gelesen hat, öffnet die Schleusen.

»Ich hab gesündigt, Hochwürden. Gar arg«, schnieft Klara.

»Was du ned sagst, Kind«, sagt Heimberger mit seiner Klara so vertrauten, verschmitzten Güte. »Dass du ned einfach unbemerkt aus dem Siechkobel entschwinden kannst, hast wohl geahnt? Als die Zuchtmeisterin mir berichtete, dass du ihr entsprungen bist, sagte sie auch, sie wusste vom ersten Augenblick an, dass du gar ned unrein warst«, konfrontiert Heimberger sie.

»Ich hatt solche Angst vor dem Meister Kützel«, sagt Klara leise. Heimberger erwidert mit einem Brummen, das nicht sonderlich verurteilend klingt.

»Wie geht es meiner Mutter? Is ... *sie* nun mit Burckhard Kützel vermählt?«, fragt Klara bange.

»Nein. Die hat den Schneider Grossler geheirat«, kann Heimberger sie beruhigen. Klara seufzt erleichtert. Auch ihrem Bruder geht es gut, versichert der Priester.

»Hochwürden, mei Verlobter und ich bitten Euch, uns zu vermählen«, kommt Klara zur Sache.

Heimberger richtet sich aufmerksam auf: »Vermählen soll ich dich? Mit wem?«

»Mit Jakob Hölzel.«

»Hölzel? Den hab ich doch mit einem Geleitbrief gen Nürnberg ins Kloster geschickt!«

Durch die Stäbe des Beichtstuhlgitters kann Klara in Heimbergers Gesicht mitlesen, wie ihm die Gleichzeitigkeit von Jakobs Abreise und Klaras Verschwinden aus dem Siechhaus bewusst wird.

»Potz Blitz! Jakob, der elende Spitzbub, *der* hat des alles angestiftet?«

»Nein, Hochwürden – die Unreinheit vorzugaukeln, des is allein auf meinem Mist gewachsen.«

Heimberger seufzt und lehnt sich so schwer zurück, dass der Beichtstuhl wackelt.

»Zwei Strolche ohn Vermögen und eigenen Herd sind ohnhin ned ehefähig«, brummt er.

»Wir sind keine Landfahrer. Wir sind Leut ehrbaren Standes.«

»Wie denn? So bring mir doch erst amol den Tunichtgut her, den du zum Eheherrn haben willst.«

»Der sitzt scho da, hinten auf der letzten Kirchenbank.«

Heimberger schält sich aus dem engen Beichtstuhl: »Jakob, du Haderlump! Kommt beide mit ins Pfarrhaus.«

Klara und Jakob folgen Heimberger. Dass er in Ruhe zu Hause mit ihnen sprechen will, fern von den Ohren anderer Kirchgänger, deutet Klara als gutes Zeichen. Im Pfarrhaus ruft er lauthals nach seiner Magd und verlangt nach Wein. Die alte Katrin kommt mit der Kanne geschlurft, ist bass erstaunt über die beiden verlorenen Schäflein, die ihr Pfarrherr da so unversehens heimführt.

»Hast also deinem Stiefvater die Braut weggeschnappt, Bursche? Dabei solltest doch längst als geweihtes Mönchlein im Egidienkloster sein.«

Katrin setzt sich mit unverhohlenem Interesse hinzu und beschäftigt sich mit flinken Händen und gespitzten Ohren mit irgendeinem Nadelwerk.

»Kalte Füß hab ich bekommen, Hochwürden!«, erklärt sich Jakob. »Ich konnt mich einfach ned dazu überwinden. Und a Mensch soll doch kei Gelübde ablegen, des ned von Herzen kommt.«

»Ned amol ehefähig seid ihr zwei. Und du noch viel zu jung zum Heiraten«, fügt er mit Blick auf Jakob hinzu, denn Jakob ist mit gerade achtzehn Jahren noch fast ein Jahrzehnt vom besten Heiratsalter entfernt, während Klara es mit zwanzig schon um ein paar Jahre überschritten hat.

»Doch, Hochwürden, ehefähig bin ich! Ich steh als Gesell in Lohn, Brot und Wohnung.«

»Wo denn? Der Brunner hat dich doch ohne Gesellenbrief von hinnen gejagt.«

»Zu Unrecht, Hochwürden! Der hat mich verjagt, weil ich entgegen seiner Weisung einem Nürnberger Kaufmann a Taschenührlein gerichtet hab. Und zwar ... dieses hier.« Jakob zieht sein Nürnberger Ei hervor. Während Heimberger das Wunderwerk fasziniert in den Fingern dreht, fährt Jakob fort: »Der Kaufmann hat es mir am End gar geschenkt, weil ihn gereut hat, dass es mich mei Stellung kostet hat. Bei jedem Nürnberger Meister wär ich für meinen Eifer und mei Wissbegier gelobt worden – und ned aus der Werkstatt geworfen!«, verteidigt sich Jakob.

In Heimbergers Blick schimmert Nachsicht. Er kennt ja Brunner und seine Grimmsucht. Und er kennt Jakob und kann sich denken, wie viel besser der Knabe in der weltoffenen Reichsstadt aufgehoben ist.

»In Nürnberg hab ich einem Schlossermeister bewiesen, dass meiner Handwerkskunst nichts fehlt außer dem vermaledeiten Gesellenbrief. Ich hab bei ihm mei Gesellenstück gefertigt und bin mithin freigesprochen«, lügt Jakob mühelos.

»Und des hast auch schriftlich?«, vergewissert sich Pfarrer Heimberger.

Jakob nickt eifrig und zieht einen Gesellenbrief aus dem Wams, ausgestellt vom Rugamt der Reichsstadt Nürnberg und bezeugt von einem ›Peter Henlein‹. Klara hat wieder einmal ganze Arbeit geleistet. Sogar der Nürnberger Doppeladler lässt sich auf dem gefälschten Siegel erahnen.

»Und warum ned in Nürnberg heiraten?«, bleibt Heimberger noch einzuwenden.

»Weil ... wir wollten, dass Ihr es vollzieht, Hochwürden«, sagt Klara schüchtern.

Heimberger schaut Klara lange an. Dann leert er sein Weinglas und lässt es entschlossen auf den Tisch klirren: »Gut, so sei's. Ehe ihr mit meinem Wissen a Winkelehe führt, bring ich euch lieber in den Schoß der Ehrsamkeit. Bestellt euer Aufgebot. In zehn Tagen ist die Trauung.«

»So lang dürfen wir ... so lang lässt Jakobs Meister ihn ned fortbleiben«, wirft Klara ein.

»Nun verlangt ihr auch noch, dass ich euch ohne Aufgebot verheirat?«, seufzt Heimberger. »Nun denn. Kommt ja ned alle Tage vor, dass ich zwei Liebende verheirat. Also, dann am morgigen Tag um die Mittagsstund«, gibt er nach.

Das ist Heimberger.

»Wir danken Euch, Hochwürden«, sagt Klara erlöst.

»Habt ihr denn a Nachtlager?«, fragt Heimberger, schon ahnend, dass die Brautleute wohl nicht in ihren entfremdeten Elternhäusern nächtigen werden. »So schlaft hier. Der Bursch in der Wohnstub, die Jungfer bei der Katrin«, bestimmt Heimberger. »Klara, geh nun der Katrin in der Küche zu Hand. Die is ohnhin scho im Verzug mit dem Abendmahl wegen all der Unruhe, die ihr hier stiftet.«

»Komm, Kind«, sagt Katrin, bestens unterhalten von der unerwarteten Kurzweil in ihrem öden Pfarrhausalltag. Sie nimmt Klara geschäfig den Goller ab.

»Und des Köpflein setzt man im Haus auch ab«, sagt Katrin, zieht beherzt an Klaras Häubchen und streift es ihr samt eingenähtem Zopf vom Kopf. Dass sie ihr unverhülltes Haupt vor Heimberger offenbaren und rechtfertigen muss, hat Klara nicht eingeplant. Verlegen fährt sie sich durch das raspelkurze Haar.

»Und was in Gottes Namen hat nun *des* zu bedeuten?«, will Heimberger wissen. Doch gleich erhellt sich sein Blick mit der Genugtuung eines Mannes, dem sich ein Rätsel erschließt: »Ha! Nun begreif ich des alles! Welchem Kloster bist denn entsprungen, Kind?«

»Himmelthron«, nennt Klara irdendein Kloster im Nürnberger Land.

»*Darum* wollt ihr in Kulmbach heiraten!«, folgert Heimberger weiter. »Der Pfarrer in Nürnberg hat euch des Ehesakrament verweigert! Somit dürft ich euch ebensowenig vermählen!«

»So zeigt doch Nachsicht mit den beiden, Hochwürden«, mischt sich die Pfarrmagd Katrin ein.

»Nachsicht!«, pustet Heimberger. »Wär ich ned nachsichtig, ich zerrte beide bei den Ohrläpplein zum Meister Kützel und brächt ihm seinen verlorenen Sohn und sei entfleuchte Braut wieder!«, lacht er laut – und Klara weiß, dass sie so gut wie verheiratet sind.

Burckhardt

»DU?«

Jakob merkt, dass ihm die Knie schlottern. Hoffentlich sieht man ihm das nicht an.

Der Lärm.

Der Gestank.

Die Gestalt Burckhardts.

Das war lange Jahre sein Zuhause. Warum wird ihm davon nun ganz flau und faserig? Burckhardt kneift die Schweinsäuglein zusammen und seine Musterung ergibt: Es hat es nicht mit einem Ordensbruder zu tun.

»Bist doch kei Mönchlein worden? Was willst denn hier?«

»Ganz recht, ich bin kei Mönchlein worden. Heimberger wird mich am morgigen Tag vermählen und ich bin hier, die Morgengabe meiner Mutter zu holen.«

»Die Morgengabe deiner Mutter? Dei Mutter hat von mir kei Morgengabe bekommen.«

»Von dir freilich ned«, sagt Jakob abfällig, »aber von meinem Vater. A Ring. Der is für mei Braut bestimmt.«

»Was für a Ring?«, wird Burckhardt ganz schnell aufmerksam, als er hört, dass womöglich etwas Wertvolles in seinem Hause liegt.

»A Ringlein halt«, wiegelt Jakob rasch ab. Es ist wohl klüger, das schöne Stück nicht näher zu beschreiben, um Burckhardts Habgier nicht weiter zu schüren. »Lass mich ein, ich hol es mir geschwind und du musst mich ned länger sehen.«

»Langsam, Bursche. *Ich* bin deiner Mutter rechtmäßiger Erbnehmer. Du hast des Recht auf irdischen Besitz verwirkt, als du den Gang ins Kloster gewählt hast. Der Ring is also mein.«

»Bis ebenhin wusstest ja gar ned, dass es einen Ring gibt! Und ich bin nie ins Kloster eingetreten, also hab ich gar nichts verwirkt«, wehrt sich Jakob.

Hinter Burckhardt erscheint ein bleiches, hochschwangeres Eheweiblein, nicht älter als Jakob.

»Ruth – war unter dem Gelump deiner Vorgängerin a Ring?«, fragt Burckhardt sein verschrecktes Weib mit bedrohlichem Unterton. Die verneint mit einem stummen Kopfschütteln.

»Nun, da hast du's«, verabschiedet Burckhardt seinen Stiefsohn. »Nun scher dich fort, ich hab Käufer zu bedienen.«

Tatsächlich, hinter Jakob will gerade ein kriegerisch wirkender Kerl in die Werkstatt eintreten.

»Gott zum Gruß!«, sagt Burckhardt, nun plötzlich ganz beflissen, fast schon unterwürfig, obwohl der verlotterte Knecht gewiss nicht wirkt wie ein Mann höheren Standes.

Woher kennst du dieses Gesicht, Jakob?

»Den Harnisch will ich holen«, verlangt der Jakob so seltsam bekannt vorkommende Kriegsknecht.

»Der is so gut wie vollendet! Sagt Eurem Herrn ...«, antwortet Burckhardt, plötzlich fahrig und fickerig geworden.

»Was heißt *so gut wie*?«, knurrt der Knecht.

»Ich will die Platte mit sonderlichem Fleiß ... ich ... übermorgen, ja?«, haspelt Burckhardt.

»Übermorgen kommt doch scho der Markgraf! Zu dem Anlass will mei Herr den neuen Harnisch doch tragen!«, kläfft der Knecht und Jakob trifft wie ein Donnerschlag die Erkenntnis, wer das ist:

Ein Gefolgsmann der Strauchritter, die sie in Pottenstein überfallen haben.

Was macht der hier in der Schmiede seines Stiefvaters?

»Ich lass den Harnisch frühmorgens auf die Plassenburg bringen«, verspricht Burckhardt dienstfertig. »Ich schwör, übermorgen zum ersten Hahnenschrei hat der Ritter von Seckendorff seinen Harnisch. Und der wird so trefflich sein, dass Euer Herr froh sein wird, dass ich mir so viel Müh damit gab!«

> Der Ritter von Seckendorff.

Und von wegen Mühe! Burckhardt ist schlichtweg aus Unvermögen und Trunksucht mit dem Auftrag hinterher, wie immer. Und den Zorn dieses Auftraggebers fürchtet er so richtig.

> Verständlich.

Jakob vergisst ganz, sich über die missglückte Wiedererlangung des Ringleins zu grämen, denn sein Blut surrt und sein Hirn schwirrt: Sebastian von Seckendorff, der Mörder der Schallerbrüder, er ist hier! In Kulmbach! Auf der Plassenburg!

Und erwartet, dass ihm ein Harnisch aus der Werkstatt Kützel geliefert wird ...

Hochzeit

MÜTTERLICH ZURRT Katrin die Kordeln von Klaras schwarzem Sonntagskleid fest und plappert entzückt vor sich hin: »Hab ich scho lang kei Bräutlein mehr geschmückt!« Sie zupft ratlos an Klaras Haar herum.

»In meinem Trühlein is a Brauttuch«, schlägt Klara vor. Katrin gelingt es, mit Kordeln und einem Kranz daraus einen ganz kleidsamen Kopfputz zu basteln.

Klara schlüpft in ihre Brautschuhe.

»Wo hast *die* denn her? Man vermeint ja, da heirat a Edelfrau!«, wundert sich Katrin.

Sie hat recht, die Schuhe sind so fein, dass sie in Nürnberg gegen die ständische Kleiderordnung verstoßen würden. Hans Sachs hat das Leder so fleißig geklopft, gestreckt und geglättet, so kunstreich und liebevoll punziert, dass Klara fast Tränen der Rührung kommen wollen.

»Wir sind mit einem Schuster befreundschaftet. Der hat's wohl zu gut mit mir gemeint«, erklärt sie.

Zur Abrundung reicht ihr Katrin noch einen Strauß aus getrocknetem Rosmarin. Die Braut ist bereit.

Es ist kalt im Gotteshaus. Ohne die dämpfende Wirkung vieler Leiber hallt Heimbergers Stimme hohl durch die Kirche, denn anwesend sind nur das Brautpaar, der Pfarrer und die alte Katrin.

»Ich, Klara Magdalena Laurer ...«

Wie seltsam es sich anfühlt, den eigenen Namen so laut und unbefangen auszusprechen.

»Ich, Jakob Ambrosius Hölzel ...«

»*Ambrosius*? Du heißt mit zweitem Taufnamen Ambrosius?«, gluckst Klara.

»Herrgott, Klara«, mahnt der Priester. »Du hast dich scho bei deiner Totenmesse ned zu gebaren gewusst.«

Heimberger trägt die vollzogene Trauung in sein Kirchenbuch ein. Da stehen sie nun traut nebeneinander, ihre wahren Namen, auf ewig festgehalten.

Als sie vor das Kirchtor treten, steht im Nieselregen eine schmächtige Gestalt. Ein Handwerkerweib, blutjung. Sie wirkt verloren, als ginge sie nicht oft allein aus dem Haus. Sie starrt befangen auf den Boden und muss ihren ganzen Mut zusammennehmen, um aufzublicken und Blickkontakt zu suchen. Sie will etwas.

Jakob erkennt sie. Er schreitet mit Braut am Arm forsch auf die junge Frau zu. »Ruth, was machst du hier?«, fragt er.

»Gesell Jakob – als Ihr bei uns wart, da hab ich sogleich gewusst, wovon Ihr sprecht. Freilich hab ich nach der Hochzeit des Ringlein in den Sachen Eurer Mutter gefunden. Ich hab's sogleich verborgen, denn sonst hätt es mei Eheherr längst verscherbelt. Er ... er weiß einfach ned zu haushalten«, stammelt die junge Frau scheu.

Großer Gott.

Klara begreift: Das arme Geschöpf ist Burckhardts neues Weib. Hier steht Klara, frisch einem jungen, schmucken Eheliebsten angetraut, und blickt in das verängstigte, gepeinigte Gesicht von Burckhardts Weib, an deren Stelle eigentlich sie gehört. Scheckige Gefühle stürmen auf Klara ein, Mitleid, Entsetzen, Schuld und Erleichterung – und das dringende Bedürfnis, der Elenden irgendwie zu helfen.

»Hier!«, sagt Ruth und streckt ihnen mit hektischer Geste einen kleinen Beutel entgegen. Jakob nimmt ihn. Auch in seinem Mienenspiel braust es.

»Kützelin«, grüßt verwundert Heimberger, der inzwischen drinnen die Kerzen gelöscht hat und aus der Kirche kommt. »Was führt Euch herwider, gute Frau?«

»In unserem Haus lag noch a Erbstück der Frau Martha, Gott hab sie selig. Ich überbring es nur. Ich bitt Euch, sagt meinem Eheherrn nichts davon, Hochwürden«, stottert Ruth.

Heimberger nimmt die Kützelin kurzerhand mit ins Pfarrhaus.

»Wie geht's meinen Brüdern?«, will Jakob wissen, nachdem sie das Schlückchen Mensch an Heimbergers Tisch gesetzt haben.

»Wohl ergeht es ihnen. Ich müh mich redlich, dass sie gut gedeihen. Ich hab sie recht von Herzen lieb«, sagt sie haspelig, als wäre sie im peinlichen Verhör.

»Und bald kommt des erste eigene Kindlein hinzu«, sagt Klara mit Blick auf den hochschwangeren Leib.

Es schüttelt sie geradezu bei dem allzu bildhaften Gedanken, wie diese Schwangerschaft zwischen dem schmerbäuchigen Hünen und dem zarten Mädchen zustande gekommen ist.

»Ich hoff auf a Mägdlein«, lächelt Ruth fast. »Der Buben sind es ja scho genug.«

Klara erinnert sich an den Tumult, den die zügellosen Kützelbuben damals bei ihrem kurzen Besuch in der Laurerwerkstatt angerichtet haben. Und diese Plagegeister sind der einzige Lichtblick in Ruths erbärmlichem Dasein.

»Du sagtest, Burckhardt weiß ned zu haushalten«, sagt Jakob ernst.

»Nein, nein! Ich will nichts Ungutes über meinen Eheherrn sagen. Des is mir nur so rausgerutscht«, wehrt Ruth erschrocken ab.

Mein Gott, sie hat so furchtbare Angst vor ihm.

»Ruth – ich weiß so gut wie du, wie übel der Mann wirtschaftet«, beschwichtigt sie Jakob. »Der vertrinkt und verbadet jeden Heller, der ihm zwischen die Finger kommt.«

Und mit ›verbadet‹ meint Jakob nicht etwa den Körperpflegebetrieb tagsüber, sondern das, was im Badhaus des Nachts geschieht. Burckhardts verzagtes Eheweiblein wirkt so unbedarft, dass sie Jakobs Andeutung womöglich gar nicht versteht.

»Ich frag ja nur, ob du genug Geld zum Haushalten hast. Für dich und die Kinder.«

Ihr Blick verneint, doch ihre Lippen zittern so, dass nichts Verständliches herauskommt.

Jakob richtet sich auf und blickt Klara an. Er nimmt sie beiseite: »Klara, mich dünkt, wir haben unseren ersten Entschluss als Eheleut zu treffen.«

»Gib ihr alles, was wir ned für die Heimreise brauchen«, sagt Klara, ohne überhaupt Jakobs Frage abzuwarten. Leider bleiben ihnen nur noch sechs Gulden und ein paar Kreuzer, nach all den Ausgaben zur Rettung des Dürerhans und weil sie seither keine einträglichen Gaunereien mehr verübt haben.

Egal.

Die Entdeckung, dass Klara ein anderes Mädchen ins Unglück gestürzt hat, indem sie sich aus der Ehe mit Burckhardt freischwindelte, wiegt schwer im *dare* ihres Seelenkontos. Das lässt sich zumindest etwas mildern, wenn sie nun alles in ihrer Macht Stehende für Ruth und die Kinder tun.

»Ja, so machen wir es. Des sollt ihr a Zeitlang reichen«, bestätigt Jakob, der ebenso wenig zögert.

»Und wenn des Geld aus is, helfen wir ihr aus der Ferne. Die arme Ruth trägt *mei* Kreuz«, fügt Klara hinzu.

Jakob holt seine Geldkatze aus der Truhe und zählt Ruth sechs Gulden auf den Tisch. Ihre matten Augen weiten sich, sie hebt abwehrend die Hände.

»Horch zu, Ruth. Bei dir zu Haus im Keller, ganz hinten in der Vorratskammer, hinter den Krautfässern im Eck, is a lose Bodendiele. Darunter is a Höhlung. Da hat mei Mutter immer verwahrt, was ned für Burckhardts Augen bestimmt war. Dahinein legst des Geld und nimmst dir davon, wann immer es vonnöten is.«

Mit zittrigen Fingern nimmt Ruth das Geld an. Mit der anderen Hand streicht sie sich über den schwangeren Bauch. Das Bedürfnis, für das Wohl der Kinder zu sorgen, siegt über ihre Furcht.

»Wie kann ich Euch des nur danken?«, piepst sie.

»Was gibt's da zu danken? Du hast uns den Ring bracht. Den hättest ja einfach für dich behalten können.«

Als sie Ruth verabschieden, fällt Jakob an der Tür doch noch etwas ein, womit Ruth sich ihnen erkenntlich zeigen könnte: »Wart – ich hätt sogar a Anliegen! Wer soll denn am morgigen Tag den Harnisch auf die Plassenburg bringen?«

»Der Gesell Harald.«

»Mach dem Harald weis, der Gefolgsmann des Ritters von Seckendorff hätt den Harnisch bereits abgeholt. Ich komm im Morgengrauen zu dir und du gibst *mir* den Harnisch. Keine Bange, ich bring ihn auf die Plassenburg, wie verheißen. Es wird weder dir noch Harald Ungemach bereiten.«

Nachdem Ruth fort ist und Jakob seiner frisch angetrauten Frau den unverhofft wiedererlangten Ring angesteckt hat, meldet sich Pfarrer Heimberger zu Wort, der alles schweigend mitverfolgt hat: »Des is a schwierige Sach, des mit deinem Stiefvater.«

»Ich will gar ned wissen, was Ihr im Beichtstuhl von der armen Ruth alles zu Ohren bekommt«, merkt Jakob bitter an.

»Des brauchst auch ned zu wissen, denn die Beichte is nur für Gottes Ohren bestimmt.«

»Redet Ihr denn meinem Stiefvater ins Gewissen, wenn der zur Beichte kommt?«, will Jakob wissen.

»Er kommt ned oft. Und wenn, dann fällt mei Red auf taube Ohren«, bedauert Heimberger.

»Könnt Ihr ihm ned des Fürchten lehren? Ihm in allen feurigen Farben die Höllenqualen ausmalen?«

Heimberger muss schmunzeln: »Is doch ganz gut, dass du kei Mönch worden bist.« Dann fügt er ernster hinzu: »Der Selbstgerechte fürchtet die Hölle doch ned.«

Jakob seufzt: »Bitte habt mir a Aug auf die Ruth und meine Brüder. Und Hochwürden, wenn wir Euch künftig zuweilen Geld für Ruth schicken, steckt Ihr es ihr dann im Beichtstuhl zu?«

Heimberger nickt. Es war für ihn eine heikle Entscheidung gewesen, diese beiden Schelme zu verheiraten.

Aber, sagt sein warmer Blick, es war wohl die richtige.

Plassenburg

»AMBROSIUS«, SPÖTTELT Klara, die mit überzogener Heiterkeit ihre Nervosität zu bändigen versucht.

»Des hätt ich dir wohl vor der Hochzeit offenbaren müssen«, witzelt Jakob über seinen zweiten Rufnamen, der Klara so belustigt.

Als sie am Tor anlangen, merkt Jakob, dass Klara steif wird.

»Noch können wir den Harnisch einfach am Burgtor abgeben und umkehren«, bietet Jakob an.

»Nein. Wir gehen an, was wir uns fürgenommen haben«, erwidert Klara fest.

Also zieht Jakob an der Glockenschnur. Dem Torwart erklärt er: »Seid gegrüßt! Mich schickt der Plattner Kützel mit einem Harnisch für den Ritter von Seckendorff.«

Sie werden eingelassen. Es ist noch sehr früh am Morgen, daher sind auf dem Burghof nur ein paar vereinzelte Knechte zugange.

»Sieh an – der Sohn des Schmieds und sei Schwesterlein«, wird Jakob sofort erkannt. Der inzwischen vom Kaiser geächtete Ritter von Geislingen mit seinem ausgezeichneten Personengedächtnis schlendert gelassen auf sie zu, als wäre ihre letzte Begegnung kein ganzes Jahr her und der Anlass kein mörderischer Überfall gewesen.

»Wart ihr ned auf dem Weg in die Ferne? Seid ihr doch wieder in Kulmbach gelandet?«

»Mit Vergunst, Herr – in jener Nacht in Pottenstein, wo wir des letzte Mal die Ehre hatten, is uns die Wanderlust vergangen«, sagt Jakob freimütig.

Von Geislingen lacht: »Ganz recht. Handwerkervolk hält sich am besten abseits der Handelsstraßen und heraus aus der Fehde zwischen Pfeffersäcken und Ritterschaft. Du bringst wohl den Harnisch für den Ritter von Seckendorff? Der war scho ganz grantig, als Peter vorgestern mit leeren Händen von der Schmiede zurückkam.«

Von Geislingen zeigt ihnen, wo sie ihre Pferde anbinden können, und erkennt auch die: »Des waren doch ned eure Pferde? Ihr hattet nur einen alten Klappergaul.«

Vorsicht vor dem Ritter von Geislingen.
So verkümmert sein Edelsinn, so scharf sein Verstand und Erinnerungsvermögen.

»Wir haben den Gasthof in jener Nacht Hals über Kopf verlassen. A paar Meilen weiter sind uns im Finstern die Pferde herrenlos über den Weg gelaufen, gezäumt und gesattelt. Also haben wir sie uns zu eigen gemacht«, erklärt Jakob.

Geislingen kann das gut nachvollziehen. Er führt Jakob und Klara in einen Flügel der Burg, klopft resch an eine Tür. Unwirsches Gebrummel von der anderen Seite. Freilich ist der Ritter von Seckendorff kein Frühaufsteher. Klara ist inzwischen kreidebleich.

»Dei Harnisch is da, Sebastian!«, meldet der Ritter von Geislingen.

Es regt sich etwas hinter der Kammertür. Sie geht auf und da steht der leibhaftige Mörder der Schallerknaben, der ohne Dreck, Blut und Eisen, sondern in Schlafhaube und Nachtgewand gar nicht so fürchterlich wirkt. Sein wohl im Schlaf verdrücktes Zwirbelbärtchen steht schief von seinem Kinn ab. Der lachhafte Anblick lindert Klaras Beklommenheit etwas.

Seckendorff blickt die beiden an: »Dich kenn ich doch?«

Während der Ritter von Geislingen Jakob erkannt hat, erinnert sich Seckendorff nur an Klara.

»Ei der Daus, des geschieht ned alle Tag, dass schweres Eisen von einem lieblichen Jungfräulein gebracht wird«, sagt er anzüglich. Zu dumm, dass sich Klara den Plackern gegenüber weiterhin als Jakobs jungfräuliche Schwester ausgeben muss. Viel wohler wäre Jakob, sie stünde vor diesem Lüstling unter dem Schutz ihrer frisch erworbenen Ehefrauenhaube.

»Tretet nur ein«, sagt der Placker, watschelt breitbeinig in seine Kammer zurück und winkt sie mit einem trägen Finger herein. Jakob muss ihm nun unmittelbar über den Schlafrock den Harnisch anlegen. Wider Erwarten stellt er fest, dass sein Stiefvater vor lauter Ehrfurcht doch ein recht ordentliches Stück zuwege gebracht hat.

»Is die Platte recht so, Herr?«

Von Seckendorff dreht und wendet sich umständlich vor einem Spiegel.

»Sitzt! Kannst deinem Vater bestellen, er is noch amol mit Glimpf davonkommen.«

Zeit, ihr waghalsiges Vorhaben in Angriff zu nehmen. Jakob atmet tief durch und legt los: »Dem Pfaffenfurz bestell ich gar nichts! Überdies is er bloß mei *Stiefvater*«, sagt Jakob trotzig.

Seckendorff hebt eine belustigte, neugierige Augenbraue: »Oha, herrscht da etwa böses Blut in der Schmiede?«

»Ich hab die Nas endgültig voll von ihm. Ich such mir a Anstellung anderswo. Bin ohnhin viel zu tüchtig für den alten Wachtelbeißer. Ich beherrsch des Großschmieden besser als er und versteh mich noch dazu aufs Kleinschmieden. Ich hätt Euch den Harnisch viel besser gemacht. Viel leichter, viel genehmer zu tragen.«

»*Leichter* würdest du den Harnisch machen?«, fragt Seckendorff interessiert.

»Ja, Herr. Lasst Euch ned für dumm verkaufen von all den Plattnern, die Euch einreden, Eure Rüstungen müssten immer schwerer und dicker werden, um den Feuerbüchsen und Feldschlangen standzuhalten. Die wollen Euch nur mehr Eisen verkaufen. Doch an Euch – an die Ritterschaft, die Ihr diese Ungetüme tragen und ja auch bezahlen müsst – denkt keiner!«

Seckendorff nickt eifrig, der Knabe spricht ihm aus der Seele.

»Seht ...«, sagt Jakob und beginnt, dem Ritter all die Stellen an seinem neuen Harnisch zu zeigen, die er viel dünner und leichter schmieden würde.

»Und Kleinschmied bist obendrein?«, unterbricht Seckendorff, dessen Aufmerksamkeitsspanne für Jakobs handwerkliche Fachsimpelei ohnehin nicht reicht.

»Bin ich, Herr. Gelernter Schlosser!«

»Es wär dir also auch a Leichtes, die Schlösser von Kaufmannstruhen zu öffnen ...«

»A Kinderspiel für mich, Euer Wohlgeboren.«

»Und du sagst, du willst fort von deinem Stiefvater und suchst a Anstellung?«

»Baldigst, Herr.«

»Wie wär's mit ... sogleich?«

Ha!

»Ich würd dich in meinen Dienst nehmen. Mir wär durchaus daran gelegen, stets einen Schmied und einen Schlosser zur Hand zu haben.«

»Nur allzu gern würd ich mich Euch verdingen, Herr, jedoch will ich mei Schwesterlein ned bei unserem jähzornigen Stiefvater zurücklassen.«

»Des Jungferl kann doch gewiss kochen und haushalten?«, fragt der Ritter von Seckendorff mit einem vieldeutigen Grinsen in Richtung Klara.

»Gewiss, Euer Wohlgeboren«, sagt Klara so dünnlippig, dass Jakob sich fragt, ob ihre Schauspielgabe sie bei Seckendorff vielleicht im Stich lassen wird.

»So nehm ich euch beide in meinen Dienst«, beschließt der Ritter.

Vollbracht.

Warum fühlt sich Erfolg so mulmig an?

Verschwörung

Weil Dürer glaubt, die Schallerbrüder reisen bis nach Leipzig, erwartet er sie frühestens in sechs Wochen zurück. Jakob und Klara können also in aller Ruhe auskundschaften, was ihr neuer Brotherr so im Schilde führt und wann er sich wo aufhält.

Franken ist ein vertrackter, bunt gescheckter Flickenteppich aus markgräflichen, Bamberger und Nürnberger Gebieten. Wenn es Jakob und Klara gelingt, Nürnberger Stadtknechte auf die Fährte des Geächteten zu führen, während er sich gerade über Nürnberger Boden bewegt, könnte Nürnberg ihn fassen. Und dann müsste der Verbrecher endlich büßen! Eigentlich wollte Klara während ihrer Flitterwochen schöne Landschaften und Kunstschätze sehen und nicht Seckendorffs widerliches knebelbärtiges Gesicht. Doch mit dieser ungewöhnlichen Hochzeitsreise kann sie sich durchaus anfreunden, denn was wäre ein schöneres Brautgeschenk als Gerechtigkeit für die Schallerbrüder?

Nun stehen sie also im Dienst des Mörders. Seckendorffs Knecht Peter führt Jakob in die Schmiede der Plassenburg. Klara wird in die Burgküche geschickt. Dort geht es zu wie in einem Taubenschlag. Pasteten werden mit Teigmustern verziert, nicht weniger als drei Fasane gesotten, Muskatnuss in Suppen gerieben, Saffran in Tunken gerührt. Klaras Erscheinen wird vom Burgkoch begrüßt: »Noch a Paar Hände, wie trefflich! Spätestens Mittag soll der Markgraf eintreffen.«

Klara kann zwar kochen, aber nicht besonders gut, und erst recht nicht zur Zufriedenheit hochwohlgeborener Gaumen! Aber der Koch führt seinen Löffel wie ein Zepter und lässt Klara ohnehin nur an Hilfsaufgaben: Zinnteller spülen, Kupferbecher auftragen, Messingschalen abtragen. Klara versucht, aus den Gesprächen des Küchengesindes herauszuhören, was es mit der bevorstehenden Zusammenkunft auf sich hat.

»Ihr wisst, was uns heut blüht!«, tönt eine Magd.

»Was denn?«, fragt Klara neugierig. Doch leider beredet das Gesinde keine ritterlichen oder markgräfischen Belange, sondern nur Gewäsch: »Vollmond is! Und wolkenlos. A Nacht wie geschaffen für die Weiße Frau!«

Die Schauergeschichte der Kunigunde von Orlamünde kennt Klara seit frühester Kindheit. Die Weiße Frau soll hier auf der Plassenburg umgehen, weil sie ihre eigenen Kinder ermordet hat, um sie einer Liebschaft mit einem Nürnberger Burggrafensohn aus dem Weg zu räumen. Aus Reue gründete sie das Kloster Himmelthron bei Nürnberg. Doch das reichte offenbar nicht aus, um ihre schwarze Seele zu erlösen, denn sie bespukt gleich mehrere Stätten, neben der Plassenburg auch ihr Kloster Himmelthron und wohl noch andere Orte.

Klara seufzt. Gespenstergeschichten interessieren sie im Moment ganz und gar nicht. Sie späht aus einem Fenster in den Burghof. Wenn das Gesinde schon nichts erzählt, kann sie ja vielleicht selbst auspähen, was hier vor sich geht. Unten wimmelt es nur so vor Reitern und Gefolgsleuten. Die ganze fränkische Heckenreiterschaft scheint sich auf der Plassenburg zu versammeln. Was die alle hier wollen? Klara weiß nur, dass der Markgraf Friedrich der Stadt Nürnberg spinnefeind, der Ritterschaft hingegen gewogen ist. Klara erkennt weitere Ritter vom Pottensteiner Überfall wieder. Wie hieß der noch? Von Absberg, oder? Er begrüßt einen Standesgenossen mit einer eisernen Hand. Götz von Berlichingen, kein Zweifel! Nur der Seidenschwanz da drüben, der hat sich wohl in der Kleidertruhe vergriffen. Alle erscheinen in Eisen und er kommt in Pelz und Samt daher wie ein Pfeffersack! Als er sich umdreht, bleibt Klara fast das Herz stehen.

    Es ist Anton Tetzel.

Sie haben sich in die Höhle des Löwen gewagt, um den Ritter von Seckendorff auszukundschaften. Aber dass sie in solche Abgründe stolpern ... Nürnbergs Zweiter Losunger mitten unter dem Raubadel! Als Gast des Erzfeinds von Nürnberg, des Markgrafen von Ansbach und Kulmbach.

Das heißt erstens: Klara muss unbedingt mithören, was er hier will. Und zweitens darf er sie dabei nicht sehen, denn Klara ist ihm schon zweimal begegnet, einmal als falsche Magd der Ebner in seinem eigenen Hause und einmal als blutverschmiertes Dürerknechtlein bei Kress.

Klara soll beim Auftafeln helfen. Das Gesinde betritt den holzgetäfelten Saal durch eine mit Wandteppich verhangene Hintertür, damit es mit seinem Hin und Her nicht die Wärme aus dem Saal trägt. Die hohen Gäste sitzen an einer hufeisenförmigen Tafel. In der Mitte thront Markgraf Friedrich. Klara schwirren die wenig schmeichelhaften Beschreibungen der Nürnberger durch den Kopf: Er sei prunksüchtig, ausschweifend, jähzornig bis zum Wahnsinn, ein schlechter Verwalter seiner vielen Ländereien. Zu seiner Linken sitzt Götz von Berlichingen. Zu seiner Rechten, wie ein Ehrengast, Anton Tetzel.

»Auf, Mägdlein!«, sagt jemand, Klara in die Rippen boxend. Ach ja, sie soll ja Wein ausschenken.

»Du schenkst der rechten Seite der Tafel ein«, fordert der Schankknecht sie auf. »Da, beim Ritter Schott von Schottenstein fängst an«, deutet der Schankknecht auf einen derb wirkenden Mann.

»Des is Kunz Schott?«, vergewissert sich Klara.

Der Handabhacker.

Wenn jedoch Klara, wie geheißen, nun die rechte Seite der Tafel bedient, muss sie vor Tetzels Augen auf- und ablaufen. Widmet sie sich dem Mittelteil, bleibt sie in seinem Rücken und kann auch besser hören, was der Markgraf und Tetzel so reden. Klara geht also los, bedient den mittleren Abschnitt der Tafel und wirft den obersten Schankknecht damit aus seiner ausgeklügelten Servierabfolge. Er muss einen tölpischen Haken schlagen, um die übergangene rechte Flanke zu übernehmen. Er sendet Klara einen verärgerten Blick, der noch finsterer wird, als Klara sich auch noch von der falschen Seite über Geislingens Schulter lehnt.

»Von rechts wird kredenzt, Schmiedstöchterlein«, raunt ihr der Ritter von Geislingen mit einem feinen Lächeln ins Ohr. Der nächste an der Reihe ist Götz von Berlichingen, bei dem Klara es nun richtig machen will. Sie lehnt sich über seine rechte Schulter und ... da steht kein Becher! Götz hat ihn auf die andere Seite geschoben, damit er seinen Trunk mit der Hand greifen kann, die noch aus Fleisch und Blut ist. Geislingen schmunzelt: »Aller Anfang is schwer, Kleine.«

Ach, halt doch das Maul, Placker.

Geislingens leutselige, gepflegte Umgangsformen widerstreben Klara fast noch mehr als Seckendorffs ungehobelte Art. Außerdem zieht der Ritter unnötige Aufmerksamkeit auf Klara. Götz von Berlichingen bekommt nämlich das Ungeschick der Schankmagd mit und schiebt mit herablassender Geste seinen Becher nach rechts. Während Klara einschenkt, ruht seine eiserne Hand ... auf Klaras Hinterteil! Eilig windet sie sich von ihm weg. Nun ist der Markgraf an der Reihe. Sie bedient ihn ohne Zwischenfälle und ohne von ihm wahrgenommen zu werden. Auch Tetzel würdigt die Schankmagd keines Blickes. Sie hört leider nur Gesprächsfetzen, weil die Ritter so ausgelassen lärmen.

Als sie den Saal wieder verlässt, lauert ihr im Flur schon der Schankknecht auf: »Klara, bist du des Wahnsinns? Ich sagte dir doch, du sollst die rechte Seite der Tafel nehmen! Der Kopfseite wart allein ich auf! Und der Markgraf wird immer *zuerst* bedient! Zum Glück is er ganz in sei Zwiesprach vertieft. Weißt du denn ned, wo rechts is? Am besten lass ich dich gar nimmer auf die Herrschaft los. Du trägst die Platten mit den Speisen von der Küche bis zur Saaltür und übergibst sie da einer geübten Schankmagd.«

Klara nickt kleinlaut. Sie geht in die Küche, bekommt ein großes, mit erlesenen Speisen überladenes Brett in die Hände gedrückt und wackelt damit tapsig zur Gesindetür, wo es ihr eine Magd flink entreißt, als hätte es kaum Gewicht. Klara bleibt hinter dem Wandteppich stehen und lauscht, während andere Mägde und Knechte geschäftig an ihr vorbeischrammen.

Der Markgraf verschafft sich Gehör und spricht die versammelte Runde an. Das ist gut, denn nun wird es still im Saal und Klara kann ihn verstehen. Er begrüßt herzlich seine Ritterschaft und seinen ›guten Freund‹ Anton Tetzel, dankt ihm dafür, die Reise nach Kulmbach auf sich genommen zu haben: »Wie ich seh, habt Ihr den gefährlichen Weg herwider ja unbehelligt überstanden.«

Das Lachen im Saal ist so schmutzig, dass Klara das Blut zu brodeln beginnt. Für die Placker ist all das Leid und all der Schrecken ihrer Raubfehden nur ein Spiel.

»Was stehst so faul herum? Auf, weiter!« Der Schankknecht verliert langsam wirklich die Geduld mit Klara.

Sie hastet zurück in die Küche und bringt das nächste Brett. Schon auf halbem Weg durch den dunklen Flur hört sie im Saal den Namen Pirckheimer fallen. Was die Heckenreiter mit Tetzel und dem Markgrafen über Pirckheimer zu reden haben, will sie unbedingt mithören. Sie hastet schneller, Weintrauben kullern vom Brett. Als sie an der Gesindetür des

Rittersaals ankommt, führt Kunz Schott gerade das Wort. Klara bleibt wie versteinert stehen und lauscht übelsten Schmähreden auf Willibald Pirckheimer.

Die Schankmagd zieht an dem Brett, das Klara immer noch selbstvergessen klammert. »So gib doch her! Und träum ned! Trag lieber die schmutzigen Teller ab.«

»Der Schankknecht hat gesagt, ich soll mich hier hinten halten.«

»Unsinn, kei Saumsal, jetz kommt doch gleich des Wild! Trag ab!«

»Wieder beim Markgrafen zuerst?«, vergewissert sich Klara.

»Ja, bei wem denn sonst!«, hisst die Magd und drängt sich kopfschüttelnd an Klara vorbei hinter den Wandteppich.

Während Klara befangen an die Tafel tritt, gerät Kunz Schott so richtig in Fahrt: »Der Hurensohn Pirckheimer soll's ja mit Männlein und Weiblein bunt durcheinander treiben!«

Derbes Gelächter. Klara greift über die Schulter des Markgrafen nach seinem Teller.

»Wen nimmt's Wunder!«, kommentiert Tetzel. »Er is ja nur von Weiberköpfen umgeben. Weit und breit nur Schwestern und Töchter. Der einzige Sohn ist ihm samt Weib im Wochenbett gestorben – doch nimmt er sich a neues Weib, wie es a verständiger Mann tät, um sei Geschlecht vor dem Erlöschen zu bewahren? Nein! Er denkt gar ned daran.«

»Wozu braucht der Schmerbauch auch a Weib – er hat doch sei weibisches Malerlein!«, kräht Kunz Schott. Klara zuckt. Der Zinnteller klirrt und klappert aus ihren fickrigen Fingern. Der Schankknecht, der sieht, dass Klara sich schon wieder ungeschickt anstellt, tötet sie mit seinem Blick. Tetzel indessen sonnt sich im dreckigen Gelächter der Heckenreiter.

»Zur Sache, zur Sache, liebe Freunde!«, ermahnt lachend Markgraf Friedrich. »Wir haben doch wichtigere Belange zu bereden als die Abarten des Willibald Pirckheimer.«

Klara bringen nun keine zehn Pferde mehr vom Wandteppich weg. Während die anderen Mägde und Knechte sich weiter emsig an ihr vorbeiboxen, verfolgt sie zorngebannt das Geschehen im Saal.

»Wie Ihr ja alle wisst, hat mich der Kaiser gebeten ...«, hebt Markgraf Friedrich an und wird sofort von Zwischenrufen unterbrochen: »Gedrängt!« ... »Genötigt!« ... »Gezwungen!«

Gelächter.

»... *gebeten*, in der Causa Geislingen a Schlichtung herbeizuführen. Die Nürnberger haben sich lang geziert und gewunden wie Aale, doch nun haben sie endlich eingewilligt, nach Ansbach zu kommen. Götz hat ihnen freies Geleit zugesichert.«

Götz von Berlichingen nickt grinsend: »Damit sich die armen Pfeffersäck nicht in die Hosen scheißen müssen auf der schauerlichen Straß.«

»Wiewohl haben die Nürnberger gewarnt, falls die Waffenruh gebrochen wird, dann sind sie wieder gekränkt und nicht mehr willens, an der Schlichtung teilzuhaben«, höhnt Friedrich weiter.

»Ooooh«, machen die versammelten Ritter hämisch.

»Thomas«, spricht der Markgraf nun den Ritter von Absberg an, »hat Euch Euer Vater ned beim Bischof vom Bamberg in den Dienst gegeben?«

»Des hat er wohl, Durchlaucht.«

»Es wär also ned ungewöhnlich, wenn Ihr im Bamberger Land mit einer bischöflichen Gesellschaft auf Jagd wärt?«

»Gar ned ungewöhnlich«, freut sich Thomas von Absberg.

»Und wenn Euch da ... allzu arglose Nürnberger Reisende vor die Füße liefen ...«, deutet der Markgraf an.

»Dann wär's nur recht und billig, *nach dem Rechten* zu sehen«, bestätigt Thomas von Absberg.

»Tetzel?«, sagt nun der Ritter von Geislingen auffordernd. »Weilt ned Euer Sohn gegenwärtig in Bamberg?«

»Ganz recht, als Gast auf einer Hochzeit. Übermorgen wollen er und seine Reisegefährten zu meinem Landgut in Steinach reisen«, bestätigt Tetzel.

»Oh weh – und von dort müssen die Herrlein ja durch's finstere Gehölz«, freut sich Götz von Berlichingen.

Klara wird immer wieder vom anderen Gesinde angerempelt, doch sie bleibt wie angewurzelt stehen. Verlangt der Markgraf da gerade von Tetzel, seinen eigenen Sohn willentlich verschleppen zu lassen?

»Die Nürnberger Abordnung würde auf dem Weg nach Ansbach erfahren, dass die Waffenruh gebrochen is und dass eines ihrer hochgeschätzten Herrlein verschleppt wurde. Dann gingen sie schon halb blind vor Wut und Streitsucht in die Versammlung. Und wenn ich dann den Abgesandten meinen Einigungsvorschlag unterbreite ...«, spinnt der Markgraf von Ansbach, den der Kaiser aus unerfindlichen Gründen für einen geeigneten Schiedsmann in dieser Fehde hält, seine Ränke weiter. Klara gehen fast die Ohren über.

»Pirckheimer, der Hitzkopf, wird schier aus seiner feisten Haut fahren«, weissagt Tetzel und hat mit dieser Einschätzung völlig recht. Klara sieht geradezu vor sich, wie Pirckheimer in einer solchen Situation vor Wut in die Luft ginge.

»Meinen Bruder nicht vergessen, Durchlaucht!«, ruft der Ritter von Geislingen dazwischen. Um ihn und seinen Bruder scheint sich die ganze Sache ja zu drehen. Schon als er vor einem Jahr den Kaufmannszug in Pottenstein überfiel, verlangte er Vergeltung für seinen von den Nürnbergern getöteten Bruder.

»Den vergess ich mitnichten. Viertausend Gulden für Eure Schäden, zweitausend Gulden Abtrag für die Tötung Eures Bruders. Sorgt dafür, dass sich Eure Abgesandten in Ansbach guten Willens und meinem Vorschlag geneigt geben«, fährt der Markgraf fort. »Auf Pirckheimers Jähzorn ist Verlass. Er wird blindwütig aus dem Schlichtungssaal stürmen und wir können dem Kaiser berichten, wie stur und trotzig die Nürnberger sich einer gütlichen Einigung verweigert haben.«

Die Versammelten klatschen Zustimmung. Tetzel meldet sich noch einmal zu Wort. Diesmal straucheln seine Worte mit einem Anflug von Besorgnis: »Und wie bekomm ich ... also, wann kehrt mei Sohn dann wieder heim?«

»Sowie Ihr des Lösegeld gezahlt habt! Euch müsste der Hergang einer Schatzung doch nunmehr geläufig sein«, spottet Kunz Schott, dessen Grausamkeit täglich im Nürnberger Rathaus an Wilhelm Derrers hölzerner Hand ersichtlich ist.

»*Unversehrt*«, verlangt Tetzel. Klara hört seiner Stimme an, dass ihm der Handel, auf den er sich da eingelassen hat, doch nicht ganz geheuer ist.

»Ach, Herr Tetzel, ich bin doch kein Handabhacker wie der Kunz«, erwidert Thomas von Absberg im Plauderton.

»Was nicht is, kann ja noch werden«, sagt Kunz ebenso lässig.

»*Unversehrt* bekommt er seinen Sohn wieder«, bescheidet der Markgraf und die Strauchritter stellen ihr grausames Geplänkel ein.

»Seid unbesorgt, Tetzel«, sagt Thomas vom Absberg gönnerhaft. »Ganz im Gegenteil, in Saus und Braus soll Euer Spross seine Gefangenschaft verleben. Man hört ja viel über seinen Hang zu Trunk und Tanz. Den will ich gern befriedigen.«

»Und mei Gewinn aus unserem Handel?«, fordert Tetzel nun ein.

»Klara!«, zischt der Schankknecht, seine Fingernägel in Klaras Oberarm grabend. »Die Käsplatte! Was bist du nur für a nichtsnutzige Magd!«

Klara bleibt nichts anderes übrig, als sich im Klammergriff des Schankknechts wieder in Richtung Küche schubsen zu lassen. Sie sputet sich sehr, doch vergebens. Bis sie mit der Platte wieder im Saal anlangt, haben die Verschwörer die Gegenleistung für den Verräter Tetzel bereits vereinbart und heben die Becher, um ihr Komplott zu besiegeln. Als das Gelage endlich zu Ende ist, eilt Klara mit fliegenden Röcken durch den Hof in die Burgschmiede. Kaum hat sie fieberhaft ihrem Ehegenossen ihre Erlebnisse geschildert, kommt der Ritter von Seckendorff mit drei Spießgesellen in die Schmiede. Einen davon erkennt Klara: Das war der Knecht, der in Pottenstein damals Eleonore und Sigismund losgemacht und vom Gasthof vertrieben hat, um den Mord an den Schallerbrüdern zu vertuschen.

»Den Peter kennt ihr noch?«, bestätigt Seckendorff ihre Vermutung. An Peters Grinsen lässt sich ablesen, dass auch er sich an Klara erinnert.

»Des hier is Ansel, und des is Otto, wie auch ihr ganz frisch in meinem Dienst. Männer, des is des Gesinde, des ich heut verdungen hab. Jakob is a Schmiedegesell, der auch des Schlosserhandwerks kundig is. Und sei Schwester Klara taugt hofflich zu mehr, als sie heut beim Gelage darboten hat!« Er lacht schmutzig und schlingt seinen Arm um Klaras Taille. »Ganz bitterlich hat sich der Schankknecht beim Markgrafen über dich beklagt. Wahrlich schämen musst ich mich für mei unanstelliges Gesinde.«

Ansel und Peter lachen scheppernd. Der neue Knecht Otto verhält sich noch eher abwartend.

»Verzeiht, Herr«, entschuldigt Klara ihr Ungeschick als Schankmagd, obwohl ihr eher der Sinn danach steht, dem Schnapphahn in den verzierten Hosenlatz zu treten. »Mir war so bange ob all der hohen Herren im Saal ...«

Seckendorff lacht: »Scho verziehen. Wegen deines Geschicks in der Küche hab ich dich ja auch ned verdungen«, sagt er zweideutig, was die beiden altgedienten Knechte wieder erheitert.

Als sie sich in ihre zugewiesene Gesindekammer zurückziehen dürfen, sagt Jakob mehlig: »Als dei Ehegenosse dürft ich ned einfach zusehen, wie der Stinkkübel sei dreckige Hand um dich legt.«

»Jakob, du *musst* aber einfach zusehen, wenn wir hier etwas ausrichten wollen«, sagt Klara nüchtern. Jakob seufzt schmerzlich.

»Du kannst mich anderweitig entschädigen für mei Unbill«, sagt sie, sanft einladend. Dazu lässt sich Jakob nicht zweimal auffordern. In ihrer Kammer können sie endlich ihre junge Ehe vollziehen, was im Pfarrhaus ja schlecht ging.

»Bleib in mir«, sagt sie in dem Moment, in dem sie Jakob üblicherweise von sich schiebt.

»Gewiss?«, ächzt Jakob.

»Wir sind doch nun Eheleut«, bekräftigt Klara.
»Eheleut hin oder her ... ooooh.«
Zu spät.
»Eheleut hin oder her – a Kindlein käm gegenwärtig recht ungelegen«, beendet er erschöpft seinen Satz.

Klara schläft in Jakobs Armen ein, doch kurz darauf wälzt sie sich schon wieder herum. Das Mondlicht scheint zu hell herein, die Verschwörung des Markgrafen ist zu unerhört, um ihr aus dem Kopf zu gehen. Die eisigen Schwaden, die durch die Nachtluft stoßen, der Vollmond, die Gerüche nach Herbstlaub und Herdfeuer, alles fühlt sich schaurig nach der unseligen Herbstnacht vor einem Jahr an. Die leblosen Gesichter von Lorenz und Adrian wogen immer wieder in Klaras Hirn.

Das mit dem Einschlafen wird nichts. Sie hat Durst, doch der Wasserkrug ist leer. Vielleicht macht ein Gang zum Brunnen sie ja müde. An der Kammertür fällt ihr ein, dass sie wohl besser nicht mit unbedecktem Kopf hinausgehen sollte, falls sie anderen Schlaflosen begegnet. Sie greift sich rasch ihr weißes Brauttuch, das zuoberst in der offenen Truhe liegt, wirft es sich über Kopf und Schultern und macht sich mit dem Krug auf den Weg. Sie hat kein Licht dabei, doch der Mond scheint hell genug durch das Fenster auf den Flur.

Da knarzt es. Klara erstarrt. Um die Ecke kommt eine dunkle Gestalt.
»Wer da?«, fragt die Gestalt.

Es ist der Ritter von Seckendorff. Klara gefriert das Blut. Wieder blitzt die Mordnacht in Pottenstein durch ihr Hirn.

»Wer da, frag ich?«, fröstelt Seckendorffs Stimme.

Klara weicht rücklings zurück, lautlos in ihren weichen Filzpantoffeln. War das ein leises Stöhnen der ... Angst?

Klaras Malerblick erfasst die Lichtverhältnisse. Das Fenster, durch das der Vollmond fällt, liegt hinter ihr. Klara wirkt auf den Ritter von Seckendorff also viel schemenhafter, als er ihr erscheint. Er sieht allenfalls eine Schattengestalt. Außerdem wirft der Mondlichtschaft hinter ihr bestimmt einen gespenstischen Schimmer um ihren Umriss.

Seckendorff weicht auch zurück, aber nicht still gleitend wie Klara, sondern stolpernd und strauchelnd. Nach einigen Schritten wirbelt er herum und rennt, so schnell ihn seine schlotterweichen Beine tragen. Seine Kammertür kracht ins Schloss und der Riegel schabt hastig.

»Was is?«, fragt der wach gewordene Jakob, als Klara aufgewühlt in die Kammer zurückkehrt.

»Ich glaub, ich hab grad dem Ritter von Seckendorff einen furchtbaren Schrecken eingejagt. Wir sind uns im finstern Gang begegnet. Er hat mich angerufen und ich hab mich ned antworten trauen. Da hat er mich offenbar für a Erscheinung gehalten.«

»Du nimmst dich aber auch wahrlich gespenstisch aus mit dem weißen Nachtgewand und Schleier. Warum hast den denn auf?«, hinterfragt Jakob ihre Aufmachung.

»Der lag halt obenauf in der Truhe. Ich wollt ned überall nach meinem Köpflein stöbern und dich wecken.«

»Er hat dich also für a Gespenst gehalten. Köstlich«, freut sich Jakob. »Des behagt mir nämlich gar ned, dass du ihm des Nachts allein begegnet bist. Entsinnst dich noch, wie er in Pottenstein sei Maul aufgespreizt hat?«

»*Ich wollt noch der feuerroten Jungfer mei Aufwartung machen*«, erinnert sich Klara nur zu genau.

◆

Am nächsten Morgen trägt das Gesinde dem bestens gelaunten Raubadel die Morgensuppe auf, als der Ritter von Seckendorff in den Speisesaal gewankt kommt, durchnächtigt und bleich, das Haar zerrauft, der Spitzbart ungezwirbelt und drahtig.

»Sie geht um! Die Weiße Frau geht hier um!«

»Wer?«, schlürft Götz von Berlichingen.

»Kunigunde von Orlamünde! Sie geht hier um. Des Burggesinde red doch von nichts anderem! Und nun hab auch ich sie des Nachts mit eigenen Augen geschaut. A schauerliche Nonnengestalt mit schneeweißem Schleier und Gewand!«

»Des war gewiss a Magd auf dem Weg zum Scheißhaus«, meint Götz.

»A Magd hätt mir doch Antwort geben, als ich sie anrief! Nein, die Gestalt war lautlos und neblig.«

Die anderen Ritter schmatzen und nippen schmunzelnd weiter.

»Euch wird des Lachen noch vergehen!«, schrillt Seckendorff unverstanden. »Knechte! Wir brechen auf! Wir ziehen weiter nach Thurnau!«

Er hastet wieder hinaus auf den Hof.

»Was war nun des?«, fragt gemütlich Kunz Schott.

»Der Kerl is schreckhaft und abergläubisch wie ein altes Weib«, erklärt der Ritter von Geislingen, der Seckendorff am besten kennt. »Ich wett, was immer er da erblickt hat, lässt sich auf natürliche Weis erklären. Nachtblindheit und Aberglaube sind fruchtbarer Boden für allerlei Teufelsgespinste. Darum besäuft er sich so gern – hilft dem Hosenscheißer beim Einschlafen.«

Draußen haben Seckendorffs Knechte bereits die Pferde fertig. Jakob schirrt Eleonore vor den Karren. Natürlich, als anständige Jungfer darf Klara nun nicht mehr selbst reiten, sondern muss auf dem Karren sitzen. Ihr Eheliebster glüht nur so vor arglistigen Geistesblitzen: »Nachtblindheit, Aberglaube und Trunksucht. Was für a treffliches Gemenge! Lass uns den Haderlump durch ganz Franken treiben!«

Nachtmaar

JAKOB GIBT SIGISMUND die Sporen und reitet ans Kopfende des überschaubaren Strauchrittertrosses.

»Herr, halten wir bald Rast?«

»Wir langen alsbald in Thurnau an, einer Rast bedarf es nimmer. Aber wenn dir scho von so einem kurzen Ritt der Arsch wund is ...«, gibt Seckendorff schroff zurück.

»Oh nein, Herr, mei Sattelfleisch is fest. Ich hab nur letzte Nacht kei Aug zutan, weil ... weil ...«

»Stotter ned«, sagt Seckendorff ungeduldig.

»Ihr werdet mich verlachen, Herr, aber mir is in der Nacht etwas ... erschienen«, gesteht Jakob.

Nun hat er die Aufmerksamkeit des Raubritters.

»Was erschienen?«, krächzt der geradezu.

»A ... Ihr werdet mich verlachen, Herr.«

»Raus damit!«

»A weißes Gespenst is auf der Plassenburg umgangen.«

Seckendorff lenkt sein Ross näher an Sigismund und sagt eindringlich: »Da gibt's nichts zu verlachen. Was du gesehen hast, Jakob, is die Weiße Frau. Die is auch mir erschienen letzte Nacht«, sagt er ernst.

»Wahrhaftig, Herr?«

»Meiner Seel – wenn sie sich gleich mehreren Menschenseelen zeigt hat, dann hab ich gut daran tan, ned länger auf der Plassenburg zu verweilen«, lobt er seine Entscheidung zur jähen Abreise.

»Darum sind wir so rasch aufbrochen? Da habt Ihr in wohlweiser Fürsicht gehandelt, Herr. Während die anderen einfältigen Ritter noch unbekümmert auf der Geisterburg verharren!«

»Auf meine Fürsicht kannst dich verlassen«, tröstet geschmeichelt Seckendorff seinen neuen Knecht. Jakob lässt sich wieder zurückfallen und berichtet zufrieden Klara.

»Und wem gehört des Schloss Thurnau?«, will Klara wissen. Jakobs Kenntnisse der komplexen fränkischen Herrschaftsverhältnisse reichen dafür leider nicht weit genug. Er weiß nicht einmal, ob sie schon auf Nürnberger oder noch auf markgräflichem Gebiet sind. Doch auf dem Schlosshof begrüßt ein Ritter von Förtsch Seckendorff so herzlich, dass sich die Frage selbst beantwortet.

Schade.

Abends hält der Gastgeber ein Gelage für den Gast und sein Gesinde. Als sich Klara und Jakob entschuldigen wollen, hält Seckendorff Klara am Schürzenzipfel fest.

»Leist uns noch Gesellschaft.«

»Mit Vergunst, ich geh lieber mit meinem Bruder, Herr. Auf dem Schlosshof wimmelt's nur so vor Fledermäusen, und davor graut mir«, lehnt Klara die unliebsame Einladung ab.

»Hast Angst vor a paar Fledermäus?«, lacht Seckendorff, ein wenig zu aufgekratzt.

Klara lehnt sich nah an sein Ohr und haucht fransig: »In *jener* Nacht in Pottenstein hat mir träumt, dass a Hundertschaft Fledermäus auf mich hernieder geflattert is und mir die Augen auskratzt hat. Und seither fürcht ich mich vor dem Gefleuch. Ich bitt Euch, Herr, lasst mich an meines Bruders Arm über den unheimlichen Hof gehen.«

Vortrefflich macht Klara das. Immer schön grausige Gedanken in Seckendorffs einfältigen Kopf flößen!

Gemütlich schlendern sie und Jakob Arm in Arm über den Hof, während die Fledermäuse über ihren Köpfen wirbeln.

Jakob überlegt, wie sie ihren neuen Herrn möglichst rasch weiterscheuchen, denn der Ritter von Förtsch ist der Stadt Nürnberg todfeind. Sie haben keinen Grund, sich länger in Thurnau aufzuhalten. Und damit sie schnell weiterziehen, muss der Ritter von Seckendorff das reizende Schloss Thurnau möglichst gruselig finden.

Jakob geht im Kopf das gesamte Inventar an Schauergeschichten und Irrglauben durch, das ihm von Kindheit an so eingetrichtert wurde. Gespenster und Fledermäuse haben sie ja bereits abgehakt. Was hat Jakob als Kind besonders geängstigt? Eine Nachtmaar! Verfilzt Mensch und Tier im Schlaf das Haar, dringt des Nachts als Strohhalm durch Schlüssellöcher und Ritzen in die Schlafkammer, wo sie ihrem Opfer bleischwer auf der Brust hockt, bis ihm der Atem wegbleibt. Mit so einem vielseitigen Dämon lässt sich so einiges anstellen.

Jakob macht sich auch gleich ans Werk, steuert Klara von ihrem Kurs zur Kammer ab in Richtung Stall.

»Was wollen wir hier?«, fragt Klara.

»Wir sind a Nachtmaar«, sagt Jakob eifrig. Er geht zu Seckendorffs prächtigem Ross und macht sich daran, ihm Strähne für Strähne die schöne, glänzend gebürstete Mähne zu verfilzen. Klara heißt den Einfall gut und widmet sich der Verunstaltung des Schweifs.

Am nächsten Tag kommen die Ritter voll Vorfreude auf ihren geplanten Jagdausflug in den Stall. Seckendorff steht fassungslos vor der Bescherung.

»Der hat sich wohl an der Stallwand gerieben. Hat er denn Läus?«, vermutet der Ritter von Förtsch.

»Mei Ross hat doch keine Läus!«, entrüstet sich Seckendorff. »In einer einzigen Nacht soll sich mei Ross des selber antan haben? Unmöglich!« Seckendorff zupft forschend an den dicht verstrickten Strähnen der Pferdemähne.

»Erscheint mir wie a Drudenzopf«, bemerkt Jakob.

Seckendorff sieht Jakob mit starren Augen an: »Red doch keinen Unsinn, Bursche.«

Seckendorff muss mit verfilztem Ross losreiten.

Weil die Jagd nur mäßig verläuft, begießen die beiden Ritter und ihr Gefolge am Abend verdrossen ihren Misserfolg. Klara sorgt dafür, dass vor allem der Becher ihres Herrn nie leer wird.

Als Seckendorff nachts tieftrunken schläft, gleitet Jakob mit einem Stück feuchte Seife in Seckendorffs Kammer. Vorsichtig lüpft er den Vorhang, um etwas Mondlicht hereinzulassen. Seckendorff regt sich nicht.

Gut, gut.

Jakob nimmt sich aus der Deckung des Kopfbretts heraus ein paar Strähnen von Seckendorffs Haupthaar vor, um es zu filzigen Schröteln zu verarbeiten. Da fällt sein Blick auf etwas, was seinen Schalk noch viel mehr reizt …

Mit jedem schlackernden Atemzug bewegt sich Seckendorffs Kinn mit dem Spitzbart auf und ab.

Zu verlockend.

Jakob kann nicht widerstehen. Ein Heckenreiter mit Wichtelbärtchen! Jakob reibt sich die Hände mit der Seife ein und macht sich behutsam an sein spitzbübisches Werk. Seckendorffs Atem stolpert. Jakob duckt sich hinter das Kopfbrett und wartet stockstill, bis das Schnarchen wieder in seinen ebenmäßigen Takt gefunden hat. Jakob setzt sein Werk fort.

Am nächsten Morgen erscheint ein völlig zerfahrener Strauchritter zur Morgensuppe.

»Herr!«, macht Klara erschrocken.

Anerkennend verfolgt Jakob Klaras Darbietung. Sie wird richtig bleich, wohingegen Jakob sich die Hand über sein Grinsen legen muss, als er das Ergebnis seiner Wichtelei bei Tageslicht sieht: Seckendorffs eitel gepflegter Kinnbart sieht aus wie ein Zipfel Wolle an einem zu lange ungeschoren gebliebenen Schäflein.

»Kämm des aus!«, keift Seckendorff, mit einem Kamm fuchtelnd. Er kraxelt ungelenk über die Sitzbank an den Tisch zu Klara.

»Herr...«, wiederholt Klara betroffen.

Wieder muss Jakob die Beherrschung bewundern, mit der sie nun mit sanften Fingern Seckendorffs entstelltes Kinn fasst und mit todernster Miene den von Jakob angerichteten Schaden begutachtet.

»A Alpzopf – an Euch, Herr?«, schaudert sie.

»Die Maar is des Nachts in mei Kammer eindrungen! Ausfilzen, sogleich!«, verlangt er erneut und fuhrwerkt noch erregter mit dem Kamm.

»Aber Herr... Ihr könnt doch ned mit solch Teufelswerk im Gesicht durch die Welt spazieren!«

Seckendorff hält inne, bedenkt Klaras Einwand, und es schüttelt ihn vor Grauen: »Du hast recht! Fort damit! Befrei mich davon!«

»Euer Messer, Herr«, verlangt Klara seelenruhig.

Während sie dem bebenden Seckendorff das Bärtchen kappt, gluckert Jakob vor unterdrückter Belustigung. Klara schleudert den Wichtelbart ins Kaminfeuer. Der Gestank von versengendem Haar weht durch den Saal.

»Und bei Euch? Keine sonderbaren Begebnisse?«, forscht Seckendorff, ob die dämonische Heimsuchung auch anderen galt.

»Alles ruhig und friedlich bei uns, Herr«, erwidert Klara.

Die anderen Knechte kommen herein.

»Bei Euch? Auch nichts?«, überfällt Seckendorff die Ahnungslosen.

»Nichts was, Herr? Und was is denn Eurem Bart anheimgefallen?«, wundert sich Ansel.

»Die Nachtmaar, die sich in der vorigen Nacht über mei Ross hergemacht hat, hat nun auch mich in meiner Kammer heimgesucht!«

Während Peter und Ansel recht erschrocken dreinblicken, sieht Jakob den neuesten Knecht Otto irgendwo zwischen Zweifel und Häme schwanken.

»Wir brechen auf«, schlussfolgert Seckendorff. »Hier hält uns nichts mehr.«

Jawohl!

Als der Ritter von Förtsch gemächlich in seinen Saal spaziert kommt, wimmelt das Gefolge von Seckendorff bereits geschäftig herum.

»Willst scho aufbrechen, Sebastian? Du bist doch kaum ankommen?«, fragt er verwundert.

»Wir sind in Eile.«

Kurz darauf sind sie wieder auf der Straße. Als Jakob nach dem nächsten Ziel fragt, nennt Seckendorff verbissen die Streitburg.

Er reitet Richtung Nürnberg.

Jakob bemüht seine Erinnerung. Die Streitburg. Sind die Ritter von Streitberg nicht Lehnsmänner des Bischofs von Bamberg? Und haben Bamberg und Nürnberg nicht ein bröckeliges Einvernehmen?

Mit etwas Glück ...

Kopfloser Ritt

»JAKOB, IS ES denn sündhaft, dass es mir so viel Freude bereitet, den Placker zu piesacken?«

»Klara!«, seufzt Jakob, neben dem Karren herreitend, auf dem sein Eheweib sitzen muss. Sie reisen durch einen sonnigbunten Herbsttag.

Ansel lenkt sein Pferd an den Karren heran. »A gar schöner Tag, ned wahr?«, bahnt er ein Gespräch an. Die weibliche Gegenwart in ihrem Tross macht das Plackergefolge ganz wepsig, doch wagen sie sich nur zaghaft an Klara heran, um ihrem Herrn nicht in die Quere zu kommen. So ungeschickt sein Tändelversuch auch ist, Ansel hat völlig recht: Der dichte Saum aus bunten Laubbäumen verwandelt die Straße in eine Kathedrale aus Gold und Glut. In Gedanken rührt Klara schon die ganze Zeit Farben an, mit denen sie das prächtige Spiel des Herbsts auf ein Tüchlein bannen würde.

»Herrlich is die Natur«, bestätigt Klara. »Am schönsten is der wilde Wein. Wie Feuer lodert der.«

»Feuer?«, wundert sich Ansel. »Auf mich wirkt alles friedlich und lau.«

Klara deutet auf wilden Wein an einem Mäuerchen: »Na, wenn der ned feurig leuchtet.«

»Hm«, sagt Ansel schulterzuckend.

Seckendorff verlangt nach Ansel, so dass der sein Geplänkel einstellen und zu seinem Herrn vorreiten muss. Und schon ergreift der nächste Knecht die Gelegenheit. Peter reitet auf die Höhe von Klaras Karren. »Der Ansel sieht des Rot ned«, erklärt er Klara. »Er is farbenblind. Ich hingegen seh wohl, was du meinst. Es is prächtig«, biedert er sich an.

»Farbenblind? Was für a grauenhaftes Geschick«, sagt Klara, ehrlich betroffen.

Peter lacht: »Ach was! Für den wär a grauenhaftes Geschick, wenn er seinen Schwanz nimmer hoch bekäm.«

»Ned zotteln!«, treibt Seckendorff ungeduldig den Tross an.

»Warum denn die Hast, Herr? Genießt doch auch den schönen Ritt«, sagt Klara.

»Mei gutes, einfältiges Mägdlein, nach Streitberg sind es sieben Wegstunden und wir wollen noch bei lichtem Tag dort anlangen.«

Klara schürt genüsslich seine Furcht vor der Dunkelheit: »Sieben Stunden! Dann is Eile geboten, Herr! Zu dieser Jahreszeit berühren sich des Nachts die Welten. Und dann regen sich die Nachzehrer. Mei Ahnfrau sagte immer, wer einem geköpften Wiedergänger begegnet ...«

»Ich weiß, was geschieht, wenn a Wiedergänger einem Lebenden begegnet!«, klefft Seckendorff.

Oh je.
Wenn gelingt, was Jakob gestern ausgeheckt hat, trifft Seckendorff womöglich heute der Schlag!

Der Ritter hat genug von Klaras Gruselgeschichten. Er gibt seinem Ross die Sporen und prescht ans Kopfende des kleinen Trosses, um ein schnelleres Tempo vorzugeben. Zur Mittagsrast gibt er seinem Gesinde kaum genug Zeit, etwas Brot und Wurst hinunterzuschlingen.

Jakob schirrt Eleonore ab und Sigismund an den Karren.

»Musst du nun umschirren? Wir haben doch kei Zeit zu vergeuden!«, schimpft Seckendorff.

»Ich muss die Mähre schonen. Die hat einen kranken Huf«, lügt Jakob.

Eleonores Hufen geht es gut. Jakob schirrt um, weil Klara später ihr eigenes Pferd brauchen wird. Der Zug geht weiter. Als die Sonne die Baumwipfel streicht, nähert sich Jakob unauffällig dem großen Gepäckwagen, macht sich am Wagenrad zu schaffen und lässt sich dann wieder zurückfallen. Zufrieden sehen Klara und Jakob dabei zu, wie das Rad zu eiern und schmirgeln beginnt und nach einigen Minuten vom Wagen abfällt.

»Rad ab!«, ruft Jakob.

»Verdammte Pest!«

Das hat Seckendorff gerade noch gefehlt. Mit gellenden Befehlen kommandiert er sein Gefolge herum. Zu Klaras Ergötzen stellt sich heraus, dass die Kriegsknechte von Wagnerarbeiten keinen blassen Schimmer haben. Allein das Aufbocken des Wagens kostet eine gute halbe Stunde. Auch der Verursacher der Wagenpanne stellt sich unterhaltsam dumm an. Die Sache soll sich ja hinziehen.

»Es nahet die Nacht!«, brüllt Seckendorff. »Und wir haben noch a gute Stunde Weges vor uns!«

»Herr?«, bibbert Klara Seckendorff mit hilfesuchendem Augenaufschlag an. »Ich fürcht mich. Darf ich in Euren Kastenwagen steigen?«

Die zitternde Jungfer weckt Seckendorffs Mannhaftigkeit so weit, dass er trotz der eigenen Panik Fürsorge für das schwache Geschlecht aufbringen kann. Er schlägt die Behänge des Kastenwagens auf und bietet Klara ganz ritterlich an: »Da drin liegt a Decke, verkriech dich darunter!«

Dann wendet er sich umso schroffer an die Männer: »Sputet euch! Des Jungferl ängstigt sich!«

Im Kastenwagen schnappt sich Klara die dort hinterlegte Tasche mit den Hilfsmitteln für ihr nächstes Gaukelspiel. Flink knöpft sie die Ösen der Wagenplane so weit auf, dass sie ungesehen in Richtung Wald hinausschlüpfen kann, wo Jakob Eleonore angebunden hat. Gegenüber, auf der straßenseitigen Wagenflanke, hieven Jakob und die anderen Knechte unter lautem Gerumpel und Gebrüll das schwere Wagenrad wieder auf die Nabe. Klara löst Eleonore und weicht mit ihr lautlos ins Unterholz.

»Psssch, ganz ruhig, mei Gute«, surrt sie der Mähre zu. Auf dem weichen Waldboden können sie sich still davonstehlen, während Jakob weiterhin ein lautstarkes Theater aus der Wagenreparatur macht. Es dämmert nun so sehr, dass Klara und Pferd schon nach ein paar Schritten in Finsternis gehüllt sind. Sie arbeiten sich durch Wald und Laub ein Stück zurück in die Richtung, aus der sie gekommen sind. Einen Steinwurf entfernt vom Tross macht sich Kara an ihr Blendwerk. Sie wirft eine große schwarze Pferdedecke über Eleonores helles Fell. Sie streift ihren Rock ab, worunter sie bereits ihre Beinlinge trägt. Mit zwei Lederriemen zurrt sie ein von Jakob gefertigtes kastenförmiges Holzgestell an ihre Schultern, das eine Handbreit über ihren Kopf ragt. Darüber schwingt sie einen weiten, langen Umhang. Aus der zierlichen Klara wird ein breitschultriger, hünenhafter und ... kopfloser Reiter.

Schon beim Aufsitzen merkt Klara, dass sie kaum sehen kann. Sie sitzt auf Eleonore im Wald und wartet blind auf Jakobs Zuruf. »Endlich! Endlich ist's geglückt! Herr, es kann weitergehen!«, verkündet Jakob laut schreiend die gelungene Instandsetzung des Wagens. Das ist Klaras Signal. Sie lenkt Eleonore behutsam aus dem Schutz des Waldes auf die Straße.
Mach rasch, Jakob, ich seh fast nichts.
»Was zum ... seht doch!«, lenkt Jakob die Aufmerksamkeit seiner Gefährten auf die kopflose Gestalt in der Dämmerung. Die Plackerschar wird totenstill. Klara lenkt Eleonore auf der Wegesbreite auf und ab, wie ein rastloser Angreifer, der seinen Widersacher abschätzt.

Die Männer verfallen in Geschrei, ihre Pferde unter scharfen Sporenhieben in jähes Gewieher. Das frisch gerichtete Wagenrad ächzt, die Heckenreiter nehmen Reißaus. Klara gibt Eleonore die Sporen. Während sie galoppiert, klammert sich Klara hilflos an den Sattelknauf. Das hölzerne Gestell auf ihren Schultern schaukelt wild herum. Der trommelnde Hufschlag des kopflosen Reiters treibt die Placker nur noch verzweifelter in die Flucht.
So, das muss reichen.
Klara zerrt hart an den Zügeln. Eleonore kommt scharf zum Stehen. Das Holzgestell kippt vornüber und hängt jämmerlich hinab. Klara ist hoffnungslos in den Umhang verschlungen und sieht gar nichts mehr.

»Eleonore, komm her zu mir«, lockt leise Jakob aus dem Wald. Er hat die Gunst der Aufregung genutzt und ist nicht mitgeflohen, sondern hat Sigismund samt Karren mit den anderen panischen Pferden mitrennen lassen. Er selbst hat zwischen Bäumen verborgen auf Klara gewartet. Er packt Eleonore beim Trensenring und führt sie vom Weg in den Wald. »Wie heiß ich dich lieb hab, mei Teufelsweib!«, begrüßt er Klara flammend, während er sie von dem verwickelten Mantel und Holzgestell befreit.

»Pssst«, warnt Klara.

»Keine Sorge, die anderen sind längst über Stock und Stein. Die hören nur noch des Klappern der eigenen Hufe.«

Jakob hilft Klara aus dem Sattel, zieht Eleonore die Pferdedecke ab und verbirgt die Requisiten ihres gelungenen Schauspiels im Unterholz. Dann traben sie zu zweit auf der Mähre in Richtung Streitburg. Nach einer halben Stunde holen sie sogar ihre Gefährten ein, die nach ihrem ersten wilden Galopp außer Puste geraten sind.

»Herr, Ihr habt uns verloren!«, ruft Jakob vorwurfsvoll.

»Da sind die beiden ja! Was is geschehen ...?«

»Ich bin aus dem Kastenwagen gestiegen, um zu sehen, was vor sich ging«, klagt Klara wehleidig, »und eh ich wusst, wie mir geschieht, sind alle ohne mich losprescht!«

»Und ich hab mei Schwester wehrufen hören und kehrt gemacht, sie zu retten«, berichtet Jakob heldenhaft.

»Hat der Wiedergänger euch angefasst?«, bellt Seckendorff.

»Nein, Herr! Er war so plötzlich wieder verschwunden, wie er erschienen war.«

»Dann auf, weiter! Ehe er wiederkehrt! Die Streitburg is nimmer weit!« fordert Seckendorff.

»Was genau habt ihr gesehen?«, forscht Otto, der lange nicht so außer sich ist wie seine Gefährten.

»Ich mag gar ned davon reden«, wimmelt ihn Jakob ab. »Es war grauenvoll.«

»Habt ihr denn einen Blick erhascht auf den Wiedergänger?«, bohrt Otto weiter.

»Verzeih, Otto, ich war zu sehr damit bekümmert, um unser Leben zu fliehen, als dass ich den Untoten genau in Augenschein hätt nehmen können«, wehrt Jakob ab. Dass Otto so nüchternen Forscherdrang an den Tag legt, passt ihm gar nicht.

»Hm«, macht Otto nachdenklich. »Ob es ned nur a gewöhnlicher Wegelagerer war, den wir im Finstern schlecht ausmachen konnten?«

✧

»Trude! Warum is die Küche kalt?«, belfert Seckendorff, auf der Streitburg angekommen in die Burgküche stürmend.

Die Alte, die bei Kerzenlicht an einem Tisch sitzt, erschrickt erst. Dann erhellt sich ihr Gesicht.

Jemand freut sich, Seckendorff zu sehen?

»Warum is die Küche kalt?«, wiederholt Seckendorff, der sich das eisige Grauen der übernatürlichen Begegnung mit tröstendem Kaminfeuer, Essen und Wein aus den Knochen treiben will. »Mich verlangt nach Speis und Trank!«

»Herr, Euch hab ich ja gar ned erwartet! Ich und der Stallknecht sind ganz allein hier«, erklärt Trude. »Der Amtmann und sei Gefolge sind alle in Bamberg!«

»Ach, ja«, fällt es Seckendorff wieder ein. Die fränkische Strauchritterschaft um Thomas von Absberg und Götz von Berlichingen ist ja geschlossen nach Bamberg geritten, um den Tetzelsohn zu verschleppen und somit die Schlichtung der Causa Geislingen zu sprengen.

»Nun, Trude, wir haben einen langen, gefahrvollen Ritt hinter uns, also schür den Herd und trag Sorge, dass baldigst was auf den Tisch kommt. Hier hast noch zwei helfende Händ«, ordert Seckendorff, Klara in die Küche schiebend.

Die Alte ist erfreut: »A neue Magd?«

»Freu dich ned zu früh, die bleibt ned hier. Die nehm ich mit, wenn ich wieder abreise.«

»Nehmt auch mich mit, Herr!«

Seckendorff verliert die Geduld: »Maul halten, Trude! Du weißt wohl, dass ich dei ewiges Gejammer ned hören mag.«

Trude verstummt sofort.

Seckendorff verlässt die Küche und befiehlt seinen Knechten, im Saal den Kamin zu schüren. Klara reckt der alten Trude die Hand entgegen: »Klara heiß ich.«

»Grüß dich Gott, Klara. Dann lass uns doch sehen, wie wir a anständiges Mahl herbekommen, so ganz ohne Bescheid und Besorgungen.«

Klara hat tausend Fragen: Wohin will die Alte von dem Ritter von Seckendorff mitgenommen werden? Wer ist der hiesige Amtmann? Wem gehört die Streitburg überhaupt?

Die alte Trude hat wohl nicht oft weibliche Ansprache, denn sie ist sehr mitteilsam: Sie kennt Seckendorff schon, seit er ein Knabe war. Ihre Familie diente in Hiltpoltstein dem Geschlecht von Seckendorff jahrzehntelang als Grundhörige. Nachdem Trude verwitwete, holten die Seckendorff sie als Magd auf ihre Burg. Dort ›schenkte‹ Sebastian die Arme vor einigen Jahren bei einem trunkenen Gelage dem Amtmann der Streitburg, weil dieser beiläufig ihre Kochkunst gelobt hatte. Und seither steckt sie hier auf der Streitburg fest, die seit drei Jahren nicht mehr den Bischöfen von Bamberg und Würzburg – sondern dem Markgrafen Friedrich gehört.

Scheiße.

Hier werden sie also auch keinen Erfolg haben.

Und zu allem Übel ist der hiesige Amtmann, dem Trude geschenkt wurde, kein Geringerer als der Handabhacker Kunz Schott von Schottenstein.

Noch viel größere Scheiße!

»Trude«, forscht Klara sachte, während sie halb verfaulte, eklig weiche Möhren schneidet, »von Kunz Schott hört man allerlei Grausames.«

»Hört man wohl«, sagt Trude finster.

»Hast du darum den Ritter von Seckendorff gebeten, dich mitzunehmen?«

»Heim möcht ich halt gern. Meine Söhn sitzen noch in Hiltpoltstein. Ich hab sie seit Jahren nimmer gesehen.«

Dass Trude ihrer Kochkunst wegen dem Kunz Schott überlassen wurde, kann Klara im Augenblick gar nicht nachvollziehen, denn das entstehende Nachtmahl riecht so übel, dass sich Klara fast der Magen umdreht.

»Ich hab nichts Frisches hier«, sagt Trude unzufrieden, als hätte sie Klaras Gedanken gelesen. »Da hilft nur a gute Tunke. Kind, sei so gut, hol mir Pfeffer aus dem Büchsle da hinten.« Und Rosmarin müsst noch da sein. Und Muskatnuss.«

Teure Gewürze helfen immer. Klara geht, wohin Trude gedeutet hat, und entdeckt eine ganze Sammlung von Behältnissen. Sie öffnet ein paar davon und findet das Gesuchte nicht gleich. Einige der getrockneten Kräuter und Beeren, auf die sie stößt, kommen ihr seltsam vor.

»Nein, Kind, da hinten is doch der Pfeffer. Des hier ...«, sagt Trude, Klara eilig die Dose aus der Hand schnappend, »des hier is ned zum Kochen.«

»Was is des für a sonderbares Kraut, Trude?«

Trude schaut Klara erst widerstrebend an und sagt dann schnell: »Teufelswurz.«

»Und des?«

Klara hält ihr ein anderes Gefäß unter die Nase.

»Tollkorn.«

Die bedeutungsschwangere Pause, in der Klara schweigend den Deckel wieder auf die Dose setzt, nötigt Trude zu einer Erklärung: »Glaub mir, Kind, ich will solch Teufelszeug gewiss ned in meiner Küche haben. Doch der Amtmann verlangt es.«

»Was will Schott damit?«

»Vor seinen Raubzügen verlangt er immer danach. Dann muss ich ihm Tollkorn ins Bier geben oder Tee mit Engelstrompete brauen. Und wenn er heimkommt, will er Teufelswurz.«

Aha. Kunz Schott berauscht sich also, ehe er auszieht, um Pfeffersäcke zu schatzen und zu verstümmeln.

»Und was macht des mit ihm?«, fragt Klara.

»Des Tollkorn macht ihn wild, wie der Name scho sagt. Engelstrompete bringt Wahn und Raserei. Derlei berauschende Mittel will er haben, ehe er auszieht. Teufelswurz hingegen ermattet. Des nimmt er nach der Heimkehr. Ganz rot wird er davon. Dann weiß er nimmer, wo er is. Die Sehe wird ihm weit, wie bei einer Katz in der Nacht. Zuweilen kommt er tagelang nimmer so recht zu sich.«

»Das ist ja nützliches Zeug.«

Streitburg

ZWEI TAGE SPÄTER kehrt Kunz Schott vom Bamberger Raubzug heim. Zur Begrüßung muss das Gefolge am Burgtor Spalier stehen. Während sich Schotts Tross den steilen Weg zur Streitburg hinaufarbeitet, wird Klara stocksteif und wispert: »Herrje. Jakob, ich glaub, des is Hasso.«

»Wer is wer?«

»Der Köter, den Schott da neben sich führt. Ich glaub, des is Hasso. Der Hund von Tetzels Knecht.«

»Du meinst, der Hund, der dich am Heiligabend auf der Hallerwiese bissen hat? Des gibt's doch ned! Wie soll der herwider kommen?«

»Der Kunz hat ihn wohl beim Überfall dem Anton Tetzel abgenommen«, vermutet Klara.

Jakob findet den räudigen Hund ausgesprochen hässlich. Er fasst Klaras Hand und streicht ihr sanft über die Bisswunde am Unterarm, die inzwischen zur rosigen Narbe verheilt ist. Zu allem Unglück schenkt Kunz den Hund dann auch noch dem Ritter von Seckendorff, als Trostpreis für den ihm entgangenen großen Spaß des Bamberger Überfalls. Die Ritter gehen nach rauherzlichen Begrüßungen durchs Burgtor. Seckendorff führt stolz Hasso vor sich her, oder besser gesagt, Hasso zerrt Seckendorff an dem kurzen Strick hinter sich her. Klara weicht zurück.

»Herr, lasst des Viech bloß ned in mei Näh kommen. Ich ward unlängst von einem Hund bissen«, erklärt sie ihre Scheu.

»Ach, Mägdlein, Zerberus tut dir doch nichts«, lacht herablassend Seckendorff und tätschelt liebevoll seinen neuen Spielgenossen, der ungestüm schnüffelt und hechelt.

Am Abend wird der glückreiche Bamberger Raubzug mit einem Gelage gefeiert. Es gibt frisches Wild, das Kunz im Bamberger Land geschossen hat. Seckendorff dürstet nach Einzelheiten zu der Aktion, die er aussitzen musste.

Kunz schildert sie nur zu gerne: »Ganz arglos waren sie unterwegs, die Nürnberger Herrlein. Wie versprochen, haben wir ihnen kein Härlein gekrümmt, sondern sie gebührlich mit Speis und Tanz unterhalten. Die Herrlein haben sich recht toll und trinkfest gezeigt.«

»Dem Tetzelein wird die gute Laune noch vergehen«, prophezeit Seckendorff zufrieden. Jakob teilt ausnahmsweise einmal eine Einschätzung seines Herrn. Und recht geschieht es Tetzel.

»Die Herrlein waren schon nach einem kleinen Tagesritt halb abkräftig«, spottet Kunz, während Klara ihm nachschenkt. Er streift sie mit einem Seitenblick.

»Wie gefallen dir denn deine neuen Knechte?«, will er beiläufig von Seckendorff wissen.

»Der Knabe is anstellig. Ohne ihn hätten wir des schadhafte Wagenrad auf der Herreise ned so flugs wieder zum Laufen bracht.«

    Ohne ihn wäre es allerdings auch nie vom Wagen gefallen.
Seckendorff hebt anerkennend seinen Humpen in Richtung Jakob.

»Ja, und des Mägdlein, du siehst sie ja. Lieblich und dienstfertig.« Dazu zieht er Klara, die mit dem Weinkrug hinter ihm steht, in seinen Arm. Seine Hand wandert zu ihrem Gesäß. »Nur a bissl ängstlich is sie«, fügt er hinzu und schlingt seinen Arm noch enger um sie.

»Aha«, lacht Schott, »mir hängst du die zähe alte Krähe ans Bein und des zarte Frischfleisch behältst du für dich!«

Klaras Gesicht bleibt undurchdringlich, doch Jakob entgeht nicht die kleinste Regung an seinem Weib, wie sich ihr Rücken versteift, wie sie den Atem anhält. Jakob weiß: Es kostet sie all ihre Beherrschung, Seckendorffs unverschämte Hand nicht von ihrer Taille zu schlagen. Er ist derweil angestrengt bemüht, vor dem Platzhirsch Schott den wackeren Scherzbold zu mimen. Er schmatzt, trinkt sich gluckernd Mut zu, krakeelt, lacht derb.

Jakob blickt Klara fest ins Gesicht:

    Halt durch, Liebste.

Die Prasserei will gar nicht mehr enden. Jakob ist heilfroh, als der lärmende Suff endlich in schläfrigen Dusel umschlägt und das Gesinde sich zurückziehen kann.

»Wie hältst du den Blasarsch nur aus?«, bewundert Jakob.

»Ich besinn mich auf andere Dinge«, erwidert Klara ganz ruhig.

»Und zwar?«

»Ich mal mir aus, wie Meister Gilgs schönes, schweres Richtschwert auf Seckendorffs Hals niedersaust.«

Jakob stockt. Im Umgang mit Seckendorff gibt Klara sich so geschmeidig. Sein einfältiges Vertrauen zu gewinnen ist zwar nicht schwer, doch

Klara macht es besonders gut, wickelt ihn mit Anmut und Fürsorglichkeit mühelos um ihren Finger. Und die ganze Zeit denkt sie dabei unbeirrt nur an eines:

    Seinen Tod.

Jakob schaudert ein wenig.

»Und etwas Gutes hat es auch, dass er mir ohn Unterlass auf den Leib rückt, denn so war es mir ein Leichtes, ihm Tollkorn in den Becher zu geben.«

»Tollkorn?«

Wie das Gewächs wirkt, erfährt Jakob am nächsten Tag: Seckendorff schleppt sich an den Küchentisch, wo er wie ein Häuflein Elend hinsinkt. Die Heiterkeit vom Vorabend ist Jammer und Bange gewichen.

»Herr!«, sagt Klara besorgt. »Is Euch ned gut?«

Trude mustert Seckendorff und wirft Klara einen langen, begreifenden Blick zu.

»Hier, stärkt Euch«, sagt Klara, stellt Seckendorff seinen Morgenbrei hin und setzt sich zu ihm.

»Mir hat bös träumt«, klagt er. »Und mir brummt der Schädel! Hab's wohl gestern zu toll trieben.«

»Was für Träume, Herr?«, fragt Klara.

»Ich entsinn mich nimmer«, klagt Seckendorff unleidlich, »und will sie ohnhin lieber vergessen.«

»Aber Herr, Träume sind bedeutsam. Sie können erklären, was Euch heimsucht«, wendet Klara ein.

»Was mich heimsucht?«

»Des kommt doch ned von ohngefähr, dass Euch finstere Mächte überall hin verfolgen. Womöglich hat euch der böse Blick troffen! Oder auf Euch lastet a Maleficium!«

Seckendorff hört Klara gebannt zu und formt mit bebenden Lippen lautlos die Worte ›böser Blick‹ und ›Maleficium‹ nach. Trude beobachtet alles sehr achtsam.

»Tragt Ihr denn auch die Talismane, die ich Euch geben hab?«, fragt Klara. Seckendorff nickt verbissen.

Klara presst nachdenklich die Lippen zusammen: »Der Schadenszauber is wohl zu stark. Aber ich hab noch etwas, was ich Euch geben könnt.«

Klara fegt aus der Küche, während Seckendorff trostlos seinen Brei löffelt und die neuen Teufelsgespinste verarbeitet, die Klara in seinen zerrütteten, benebelten Geist gesät hat.

»Herr! So hört doch ned auf diesen Unfug! Was sag ich Euch scho, seit Ihr a Knäblein wart?«, fragt nun Trude, resolut die Fäuste in die Hüften gestemmt. Seckendorff blinzelt sie widerstrebend an. »Was soll all diese Irrsal von Zauber und Teufelskunst? Auf den Herrgott allein sollt Ihr trauen!«

> Ach, wie putzig.

Die arme Trude arbeitet sich wohl schon ein halbes Leben lang an Seckendorffs Aberglaube ab.

> Jetzt ist es leider zu spät, gute Frau.

Weiß Trude denn überhaupt, was ihr kleiner Herr Sebastian auf seinen Raubzügen alles an Gräueln verbricht? Jakob fragt sich, ob und wie viel das Gesinde in so einem Raubnest überhaupt von den Schandtaten ihrer Herren erfährt.

Klara kehrt zurück: »Hier, Herr. Den hab ich schweigend an einem Freitag erworben und dann sieben Wochen unter einem Galgen vergraben, wie es sein muss.«

Trude verdreht missbilligend die Augen, während Klara Seckendorff mit ernster Miene einen kleinen Wölbspiegel überreicht.

> Wie kommt Klara auf all diesen köstlichen Unsinn?

»Was soll ich damit?«, will er wissen.

»Des is a Hexenspiegel«, erklärt Klara. Trude schnaubt verächtlich, während sie angestrengt im Kessel rührt, damit der Brei nicht anbrennt. »Darin lassen sich Hexen und Geister bannen.«

»Die Geister seh ich ja auch mit bloßem Aug, des is ja mei Pech«, klagt Seckendorff.

»Aber wenn a Hex sich ned in ihrer *menschlichen* Gestalt zeigt? Wenn a Geist unsichtbar bleibt? Dann hilft nur der Spiegel«, beharrt Klara.

»Wie meinst du – ned in *menschlicher Gestalt*? Als Katz etwa? Oder als Fledermaus?«, fragt Seckendorff, wie immer hoch empfänglich für Klaras Fabelwerk.

»Schlimmer noch, Herr – a Hex kann noch viel winzigere Gestalt annehmen. Und als Strohhalm durch Ritzen und Schlüssellocher dringen.«

»Wie die Nachtmaar in Thurnau«, begreift Seckendorff und vergisst darüber beinahe das Atmen.

»Also, so einen Widersinn hab ich ja mein Lebtag ned gehört!«, schaltet sich wieder Trude ein.

»Halt du dei verschrumpeltes Maul!«, herrscht Seckendorff die alte Magd an. Seine Augen werden schmal und bedrohlich, während er hisst: »Vielleicht bist ja du die Hex!«

»Ach, Sebastian«, verfällt Trude in die Vertrautheit längst vergangener Tage, als der Ritter von Seckendorff noch ein Kind und sie noch eine Art Autoritätsperson war, »du bist ja gänzlich verstört von all den Torheiten, die des Mägdlein da plappert.«

Ehe Jakob sich versieht, steht Seckendorff auf einmal neben der alten Trude und packt sie so grob beim schütteren Haar, dass sie aufkreischt: »Hüt nur dei Zunge, alte Hex! Wer so unschuldig tut, hat zumeist Dreck am Stecken.«

»Herr, Gemach!«, ruft der neue Knecht Otto und hat sogar den Anstand, sich zwischen Seckendorff und die Alte zu stellen. Ansel und Peter sind die Rohheiten ihres Herrn gewöhnt, sie blicken kaum von ihrem Morgenmahl auf. Auch Klara ist aufgefahren und streicht Seckendorff beschwichtigend am Ärmel. Er lässt von Trude ab und wendet sich Klara zu, die – Jakob erträgt es kaum – Seckendorffs zornverzerrtes Gesicht in ihre zarten Hände nimmt und beruhigend auf ihn einredet: »Herr, des Maleficium verfolgt Euch doch scho seit Kulmbach. Seid besonnen und geduldig, sonst werdet ihr des Teufelswerks nie Herr.«

Der wilde, hasserfüllte Blick, mit dem Seckendorff Trude durchbohrt, während er sich von Klara streicheln und besänftigen lässt, geht Jakob eiskalt den Rücken hinunter.

Wir sind zu weit gegangen.
Die alte Trude ist nun in Gefahr.

Zu ihrer Rettung kommt ausgerechnet Kunz Schott, der ausgeschlafen, munter und hungrig in die Küche gepoltert. Seckendorff schüttelt mit augenfälliger Anstrengung seine Erregung ab und nimmt wieder das übliche derbe Sprücheklopfen auf, mit dem sich die Heckenreiter den ganzen Tag gegenseitig unterhalten. Die Ritter gehen in den großen Saal.

Trude geht sofort auf Klara los: »Bist du des Wahnsinns, Kind? Was fällt dir ein, ihm solch wirres Zeug in den Kopf zu setzen? Und – hast du ihm etwa Mutterkorn ins Essen geben? Er hat ja Augen wie Wagenräder!«

Bedächtiger fügt Trude hinzu: »Ihr kennt ihn ja ned.«

Klara schaut reumütig. Die arme Alte mit ihrem Gemunkel über Hexen in Gefahr zu bringen, war nicht ihre Absicht gewesen. Jakobs Verstand rattert.

»Doch, Trude«, sagt er, »wir kennen ihn. Besser, als du ahnst. Allein reut uns, dich nun in Bedrängnis bracht zu haben – dem müssen wir abhelfen. Klara sagt mir, du dienst gegen deinen Willen hier und sehnst dich nach deinen Söhnen in Hiltpoltstein?«

»Was hat des mit eurem Gewäsch über Hexerei zu tun?«, versteht Trude nicht.

»Wir bringen dich heim, Trude«, verspricht Jakob. In seinem Hirn sprießt schon wieder ein Plan.

»Knechte!«, brüllt Kunz Schott vom Saal aus. »Sattelt die Pferde, wir wollen jagen gehen!«

»Wie trefflich«, sagt Jakob zu den Frauen in der Küche. »Klara, hilf Trude ihre Siebensachen packen. Trude, morgen früh scho bist du auf dem Weg nach Haus zu deinen Kindern.«

Nachdem die Rotte mit einem begeisterten Hasso aus dem Burgtor gehoppelt ist, macht sich Jakob an die Arbeit. Er braucht Holz, eine Säge, Seile, Haken, Winden, ein schweres Gewicht ... Zum Glück ist Schott ein schlechter Verwalter der Streitburg. Überall in der Burgschmiede, in den Ställen, in den Kammern türmt sich Unrat. Kein Mensch blickt hier durch. Jakob kann sich einfach bedienen. Einige Stunden später führt er Klara in Seckendorffs Schlafkammer im mächtigen Wohnturm der Burg, um dort seine Vorrichtung zu erproben. Er fordert Klara auf, sich auf das Bett zu legen.

»Schau her, er hat sich seinen Hexenspiegel scho neben's Bett gestellt«, bemerkt Klara zufrieden.

Sie wirft sich mit Schwung in die seidenen Kissen des erlesenen Himmelbetts aus Eichenholz.

»Sieh nur, wie fürstlich der Verrecker hier schläft!«

Jakob tritt hinter das mannshohe Kopfbrett. Beschwert durch einem großen Stein führt ein Seil über einen Flaschenzug hoch über den Betthimmel. Daran hängt ein schwerer Barren in der Schwebe. Jakob hat eine der Eichenholztafeln im Betthimmel säuberlich ausgesägt, mit Scharnieren versehen und als Falltürchen wieder eingebaut. Ein Zug an einer dünnen Schnur genügt, um die Holztafel aufklappen zu lassen.

»Ui!«, freut sich Klara, als sich das Türchen über ihr öffnet. Jakob löst das Seil und lässt mit dem Flaschenzug den Bleibarren durch die Öffnung hinab.

»Und?«, fragt er hinter dem Kopfbrett.

»Es sinkt was auf mich hernieder!«, bestätigt Klara fasziniert.

»Bleib nur still liegen, Klara.«

Zoll um Zoll senkt Jakob seine Vorrichtung. Die Rollen quietschen etwas, die muss er noch besser ölen. Das Gewicht gelangt auf Klaras Bauch an.

»Zu schwer?«, fragt er.

»Gib ruhig noch a Zoll!«, ermuntert ihn Klara.

Vorsichtig senkt Jakob das Gewicht noch ein Stück.

»Genug, befrei mich davon!«

Jakob zieht den Barren wieder hoch durch die Öffnung, sichert das Seil und zieht die Tafel im Betthimmel wieder zu. Der Probespuk ist gelungen.

»Wie hat es sich angefühlt?«, ist er begierig zu wissen.

»Wie a Nachtalb auf meiner Brust!«, berichtet Klara hingerissen. »Jakob, du Teufelskerl!«

»Oh, Klara ...«, freut sich Jakob. »Nun hast mich grad so anblickt, wie du sonst immer nur deinen heiß verehrten *Meister* anhimmelst.«

Klara lacht: »Man wollt meinen, du bist ihm missgünstig, unserm verehrten Meister.«

»Darauf, wie du ihn vergötterst ... Wie dem auch sei, grad eben hast *mich* so anblickt.«

»Na, weil ich auch dich anhimmel«, lacht Klara und küsst ihn heiß.

»Wer is euer Meister?«, bebt eine Stimme im Türrahmen. Trude steht da.

»Trude, hast deine Siebensachen gepackt?«, fragt Jakob gelassen. Doch leider hat Trude soeben beobachtet, wie sich ein *Geschwisterpaar* leidenschaftlich küsst und von einem ominösen *Meister* spricht.

»Wer seid ihr eigentlich? Was wollt ihr? Is euer *Meister* ... der Leibhaftige?«, fragt Trude voll Grauen.

»Ach, Trude!«, lächelt Jakob, doch die weicht ängstlich vor ihm zurück.

»Wir sind zwei Handwerkerkinder. Unser Meister is nichts weiter als a ehrbarer Handwerker in Nürnberg, zu dem wir baldigst zurückkehren möchten, sowie unser Werk hier getan is«, erklärt Jakob, doch ohne Trude zu überzeugen.

»Und was is euer Werk hier? Wollt ihr meinen Herrn in den Wahnsinn treiben?«

»Gewiss ... und vor allem in die Arme der Gerechtigkeit«, sagt Klara kühl.

»Ich sollt euer übles Treiben meinem Herrn anzeigen«, droht Trude.

»Trude«, sagt Klara. »Du kennst ihn seit seiner Kindheit. Du musst doch wissen, wozu er imstande is. Wir haben ihn niederträchtig morden sehen. A schuldloses Kind und einen unbescholtenen Handwerksgesellen. Du weißt gewiss auch, dass die Reichsacht über ihm hängt.«

Trude steht immer noch recht steif da, doch in ihrem Gesicht liest Jakob, dass ihr Klaras Argument nicht neu ist.

»Und dich hat er deiner Familie entrissen, dich verschenkt wie a Stück Vieh. Und nun bist du auf Gedeih und Verderb deinem neuen Herrn ausgeliefert, dem Kunz Schott. Und dessen Wandel is noch toller! Weißt du, dass Schott einem ehrenfesten Nürnberger Ratsherren die rechte Hand abschlug und mit dem abgemutzten Glied im Wams nach Haus schickte, auf dass sei Forderung im Rat recht aufmerksam gehört werd? Trude, dich trennt nur eine versalzene Suppe davon, im Zorn und Rausch erschlagen zu werden, so wie Seckendorff die armen Burschen erschlagen hat. Unsereins is doch nichts wert in den Augen der Staudenhechte.«

Das überzeugt Trude schon eher. Jakob übernimmt wieder das Wort: »Heut Nacht treiben wir seinen Hexenglauben auf die Spitze, damit er Hals über Kopf von hier aufbricht. Des is uns scho einige Male zuvor gelungen. Wir wollen ihn auf Nürnberger Gebiet treiben und fassen lassen.«

Trude nickt beklommen. Jakob verspricht ihr erneut, bei der Seele seiner Mutter, sie aus Schotts Knechtschaft zu befreien und zu ihren Söhnen zu bringen. Er überzeugt sie, sich zur Sicherheit vor Seckendorffs Argwohn zu verbergen. Trude kooperiert. Sie kennt eine Waldhöhle in der Nähe, in der sie sich verstecken kann, sagt sie.

❖

»Bei Fuß, Zerberus!«

Hasso hört freilich nicht auf den fremden neuen Namen. Seckendorff muss hinter Hasso her rennen und ihn beim Halsband in den Zwinger befördern, als sie von der Jagd heimkommen.

»Wo is denn Trude?«, fragt Seckendorff, woraufhin Klara lügt, sie schlafe bereits. »Umso besser«, murrt Seckendorff. »Die alte Hex braucht mir ned zu nahe kommen.«

Im Saal reicht Klara Seckendorff einen Humpen heiße Milch. Er bemängelt die übermäßige Süße und Klara belehrt ihn über die beruhigende Wirkung von Honig.

Damit du Tollkirschen und Teufelswurz nicht schmeckst.

»Ihr müsst ruhig Blut bewahren. So Ihr des Nachts a finstere Gegenwart spürt, wartet ganz reglos ab, bis sie von euch ablässt. Nur, wenn sie sich unbeobachtet wähnt, könnt Ihr die üble Macht entdecken. Habt ihr denn den Hexenspiegel bei Eurem Bett aufgestellt?«

Seckendorff nickt wichtig.

»Gut. Alles wird gut, Herr.«

Seckendorff leert den Humpen Milch in einem Zug. Jetzt muss sich Jakob sputen, denn schon bald werden die Tollkirschen seinen Geist mit Wahnbildern fluten, während der Teufelswurz seine Glieder betäuben und lähmen wird. Jakob hastet in Seckendorffs Schlafkammer und platziert auf dem Nachttisch einen Strohhalm neben dem Hexenspiegel: die Hexe in ihrer falschen Gestalt. Er kauert sich hinter das Kopfbrett des Himmelbetts und muss nicht lange warten, bis Seckendorff dösig in seine Kammer gewankt kommt. Er klettert ungelenk ins Bett und zieht die schweren Vorhänge dicht zu. Jakob lässt den Ritter ein wenig wegdämmern, ehe er die Schnur des Falltürchens im Betthimmel löst und sachte den frisch geölten, nun lautlosen Flaschenzug betätigt. Als die Spannung auf dem Seil nachlässt, weiß Jakob, dass das Gewicht auf Seckendorffs Brust angekommen ist. Er hört ihn leise wimmern und stöhnen. Jakob muss nun darauf vertrauen, dass die kombinierte Wirkung von Klaras Ermahnung und von Nachtschattengewächsen Seckendorff in seiner Erstarrung halten. Er lässt ihn einige Minuten lang winseln und zieht dann das Gewicht wieder hoch, sichert das Seil, klappt die Deckentafel wieder zu. Er lauscht gebannt. Eine gute Weile wirkt die Schreckstarre noch nach, dann hört Jakob zwei nackte Fußsohlen schwer auf die Bodenfliesen patschen.

> Jetzt entzündet er sich ein Licht.
> Geht zu seinem Hexenspiegel.
> Findet daneben einen Strohhalm.

Schritte stapfen erregt hinüber zum Fenster des Gemachs. Fensterangeln quietschen hektisch.

> Er wirft das Strohhälmchen aus dem Fenster.

Das Fenster schmettert zu, die Schritte stampfen wieder in Richtung Bett, das unter seinem hineinhechtenden Leib ächzt. Die Bettvorhänge werden hektisch zugezogen.

Als der Teufelswurz Seckendorff bezwungen hat und er tief schnarcht, kann sich Jakob aus der Kammer schleichen. Die Nachtruhe ist kurz, denn noch vor dem Morgengrauen muss Klara aufstehen und sich auf ihren Teil des Schauspiels vorbereiten. Sie zieht sich ein Kleid und eine Haube an, die sie von der alten Trude geborgt hat, und huscht davon.

Als die finstere Kammer morgenfahl wird, hämmert es an Jakobs Kammertür.

»Jakob!!!«

Es ist Seckendorff, der sich beim ersten Licht aus dem Bett gewagt hat.

»Herr, was is Euch? Ihr seid ja kreidebleich!«

»Die Hex, sie war da! Als Aufhocker! Sie saß auf meiner Brust. Ich vermeint, ich müsst ersticken!«

»Habt Ihr denn den Rat meiner Schwester befolgt?«

»Ja! Ich hab ausgeharrt, bis sie von mir herabgestiegen is. Dann blickt ich in den Hexenspiegel.«

»Und?«

»Im Spiegel war nichts zu sehen, aber *daneben* lag sie! In Gestalt eines Strohhalms, wie Klara verheißen hat!«

»Und was habt Ihr getan, Herr?«

»Zerknittert hab ich den Halm und die Hex aus dem Fenster geworfen! Wie Klara mir geraten hat!«

»Ihr habt die Hex aus dem Fenster gestürzt? Rasch, in Eure Kammer, Herr!«, drängt Jakob, packt Seckendorff beim Handgelenk und zerrt ihn zurück in sein Turmgemach. Dort reißt Jakob das Fenster auf und blickt hinab.

»Allmächtiger Gott!«, ruft er erschüttert.

»Wa ... wa ... was is?«, schnattert Seckendorff.

»Da liegt sie! Seht doch!«

Seckendorff tritt an das Sims. Jakob hält ihn beim Nachtgewand fest, denn er fürchtet, der Ritter könnte vor Schreck und Schwindel gleich selbst aus dem Fenster kippen. Unter dem Sims geht es schroff den Fels hinab. Unten am Fuß des Streitbergs liegt bäuchlings auf dem harten Stein eine grausam verdrehte menschliche Gestalt, Arme und Beine in grotesken Winkeln abgeknickt.

»Die Hex hat sich beim Aufprall vom Strohhalm zurück in ihr menschliche Gestalt verwandelt«, haucht Jakob.

»Trude«, erkennt Seckendorff seine Magd an ihren Kleidern.

Jakob bewundert Klaras Gelenkigkeit. Er könnte sich nicht dermaßen verrenkt hinlegen! Nun muss sie sich allerdings schnell aufrappeln, während Jakob und Seckendorff die Turmtreppe hinab, über den Hof, durch das Burgtor und den Streitberg hinab stolpern. Als Seckendorff schlitternd an der Stelle anlangt, wo die zerschmetterte Leiche unter seinem Fenster lag, ist da nur noch der nackte Fels. Klara hat sich aus dem Staub gemacht, aber nicht, ohne zuvor einen zerknitterten Strohhalm deutlich sichtbar dort zu platzieren, wo sie lag.

Diesmal haben sie es Seckendorff wirklich gegeben. Bei allen anderen Streichen, die sie ihm bisher gespielt haben, gellte und geiferte er. Nun ist er nur noch taub und leer.

»Ich kümmer mich hierum, Herr«, sagt Jakob sanft. Er nimmt den Strohhalm behutsam mit einem Taschentuch auf, als wäre es der Leichnam der alten Trude.

»Wir bleiben keinen Tag länger hier«, sagt Seckendorff tonlos.

»Wenn ich mir einen Rat erlauben darf, Herr: Zieht zu einer heimischen Burg. Wo die Seelen Eurer eigenen Ahnen über Euch wachen, seid Ihr am sichersten.«

»Des war auch mei Gedanke«, wispert kehlig Seckendorff. »Wir gehen zur Ganerbenburg.«

»Die liegt zu fern, Herr!«, wendet Jakob ein, der sich bei Trude zuvor genauer über die Geografie des Geschlechts Seckendorff kundig gemacht hat.

»Is nur ein strenger Tagesritt.«

»Bei den kurzen Tagen im Herbst? Was, wenn uns wieder die Dunkelheit einholt wie beim letzten Ritt? Liegt doch lieber über Nacht in Hiltpoltstein und zieht am lichten Tag geruhsam nach Schnaittach weiter.«

»Hiltpoltstein gehört uns nimmer«, widerspricht Seckendorff.

Genau.

Darum will Jakob ja dorthin. Hiltpoltstein gehört nämlich seit einigen Jahren ... der Reichsstadt Nürnberg.

»Lieber liegen wir in Hiltpoltstein in einem Gasthof, als dass wir wieder von einem Wiedergänger gejagt werden«, überredet Jakob den völlig zerrütteten Ritter von Seckendorff.

Allerlei Spuk

FAST FINDET KLARA im Wald den Eingang zu der Höhle nicht mehr, die Trude ihr tags zuvor gezeigt hat. Da. Im Teppich aus Herbstlaub öffnet sich unauffällig ein steiniger schmaler Schlund. Klara zündet sich ein Licht an und klettert hinein. Drinnen kann sie geduckt tief in den Fels hineingehen. Im Kern der Höhle ist es wärmer als draußen. Der Schein ihres Lämpleins schafft es kaum, den stockdunklen holprigen Höhlenboden vor ihr zu beleuchten.

»Trude?«

»Hier.«

Trude liegt ruhig unter einer dicken Decke, neben ihr der Ranzen mit ihrer bescheidenen Habe. Klara streift sich in fast völliger Finsternis Trudes Kleider ab und legt wieder ihre eigenen an.

»Was wolltest denn mit meinem Gewand?«, fragt Trude.

»Komm, wir brechen auf«, gibt Klara zur Antwort.

Am Höhlenausgang erspäht Klara eine Eidechse, die sich die Höhle als

Unterschlupf für ihre Winterstarre ausgesucht hat. Klara fängt sie ein und steckt sie in ihren Beutel.

»Die brauchst wohl für dei Hexenwerk?«, deutet Trude Klaras Absicht missfällig. Sie traut den beiden jungen Leuten nicht, doch ihre Angst vor Schott und die Sehnsucht nach den Ihren ist noch stärker als ihr Argwohn. Sie kehren zurück zum Streitberg, verbergen sich beim Burgtor im Dickicht und warten, bis Jakob mit dem großen Kastenwagen aus dem Burgtor gefahren kommt. Die Frauen huschen hinüber zu ihm.

»Hopp, hier hinein!«, fordert Jakob Trude auf. Ganz hinten im Wagen hat er eine doppelte Wand eingebaut, hinter die sie Trude nun setzen. Jakob drückt ihr einen Schlauch Wasser und einen Kanten Brot in die Hand. Während er zur Tarnung Gepäckstücke vor dem geheimen Verschlag auftürmt, schärft er ihr ein, mucksmäuschenstill sitzen zu bleiben, bis sie wieder herausgeholt wird.

Peter, Ansel und Otto sind alle drei schlecht gelaunt. Dass man im Dienst eines Heckenreiters viel umherziehen muss, sind sie ja gewöhnt, aber in letzter Zeit wird es selbst den gestandenen Plackerknechten zu viel. Ihr Herr, auch in besten Zeiten nicht gerade ein Ausbund an Besonnenheit und Ruhe, ist rastloser denn je.

Die vier Wegstunden nach Hiltpoltstein reitet Seckendorff stumm vor sich hin, noch ganz betäubt von Tollkirsche, Tollkorn und dem erschütternden Erlebnis, in der Nacht eine lebenslange Weggefährtin als gestaltwandelnde Hexe aus dem Fenster gestürzt zu haben. Darüber verliert er allerdings kein Wort zu seinen Knechten.

In Hiltpoltstein angekommen, kehren sie eilig und unauffällig in den Schutz eines Gasthofs ein, denn auf der hiesigen Burg sitzen ja Nürnberger. Sie wollen keine Aufmerksamkeit erregen, sich in ihre Kammern verkriechen und am nächsten Morgen schleunigst weiterziehen.

»Herr!«, erkennt der Wirt den Ritter von Seckendorff sofort.

»Psst. Wir sind ned hier«, sagt der scharf.

Der Wirt nickt, er versteht: Der ehemalige Grundherr ist geächtet und auf der Burg hockt der Widersacher. Die Unruhe der Placker macht Jakob ganz kribbelig: Endlich haben sie Seckendorff auf feindlichem Gebiet! Ein kurzer Abstecher hinauf auf die Burg und im Nu ist eine Schar Nürnberger Kriegsknechte hier unten im Ort und ergreift den Mörder!

Während die anderen Knechte in den Gasthof einkehren, trödeln Jakob und Klara noch beim Wagen, denn sie müssen Trude aus ihrem Versteck befreien und auf dem Hof ihrer Söhne abgeben. Als sie in den Wagen steigen, ist das Gepäck vor dem Verschlag schon beiseitegeschoben und an einer Seitenwand flattert ein aufgeknüpftes Stück Wagenplane.

»Verflucht! Wo is sie hin?«

»Sie kennt sich hier aus«, sagt Klara. »Sie wird vor lauter Freude über die Heimkunft aus dem Wagen krochen sein und is gewiss scho auf dem Weg zu ihren Kindern.«

»He!«, ruft Ansel von der Gasthaustür. »Der Herr verlangt nach Euch.«

Seckendorff sitzt ruhelos in der Gaststube auf einer Stuhlkante, Hasso dicht an seiner Seite. Er verlangt, dass Jakob und Klara ihm auf seiner Kammer Gesellschaft leisten. Er will bereden, was letzte Nacht vorgefallen ist, sagt er und meint damit: Ich kann nach den Ereignissen der vergangenen Nacht nicht allein sein. Jakob und Klara folgen ihm widerwillig über den Hof des Gasthauses. Viel lieber wären sie sofort zur Burg Hiltpoltstein hinauf geeilt, um Nürnberger Stadtknechte zu holen. Mit schleppenden Schritten quält sich Seckendorff die Hoftreppe zu seiner Kammer hinauf. Auf halbem Weg versteinert er und blickt entgeistert in den Hof hinab. Da sitzt seelenruhig Trude auf einer Bank und strickt!

Jakob reagiert blitzschnell: »Seht ihr des auch, Herr? Da schwebt a Nadelwerk mitten in der Luft!«

»Die Nadeln klappern wie von Geisterhand!«, schließt Klara nahtlos an.

Seckendorff gibt noch nicht einmal preis, dass er die *ganze Trude* sieht. Er steht nur starr da.

»In die Kammer, Herr! Heut is die Nacht von Allerheiligen auf Allerseelen, da is mit dem Übersinnlichen ned zu spaßen! Verriegelt die Tür und öffnet niemand außer uns! Wir bannen den Geist!«, deichselt Jakob die Situation.

Seckendorff stolpert die restlichen Stufen hinauf und verbarrikadiert sich in seiner Kammer. Jakob und Klara rasen in den Hof hinab.

»Trude, du solltest doch verborgen bleiben! Nun hat er dich gesehen!«, zischt Jakob vorwurfsvoll.

»Was soll der ganze Unsinn?«, sagt die Alte, ihr Misstrauen von der stundenlangen unbequemen Fahrt im dunklen Holzverschlag neu entfacht. »Ich kenn euch kaum. Nein, ich bleib hier sitzen und wart auf jemand, dem ich trauen kann.«

»Nein, des wirst du ned. Wir geleiten dich heim«, sagt Jakob in einem Ton, der keine Widerrede duldet. Er zerrt Trude auf die Beine und aus dem Gasthaus.

Als sie eine dreiviertel Stunde später beim Bauernhof von Trudes Familie anlangen, sitzen ihre drei Söhne beisammen im Feiertagsstaat bei Tisch und begehen Allerheiligen. »Mutter?!« Nach all dem Grauen und der Finsternis der vergangenen Wochen ist der Augenblick der reinen Freude, den Klara und Jakob nun stiften, reinster Balsam auf der Schwindlerseele. Drei kräftige Bauernkerle drücken ungläubig die schmächtige alte Mutter, Enkelkindlein werden Trude in die glückschlotternden Arme gedrückt, Tränen vergossen und Dankgebete in den Himmel geschickt.

»Sebastian von Seckendorff hält eure Mutter für verstorben«, erklärt Jakob Trudes Söhnen. »Keiner vom Geschlecht Seckendorff darf sie sehen.«

»Die lassen sich doch hier ohnhin nimmer blicken«, versichert der älteste Sohn, »jetzt, wo die Burg in reichsstädtischer Hand is.«

Auf dem Rückweg in den Ort lächelt Jakob: »Ein schönes, fettes *avere* auf unserem Seelenkonto, mein Weibchen.« Klara nickt zufrieden. Und erst die Gutschrift, die jetzt gleich folgt, wenn sie Seckendorff verhaften lassen! Rachlüstige Vorfreude treibt die beiden strammen Schrittes zurück in den Ort Hiltpoltstein.

Als sie sich dem Burgtor nähern, werden Klaras Knie weich. Prachtvoll, wunderschön wirkt auf sie das Nürnberger Wappen, das das ganze Tor einnimmt: links der rotgezungte schwarze Adler auf goldenem Grund, rechts die schrägen Streifen in Rot und Silber. Sie ziehen an der Glockenschnur.

Es ist so still.

Vielleicht, weil Allerheiligen ist? Ein Knecht öffnet das kleine Türchen im großen Tor, mit einem Gesichtsausdruck, der keine Besucher erwartet.

»Wir müssen den Amtmann sprechen«, sagt Jakob wichtig.

»Der is ned da. Keiner is da, außer mir und der Burgmagd.«

»Was?!«

»Die sind alle abgeordnet, die Nürnberger Gesandten nach Ansbach zu geleiten.«

Ach ja ...

Pirckheimer und die Nürnberger Delegation sollen ja in wenigen Tagen in Ansbach in die Falle des Markgrafen laufen, indem sie wutentbrannt über die ›Verschleppung‹ des Tetzelsöhnchens die vom Kaiser angeordnete Schlichtung platzen lassen.

Hier in Hiltpoltstein ist also niemand, der den Ritter von Seckendorff festnehmen könnte.

»Heut is ned aller Tage Abend«, tröstet Jakob, als sie ernüchtert den Burghügel wieder hinabtropfen. »Wir sind so nah an Nürnberg. Die nächste Gelegenheit ergibt sich bald.«

Klara teilt Jakobs Zuversicht nicht. Wenn Seckendorff erst einmal inmitten Verbündeter auf seiner Ganerbenburg sitzt? Wird es schwierig, ihn da wieder herunterzubekommen.

Sie sind keine zehn Schritte gegangen, als eine Gestalt auf dem Weg erscheint. Jakob und Klara drosseln ihren Schritt, versuchen, ein wenig zu gekünstelt, wie müßige Spaziergänger zu wirken – denn der Mann, der hier im nassen Herbstlaub bei einem Taubenschlag steht, ist Seckendorffs neuester Knecht Otto. Der Klügste unter den dreien, derjenige, der sich am wenigsten zum Narren halten lässt.

»Otto«, macht Jakob langsam. »Gehst dir auch die Beine vertreten?«

Otto entgegnet auf die Frage nichts. Stattdessen will er wissen: »Sagt an, habt ihr wohl die Trude mit herbracht?«

»Wen?«, fragt Jakob ahnungslos.

»Hm«, macht Otto, mustert die beiden noch einmal eindringlich und wendet sich zum Gehen.

»Verflucht, warum kann Otto ned so töricht sein wie die anderen beiden?«, wispert Jakob, als er außer Hörweite ist.

Als sie zurück im Gasthof an Seckendorffs Kammertür klopfen, reißt der fuchswild die Tür auf: »Was lasst ihr mich so lang warten? Ich sagte doch, ich wünsche eure Gesellschaft!«

»Wir haben den Geist gebannt, Herr.« Klara reicht ihm eine Zinnkanne, deren Deckel mit Wachs versiegelt ist: »Hier in dieser Kanne.«

Mit spitzen Fingern dreht Seckendorff das Gefäß, in dem es unruhig rumort. Er erschaudert und drückt es hektisch wieder Klara in die Hand.

»Da is ... er drin? Der Geist der Trude?«

»Ja, Herr.«

Es rumpelt und kratzt leise in der Kanne.

»Fort damit!«

»Gewiss, Herr. Wir vergraben sie draußen. Sperrt Ihr Euch nur wieder sicher in der Kammer ein.«

Sie gehen mit der Kanne vor den Gasthof.

»Die hab ich in der Höhle gefunden«, erklärt Klara. »Eigentlich wollt ich sie ja dörren und Seckendorff als Hexenbann schenken. Aber nun, mein ich, hat sie sich ihr Leben mehr als verdient.«

»Und wie. Lass sie laufen«, bestätigt Jakob.

Klara kniet sich hin, pfropft die Kanne auf und lässt die Streitberger Eidechse frei.

Ganerbenburg

»WAS IS a Ganerbenburg, Herr?«, will Jakob wissen, während sie am nächsten Tag weiterreiten.

»A ritterliche Gemeinschaft. Wir sind a paar Dutzend Ganerben. Und der Burggraf is mei Stammverwandter, Sixt von Seckendorff.«

»Aber Herr, befinden wir uns ned auf Nürnbergischem Land?«

»Alles Land ringsum gehört den Sandhäslein, nur die Ganerbenburg ned. Wir sind gleich einer Insel im Nürnberger Sumpf. Mit Fug nennen die Nürnberger die Burg a Wespennest. Darein wagt ned amol der Bischof von Bamberg zu stochern.«

Na, wunderbar.

Auf der Burg angekommen, muss Seckendorff erst einmal vor den vielen Ganerben samt Weibern und Kindern den furchtlosen Ritter markieren. Erst kurz vor dem Abendmahl kann er sich wieder seinen eigenen Sorgen zuwenden. Er ruft Klara und Jakob in seine Kammer.

»Was haltet ihr dafür, wenn ich des Schlüsselloch zustopf, damit nichts in mei Kammer dringen kann?«, erfragt er ihre fachkundige Meinung.

»A guter Gedanke, Herr! Am besten mit gesegnetem Wachs«, stimmt ihm Klara zu. »In der Burgkappele gibt es gewiss geweihte Kerzen.«

»Wir besorgen des für Euch, Herr«, stimmt Jakob mit ein. »Geht Ihr nur mit Euren Ganerben tafeln. Ihr habt's wohl verdient nach all dem Schrecken.«

Beruhigt macht sich Seckendorff auf in den Burgsaal. Jakob und Klara machen sich daran, sein Gemach vor schwarzem Zauber zu sichern. Während Jakob mit Wachs aus der Burgkapelle das Schlüsselloch versiegelt, starrt Klara versunken auf die dunkelgrün getünchten Wände.

»Weißt was, Jakob – ich hab scho lang nimmer gemalt.«

Jakob sieht sie fragend an.

»Und die Wand hier is so einladend.«

✢

Der Wachspropfen im Schlüsselloch hat wunderbar geholfen, die Nacht war ruhig und Seckendorff schöpft Hoffnung, dass der Spuk hier, in einer Heimatburg seines Geschlechts, endlich vorüber ist. Am nächsten Tag ist er schon frühmorgens wach, voll neuem Mut und hoch beschäftigt. So viele Bekannte, denen er seine Aufwartung machen muss, so viele Unterredungen zu führen, so viele rivalisierende Hirnhauben zu beeindrucken. Klara kann also in aller Muße ihr Malkästchen hervorholen, das schon die ganze Zeit mit ihr herumreist und auf dieser landschaftlich so bezaubernden Brautreise leider noch kein einziges Mal zum Einsatz gekommen ist. Sie beginnt, Seckendorffs Wand zu bearbeiten. Mit dem Rötelstift zeichnet sie vor, dann malt sie mit Rotocker ein Konterfei auf den grünen Grund. Jakob wird ganz anders, als er das Ergebnis begutachtet: So ein unheimliches Porträt hat Klara noch nie geschaffen.

Weil Seckendorff erst nach Einbruch der Dunkelheit in seine Kammer zurückkehrt, nimmt er im schwachen Kerzenschein nicht wahr, was Klara mit seiner Wand angestellt hat.

Erst am nächsten Morgen gellt der Aufschrei.

Klara und Jakob eilen in seine Kammer. Seckendorff starrt auf seine Wand, bebt am ganzen Leib.

»Die versiegelte Tür hält die bösen Geister doch ned auf«, stammelt er.

»Is Euch wohl erneut Böses anheimgefallen, Herr?«, sorgt sich Klara.

»Schau doch an die Wand!«

»Was is an der Wand, Herr?«

»Siehst du des ned?!«, kreischt Seckendorff.

»Was gibt's da zu sehen?«, wundert sich auch Jakob.

»Du siehst es wohl auch ned?«

Jakob verneint.

»A Angesicht! A menschliches Antlitz!«

    Das Antlitz von Adrian Schaller, um genau zu sein.

Eindringlich. Schaurig lebendig. Klara hat sich selbst übertroffen. Über ein Jahr, nachdem sie Adrian zuletzt sah, hat sie sein Gesicht aus der Schatzkammer ihres Herzens geholt und an die Wand gezaubert, mit nichts weiter als verschiedenen Rottönen aus ihrem Malkästchen.

»Holt mir Ansel!«, verlangt Seckendorff nach seinem treuesten Knecht.

    Sehr schön.

Seckendorff zieht den Mann hinzu, der Klara überhaupt erst auf den Einfall gebracht hat, mit Rot und Grün zu arbeiten. Leider kommen bei dem Geschrei und Gekreische ihres Herrn nicht nur Ansel, sondern alle drei Knechte angetrabt.

»Was seht ihr hier?«, verlangt Seckendorff von ihnen zu wissen.

»A Wand«, sagt Ansel, denn er ist ja farbenblind.

»A grüne Wand«, sagt Otto.

    Hä?

Otto ist doch nicht auch farbenblind?

»Um Gottes Willen, Herr!«, schaudert indessen Peter. »Wie kommt denn dies schreckliche Bild an Eure Wand?«

»*Du* kannst es wohl sehen?«, sagt Seckendorff und packt Peter dankbar bei beiden Schultern. »Und ihr vier seht es ned?«

»Was gibt's da zu sehen?«, fragt Ansel verwirrt.

»Herr, was Ihr und Peter da seht, muss a böser Zauber sein«, sagt Klara mit belegter Stimme.

»Was du ned sagst!«, brüllt Seckendorff.

Klara blickt ihn beschwörend an: »Es gibt gewiss einen Grund, warum nur Euch und Peter dies Trugbild erscheint. Wir anderen dienen Euch ja noch ned so lang. Gibt es denn etwas, was allein Euch und Peter widerfahren is ... was die Erscheinung erklären könnt ...?«

Seckendorff schlottert. Zaghaft blickt er wieder auf das Gesicht seines Mordopfers an der Wand.

»Da hat sich doch jemand einen üblen Scherz erlaubt«, beharrt Peter, für den das Bild ganz natürlich und echt ist. »Des hat doch jemand an die Wand gemalt.«

»Peter, so bemüh doch dei Hirn! Wer vermag denn *so* zu malen?«, jault Seckendorff. »Doch kei Mensch! Oder meinst, Lucas Cranach hat sich in mei Gemach geschlichen? Oder Pirckheimers Schoßhündchen, wie heißt er noch ...«

»Albrecht Dürer«, hilft Otto.

Otto wird Jakob mit jedem Tag unheimlicher. Er wird aus ihm nicht schlau. Woher kennt ein Plackerknecht aus den Bergen des Frankenlands denn Albrecht Dürer?

»Ich sag dir«, beharrt Seckendorff, »des is ned von menschlicher Hand.«

Mensch, Klara, nicht geschmeichelt erröten!!!

»Alle verlassen die Kammer. Wir reinigen die Wand mit Weihwasser und übertünchen sie«, bescheidet Jakob. Seckendorff lässt sich das nicht zweimal sagen. Nur Otto bleibt auf dem Weg aus der Kammer kurz im Türrahmen stehen und mustert noch einmal aufmerksam die Wand, von der er behauptet, sie erscheine ihm leer.

Klara und Jakob legen los, holen sich einen Kübel Tünche, Putzlauge und Lumpen. Und in der Burgküche, erinnert sich Jakob, stand doch heute Morgen noch ein Bottich mit dem Blut vom gestrigen Schlachten.

Mittags wagt sich Seckendorff wieder in sein Gemach.

»Habt ihr die Wand scho übertü...?«, fragt er beim Reinkommen und bleibt gleich fassungslos stehen.

»Was, Herr?«, fragt Klara unschuldig.

»Du – tünchst – die – Wand – mit – Blut!«, sagt Seckendorff so entgeistert, dass er nur ein Wort pro Atemzug herausbekommt.

»Aber, Herr«, hält Klara inne und sieht Seckendorff besorgt an, während ein Streifen Saublut hinter ihr widerlich die Wand hinunterrinnt. »Des is *weiße Tünche*«, beharrt sie.

»Ich bin doch ned blind! Des is blutrot!«

Um seine Wahnvorstellungen zu widerlegen, hält Klara die flache Hand so dicht an die Wand, dass es Seckendorff scheint, sie drücke sie darauf ab. Sie zeigt Seckendorff ihre zuvor mit der Tünche präparierte schneeweiße Handfläche. Der Ritter tritt an die Wand und patscht seine Hand direkt ins Schweineblut. Matt vor Grauen betrachtet er seine blutnassen Finger.

»Ihr macht uns Sorge, Herr«, sagt Klara sanft.

Seckendorff stürmt aus dem Zimmer.

»Nun aber flugs!«, sagt Jakob, eilig den Eimer Seifenlauge aus der Ecke zerrend. Fieberhaft schrubben sie die Blutspur von der Wand.

»Sauerei«, lacht Jakob.

Als Seckendorff mit seinen Knechten als Zeugen zurück in seine Kammer kommt, weißeln Jakob und Klara seelenruhig die völlig unauffällige Wand.

Erschwernis

»HERR, IHR SEID so still. Leidet Ihr noch unter den Erscheinungen?«, testet Klara beim Essen die Stimmung. Ob das Wandbild schon genug war, um Seckendorff wieder aus seinem Unterschlupf zu verjagen?

Seckendorff starrt in seinen Wein und sagt: »Ich muss damit leben lernen. Kei Ort auf der Welt is sicherer als hier. Ich kann ned mein Lebtag davonrennen.«

Oh, nein!

»Und jedes Mittel, was du mir zur Abwehr von Zauber und Hexerei angeraten hast, war vergebens«, fügt er hinzu. Er spielt nachdenklich mit einer Strähne von Klaras halb aufgedröseltem Zopf: »Mei Mutter hat immer gesagt, Hexen erkennt man am roten Haar.«

»Altweibergewäsch«, lacht Klara, so leichthin sie mit ihrer eng werdenden Kehle kann.

»Und des Geisterbild an der Kammerwand müsstet auch ihr gesehen haben, du und dei Bruder. Des Antlitz an der Wand – des kanntet ihr nämlich auch.«

»Da war kei Antlitz an der Wand, Herr.«

Seckendorff rückt ihr nah auf den Leib: »All meine Heimsuchungen haben nur eines gemein: Dass immer *du* in meiner Nähe warst. Ehe ich dich und Jakob in meinen Dienst nahm, litt ich nie unirdische Erlebnisse. Bist du's, die mich behext?«

Klara weiß nicht, was sie erwidern soll. Zum Glück kommt ein Kind aufgeregt in den Saal geplatzt: »Der Ritter von Geislingen is da!«

Jäh kommt Bewegung in die Ganerbenburg und Klara kann sich im Gewimmel davon ducken. Unter großem Aufsehen reitet Geislingen mit Gefolge in den Burghof ein und wird mit Fragen bedrängt, noch bevor er aus dem Sattel gesprungen ist. Wie ein siegreicher Krieger lässt er sich in den Rittersaal ziehen. Seiner guten Laune nach ist die Schlichtung für die Ritterschaft ausgezeichnet und für die Nürnberger Abordnung übel verlaufen. Die Ritter feiern das ausgelassen.

Herablassend freundschaftlich sagt Geislingen zu Seckendorff: »Du hättest deine rechte Freud gehabt, Sebastian.«

Seckendorff schmollt über seinem Humpen.

»Mein Lieber, gräm dich ned. Für dich hab ich einen Anschlag im Sinn, der Thomas von Absbergs Verschleppung des Tetzelchens gänzlich in den Schatten stellen wird!«, verheißt ihm Geislingen.

Seckendorff horcht auf. Thomas von Absberg in den Schatten zu stellen, wäre genau das Richtige für sein von Schadenzauber und Furcht gebeuteltes Selbstwertgefühl.

»Einer meiner Männer hat in Ansbach einen Knecht der Nürnberger Abordnung ausgehorcht und erfahren, dass Pirckheimers älteste Tochter mit ihren Vetterchen in Heroldsberg weilt, während der Vater überland zieht. Unbewacht und unbewehrt.«

Klara gefriert das Blut in den Adern. Unter dem Tisch schlingt Jakob sein Bein fest um Klaras Wade.

»Was schert uns, wo Pirckheimer sei Kind abstellt?«, fragt Seckendorff, schwer von Begriff.

»Eine Pirckheimertochter is doch weitaus wertvoller als ein Tetzelsöhnchen! Pirckheimer is derjenige, der die Fäden zieht beim Kaiser. Er is des Hirn der Nürnberger Kriegsstube. Wenn wir sei Töchterlein in unsere Gewalt bringen, is die Hölle los in Nürnberg. Die Nürnberger sind geschwächt – nun gilt's, sie weiter ins Feuer zu nehmen, sie mürbe zu machen«, brennt

Geislingen vor Fehdewut. »Reit nach Heroldsberg und greif dir des Jungferl.«

Jetzt begreift auch Seckendorff. Sein niedergeschlagenes Gesicht lebt auf.

Otto windet sich seltsam schwerfällig und unbeholfen von der Sitzbank. Er entschuldigt sich: »Ich hab wohl zu tief ins Glas geschaut.«

»Ich wohl auch ...«, murmelt Klara als Vorwand, um auch sich und Jakob vom Gelage zu entfernen, denn was sie da soeben gehört haben, bedarf dringender Besprechung. Jakob folgt ihr auf den Hof.

»Wir müssen Seckendorff zuvorkommen«, fiebert Jakob. »Entsinnst dich noch, was der Wirt in Heroldsberg gesagt hat – wo sich die Geuder immer aufhalten?«

»Im Herrenhaus – im Weißen Schloss.«

»Wenn wir gen Heroldsberg reiten, lotse ich Seckendorff ins Rote Schloss. Dort wird er Felicitas und die Geuderbuben ned vorfinden und es wird ihn einen Augenblick kosten, in Erfahrung zu bringen, dass es noch zwei weitere Schlösser gibt. Des gibt dir Zeit, zum Herrenhaus zu eilen und Felicitas zu warnen. Dann reitest mit ihr wie der Wind nach Nürnberg. Felicitas soll alles melden und sogleich Stadtknechte nach Heroldsberg senden. Du wartest derweil vor den Stadttoren auf mich.«

»Ich verberg mich in Pirckheimers Lustgarten«, sagt Klara brodelnd. Die plötzliche Wendung, die enorme Spanne dazwischen, wie grauenhaft ein Scheitern und wie grandios ein Gelingen ihres hastig gefassten neuen Plans wäre, lässt Klara vor plötzlicher Aufregung nur so sieden.

»So fassen wir ihn doch noch!«, glüht auch Jakob.

»He!«, brüllt Peter ihnen über den Burghof zu. »Kommt zurück in den Saal! Der Herr will Ränke für den Heroldsberger Anschlag schmieden.«

Wir ja auch.

»Und wo is der Otto?«

»Wohl auf sei Kammer«, sagt Klara, denn als sie im Burghof anlangten, war Otto bereits außer Sicht.

»Ich hol den Saufbold«, brummt Peter und stapft über den Hof zu den Gesindekammern.

Noch ehe Klara und Jakob den Rittersaal erreichen, brüllt Peter in heftiger Dringlichkeit vom Gesindeflügel: »Jakob, komm her! Klara, renn geschwind in den Saal und hol den Herrn!«

Verräter

WÄHREND KLARA in den Burgsaal eilt, um Seckendorff Ottos augenscheinliche Notlage zu melden, rast Jakob die Hoftreppe hinauf zu den Gesindekammern. Was ist Otto denn passiert? Hat ihn etwa der Herzkasper gepackt oder der Schlag getroffen? Sein sonderbares Gebaren im Rittersaal, sein plötzlicher Rückzug auf die Kammer deuten ganz darauf hin. Und gibt es hier in diesem Raubnest überhaupt einen Medicus ...?

Als Jakob in der Kammer anlangt, kniet Peter bei Otto, der auf dem Boden liegt. Nein, er kniet nicht *bei* Otto.

Er kniet *auf* seinem Hals! Otto wehrt sich nach Kräften.

»Hilf mir, den Verräter niederzuhalten«, fordert Peter atemlos.

Jakobs Blick durchstreift blitzschnell den schmucklosen Raum: eine Pritsche, ein Kästlein, ein Stuhl und ein Tisch – und darauf des Rätsels Lösung: eine brennende Ölfunzel und ein winziger Bogen Papier nebst Feder und Tintenfässlein.

»Was is geschehen?«, fragt Jakob arglos. Seine Überraschung muss er nicht vortäuschen, die Ahnungslosigkeit hingegen schon, denn ihm ist sofort klar: Ein *gewöhnlicher* Plackerknecht kann nicht lesen und schreiben – und die Schrift auf der seltsam kleinformatigen Epistel auf dem Tisch ist ebenmäßig und geübt. All das rätselhafte Verhalten, das Otto seit der Plassenburg an den Tag gelegt hat, schwärmt Jakobs Hirn:

> Dass Otto als Einziger der Rotte nicht glauben wollte, ihnen sei wahrlich ein kopfloser Reiter begegnet.
>
> Dass er als Einziger das Bedürfnis hatte, die alte Trude vor Seckendorffs Rohheit zu schützen.
>
> Dass er sich einfach ihrem Streich mit dem Wandbild angeschlossen und behauptet hat, das Bild auch nicht sehen zu können.
>
> Dass ihm der Name Dürer geläufig war.
>
> Und dass er sich in Hiltpoltstein bei der Nürnberg gehörenden Burg herumgedrückt hat – und zwar ...
>
> beim Taubenschlag!

Jakobs Blick fällt wieder auf den wunderlich kleinen Bogen Papier. Er entziffert nun, was da in winzigen, säuberlichen Buchstaben geschrieben steht: »Wohlweise Herren ...«

Nun begreift er, was Otto in Hilpoltstein wollte: dasselbe wie Jakob und Klara. Doch weil die Nürnberger Stadtknechte alle ausgeflogen waren, begnügte er sich mit einer Brieftaube aus dem Kobel. Und soeben schrieb Otto eine dringende Botschaft, die er mit der Taube in ihren Nürnberger Heimatschlag senden wollte, um vor der geplanten Entführung der Pirckheimertochter zu warnen.

    Otto ist ein Späher Nürnbergs.

Genau wie Jakob und Klara verfolgte Otto auf ihrer ganzen Reise nur ein Ansinnen: Seckendorff zu Fall zu bringen.

    Kann Jakob Otto irgendwie helfen? Nein, gar nichts kann er tun, denn Peter kniet auf Ottos Halsschlagader und Seckendorff kommt in die Kammer gestürmt, gefolgt von Klara und Ansel.

    »A Verräter, Herr! Der Otto ... der schreibt da was!«, ruft erregt der schreibunkundige Peter.

    Seckendorff reißt das Papier an sich, liest und wird kreidebleich. »Da fürcht ich die Totengeister – dieweil sind die *Lebenden* die wahre Gefahr!«, ruft er hysterisch. »Bringt ihn in den Saal, auf dass jedermann sehen kann, wie ich mit Verrätern verfahr!«

    Ansel und Peter schleifen Otto über den Burghof. Jakob geht befangen mit Klara hinterher. Erklären kann er ihr leider nichts. Er drückt nur fest ihre Hand.

    Im Rittersaal dröhnt Seckendorff schon beim Hereinkommen: »Edle Ganerben, seht her, was ich auftan hab! Einen elenden Verrat!«

    Das Lärmen im Saal verstummt. Von Seckendorff hat das Gehör der ganzen Ritterschar. »Der Knecht hier is a Späher! Soeben hab ich ihn ertappt, wie er *dies* Schreiben an die Nürnberger senden wollt«, triumphiert er, mit dem Bogen wedelnd, trunken von allseitiger Aufmerksamkeit, denn jeder Ganerbe samt Weib, Kind und Knecht verfolgt das Geschehen gebannt.

    »So will ich Sorge tragen, dass du derlei Verrat fortan nimmermehr übst«, schreitet von Seckendorff zur Bestrafung. Er zieht sein großes Messer vom Gürtel und heißt Ansel und Peter, den Verräter zu ihm zu schleppen.

    »Mund auf«, fordert er.

    »Herr ...«, stammelt Otto, doch damit gibt er Ansel und Peter nur Gelegenheit, ihn beim Schädel und Unterkiefer zu packen und seinen Mund aufzuhalten. Von Seckendorff setzt das Messer an und will Otto mit einem energischen Schnitt die Zunge kappen, doch er rutscht ab. Otto brüllt dumpf. Blut schwallt aus seinem Mund und besudelt seine Peiniger, während Seckendorff ungeschickt versucht, die blutschlüpfrige Zunge wieder zu fassen und sein grausames Werk zu vollenden.

Jakob kann nicht mehr hinsehen. Doch ebenso wenig kann er Klara anblicken, denn er weiß: Wenn sich ihre flauen Blicke treffen, verraten sie sich beide. Stattdessen starrt Jakob in die Menge der Ganerben. Ihn erschüttert die Wonne, mit der alle dem Gräuel beiwohnen, selbst die Frauen und die kleinsten Kinder. Gebietet denn keiner der Barbarei Einhalt? Jakob lenkt vorsichtig seinen Blick wieder auf Otto, der matt auf dem Boden liegt und röchelnd Blut spuckt.

»Somit wär die Gefahr gebannt, das du je wieder einen mit deiner wohlredenden Zunge betrügst«, sagt Seckendorff zufrieden. »Nun bleibt noch ...«

Er wedelt wieder mit dem Brief.

Ansel und Peter verstehen sofort, worauf ihr Herr hinaus will. Sie packen Ottos Schreibhand und legen sie auf die Bank, neben der er zusammengesackt ist. Seckendorff wird doch nicht grausam und töricht genug sein, mit dem gleichen, viel zu stumpfen Messer ...

Er tut es.

Wieder wird die Prozedur eine stümperhafte Sudelei. Sogar den abgebrühten Ganerben wird das zu viel, sie mischen sich ein, beanstanden Seckendorffs Werkzeugwahl. Einer reicht ihm sein Schwert. Zumindest ist Otto längst bewusstlos.

Von Geislingen betritt den Saal.

Jetzt erst fällt Jakob auf, dass er während des Gemetzels abwesend war. Er ist sichtlich schockiert, dass sich der Festsaal in einen Schlachthof verwandelt hat, während er nur kurz Austreten war.

»Was geht hier vor?«

»Was Kunz Schott kann, kann ich längst, wenn es die Not erfordert«, erklärt von Seckendorff, außer Atem, beschmiert und geil vor Blutrausch. »A Verräter! Auf frischer Tat ertappt beim Verfassen eines Schreibens an die Nürnberger!«

»A Verräter in *deinen* Reihen? Und wohl scho seit Kulmbach?«, begreift sofort der Ritter von Geislingen, der ja noch nie viel auf Seckendorffs Verstand hielt. »Allmächtiger Gott!«

Dass Seckendorffs Entdeckung ihm in Geislingens Augen nicht zur Ehre gereicht, sondern wegen seiner langen Arglosigkeit eher zur Schande, stachelt Seckendorff nur noch weiter auf.

»Und bratet mir des Brieftäublein, Gerechtigkeit üben macht hungrig!«, befiehlt er grölend und macht damit Jakobs zaghafte Hoffnung zunichte, er könnte damit vielleicht selbst noch eine Botschaft an den Rat absetzen.

»Dei Zügellosigkeit wird uns alle noch zum Verhängnis«, weissagt düster der Ritter von Geislingen.

»Was hätt ich mich denn zügeln sollen? Die Strafe folgt am besten auf dem Fuß!«

»Vielleicht ...«, seufzt der Ritter von Geislingen mit geradezu schulmeisterlichem Verdruss, »hätt man den Kundschafter erst noch *ausfragen* sollen, ehe man ihn dazu außer Stande setzt. Wer weiß, was der seit Kulmbach den Nürnbergern schon alles berichtet hat! Du Narr bist ja tagelang mit ihm übers Land zogen!«

Er stupst missgelaunt mit der Stiefelspitze den ohnmächtigen, seiner Zunge und Schreibhand beraubten Otto. »So nützt er uns gar nichts mehr.« Mit eiskalter Präzision schiebt der Ritter von Geislingen Otto langsam sein Schwert in den Nacken.

»Nun bring uns wenigstens des Töchterlein Pirckheimers.«

Flucht

MIT EINEM KNECHT weniger zieht der Tross im Morgengrauen in Richtung Heroldsberg los. Klara auf dem Karren klammert ihr Fürtuch auf dem Schoß, denn sie glaubt, jeden Moment speien zu müssen. Das Grauen des Vorabends und die bange Anspannung auf das Bevorstehende sind auch ohne holprige Karrenfahrt schon zu viel. Bisher war Klaras Aufmerksamkeit immer ganz davon eingenommen, wie sie den nächsten Betrug bewerkstelligen, und sie dachte kaum daran, was ihnen droht, falls sie scheitern.

Seit gestern weiß sie es.

Klara geht dutzende Male im Geiste durch, was sie tun muss, wenn sie in Heroldsberg ankommen. Sie versucht sich angestrengt zu erinnern, wie die Gassen in Heroldsberg verlaufen, doch sie war ja nur einmal zu einer kurzen Mittagsrast dort. Sie wird nur wenige Augenblicke haben, um sich ungesehen vom Plackertross zu entfernen und Felicitas zu finden.

Am frühen Nachmittag kommt das Rote Schloss in Sicht, das falsche Schloss, in das Jakob Seckendorff zuerst lenken will.

»Da is es!«, ruft Jakob lauthals.

Es geht los.

Nun muss Jakob Seckendorff ablenken, damit Klara sich davonstehlen kann. Er zieht ein Stück Fleisch aus dem Wams und lockt leise: »Hasso!«

Der Hund wundert sich, bei seinem echten Namen gerufen zu werden. Er trabt willig auf Jakob zu. Jakob nimmt einen scharfkantigen Stein aus der anderen Wamstasche und schleudert ihn Hasso mit präziser Wucht an den Kopf. Nicht ohne Befriedigung beobachtet Klara, wie Hasso zweimal um die eigene Achse wirbelt und dann jaulend zu Boden sinkt.

»Herr, Euer Hund!«, ruft Jakob.

Die Aktion verfehlt ihre Wirkung nicht. Kurz vor seinem Ziel springt Seckendorff vom Pferd und kniet sich neben das liebgewonnene Tier in den Kies der Dorfgasse. Jakob, Peter und Ansel scharen sich besorgt um ihn. »Allmächtiger!« »Was hat er denn?« »Armer Zerberus!« und Ähnliches plärrt Jakob laut, um das Knirschen von Eleonores Schritt zu übertönen, als Klara sie in eine Seitengasse führt. Noch viel lauter als Eleonores Hufschlag ist Klaras Herzschlag. Sie schleichen den Zaun des Grünen Schlosses entlang, an der Mauer der Wehrkirche vorbei zum Weißen Schloss. Auf der anderen Zaunseite schlägt ein Hund an, als er die fremde Gegenwart wittert. Klara kennt das quietschige kleine Kläffen.

Apollo!

Ihr Herz springt. Felicitas ist hier! Klara geht eilig am Zaun entlang, sucht nach einem Weg in das Anwesen, denn sie hat keine Zeit, an der Pforte zu läuten und langwierig mit einem Hausknecht um Einlass zu verhandeln.

Da! An einer Stelle auf dem hügeligen Gelände zwischen Wehrkirche und Schloss ist der Palisadenzaun niedrig genug. Klara legt Eleonores Zügel um einen Zaunpfahl und schwingt sich über die Einfriedung in den Schlossgarten. Apollo kommt gerast und kläfft Klara feindselig erkennend an. Er hat ihr den Nasenstüber in der Dürerwerkstatt wohl noch nicht verziehen.

»Ja, gut so! Bell, so laut du kannst«, ermuntert Klara ihn. »Ruf mir dei Herrin her!«

Tatsächlich ertönt Felicitas' Stimme um die Schlossecke: »Was is denn, du tolles Hündch...«

Felicitas ist um die Ecke gebogen und steht versteinert, Mund halboffen. Hinter ihren weit aufgerissenen braunen Augen rattert ihr Verstand in hilflosem Leerlauf, denn vor lauter Sorge um Felicitas ...

... hat Klara völlig vergessen, in welcher Gestalt sie vor ihr steht!

Keine Zeit für Erklärungen.

»Am Tor vom Roten Schloss steht a Tross Heckenreiter, dich zu verschleppen! Komm mit!«

Klara packt die entgeisterte Felicitas beim Handgelenk und zerrt sie zu der Stelle, wo sie über den Zaun hereingestiegen ist. Sie nötigt Felicitas hinüber. Apollo bellt jämmerlich auf der anderen Zaunseite.

>Ach, verflucht, Köterlein.

Klara erbarmt sich und hebt auch ihn hinüber. Dann drängt sie Felicitas in Eleonores Sattel, schwingt sich dahinter und gibt dem Pferd die Sporen.

»Was zum Teufel geht hier vor?«, ruft Felicitas, die zwar nicht die Lage, wohl aber deren Dringlichkeit begreift.

»Schweig, bis wir in Sicherheit sind. Kennst du die Mühle da unten auf dem Weg gen Nürnberg?«

»Die Hundsmühle. Die gehört den Geuder.«

»Trefflich.«

Klara galoppiert und Apollo rast nebenher, was seine kurzen Beinchen hergeben. Als der Feldweg bald darauf zum schützenden Waldweg wird, wagt Klara, von ihrem rasenden Galopp in Trab zu verfallen, damit Apollo sie nicht verliert. Bei der Hundsmühle angekommen, bindet sie Eleonore hinter dichtem Gestrüpp an und schiebt Felicitas in den Schutz des Holzverschlags, in dem Klara auf der Reise nach Kulmbach ihre Knabenkluft abgelegt hat. Erschöpft sinkt sie auf den Boden und löst sich japsend den wollenen Goller, glühend vor Aufregung und Anstrengung.

Felicitas' Blick wandert zu Klaras nun sichtbarem, straff geschnürtem Mieder, aus dem sich ihr atemlos wogender Busen wölbt – und keinen Zweifel daran lässt, dass *Adrians* sonderbarer Aufzug kein Mummenschanz ist.

»Du bist ...«, stottert Felicitas. Sie nähert sich befremdet, berührt zaghaft Klaras Zopf. »Was is des für Teufelswerk?«

»Kei Teufelswerk.«

Klara streift sich ihr Kopfbündchen ab und strubbelt sich durch den verschwitzten, Felicitas wohl vertrauten Bubenschopf. Das löst ihre Befangenheit ein wenig. Sie kniet sich zu Klara auf den Boden, nimmt ihr das Gebilde aus Kopfbündchen und Zopf aus der Hand und dreht es forschend in ihren Fingern.

»Lange Geschichte«, schnauft Klara.

»Die du mir sogleich in allen Einzelheiten entdeckst!«, verlangt Felicitas.

»Willst ned erst wissen, wer dich verschleppen will?«, keucht Klara.

»Irgendwelchen verfluchten Heckenreiter, wen schert's? Die viel bedeutendere Frage is doch, was hast du damit zu schaffen? Und wer *bist* du überhaupt?«

Nach einer kurzen Schreckstarre ist Felicitas schon wieder ganz ihr resolutes, wissbegieriges Selbst.

Klara beschreibt Felicitas stark verkürzt ihren Weg von der Laurerwerkstatt über die Dürerwerkstatt in den Dienst des mörderischen Geächteten. Felicitas hört aufmerksam zu. Während Klaras Erzählung wandelt sich ihr Ausdruck von ungeduldiger Neugier zu nachdenklichem Ernst.

»Und nun?«, fragt Felicitas.

»Wir wollten wieder in Dürers Dienst zurück. Er erwartet uns ja jeden Tag. Aber nun, da der Schein gebrochen is ...«, sagt Klara mit einer resignierten Geste in Richtung Felicitas.

»Wenn ich euren Trug meinem Vater entdeck, dann muss der abwägen, ob er es Albrecht preisgeben soll. Vater steht dann vor der Wahl, entweder seinem besten Freund etwas zu verhehlen oder ...«, seufzt Felicitas, »... *oder ihm des Herz zu brechen*. Ahnst du denn überhaupt, wie inniglich Albrecht dich liebhat? Gleich einem eignen Sohn!«

Klara nickt schmerzlich.

»Und Agnes, die alte Krähe, die vergöttert deinen Bruder«, fügt Felicitas hinzu.

»Er is ned mei Bruder. Er is mei frisch angetrauter Eheliebster.«

»Ha«, macht Felicitas perplex. Sie überlegt und kommt zu einem Entschluss: »Nein, die Ungemach will ich meinem Vater ned bereiten. Überdies darf a Jungfer durchaus die eine oder andere Heimlichkeit vor ihrem Vater haben.«

»Meinst du's ernst? Du sagst deinem Vater nichts?«, fragt Klara hoffnungsvoll.

»Nimm's als Dank dafür, dass du mich soeben vor einer Rotte Placker gerettet hast«, grinst Felicitas.

Sie drückt Klara mit kindlicher Herzlichkeit: »Und glaub ned, dass ich dich ned versteh! Als Weib dürftest Albrecht allenfalls den Werkstattboden kehren. Und dabei bist du doch die einzige von all den Malermotten, die ihn umschwirren, die ned erbärmlich in seinem gleißenden Licht verglüht.«

Klara sieht Felicitas an, dass sie es ehrlich meint. Sie ist nicht nur die Tochter von Willibald Pirckheimer. Sie ist auch die Nichte von Caritas Pirckheimer. Und von Klara Pirckheimer, von Juliane Geuder und den anderen hoch gebildeten, geistesmächtigen Tanten. Sie ist die Älteste einer ausgefuchsten Schwesternschar, die ihre nächsten männlichen Anverwandten, die drei kleinen Geudersöhne, bei ihren gemeinsamen Lehrstunden mühelos in den Schatten stellt. Freilich versteht Felicitas Pirckheimer, warum Klara sich anmaßt, können, wissen und tun zu wollen, was Männer können, wissen und tun dürfen. Klara kommen die Tränen.

»Mich kränkt lediglich, dass du mir des ned scho viel früher entdeckt hast. Weiß es denn sonst jemand in Nürnberg?«, will Felicitas wissen.

»Der Hans«, gesteht Klara.

»Ach. Des erklärt sei sonderbares Gebaren. Nun, der is ja fort auf Wanderschaft.«

»Äh, genauer gesagt – beide Hänse«, muss Klara präzisieren.

»Hans Sachs?«, empört sich Felicitas, beleidigt die Arme verschränkend. »Und hat es *mir* ned verraten? Und der Schlüffel will mei Minnesänger sein!«

»Meistersinger«, korrigiert Klara schniefend.

Sie wischt sich die feuchten Augen und rappelt sich auf: »Genug geschwatzt. Wir haben einen Verbrecher zur Strecke zu bringen.«

Herrenhaus

»MARTER, LEID UND Sakrament!«, fährt Seckendorff aus der Haut, als im Roten Schloss außer einer uralten Hausmagd keine Menschenseele anzutreffen ist. Peter knöpft sich die Alte unsanft vor. Die erteilt freilich die Auskunft, dass es da auch noch andersfarbige Schlösslein der Geuder in Heroldsberg gibt.

»Lasst uns erst hier noch genauer suchen, Herr«, versucht Jakob, Zeit für Klara zu schinden.

»Hier is sie ned, hat die fette Blunzen doch gesagt!«, zetert Seckendorff.

Also ist der Tross leider schon bald wieder auf der Straße und findet auch schnell das Weiße Schloss. Ansel will gerade mit seinem Brecheisen das Palisadentor zersplittern, als jemand arglos von innen öffnet und erstarrt.

Johanna.

»Lor...«, will sie sagen, doch Jakob klatscht ihr eine grobe Hand über den Mund, damit sie ihn nicht bei seinem Nürnberger Namen nennt.

»Nein, mei Holde, du hältst dich artig still, damit uns dei Herrin ned kommen hört.«

Sein uncharakteristisch barsches Verhalten findet Seckendorff löblich: »Na, Jakob, hat dich Ottos Exempel wohl gelehrt, etwas Eifer zu zeigen?«

Zufrieden und mit neuer Gewissheit, seine zu Verschleppende bald zu finden, stelzt der Ritter mit seinem Gefolge ins Herrenhaus. Jakob zerrt Johanna mit sich hinein und drängt sie in das nächstbeste Zimmer, während Ansel und Peter auf der Suche nach Felicitas in andere Teile des Schlosses ausschwärmen.

Er wispert: »Johanna, kann ich dich loslassen? Du wirst ned plärren?«
Johanna nickt mit großen Augen. Jakob lockert vorsichtig seinen Griff.
»Is Felicitas in Sicherheit?«, will er wissen.
»Lorenz, was geht hier vor?«, stammelt Johanna.
»Des siehst doch, Heckenreiter. Die trachten nach Felicitas, doch Kla... doch Adrian hat sie in Sicherheit bracht – so es ihm denn gelungen is.«
»Was hast du mit Heckenreitern zu schaffen, Lorenz?«, bebt Johanna.
»Des kann ich dir nun gerade wahrlich ned in Muße erläutern. Wo sind die Geuderknaben?«
»In ihrer Kammer oben.«

Jakob wagt sich mit Johanna aus dem Stüblein. Ansel und Peter sind nicht zu sehen, sie suchen wohl noch. Ein gutes Zeichen. Von der Vorhalle späht er in die große Wohnstube. Seckendorff flätz bereits breit in Martin Geuders Lehnstuhl am Kamin und wartet auf Ergebnisse. Ansel kommt vom Garten in den Saal und vermeldet, nichts gefunden zu haben. Peter führt nicht etwa eine wohlgeborene Jungfer, sondern einen afrikanischen Hünen vor seiner gezückten Schwertspitze her in den Raum. Seckendorff zuckt bei Kitos Anblick zusammen.

»Edle Jungfern sind hier leider Gottes keine, doch den hier hab ich entdeckt!«, meldet Peter stolz.

Jakob in der Vorhalle hält bändigend seinen Arm vor Johanna, damit sie ihrem Liebsten nicht kopflos zu Hilfe stürzt.

»Legt des Geschöpf da nur geschwind in Fesseln!«, fordert Seckendorff faserig. Peter und Ansel binden Kito die Hände mit einem Strick auf den Rücken.

»Wohin mit ihm, Herr?«
»Mir aus den Augen«, sagt Seckendorff. Peter schubst Kito aus dem Wohnsaal in die Küche.

»Wo is nun des verfluchte Pirckheimerkind?«, gellt Seckendorff. »Sucht weiter im Grünen Schloss, ihr Taugenichtse!«

»Es gibt einen Gesindeeingang zur Küche«, wispert Johanna. Sie führt Jakob ungesehen durch den Garten in die Küche, wo sie Kito auf dem Boden hockend an ein Tischbein gebunden finden. Jakob legt einen beschwichtigenden Finger auf die Lippen, damit Kito seine Verwunderung über die Gegenwart des Dürerknechts nicht allzu laut ausdrückt. Er macht ihn los.

»Was treibst du hier, Lorenz?«, wispert Kito.

»Der geistesmächtige, besonnene Junker da drin ...«, beschreibt Jakob.

»... der sich allein bei meinem Anblick fast in die Hosen scheißt?«, spottet Kito.

»Genau der – des is der Ritter von Seckendorff.«

»Ah, der Geächtete«, weiß Kito. »Den hätt ich mir eindrücklicher vorgestellt. Gefährlicher.«

Jakob warnt Kito, dass Seckendorffs hasenfüßiger Schein trügt. Er schildert knapp Seckendorffs Mordsucht, seinen Auftrag, Felicitas zu entführen, und seine eigene Absicht, den Placker in die Arme der Nürnberger zu treiben.

Sie müssen nun dafür sorgen, dass Seckendorff hier im Herrenhaus bleibt, bis die Nürnberger kommen.

»War hier ned a Hausmagd?«, brüllt Seckendorff vom Saal. »Die soll ihres Amtes walten und was zum Trinken herschaffen!«

Jakob nickt Johanna aufmunternd zu. Sie gießt eine Kanne Wein ein und sieht mit einer steil erhobenen Augenbraue zu, wie Jakob eine Faustvoll Kräuter aus seinem Gürtelbeutel greift und in die Kanne rieseln lässt.

»Tollkraut?«, mutmaßt Kito.

»Teufelswurz. Rühr gut um.«

Jakob geht mit Johanna in den Saal.

»Jakob, wo warst du denn? Wo is Klara?«, kläfft Seckendorff. »Zerberus is verletzt. Sie soll ihr Teufelskunst an ihm üben.«

»Ich such sie gleich, Herr«, versichert Jakob und kniet sich zu dem Hund, der schlafend, vielleicht auch bewusstlos am Kamin liegt. Ob Jakob ihn hart genug getroffen hat, dass er stirbt? Als Johanna Seckendorff einen Becher Wein einschenken will, reißt er ihr die ganze Kanne aus der Hand, gießt sich selbst ein und leert den ersten Becher in einem Zug.

Kleinlaut kehren Ansel und Peter zurück und berichten, das Grüne Schloss durchsucht und im ganzen Örtchen gebührlich Angst und Schrecken verbreitet zu haben: beim Gastwirt, beim Priester nebenan und einer Handvoll argloser Bauern. Vergebens, keine Spur von der jungen Pirckheimerin.

Bravo, Klara.

Sie hat es wirklich geschafft, Felicitas den Plackern zu entziehen. Seckendorff hechelt sich kurz vor den unweigerlichen Tobsuchtsanfall.

Ansel versucht sich in Schadensbegrenzung: »Herr, Pirckheimers Neffen sind doch auch hier. Wenn Ihr Pirckheimers Tochter scho ned erhascht, so schatzt halt seinen Schwager für dessen Söhn.«

»Bringt mir die Buben her! Wollen wir sehen, wie viel Geuder springen lässt, wenn er a paar Kinderhänd auf seinem Schreibtisch vorfind!«

Johanna brüllt entsetzt auf.

»Und bringt des geschreiige Weibsbild zum Schweigen«, sagt Seckendorff, dessen Lebensgeister vor lauter Stolz auf seinen grausamen Einfall wieder erwachen.

»*Nur über meinen Leichnam* krümmt ihr den Knaben auch nur a Haar!«, widersetzt sich Johanna, nicht ahnend, was für ein durchaus gangbarer Vorschlag das für Seckendorff ist.

»Johanna«, warnt Jakob fast lautlos.

Johanna versperrt Ansel und Peter mit trotziger Miene den Weg zum Treppenaufgang. Ansel hebt sie mit Leichtigkeit aus dem Weg. Es überrascht ihn sehr, als Johanna sich wie eine Wölfin von hinten auf ihn wirft und mit aller Macht ins Ohr beißt. So viel weibliche Wehrhaftigkeit sind die Placker nicht gewöhnt. Peter packt Johanna, reißt sie von Ansel los und stößt sie mit Wucht davon. Johanna strauchelt rücklings, sie stürzt, schlägt mit dem Hinterkopf auf der Kaminsimskante auf.

Sie bleibt reglos liegen.

Jakob erstarrt. Ganz im Gegensatz zu Kito, der alles um die Küchentür spähend beobachtet hat und nun wie eine Naturgewalt auf Peter niedergeht. Bevor der weiß, wie ihm geschieht, rammt Kito ihn so heftig ins Mauerwerk, dass Peters Schädel kracht. Wie er leblos hinabsinkt, hinterlässt er eine breiige rote Spur an der weißen Wand. Kito greift sich den Schürhaken vom Kamin und muss ihn nur mit einem kräftigen, ausladenden Schwung durch die Luft brausen lassen, um Ansel durch die Gartentür in die Flucht zu schlagen. Seckendorff hängt wie ein Schluck Wasser in Geuders Lehnstuhl, morsch vor Entsetzen und vom Tollkraut, das ihm inzwischen die Adern flutet. Kito lässt den Schürhaken fallen und stürzt an Johannas Seite. Ein leises weibliches Stöhnen. Ein Ächzen unendlicher Erleichterung aus Kitos Kehle.

Sie lebt noch.

Jakob wagt, dem halb besinnungslosen Seckendorff Handgelenke und Knöchel zu fesseln. Der sieht ihm ungläubig unter schweren Lidern dabei zu, als wäre er gar nicht am Geschehen beteiligt. Vielleicht halluziniert er schon genug, um das alles für ein Traumgespinst zu halten.

»Kito. Ich geh und schick nach Hülf für Johanna. Doch dann muss ich weiterziehen, denn ich muss fort sein, ehe Nürnberger Stadtknechte hier anlangen.«

Kito sitzt in der Hocke neben Johanna und starrt auf seine Hände.

»Kito? Hast mich vernommen?«

»Du sollst nicht töten. Steht in der Heiligen Schrift«, sagt Kito mit splitteriger Stimme.

»Kito.« Jakob setzt sich zu ihm auf den Boden. »Kito, in den Augen der Nürnberger Gerechtigkeit hatt der Verrecker sei Leben längst verwirkt. Du bist lediglich Meister Gilg zuvorkommen. Der Teufel kriegt all dies Gelichter gar ned früh genug.«

»Hätt ich nie dacht, dass diese Hände töten könnten«, wundert sich Kito, weit weg.

Kann Jakob ihn in diesem Zustand alleine lassen?

»Komm, steh auf!«, rüttelt Jakob Kito an den versteinerten Schultern. »Kümmer dich um dei Johanna. Du musst sie bequem betten und sie bei Sinnen halten, bis Hülf kommt.«

Kito reibt sich das Gesicht. Er nickt. Die Notwendigkeit, Johanna beizustehen, holt ihn in die Wirklichkeit zurück.

»Wir sehen uns in Nürnberg?«, fragt er Jakob.

»Ich hoff es.«

Heimkehr

KLARA ZITTERT in der Laube des Pirckheimerschen Gartens, nur ein paar Steinwürfe vor dem Laufer Tor. Dort ist sie zurückgeblieben, während Felicitas kurz vor Torschluss in die Stadt schlüpfte, um die Kriegsstube zu alarmieren. Klara späht zwischen den Zaunpfählen hindurch auf die Straße. Es dauert nicht lange, bis von der Stadt kommend Hufe vorbeidonnern, ein Trupp bewaffneter Stadtknechte im vollen Galopp. Als das letzte bisschen Tageslicht verdustert ist, knarzen vor dem Zaun Wagenräder. Klara kennt die Schallerpferde inzwischen so gut, dass sie Sigismund allein am Schnauben erkennt.

Jakob und Klara machen es sich in der Gartenlaube so warm und bequem es geht und berichten sich gegenseitig die Geschehnisse. Zeit haben sie, denn heimkehren zu Dürer können sie erst, wenn im Morgengrauen die Tore öffnen.

Als es grau dämmert, legt Klara wieder ihre Knabenkleider an.

»Wie ergeht's dir dabei, wieder in Adrians Haut zu schlüpfen?«, fragt Jakob.

»Mei Antwort wird dir ned gefallen.«

»Nur raus damit.«

»Ich fühl mich wieder wie ich selbst. Stets fromm und züchtig sein, untertänig sein, still sein … Ned dürfen, wonach mir verlangt, und immerzu müssen, was ich ned will. Wenn Adrian sich wehrt, is er a wackeres Bürschlein, doch Klara is a zänkisches Weib. Wenn Adrian sich was in den Kopf setzt, is er entschlossen und Klara störrisch. Und wenn Adrian der Zorn packt, is es bei Klara Raserei. Nur … bin ich ja stets derselbe Mensch.«

Jakob rümpft die Brauen, als er merkt, dass die Frage für Klara lange nicht so beiläufig ist, wie er sie gestellt hat.

✢

Als die Stadttore öffnen, bibbern sie bereits durchnächtigt und verkühlt am Tiergärtnertor. Dürer verlässt trotz der frühen Stunde gerade das Haus, als Adrian und Lorenz ankommen. Klara rennt ihm ungestüm in die Arme wie ein Kind. Dürer umschlingt sie fest und greift auch nach Jakobs Hand, um ihn mit in die Umarmung zu ziehen.

»Ihr seid wohlbehalten heimkehrt, dem Herrn sei Dank! Ihr ahnt ja ned – die Hölle tobt im ganzen Nürnberger Land! Was euch hätt zustoßen können! Die Placker sind wie vom Teufel geritten.«

Agnes tritt aus der Tür. »Habt ihr sie noch lebend antroffen?«, fragt sie mitfühlend. Klara schaut sie verwirrt an. So lang ist es her, dass sie das Dürerhaus verlassen haben, dass Klara sich gar nicht mehr erinnert, unter welchem erschwindelten Vorwand. Jakob springt in die Bresche: »Zum Glück. Grad noch zur rechten Zeit. Am dritten Tag nach unserer Ankunft is die Ahnfrau sanft entschlafen.«

Ach ja!

»Mei Beileid«, sagt Agnes

»Nun is sie beim Herrn«, antwortet Jakob treuherzig.

So, alles wieder beim Alten.

Jetzt belügen sie wieder anständige Leute anstelle von Verbrechern.

»Bringt gleich eure Pferde zu Pirckheimer. Ich bin ohnhin auf dem Weg dorthin. Am gestrigen Tag hat sich etwas Schreckliches zutragen. Die Schnapphähne haben den Herrensitz der Geuder in Heroldsberg angriffen!«

Auf dem Weg schildert Dürer vage, was Klara und Jakob viel besser wissen als er. Wie gut es tut, wieder in Nürnberg zu sein! Die kopfsteingepflasterten Straßen, der sanft wärmende Sandstein! Bunt und heiter leuchtet am Markt der erst kürzlich von der Dürerwerkstatt restaurierte Schöne Brunnen.

Kito öffnet ihnen. Sein beredter Blick vermittelt gleich mehrere Sachverhalte, ohne dass auch nur ein Wort fällt:

> Johanna hat die Nacht überstanden.
> Und was erzählt mir meine junge Herrin da über ›Adrian‹?!
> Ahnte ich doch gleich, dass mit dem ›Knaben‹ etwas nicht stimmt.

Pirckheimer kommt die Wendeltreppe herabgetrampelt und packt Dürer aufgewühlt und erschöpft zugleich in eine feste Männerumarmung. Hinter ihm kommt Felicitas noch rasanter die Stufen hinabgerauscht und umschlingt Klara und Jakob so innig, dass ihnen fast die Luft wegbleibt. Ebenfalls wortlos kommunizieren sie:

> Du hast es vollbracht.
> Ihr habt es vollbracht.
> Wir haben es vollbracht.
> Seckendorff ist erledigt.

»Was macht ihr denn hier?«, wundert sich Pirckheimer über die Gegenwart der Schallerbrüder.

»Wir sind grad aus Leipzig heimkehrt! Wir bringen die Pferde in den Stall.«

Pirckheimers wild sprudelnder Redefluss ebbt auf und ab zwischen Zorn und Höllenschrecken über die Grauen, die gestern gerade so vereitelt wurden. Er berichtet von der versuchten Verschleppung seiner Tochter, ihrer Rettung durch einen unbekannten Reiter, der angedrohten Verstümmelung seiner Neffen, dem furchtlosen Handeln seiner Magd und ihrer schweren Verletzung, dem mutigen Einsatz seines Stallknechts, der einen Plackerknecht erschlug und die anderen in die Flucht schlug ... und von der Verhaftung des kaiserlich geächteten Ritters von Seckendorffs.

»Am liebsten stieg ich ins Loch und drehte dem Verrecker höchstselbst die Gurgel um«, poltert er.

> Ins Loch!

Klara macht große Augen und ein kleines Geräusch unterdrückter Genugtuung. Seckendorff sitzt nicht etwa ritterlich-standesgemäß in einer trockenen Turmstube luftig hoch auf dem Luginsland und blickt über das weite Knoblauchsland, sondern wurde ins Loch geworfen wie ein gemeiner Straßenräuber.

Herrlich.

»Und all des«, fährt Pirckheimer hitzig fort, »folgt auf dem Fuße der so geschimpften Geislinger ›Schlichtung‹, wo uns der Markgraf einen gar lächerlichen Einigungsvorschlag hingerotzt hat, fest darauf trauend, dass wir ihn verwerfen und uns vor dem Kaiser bloßstellen. Und des nach einem dreisten Bruch der Waffenruh und der Verschleppung des jüngeren Anton Tetzel samt Weggefährten. Und dann haben die Schnapphähne noch die Dreistigkeit und Ehrlosigkeit, wehrlose Kinder anzugreifen – *mich und mei Geschlecht* anzugreifen ...«

Pirckheimers Blick fällt auf den Retter der Stunde: »Des Einzige, was mich an all dem wohlgemut stimmt, is der Gedanke, dass ich dich Goldstück dem Tetzel abgeworben hab«, sagt er zu Kito, voll Genugtuung über seine kluge Einstellungsentscheidung. Dass Pirckheimer nicht Kito abgeworben, sondern eher Johanna ihn angeworben hat, ist ja zweitrangig. Kito nickt nur verbindlich.

Tetzel ...

Oh, wie brennt es Klara unter den Nägeln, Pirckheimer wissen zu lassen, welch schändliche Rolle sein Erzfeind Tetzel bei der markgräflichen Schlichtung gespielt hat! Welch üblen Verrat er an der eigenen Stadt begangen hat! Aber wie soll sie das bitte sehr vermitteln?

»Und a unbekannter Reiter hat Felicitas vor den Heckenreitern gerettet?«, hakt Dürer nach, der verständlicherweise den Ereignissen kaum hinterherkommt.

»Wir vermuten, es war unser Späher Otto Pohl«, antwortet Pirckheimer. »A ganz a Verwegener, so klug wie tapfer. Doch der is wie vom Erdboden verschluckt. Dir hat der Reiter seinen Namen ned genannt, mein Kind?«

»Er hat sich mir ned zu erkennen geben«, lügt Felicitas.

Otto Pohl.

Jakob und Klara tauschen einen trüben Blick. Otto ist tot, und sie können es nicht einmal mitteilen. Zumindest wird ihm nun als Felicitas' mutmaßlicher Retter die ihm gebührende Hochachtung der Nürnberger zuteil, wenn auch für die falsche Heldentat.

Stadtknechte läuten an der Pforte Pirckheimers.

»Im Geuderschen Herrenhaus lag auch noch a toter Hund, Herr«, berichten sie. »Wohl erschlagen.«

Pirckheimer dreht sich ahnungsvoll zu Felicitas, die ihren Vater beruhigen kann: »Des is ned mei Apollo, Vater. Der is gesund und munter hier bei mir.«

Armer Hasso.

Grause Kunst

AN DIESEM UNGEMÜTLICHEN Februarmorgen sind Jakob und Klara schon ganz früh auf den Beinen.
»Ach Burschen, was wollt ihr denn bei diesem grausen Schauspiel?«, versteht Dürer nicht.
»Meister, Ihr entsinnt Euch doch – der Verurteilte war einer der Placker, die unseren Handelszug nach Nürnberg überfallen haben.«
»Und deshalb müsst ihr des schlechterdings begaffen?«
Beide nicken überzeugt.
»Also, mich ergötzen derlei Gräuel ned«, sagt Dürer schulterzuckend.
Jakob und Klara machen sich auf den Weg, im Schneegestöber hinaus aus der Stadt durch das Wöhrder Türlein zum Flaschenhof.
»He!«, werden sie angerufen.
Felicitas und Kito gehen hinter ihnen.
»Gehst du ned mit deinem Vater zur Richtung?«, fragt Jakob.
»Vater sagt, des is nichts für a Kind«, erwidert Felicitas, Blick aus Eis, Schultern straff.

Es versammelt sich bereits eine Menschenmenge auf der frostigen Aue des Flaschenhofs, denn geköpft wird schließlich nicht alle Tage, vor allem kein fränkischer Ritter aus uraltem Geschlecht. Hans Sachs kommt über das eisige Gras zu ihnen gehätschelt. Während das gemeine Völklein sich die besten Stehplätze sichert, findet im großen Rathaussaal noch ein kurzer Prozess statt, bei dem der Reichsschultheiß, also kein anderer als Felicitas' Onkel Martin Geuder, und sieben rätliche Urteiler dem Geächteten noch einmal öffentlich das Leben absagen. Dann ziehen sie durch das Frauentor aus der Stadt. Reichsschultheiß Geuder reitet vorneweg. Unter den sieben Schöffen ist Pirckheimer, ebenso wie Wilhelm Derrer. Freilich will der dabei sein, wenn wenigstens stellvertretend für seinen Peiniger Schott endlich einmal einem Placker Gerechtigkeit widerfährt.

Es folgt der Lochhüter, mit dem Jakob ja schon flüchtig unangenehme Bekanntschaft gemacht hat. In der linken Hand trägt er eine Flasche mit der Labung, Sebastians letztem Trunk. Noch schauerlicher ist, dass er über dem rechten Arm bereits das Bahrtuch des Todgeweihten trägt. Dahinter gehen zwei Geistliche mit weiteren Knechten und Beamten. Dann kommen die beiden Hauptpersonen: Zuerst Scharfrichter Gilg, der noch nicht einmal eine Maske trägt, wie Jakob das aus Kulmbach kennt. Gilg hat das nicht nötig. Aus dem Frauentor rumpelt der Wagen mit dem Verurteilten. Die Gestalt darauf ist so elend, dass Jakob ihn aus der Ferne kaum erkennen würde, wüsste er nicht genau, wer das Häuflein Mensch im weißen Armesündermantel ist. Wirres Haar, zerhudelter Bart, hohle Augen. Von Seckendorffs schwadronierender Überheblichkeit ist nach zwei Monaten im Loch nichts mehr geblieben.

Vor dem Tor bleibt der Zug stehen, damit die Geistlichen ihm das Sterbesakrament gewähren können. Seckendorff lässt sich die Hostie in den Mund legen, als wüsste er gar nicht, was sie bedeutet. Er wirkt merkwürdig unaufmerksam.

»Der kann sich ned amol auf die eigene Hinrichtung besinnen«, spottet Klara hartselig.

Nun langt die Prozession an der Richtstätte an. Felicitas zieht sich ihre Kapuze ums Gesicht und bedeutet Kito, seine auffällige Gestalt ebenfalls zu verhüllen, damit ihr Vater sein ungehorsames Kind nicht sofort inmitten des gemeinen Volks erspäht. Jakob und Klara tun es ihnen gleich, denn sie wollen nicht von Seckendorff gesehen werden – noch nicht.

Für die Ratsherren ist auf der Seite des Richtplatzes ein eigener Bereich abgetrennt, damit sie sich nicht unter die Schaulustigen drängeln müssen. Was der Nürnberger Rat da heute tut, ist unerhört. Mit Wonne demütigt er die fränkische Ritterschaft. Noch *nie zuvor* sei ein Angehöriger ihres Geschlechts vom Henker gerichtet worden, entrüstete sich das Haus Seckendorff, woraufhin der Lochhüter ihnen Sebastians Verköstigung im Lochgefängnis Heller für Heller in Rechnung stellte. Hans von Seckendorff setzte Himmel und Hölle in Bewegung, fuhr zum Markgraf nach Ansbach, der seine Empörung über das Todesurteil auch nachdrücklich zum Ausdruck brachte und mit dem Kaiser drohte. Zur Antwort erhob Nürnberg beim Kaiser Anklage gegen Götz von Berlichingen. Als die Ritterschaft noch einen weiteren Schlichtungstermin anbot, schmetterte Nürnberg eiskalt ab. Mit anderen Worten: Pirckheimer und seine Ratsgefährten sind in absoluter Hochform.

Der Bannrichter ruft das Friedgebot aus. Das ist eigentlich gar nicht nötig, denn im Gegensatz zu Hinrichtungen armer Nürnberger Sünderlein hat heute keiner der Anwesenden etwas gegen die Vollstreckung einzuwenden. Allerdings regt sich nun endlich der Ritter von Seckendorff. Sein Blick erwacht und schweift aufmerksam den Waldrand entlang.

»Nun begreif ich, warum er sich so sonderbar gebart«, versteht Jakob. »Er hofft, einer seiner Spießgesellen bricht des Friedgebot und befreit ihn.«

Seckendorff wird an den Bildstock geführt. Die Menge beginnt empört zu raunen und gären, als der Sünder hier nun Abbitte tun und noch einmal reuig beten soll und es verweigert. Meister Gilg steht abwartend da, weil er seine grause Kunst erst dann üben kann, wenn das Seelenheil des Verurteilten ordnungsgemäß abgewickelt ist. Martin Geuder bricht frustriert die Versuche ab, Seckendorff zu Buße und Beichte zu bewegen. Er wird auf das Richtpodest verfrachtet, wo ihn Geuder noch ein letztes Mal fragt, ob er sich schuldig bekennen will. Sebastian schweigt, sucht stattdessen mit dem Blick den Waldrand ab. Geuder zuckt mit den Schultern und gibt dem Henker das Zeichen, dass er nun zu seiner Pflicht schreiten kann. Gilg fordert Seckendorff auf, am Richtblock niederzuknien, doch der tapst weiterhin auf dem Podest auf und ab wie ein Tier im Käfig. Sein Blick schweift über die Köpfe der Schaulustigen hinweg in Richtung Lorenzer Reichswald.

»Mein Gott – der glaubt immer noch, gleich kommen Götz und Kunz angaloppiert und retten ihn«, wundert sich Jakob.

Einige Minuten lang macht Meister Gilg Seckendorffs Theater erstaunlich langmütig mit und fordert ihn immer wieder ruhig auf, niederzuknien.

»Also, so was hab ich auch noch ned erlebt«, sagt er schließlich, ehrlich erstaunt. »Dass sich a Edelmann im Angesicht des Todes gebart wie a Gigerla. Ihr steht alsbald vor *Gott*, Mann!«

Die Menge wird unruhig. Manche fangen an zu spötteln und höhnen, anderen wird das unwürdige Spektakel unangenehm. Jakob beobachtet Gilg, dessen ausdrucksvolles Mienenspiel er ja inzwischen hinlänglich gut kennt: Der Henker macht sich langsam Sorgen, sein Handwerk nicht mit der üblichen Eleganz verrichten zu können, wenn der Verurteilte nicht stillhält und ihm mit Fassung seinen Hals darbietet.

Geuder teilt diese Befürchtung wohl, denn er warnt Seckendorff: »Junker Sebastian, Ihr werdet Euch nun besinnen und dem Meister einen Streich halten. Wo aber ned, so haltet ihr ihm zwanzig!«

Seckendorff spuckt aus. Kniet sich hin. Doch sein Blick schweift immer noch. Er hält einfach nicht still. Jakob wird ganz übel bei der Vorstellung, dass Meister Gilg *zwanzig* Schwerthiebe brauchen könnte, um den zappeligen Heckenreiter zu köpfen.

»Ich glaub, nun wär der Augenblick kommen«, sagt Klara. Sie zieht drei

Rollen Papier aus ihrer Husecke und reicht zwei davon wortlos ihrem Ehegenossen und Kito. Jakob, Klara und Kito schlagen ihre Kapuzen zurück und rollen die mitgebrachten Bilder aus.

»Seckendorff!«, brüllt Jakob aus voller Lunge. Sie blicken Seckendorff bohrend ins Gesicht. Sein eben noch unsteter Blick heftet sich auf sie und versteinert, als hätte jemand die Zeit angehalten. Stumpf, wesenlos verarbeitet er, was er da sieht:

Da steht der Mohr aus dem Weißen Schloss.
> Mit einem Bild seines Knechts Otto, den er auf der Ganerbenburg verstümmelt hat.

Da steht sein Knecht Jakob.
> Mit einem Bild von dem Malergesellen, den er in Pottenstein erschlug.

Da steht ein Handwerkerbub mit dem Angesicht seiner Magd Klara.
> Mit einem Bild des Malerknaben, den er in Pottenstein erschlug. Ein Bild, genau wie es ihm auf der Ganerbenburg an seiner Kammerwand erschien.

Gilg bemerkt Jakob und Klara und ihre betäubende Wirkung auf den Verurteilten. Er lässt sich Seckendorffs Schreckstarre nicht entgehen. Kraftvoll, gekonnt schwingt er beidhändig sein schweres Richtschwert.

> Avere.

Die Zuschauer bekommen nun endlich, wofür sie sich an diesem nasskalten Januartag vor die Stadttore bemüht haben. Es wird entsetzt gekreischt oder voll Genugtuung gejohlt, je nach Gemüt. Danach verläuft sich die Menge schnell.

Nur eine kleine Gruppe will noch nicht gehen. Sie stehen am Richtpodest und beobachten schaugierig, wie Meister Gilg und sein Gehilfe die Hinrichtung nachbereiten, den Leichnam abdecken, das Blut aufwischen. Der Gehilfe breitet das Bahrtuch aus.

»Ihr scho wieder«, grüßt der Henker, sein Schwert sorgfältig mit einem weichen Tuch säubernd. »Wie zum Teufel habt ihr den Tropf denn zum Stillhalten bracht?«

»Zum *Innehalten* haben wir ihn bracht«, präzisiert Jakob.

»Ihr seid mir wahrlich sonderbare Gesellen«, sagt Gilg kopfschüttelnd.

»Kann er uns denn noch hören?«, fragt Klara, die eingehend Seckendorffs blutiges Haupt mustert.

»Des vermag freilich kei Mensch so recht zu wissen«, erklärt Gilg. »Doch ich kann euch sagen, so mancher Geköpfte bewegt noch a ganze Zeitlang die Lippen. Ein, zwei Vaterunser lang. Aber der hier hatte seinem Herrgott ja offenbar nichts zu sagen.«

Klara springt behände auf das Podest, geht dicht neben Seckendorffs Kopf in die Hocke – und packt ihn beim Schopf.

»Hörst mich noch, Sebastian?«, fragt Klara.

»Lass des!«, bettelt Jakob.

»Adrian Schaller. Lorenz Schaller. Otto Pohl«, hämmert Klaras Stimme.

»So halt doch ein!«, jammert auch Hans Sachs.

»So hießen sie. Wenn dir noch a letzter Gedanke durch deinen dicken Schädel geht, dann *fleh*, Elender! Fleh deinen Herrgott um Vergebung an!«, speit Klara.

»Bub, geh jetz fort da und stör ned die Totenruh«, ermahnt Gilg. »Zum Flehen hat er genug Gelegenheit gehabt.«

»Zuweilen lehrt's einen wahrlich des Grausen, dei Weib«, raunt Hans Sachs Jakob zu.

Bild 5

TRUBEL IM SCHATZKÄSTCHEN DES REICHES

Waschtag

DIE SONNE LACHT frostig in den Februartag. Schon seit dem Morgengrauen blubbert Vorfreude durch das ganze Haus. Dürer ist ein Bild seiner selbst, vorzüglich ausstaffiert, gezwirbelt und gelockt. Sogar Agnes ist Aufregung anzumerken. Während die Hauswirte und Malerknechte sich für den Kaisereinzug bereit machen, dampft es aus Zubern in die kalte Hofluft. Susanna führt abgehetzt Regiment über eine eigens bestellte Schar Waschweiber. Was der Kaiser mit der Wäsche im Dürerhaus zu tun hat, versteht Klara nicht. Doch offenbar ist die Hausfrau dem gleichen Putzfimmel verfallen, der die ganze Stadt gepackt hat.
Pirckheimer hat seine Magd Johanna dem Dürerhaushalt geborgt, um Susanna bei diesem aufreibenden, mehrtägigen Prozess zur Hand zu gehen. Zweieinhalb Monate ist es her, dass Plackerknecht Peter Johanna so hart gegen eine Steinkante schleuderte, dass sie minutenlang bewusstlos im Weißen Schloss der Geuder lag. Ihr Schädel hat sich von der Erschütterung noch immer nicht ganz erholt, Kopfschmerz und Schwindel plagen sie, ihr Gang ist zögerlich und manchmal fehlen ihr die Worte. Kito schützt sie vor Anstrengung, so gut er kann, doch ein rühriges Wesen wie Johanna ist schwer im Zaum zu halten. Auch jetzt gerade schleppt sie einen Waschkorb die Stiegen hinab, was sie eigentlich nicht soll. Susanna nimmt ihn ihr ab und schimpft: »Du sollst doch ned schwer tragen! Da drüben geh hin, da kannst die trockene Wäsche rollen«, verweist sie Johanna an einen weniger fordernden Einsatzort. Susanna kippt den Korbinhalt auf den Hofboden ... und stutzt. Mit fragendem Blick zieht sie ein paar blutige Tücher aus dem Haufen.

Verflucht!

Johanna hat in ihrem Eifer die Schmutzwäsche direkt aus den Gesindekammern geholt! Susanna ist von Jakob und Klara darauf gedrillt, die Kammer der Schallerbrüder nicht zu betreten und sich die Wäsche von ihnen bringen zu lassen. Aus gutem Grund ...

»Au weh, Adrian«, rettet Jakob, »hattest wohl Nasenbluten nach deinem Gebalge mit dem Schusterhans?«

»Und wie!«, spielt Klara mit. »Fast hätt er mir des Nasenbein brochen!«

»Kindsköpf«, schimpft Susanna.

Johanna verfolgt den Austausch genau. In einem unbeobachteten Moment huscht sie zu Klara und raunt: »Gib dei Monatswäsch doch künftig mir. Ich tu's zu unserer Leibwäsch, des merkt kei Mensch.«

Was Kito weiß, weiß Johanna freilich auch.

»Bislang hab ich's ja auch immer unentdeckt bewerkstelligt«, seufzt Klara.

Kaiser

SCHON STUNDEN VOR dem Einzug des Kaisers steht ganz Nürnberg auf dem Grünen Markt versammelt. Die Dürerknechte und sogar der Schusterhans dürfen von Pirckheimers Balkon aus zusehen. Straßen und Marktplatz sind ungewohnt sauber, Kot und Dreck wurden weggeschaufelt, alle umherirrenden Hühner und Ferkel eingefangen. Auf hohen Leitern ziehen Ratsdiener in halsbrecherischen Manövern die letzten Papiergirlanden über den Platz.

Vom Schulgässchen ziehen die Buben der Sebalder Lateinschule, vom Obstmarkt her die Schüler der Egidienschule über den Markt, denn die Kinder dürfen die Ratsältesten, den Schultheiß, die Geistlichen und eine Reiterschar vor die Tore begleiten, um dort den Kaiser zu empfangen. Unter Gekräh und Geschrei fließen die beiden Schülergruppen vor der Frauenkirche zusammen. Aufgeregt schwenkend vergleichen die Kinder ihre bunten Fähnchen, die sie für den hohen Anlass gebastelt haben. Die Schulmeister mahnen, doch die ersten Fähnchen sind schon zerfetzt und die ersten Tränchen schon vergossen, ehe die Kinder überhaupt ihren Einsatzort erreicht haben.

Nachdem die Geschlechtigen, die Geistlichen und die Niedlichen fort sind, muss der Rest der Menge sich gedulden. Alle tänzeln fröstelnd herum und blasen beim Schwatzen Dunstwölkchen in die Luft. Die Wirte schicken geschäftstüchtig Schankknechte mit Bauchläden durch die Menge. In der Mitte des Marktes formiert sich die Huldigungsreihe aus aufgeputzten und aufgekratzten Nürnbergern, denen dieser Ehrenplatz entweder von Geburts wegen oder aufgrund Eigenleistung gebührt. Dürer steht mit solcher Selbstverständlichkeit neben Pirckheimer, dass Jakob froh ist, hier oben auf dem Balkon die Bemerkungen nicht hören zu müssen, die unten in der Menge ganz bestimmt fallen. Doch Dürer ist nicht der einzige gemeine Handwerker, der ganz vorne stehen darf. Zum Missfallen vieler Ratsherren wurde Veit Stoß ausdrücklich vom Kaiser angefragt. Daneben steht Erzgießer Peter Vischer mit sämtlichen Söhnen, sogar die Witwe von Adam Kraft. Peter Henlein sieht aus, als wäre er überall auf der Welt lieber als hier auf dem Präsentierteller. Es folgen Baumeister Hans Beheim, Drucker Anton Koberger, Doktor Hartmann Schedel ...

Alle blicken gebannt auf die Fleischbänke, wo der Zug aus Reitern, Würdenträgern und Fähnchen schwenkenden Rotznasen über die Pegnitz schreitet und wimmelt. Die Menge murmelt. Als der Kaiser in Sicht kommt, wogt das Raunen in begeistertes Tosen auf. Jakob ist überrascht, ihn hoch zu Ross zu sehen. Von einem Kaiser hat er erwartet, dass er in einer Sänfte getragen wird oder zumindest unter einem prunkvollen Traghimmel einherschreitet. Auch seine Erscheinung hat er sich ganz anders vorgestellt, nämlich wie eines der beiden Kaiserbilder, an denen sie zurzeit so fieberhaft arbeiten: also entweder eine würdevolle, bärtige Vaterfigur, wie Dürers Karl der Große, oder ein krummer, dürrer Greis, wie Dürers Sigismund. Doch der echte Kaiser Maximilian sieht aus wie ein Nürnberger Pfeffersack: glattrasiert, Kolbenhaarschnitt, samtenes Barrett. Auf dem Pferd hält er sich so sattelfest wie die Ritter, die Jakob ja in letzter Zeit eingehend beobachten konnte. Weder der bürgerliche Kopf noch der lässige Reitstil passen zu dem pompösen Brokatmantel, den er ganz offensichtlich nur trägt, weil der Anlass ihn dazu nötigt. Kaum ist der Kaiser beim Schönen Brunnen angekommen, gleitet er vom Pferd, öffnet sich selbst die Spange, die den lästigen Prunkumhang festhält, und lässt ihn achtlos in die Hände eines Dieners gleiten.

Maximilian arbeitet nun das Spalier ab und nimmt kostbare Geschenke in Empfang. Der Vorderste Losunger Anton Tucher überreicht ihm einen Pokal voll neuer Goldgulden. Huldigende Worte, Verneigung. Dann dürfen sich in der zweiten Reihe Tuchers Weib und Kinder tief verbeugen. Anton Tetzel als Zweiter Losunger ist an der Reihe: wertvolles Geschenk, huldigende Worte, Verneigung. Bei Tetzels Entourage fehlt ein Sohn, denn der ist immer noch in der Gewalt der Raubritter und man munkelt, Thomas von Absberg habe ihn inzwischen dem Ritter von Geislingen verkauft. Es folgt Reichsschultheiß Martin Geuder: Geschenk, huldigende Worte, Verneigung. Der Kaiser tätschelt die Köpfe der drei Geuderknaben. Als der

Kaiser bei Pirckheimer ankommt, geht in seinem Gesicht ein so warmes Lächeln auf, dass es Jakob vom Balkon aus sehen kann. Noch während der Kaiser herzlich Pirckheimers Hand schüttelt, zieht der schon Dürer mit in die Begrüßung hinein.

»Vergesst all den güldenen Tand, mit dem die anderen da aufwarten – Pirckheimer macht dem Kaiser des allergrößte Geschenk«, deutet Hans Sachs ganz richtig.

Klara drückt Jakobs Hand, bis ihre Knöchel weiß werden.

Sie wispert: »Mei Herz wummert, als stünd ich selbst da unten.«

Dürer war zwar bemüht, sich seine Aufregung und Spannung nicht anmerken zu lassen, doch Jakob weiß: Heute ist einer der glänzendsten Tage seiner schillernden Malerlaufbahn. Jakob liest gespannt die Körpersprache des Kaisers. Er hat nun eine Hand auf Pirckheimers Schulter und hält mit der anderen die Rechte des Malers, der gar nicht weiß, was er machen soll. Eigentlich schickt es sich nicht, so lange Körperkontakt mit dem Kaiser zu halten, doch der lässt seine Hand einfach nicht los, während er eindringlich auf beide einredet.

»Schaut euch nur Tetzels Miene an! Der Tellerlecker is ganz grün vor Missgunst«, freut sich Kito.

Endlich lässt Maximilian Dürers Hand los. Felicitas und ihre Schwestern dürfen ihren tiefen Hofknicks machen und der Kaiser geht weiter. Bei Christoph Kress hält er sich ebenfalls etwas länger auf. Bestimmt weiß der turnierbegeisterte Maximilian um dessen Stechkünste. Auch Veit Stoß kommt in den Genuss eingehender kaiserlicher Aufmerksamkeit. In seinem Gesicht steht die Rührung über seine kaiserliche Begnadigung, die einigen Ratsherren ziemlich sauer aufstößt.

»Tetzel wird gleich speien«, freut sich Kito.

Blauracke

»AUF, AUF, LICHTARBEIT is kostbar!«, mahnt Dürer am nächsten Tag, an dem wieder ganz gewöhnlich gearbeitet wird. In einer Hand hält Dürer den Stichel, während er mit der anderen die Kupferplatte geschmeidig über eine lederne Unterlage führt. Er sticht und sticht. Seit Wochen schon. Seine neue Lieblingsbeschäftigung. Wenn er nicht gerade über der Kupferstichpassion sitzt, probiert er mit der Kaltnadel herum. Fasziniert beobachtet Klara, wie selbst ein Großmeister seiner Zunft sich noch mit kindlichem

Eifer in eine neue Fertigkeit verbeißen kann. Jeder Kupferstich ist filigraner, plastischer, eindrücklicher als der zuvor.

»Die Scheißkatz«, flucht der Kleehans, der mit frisch angerührtem Leim in die Werkstatt kommt und dabei fast über Artemis stolpert, die zwischen seinen Beinen ins Haus witscht.

»Sie hat einen Vogel!«

»Wer? Die Hauswirtin oder die Susanna?«, scherzt Wolf.

»Die Katz, du Schmarrer«, berichtigt der Kleehans. Tatsächlich, Artemis hat eine prächtige Blauracke geschnappt. Stolz lässt sie ihren Fang auf die Werksstattdielen fallen.

»Schad um den schönen Vogel. Auf Mäus und Ratzen wär dei Zeit besser verwendet, mei Gute«, tadelt Dürer seine Katze, mit der er so redet, als wäre sie einer seiner Knechte.

Und Dürer behält recht, denn eine noch lebende Ratte wäre höchstens quer über die Bodendielen davongehuscht. Als sich allerdings die noch nicht ganz totgebissene Blauracke von ihrer Schockstarre erholt, erhebt sie sich flügelschlagend in die Werkstattluft.

»Sakrament!«

Verletzt und verdattert flattert der Vogel durch die Werkstatt, blutet auf Vorstudien zum Heiltumskammerschrein, landet in Farbmuscheln und dann auch noch im Leim. Der Kleehans, Wolf und Susanna hechten vergeblich nach ihm und machen ihn nur noch wahnsinniger. Artemis sitzt geduldig da und wartet, dass ihre Beute sich wieder beruhigt. Klara blickt sich hektisch in der Werkstatt um. Von all den Kostbarkeiten, die die Blauracke auf ihrem Irrflug lädieren könnte, wären die Kaiserbilder die größte Katastrophe. Klara schnappt sich also zwei Bahnen Leintuch, die zum Schutz der Fliesen auf dem Boden liegen, und wirft sie mit Schwung über die Kaiser Karl und Sigismund. Dürer, der gerade ein Schälchen Ultramarinteig vom Werkstatttisch rettet, nickt seinem geistesgegenwärtigen Knechtlein dankbar zu.

»Haltet ein!«, mahnt er die anderen. »Ihr macht des Viech doch nur noch närrischer!«

Das Gesinde hält inne. Klara hält das göttliche Bild in der Schatzkammer ihres Herzens fest: Dürer, Papierbögen und eine Schale Lapislazuliteig an die Brust gepresst, den Adlerblick auf die Deckenbalken geheftet, wo der mit Malerfarbe gesprenkelte, leimverschmierte Vogel für ein paar Atemzüge verschnauft, während Magd und Knechte wie festgefroren in ihrer Lauerstellung verharren.

Zur Vervollständigung des Tableaus geht nun die Hoftür auf und Barbara Dürer kommt am Gehstock in die Werkstatt gewackelt.

»Mutter, halt still! A Vogel is in der Werkstatt los«, wispert Dürer, als könnte ein zu lautes Wort den Vogel in einen erneuten Sturzflug versetzen.

»Was is in der Werkstatt los?«, krächzt Barbara.

Die bunten Flügel wirbeln. Artemis setzt zum Sprung an, fasst den Vogel aus der Luft und landet krachend damit auf dem Werkstatttisch. Die Blauracke schlägt im blinden Überlebenskampf wild mit den Flügeln. Diesmal ermordet Artemis ihre Beute gnadenlos und gründlich. Es spritzen die Farben, es fetzt die Carta Azzura, es fliegen Pinsel und Kreidestifte. Dürer greift mutig seine meuchelnde Katze und hebt sie samt Beute im Maul vom Tisch.

»Mach des woanders, du Teufelsviech!«

Barbara will sich nützlich machen. Zittrig und umständlich versucht sie, ihrem Sohn die strampelnde Katze abzunehmen und bekommt dabei selbst Farbe, Leim und Vogelblut ab.

»Lass gehen, Mutter, ich hab sie doch!«

»Meister«, schnappatmet Klara.

Denn die Haustür hat sich in all dem Getöse unbemerkt geöffnet und vier Männer haben sich in der Werkstatt aufgebaut: Zwei davon sind voll gerüstete Waffenknechte, die mit regloser Miene unter dem Rand ihrer Hirnhauben hinweg ins Leere starren. Zwischen den Leibwachen stehen zwei Männer in breitschultrigen Pelzschauben. Der eine ist so vertraut, als gehöre er zum Werkstattinventar, denn es ist Pirckheimer, hoch amüsiert grinsend. Der andere Mann wäre Klara – bis gestern – noch ein Fremder gewesen ...

»Eure Majestät!«

Dürer lässt die Katze fallen und sinkt in einen Kniefall, während Artemis samt Vogel in ein schützendes Werkstatteck schlittert. Klara plumpst auch irgendwie in Richtung Boden, will erst instinktiv einen Knicks machen, wie sie das als Mädchen bei Markgrafenbesuchen in Kulmbach gelernt hat. Gerade rechtzeitig entsinnt sie sich, dass Jünglinge nicht knicksen, doch hat sie nie eine für Männer geziemende Demutsbezeugung verinnerlicht. Macht nichts, denn offenbar haben das Hans Springinklee und Wolf Traut auch nicht. Sie verrenken sich erschrocken in tiefe, ungelenke Verneigungen. Barbara Dürer hat gar nicht begriffen, wer zugegen ist. Sie wischt mit einem Lumpen am Werkstatttisch herum, als stünde kein Kaiser des Heiligen Römischen Reichs nebst Leibwache bei ihr zu Hause. Artemis findet ihre verschmierte Beute nun nicht mehr ansprechend und lässt sie einfach liegen, streicht Waffenknechten und Kaiser noch einmal flauschig um die Beine und verlässt dann gemächlich das Haus durch die noch offene Tür. Klara verbeißt sich mit aller Macht ein Lachen, vor allem über den köstlichen Gegensatz zwischen Dürers natürlicher Anmut und seiner uncharakteristisch zerpflückten Erscheinung: In Malerhaube, das weiße Hemd voll Vogelblut und Farbspritzer, ein mit Leim verschmiertes Blatt Papier am Ärmel klebend. Klara heftet die Augen lieber wieder fest auf den Boden. Pirckheimer muss sich da keinen Zwang antun: Mit dröhnendem Gelächter löst er die Anspannung. Die Leibknechte starren weiterhin bitterernst vor sich her.

»Eure Majestät!«, hat sich Dürer inzwischen berappelt. »Hätt ich gewusst, dass Ihr heut mei Werkstatt beehrt ...«

» ... so hättet Ihr Eurer Katz freilich verboten, justament heut einen Vogel ins Haus zu bringen«, schmunzelt der Kaiser. Er streckt gnädig die behandschuhte Rechte aus. Dürer pflückt sich verlegen das Blatt Papier vom Ärmel und wischt die klebrigen Finger an seinem Hemd ab, um die Hand des hohen Gastes ehrerbietig fassen zu können. Pirckheimer bedeutet den Malerknechten mit einer entspannten Geste, dass sie sich ruhig wieder aus ihren misslungenen Kniefällen erheben können.

»Ich bitt um Verzeihung, Majestät«, entschuldigt sich Dürer für das Chaos.

»Wofür denn? Bei Euch in der Werkstatt wogt eben das Leben. Das muss es ja auch. Wie sonst könntet Ihr es denn so *wahrhaftig* abbilden? Genau darum weile ich gern in Handwerkerhäusern.«

»Oha, Majestät – des missfällt aber dem Maler, wenn Ihr seinen Stand Handwerk nennt. Er hört lieber *Künstler*«, berichtigt Pirckheimer den Kaiser mit der Vertrautheit eines langjährigen Weggefährten. Dürer winkt scheu lächelnd ab.

»Nun, ich sollte ja auch nicht so unangekündigt in ein *Künstlerhaus* einfallen. Doch ich bin begierig, Euer Werk zu sehen, guter Dürer. Wie gehen die Arbeiten für die Heiltumskammer voran?«

»Adrian – zieh die Tücher wieder ab«, fordert Dürer Klara auf, die noch neben den Lindenholztafeln steht.

Sie enthüllt hastig die Kaiserbilder und weicht befangen zurück, während sich der leibhaftige Kaiser den Tafeln nähert. Er tritt heran, besieht sich erst Karl den Großen, dann Sigismund. In den klugen Herrscheraugen, die sonst immer etwas müde, fast schon herablassend auf die Welt blicken, sieht Klara Wissensdurst und Wertschätzung, während Maximilian seine Amtsvorgänger studiert.

»Das Wichtigste fehlt ja noch«, kommentiert Maximilian die leeren Hände und das bare Haupt Karls des Großen.

»Ich zauder noch«, gesteht Dürer. »Ich kenn die Kleinodien ja nur aus der Ferne.«

Denn die Reichskrone, den Reichsapfel und das Schwert sieht Dürer einmal im Jahr bei der Heiltumsweisung, aber eben immer nur vom Grünen Markt aus, inmitten einer drängelnden Menschenmenge. Dürer schiebt seine Mutter sanft aus dem Weg, damit er auf dem Werkstattisch seine Vorstudien zu den kaiserlichen Insignien zeigen kann.

»Ich selbst hab sie *noch seltener* zu Gesicht bekommen als Ihr, lieber Dürer«, lacht der Kaiser, der sie nämlich seit seiner eigenen Königskrönung vor einem Vierteljahrhundert in Aachen nicht mehr gesehen hat. »Aber dafür, dass Ihr sie nie aus der Nähe geschaut habt, erscheinen mir diese Zeichnungen gar wohl geraten.«

»Sind sie auch«, bestätigt Pirckheimer, der als einer der zwölf Schlüsselinhaber den Krönungsschatz jedes Jahr aus dem Versperr in der Spitalkirche holt. »Was Dürer a einziges Mal gesehen hat, sei es auch aus der Ferne, vergisst er nimmer. Aber Ihr müsst verstehen, Majestät, dieser Mann is erst zufrieden, wenn er sich der Vollkommenheit seines Werks gewiss is. Darum schiebt er die Ausgestaltung der Insignien noch vor sich her.«

»Nun, ich meine«, sagt der Kaiser in einem augenscheinlichen Geistesblitz, »Ihr solltet die Insignien geradewegs vom *Objecto* reißen. Am besten gleich den ganzen Krönungsschatz. Dann hat die Welt ein getreues Abbild der Reichskleinodien, die die Nürnberger so geizig verwahren. Der Rat kann sie doch gewiss einen Tag lang auftun lassen?«, fragt der Kaiser Pirckheimer, eher rhetorisch.

»Wenn *Ihr* es verlangt, kann der Rat alles«, erwidert Pirckheimer, schief lächelnd und wohl wissend, dass der Kaiser diesen Wunsch nicht nur aus künstlerischen Gründen äußert. Schon mehrere Versuche haben die Habsburger unternommen, ihren Krönungsschatz wieder in die eigene Obhut zu bringen, zuletzt Maximilians Vater Friedrich, nur um an der Sturheit der Nürnberger zu scheitern, die sich beharrlich auf Kaiser Sigismunds Versprechen berufen: Nürnberg genießt das Hüterecht der Reichskleinodien *auf e-wig!*

Kaiser Maximilian will den Schatz also durchaus auch selbst einmal betrachten und, wenn schon nicht das Original, dann zumindest eine meisterhafte Abbildung davon mitnehmen. Nun aber will er noch mehr Dürerarbeiten sehen und seine Einfälle für künftige Vorhaben an den Maler bringen.

Dürer führt Pirckheimer und den Kaiser in die Abgeschiedenheit der kleinen Stube.

»Tja, wollt Ihr ... Euch setzen?«, bietet Wolf den immer noch steif dastehenden Leibknechten an.

»Dürfen wir ned«, sagt einer der beiden knapp. Und so bleiben sie halt dumm herumstehen, während die Malerknechte sich wieder an die Arbeit machen. Es ist gar nicht so leicht, sich auf sein Werk zu besinnen, wenn man weiß, dass der Kaiser im Nebenzimmer sitzt.

Agnes und Jakob kehren vom Markt heim. Beim Hereinkommen prallt Agnes beinahe in die Schulter eines Waffenknechts, der sie um fast zwei Köpfe überragt. Ihr Blick wandert fragend zu ihm hinauf.

»Der Kaiser is hier«, sprudelt der Kleehans, »in der kleinen Stube!«

»Was?!«

»Unangekündigt!«, ergänzt Wolf eilig, denn Agnes würde ihrem Eheherrn kaum verzeihen, wenn er ihr einen *angekündigten* Kaiserbesuch verschwiegen hätte.

»Mit Pirckheimer«, fügt der Kleehans hinzu.

»Und der kann uns wohl ned davor warnen?«, ärgert sich Agnes. »Um Gottes Willen! Habt ihr dem Kaiser denn a Erquickung gereicht?«, fragt sie.

»Bin scho dabei!«, ruft vom Hof Susanna, die gerade mit einem eilig zusammengestellten Imbiss für den Kaiser hereinkommt. Das Brett mit den Speisen hält sie in beiden Händen, vom Ringfinger ihrer rechten Hand baumelt gefährlich eine Weinkanne, mit dem Ellbogen betätigt sie die Türklinke und mit der Fußspitze versucht sie, die Werkstatttür aufzustupsen. Klara eilt herbei und hält die Tür auf.

»*Ich* bring des den Herrschaften!«, herrscht Agnes ihre übereifrige Magd an, während sie sich eilig Husecke und Haube abstreift und Susanna die Kanne abnimmt. Die Ehre, dem Kaiser aufzuwarten, gebührt ja eindeutig der Hausherrin. Dann besinnt sich Agnes und sagt freundlicher: »Bist a ganz a Tüchtige, Susanna!«

Nach einer Stunde kommt der Kaiser aus der Kammer. Den Leibknechten, denen das Ausharren in der schweren Montur langsam doch sehr beschwerlich wird, ist Erleichterung anzusehen. Als Kaiser und Anhang fort sind, kann Agnes die Frage äußern, die ihr auf der Zunge brennt: »Albrecht, bist du in die Farbtöpf gefallen?!«

Endlich dürfen sich alle dem Gelächter hingeben, dass sie sich schon seit über einer Stunde verkneifen.

Kleinodien

»ES MACHT HALT viel Aufhebens, Majestät«, nuschelt Anton Tucher, die eher widerwilligen Mienen der Ratsherren entschuldigend, die sich hier versammeln müssen, um der Laune des Kaisers Genüge zu tun. Nur Pirckheimer ist eitel vergnügt, denn das ganze Spektakel wird ja zugunsten Albrecht Dürers betrieben.

»Wer Markgrafen vor den Kopf stoßen und Reichsritter köpfen kann, kann mir auch einen Schrein auftun«, sagt Maximilian lakonisch.

Der Vorderste Losunger fügt dem lieber nichts hinzu. Aber es ist wirklich ein riesiger Aufwand! Um den Schrein über dem Chor der Spitalkirche von der Decke zu senken und den Versperr zu öffnen, müssen zwölf Ratsherren und ein halbes Dutzend Geistliche anwesend sein. Über den Köpfen schwebt sichtbar und doch unerreichbar der Heiltumsschrein. Die Ratsherren mit den Schlüsseln zu den Versperrketten treten heran und öffnen gleichzeitig ihre Schlösser. Vier kräftige Stadtknechte lösen mit feierlichen Gesichtern die Ketten und lassen den Schrein herab. Die auf dem Schreinboden aufgemalten Engel schweben den Anwesenden entgegen. Die Knechte fangen die Lade ab und setzen sie sachte auf ein Podium. Die silbernen Rauten mit Nürnberger Wappen glänzen selbstbewusst. Weitere Ratsherren stecken nun ihre Schlüssel in verschiedene Schränke in der Sakristei und fördern weitere Schatullen zutage.

Alles wird im Mittelschiff der Kirche aufgebaut. Ein Ratsherr breitet behutsam das Ornat Karls des Großen auf einem Tisch aus. Ein weiterer hat die Truhe mit dem Schwert geöffnet, wieder ein anderer die zum Reichsapfel.

Pirckheimer ist an der Reihe. Was sein Schlüssel wohl öffnet? Er macht sich an einer unscheinbaren schwarzen Schatulle zu schaffen. Jakob stockt der Atem, als Pirckheimer mit behandschuhten Fingern die Reichskrone heraushebt und auf den Tisch setzt. Nun öffnen Tucher, Tetzel und Geuder als die höchsten Herren das Herz des Schatzes, den Heiltumsschrein. Er klappt auf und gibt sein königsblau gefüttertes, goldsterngespicktes Inneres preis.

Jakobs Herz klopft in die ehrfürchtige Stille.

Die großen Reliquien Christi.

Jakobs Herz rast noch schneller, als ein fast drei Fuß langes und breites Eichenholzkreuz mit Perlen, Edelsteinen und Goldbeschlägen hervorgeholt wird. Das Reichskreuz.

»Öffnen, Majestät?«, will Anton Tucher wissen.

»Freilich, Dürer soll doch *alles* getreulich zeichnen!«

Tucher öffnet das Reichskreuz und Jakob glaubt die Finger des sonst so selbstsicheren Losungers leicht zittern zu sehen, als er aus dem roten Lederfutter die Heilige Lanze, dann aus dem unteren Schaft den Kreuzesspan Jesu hebt und auf die samtene Tischdecke legt.

Die anderen Reliquien wirken nach den großen Heiltümern Christi fast etwas albern. In einer goldgefassten Glasröhre baumelt an einem Goldkettchen ein abscheulicher vergilbter Zahn: das Reliquiar Johannes des Täufers. Jakob macht den Fehler, kurz zu Klara zu blicken, und sieht auch ihre Mundwinkel mit der gebotenen Würde kämpfen. Zumindest vergeht ihm davon ein wenig die beklommene Ehrfurcht, die überhaupt nicht seine Art ist und ihm so gar nicht behagt.

»So!«, klatscht der Kaiser tatenfreudig in die Hände, als der gesamte Schatz auf dem Tisch aufgebaut ist. »Dann frisch ans Werk, Dürer. Habt Dank, Ihr Herren. Geht nun ruhig Euren Ratsgeschäften nach. Zum Garaus könnt Ihr den Schatz mit all Eurem Gehabe und Gewese wieder wegsperren.«

Der Kaiser und seine heitere Spitzzüngigkeit gefallen Jakob. Und er versteht nun auch, warum Maximilian ausgerechnet Pirckheimer schon vor fünfzehn Jahren zum kaiserlichen Rat erkoren hat.

Die Ratsherren trollen sich also. Zurück bleiben nur die Wachen, Pirckheimer, der Kaiser und natürlich die Mitglieder der Dürerwerkstatt. Dürer hat zuvor genauestens ausgearbeitet, in welcher Reihenfolge welcher Knecht welches Stück aus welchem Winkel festhalten soll. Der gichtbehinderte Lorenz soll sich logistisch betätigen, Schemel und Staffeleien auf- und umstellen, Kohlestifte und Papierbögen verwalten, Botengänge machen und die Einhaltung des Zeitplans überwachen. Kleehans, Wolf und Adrian fegen an ihre Posten und fangen emsig zu zeichnen an.

Dürer selbst hat keinen festen Einsatzplan. Er ist zwar auch mit Kohle und Papier gerüstet, wirft aber nur ab und an ein paar Striche auf seinen Bogen. Ansonsten schleicht er um die Heiltümer wie ein Raubtier, besieht sie sich von allen Seiten. Dem Kaiser gefällt das alles sehr gut. Er bleibt noch eine Weile dabei und schaut den Knechten interessiert über die Schulter.

Während er neben Klara steht, sagt er amüsiert zu Pirckheimer: »Die Knechte machen die ganze Arbeit und Dürer selbst genießt nur.«

»Er verwahrt alles in der Schatzkammer seines Herzens«, sagt Klara unvermittelt. Jakob bleibt fast das Herz stehen, dass sein Weiblein den Kaiser anspricht, ohne zuvor angesprochen worden zu sein. Klara ist selbst erschrocken, wird ganz bleich um das Stupsnäschen.

»Verzeihung, Ma- ... Eure Majestät«, haucht sie.

»*In der Schatzkammer seines Herzens*«, wiederholt der Kaiser, zufrieden mit der Auskunft.

Er hat sich nun an den eigenen Krönungsinsignien sattgesehen und geht mit Pirckheimer davon.

Tanzstunde

EINIGE TAGE VOR dem Höhepunkt der Fastnachtszeit werden Wolf Traut und Hans Springinklee unruhig: Sie beherrschen ihre Schritte für den Handwerkertanz noch nicht! Nach Feierabend schieben sie den großen Arbeitstisch beiseite und machen den Werkstattboden zur Tanzfläche. Jakob und Klara beobachten sie beinebaumelnd auf dem Werktisch sitzend und Susannas fettriefende Fastnachtskrapfen verdrückend.

»Allmächtiger, was soll des denn sein?«, bemängelt Pirckheimer die tänzerischen Anstrengungen der Gesellen.

»Des geht halt ned gescheit ohne a weibliches Gegenüber«, lacht Wolf.

»Susanna!«, ruft Dürer seine Magd herbei. »Komm her, der Wolf braucht a weibliches Gegenüber.«

Susanna lacht verlegen: »Ich versteh mich doch ned aufs Tanzen, Herr.«

»Er hier doch ebenso wenig«, wirft Pirckheimer ein. »Wolf, lass dich von deinem Werkstattherrn unterweisen, der hat in Venedig einen ganzen Dukaten in seine Tanzkünste veranlagt.«

»Da bin ich zwei Mal auf die Schul und hernach konnt mich kei Mensch mehr dahin bringen«, lacht Dürer und spielt zurück zu Pirckheimer: »Unser *Ratsherr* hingegen is a *vortrefflicher* Tänzer.«

»Des war einmal, da ich noch jung war und über meinen Wanst hinweg noch die eigenen Füß sehen konnt«, feixt Pirckheimer.

Wolf und Kleehans arbeiten sich abwechselnd an Susanna ab, die vor Glucksen und Gekicher kaum einen brauchbaren Schritt zustande bekommt. Pirckheimer dirigiert das Geschehen vom Rande aus und legt tatsächliche Fachkunde an den Tag, weigert sich aber, selbst auch nur einen Schritt vorzumachen.

»Was is mit euch, Schallerbrüder?«, fordert der Kleehans. »Des Knechtlein mit seinem zierlichen Gestell hat doch bestimmt einen flinken Schritt!«

Das lässt sich Klara nicht zweimal sagen. Noch spätabends in der Kammer kommt sie nicht zur Ruhe, versucht auf sanften Zehenspitzen, die in einem heillosen Wirrwarr aus Pirckheimerscher Theorie und ungelenker Knechtepraxis erarbeiteten Tanzfolgen in Frauenschritte umzudenken.

»So hat des Susanna aber ned gemacht«, makelt Jakob.

»Die Susanna, die hat ja auch zwei linke Füß!«, schnappt Klara mit neidgrüner Stimme.

»Mei armes Weiblein«, lacht Jakob. »Wie wär's, wenn wir zur Fastnacht tanzen gehen, du und ich?«

Fastnacht

AM TAG DES Schembartlaufs holt Hans Sachs seine Freunde vom Dürerhaus ab. Der Schusterbub gibt ein Bild für die Götter: Narrenkappe mit Schellen, hautenger Anzug, links rot, rechts weiß, bestickt mit allerlei närrischen Zeichen. Seine hölzerne, auf Hochglanz polierte Gesichtsmaske hat er sich in die Stirn geschoben.

»So habt a schöne Fastnacht, Kinder – doch haltet euch mäßig mit dem Essen. Und sonders mit dem Trinken!«, gibt Dürer ihnen ernst mit auf den Weg.

»Des werden wir«, verspricht Jakob.

»Und hütet euch vor dem fräulichen Geschlecht!«

»Des werden wir, Meister!«, sichert Klara ihm zu.

»Denn nichts schwächt die Vernunft mehr denn Unlauterheit!«

»Des wissen wir, Meister!«

Hans Sachs grinst: »Ach, euer Dürer is ja herzig. Diese strengen Gebote sollt er amol seinem Herrn Pirckheimer mit auf den Weg geben. Der tobt nämlich am allerärgsten, wie ihr sehen werdet!« Dann erklärt er, Vorfreude sprudelnd, was sie heute erwartet: »Wir Handwerkervolk tanzen von den Fleischbänken hinauf zum Grünen Markt. Die hohen Herrlein kommen indessen von der Veste hernieder gepurzelt, und am Grünen Markt treffen wir dann aufeinander.«

»Treffen *aufeinander* und dann?«, fragt Klara argwöhnisch. Ihr hat das

Aufeinandertreffen von Handwerksburschen und Edelherrlein damals auf der Hallerwiese vollauf genügt.

»Na, dann versuchen die Herrlein, uns zu verdrucken – und wir lassen uns ned verdrucken«, erläutert Hans vergnügt.

Klara ist wenig begeistert. Hans Sachs mustert seine Gefährten, entscheidet, dass sie nicht lustig genug aussehen, und nötigt sie, an einem Verkaufstisch Narrenkappen zu erstehen. Jakob findet das witzig. In ihrer Narrenkappe mit zwei schellenbesetzten Zipfeln sieht Klara zum Fressen niedlich aus, vor allem mit der zweifelnden, ganz und gar nicht zu Narreteien aufgelegten Schnute, die sie dazu zieht. Als sie sich den Fleischbänken nähern, häufen sich die rotweiß gewandeten Gestalten. Alle wedeln mit Büscheln aus Grünzeug. Einige sehen aus wie zwergenhafte Reiter, denn sie tragen Rösslein aus Holz und Tuch um die Hüften. Und es wimmelt vor diesen scheußlichen, polierten Holzmasken, die außer Klara offenbar jeder schön findet.

»Meine Güte, is des alles närrisch«, kommentiert Klara.

»So soll's ja sein!«, bestätigt Hans Sachs. Jauchzend und johlend formieren sich die Schembartläufer, die offensichtlich schon gut vorgetrunken haben. An der Spitze ziehen Männer einen großen Feuerkolben, aus dem es zischt und kracht. Überall sind Stadtknechte aufgestellt, die das Treiben eigentlich im Zaum halten sollen. Ein besonders vorwitziger Narr setzt einem Stadtknecht eine Narrenkappe auf. Der lacht nur gutmütig, lässt sich mit Zuckerwerk versorgen und Jakob wird klar, dass heute wahrlich *Narrenfreiheit* herrscht. Von Sankt Sebald klingelt ein Glöckchen zum Aufbruch. Wildes Trommeln gibt den Takt vor. Schalmeien flöten, Sackpfeifen dudeln, der Zug hopst los. Die Läufer pieken sich mit stumpfen Lanzen ihren Weg durch die Menge. Mütter schieben resolut ihre Kindlein nach vorne. Die Kleinsten sitzen auf den Schultern der Großen. Ab und zu drosseln die Schembärte ihren wilden Lauf, um hüpfend und tanzend Schnecken, Kreise oder andere Gebilde zu formen. Während sie weiterlaufen, werfen sie mit Zuckernüssen um sich. Wohin auch eine Handvoll Nüsse prasselt, stürzt sich eine Menschentraube aus Kindern und betrunkenen Erwachsenen darauf, um sie raffgierig aufzusammeln. Jakob und Klara stolpern durch die Menschenmenge neben den Narren her in Richtung Grüner Markt.

Als der Tanz am Markt ankommt, sieht Jakob eine Flut vermummter Edelherrlein von der Burg kommend gen Markt brodeln. Ihren besseren Geldmitteln entsprechend ist der Mummenschanz der Patrizier noch bunter und prächtiger als die Kostüme der Handwerker. Jakob weidet sich an dem Spektakel aus Mauren, Bauern und alten Weibern, Teufeln, Vögeln und schweinsköpfigen Wesen. Indessen heizt sich die Stimmung auf dem Marktplatz auf. Die Luft strotzt nur so vor halbwüchsigem Manneseifer. Die Körpersprache der Handwerker wird gespannt und elastisch – sie wappnen sich für die unmittelbar bevorstehende Ankunft der heranstürmenden Patrizier.

Jakob begreift, dass er Klara wohl besser an den Rand dieser tobenden Wirrnis bringen sollte.

Äh ... wo ist sie denn?

»Heda, Gesell Schaller!«, brüllt jemand freundlich über die Menge und den Lärm hinweg.

»Der Süßhans! Schön, dich wiederzusehen!«, grüßt Jakob zurück.

Nein, es ist gar nicht schön, Hans Süß hier zu sehen!

Denn *sein Erscheinen* ist wahrscheinlich der Grund für Klaras plötzliches *Verschwinden*. Sie muss sich in den Tumult geduckt haben, damit ihr alter Kulmbacher Bekannter sie nicht als Malerbub mit Narrenkappe erblickt. Nun sieht Jakob, dass sich der Süßhans in Gesellschaft des Kleehans und Wolf Traut befindet. Die versammelten Dürerknechte wollen nun natürlich, dass sich auch die Schallerbrüder ihnen anschließen. Sie winken Jakob auffordernd zu.

»Geht ned, mir is Adrian entfleucht!«, ruft Jakob.

Inzwischen haben die Patriziersöhne den Grünen Markt mit voller Wucht erreicht. Es wird eng, Jakob wird von der Menschenwoge hin und her geschoben, während er versucht, sich mit den anderen Dürerknechten zu verständigen.

»Wir helfen ihn suchen, deinen Adrian!«, bietet der Süßhans an.

»Ich find ihn scho! Zieht ihr nur weiter!«

Jakobs Blick sucht das Gedränge ab. Drückend und rangelnd vermengen sich nun Patrizierjünglinge und Handwerksgesellen. Die meisten balgen vergnügt in burschenhafter Ausgelassenheit. Doch je nach Gemüt werden auch einige grob. Auf seiner Suche nach Klara gerät Jakob immer tiefer in das Gebrause.

Ein als Vogel verkleideter Patrizier rammt ungebremst in ihn.

»Dürerknecht!«, wird Jakob erkannt, weil er als unfreiwilliger Teilnehmer ja keinen Schembart trägt.

Der Patrizier lüftet seine Vogelmaske. Es ist Christoph Kress, der lacht: »Ich hätt hier noch a verzagtes Dürerknechtlein, falls du eines suchst.«

Tatsächlich, er hat eine sehr missgestimmte Klara unter seiner buchstäblichen Fittiche. Sie kämpfen sich hinüber zum Schönen Brunnen, der in seiner würdevollen Pracht etwas befremdet aus der Narrenbrandung ragt. Klara klettert ein paar gusseiserne Brunnengittermaschen hinauf, um sich dem Gedrücke zu entziehen.

»Dei Brüderlein solltest lieber noch ned in des Schembarttreiben lassen«, empfiehlt Kress. »Der muss erst noch kräftiger werden, auf dass er sich behaupten kann.«

»Ich *wollt* ja gar ned nei in des Gewühl«, klagt Klara vom Brunnengitter. Sie blickt Jakob vielsagend an. Der nickt verstehend:

                    Hans Süß.

»Was machen deine Hundebisse, Dürerknechtlein, gut verheilt?«, erkundigt sich Kress. Klara nickt.

»Seid mir schön gegrüßt, Herr Kress!« Hans Sachs hat sich aus dem Verdrucken gelöst. Seinen ausdruckslosen Schembart hat er sich in die Stirn geschoben und grinst aus seinem eigenen, freudeglühenden Gesicht.

»Ah, der hurtige Hans von der Hallerwiese«, erinnert sich Kress. Dann entdeckt er jemanden über ihren Köpfen: »Da seht nur an, wer da so erhaben von ihrer Fensterbrüstung auf uns herabblickt!« Kress hat die Pirckheimerschwestern erspäht, die das Treiben von ihrem Balkon aus beobachten.

»Da oben wär ich auch lieber«, klagt Klara.

Kress winkt seinen Knecht Martin herbei, der am Rande des Marktplatzes dienstfertig bei Fuß steht. Der begreift sofort, was sein Herr von ihm will, und balanciert behutsam ein Behältnis mit offenbar empfindlichem Inhalt herbei.

»Die Schwesterlein werden wir lehren, von oben auf uns herabzuschauen!«, lacht Kress übermütig und greift in das Kistlein, das Martin ihm hinhält.

»Aber Herr Kress! Ihr könnt doch die edlen Jungfern ned mit rohen Eiern bewerfen!«, ruft Hans Sachs entsetzt.

»Keine Sorge, Schusterbub«, beruhigt ihn Kress und offenbart das Geheimnis der Eier: »Die sind ausblasen und mit feinstem Rosenwasser befüllt.«

»Oh, Herr – darf ich, ich bitt Euch?«, bettelt Hans.

Kress lässt ihn gewähren. Hans Sachs schleudert mit sicherem Wurf eines der Eier in Richtung Pirckheimerbalkon. Die Mädchen kreischen, als sie das Geschoss auf sich zufliegen sehen. Das Ei zerschellt an Felicitas' Schulter. Rosenwasser spritzt.

»Schusterbub!«, quietscht sie vom Balkon herab. »Na, warte nur!«

Es regnet Beutelchen mit Plätzchen vom Balkon. Erdreistet von der Gunst, die Felicitas ihm erwiesen hat, ruft Hans Sachs hinauf: »Heut Abend is beim Bitterholz Handwerkertanz, Fräulein Pirckheimer!«

»Aha! Dann vergnügt euch nur recht, liebe *Handwerker*!«, ruft sie grinsend zurück.

»Dies köstliche Leckerzeug hat des Fräulein Pirckheimer backen«, schwärmt Hans, während er sich genussvoll über die Plätzchen hermacht.

»Des glaubst ja wohl selber ned«, lacht Jakob. »Die Johanna hat die backen.«

Als sich das Toben auf dem Markt legt, steigt Klara wieder vom Brunnen hinab. Der etwas geordnetere Rest des Patrizierzugs kommt auf dem Markt an. Auf einem riesigen Schlitten sitzt ein vollständiger Kramladen mit Verkäufern, die diesjährige Hölle. Auf dem letzten Wagen stehen die wichtigsten Männer der Stadt und schleudern Schleckwerk und Nüsse, mittendrin natürlich Willibald Pirckheimer, der völlig außer Rand und Band ist, wie von Hans Sachs vorhergesagt.

✢

Am Abend gehen die Freunde zum Handwerkertanz beim Bitterholz, Klara in ihrem schönsten Kleid und geschützt von einer Schembartmaske. Im Tanzsaal dudeln die Sackpfeifen und trommeln die Pauken. Klara beginnt sofort zu wippen. Das ist der Teil der Fastnacht, dem auch sie etwas abgewinnen kann. Jakob zieht sie auf den Tanzboden, wo schon etliche Paare wallen und wogen. Im Fackelschein ist es dunkel genug, dass man sich Vertraulichkeiten erlauben kann, die man bei Tageslicht nicht wagen würde. Jakob darf heute Abend sein maskiertes Liebchen ungeniert an der Taille packen, herumwirbeln, herzen und drücken. Das macht schwindlig und vor allem durstig. Zwischen den Liedern kehren sie an den Tisch zurück, um gierig an ihren Humpen zu ziehen.

»Sauf ned so viel!«, brummt Hans Sachs, aus dem der Frohsinn gewichen ist. Er sitzt brummig am Tisch, ohne von dem reichlichen Angebot an tanzbereiten Handwerkertöchtern Gebrauch zu machen. »So zu saufen schickt sich ned für a ehrbares Jungferl.«

»Wo is hier a ehrbares Jungferl?«, lacht Klara trunken. »Was is dir denn, du warst doch den ganzen Tag kaum zu bändigen vor Frohmut?«

»Den ganzen Tag über hatt ich ja auch noch Hoffnung, dass ich beim Tanz auf meine Kosten komm«, erwidert Hans Sachs mürrisch.

»Da seid ihr ja!«, ruft eine Jungfrau, übermütig in Jakob krachend. Auch sie trägt eine Schembartmaske. »Ich such euch scho überall!«

Im Gesicht von Hans Sachs geht die Sonne auf: »Ihr seid wahrhaftig kommen!«

Felicitas schiebt sich den Schembart aus dem grinsenden Gesicht. Ihr einfaches Gewand muss sie von Johanna geborgt haben, damit sie sich unter dem gemeinen Volk hier ungezwungen bewegen kann. Statt des üblichen aufwändigen Flechtwerks hängt ihr nussbraunes Haar in zwei schlichten Zöpfen den Rücken hinab. Felicitas gibt ein ganz bezauberndes Handwerkermädchen ab. Die gute Laune von Hans Sachs ist schlagartig wiederhergestellt. Nun toben sie alle vier durch den Tanzsaal.

Bis ... Jakob keinen Geringeren als Willibald Pirckheimer mit vorwurfsvoll verschränkten Armen am Rande des Tanzbodens stehen sieht. Neben einem nicht minder kritisch dreinblickenden Albrecht Dürer.

»Verflucht, Dürer und Pirckheimer sind hier«, hisst Jakob Klara zu, die jäh vom Tanzboden flieht und sich irgendwo verbirgt. Den anderen bleibt nichts anderes übrig, als vom Tanz abzulassen und sich verschwitzt und atemlos ihren Herren zu stellen.

»Herr, was macht *Ihr* denn hier beim Handwerkertanz? Wird denn im Rathaussaal ned aufgespielt heut Abend?«, fragt Jakob über das Gedudel hinweg.

»Ich bin hier, um meines Amtes als Viertelmeister zu walten und nach dem Rechten zu sehen«, sagt Pirckheimer spitz. »Und scho muss ich einen Verstoß wider die sittliche Ordnung feststellen«, sagt er, die Worte streng, doch der Tonfall in nachsichtiger Fastnachtsstimmung.

»Verstoß!«, kräht Hans Sachs leutselig. »Eines Tages, Herr Pirckheimer, wird es Euch reuen, und Ihr werdet klagen: Wie konnt ich nur mei kluges Töchterle an den Imhoff vergeuden, wenn ich sie doch auch dem großen Hans Sachs hätt geben können!«

Pirckheimer lacht herzlich.

»Wenn a Maler mit der allerhöchsten Nürnberger Ehrbarkeit umgehen kann, warum dann ned auch ich?«, feixt Hans Sachs.

»Worauf soll sich dei Ruhm denn dereinst gründen – die hohe Kunst der Kuhmaulschuh?«, neckt Pirckheimer den Schusterbuben, der sich anmaßt, sich mit Albrecht Dürer zu vergleichen.

»Doch ned die Schuh, Herr!«, sagt Hans Sachs eifrig, »Der *Federkiel* is mei schärfstes Werkzeug.«

»Wie auch des meinige«, lächelt Pirckheimer.

»Sag ich Euch doch, Herr! Ich wär Euch a vortrefflicher Eidam!«

Pirckheimer findet das dreiste Schusterlein putzig genug, dass er ihm die Entgleisung verzeiht.

»Lorenz, was hab ich angemahnt über des fräuliche Geschlecht?«, erinnert indessen Dürer.

»Wie soll ich denn tanzen, wenn ned mit dem fräulichen Geschlecht?«, fragt Jakob.

»Des war mehr als Tanz, was ich da gesehen hab!«, tadelt Dürer. »Wer is denn die Weibsperson?«

»Irgendeine!«, antwortet Jakob unbekümmert.

»Und wo is überhaupt dei Brüderlein scho wieder?«

»Den hab ich aus den Augen verloren.«

»Dann sieh zu, dass du ihn geschwind findest! Der is noch viel zu jung und arglos für derlei loses Treiben«, fordert Dürer.

Jakob verspricht Dürer, seinen Bruder sogleich ausfindig zu machen. Pirckheimer will nun weiterziehen und befiehlt seine Tochter zu sich.

»Bitte Vater, lass mich noch bleiben!«, bettelt die.

»Mit dem zügellosen Schusterbub soll ich dich allein lassen? Wo denkst du hin, Kind!«

»Bitte, Vater! Die Dürerknechte werden scho gut auf mich achten!«

»Der Große vermag ja ned amol auf den Kleinen zu achten!«, wendet Pirckheimer ein. Pirckheimer und Dürer ziehen mit einer enttäuschten Felicitas von dannen. Klara kann wieder aus ihrer Nische hervorkommen.

Jemand verkündet brüllend den Beginn des Lustfeuerwerks und der Tanzsaal leert sich auf die Gasse. Alles wieselt zum Grünen Markt. Drei Landsknechte hantieren an einem Rohr, das sehr nach Kanone aussieht und auch so riecht, nach Salpeter und Schwefel. Jakob versteht zwar nicht, was Kriegshandwerk hier mitten im Faschingstreiben zu suchen hat, aber die Feiernden begrüßen es mit brabbelnder Vorfreude. Die Landsknechte laden und zünden das himmelwärts gerichtete Rohr. Ein Geschoss faucht in den Nachthimmel ... und zerbirst zischend in einem Regen aus Funken und Farben. Das Publikum staunt und raunt, während die Landsknechte nachladen.

Diese Nürnberger.

Nachdem er sich von seiner ersten Verblüffung erholt hat, bemerkt Jakob, dass viele Handwerksgesellen das gleißende Spektakel oben und das umso heimeligere Dunkel unten dazu nutzen, ihre Liebchen in der kalten Februarnacht eng zu umschlingen und Wange an Wange gebannt in den Nachthimmel zu spähen. So auch Kito und Johanna, die aneinander gekuschelt vor dem Pirckheimerhaus stehen. Jakob tut es ihnen gleich und zieht auch seine Braut dicht an sich.

Das verdrießt wiederum Hans Sachs: »Wie jammerschad, dass mir der Pirckheimer sei Töchterlein entführt hat!«

»Was schwirrst denn auch um die Ratsherrntochter herum – wohl wissend, dass du sie niemals haben kannst?«, fragt Klara.

»Was schwirrst *du* in der Dürerwerkstatt herum, wohl wissend, dass du niemals Maler sein kannst?«, klatscht Hans Sachs patzig zurück.

Kleines Feuerle

HEUTE IST TROTZ Fastenzeit etwas los in der Stadt: Ein Wandermönch aus Wittenberg soll auf dem Grünen Markt predigen. Pirckheimer ist schon seit Tagen ganz zappelig, was wiederum seine Töchter und das Dürerhaus in Aufruhr versetzt.

»Wie lang die Predigt wohl währen wird? Ich hab ja jetz scho Hunger!«, jammert Hans Sachs.

»Meine Güte, Schusterbub, die Fastenzeit hat doch soeben erst begonnen. Wie willst die denn überstehen?«, spottet Felicitas.

»Vielleicht verkauft der Pfaff ja Bratwurstbriefe«, hofft Hans Sachs.

»Was?«, lacht Jakob.

»Einen päpstlichen Fastenerlass! Wir haben ja schließlich auch einen Butterbrief vom Papst, weil Nürnberg zu weit von den Olivenhainen liegt, als dass wir uns mit Öl behelfen könnten. Und da wir ja auch zu weit vom Meer liegen, um uns mit Fisch zu behelfen, wär doch auch a Bratwürstlebrief angebracht«, argumentiert Hans Sachs mit gut katholischer Logik.

Felicitas muss die Hoffnungen des Schusterbuben enttäuschen: »Vater sagt, Johann von Staupitz is kei Beutelschneider. Der kommt auf Vermittlung unseres Christoph Scheurl, also wird er kaum a Ketzerteufel sein.«

»Na, des wollen wir sehen«, zweifelt Hans Sachs.

Der Ruf des Predigers ist ihm vorausgeeilt: Der Grüne Markt ist fast so brechend voll wie beim Schembartlauf. Ganz vorne vor dem Holzpodest stehen Pirckheimer und die üblichen Verdächtigen, darunter Dürer, Spengler, Kress, Derrer und Scheurl, der die Verbindung zu dem Wittenberger hergestellt hat. Ein beleibtes Mönchlein erklimmt das Podium. Er hat keine Bibel in der Hand, noch nicht einmal einen Merkzettel dabei.

»Na, dann wollen wir amol hören«, wiederholt Hans Sachs, immer skeptischer.

»Gute Nürnberger, es gibt drei Wahrzeichen der rechten, ungeheuchelten Buße«, hebt Staupitz ohne Umschweife an.

»Ablassbriefe, Pilgerreisen, Heiltümer«, nimmt Hans Sachs spöttisch vorweg. Doch er täuscht sich.

»Erstens müsst ihr mit Leid erkennen und bekennen eure eigene Schuld. Zweitens müsst ihr euer Leid rechtfertigen und beweinen das unschuldige Leiden Christi. Und drittens dürft ihr weder weltliche Pein fliehen noch zeitlichen Trost begehren, sondern allein die ewige Freud bei Christo suchen und bitten.«

Waas ...?

Der Wittenberger ist schon beim dritten Satz und noch keinmal sind die Worte Hölle, Teufel oder Ablass gefallen. Will er denn tatsächlich kein Geld schinden? Nun hat er die Aufmerksamkeit der versammelten Nürnberger.

»Der redliche Büßer braucht also keinen Priester, zwischen ihm und dem Herrgott zu mitteln.«

Waaaaas?!

»Und Sünde durch Ablass zu vergeben, ist *falsch*, denn nur ein recht bereut Herz verhilft zur Vergebung.«

Staupitz trägt das alles besonnen und mit tiefer Seelenruhe vor, doch die Menge braust auf, als wäre er ein Fastnachtsschreier. Klara beobachtet die Gesichter der Ehrengäste.

Pirckheimer blickt ernst. Sein scharfer Verstand arbeitet wie das Räderwerk eines Henleinschen Taschenührleins, erahnend, welche theologischen Wellen die Steinchen schlagen werden, die der Wittenberger da ins Wasser der Nürnberger Frömmigkeit wirft. Das gemeine Volk spendet begeistert Beifall. Man muss nicht an einer italienischen Universität studiert haben, um zu begreifen, wohin das Lichtlein führt, das Staupitz ihnen da leuchtet.

Dürer sieht aus, als hätte ihn jemand aus einer finsteren Sackgasse gelotst. Und keine Ohren glühen heißer als die von Hans Sachs.

Als sich die aufgewühlte Menge wieder auflöst, finden Klara und Jakob ihren Werkstattherrn am Schönen Brunnen, wo Pirckheimer und Konsorten den Wittenberger aufgeregt umringen.

»Bruder Johann, darf ich Euch zu mir nach Haus einladen?«, krallt sich Pirckheimer den bemerkenswerten Mönch.

»Malerknaben!«, ruft Hans Sachs, der Jakob und Klara kurz aus den

Augen verloren hat und nun quer über den Markt auf sie zu geprescht kommt: »Habt ihr denn so recht begriffen, was der fette Pfaff da eben gesagt hat?«

Staupitz wendet sich um und Hans kommt erschrocken ins Straucheln. Doch der Mönch grinst nur: »Haben denn die *übermütigen Nürnberger Knaben* so recht begriffen, was ich fetter Pfaff da eben gesagt habe?«

»Und wie! Verzeiht mei freche Waffel, Hochwürden!«, sagt Hans mit unbeirrtem Frohsinn.

»So, nun scher dich heim, fürwitziger Schusterbub«, schickt Pirckheimer ihn fort.

»Ihr ahnt ja ned, was Ihr heut hier in Nürnberg angezettelt habt!«, kräht Hans, vergnügt noch ein paar Schritte rückwärts hüpfend und Staupitz anstrahlend, ehe er kehrtmacht und in Richtung Sankt Lorenz davonstiebt. Staupitz lacht. Ihm gefällt die Unbefangenheit, mit der sich in dieser Stadt ein Handwerksbursche den höchsten Herren nähern kann.

Hier fällt seine Lehre auf fruchtbaren Boden.

»Nächtigt bei mir«, nötigt ihn Pirckheimer erneut. »Wann kehrt Ihr denn nach Wittenberg zurück?

»Fürerst gar nicht«, erwidert Staupitz. »Ich habe mein Vikariat an meinen Schüler Martinus Luther übergeben, damit ich überland fahren und mich ganz der Seelsorge widmen kann.«

»Daran tut Ihr gut. Ihr seht ja, was Ihr in den Gemütern entfacht«, sagt Dürer, noch ganz bewegt.

Eintritt

DIE PFORTE DES Klarissenklosters öffnet sich. Davor steht Willibald Pirckheimer mit seiner zweitältesten Tochter Käthe an der Hand. Dahinter ihre vier Schwestern und ihre Tante Juliane Geuder mit ihren drei Söhnen. Dann, mit einer Ledermappe unter dem Arm, Albrecht Dürer. Im Hintergrund halten sich das Gesinde der Pirckheimer und zwei neugierige Dürerknechte. Jakob muss Apollo an der Leine halten.

Auf der anderen Seite der nun offenen Pforte steht die Äbtissin Caritas Pirckheimer neben Kindsmeisterin Klara Pirckheimer vor einer flatternden, flüsternden Meute Novizinnen. Die Pirckheimertöchter winken verhalten, denn die Schützlinge des Klaraklosters sind ein erlesenes Aufgebot des Nürnberger Patriziats. Man kennt und vermisst sich.

»Hochwürdige Frau, liebes Schwesterlein«, hebt Pirckheimer an und beginnt sofort ungehemmt zu weinen. Alle Töchter fallen ein.
Ach du liebe Zeit.
So hat Jakob Pirckheimer ja noch nie gesehen. Dieser Kampfhahn von einem Mann heult Rotz und Wasser. Die Äbtissin tut ein paar Schritte nach vorn und schließt ihren jüngeren Bruder in die Arme.
»Aber Bruderherz, heut is doch a Tag der Freude«, tröstet Caritas.
»Für *dich*! Du bekommst noch a Engele zu deiner Schar hinzu, und ich verlier eines.«
»All deine Töchter werden eine nach der anderen aus dem Nest fliegen«, erinnert ihn Caritas sachte.
»Gewiss. Aber ned alle verschwinden hinter a Klostermauer.«
»Steht denn zwischen uns a Mauer, Brüderlein?«, fragt die Äbtissin.
»Nur die aus Stein«, schnieft Pirckheimer, leicht getröstet. Er nimmt Käthe, die befangen daneben steht, mit in die Umarmung auf: »Da hast mei Kind, Schwester.«
Die Tanten der Postulantin, Klara Pirckheimer und Juliane Geuder, treten nun auch hinzu und schlingen ihre Arme um das Grüppchen. Die Kinder deuten das als Zeichen, dass auch sie nun ihre gezwungene Würde sausen lassen dürfen, und stürzen zu dem Menschenknäuel hinzu.
Apollo bellt schon die ganze Zeit über aufgeregt die anderen Hunde an, die ja schließlich *seine* Geschwister sind, und die von den Novizinnen auf der anderen Seite nur mühsam an ihren Leinen gehalten werden. Apollo reißt sich von Jakob los und stürzt zu den anderen Hunden in den Klostergang.
»Allmächtiger«, ändert Caritas nun den Ton und kneift ihrem Bruder keck den Wanst. »Du wirst viel zu fett, Brüderlein. Kannst denn gar ned Maß halten?«
Pirckheimer lacht unter Tränen: »So langsam muss ich mei Völlerei büßen. Die Gicht fängt mich scho zu zwicken an.«
»Die Gicht? Mit Anfang Vierzig?«, entsetzt sich Caritas. »Kann ihm denn keiner von euch gut zureden? Juliane? Felicitas? Ned amol der Albrecht? Schau, wie schlank und rank der sich hält.«
Über Willibalds Schulter hinweg blickt die Äbtissin mit warmen Augen Albrecht Dürer an. Jakob weiß, dass die Pirckheimer und die Dürer früher Nachbarskinder waren, was ja heißt, dass Dürer die mächtige Äbtissin Caritas schon als das Mädchen Barbara kannte.
»Ich hab Euch a Buch gewidmet, hochwürdige Frau«, sagt Dürer so herz-

lich und unbefangen, als hätte er sie ›liebe Barbara‹ genannt. Er öffnet die mitgebrachte Mappe und zieht eine druckfrische Ausgabe seines Marienlebens hervor. Caritas Pirckheimer nimmt das Buch entgegen und bleibt gleich beim Titelbild hängen, entzückt von der lieblichen Muttergottes auf der Mondsichel, die zärtlich ihr Kindlein stillt.

»Albrecht«, sagt sie berückt, während sie blättert. »Des wird mich ja wochenlang fesseln.«

»Mich hat's jahrelang gefesselt«, lacht Dürer.

»Schwester – hast du von dem Wittenberger gehört, der unlängst am Grünen Markt predigt hat?«, fragt Pirckheimer die Meinung seiner theologisch unübertroffenen Schwester ab.

»Scheurls Günstling, Johann von Staupitz. Freilich, die Kunde is längst zu mir gedrungen.«

»Und, was haltet Ihr dafür?«, fragt Dürer begierig.

Die Äbtissin lässt sich mit ihrer Antwort kurz Zeit.

»Er hat recht«, sagt sie schließlich. »In der Sach hat er recht. Und a kleines Flämmlein wärmt und erhellt – doch a Feuersbrunst bringt nichts als Leid und Verwüstung.«

»Staupitz is kei Aufwiegler. Du hättest ihn hören sollen. Er redet so sanftmütig, den Menschen geradewegs in die Seele, hetzt gegen niemand, fordert nur einen jeden, bei sich selber zu beginnen«, beschreibt Pirckheimer.

»Nur leider wird so der römischen Büberei kaum beizukommen sein – a jeder für sich im stillen Kämmerlein«, sagt Dürer, Feuer im Blick.

»Da, siehst«, sagt Caritas zu ihrem Bruder. »Da kommt noch was Größeres auf uns zu.«

Säurebad

»WIE ALT BIST eigentlich, Bürschlein?«, fragt Endres Dürer.

»Bald sechzehn.«

»Speist du den Knaben wohl ned recht, Albrecht? Warum wächst der ned?«

Dürer hält kurz inne und besieht sich Adrian, als wäre ihm gar nicht bewusst gewesen, dass der Lehrbub bei ihm auch *wachsen* soll.

»Lorenz war auch immer klein und is erst zu End seiner Lehrzeit in die Höh gesprossen«, fabuliert Klara. Ihr ist ganz flau von dem Gestank, mit dem Endres Dürers Säurebad in die Werkstattluft schwängert. Er tunkt die Stiche seines Bruders in leichnamübel stinkendes Ätzwasser, um ihm ein neuartiges Verfahren für Grafiken beizubringen.

»Schau, wie viel freier du den Schaber führen kannst! Gleich einem Kohlestift«, ermuntert sie Endres. Eine Schwade Säuregestank weht Klara ins Gesicht. Sie würgt.

»Adrian, gehab dich doch ned so«, wundert sich Dürer über sein Knechtlein, das doch sonst immer mit flammender Wissbegier an Neues herangeht.

Endres arbeitet mit dem Kupferstichel ein paar Linien nach, die im Säurebad nicht wie gewünscht herausgekommen sind.

»Müsst ihr denn selbst in der Marterwoch schaffen?«, schilt Barbara Dürer ihre Söhne, beglückt über die seltene Gelegenheit, beide *zusammen* schelten zu können.

»Wir arbeiten ned, Mutter, wir *probieren*.«

Barbara sieht da keinen Unterschied.

»Wir bereden nur noch geschwind den Pokal für den Herrn Lochner, dann sind wir auch ganz fromm«, verspricht Endres seiner Mutter. Dürer rollt eine Zeichnung eines filigranen Pokals aus und will wissen, ob Endres aus dem abenteuerlichen Entwurf ein dreidimensionales Stück aus Gold zaubern kann. Kann er freilich. Dürer beauftragt seinen Lehrbuben, zum Auftraggeber in die Füll zu gehen und ihm das Angebot zu unterbreiten. Klara versucht, sich herauszureden: »Kann des ned die Susanna dahin bringen?«

»Aber Adrian«, sagt Endres, seine Kaltnadelutensilien zusammenräumend, »du kannst doch kei Weibsbild mit so etwas betrauen.«

»Ach so«, macht Klara.

Also schlurft Klara die Zisselgasse hinab. Zumindest ist ihr an der frischen Luft nicht mehr so übel. Doch als sie sich der Füll nähert, dringt der Gestank der Weißgerber zu ihr, bestialischer als jedes Säurebad von Endres Dürer. An der Straßenecke zur Vorderen Füll muss sie sich an einem Häusereck übergeben. Als sie aufblickt, kommt es noch schlimmer: Die Silhouette des Mannes, der da beschwingten Schrittes die Füll entlanggeht, kommt ihr unangenehm bekannt vor.

Och, nicht schon wieder der Süßhans.

Klara stolpert die Stufen zum Weinmarkt hinab. Der Süßhans geht flott hintendrein.

Nicht umdrehen.

Und was ist das für ein Aufruhr vor ihr? Hunderte schwarz gekleideter Menschen drängen sich den Weinmarkt entlang.

> Die Siechen sind in der Stadt.

Natürlich, weil die ja jedes Jahr in der Karwoche in die Stadt dürfen, um bepredigt, bekleidet, bespeist und ärztlich besehen zu werden. Mit ihren Stöcken klappernd kommen sie vom Neutor her und wollen zum Siechenhaus an der Pegnitz. Klara hört, wie der leichtfüßige Schritt des Süßhans hinter ihr jäh abbremst. Klara hingegen tut genau das Gegenteil: Sie stürzt sich in die Menge.

»Heda, Gesell!«, hört sie den Süßhans erschrocken warnen, denn welcher gesunde, gescheite Nürnberger begibt sich denn freiwillig in eine Brandung aus Aussätzigen? Auch die Siechen schauen Klara verunsichert an. Eine Frau mit verpustetem Gesicht und zwei Knollen, wo einst Hände waren, spricht sie an: »Wir sind aussätzig, guter Jüngling!«

»Ich fürcht Euch ned«, gibt Klara zurück.

> Lange nicht so sehr wie eine Begegnung mit dem Süßhans in Knabenkleidern.

Klara lässt sich im Strom der Aussätzigen treiben. Die Gefahr, dass der Süßhans sie erkennen könnte, ist gebannt. Übel ist ihr immer noch, und die grausig faulenden Wunden der Siechen helfen auch nicht gerade. Sie schlüpft aus dem Siechenzug wieder heraus und muss sich erst einmal auf den Boden setzen und durchschnaufen.

Osternacht

Jakob fühlt sich beseelt. Die Osternacht war schon immer sein Lieblingsmoment im ganzen Kirchenjahr. Während der stundenlangen Osterwache in der kerzenfunkelnden Sebalduskirche kann er in aller Ruhe die Worte des Wittenberger Mönchs durch sein Hirn rieseln lassen. Völlig in sich versunken knien Albrecht und Agnes Dürer, daneben Endres. Jakob weiß, dass auch ihre Gedanken darum kreisen, was Johann von Staupitz in der Fastenzeit gepredigt hat. Daneben kniet, trotz gichtiger Knie, in tiefer Andacht Barbara Dürer. Die denkt gewiss nicht an Johann von Staupitz.

In die hehre Stille jammert Klara: »Ich muss pieseln.«

»Scho wieder?«, wispert Jakob.

»Und ich muss raus aus diesem elenden Weihrauchgestank.« Klara findet einfach nicht in die österliche Besinnung hinein. Sie huscht im Lauf der

Osterwache noch drei weitere Male aus der Sebalduskirche, einmal während der Lesung, beim Abendmahl und einmal gar mitten im Gebet.

Endlich dämmert der Ostertag. Zum ätherischen Gesang der Gemeinde geht die Sonne auf, trifft die Fenster und taucht das Gotteshaus in ein leuchtbuntes Lichtmeer. Das erhabene Schauspiel entrückt Jakob schier. Und dabei ist er ja ein borstiger Schlosserbub. Wie mag dieser Rausch aus Farben und Klängen erst auf eine empfindsame Malerseele wirken?

»Wann's wohl was zum Essen gibt?«, fragt die Malerseele neben ihm.

Zum Glück ist nun ohnehin Zeit für die Segnung der Speisen. Der Dürerhaushalt zieht mit frisch geweihten Eiern, Lammkeulen und Wein heim und die Frauen machen sich sofort an die Zubereitung des Ostermahls.

Klara geht hoch und kippt in ihrer Kammer aufs Bett. Als Susanna zum Essen ruft, hat Jakob Mühe, Klara wachzubekommen. Schon im Treppenhaus weht ihnen der Duft nach frisch Gesottenem, Eierkuchen und Zuckerwerk entgegen ... und die ach so hungrige Klara stolpert in den Hof hinab, dass die Hühner nur so auseinanderstieben, und erreicht gerade noch so das Abtritthäuschen. Als sie blass und kraftlos wieder im Hof erscheint, sagt sie nur: »Ich leg mich wohl besser wieder nieder.«

Beim Ostermahl kann Jakob besorgte Nachfragen nach seinem Bruder nur mit einem Achselzucken beantworten. Danach bringt er Klara trockenes Brot und Wasser auf die Kammer. Sie liegt vollständig bekleidet im Tiefschlaf auf dem Bett. Jakob weckt sie sanft.

»Des hat so abscheulich gestunken«, jammert Klara.

»Unsinn, es duftet gar himmlisch da unten. Komm, zieh die Kleider ab und mach's dir behaglich«, kümmert Jakob sich. Klara streift Wams und Hemd ab und löst mit schmerzverzogener Miene die kneifenden Brustwikkel. Die Striemen, die der Wickel jeden Tag hinterlässt, erscheinen Jakob im fröhlichen Ostersonntagslicht noch schwieliger und tiefer als sonst.

»Schmerzt mehr als gewöhnlich?«, fragt er, während ihm eine Erkenntnis dämmert. Dass Klaras Oberweite sich in letzter zu seinen Gunsten als Bettgefährte entwickelt hat, hat Jakob zwar wohlwollend wahrgenommen, aber nicht weiter darüber nachgedacht. Nur ... gibt es in der Fastenzeit sicherlich keinen Grund, spürbar zuzunehmen.

»Klara – hast du je Johannas Angebot angenommen, ihr dei schmutzige Monatswäsch zu bringen?«

»Hatte noch kei Gelegenheit dazu.«

Jakob rechnet. Susanna hat Klaras blutige Tücher am Tag des Kaisereinzugs entdeckt. Das war Anfang Februar.

Und heute ist Ostern.

»Klara ... kann es denn sein, dass du mit Kind gehst?«

Klaras ohnehin bleiches Gesicht wird noch fahler. Jakob fällt nun auch auf, dass ihre Sommersprossen, die normalerweise im Winter verbleichen, in ihrem weißen Gesicht leuchten, als wäre es Hochsommer.

»Klara, du bist schwanger!«, ist Jakob nun überzeugt. Klara bleibt stumm.

»Wie kannst du des ned ... Mei Mutter hat des doch immer gleich gespürt! Du hast seit Februar kei Monatsblut mehr gehabt und dir nichts dabei dacht?«

Jakob begreift: Klara hat nichts geahnt, weil sie nichts ahnen wollte. Seine Mutter war sich ihrer Aufgabe des Kindergebärens mehr als bewusst gewesen, achtete aufmerksam auf jeden kleinen Hinweis ihres Körpers. Ein viel beschäftigter Malerbub hingegen achtet auf alles Mögliche – nur nicht auf Anzeichen einer Schwangerschaft.

»A Kindlein!«, sagt Jakob entgeistert. Freude schwallt in sein Herz. *Sein* Kindlein. *Er*, Jakob Hölzel, hat ein Kindlein gezeugt mit seinem Weib, der Klara Hölzelin. Gedanken stürmen sein Hirn.

Was nun?

Wie lange, bevor sie Klaras Umstände nicht mehr verbergen können? Wie viel Zeit bleibt ihnen, um ihren Aufbruch vorzubereiten? Wann kommt das Kind zur Welt? Im Herbst, im Winter? Eine ungünstige Jahreszeit zum Kinderkriegen, aber Klara ist guter Verfassung, das wird schon ...

Dann blickt Jakob zu Klara auf und sieht ...

Grausen.

Angst.

Enttäuschung.

»Klara.«

Er nimmt sie in den Arm.

»Du hast noch ned amol einen Gesellenbrief«, sagt sie dürr. Es sind also auch ihre Gedanken in die Zukunft gefegt.

»Zum Teufel mit dem Gesellenbrief! Zum Teufel mit der Schlosserei! Ich nehm a Handwerk auf, so neu, dass es noch gar keine Briefe und Siegel dafür gibt. Ich werd Drucker! Und du speist meine Pressen mit Bildern«, erinnert er sie an ihren Plan. Klara sitzt schlaff wie ein Häufchen Elend.

»Früher oder später hätten wir uns der Wahrheit ohnhin stellen müssen«, redet Jakob auf sie ein. »Eher *früher* als später. Wie oft willst denn etwa dem Süßhans noch über den Weg laufen, ohne entdeckt zu werden?«

Klara nickt. Das weiß sie ja alles.

Jakob fährt fort: »Als wir hier in Nürnberg ankamen, da glaubt ich, der Schwindel hält a paar Tag, mit Glück a paar Wochen. Wir sind nun anderthalb Jahr lang hier. Wir haben beide mehr von Dürer und Dürerin gelernt, als wir je gehofft hätten.«

Auch das weiß Klara.

»Und nun gibt uns des Geschick den Stüber, den wir brauchen. Wir sollten unser Glück längst nimmer so dreist herausfordern. Wir sind fahrlässig worden.«

Endlich blickt Klara auf.

»Ich will mich ja freuen«, sagt sie erbärmlich.

Jakob drückt sie noch fester.

»Meinst wirklich, dass ich schwanger bin? Mei Monatsblut kommt doch eh immer, wann es will ...«

»Du musst alle naselang auf den Abtritt, du würgst bei den köstlichsten Düften, deine Sommersprossen sprießen scho im April und deine Brüste schmerzen und schwellen ... Mei Mutter hat in sechs Jahren vier Kinder geboren, ich weiß noch, wie des bei ihr war.«

»Wir haben kei Geld.«

»Des is wohl wahr«, gesteht Jakob ein. Er denkt nach: »Wir brauchen noch einen großen Streich. Unser Meisterstück. Was Kostbares muss es sein ...«, sinniert Jakob.

»Die Reichskleinodien«, sagt Klara ironisch.

»Die Reichskleinodien!«, wiederholt Jakob todernst.

»Heureka! Wir stehlen die Reichskrone und verscherbeln sie an einen fliegenden Händler.«

Zumindest lächelt Klara wieder, wenn auch voll Spott.

»Wir hier im Dürerhaus sind die einzigen Menschenseelen auf der Welt, die genaue Abbilder der Reichskleinodien haben«, grübelt Jakob.

»Und?«

»Was, wenn wir des eine oder andere Stück nachbauen?«

»Und dann was damit tun?«

Jakobs spitzbübischer Erfindergeist fliegt bereits davon. Es geht hier schließlich um sein Kindlein!

Fälscherei

»DIE SACH IS die: Klara trägt a Kind unterm Herzen.«

Felicitas springt überrascht auf, Hans Sachs klatscht in die Hände und Kito verschränkt mit einer hochgezogenen Augenbraue die Arme vor der Brust. Sie sitzen ungestört in der Bibliothek, denn Pirckheimer ist seit Ostern auf dem Reichstag und Felicitas regiert frei über das Haus.

»Wir brauchen Geld für unseren Aufbruch – und euer Hülf.«

»Nenn mir einen guten Grund, warum sich mei kleine Herrin abermals in euer Blendwerk hineinziehen lassen sollt«, sagt Kito, dem gar nicht nach Abenteuern zumute ist, seit ein solches seiner Johanna beinahe das Leben gekostet hat.

Felicitas lässt nicht zu, dass ihr Knecht für sie spricht: »Unangesehen, dass ich erstens meine eigenen Beschlüsse fäll und die beiden zweitens meine Freunde sind?«

»Und dass drittens unser Opfer Tetzel is«, lockt Jakob.

»Ah«, macht Kito.

»Dei Vater und Spengler haben dem Kaiser bei seinem Besuch eifrig Honig ums Maul geschmiert. Nun gedenkt er sogar, Götz von Berlichingen in die Acht zu nehmen Die fränkische Ritterschaft zürnt Nürnberg und dem Kaiser«, schildert Jakob.

»Soweit alles bekannt«, sagt Felicitas.

»Und hier beginnt nun der Schwindel: Hans von Geislingen, dessen Fehde noch immer unbefriedigt is, hat in seinem Groll einen tollkühnen Streich ersonnen. Er hat einen Meisterdieb an der Hand, der vor der Heiltumsweisung den Nürnbergern einige der Reichskleinodien stehlen soll. Dazu braucht er aber in Nürnberg einen mächtigen Mitwisser und Geldgeber, der den Dieb entlohnt und die gestohlenen Heiltümer in Empfang nimmt.«

»Tetzel«, errät Felicitas zufrieden.

»Dafür erlässt der Ritter von Geislingen Tetzel des Lösegeld für seinen Sohn und lässt ihn laufen. Der Meisterdieb hinwieder fordert für seine Mühen sechshundert Gulden.«

»Und der Meisterdieb …?«, ahnt Kito.

»… bin ich«, grinst Jakob. »Und mit dem Geld richt ich in Kulmbach a Druckerei ein.«

»Des is sündhaft, mit heiligen Dingen Schindluder zu treiben«, sagt finster Kito.

»Hast den Wittelsbacher Mönch ned gehört, Kito?«, fragt Hans Sachs.

»Nichts von all dem menschlichen Plunder is von göttlichem Belang.«

»Nur weil a feister Wandermönch aufrührerische Reden führt, werd ich noch lang ned die Heiltümer entweihen«, beharrt Kito.

»Den wahren Heiltümern geschieht ja nichts. Wir bauen sie nach«, erklärt Jakob. Er beschreibt die Objekte und die notwendigen Werkmittel. Für das Heiltum Johannes des Täufers braucht er eine zinngefasste Glasröhre mit Ständer, Blattgold, ein goldenes Kettlein und einen hässlichen langen Eckzahn.

»Des is auch mei liebstes Heiltum«, freut sich Hans Sachs. »Einen Zahn bekommst bei jedem Bader. Einen Glaser kenn ich auch. Verschwiegene Goldschläger findest in Schwabach.«

»Zweitens, des Armbein der Heiligen Anna – a Holzschatulle, a goldene Hülse, und ... a menschliches Armbein.«

»Menschliche Gebeine kann der Abdecker verschaffen«, schlägt Felicitas vor.

»Und zu guter Letzt, die Reichskrone«, fährt Jakob fort. »Eisen, Blattgold, roter Samt und bunte Glassteine. Die Krone schmied ich selbst.«

Verbrieft

»DICH KENN ICH DOCH?«, wittert Tetzels jüngerer Sohn Hans sofort.

»Gewiss, junger Herr. Ich war es, der Eure werte Aufmerksamkeit im Spielhaus auf den Betrug mit den gezinkten Karten lenkte«, erinnert Jakob ihn.

»Ach, ja? Den Betrug des elenden Hans Dürer hast du damals meim Sohn entdeckt? Und sind ned auch wir uns zuvor begegnet?«, fragt Anton Tetzel von seinem gepolsterten Lehnstuhl.

»Ja, Herr, auch Ihr kennt mich. Euer ergebener Diener Ambrosius Schweiger. Ich hab Euch vor einiger Zeit a falsche Reliquie andreht«, gibt Jakob freimütig zu, um sich als meisterhafter Betrüger auszuweisen.

»Ach ...?«, erinnert sich Tetzel vage.

»Verzeiht mir den Frevel«, sagt Jakob lässig. »Doch unser heutiges Geschäft soll ned zu Eurem Schaden sein.«

»Wenn sich die Sach so zuträgt, wie der Ritter von Geislingen in dieser Epistel in Aussicht stellt, verzeih ich alles«, sagt Tetzel, mit dem Finger auf das Schreiben tippend. »Wie soll die Gaunerei denn vonstattengehen?«

»Ich stehl die Schätze in der Nacht vor dem Lanzenfest aus dem Heiltumsschrank.«

»Ei, des will ich aus der Näh sehen«, begeistert sich Hans Tetzel. »Vater, meint Ihr ned, einem *Ehrenmann* wie Ambrosius müsst einer auf die Finger schauen?«

»Mei Sohn kommt mit dir, wenn du die Heiltümer stiehlst«, fordert Tetzel.

Oh, nein!

Die Abenteuerlust des Tetzelherrleins verkompliziert die Sache sehr! Eigentlich wollte Jakob die Fälschungen Tetzel einfach überreichen und lediglich *behaupten,* sie aus dem Schopperschen Haus gestohlen zu haben. Doch wenn das Tetzelsöhnchen bei der Diebestat dabei sein soll, muss sie ja auch tatsächlich stattfinden!

»Herr, Euren Sohn solcher Fährnis auszusetzen ...«

»Mei Sohn kommt mit.«

» ... gerne, Herr«, gibt Jakob nach, ehe Tetzel Zweifel kommen.

Tetzel kommt zum unangenehmen Teil des Auftrags. Er nimmt den Brief von ›Hans von Geislingen‹ wieder in die Hand, lehnt sich altersichtig zurück: »Hier steht, deinen Lohn soll ich vorstrecken.«

»So ward's mir verheißen, Herr.«

»Dann nenn deinen Preis.«

»Sechshundert Gulden, Herr.«

»Zu zahlen wann?«

»Bei Übergabe der Kleinodien.«

Tetzel nickt langsam. Zu seinem Sohn sagt er: »Geh zu Baner. Nein, zu Schütz. Ach, am besten zu beiden. Wollen wir sehen, wer die bessere Bedingnis bietet.«

Ist es denn die Möglichkeit ... trotz all seiner zwielichtigen Geschäfte, trotz des blühenden Betriebs im Spielhaus hat Tetzel keine sechshundert Gulden flüssig und muss sie sich bei berüchtigten Pfeffersäcken leihen? Und ...

... Baner ...

Das ist doch der Aasgeier, der Veit Stoß getäuscht und ins Unglück gestürzt hat. Baners Betrug hat Stoß damals zu der schrecklichen Torheit verleitet, die Gerechtigkeit in die eigenen, geschäftlich ungeschickten Hände zu nehmen und den von Baner veruntreuten Schuldschein zu fälschen.

Au, ja!

Jakob reibt sich innerlich die Hände. Wenn er mit seiner Gaunerei auch noch dem Halsabschneider Baner eine Glocke gießen kann, lohnt sich die Sache nur noch mehr.

»Der Ritter von Geislingen wünscht, dass Ihr ihm Euren Handel verbrieft«, erinnert Jakob. Als Klara das Schreiben Geislingens fälschte, hatte sie die geniale Eingebung, Tetzel zur schriftlichen Bestätigung seiner Missetaten aufzufordern. Denn so springt bei diesem Streich nicht nur das Startkapital für ihr neues Leben heraus, sondern auch der handfeste Beweis, den Pirckheimer braucht, um Tetzel endlich zu fassen zu bekommen.

Frau Schopper

»FELICITAS! WIE LIEB, dass du mich besuchen kommst«, grüßt gutmütig Frau Schopper. Sie mag die Nachbarskinder gern. Die Pirckheimerschwestern erinnern sie an die Zeiten, als auch in ihrem Haus noch fröhliches Kindertoben wogte, darunter kein geringerer als ihr berühmter Neffe Martin Behaim. Seit dreißig Jahren ist sie schon verwitwet. Die Töchter sind längst aus dem Haus, Söhne haben nicht überlebt. So fristet Frau Schopper ihre Tage an einer der besten Adressen der Stadt und wartet geduldig darauf, dass mit ihr das Geschlecht Schopper endgültig verlischt.

Sie bittet Felicitas, Klara und Kito herein. Kito geht mit seinem mitgebrachten Korb zielsicher auf den Gesindeflügel zu, der ihm gut bekannt ist, denn Nachbarsgesinde freundet sich an und hilft sich gegenseitig aus.

»Was hast denn da dabei, Kito?«, fragt Frau Schopper.

»Dörrobst und Eierkuchen, frisch von der Johanna gebacken, Frau Schopper.«

»Wie fein. Sag meiner Bertha, sie soll's gleich anrichten und mit einer Kanne warmer Milch heraufbringen!«, trägt Frau Schopper ihm auf.

»Mach ich, Frau Schopper!«, erwidert Kito.

»Und Bertha und du, ihr dürft euch ruhig auch dran laben!«, gestattet sie.

»Habt Dank, Frau Schopper!«

Im Weggehen wirft Kito seiner jungen Herrin noch einen widerwillig verschwörerischen Blick zu. Felicitas nickt fast unmerklich zurück.

»Und wer bist du denn?«, will Frau Schopper von Klara wissen.

»Ich bin der Adrian Schaller, Albrecht Dürers Lehrbub«, gibt Klara Auskunft.

Frau Schopper findet es nicht ungewöhnlich, dass Felicitas Pirckheimer mit Malervolk Umgang pflegt. Der Vater macht es doch vor! Sie führt die Gäste nach oben in ihre gute Stube. Die alte Bertha kommt mit dem Leckerzeug hinaufgeschnauft. Frau Schopper plaudert in einem Schwall, wie nur eine einsame Witwe plaudern kann.

Die einzige Kurzweil in ihrem Leben – neben so lieben Besuchen wie dem heutigen – bietet ihr die jährliche Heiltumsweisung, erzählt sie. Nun ist es ja wieder so weit. Da kommen schon eine Woche vorher die Zimmermänner und bauen vor ihrem Haus das dreistöckige Schaugerüst auf. Dann kann sie zwar eine Zeitlang nur noch aus den obersten Stockwerken auf den Markt blicken, doch der Trubel um ihr Haus macht ihr Freude. In der Nacht vor der Weisung wird es besonders spannend, denn dann kommen die *allerhöchsten* Herren der Stadt und bringen die Reichskleinodien. In dieser Nacht ist ihr Haus dann innen und außen mit Stadtknechten gespickt. Dieses Jahr ist alles noch aufregender, denn die Heiltumskammer wird vollständig erneuert. Das Zimmer wurde mit tiefblauen Tapeten ausgekleidet. Ein Zimmermann brachte den neuen Heiltumsschrank, dann kam Albrecht Dürer und lieferte die Prunktüren dazu – aber das weiß der Malerknabe ja gewiss – und zuletzt kam Peter Henlein und versah das Ganze mit einem aufwändigen Schloss.

»Am liebsten würde ich's euch zeigen, aber ich darf ned«, sagt Frau Schopper verschmitzt.

Felicitas blickt Klara an. Ob Kito schon genug Zeit hatte für seinen Einsatz?

»Frau Schopper, weshalb ich hier bin ... Wir haben a Rattenplage im Haus und ich wollt fragen, ob sie auch des Eure befallen hat.«

»Ratten? Nein, mein Kind, hab ich keine bemerkt.«

Ein Aufschrei von unten. Auf Kito ist Verlass.

»Des war mei Bertha! Bertha, was is dir denn?«, ruft Frau Schopper nach unten.

»Herrin, verzeiht mei Geplärr, aber mir is grad a Ratz zwischen den Beinen durchgehuscht!«

»Na, da haben wir die Antwort auf dei Frage«, sagt Frau Schopper, fast schon beschwingt, dass etwas Aufregendes in ihrem Haus geschieht.

»Oh nein, Frau Schopper, des is gar schlecht! Was, wenn die Ratten in der Heiltumskammer Schaden anrichten?«, sagt Felicitas eindringlich.

Frau Schoppers Gesichtsausdruck wird bange: »Oh, des wär ja furchtbar!«

»Habt Ihr und Bertha die Ratten denn noch gar ned bemerkt?«

»Nein, gutes Kind, haben wir ned!«

Konnten die guten Frauen ja auch nicht.

Denn die Ratte, die Bertha vor die Füße gelaufen ist, hat Kito gerade erst im Haus ausgesetzt.

»Und ich und die Bertha haben auch nimmer des schärfste Gehör. Wie gut, dass du kommen bist, mich zu warnen.«

»Frau Schopper«, sagt Felicitas eindringlich, »Verbot hin oder her, wir sollten wohl doch einen Blick in die Heiltumskammer werfen, ob dort alles rechtens is.«

»Da hast wohl recht. Kommt mit.«

Frau Schopper führt Felicitas und Klara zur Heiltumskammer. Auch hier hat Kito seinen Auftrag erfüllt, wenn auch äußerst ungern: Unten rechts im schwarzen Hintergrund von Karl dem Großen klaffen hässliche kleine Schrammen.

»Allmächtiger! Die Ratzen haben Dürers Kaiserbild zerkratzt!«, stellt Felicitas fest.

Wie sehr das der armen Frau Schopper zusetzen könnte, hatten sie bei der Planung nicht bedacht. Sie bebt am ganzen Leib, die Hände über dem Kopf zusammengeschlagen. Am Ende packt sie noch der Herzkasper!

»Beruhigt Euch, liebe Frau Schopper!« Felicitas streichelt ihr tröstend den Arm. »Des richten wir scho wieder!«

»Wie denn? Oh weh, oh weh, die hohen Herren vom Rat betrauen des Haus Schopper mit dieser ehrenvollen Pflicht und ich vermag ned amol Ungeziefer von der Heiltumskammer fernzuhalten!«

»Frau Schopper«, unterbricht sie Klara beschwichtigend. »Ich bin doch Knecht bei Dürer. Ich kann des richten. Des muss überhaupt niemand erfahren.«

Ein wenig Hoffnung kommt in den Blick der Schopperin: »Du kannst es richten, Bub?«

»Der Schaden is doch ned schlimm. Seht her, nur a paar Kratzer im schwarzen Grund. Ich komm am Morgen mit meinem Bruder mit Farb, Schaber und Pinseln – binnen einer halben Stund is alles wieder wie neu.«

… und Jakob hat einen Nachschlüssel zum Heiltumsschrank.

»Des würdest für mich tun, lieber Bub?«

»Gern, Frau Schopper. Mei Meister hat so viel um die Ohren – wir ersparen ihm den Hader.«

Frau Schopper lässt sich darauf ein.

»Und holt einen Kammerjäger, Frau Schopper«, fügt Felicitas hinzu.

»Des werd ich, Kind.«

Sie verabschieden sich, sammeln Kito auf, der noch bei der alten Bertha in der Küche sitzt, und gehen die zehn Schritte zurück zum Tor des Pirckheimerhauses.

»Des war grauenhaft! A Gemäl von Albrecht Dürer zu schrammen! Was Ihr alles von mir verlangt, kleine Herrin«, beschwert sich Kito über seinen Auftrag. »Und du kannst des wahrlich wieder richten, Knechtlein?«

»Mit Leichtigkeit«, versichert Klara.

Lanzenfest

HANS SACHS, JAKOB und Klara stehen unter Hunderten Schaulustiger an der Absperrung und warten darauf, dass die Prozession vom Obstmarkt um die Frauenkirche biegt. Da! Ehrfurcht raunt durch die Menge, als die Geistlichen mit Stäben und Bannern erscheinen, gefolgt vom schwer bewehrten Prunkwagen mit den Reichskleinodien. Dahinter schreiten die Herren, die soeben mit ihren zwölf Schlüsseln den Versperr in der Spitalkirche geöffnet haben. Genauer gesagt sind es elf Herren und eine Jungfrau, denn in Abwesenheit ihres Vaters ist Felicitas der amtierende Kopf des Geschlechts Pirckheimer und durfte somit der Öffnung des Versperrs beiwohnen.

»Da is sie!«, ruft Hans Sachs, als seine Verehrte in Sicht kommt. »Seht, wie herrlich sie geputzt ist!«

Vor dem Schönen Brunnen kommt der Aufmarsch zum Stehen. Frau Schopper, prächtig gekleidet und vor Erregung um Jahre verjüngt, begrüßt die Ehrbarkeit und den Schatz in ihrem Hause. Als die Reichskleinodien im Haus verschwunden sind, zerstreuen sich die angereisten Bauern aus dem Nürnberger Land, denn es gibt noch so viel zu tun! Sie müssen noch Wein bechern, Bratwürstle essen, Rosenkränze kaufen, um Heiltumszettel feilschen, die angeblich mit der Heiligen Lanze durchstochen wurden, und sich übersteuerte Spiegel andrehen lassen, um damit bei der Weisung die heilsbringende Wirkung der Heiltümer einzufangen. Schon letztes Jahr amüsierte Jakob, wie die Nürnberger die auswärtigen Bauern und ihren frommen Eifer belächeln, während sie sich daran eine goldene Nase verdienen. Seit Staupitz laut ausgesprochen hat, was viele Reichsstädter insgeheim schon lange denken, finden sie den Wunderglauben des Landvolks noch alberner.

Jemand hält mit schwitzigen Händen Hans Sachs von hinten die Augen zu. Er wirbelt herum, schnappt sich die frechen Handgelenke und blickt in das glühende Antlitz von Felicitas. Eben noch war sie wie die Würde selbst hinter dem Reichsschatz einhergeschritten, in Pelz, Seide und edlem Geschmeide. Augenblicke später hüpft sie nun vergnügt in Leinenkleid und Goller durch die Menge. Die aufwändige Haartracht hat sie aufgedröselt und das nussbraune Haar wogt ihr lose über den Rücken. Hans Sachs kriegt sich gar nicht mehr ein vor Entzücken. Fast könnte sie als Bauernmädchen durchgehen – würde sie nicht auf Schritt und Tritt von einem alle überragenden Afrikaner begleitet, der die gaffenden Blicke vieler Bauern auf sich zieht.

»Auf, auf, wir wollen doch Reichskleinodien stehlen!«, flüstert Felicitas raublustig und etwas zu laut für Kitos Geschmack.

»Herrin«, herrscht er sie an. »Meine Güte.«

»Also, liebe Spießgesellen, jeder weiß, was zu tun is«, schwört Jakob seine Genossen ein.

Heiltumskammer

»AUTSCH.«

»Ich hab doch gesagt, tu langsam«, zischt Hans Sachs und hilft Klara im Halbdunkel der Abenddämmerung wieder auf die Beine. »Hast dir weh tan?«

»Geht scho«, wimmelt sie ab und klopft sich den Staub vom Kleid. In Röcken ist Klara so ungelenk! In Hosen wäre sie viel behänder über die Hofmauer gesprungen, die das Schoppersche Anwesen vom Pirckheimerschen trennt. Felicitas' Hund kläfft vom anderen Hof.

»Pssst, Apollo! Still!«

Auf der Mauer erscheint der Umriss einer Holzkiste, die Jakob und Kito ihnen entgegenstemmen.

»Ich hab sie«, versichert Hans. Klara streckt sich auch danach, kann aber nur mit den Fingerspitzen mithelfen, die Kiste möglichst geräuschlos im Schopperschen Hinterhof auf den Boden zu lassen.

»Dann Glückauf!«, wispert Jakob von der anderen Mauerseite.

Klara und Hans Sachs betreten durch die Hoftür die Küche. Im Herd ist noch genug Glut, dass Klara darüber eine Kanne Milch erwärmen kann. Sie aromatisiert sie mit Honig und Teufelswurz.

»Hoffen wir, dass Frau Schopper und ihre Magd wirklich tief im Gebet versunken sind«, hofft Hans.

»Die beten jedes Jahr die ganze Nacht vor der Heiltumsweisung in ihrer Hauskappelle, hat Bertha dem Kito gesagt!«, beteuert Klara.

»Sei dennoch auf der Hut!«

Klara eilt mit dem Trunk die Treppe hinauf. Der Wachmann an der Heiltumskammer richtet erschrocken die Spitze seiner Hellebarde auf sie.

»Wer zum Teufel seid Ihr?«

»Verzeiht, guter Gesell! A Hausmagd der Schopper bin ich, wer wär denn sonst hier?«, erwidert Klara gelassen. Das leuchtet dem Wachmann ein, er entspannt sich etwas.

»Mei Herrin hat mir auftragen, Euch a Labsal zu reichen«, sagt Klara mit Deut auf die Kanne.

»Oh, gute Jungfer, des darf ich ned annehmen«, lehnt der Wachmann ab.

»Is nur warme Milch.«

»Einerlei, ich darf gar nichts annehmen«, beharrt der Wachmann.

»Ach so«, macht Klara und tappt wieder nach unten.

»Er nimmt es ned«, berichtet sie Hans Sachs.

Wie sollen sie den Wachmann betäuben, wenn er seinen Schlaftrunk verweigert?

»Also müssen wir es anders angehen«, sagt Hans.

Sie lassen eine halbe Stunde vergehen, ehe Klara ihren zweiten Versuch in Angriff nimmt. Sie kommt wieder die Treppe hinaufgetapst.

»Gute Jungfer, dies Geschoss is für Euch heut Nacht gesperrt«, mahnt der Wachmann.

»Mei Herrin is gestürzt!«, wehklagt Klara. »Ich krieg sie nimmer hoch, sie is in Abkraft gefallen. Ich bitt Euch, helft mir!«

»Ich darf leider mei Stellung unter keine Umständ ...«

»Und wenn *ich* hier stehen bleib und achtgeb, während Ihr der Herrin geschwind hochhelft? Ich bitt Euch!«, fleht Klara.

»Wo is sie denn gestürzt?«

»Ganz unten im Keller, in der Speis!«

Der Wachmann blickt überfordert, doch Klaras herzbewegende Miene verfehlt ihre Wirkung nicht.

»Was soll denn geschehen? An der Haustür stehen doch auch noch zwei Wachen und der ganze Marktplatz is abgeriegelt«, argumentiert Klara stichhaltig.

»Ganz flugs«, sagt der Wachmann und entschwindet in den steinernen

Treppenturm. Von der Gesindetreppe im Hinterhaus kommt Hans Sachs mit der Truhe herangeeilt.

»Rasch!«

Klara öffnet die ihr nur allzu vertrauten Türen des Heiltumsschranks mit dem Nachschlüssel zu Peter Henleins Schloss, den Jakob angefertigt hat. Als im Lampenschein die echten Reichskleinodien vor ihr liegen, muss sie kurz innehalten.

»Kei Zeit für Ehrfurcht«, treibt Hans Sachs sie an. Klara greift das Behältnis mit dem Täuferzahn und die Schatulle mit dem Armbein der Heiligen Anna. Und die Reichskrone …? Da steht ja das schwarze Kistlein, das Pirckheimer damals im Spital aufgesperrt hat. Mit zittrigen Fingern öffnet Klara die Schatulle mit Pirckheimers Schlüssel. Die Edelsteine der Reichskrone funkeln ihr entgegen. Klaras Herz schlägt ihr bis zum Hals. Hans hält schon die gefälschten Heiltümer bereit. Klara stellt die Nachbildungen in den Heiltumsschrank, während Hans die echten Kleinodien behutsam in der strohgefütterten Kiste verstaut. Als Klara die Flügeltüren wieder schließt, schaut sie Karl der Große ausdruckslos an. Kaiser Sigismund leicht vorwurfsvoll.

Schwere Schritte auf Stein. Die Wache kommt wieder die gewendelte Treppe hinauf.

Hans hastet mit der Kiste aus der Kammer und verschwindet in der Schwärze des Hinterhauses. Die Wache erscheint auf dem Treppenabsatz.

»Und?«, macht Klara, hoffend, dass der Mann ihren japsenden Atem für Sorge um die Herrin hält.

»Ned schlimm, gute Jungfer. Eure Herrin kniete scho wieder in der Hauskapelle, als wär nichts gewesen.«

»Habt tausend Dank, guter Gesell. So a Glück«, sagt Klara erleichtert.

»Sie konnt sich scho gar nimmer entsinnen, überhaupt gestürzt zu sein!«, lacht der Wachmann.

»Des is der Altersschwachsinn …«, sagt Klara.

»Genau wie bei meiner Ahnfrau«, sagt der Wachmann leutselig. »Am besten red man ihnen gar ned herwider.«

Der Wachmann nimmt wieder Aufstellung, recht zufrieden mit seiner Entscheidung, die gute Tat der Pflicht vorgezogen zu haben. Klara dankt noch einmal artig und geht wieder den Treppenturm hinab. Drunten wartet Hans bereits mit der Kiste. Sie tragen sie über den Hof, tapsen damit vorsichtig durch das Hühnergewimmel im Stall, stellen sie hinter den Futtertrog und tarnen sie mit Stroh.

»Ned ganz so denkwürdig wie Stromers Fischfässer, aber auch ned übel ...«, schmunzelt Hans Sachs. Der fragend dreinblickenden Klara erklärt er: »Als Kaiser Sigismund die Reichskleinodien herbringen ließ, verbarg der damalige Ratsherr Stromer sie unter Fischen in Holzfässern.«

»Da is mir des Hühnerversteck lieber«, sagt Klara. Beim bloßen Gedanken an Fischgeruch will sie sich schon übergeben.

»Biet unserm guten Wachmann doch abermals sei Schlafmilch an, nun, wo er zutraulicher is«, schlägt Hans vor.

Diebstahl

DER GARAUS GILT heute Nacht nicht. Alle Läden und Gasthäuser haben noch geöffnet, alles ist erleuchtet. Die auswärtigen Gäste schwärmen und schnattern in den Straßen. Jakob, einsam vor Anspannung in dem heiteren Gewimmel, hat weiche Knie. Hätte der verdammte Tetzel nicht verlangt, dass Jakob seinen dummen Sohn mitnimmt, hätte sich all der Aufwand heute Nacht erübrigt! Aber nein, nun muss Jakob die Kleinodien gemeinsam mit Tetzel Junior stehlen.

»Da is er ja, der Ambrosius.«

»Herr Tetzel«, grüßt Jakob das Herrlein. In einer schützenden Nische der Sebalduskirche reicht Jakob ihm die Hilfsmittel für die Schwindelei. »So, Herr – Ihr seid der Medicus, ich Euer Gehülf. Wir geben vor, im Schopperschen Haus sei a Seuche ausbr...«

»Ja, ja, hast ja bereits erklärt, ich bin doch kei Narr«, schneidet der junge Tetzel ihm das Wort ab und entreißt ihm ungeduldig Mundschutz, Handschuhe und Kittel. So gerüstet nähern sich der Absperrung am Grünen Markt. Wachhunde fangen sofort zu kläffen an und zerren hart an ihren kurzen Ketten.

»Ja, liebe Herren – gewiss seid *auch Ihr* Euch innegeworden, dass der Markt heut Nacht gesperrt is«, sagt herablassend ein Stadtknecht, der sich heute Abend so richtig wichtig fühlen darf.

»Doktor Pinder mit Knecht«, stellt sich Tetzel vor, wie Jakob ihm vorgegeben hat.

Das veranlasst den Stadtknecht dazu, seine Laterne zu heben und das Gesicht des Sprechers zu beleuchten. Als er den Mundschutz sieht, greift er seinen Hund knapp beim Halsband, um die Notfalleinsatzkräfte passieren zu lassen.

Auch die beiden Wachen an der Schopperschen Haustür staunen: »Was begehrt Ihr hier?«

»Doktor Pinder mit Knecht«, trägt Tetzel erneut sein Sprüchlein vor. »Ich bin hier, weil, wegen ... also hier im Haus ...«

Oh je.

Dass Tetzel ein erbärmlicher Schauspieler ist, hätte Jakob ahnen müssen. Er greift ein, kramt geschäftig zwei Kräuterbeutel aus seinem Kittel hervor: »Hier, unter die Nase halten, des schützt vor dem Pesthauch.«

»Pesthauch?«, wundert sich die Wache.

»Hat man Euch ned kundtan, dass hierinnen a Seuche herrscht? Des Haus wird geräumt.«

»Geräumt? Seid Ihr des Wahnsinns? Heut is die Nacht vor der Heiltumsweisung!«

»Wenn wir alle Erkrankten aus dem Haus schaffen und alles gründlich durchräuchern, kann mit *etwas Glück* des Lanzenfest am Morgen noch vonstattengehen«, sagt Jakob todernst. Er setzt darauf, was bei einem guten Betrug immer wirkt: hektische Betriebsamkeit, unerschütterliche Selbstsicherheit und allerlei Ablenkungen.

»So müsst Ihr es halten, sonst nützt es nichts«, sagt er und schiebt den verdatterten Stadtknechten die Kräuterbeutel bis in die Nasenlöcher: »Tief einatmen!«

Schade nur, dass sein Komplize so grottenschlecht ist. Da ist Jakob von seinen üblichen Spießgesellen verwöhnt. Das Tetzelsöhnchen steht nur dumm da und ist Jakobs Glaubwürdigkeit nicht gerade zuträglich. Langsam wird es Zeit, dass von geschickterer Seite Hilfe kommt ...

Endlich. Die Haustür geht auf und Hans Sachs stolpert, Blut hustend, Hans Tetzel entgegen.

»Allmächtiger!«, brüllt einer der beiden Wachmänner.

»Abstand halten!«, befiehlt nun Jakob. »Du! Zurück ins Haus!«

Hans Sachs schleppt sich an Tetzels Arm zurück ins Gebäude.

»Gute Knechte, Ihr könnt Eure hehre Pflicht ja gern weiter erfüllen – aber von da drüben aus, mit sicherem Abstand!«, weist Jakob die Stadtknechte in Richtung Schöner Brunnen. Die leisten willig Folge.

»Des haben wir ja gar trefflich vollbracht«, lobt sich Tetzel, nachdem Jakob die Haustür hinter ihnen zugezogen hat. Der Kniff, sich Hirseähre ins Nasenloch zu stecken, hat beinahe zu gut gewirkt. Hans Sachs schnupft immer noch Blut. Er legt den Kopf in den Nacken.

»Was macht die Wache droben?«, will Jakob wissen.

»Schläft selig. War gar ned so leicht, ihm seinen Schlaftrunk aufzuschwatzen«, schnieft Hans Sachs, während er sich mit einem Tuch die Nase wischt.

Sie gehen den Treppenturm hinauf. Der Wachmann schläft selig vor der Heiltumskammer. Sie staksen an ihm vorbei in die Kammer.

»Eines muss man dem Knabenzupfer lassen – malen kann er«, kommentiert Tetzel Dürers Prunktüren. »Nun, Ambrosius, so walte deines frevelhaften Amtes.«

Bald steckt die Beute in Tetzels Schulterbeutel und der Heiltumsschrank ist wieder verschlossen.

Die Wachtposten vor dem Haus beobachten immer noch aus sicherer Entfernung vom Schönen Brunnen die Schoppersche Haustür, die sich nun öffnet. Hans Sachs hustet bellend, während Tetzel und Jakob ihn hinausgeleiten.

»Is des Haus denn bereits ausgeräuchert?«, ruft einer der Stadtknechte herüber.

»Is es! Doch haltet der Vorsicht halber noch a Weile Abstand!«

Tetzel und Jakob legen Kittel und Masken ab, bevor sie sich wieder in den Lanzenfesttrubel mischen. Hans Sachs schlüpft in die wuselnde Menge und ist verschwunden. Tetzel und Jakob arbeiten sich mit ihrem Diebesgut bis zur Tür des Schürstabhauses, die sich ungeduldig, doch verstohlen öffnet. Anton Tetzel ist nervös.

»Hier rein«, dirigiert er sie eilig in seine Schreibstube. Dort steht bereits, steif vor Anspannung, ein weiterer Mitwisser. Dass muss Jakob Baner sein, der Geldgeber. Hans Tetzel hievt die schwere Tasche auf den Tisch. Sein Vater schließt bedächtig die Tür und schreitet feierlich auf die Beute zu.

»Is es wahrlich gelungen?«, fragt der Mann, der Baner sein muss.

»Fürwahr«, bestätigt Hans Tetzel stolzglimmend. Anton Tetzel löst die Kordeln des Sacks ... und schnappt nach Luft. Mit zitternden Fingern hebt er die Reichskrone heraus.

»Allmächtiger«, sagt ehrfürchtig Baner.

Tetzel blickt Jakob an, der lässig an die Kontortür gelehnt steht: »Der Ritter von Geislingen hat ned zu viel verheißen. Du bist a wahrer Meister deiner lästerlichen Zunft.«

»Dank des Lobs – noch lieber wär mir bare Münze«, sagt Jakob rotzig.

»Gewiss, gewiss.«

Baner tritt mit einem schweren Beutel heran. Der vereinbarte Betrag muss mehrere Pfund wiegen. Jakob wird die Magengrube kribbelig.

> Da ist sie.

Seine Druckerwerkstatt. Seine Zukunft mit Klara und dem Kindlein. Während Baner anfängt, kaufmännisch genau das Geld vorzuzählen, greift Tetzel die Feder. Er unterschreibt und besiegelt den bereitliegenden Schuldschein für Baner.

»Ich reit nun los zur rosenbergischen Burg und bring dem Ritter von Geislingen Kunde von dem geglückten Streich. Habt ihr denn Euer Schreiben an ihn schon verfasst?«, treibt Jakob den Vorgang weiter. »Übergebt es mir. Ein solcher Brief is im Sack eines Postreiters ned sicher aufgehoben.«

Tetzel händigt Jakob eine schriftliche Bescheinigung seines Verrats aus.

»Herr Baner, Ihr braucht des Geld ned herzählen, ich trau auf Eure Redlichkeit«, sagt Jakob, der nun wirklich gehen will.

Baner wischt die bereits gezählten Münzen wieder von der Tischplatte in den Beutel. Unbehaglich fragt er: »Woher kennt der Dieb meinen Namen?«

»Einerlei, Herr Baner, denn ich bin scho verschwunden«, sagt Jakob, schnappt ihm den Beutel aus der Hand und zwingt sich, das Schürstabhaus gemessenen Schrittes zu verlassen. Sobald die Menge ihn verschluckt hat, schlägt er wie ein Wiesel Haken durch die Menschen.

*

Am Morgen stehen Jakob und Klara mit dem Rest des Dürerhaushalts geduldig hinter den Ketten am Grünen Markt und warten darauf, dass sie weitergeschleust werden. Ein Stadtknecht winkt: »So, da lang, gute Leut!«

Die Gruppe der angesehensten Handwerker und Kaufleute setzt sich in Bewegung.

»Schlossergesell«, wird Jakob mit ausdrucksloser Stimme gegrüßt.

Verflucht, wer war das? Peter Henlein ist an ihnen vorbeigeschlurft! Agnes Dürer runzelt die Stirn.

»A bissel jung für Altersschwachsinn«, sagt Jakob schulterzuckend.

»Der hat dich halt für jemand anders geschaut. Des is der kauzige Peter Henlein, von dem ich dir erzählt hab«, sagt Agnes.

»Ach, der Totschläger«, sagt Jakob.

Geschäftig hängen die Stadtknechte hinter ihnen die Ketten um und leiten laut maßregelnd und ungeduldig winkend den Fluss der nächsten, schon etwas weniger wichtigen Gläubigen in die nächste geordnete Bahn. Drei Reihen hinter ihnen kräht Hans Sachs fröhlich über die Köpfe hinweg:

»Dürerknecht müsst man sein!«

Bei Tage ist der Heiltumsstuhl wirklich prächtig. Vier Klafter hoch ragt das Schaugerüst bis zu den Fenstern der Heiltumskammer. Es füllt sich die erste Ebene des Heiltumsstuhls. Unter den Patriziersöhnen, die als Ehrengeleit die Kleinodien ›beschützen‹ dürfen, befindet sich auch Christoph Kress und nimmt das Spektakel für genau das, was es ist: ein Schaulaufen der Nürnberger Ehrbarkeit. Heiter winkt er bekannten Gesichtern zu und genießt den Trubel. Andere Herrlein nehmen ihre Aufgabe geradezu lächerlich ernst. Hans Tetzel wirkt überdreht. Nun wird die oberste Ebene des Tabernakels mit der höchsten Ehrsamkeit bestückt: die Älteren des Rates, darunter freilich Losunger Tetzel, die Pfarrer von Sankt Sebald und Lorenz und die Äbte der Männerklöster.

»Habt ihr's vernommen?«, gibt Christine Stoß freudig das Stadtgeschwätz weiter. »Der Stadtknecht, der die Heiltumskammer bewachen sollte, hat sich wohl derart besoffen, dass ihn die Wachablöse um Mitternacht bei den Füßen aus dem Schopperschen Haus ziehen musste!«

»Ned wahr!«, freut sich Agnes über den Klatsch.

»Die Schopperin hat erzählt, er hätt gar sei Stellung vor der Kammer verlassen und sei mitten in ihr Gebet in die Hauskapelle platzt!«, ergänzt Veit Stoß, der sich gut gelaunt über die Schulter seiner Frau zu ihnen lehnt. Allgemein ist Stoß seit dem Kaiserbesuch und dem Auftrag für die kaiserliche Grabstätte bester Dinge.

Glocken klingeln, Fanfaren schmettern. Schweigen fällt wie ein Tuch über die plappernde Menge.

Es blenden die Lichtblitze zahlloser Handspiegel, die das Wunderheil auffangen sollen. Andere Besucher recken Heiltumszettel in die Höhe, so auch Barbara Dürer. Die Alte geht eigentlich kaum mehr aus dem Haus, doch die Heiltumsweisung und den zugehörigen päpstlichen Ablass würde sie um nichts in der Welt versäumen, also setzt sie ihren gebrechlichen kleinen Leib dem alljährlichen Geschiebe und Gedrücke aus. Albrecht und Endres stehen fürsorglich wie ein Schutzwall um ihre Mutter und halten rücksichtlose Ellenbogen von ihr fern. Der Heiltumsschreier rollt umständlich seinen Schreizettel auf und beginnt zu schreien. Die drei Umgänge der Weisung folgen einem vertrauten Ablauf. Unter den Begeisterungsstürmen der Gläubigen halten die Würdenträger eine Reliquie nach der anderen hoch. Jakobs Aufmerksamkeit gilt ganz Tetzel, der sich angestrengt um eine gleichgültige Miene bemüht. Der Span der Krippe Jesu wird gezeigt, was vor allem die Mütter bewegt. Nun wäre das Armbein der Heiligen Anna an der Reihe …

Und da ist es auch!

Denn Klara und Hans Sachs haben das Original wieder an seinen Platz zurückgebracht, nachdem Tetzel und Meisterdieb Ambrosius mit dem Replikat fort waren. Jakob kann sich gar nicht entscheiden, an wessen verdattertem Gesicht er sich ergötzen soll – Tetzel Vater oben auf dem Gerüst oder Tetzel Sohn ein Geschoß darunter.

Und da ist ja auch der Zahn Johannes des Täufers!

Jakob lacht Tränen. Klara auch. Im allgemeinen Freudentaumel fällt das nicht weiter auf. Der Schreier verkündet nun, dass die Reliquien Karls des Großen an der Reihe sind.

Herrlich funkeln die Edelsteine der Reichskrone im Sonnenschein.

Während der Krönungsmantel leuchtet und Reichsapfel und Schwert glänzen, wird das Gesicht von Anton Tetzel matt, denn er begreift

... dass er Baner sechshundert Gulden schuldet, die ihm die Ritterschaft nie erstatten wird.

... dass er seinen Sohn wohl doch nicht so leicht von Hans von Geislingen wiederbekommt,

... sondern dass er den für weitere zwölfhundert Gulden Lösegeld auslösen muss.

Die Weisung nähert sich dem Höhepunkt: die großen Reliquien Christi, die Heilige Lanze und der Kreuzesspan. Spiegel blitzen, Heiltumszettel wedeln, die Menge lärmt ohrenbetäubend. Die Verkündung des Ablasses, die Fürbitten und den Segen versteht man trotz aller Bemühungen des Heiltumsschreiers kaum mehr. Jakob brüllt laut mit, brüllt sich alle Anspannung von der Seele.

Er hat sechshundert Gulden in seiner Kammer liegen.

Und schwarz auf weiß, verfasst in dessen eigener Hand, einen Beweis für Tetzels Verrat.

Frühlingsfrische

»ICH KRIEG EINEN Garten«, grinst Susanna zum dritten Mal.

»Du meinst, ich *kaufe* einen Garten«, berichtigt sie Dürer geduldig.

»Sag ich doch – ich krieg einen Garten«, bekräftigt Susanna. »Oh Herr, was ich da alles pflanzen werd! Wie viel mehr Sonne des Gemüs bekommen wird als in unserem schattigen Hof!«

Klara freut sich für Dürer, Dürerin und Susanna, dass sie nun vor den Toren ein Stück Sommerfrische besitzen. Noch mehr freut sie sich, *von wem* Dürer diesen herrlichen Garten bei den Sieben Kreuzen für einen Spottpreis erstanden hat: Der sonst so gewiefte Kaufmann Jakob Baner durchlebt nämlich derzeit aus schleierhaften Gründen einen finanziellen Engpass und musste das gut gelegene Grundstück für läppische neunzig Gulden abstoßen.

Während die Dürerwerkstatt emsig das ertragreiche Geschäft der zweiwöchigen Lanzenfestmesse bedient, bereitet Klara im Hintergrund still ihre Abreise vor. Und sich selbst bereitet sie darauf vor, dass dieser Lebensabschnitt zu Ende geht. Oder sie versucht es zumindest.

Komm Klara, halt es dir doch vor Augen:

- Keine Gewissensqualen und Ängste mehr leiden müssen.
- Keine schmerzhaften Brustwickel mehr tragen müssen.
- Den Hosenlatz nicht mehr ausstopfen müssen.

- Keine Hosen mehr tragen dürfen.
- Das Haar nicht mehr scheren dürfen.
- Nicht mehr unbegleitet auf die Gasse dürfen.
- Nicht mehr unter Nürnberger Gelehrten und Meistern leben.
- Nicht mehr freimütig unter Männern sprechen dürfen.

Und das allerschlimmste:

- Nichts mehr von Albrecht Dürer lernen.

Es klappt nicht. Immer wenn sich Klara die Vorteile ihres künftigen Lebens aufzählen will, rutscht sie in eine viel längere Liste schmerzlicher Verluste hinein. Jakob hat ja vollmundig angekündigt, dass Klara seine Druckerpressen mit Bildern bestücken wird – aber wird das überhaupt gehen? Die Leute werden doch fragen, von wem die Holzschnitte stammen. Und darauf will Jakob lässig antworten: »Von meinem Weib?«

Im Spätherbst wird sie Mutter. Was eine gute Mutter ausmacht, weiß sie weder von ihrer eigenen Mutter, noch hat sie es von Agnes Dürer lernen können. Sie wird es selbst herausfinden müssen.

Am Montag nach der Heiltumsweisung tritt Hans Sachs seine Wanderschaft an. Dürer hat seinen Knechten erlaubt, ihren frisch freigesprochenen Schusterfreund aus der Stadt zu geleiten und sich zum Abschied noch einen schönen Frühlingstag in seinem neuen Garten zu machen. Als sie sich am Tiergärtnertor treffen, erscheint Felicitas wieder in ihrer schlichten Mägdleintracht, die Hans Sachs schon beim Lanzenfest so bezaubert hat. Als sie aus dem Tor ziehen, sind sie etwas zu aufgekratzt, denn Hans so mit Pferd und Karren zu sehen, als Wandergesell, stimmt sie eigentlich alle wehmütig. Nur wenige Minuten den Burgberg hinab liegt Dürers Garten. In der Mitte sprudelt ein Springbrunnen zwischen hübsch gereihten niedrigen Hecken, hinten steht ein Lusthäuschen mit Baderaum, und ein hoher Zaun schützt vor den Blicken vorbeifahrender Knoblauchbauern.

»Wollen wir die Füß ins Wasser stecken?«, schlägt Felicitas vor und eine Viertelstunde später tollen alle vier pudelnass in ihrer Leibwäsche im Springbrunnen umher.

Hans Sachs betrachtet ungeniert Klara im nassen Hemd: »Lang hättest dei Fraulichkeit nimmer verbergen können. Die Frucht im Leib macht ja geradezu a Weib aus unserem Kümmerling.«

Sie beginnen zu frösteln und kuscheln sich in Badetücher aus dem Lusthäuschen ein. Hans Sachs hat einen großen Sack Wegzehrung dabei, die er nun auf dem Steintisch vor dem Brunnen ausbreitet. Felicitas pickt wählerisch ein paar Bissen und legt sich damit auf eine Marmorbank. In ihrem nassklebenden Leibchen, die Hüften lässig in den Faltenwurf ihres Badetuchs gehüllt, sieht sie aus, als posierte sie für ein Venusbild.

»Weißt was, Schusterbub – heut darfst mich duzen«, sagt sie gönnerhaft.

»Ei der Daus, so vertraut wie a Dürerknecht darf ich heut mit Euch – mit dir sein?« Wehleidig fügt er hinzu: »Wirst denn ab und zu an mich armen Schusterbuben denken, wenn du die Frau Imhoff bist?«

»Was heißt denn ›an dich denken‹? Unsere Wege trennen sich doch ned auf immer? Versprich mir, dass du nirgendwo hängen bleibst, wie so viele Wandergesellen. Versprich, dass du nach Nürnberg heimkehrst«, verlangt Felicitas.

»Freilich kehr ich nach Nürnberg heim«, antwortet Hans Sachs, leicht empört über die Unterstellung, er könne an irgendeinem anderen Ort der Welt ›hängenbleiben‹. »Doch bis dahin trägst du gewiss scho des zweite oder dritte Kindlein unterm Herzen.«

»Du bist und bleibst auf ewig mei Minnesänger«, versichert ihm Felicitas grinsend.

»*Meistersinger!*«, berichtigt Hans sie zum zigsten Male.

Hans Sachs blickt hinüber zu Jakob und Klara, die mit weitaus weniger Worten auskommen, still und vertraut nebeneinander liegen, dem Gesang der Vögel und dem Gegurre von Hans und Felicitas lauschen.

Im Flur zwischen Speise- und Wohnstube steht Dürer, mit dem Rücken zu ihr. Er folgt dem Gespräch in der Wohnstube, ohne sie zu betreten. Agnes führt das Wort. Klara setzt sich lautlos und unbemerkt auf die Essbank und hört zu.

»Was in Gottes Namen hattet ihr denn vor? Wo hätt des hinführen sollen?«, will Agnes verstehen.

Jakobs Stimme ist leise und kleinmütig: »Anfangs wollt ich nur a paar Tag Unterkunft und Kost erschwindeln. Doch dann haben wir uns fürgenommen, so lang auszuharren, wie wir nur konnten. Ich hab so viel von Euch gelernt. Und von Klara brauchen wir gar ned reden. Sie passt hier in die Werkstatt wie a Deckel auf seinen Topf. Ihr Leben lang vergöttert sie Euch scho ...«, fügt er mit Blick zu Dürer hinzu.

»Wo hat er ... wo hat sie solche Kunst erlernt?«, ruft Dürer spröde vom Flur in die Stube.

»Von ihrem Vater, dem Maler Laurer zu Kulmbach.«

Klara rinnen lautlos die Tränen über die Wangen.

»Und du ... bist ja offenkundig kei Maler. Des mit der Gicht war auch nur Tücke«, versteht Agnes.

»Ich bin gelernter ...«

» ... Schlosser!«, vollendet Agnes begreifend seinen Satz. »*Darum* hat Henlein dich beim Lanzenfest so angesprochen!« Sie schüttelt bitter den Kopf. »Der *Henlein* wusst also, was du wirklich bist?«

»Aber Matthias Schaller *hat* doch zwei Söhn. Wo sind die abblieben?«, stellt Dürer nun vom Flur aus die härteste aller Fragen.

Jakob schweigt.

»Wo sind die abblieben, frag ich!«

»Der Ritter von Seckendorff hat sie erschlagen.«

»... was sagst du da?«

»In einem Wirtshaus in Pottenstein beim Geislinger Überfall. Sie waren auf dem Weg zu Euch. Und da kam mir der Gedanke, uns in ihrem Namen bei Euch zu verdingen.«

»Der Teufel hat dir diesen Gedanken in den Kopf gesetzt!«, bellt Dürer voll Zorn und Grauen.

»Allmächtiger!«, rufen zwei junge Männerstimmen hinter Klara. Wolf und Kleehans sind in die Speisestube gekommen und starren Klara an, die klein und elend in Kleid, Haube und Goller auf der Bank beim Fenster sitzt.

Dürer wendet sich langsam um. Sieht sie durchdringend an.

Klara schiebt ihm die Briefe entgegen.

»Lest diesen hier selbst, Meister, bevor Ihr ihn an Matthias Schaller weitersendet. Und der hier is für Herrn Pirckheimer«, bekommt sie kaum über die Lippen.

Dürer nimmt die Schreiben. Geht damit in seine Schreibstube. Die Tür kracht.

Die anderen Knechte bedrängen Klara mit Fragen.

»Schert euch weg«, verscheucht sie die Dürerin.

Es läutet.

»Des wird Pirckheimers Stallknecht mit euren Pferden sein«, sagt Agnes. »Ich hab Susanna nach ihm geschickt. Ihr bleibt keinen Augenblick länger unter unserem Dach.«

Sie gehen hinab in die Werkstatt. Kito ist nicht alleine gekommen. Felicitas stürzt sich auf Klara und umarmt sie fester, als Klara in ihrem geschwächten Leibes- und Seelenzustand ertragen kann.

»Da schau her«, sagt Agnes langsam. »Wer steckt denn noch alles mit euch Schwindlern unter einer Decke?«

»Was geht denn vor?«, fragt Barbara Dürer, die bereits an ihrer Kohlenpfanne sitzt und verständnislos die frühmorgendliche Unruhe beobachtet.

»Was hier vor sich geht, gute Schwieger«, gibt Agnes überraschend präzise Auskunft, »is, dass Lorenz und Adrian Schwindler sind. Und dass Adrian in Wahrheit a Weibsbild is, dem letzte Nacht bei uns im Haus a Kindlein abgangen is.«

Wie viel Barbara von diesen unerhörten Vorgängen verarbeiten kann, ist schwer einzuschätzen. Doch die Alte steht klapprig von ihrem Sitzkissen bei der Heizpfanne auf, geht auf Klara zu und nimmt tröstlich ihre mutlosen Hände.

»Es kommen gewiss noch mehr nach, mei Kind. Und einige davon werden leben. Um die musst dich sorgen. Für die anderen kannst nur beten.«

1527

DER GRÜNHANS FÜHRT beflissen einen mageren, älteren Mann in seine Malerwerkstatt, dankt ihm und schilt ihn zugleich, den beschwerlichen Weg nach Straßburg auf sich genommen zu haben. Der abgeklärte Gast ist wohl ein Gelehrter. Er gibt sich in der bescheidenen Schlichtheit der Neugläubigen: glatt gekämmter, strenger Kolbenhaarschnitt und Bart, einfaches schwarzes Gewand, gemessenes Gebaren. Der Blick des Mannes wandert durch die Malerstube und bleibt mit so einem Schrecken und so einer bohrenden Eindringlichkeit an dem Lehrbuben hängen, dass dem Knaben gleich ganz mulmig wird.

»Adrian«, sagt der Mann.

Der Bub stutzt: »Woher wisst Ihr, wie ich heiß, Herr?«

Der Besucher lacht schroff, überrascht und bestätigt zugleich.

»Wer is des, Hans?«, verlangt er von Hans Baldung zu wissen.

»Den hat mir der Süßhans kurz vor seinem Tod anempfohlen. Er is – wie war das, Adrian? – der Enkel des einstigen Lehrherrn des Süßhans«, gibt der Grünhans die komplizierte Auskunft. »Der Vater is Drucker in Kulmbach. Ich hab ihn im letzten Herbst verdingt und könnt mir keinen besseren Lehrling wünschen. Doch woher kennst du den Buben denn?«

Der Besucher geht nun herüber zu Adrian, fasst das Kinn des Knaben, mustert die wissbegierig flackernden grünen Augen, den zerzausten, leuchtend roten Schopf. Er streicht mit einem prüfenden Daumen über den kupferroten Flaum, der auf Kinn und Wangen zu sprießen beginnt.

»*Adrian* haben sie dich genannt. Oh, der Aberwitz. Die Dreistigkeit!«, sagt er kopfschüttelnd.

Der Knabe ist verwirrt. Der Gast klärt ihn auf: »Adrian nannt sich dei Mutter, während sie mich unter meinem eigenen Dach über anderthalb Jahr lang zum Narren hielt.«

Das ist Albrecht Dürer!

Der Knabe zuckt ehrfürchtig zusammen, als ihn diese Erkenntnis trifft. Dürer entspricht überhaupt nicht der Beschreibung seiner Eltern! Keine wallenden langen Locken, keine kraftvoll federnde Körpersprache, kein leuchtend buntes, erlesenes Tuch, das jeder Kleiderordnung spottet. Das ist nicht nur das Alter, begreift Adrian sofort. Dürer ist krank.

»Was erzählst du da, Albrecht?«, fragt der Grünhans verblüfft.

»Am End hast auch noch einen Bruder namens Lorenz?«, mutmaßt Dürer.

»Hab ich in der Tat, Meister«, bestätigt Adrian.

Dürer schnaubt wieder. Dann verlangt er: »Weis mir dei Hand, Bub.«

»Was soll ich zeichnen, Meister?«, fragt Adrian, bereitwillig auf ein Regal weisend, das unter einem Haufen verschiedener Übungsobjekte ächzt.

»Nichts da. Dei *freie* Hand will ich sehen. Vermagst denn dei Mutter aus dem Gedächtnis zu zeichnen?«

»Die Mutter – die trag ich doch in der Schatzkammer meines Herzens!«, sagt Adrian und greift zuversichtlich zum Silberstift.

Dürer brummt ... lächelnd.

Krimis von Hermann Lennert und Kochbücher von Monika Haspel im Wifa-Verlag:

Nachtgiger

Der erste Krimi von Hermann Lennert handelt im Spannungsfeld von Mafia, 1. FCN und Drogenhandel. Eine Spur führt ins Fränkische Seenland …
120 S., 14,8 × 21 cm
Hardcover € 14,80, ISBN 978-3-932884-45-0
Softcover € 10,–, ISBN 978-3-932884-51-1

Wasserratz

Kommissar Tom Hoffmann muss mit seinem Team ein kriminelles Netzwerk der neapolitanischen Camorra in Mittelfranken aufdecken. Begleiten Sie Tom Hoffmann bei seinen Ermittlungen in Ansbach, Dinkelsbühl und im Fränkischen Seenland. Spannend und zugleich amüsant mit reichlich fränkischem Lokalkolorit und einer feinen Prise italienischen Dolce Vitas!
180 S., 14,8 × 21 cm
Hardcover € 16,80, ISBN 978-3-932884-55-9
Softcover € 12,–, ISBN 978-3-932884-68-9

Höllenhund

Blitzeinbrüche in Juweliergeschäften, Cybercrime, Rockerkriminalität, ein Mordanschlag und eine Mädchenleiche – und das alles in bzw. mit Bezug zu Dinkelsbühl. Nur mit Mühe gelingt es der „Soko Dinkelsbühl", die mysteriösen Zusammenhänge aufzuklären und Licht in das verworrene Dunkel zu bringen. Endlich, die heiße Spur verfolgend, landet Tom in der idyllischen Altstadt von Dinkelsbühl mitten in der Kinderzeche, dem historischen Kinder- und Heimatfest.
212 S., 14,8 × 21 cm
Hardcover € 18,80, ISBN 978-3-932884-55-9
Erscheint am 20.6.2023

Fränkische Birn in der Küchn

Ein Birnenkochbuch von Monika Haspel
124 S., 24 cm × 19 cm
Spiralbindung € 14,90, ISBN 978-3-932884-34-4

Typisch Fränkisch

Das neue Kochbuch von Monika Haspel mit typischen Rezepten aus der fränkischen Küche: Suppen, Hauptgerichte und Beilagen, Vesper, Süßspeisen und Gebäck. Garniert wird das mit „allerhand drumrum": Geschichten, Lieder, Gebete und Gedichte von Helmut Baer, Claus Ebeling, Ludwig Fels, Helmut Haberkamm, Gerda Hruschka und Anette Röckl.
133 S., 24 × 19,6 cm
Spiralbindung € 18,90, ISBN 978-3-93288-462-7

Alle Bücher aus dem Wifa-Verlag sind im Buchhandel erhältlich.